von den
landen

en Lan-
Plane-
Lande-

ne Expe-
hrzeuge

um Hei-

Zeichnung: Bernhard Stoessel

Mechanischer Teleskoparm
Verschließbare Proben-
behälter
Probenanalysator
Spezialkugellager

18. Hauptenergieanlage
19. Kugelförmiger Treibstoff-
tank
20. Hydraulisch gefedertes
Landebein

Perry Rhodan

Die Para-Bank

Perry Rhodan

Die Para-Bank

VPM Verlagsunion
Pabel Moewig KG, Rastatt

Redaktion: Horst Hoffmann
Titelillustration: Johnny Bruck
Druck und Bindung: Graphischer Großbetrieb Pößneck
Printed in Germany 1999
ISBN 3-8118-2087-7

Vorwort

»Stellt euch vor, es ist Wahl und keiner geht hin ...« Gemeint sind in diesem Fall nicht die ausbleibenden Wähler, sondern die Politiker, die Kandidaten; noch genauer: unser aller Perry Rhodan. Der nimmt sich nämlich die Freiheit, so lange im Milchstraßenzentrum zu bleiben, wie er es im Interesse der Menschheit für nötig hält. Aber wird die ihm das honorieren?

Man darf getrost davon ausgehen, daß Perry Rhodan fest damit rechnet. Und falls er es tatsächlich nicht schaffen sollte, zum Wahltermin zurück zu sein, dürfte als sicher gelten, daß lieber sein Freund und Stellvertreter Bully in die Bresche springt und im letzten Moment kandidiert. Denn wenn die Menschheit eines nicht will, ist es die Diktatur eines »starken Mannes« namens Bount Terhera.

Daß Terhera in den Prognosen trotz seiner Fehler zeitweilig vorne steht, liegt daran, daß sich keine echte Alternative anbietet. Man darf der Menschheit des 35. Jahrhunderts nicht unterstellen, nichts aus der Vergangenheit gelernt zu haben. Die Menschen wissen sehr wohl, was sie an ihren Unsterblichen haben.

Wenn sie ihrer nach fast 1500 Jahren noch nicht überdrüssig sind, so liegt das daran, daß sie sich bei ihnen geborgen fühlen. Rhodans unendliche Erfahrung ist für die Menschen das politisch wertvollste Kapital. Nur das Gefühl, von ihm brüskiert zu werden, hat viele unfreiwillig in Terheras Arme getrieben.

Aber Perry wird es schaffen, in den entscheidenden Stunden zurück zu sein – wetten, daß ...?

Die in diesem 67. Band der PERRY RHODAN-Bibliothek zusammengefaßten Romane sind (in Klammern die Originalnummern): *Der Kampf der Paramags* (594) von *H. G. Francis, Die Antimaterie-Gefahr* (595) von *Hans Kneifel, Planetoid im Hypersturm* (596) von *H. G. Ewers, Das letzte Asyl* (597) von *Ernst Vlcek, Die Para-Bank* (598) von *William Voltz* und *Tag der Entscheidung* (599) von *Kurt Mahr.*

Ich danke allen, die mit Rat und Tat zum Entstehen dieses Buches beigetragen haben.

Horst Hoffmann

Zusatz zum Vorwort

Immer wieder erhält die PERRY RHODAN-Redaktion Anfragen von Lesern: Wo kann man sich weiter informieren? Was ist an zusätzlichen Projekten rings um PERRY RHODAN geplant? Wie kann ich mich ständig auf dem laufenden halten?

Dafür gibt's im Prinzip drei verschiedene Möglichkeiten: Sehr praktisch ist die Mitgliedschaft in der *PERRY RHODAN-FanZentrale,* kurz PRFZ genannt. Im Mitgliedsbeitrag enthalten ist dabei unter anderem die Zeitschrift SOL, ein sehr professionell wirkendes Heft; PRFZ-Mitglieder erhalten bei Veranstaltungen verbilligten Eintritt und werden zu speziellen Aktionen eingeladen. Wer sich dafür interessiert, kann ein kostenloses Informationspaket anfordern, das zu nichts verpflichtet. Einfach bestellen bei: PERRY RHODAN-FanZentrale, Postfach 23 52, 76413 Rastatt.

Schnell ist der Zugriff per Internet. Die umfangreiche PERRY RHODAN-Homepage läßt sich über **www.Perry-Rhodan.net** direkt ansteuern.

Wer mag, kann sich zudem per Telefon informieren: über die PERRY RHODAN-InfoLine nämlich. Unter der kostenpflichtigen Nummer 01 90/19 01 36 gibt es jede Woche neue Informationen – für 1,21 Mark pro Minute.

Die PERRY RHODAN-Redaktion

Zeittafel

1971/84 Perry Rhodan erreicht mit der STARDUST den Mond und trifft auf die Arkoniden Thora und Crest. Mit Hilfe der arkonidischen Technik gelingen die Einigung der Menschheit und der Aufbruch in die Galaxis.
Das Geistwesen ES gewährt Rhodan und seinen engsten Wegbegleitern die relative Unsterblichkeit. (HC 1–7)

2040 Das Solare Imperium entsteht und stellt einen galaktischen Wirtschafts- und Machtfaktor ersten Ranges dar. In den nächsten Jahrhunderten folgen Bedrohungen durch die Posbi-Roboter und galaktische Großmächte wie Akonen und Blues. (HC 7–20)

2400/06 Entdeckung der Transmitterstraße nach Andromeda; Abwehr von Invasionsversuchen von dort und Befreiung der Völker vom Regime der Meister der Insel. (HC 21–32)

2435/37 Der Riesenroboter OLD MAN und die Zweitkonditionierten bedrohen die Galaxis. Nach Rhodans Odyssee durch M 87 gelingt der Sieg über die Erste Schwingungsmacht. (HC 33–44)

2909 Während der Second-Genesis-Krise kommen fast alle Mutanten ums Leben. (HC 45)

3430/38 Das Solare Imperium droht in einem Bruderkrieg vernichtet zu werden. Bei Zeitreisen lernt Perry Rhodan die Cappins kennen. Expedition zur Galaxis Gruelfin, um eine Invasion der Milchstraße zu verhindern. (HC 45–54)

3441/43 Die MARCO POLO kehrt in die Milchstraße zurück und findet die Intelligenzen der Galaxis verdummt vor. Der Schwarm dringt in die Galaxis ein. Gleichzeitig wird das heimliche Imperium der Cynos aktiv, die am Ende den Schwarm wieder übernehmen und mit ihm die Milchstraße verlassen. (HC 55–63)

3444 Nach Mißverständnissen und Kampf werden die bei der Second-Genesis-Krise in den Hyperraum geschleuderten Bewußtseine der Altmutanten in einen Riesenmeteoriten mit PEW-Metall gebracht, das sie zum Überleben brauchen. Als dieser Meteorit zum Leben erwacht und von Asporc startet, verfolgen die Terraner ihn bis ins Trümmersystem der Paramags. (HC 64–66)

Prolog

Seit dem 8. Juni des Jahres 3443 ist die Schwarm-Krise beendet. Zahlreiche Fragen sind offengeblieben, zum Beispiel die nach den geheimnisvollen Erbauern des Schwarms.

Perry Rhodan hat kaum Gelegenheit, sich diese Fragen zu stellen. Es gibt nicht nur die Probleme mit dem Wiederaufbau und der Betreuung besonders schlimm von der Verdummung Betroffener, sondern unerwartete innenpolitische Schwierigkeiten. Bestimmte Gruppen werfen ihm vor, während der Krise eine falsche Politik betrieben zu haben. Angesichts bald anstehender Neuwahlen ist er gefordert, sich zu behaupten und die Vorwürfe zu entkräften.

In dieser Situation erscheint an Bord eines längst überfälligen Robotschiffs ein Fremder auf der Erde. Mit dem Asporco kommen die »Stimmen der Qual«, geheimnisvolle, verheerende paranormale Mächte, die Chaos und Tod verbreiten.

Perry Rhodan und seine Freunde fliegen mit dem Fremden zum entfernten Planeten Asporc, der von einer Priesterkaste beherrscht wird. Sie entdecken dort einen riesigen abgestürzten Meteoriten, der von Adern eines geheimnisvollen Materials – des sogenannten PEW-Metalls – durchzogen ist. In diesem Metall scheinen sich die »Stimmen der Qual« zu materialisieren und verstärkt zu werden.

Nach gefährlichen Abenteuern kehrt die Expedition zur Erde zurück – nicht ahnend, daß die unbekannte Macht sich inzwischen im Supermutanten Ribald Corello manifestiert hat. Eine unheimliche Jagd auf Corello und Alaska Saedelaere beginnt, der von Corello geistig beherrscht wird. Der Supermutant dringt in eine unterseeische Station der alten Lemurer ein und erweckt die im Kälteschlaf befindliche Besatzung, um acht synthetische Körper zu erschaffen. Kaum ist das geschehen, da verlassen ihn seine Beherrscher und ergreifen von den Synthos Besitz.

Bald zeigt sich, daß sie – niemand anderer als die im Jahr 2909 während der Second-Genesis-Krise verstorbenen Mutanten, die über 500 Jahre lang im Hyperraum gefangen waren – zu überstürzt gehandelt haben. Ihre künstlichen Körper zerfallen. Perry Rhodan läßt sie zum Medoplaneten Tahun schaffen, aber alle Kunst der Ärzte versagt. Die Mutanten scheinen dem Tod geweiht zu sein.

In einem letzten Aufbäumen schaffen sie einen Astralkörper, der alle acht

Bewußtseine aufnimmt. In ihm fliehen sie aus der Klinik und in das Schiff eines größenwahnsinnigen Neuarkoniden, um mit ihm dorthin zu fliegen, wo sie vielleicht noch Rettung finden können – nach Asporc, dem Planeten mit dem für sie überlebenswichtigen PEW-Metall.

Tatsächlich finden sie dort die gesuchte Geborgenheit in einem riesigen Meteoriten, der sich jedoch bald als gigantisches Raumschiff herausstellt und aus der Planetenkruste löst. Perry Rhodan läßt ihn verfolgen bis in das galaktische Zentrum und das Trümmersystem der Paramags, die einst dieses Schiff erbauten und mit ihm auf die Suche nach PEW-Metall in anderen Sonnensystemen gingen. Eines dieser anderen Systeme war das Solsystem mit seinem damals noch erhaltenen Planeten Zeut.

Somit ist für die Terraner eine neue Gefahr gegeben, denn die Daten über das Solsystem befinden sich noch in den Speichern des Asteroiden, in dem inzwischen die Altmutanten gegen gleich drei Gefahren zu kämpfen haben: erstens die »Zeitgeschädigten«, die im Meteoriten erwachten Paramags, in deren Körper sie auch geschlüpft sind; zweitens die normalen Paragmags aus dem Trümmersystem und drittens gegen die Paradox-Intelligenz, die sich aus dem PEW-Stoff selbst entwickelt hat …

1.
Juli 3444
Milchstraßenzentrum

In den Steuerleitzentralen von zehn Space-Jets der MARCO POLO leuchteten um genau acht Uhr des 17. Juli die Grünlichter auf. Hell strahlten die Sterne durch die offenen Hangartore herein. Auf den Bildschirmen der Raumschiffe entstanden milchige Schleier.

Der Hangaroffizier gab den Start frei. In schneller Folge schwebten die Maschinen durch die Schleusen hinaus. Die Abstrahldüsen flammten auf, als sie plötzlich beschleunigten. Ihre Aufgabe war, eine Funkbrücke bis zur nächsten Innensektorstation der USO aufzubauen.

Entscheidend war, daß die Kommandanten der Schiffe mit den außerordentlichen astrophysikalischen Bedingungen im Zentrum der Galaxis fertig wurden, ohne daß allzu große Verzögerungen in Kauf genommen werden mußten. Hier im Mittelpunkt der Milchstraße tickte eine Zeitbombe. In jeder Sekunde konnte der Funke ins heimatliche Solsystem überschlagen, denn hier wie dort gab es das PEW-Metall, den Parabio-Emotionalen-Wandelstoff.

Und die Paramags beanspruchten sämtliches PEW-Metall der Galaxis für sich.

Das Bordchronometer stand auf 9.00 Uhr, als Perry Rhodan zusammen mit Atlan die Hauptleitzentrale der MARCO POLO betrat. Am Konferenztisch diskutierten die wichtigsten Wissenschaftler des Ultraschlachtschiffes mit einigen der Mutanten und den Führungsoffizieren. Das Gespräch verstummtc, als Rhodan sich auf seinen Platz setzte. Die Aufmerksamkeit wandte sich dem Großadministrator zu.

Atlan blickte zum Hauptbildschirm hinauf, auf dem das Trümmersystem der Paramags dargestellt wurde. Es bestand aus über 10.000 Himmelskörpern verschiedenster Größe und war doch nicht vollständig. Die Astronomen und Astrophysiker der MARCO POLO hatten ermittelt, daß insgesamt neun Trümmerstücke von beachtlichen Ausmaßen fehlten. Eines von ihnen war zurückgekehrt – der Riesenmeteorit von Asporc. Mit ihm war die MARCO POLO gekommen.

»Lassen Sie mich ganz kurz zusammenfassen, zu welchem Ergebnis wir bei unseren bisherigen Besprechungen gekommen sind«, begann Perry Rhodan.

Ein peitschender Knall unterbrach ihn. Alaska Saedelaere griff sich erschreckt an seine Plastikmaske, hinter der das Cappin-Fragment geheimnisvoll leuchtete. Als er die Hand senkte, hielt er einige glutrote Splitter in den Händen. Irritiert blickte er Icho Tolot, den Haluter, an.

»Entschuldigt«, sagte der Koloß. Leider vergaß er in der ersten Überraschung, seine Stimme zu dämpfen. Die beiden Wissenschaftler neben ihm kippten fast aus ihren Sesseln. Mit schmerzhaft verzerrtem Gesicht hielten sie sich die Hände an die Ohren.

»Könnten wir zur Sache kommen?« fragte Rhodan.

»Tut mir leid«, flüsterte der Haluter entschuldigend. Sicherlich war er der Meinung, nunmehr leise genug gesprochen zu haben. Die beiden Terraner an seiner Seite waren anderer Ansicht. Einer von ihnen erhob sich und setzte sich an einen weit entfernten Platz. Der andere hielt betroffen die Trümmer seiner Kaffeetasse, die unter der Einwirkung der Donnerstimme zerplatzt war.

»Wir sind jetzt ruhig«, piepste Gucky. »Ich hatte Icho nur gebeten, ein paar Asporc-Nüsse für mich zu knacken.«

Der Haluter zeigte seine Zahnreihen und spuckte die Splitter vorsichtig aus, die noch übriggeblieben waren. Sie pfiffen Professor Dr. Geoffry Waringer um die Ohren. Der Wissenschaftler schien für derartige Scherze jedoch kein Verständnis zu haben. Er setzte zu einer ärgerlichen Antwort an, als der Mausbiber sich auf den Schoß des Haluters teleportierte und ihm vorsichtig zwischen die Zähne griff.

»Es war ja schon die letzte Nuß«, versicherte er und zeigte eine faustgroße Frucht von violetter Farbe herum. »Und einen so großen Nußknacker haben wir sonst leider nicht an Bord.«

Die Mienen der anderen zeigten ihm, daß er versuchte, seinen Appetit zu falscher Zeit am falschen Ort zu stillen.

»Na schön«, maulte er. »Dann verschwinde ich eben.«

Telekinetisch beförderte er ein großes Stück von der stahlharten Nußschale auf das Manuskript, das vor Alaska Saedelaere lag, und zog sich aus der Hauptleitzentrale zurück, indem er entmaterialisierte.

Rhodan räusperte sich. In seinen Mundwinkeln zuckte es verdächtig.

»Können wir jetzt zur Sache kommen?« fragte er nochmals und sah zu, wie der Mann mit der Maske die Nußschale in einen Abfallvernichter beförderte. Alaska lächelte. Nur Gucky konnte wohl auf den Gedanken kommen, den riesigen Haluter als Nußknacker zu benutzen. Die Worte des Großadministrators zwangen ihn, sich wieder der außerordentlichen Situation zuzuwenden, in der sie sich befanden.

»Ich erinnere daran«, sagte Rhodan, »daß die galaktischen Positionsdaten des Solsystems im Speicherzentrum des Meteoriten enthalten sind. Wenn es den gesunden Paramags gelingt, ihren PEW-Bezugstransdeformator mit Hilfe dieser Daten auf den ehemaligen Planeten Zeut zu justieren, kann eine praktisch unbegrenzte Zahl von Paramags ohne jeden Zeitverlust dort materialisieren. Ich glaube, daß ich darauf verzichten kann, hier zu erläutern, was es bedeutet, wenn plötzlich Milliarden Paramags ins Solsystem einfallen.«

»Ich glaube, das können wir uns alle vorstellen«, entgegnete Atlan. »Sie werden einen Schock erleiden, wenn sie feststellen, daß der Planet Zeut nicht mehr besteht.«

»Richtig«, stimmte Rhodan zu. »Sie hoffen, einen unversehrten Planeten mit optimalen Lebensbedingungen zu finden, und werden feststellen müssen, daß es zwischen Mars und Jupiter nur Trümmerstücke gibt, die allerdings hochgradig mit PEW-Metall angereichert sind.«

»Meiner Meinung nach befindet sich das gesamte Sonnensystem in akuter Gefahr. Noch ist es den Paramags offensichtlich nicht gelungen, die Daten zu bekommen«, sagte der Arkonide, »aber es dürfte nur eine Frage der Zeit sein, bis sie die Speicherbänke anzapfen.«

»Wir sind hier zusammengekommen, um Mittel und Wege zu finden, mit denen wir gerade das verhindern können«, erinnerte Rhodan an das Thema der Konferenz.

Atlan lächelte unmerklich und nickte.

»Ich gehe dennoch davon aus, daß wir zu spät handeln«, sagte er. »Was spricht gegen eine doppelte oder dreifache Sicherung für die Erde? Die Situation ist außerordentlich kritisch. Nur eine einzige Verteidigungsmaßnahme zu treffen wäre doch wohl etwas unvorsichtig. Angesichts der Gefahr für das Solsystem plädiere ich für einen ganzen Fächer von vorbeugenden Abwehraktionen. Nur so können wir vermeiden, daß die Paramags Terra überraschen.«

»Das ist grundsätzlich richtig«, antwortete Rhodan. »Was schlägst du vor?«

Atlan trank einen Schluck Kaffee. Er bemühte sich, gleichgültig auszusehen, so als ob er sich über konkrete Schritte noch keine Gedanken gemacht hätte.

»Mindestens zwei bis drei Kreuzer sollten zur Erde fliegen und dort Vollalarm ausrufen«, entgegnete er, als er die Tasse abgesetzt hatte.

Rhodan blickte den Arkoniden an. Er sah fast verärgert aus, denn er durchschaute die Gedankengänge Atlans sofort. Der frühere Arkoniden-Imperator dachte bereits erheblich weiter als alle anderen hier am Konferenztisch. Er wollte gleich mehrere Fliegen mit einer Klappe schlagen und bezog nicht nur die Paramag-Bedrohung, sondern auch politische Überlegungen in seine Planung mit ein. Wenn Rhodan einige Kreuzer ins Solsystem schickte und den totalen Notstand ausrufen ließ, dann würde die für den 1. August angesetzte Neuwahl des Großadministrators ganz zwangsläufig verschoben werden müssen.

Die beiden Männer blickten sich an.

»Erstens habe ich mich noch lange nicht dazu entschlossen, mich erneut für eine Wiederwahl zu stellen«, sagte Rhodan in eisigem Tonfall. »Und zweitens liegen mir derartige politische TTricks fern. Das solltest du allmählich begriffen haben.«

»Ich darf vielleicht daran erinnern, daß wir heute den 17. Juli schreiben«, sagte Atlan nicht minder kühl. »Damit bleiben knapp zwei Wochen für den Wahlkampf. Diese Zeit dürfte etwas kurz sein.«

»Du scheinst mich mißverstanden zu haben«, entgegnete Rhodan. »Für mich gibt es im Augenblick kein Problem Wiederwahl. In vierzehn Tagen werde ich als Großadministrator abtreten. Für mich gibt es nur eine Alternative – entweder hier gegen die Paramag-Gefahr zu kämpfen oder auf der Erde politische Interessen wahrzunehmen. Selbst dir sollte allmählich klargeworden sein, daß die Entscheidung zugunsten der Paramag-Gefahr längst gefallen ist.«

Der Arkonide lächelte hintergründig.

»Ich staune immer wieder über den barbarischen Terraner, der einfach unfähig zu sein scheint, die feinen Regeln der politischen Raffinesse jemals zu begreifen. Wann endlich wirst du erwachsen werden und erkennen, daß ein Großadministrator sich derartige Naivitäten nicht leisten kann?« Die Lautstärke seiner Stimme steigerte sich. »Politische Macht und Verantwortung verschenkt man nicht einfach wie ein Butterbrot und ein Ei.«

»Sieh da – ein Ereiferer«, spottete Rhodan. »Fehlt noch etwas? Du hast noch gar nichts von Unfähigkeit gesagt.«

»Das wäre auch übertrieben«, gab der Unsterbliche hitzig zurück. »Das ist es ja gerade. Einem Unfähigen könnte man derartige Vertrauensseligkeit in die Treue seiner Wählerschaft verzeihen, nicht aber einem Mann, der über anderthalb Jahrtausende hinweg gezeigt hat, daß er und kein anderer an die Spitze des Solaren Imperiums gehört.«

Perry Rhodan stützte beide Ellenbogen auf den Tisch, blickte den Lordadmiral an und grinste breit. »Noch etwas, Atlan?«

In der Runde am Tisch herrschte betretenes Schweigen. Niemand wagte, sich in die Diskussion einzumischen, obwohl alle gefühlsmäßig stark engagiert waren.

»Manchmal frage ich mich, ob es überhaupt Sinn hat, mit dir über diese Dinge zu sprechen«, sagte der Arkonide zornig.

Die beiden Freunde blickten sich an. Atlan beherrschte sich nur noch müham. Die gelassene Haltung Rhodans forderte ihn heraus.

»Können wir jetzt endlich zum Tagungsthema zurückkommen?« fragte der Großadministrator.

»Wir sind beim Thema«, sagte der Lordadmiral heftig. »Du kannst die Paramag-Frage nicht separat behandeln. Was immer du auch tust, deine Entscheidungen werden auch von politischer Bedeutung sein.«

»Mag sein«, stimmte Rhodan zu, »aber das interessiert mich jetzt nicht. Wir sind hier, weil wir Mittel und Wege finden müssen, die Paramags daran zu hindern, in das Solsystem einzubrechen. Nur diese eine Frage steht zur Diskussion.«

Atlan machte Anstalten, sich zu erheben, als Gucky mitten auf dem Tisch materialisierte. Sein linker Fuß prallte dabei gegen eine Kaffeekanne und schleuderte sie zur Seite. Sie zerbrach, und ihr dampfender Inhalt ergoß sich über den stattlichen Bauch Dalaimoc Rorvics. Der Ultrafrequenz-Ingenier sprang auf und stieß dabei unartikulierte Schreie aus. Unerwartet reaktionsschnell griff er mit beiden Händen nach dem Mausbiber und versuchte ihn zu packen. Das gelang ihm jedoch nicht, da der Ilt erschrocken zurückfuhr. Er kippte dabei ein Glas mit einem roten Fruchtsaftgetränk um und beförderte den Inhalt auf die Uniform, die Ras Tschubai sich vor kaum einer halben Stunde von der Kleiderkammer hatte geben lassen.

»Betty ruft«, sagte Fellmer Lloyd, der Telepath, zu Rhodan, während Gucky verstört hinter den Sessel Atlans teleportierte.

Der Ilt hatte dabei übersehen, daß eine Assistentin aus dem positronischen Rechenzentrum mit einem Stapel von Untersuchungsergebnissen auf der Arkoniden zuging. Er rematerialisierte unmittelbar vor ihren Füßen. Sie stolperte, fiel über ihn hinweg und landete in einer Wolke hochfliegender Blätter in den Armen des Lordadmirals.

»Diese verdammten Weiber!« quietschte Gucky ärgerlich. »Sie sorgen nur für Unordnung!«

Irritiert blickte er auf Dalaimoc Rorvic, der von seinem eigenen Schwung quer über den Konferenztisch geworfen worden war und seine dicken Finger nunmehr aus einem Schälchen mit Kaffeesahne befreite. Gucky schüttelte den Kopf und schleuderte einen Dienstroboter zur Seite, weil er ihm im Wege war. Er teleportierte zum Hauptschaltpult und rematerialisierte auf der Kontrolltafel neben den drei von der Decke herabhängenden SERT-Hauben. Eine Notizmappe, die einer der Piloten hier hingelegt hatte, flog telekinetisch bewegt in den Pilotensessel.

Die mit roten Warnmarken versehene Schutzkappe über dem Knopf für Vollalarm zersplitterte unter der Einwirkung psychokinetischer Kräfte. Alles war so schnell gegangen, daß Perry Rhodan sich erst jetzt aus seinem

Sessel lösen konnte. Er näherte sich dem Ilt mit Riesenschritten, blieb dann jedoch betroffen stehen, als der Mausbiber den Knopf mit der geballten Faust herunterschlug.

Im gleichen Moment begannen die Alarmsirenen und Lärmpfeifen in der MARCO POLO zu heulen.

»Betty Toufry hat sich gemeldet«, piepste der Ilt. »Sie war ziemlich aufgeregt.«

»Was ist passiert?« fragte Rhodan.

»Oh – ich glaube, ich habe ziemlich viel Unordnung gemacht«, sagte Gucky und blickte mit großen Augen auf die Assistentin, die sich aus den Armen des Arkoniden befreite. Ihre Wangen brannten.

»Gucky!«

Der Ilt schluckte. Er sah ein, daß er Perry Rhodan informieren mußte. »Die Mutanten auf dem Meteoriten haben festgestellt, daß die durch die Paramags gebildete totale Blockade teilweise aufgehoben ist«, berichtete er.

Atlan hatte die verlegene Frau inzwischen zur Seite geschoben. Er kam ebenfalls zu Gucky. Die letzten Worte hatte er gehört.

»Das bedeutet, daß es jetzt wieder mehrere PEW-Verbindungen vom Meteoriten zu den anderen Himmelskörpern des Trümmersystems gibt«, stellte er fest. »Damit ist es den gesunden Paramags wieder möglich, in den Meteoriten vorzudringen. Mit Hilfe der Paratransaugen kommen sie hinein.«

»Richtig«, stimmte Rhodan nüchtern zu. »Andererseits erwacht aber auch die Paradox-Intelligenz des hochaktivierten PEW-Metalls zu erneuter Abwehrkraft. Die Lage hat sich verschärft.«

Der Ilt gestikulierte heftig. »Betty teilt noch mit, daß der Paradox-I-Komplex in seiner seltsamen Individualstrahlung wieder deutlich zu spüren ist. Plötzlich rennen auch die von ihm konstruierten Blech- und Plastikheinis wieder überall umher. Ich meinte natürlich – äh – Roboter, Perry.«

»Schon gut, Kleiner. Es wäre mir lieb, wenn du mich ein wenig präziser informiertest.«

»Ich gebe mir alle Mühe«, beteuerte Gucky und zeigte seinen Nagezahn. Er genoß es sichtlich, im Mittelpunkt des Interesses zu stehen, und freute sich, daß er den Großadministrator unterrichten konnte – und nicht etwa Fellmer Lloyd, der die telepathischen Nachrichten ebenso empfing wie er.

»Die auf dem Meteoriten heimischen Paramags, also die Zeitgeschädigten, befinden sich in heller Panik. Sie schleusen sich mit Hilfe ihrer Paratransdeformation in die PEW-Adern ein und flitzen darin herum, als wollten sie Achterbahn spielen.«

»Gucky!«

»Schon gut. Ich bin ja schon bei der Sache, Perry. Ich erlaubte mir nur einen etwas bildhaften Ausdruck, weil ich das Gefühl hatte, der gute Atlan könne uns nicht folgen.«

Rhodan wandte sich halb um und machte Anstalten, zu Fellmer Lloyd zu gehen. Der Ilt griff rasch nach seinem Ärmel und hielt ihn fest.

Währenddessen hatte Toronar Kasom das Kommando übernommen. Er schaltete die Alarmsirenen ab und berwachte die verschiedenen Stationen des Ultraschlachtschiffes. Die Offiziere und Mannschaften nahmen innerhalb weniger Minuten ihre Kampfpositionen ein. Die Klarmeldungen liefen in schneller Folge ein.

»Betty meint, daß die Paramags völlig verwirrt sind. Sie versuchen, mit einer mentalen Paraweichenstellung die Maschinen des Meteoriten zu beeinflussen.«

»Das ist infolge der mechanischen Sperre, die von dem Paradox-Komplex aufgebaut wird, nicht möglich«, erläuterte Fellmer Lloyd, der zu Rhodan getreten war.

Diese letzten Erläuterungen interessierten Rhodan jedoch nur noch am Rande. Für ihn war einzig und allein die Tatsache wichtig, daß es den gesunden Paramags des Trümmersystems nunmehr möglich war, in den Meteoriten vorzudringen. Dabei konnten sie mit ihren außerordentlichen Fähigkeiten ihrer Paratransdeformation Schleichwege benutzen, die ein menschliches Gehirn überhaupt nicht erfassen konnte.

»Jetzt sind die Paramags nicht mehr aufzuhalten«, sagte Atlan mit Nachdruck.

Rhodan nickte. »Sie können die Schaltzentrale des Meteoriten erreichen und dort an die Positionsdaten des Solaren Systems und des ehemaligen Planeten Zeut kommen. Es dürfte wohl nicht der geringste Zweifel daran bestehen, daß die Paramags mühelos mit den Speicheranlagen fertig werden.« Er blickte Gucky an. »Dein eigenmächtig ausgelöster Vollalarm ist also durchaus berechtigt, Kleiner.«

Rhodan setzte sich in seinen Spezialsessel. Seine Befehle überstürzten sich. Die zahlreichen Beiboote der MARCO POLO meldeten Einsatzbereitschaft. Flammende Lichter auf den Kontrolltafeln in der Hauptleitzentrale gaben Aufschluß darüber, welche Schiffe startbereit waren. Aus den Roboterdepots marschierten und schwebten Kolonnen von Kampfautomaten zu den Hangars. Rhodan aktivierte insgesamt zweitausend Kampfroboter mit speziellen Programmierungen. Alle Mutanten hatten die Hauptleitzentrale verlassen. Nur noch Gucky hielt sich hier auf. Er konnte jederzeit mit einer Teleportation auf einen der Kreuzer folgen.

Rhodan hatte sich entschlossen, den Riesenmeteoriten direkt mit den Korvetten und Space-Jets anzufliegen. Nach den Erfahrungen, die der Ilt und Icho Tolot gemacht hatten, verzichtete er darauf, die Transmitterverbindung zu benutzen, die noch immer zwischen der MARCO POLO und dem PEW-Meteoriten bestand. Auf Grund der vielfältigen und äußerst komplizierten Energieabhängigkeiten fünfdimensionaler Spannungsfelder im Zentrum der Galaxis waren Zeitverschiebungen aufgetreten, die den Mausbiber weit in die Vergangenheit geschleudert hatten.

»Sag Betty, daß wir alles tun werden, um ihnen zu helfen«, sagte Rhodan zu Gucky. »Wir kommen, so schnell es eben geht.«

»Ich glaube, daß sie dringend Unterstützung benötigen.« Der Ilt verschränkte die Arme vor der Brust und konzentrierte sich auf die telepathische Verbindung zu der Mutantin auf dem PEW-Meteoriten.

Aus den Schleusentuben der MARCO POLO schossen in schneller Folge Space-Jets und die sechzig Meter durchmessenden Korvetten hervor.

Perry Rhodan befand sich noch immer in der Hauptleitzentrale der MARCO POLO und erteilte seine Befehle. Unmittelbar hinter ihm stand der Mausbiber und hüpfte von einem Fuß auf den anderen.

»Wenn wir uns nicht beeilen, Perry, fährt der Zug noch ohne uns ab«, sagte er drängend.

Rhodan drehte sich um und lächelte. »So ungeduldig, Kleiner?«

Gucky blickte zu dem großen Bildschirm hinauf, auf dem die zahllosen Sonnen des Galaxiszentrums und die Bruchstücke des Trümmersystems hell strahlten. Deutlich war der Schwarm der Korvetten und Space-Jets zu erkennen, der sich zwischen der MARCO POLO und dem Trümmersystem der Paramags befand. Bis jetzt trieben die Raumschiffe nur langsam von dem Ultraschlachtschiff weg. Man wartete noch auf den letzten, entscheidenden Befehl.

Rhodan erhob sich. Er ging zu einem Wandschrank, nahm einen Gürtel mit einem Kombistrahler hervor und band ihn sich um. Sorgfältig überprüfte er die Waffe.

»Also gut, Kleiner. Du weißt, wo wir erwartet werden?«

Der Ilt teleportierte in die Hauptleitzentrale einer Korvette, die noch im Hangar parkte. Auf dem Pilotensitz wartete der umweltangepaßte Toronar Kasom auf den Start. Rhodan gab ihm das lang erwartete Zeichen, während er zu dem für ihn vorgesehenen Sessel ging. Unmittelbar darauf schwebte das Raumschiff durch eine Schleuse in den freien Raum hinaus.

Auf dem Tisch stand eine Tasse Kaffee. Rhodan trank und beobachtete über den Rand der Tasse hinweg die Anzeigen der Instrumente vor dem Piloten. Als er das Gefäß wieder zurückstellte, krachte es. Der Kunststoff zersplitterte in seinen Fingern, und der Rest der heißen Flüssigkeit lief über den Tisch.

Rhodan blickte auf. Ihm gegenüber lauerte Icho Tolot auf einem Spezialsitz und starrte ihn mit offenem Mund an. Zwischen seinen Zähnen hingen die Splitter einer Asporc-Nuß. Ein gelblichgrüner Saft rann ihm über die Lippen, und ein unerträglicher Gestank breitete sich in der Zentrale aus.

Atlan, der unmittelbar neben dem Haluter saß, erhob sich und eilte aus dem Raum. Er war auffallend blaß und hielt sich würgend die Hand vor den Mund. Ihm folgten Geoffry Waringer, Dalaimoc Rorvic und Ras Tschubai in ähnlicher Haltung. Toronar Kasom schaltete die Klimaanlage auf Höchstleistung, während Gucky sich einfach mit einem Teleportersprung rettete.

»Ich glaube, die Nuß war nicht mehr ganz frisch«, sagte Icho Tolot und schluckte schnell hinunter, was sich in seinem Mund befand. Darunter bemerkte Rhodan einige weißliche Würmer.

Gucky kehrte zurück, nahm ihn an der Hand und teleportierte mit ihm zusammen auf den Gang vor dem Haupteingangsschott, wo auch die anderen nach frischer Luft schnappten. Rhodan setzte zu einem wütenden Verweis an. Als er jedoch sah, daß der Ilt sich kaum noch auf den Beinen halten konnte und verzweifelt würgte, verzichtete er darauf. Er lachte.

»Du hättest lieber mit deinem Supernußknacker verschwinden sollen«, sagte er.

Gucky nickte stumm. Er atmete tief durch und schien sich allmählich zu erholen. »Ich rühre nie wieder eine Asporc-Nuß an«, versprach er.

Rhodan ging zum Schott und öffnete es. Icho Tolot kam ihm entgegen. Er wischte sich mit Papiertüchern seinen Rachen ab, um die faulige Flüssigkeit zu entfernen. Hinter ihm stand Toronar Kasom. Der Ertruser schimpfte mit halberstickter Stimme auf den Haluter.

Gucky tat das einzig Richtige. Er nahm Rhodans Hand und teleportierte an Icho Tolot vorbei in die Zentrale. Die Klimaanlage hatte den Gestank der Nuß schon weitgehend abgesogen. Der Haluter aber stampfte inmitten einer »Duftwolke« über den Gang hinaus, vorbei an den anderen, die sich die Nase zuhielten und ihm den Rat erteilten, ein bißchen schneller zu gehen.

Toronar Kasom saß wie erstarrt auf seinem Platz. Nur an seinen zuckenden Wangenmuskeln war zu erkennen, daß er noch lebte. Als er die Schritte Rhodans hinter sich hörte, bewegten sich seine Hände.

»Anflug auf den Meteoriten!« befahl Rhodan. »Wiederholen Sie an alle: Wir durchfliegen das Trümmersystem mit einer kurzen Linearetappe.«

Kasom gab den Befehl an die anderen Raumschiffe des Verbandes weiter. Alle Korvetten und Space-Jets jagten auf die Trümmer zu.

»Damit wir klarsehen, mein Kleiner«, sagte Rhodan zu dem Ilt, ohne sich nach ihm umzusehen. »Das war die letzte Nuß, die an Bord geknackt wurde, verstanden?«

»Natürlich, Perry«, antwortete Gucky kleinlaut.

»Wenn noch einmal so etwas passiert, werden wir dich und Icho ausschleusen und hier zurücklassen, bis wir wiederkommen.«

Er drehte sich zu dem Mausbiber um. Gucky atmete auf, als er sah, daß Rhodan lächelte. Natürlich wußte er, daß Perry einen derartigen Befehl niemals erteilen würde.

»Es war ganz bestimmt die letzte Nuß«, versprach der Ilt. »Die anderen werde ich einfach in den Raum teleportieren.«

»Das will ich hoffen«, sagte Toronar Kasom stöhnend, »denn sonst vergesse ich mit Sicherheit, daß ich ein friedlicher Mensch bin.«

Als die Korvette nahezu Lichtgeschwindigkeit erreicht hatte, kehrten Atlan, Ras Tschubai, Fellmer Lloyd, Dalaimoc Rorvic und Waringer in die Zentrale zurück. Sie sahen alle noch ein wenig blaß aus.

»Du hast ja keine Ahnung, was du angerichtet hast, Gucky«, sagte Atlan und schüttelte sich.

»Doch, ich glaube schon«, entgegnete Rhodan.

Atlan schüttelte den Kopf. »Als Icho an uns vorbeiging, war er ziemlich überrascht«, erklärte der Arkonide. »Er begriff offenbar gar nicht, daß uns von dem Gestank so schlecht geworden war, ihm schien er sehr zu gefallen. Ich fürchte, er ist jetzt auf der Suche nach weiteren Nüssen.«

Gucky teleportierte, bevor Toronar Kasom ihn packen konnte. Der Ertruser sah eigentümlich grün aus im Gesicht.

Als Rhodan zu ihm ging, kehrte schlagartig Ruhe ein. Der Zwischenfall war vergessen. Das Trümmersystem rückte schnell näher. Die Korvette hatte mittlerweile zu den vorangeflogenen Raumschiffen aufgeschlossen. In keilförmiger Anordnung raste der Schwarm auf sein Ziel zu.

Toronar Kasom leitete das Linearmanöver ein. Als die Korvette wieder in das Normaluniversum zurückfiel, sank die Geschwindigkeit beträchtlich ab.

»Versuchen Sie, Hyperfunkverbindung mit den Paramags aufzunehmen!« befahl Rhodan.

Kasom schaltete die Funkgeräte ein und sendete eine Folge von Signalen, mit denen er die Paramags aufforderte, sich zu melden.

»Meinst du, daß die Paramags darauf eingehen werden?« fragte Atlan.

Rhodan nickte. »Es wäre logisch, wenn sie es täten. Mit ihrer Technik müßten sie uns empfangen und verstehen können.«

Kasom wiederholte die Signalkette immer wieder, aber er erzielte keine Reaktion.

»Sie müßten uns eigentlich längst geortet haben«, sagte der Arkonide. »Wir sind immerhin mitten im System.«

Toronar Kasom flog ein Manöver, um einem Schwarm von Trümmerstücken auszuweichen.

Plötzlich flammte das All vor ihnen auf. Eine gleißend helle Sonne entstand in der Nähe einiger Space-Jets. Die Keilformation der Raumschiffe löste sich auf. Die Jets wichen nach allen Seiten aus. Sekunden darauf zeigte sich, daß diese Manöver richtig gewesen waren, denn vier weitere Glutbälle tauchten aus dem Nichts heraus auf.

Kasom sendete erneut mit dem Hyperfunkgerät. Er bat die Paramags, sich zu melden, doch auch jetzt erhielt er keine Antwort. Daraufhin leitete er den Befehl Rhodans an die Funkleitzentrale weiter. Pausenlos gingen die Funksprüche hinaus.

Wieder explodierten die unbekannten Waffen im Raum, ohne die Korvetten und Space-Jets aufhalten zu können.

»Bis jetzt haben sie noch keinen Treffer erzielt«, stellte Atlan nüchtern fest. »Besonders präzise sind sie nicht.«

Unmittelbar vor der Korvette flammte das All auf. Toronar Kasom reagierte mit der unglaublichen Präzision und Schnelligkeit, zu der nur ein Ertruser fähig war, als er zum Linearflug überging. Als das Schiff in das Einstein-Universum zurückkehrte, schwankte es stark. Einige Erschütterungen kamen durch, und auf dem Kontrollpunkt leuchteten zahlreiche Warnlampen auf.

Rhodan und Atlan blickten sich beunruhigt an. Die Kontroverse von der Konferenz war vergessen. Jetzt galt ihr Interesse einzig und allein der gefährlichen Situation, die unerwartet entstanden war.

»Die Energieausschüttung war nicht viel geringer als bei einer Transformbombe«, sagte Geoffry Waringer, der unbemerkt näher getreten war.

»Das war aber keine Transformbombe«, antwortete Rhodan.

Waringer nickte zustimmend. Er deutete auf die Meßinstrumente auf den langgestreckten Bänken der Computer und Steuergeräte.

»Bis jetzt läßt sich natürlich noch nicht viel sagen, Perry, aber ich vermute, daß wir mit Antimateriewaffen angegriffen werden.«

Wieder flammten einige Sonnen in ihrer Nähe auf. Kasom meldete den Verlust zweier Space-Jets, die mitten in die Glut hineingerast waren. Die überlasteten Schutzschirme der Raumschiffe waren offensichtlich zusammengebrochen. Gucky zupfte Rhodan am Ärmel.

»Was gibt es, Kleiner?«

Der Mausbiber sah verwirrt aus. Rhodan blickte zu Fellmer Lloyd hinüber, der ebenfalls einen verstörten Eindruck machte.

Bevor Gucky antworten konnte, explodierten erneut zwei Antimateriebomben in unmittelbarer Nähe der Korvette. Die Glut hüllte das Schiff zur Hälfte ein. Alarmpfeifen zeigten an, daß die HÜ-Schirme bis an die Grenze der Belastbarkeit beansprucht wurden. Einige Instrumente fielen aus, als einige Sicherungen durchschlugen. Mehrere Sekunden verstrichen, bevor die Ersatzgeräte die Arbeit übernahmen.

»Wenn die Paramags bis jetzt nicht besser getroffen haben, Perry«, sagte der Mausbiber, »dann liegt das nicht daran, daß sie so schlecht konstruierte Zielautomaten haben.«

»Sondern?«

»Sie sind einfach überrascht. Sie sind vollkommen durcheinander«, fuhr der Ilt fort. »Ich habe das Gefühl, bei ihnen herrscht ein gedankliches Chaos.«

»Was hat das mit der Zielgenauigkeit ihrer Geräte zu tun, Kleiner?« erkundigte sich Rhodan. »Ich sehe den Zusammenhang noch nicht.«

»Die Sprengsätze aus Antimaterie – oder was das sonst sein mag – werden nicht mit Zielgeräten gesteuert, sondern durch mentale Kräfte gelenkt. Die Paramags sind noch so durcheinander, daß es ihnen nicht gelingt, sich genügend zu konzentrieren.«

»Wir wollen hoffen, daß das auch so bleibt«, knurrte Rhodan.

Seine Worte konnten nicht darüber hinwegtäuschen, daß er ebenso wie die anderen bestürzt war. Lebewesen, die in der Lage waren, derartige Gewalten mit Parakräften auszulösen, zu steuern und annähernd ins Ziel zu bringen, waren äußerst beachtenswert. Gegen derartige Kämpfer gab es kaum eine Gegenwaffe, denn auch die HÜ-Schirme blieben absolut nutzlos, wenn es den Paramags gelang, die Antimaterie direkt in das Innere eines der Schiffe zu bringen.

Rhodan wandte sich um und blickte auf die Bildschirme. Der Verband der terranischen Schiffe raste unbeirrt durch das Trümmersystem auf den Riesenmeteoriten von Asporc zu. An wenigstens zehn Stellen flammten zugleich Sonnen aus explodierender Antimaterie auf.

Rhodan ahnte, daß die Paramags sich noch lange nicht eingeschossen hatten.

Offensichtlich versuchten die Paramags, die geistige Sphäre der Besatzung eines Schiffes zu erfassen, bevor sie ihre Raumbomben einsetzten. Dabei konnten sie jedoch bis jetzt die Geschwindigkeit der Raumer noch nicht genügend genau abschätzen. Es war nur noch eine Frage der Zeit, bis sie Volltreffer auf Volltreffer erzielten.

Es gab nur eine Rettung: Die Schiffe mußten den Riesenmeteoriten so schnell wie möglich erreichen.

2.

Betty Toufry floh mit einem erstickten Aufschrei durch das Paratransauge aus einer PEW-Ader.

Danach war sie allein. Das Wesen, das sie verfolgt hatte, tauchte nicht mehr auf. Wenn es überhaupt existiert hatte, dann war es in der PEW-Ader zurückgeblieben. Darüber war sie erleichtert, doch zugleich bedrückte sie die Erkenntnis, daß die Verbindung zu den anderen Altmutanten schlagartig abgerissen war.

Beunruhigt blickte sie sich in dem Saal um, in dem sie herausgekommen war. Eine Seite des riesigen Raumes wurde von kompliziert aussehenden Maschinen und Schalttafeln eingenommen. Unzählige Lichter blinkten geheimnisvolle Signale. Die anderen Wände waren mit Spiegeln bedeckt, die hin und wieder an einzelnen Stellen voll transparent wurden und dann seltsame Farbenspiele durchscheinen ließen. Einen Sinn konnte Betty darin nicht erkennen.

Langsam drehte sie sich um sich selbst. Jetzt war vergessen, daß sie eben noch in heller Panik vor etwas Unbekanntem und Geheimnisvollem geflohen war. Der Anblick ihres eigenen Spiegelbildes fesselte sie. Langsam trat sie näher an eine Wand heran. Natürlich hatte sie die anderen Altmutanten schon häufig in ihrer neuen Gestalt gesehen, sich selbst jedoch noch nicht. Ihr Bild faszinierte sie und stieß sie zugleich ab. Sie fand sich ausgesprochen häßlich.

Sie ähnelte einem großgewachsenen terranischen Biber. Ihre Haut schimmerte rostfarben und sah an einigen besonders beanspruchten Stellen verletzt und abgeschabt aus. Die beiden Beine mit dem dreizehigen Fuß wirkten plump, zumal sie viel zu kurz für den Körper waren. Zaghaft setzte sie den Fuß des dritten Beines auf und stützte sich damit ab. Sie fand, daß sie wie eine dicke Birne aussah, die auf einem dreifüßigen Hocker kauerte. Die beiden Arme mit den stark ausgebildeten Muskeln und den überaus fein geformten Händen gefielen ihr dagegen sehr.

Sie trat dicht an einen Spiegel heran und starrte sich in die Riesenaugen, die aus zahlreichen türkisfarbenen Facetten bestanden. Sie waren noch das Hübscheste in dem pavianartigen Gesicht mit der weit vorgewölbten Schnauze und dem kräftigen Gebiß.

Interessant fand sie die großen Ohren, die rund und sehr beweglich waren. Sie trugen feine Nervenfühler, die sie befähigten, Geräusche aus dem Ultraschallbereich deutlich wahrzunehmen. So lauschte Betty auch jetzt unwillkürlich allen Lauten nach, die ihr ungewöhnlich und verdächtig erschienen. Im Saal war es hell, fast zu hell für ihre empfindlichen Augen, die schon auf geringste Lichtspuren ansprachen.

Betty winkte ihrem Spiegelbild zu. »Deine Aussichten als Schönheitskönigin wären wahrscheinlich nicht besonders groß«, sagte sie leise zu sich selbst, »aber dies ist immer noch besser, als gar keinen Körper zu haben.«

Ein seltsamer geistiger Impuls ließ sie zusammenfahren. Die Paradox-Intelligenz schien sich zu regen.

Betty erinnerte sich wieder an die gefährliche Situation, in der sie und die anderen sich befanden. Sofort versuchte sie, telepathischen Kontakt mit Gucky zu bekommen, aber sie bemühte sich vergeblich. Ihre Gedanken verwirrten sich, und es gelang ihr nicht mehr, sich ausreichend zu konzentrieren. Draußen – damit meinte sie alles, was sich außerhalb des Meteoriten befand – herrschte das Chaos. Sie spürte die parapsychischen Stürme, die im Paramag-System tobten. Sie fühlte die gewaltigen Mächte, die das System erschütterten, und sie wunderte sich, daß sie bis jetzt nichts davon gemerkt hatte. Die Magnetiseure griffen die terranischen Raumschiffe ungestüm an. Sie mobilisierten offensichtlich ihre gesamten Kräfte, um zu verhindern, daß die Flotte den Meteoriten erreichte.

Die Mutantin wehrte sich gegen die in ihr aufsteigende Panik. Sie wußte, daß sie einen klaren Kopf behalten mußte. Ihre Warnung war bei Perry Rhodan angekommen, und er hatte prompt reagiert, so, wie sie es auch erwartet hatte. Anstatt dann aber bei ihren Freunden, den anderen Altmutanten, zu bleiben, war sie bei dem kleinsten Zwischenfall geflohen. Ein Paramag war plötzlich zwischen ihnen aufgetaucht. Jetzt wußte sie, daß keine akute Gefahr bestanden hatte, und sie ärgerte sich darüber, daß sie so unbesonnen gehandelt hatte. Wichtig war doch nur gewesen, daß sie Perry Rhodan benachrichtigt hatte. Das hatte sie getan, überaus aufgeregt und in fast panischem Schrecken, weil plötzlich die Gefahr einer Invasion des heimatlichen Solsystems drohte.

Betty zwang sich, den Aufruhr im Trümmersystem ein wenig von sich zu schieben. Sie konnte jetzt nichts tun, um Perry zu helfen. Ihr waren die Hände gebunden. Gegen die Paradox-Intelligenz konnte sie nichts ausrichten. Diese war allgegenwärtig und steckte in jedem kleinen Stückchen PEW-Metall – falls sie sich nicht alle grundlegend geirrt hatten. Ins Rechenzentrum konnte sie allein ebenfalls nicht vorstoßen. Und selbst wenn sie es hätte tun können, wären ihre Aussichten auf Erfolg sehr gering gewesen. Die Paramags waren sehr angriffslustig geworden. Vermutlich hätten sie jeden getötet, der dem Zentrum zu nahe kam.

Betty schüttelte den Kopf und kratzte sich hinter den großen Ohren. Ihr wäre lieber gewesen, wenn sie Gucky in der Nähe gehabt hätte. Mit ihm hätte sie besser abstimmen können, was zu tun war.

Vor ihr verfärbte sich ein Spiegel. Ihr Kopf sah plötzlich knallrot aus, und ihre Augen schienen von innen heraus zu leuchten. Betty schüttelte sich.

Sie fragte sich, ob sie jemals wieder einen menschlichen Körper haben würde, in dem sie auf die Erde zurückkehren konnte. Der Wunsch, die heimatliche Sonne wiederzusehen, erwachte unerwartet heftig in ihr. Nie zuvor hatte sie sich derartig stark nach Terra gesehnt. Auf dem Spiegel schien das Bild einer mitteleuropäischen Landschaft zu entstehen. Sie glaubte einen Fluß zu sehen, der sich durch eine grüne Ebene zu einem Meer schlängelte.

»Ach, Quatsch«, sagte sie laut und hieb mit der Faust gegen den Spiegel. »Du bist verrückt.«

Sie wandte sich um und watschelte zu den Schalttafeln hinüber. Mehr denn je zweifelte sie daran, daß sie jemals wieder den Körper eines Menschen tragen und unabhängig von PEW-Metall werden würde. Sie zwang sich dazu, alle sentimentalen Gefühle zu unterdrücken, und sie redete sich ein, daß nur das Leben wichtig war, nicht aber seine äußere Erscheinungsform. Sie hatte sich doch gewünscht, wieder zu leben wie andere Wesen in der Galaxis auch, nicht aber als schwer faßliche parapsychische Existenzform im Hyperraum gefangen zu sein, ohne Hoffnung auf Tod oder Leben zu haben.

Sie blieb vor den Maschinen stehen. »Du benimmst dich wie ein kleines, dummes Mädchen, Betty«, schalt sie sich selbst. »Es gibt tausend wichtige Dinge zu tun und zu bedenken, und was tust du? Du bemitleidest dich selbst. Wenn Gucky das erfährt, zieht er dich ein halbes Jahrhundert lang damit auf.«

Sie wandte sich halb zur Seite und blickte gegen eine Spiegelwand. Sie entblößte ihre Zähne, aber dadurch sah sie nicht fröhlicher aus. Hinter ihr polterte etwas zu Boden.

Erschreckt fuhr sie herum. Alle belastenden Gedanken fielen von ihr ab. Sie war hellwach und konzentrierte sich wieder voll auf ihre Aufgabe. Zwei Paramags waren in den Saal gekommen. Sie hielten lange Metallpeitschen in den Händen. Unschlüssig standen sie neben dem Paratransauge. Sie schienen ebenso überrascht zu sein wie sie. Ihre Gedanken waren völlig durcheinander, und ihre Gefühle schwankten zwischen Angst und Angriffswut hin und her. Zunächst schienen sie fliehen zu wollen, aber dann merkten sie, daß Betty sich schutzlos fühlte. Sie erkannten in ihr den Feind, ohne daß Betty erfaßte, womit sie sich verraten hatte.

Die beiden Magnetiseure hoben die Peitschen und näherten sich schnell.

In einer winzigen Vorratskammer fand Gucky Icho Tolot. Der Koloß kauerte in einer Ecke und ließ eine Asporc-Nuß in seiner Hand auf und ab schnellen.

»Hier bist du!« rief der Mausbiber. »Versteckst du dich etwa?«

Der Haluter entblößte seine gewaltigen Zahnreihen zu einem lautlosen Lachen. Er warf sich die Nuß in den Mund und zermalmte sie. Der Ilt bemerkte, daß sie ebenso verdorben war wie jene, die Icho Tolot in der Zentrale erwischt hatte.

»Futtern kannst du später«, sagte er schnell und hielt sich beide Hände an die Nase. »Wir werden dringend gebraucht.«

Ihm wurde schlecht. Er teleportierte aus dem Raum. Als der Haluter wenig später auf den Gang hinauskam, sah er Gucky auf dem Boden sitzen und verzweifelt nach Luft ringen. Der Ilt wich erschrocken zurück.

»Komm mir nur nicht zu nah, Icho!« bat er mit versagender Stimme. »Ich kann diesen Gestank nicht ertragen.«

»Mein armes Kleines«, entgegnete der Haluter mit donnernder Stimme und stampfte auf den Ilt zu, wobei er seine vier Arme tröstend ausstreckte. »Ich wollte dich nicht kränken.«

»Das tust du auch nicht, Icho, aber du bringst mich glatt um, wenn du noch näher kommst.« Er verdrehte theatralisch die Augen. »Dabei muß ich mit dir zusammenarbeiten?«

»Was ist geschehen?« fragte der Haluter.

»Die Paramags schießen mit Antimateriebomben auf uns. Wir müssen etwas unternehmen, um sie davon abzubringen.«

Icho Tolot schien ratlos zu sein. Er verharrte mitten in der Bewegung und überlegte. Gucky erfaßte, daß er nicht alles wissen konnte, was geschehen war, und informierte ihn schnell.

»Es gibt also nur eine Möglichkeit, Icho. Wir müssen im Trümmersystem herumhopsen und nach den Paramags suchen. Wenn wir sie finden, müssen wir ihnen einen so gewaltigen Schreck einjagen, daß sie vergessen, mit Antimaterieklumpen auf uns zu werfen.«

»Worauf warten wir denn noch?« erkundigte sich der Haluter, der sofort begriff. »Wir müssen uns beeilen.« Er streckte seine Arme erneut aus, doch auch jetzt griff der Ilt nicht zu.

»Zieh dir einen Raumanzug an, Icho! Ich hole dich gleich wieder ab, wenn ich Ras gefunden habe.«

Damit verschwand der Mausbiber. Icho Tolot zögerte nicht länger. Er kehrte um und eilte zu einem Spezialschrank, in dem ein für ihn geeigneter Raumanzug untergebracht war. Er legte ihn an. Über die Helmlautsprecher hörte er die Anweisungen an die Mannschaft mit. Die Lage der Korvette hatte sich verschärft. Die Paramags legten einen Feuergürtel aus explodierender Antimaterie vor die anfliegenden Raumschiffe der MARCO POLO.

Gucky materialisierte unmittelbar vor dem Giganten.

»Es wird Zeit«, teilte er knapp mit. »In der Zentrale wird man allmählich nervös. Wir haben der Antimaterie nichts entgegenzusetzen als ein bißchen Glück. Das haben wir aber auch bis jetzt weidlich ausgenutzt.«

Er klappte seinen Raumhelm zu und griff nach einer der Hände des Haluters. Fragend blickte er ihn an. Der Koloß entblößte seine Kegelzähne und hob den Ilt an seine Brust.

»Es kann losgehen«, sagte er. Seine Stimme kam stark gedämpft aus den Helmlautsprechern des Ilts.

Gucky teleportierte mit ihm zusammen in die Zentrale der Korvette. Perry Rhodan und Atlan drehten sich kurz zu ihnen um. Der Großadministrator nickte ihnen zu und wandte sich sofort wieder den Bild- und Ortungsschirmen zu.

»Schade«, sagte Gucky. »Ich dachte, es gibt noch einen großen Bahnhof für uns, bevor wir verschwinden.«

»Ganz im Gegenteil«, entgegnete Ras Tschubai lächelnd. »Wenn du nicht bald verduftest, wird man dir mit terranischer Deutlichkeit zu verstehen geben, daß du hier fehl am Platze bist.«

Gucky legte sich unwillkürlich die Hand ans Hinterteil. »Darauf verzichte ich. Komm, Icho!«

Er teleportierte in den Raum hinaus. Ras Tschubai folgte ihm. Die drei unterschiedlichen Wesen materialisierten in der Nähe eines kleinen PEW-Brockens, weit von den terranischen Raumschiffen entfernt. Der Weltraum hinter ihnen schien zu brennen. In ununterbrochener Folge vergingen Antimaterieteile zu reiner Energie. Lichtblitze von ungeheurem Ausmaß füllten das Blickfeld und verdeckten das leuchtende Band der Sonnenballungen im galaktischen Zentrum.

Gucky verständigte sich per Handzeichen mit Ras Tschubai. Sie nahmen Icho Tolot zwischen sich und teleportierten mit ihm weiter zu einem großen PEW-Stück, auf dem der Ilt einige regelmäßige Zeichnungen zu erkennen glaubte. Er hoffte, hier auf Paramags zu stoßen. Als sie auf der grau schimmernden Oberfläche des Trümmerstücks rematerialisierten, wußte er sofort, daß sie erneut ins Leere gestoßen waren.

Er konzentrierte sich und lauschte mit allen Sinnen nach den geistigen Impulsen der Bewohner dieses seltsamen Systems. Wenig später glaubte er, herausgefunden zu haben, von wo die Antimaterieangriffe kamen. Er zeigte auf ein schimmerndes Gebilde, das mehr als einhunderttausend Kilometer von ihnen entfernt war.

»Von dort kommt etwas«, meldete er. »Wenn du dir Mühe gibst, Ras, können wir es in zwei oder drei Etappen bis dorthin schaffen.«

»Angeber«, antwortete der Afrikaner. »Falls dir unterwegs die Puste ausgehen sollte, dann sag's nur. Ich nehme dich dann mit.«

Gucky kicherte. »Dann hops mal schön«, sagte er, nahm Icho Tolot bei einer Hand und teleportierte mit ihm. Ras Tschubai erwischte noch einen Saum des Raumanzuges des Haluters, so daß er mit Gucky Kontakt halten konnte. Weit jenseits der flammenden Antimateriebarriere kamen sie heraus. Der Brocken, den Gucky bezeichnet hatte, war bereits sehr nahe gerückt.

»Jetzt bin ich ganz sicher«, rief der Ilt. »Wir sind auf dem richtigen Weg!«

Mit dem nächsten Sprung erreichten sie das PEW-Trümmerstück, von dem die Angriffe gelenkt wurden. Sogar der Haluter schien das starke Parafeld zu fühlen, das den Weltraumkörper umgab, denn seine Stimme klang absolut überzeugt, als er sagte: »Hier sind sie.«

Der Planetoid war ein bizarr geformtes Bruchstück, das an der Oberfläche keinerlei Zeichen einer Zivilisation zeigte. Auch Spuren einer ehemaligen Pflanzendecke gab es nicht. Ras Tschubai entdeckte lediglich die Fragmente eines Turmes, der etwa vier Meter hoch war und in seltsam bläulichem Licht schimmerte. Er bewegte sich auf die Ruine zu, bückte sich und griff nach einem Metallbügel, der aus dem Boden ragte. Er konnte ihn nicht aufheben.

Als er sich wieder aufrichtete, fiel ihm auf, daß Gucky wie erstarrt zwischen den Felsen stand. Icho Tolot ließ sich auf seine Laufarme hinabfallen und rannte los. Erst jetzt bemerkte Ras Tschubai den Roboter, der zwischen steil aufragenden Felstürmen hervorkam. Er hatte die Form eines Tausendfüßlers. Über seinem Kopf glühten die Abstrahlfelder zweier Impulsgeschütze. Bevor der Automat sie abfeuern konnte, prallte der Haluter gegen ihn.

Der Koloß hatte aus dem Stand heraus angegriffen und beschleunigt. Wie ein Geschoß stieß er gegen den Körper des Roboters und schleuderte ihn hoch. Blaue Blitze zuckten durch die sich öffnenden Metallplastikplatten. Die Impulsgeschütze feuerten sinnlos in das All hinein.

Icho Tolot sprang mit einem weiten Satz über den Roboter hinweg und landete an einer Steilwand. Hier krallte er sich fest und blickte nach unten. Wie ein kampfbereites Ungeheuer kauerte er über dem Automaten und wartete darauf, daß dieser sich regte.

»Komm herunter, Icho, du hast es schon beim ersten Angriff geschafft!« rief Gucky. »Der Blechkasten ist Schrott.«

Der Haluter drückte sich ab und ließ sich langsam hinabfallen. Seine mächtigen Füße prallten auf die Panzerplatten des Roboters und drückten sie ein. Das Gerät zeigte keine Reaktion mehr. Zufrieden entblößte Icho Tolot seine Zahnreihen. Er blieb auf dem Automaten stehen und beobachtete den Ilt, der die Arme vor der Brust kreuzte und den Kopf senkte.

»Beeil dich, Gucky!« drängte Ras Tschubai.

»Ich bin ja gerade dabei«, entgegnete der Ilt heftig. »Stör mich jetzt nicht.«

Tschubai verstummte. Er blickte zu dem flammenden All auf. Noch immer griffen die Paramags mit Antimateriewaffen an. Die Raumschiffe waren aus dieser Entfernung nicht mehr auszumachen, es war auch nicht zu erkennen, ob die Explosionen von den Waffen der Paramags stammten oder ob sie von dem Ende eines Raumschiffes zeugten. Bei anderen Raumschlachten blieb Ras Tschubai fast immer sehr ruhig. Er wußte, daß Rhodan alle Möglichkeiten ausschöpfte, den Gegner zurückzuschlagen. Hier sah alles anders aus. Die hochentwickelte Technik Terras half hier überhaupt nichts. Gegen die Antimateriewaffen der Paramags gab es keine Abwehr und keine Kontermöglichkeit. Rhodan konnte nur hoffen, daß er und seine Schiffe nicht getroffen wurden. Das war alles.

Endlich hob Gucky den Kopf. »Ich hab's«, rief er. »Ich weiß, wo sie sind. Kommt her, meine Kleinen, ich werde euch – wie üblich – führen.«

Die beiden »Kleinen«, die ihn weit überragten, verzichteten darauf, ihm eine passende Antwort zu geben. Sie warteten ungeduldig darauf, endlich etwas tun zu können. Rhodan mußte entlastet werden. Mit jedem Augenblick, der ungenutzt verstrich, wuchs die Wahrscheinlichkeit, daß die Paramags eines oder mehrere der Schiffe voll trafen. Sobald sie sich erst einmal eingeschossen hatten, bestand die Möglichkeit, daß sie die gesamte Flotte innerhalb weniger Minuten vernichteten.

Icho Tolot und Ras Tschubai griffen nach den Händen des Ilts. Kaum war der körperliche Kontakt hergestellt, als der Mausbiber auch schon teleportierte. Er riß den Haluter mit. Ras Tschubai folgte mühelos mit eigenen Teleporterfähigkeiten.

Sie rematerialisierten in einer matt erleuchteten Halle, in der zahlreiche Paramags schwebten. Ab und zu sanken sie zu Boden. Dann stießen sie sich sanft ab und stiegen wieder in die Höhe. Angesichts der geringen Schwerkraft dieses Trümmerstücks waren sie dabei von künstlichen Antigravitationsreglern unabhängig.

Sie bewegten sich in schwach schimmernden, farbigen Feldern, die wie Gaswolken in zwei Ebenen durch die seltsame Höhle zogen. Ein Teil glitt dicht unter der halbkugelförmigen Decke entlang. Sie kamen in weitgefächerter Form unmittelbar aus dem PEW-Metall hervor und näherten sich auf ihren Bahnen immer mehr, bis sie schließlich zu einem breiten Streifen verschmolzen und so wieder in der Wand verschwanden. Dabei vermischten sich die Farben jedoch nicht, so daß ein äußerst bunter Strang entstand, der aus vielen Einzelfäden geflochten zu sein schien.

Die untere Wolkenebene flog mit wesentlich höherer Geschwindigkeit dicht über den Boden dahin. Auch sie setzte sich aus vielen farbigen Gasbänken zusammen.

Sie flossen, als seien sie von eigenständigem Leben erfüllt, um die Paramags herum, verformten sich zu bizarren Gebilden und strömten wieder zusammen. Gucky glaubte, hier und dort so etwas wie ein Gesicht zu erkennen, das aus dem Farbenspiel hervorblickte.

Ras Tschubai murmelte etwas von Raumschiffen, die er zu sehen meinte. Icho Tolot blieb nüchtern und unbeeindruckt. Er schien auch die Musik nicht zu hören, deren Töne sich an den Grenzen der Wahrnehmbarkeit bewegten und vermutlich weit in den Ultraschallbereich hineinstiegen.

»Was soll das alles?« fragte Ras.

»Das weiß ich auch nicht«, antwortete der Ilt. »Ich weiß nur, daß diese Knaben sich darauf konzentrieren, Perry mit Antimaterie zu bewerfen.«

Der Haluter klappte seinen Raumhelm zurück und öffnete den Rachen. Ein urweltlicher Schrei kam über seine Lippen. Gucky und der Terraner fuhren erschrocken zurück. Sie hörten ihn durch den Schutzhelm hindurch. Die Paramags aber schienen taub und blind zu sein. Sie bemerkten die Gruppe nicht und reagierten nicht einmal auf den Lärm, den Icho Tolot veranstaltete.

Der Haluter klappte seinen Helm wieder zu. Er ließ sich auf seine Laufarme nieder und rannte quer durch die Halle. Dabei prallte er nacheinander mit wenigstens zehn Magnetiseuren zusammen. Die kleinen Körper wirbelten durch die farbigen Wolkenbänke bis an die Decke hinauf, prallten gegeneinander und stießen sich voneinander ab. Innerhalb weniger Sekunden wurden auch die Paramags erfaßt, die Icho nicht direkt angerempelt hatte.

Die Ordnung war nachhaltig gestört – aber die Paramags bemerkten davon nichts. Sie hielten die Arme nach wie vor hinter dem Rücken gekreuzt und stießen sich auch jetzt noch sanft ab, sobald ihre Füße auf Widerstand trafen. Dadurch verstärkte sich das chaotische Durcheinander noch.

»Nichts«, sagte Ras Tschubai enttäuscht. »So können wir sie nicht stören.«

Icho Tolot kehrte zu Gucky zurück. Unzufrieden blickte er sich um und stellte fest, daß die meisten Paramags zu der Boden-Decke-Bewegung zurückfanden, ohne sich dabei sonderlich anstrengen zu müssen.

Die farbigen Wolken hatten sich kaum verändert. Immer wieder flossen sie zu Gebilden zusammen, die terranischen Köpfen ähnlich sahen, bis plötzlich Atlan mitten aus den leuchtenden Feldern zu erwachsen schien. Gucky begriff sofort.

»Jetzt haben sie sich eingepeilt! Sie zielen auf Atlans Korvette!«

Ras Tschubai griff nach seinem Kombistrahler. Er schaltete ihn gedankenschnell auf Paralysewirkung um und schoß auf die Paramags. Das Gesicht des Arkoniden löste sich auf. Zugleich erzitterte der Boden unter den Füßen des kleinen Einsatzkommandos. Irgend etwas war in ihrer unmittelbaren Nähe explodiert.

Gucky packte zwei Paramags mit telekinetischen Kräften und ließ sie parallel nebeneinanderherfliegen. Die beiden Magnetiseure prallten auf ihrem Formationsflug durch die Halle mit zahlreichen anderen zusammen. Erneut entstand ein chaotisches Durcheinander, das abermals nicht ausreichte, die Konzentration auf den parapsychischen Angriff zu stören.

Dennoch schien irgend jemand einen Alarm ausgelöst zu haben. Ein Schott, das sie bisher nicht bemerkt hatten, öffnete sich, und zwei Roboter, die wie stachelbewehrte Kraken aussahen, griffen an. Einer von ihnen versuchte, Icho Tolot mit seinen Greifarmen zu umfassen. Der Haluter lachte dröhnend. Er ließ sich die Umarmung gefallen, packte dann jedoch blitzschnell zu und zermalmte den Automaten zwischen seinen vier Händen.

Ras Tschubai hatte es etwas schwerer. Er mußte weit zurückweichen, bevor er seine Waffe auf Impulswirkung umgeschaltet hatte und schießen konnte. Offensichtlich klappte etwas an seinem Gerät nicht so, wie es sein sollte. Gucky beobachtete den Freund aus den Augenwinkeln heraus. Er wußte, daß Ras sich notfalls mit einer Teleportation retten konnte, und machte sich deshalb keine Sorgen. Während hinter seinem Rücken zwei weitere Kampfroboter angriffen, wandte er sich ganz den Paramags zu.

Er fing abermals zwei von ihnen ein, ließ sie mit starker Beschleunigung durch die Halle kreisen und lenkte sie dann gegeneinander. Es knackte laut, als sie mit den Köpfen aneinanderprallten. Gucky erschrak. Er fürchtete, ein wenig zu hart zugeschlagen zu haben, doch dann empfing er deutliche Gedanken und beruhigte sich wieder.

»Ihr habt ganz schön harte Köpfe«, stellte er fest. »Damit könnte man tatsächlich Asporc-Nüsse knacken.«

»Wie bitte?« fragte Ras keuchend.

Gucky wandte sich zu ihm und zeigte ihm seinen Nagezahn. Vergnügt zwinkerte er ihm zu, wobei er völlig zu übersehen schien, daß der Afrikaner große Mühe hatte, sich aus den Trümmern eines zerschossenen Roboters zu befreien.

»Achtung, Kleiner!« rief Ras.

Der Ilt teleportierte einfach einige Meter zur Seite und drehte sich erst dann um. Ein Roboter, der aussah wie eine wandelnde Kaffeekanne, griff mit vier Zangen dorthin, wo er noch eben gewesen war.

»Der hätte mich glatt gekniffen, Ras«, sagte Gucky empört. »Was sagst du dazu?«

Ras Tschubai lächelte. Er stieß einen abgetrennten Roboterarm zur Seite und erwiderte: »Du solltest besser aufpassen, als dich laufend zu beschweren.«

Gucky winkte lässig ab. Zugleich bog er die Zangenarme des Roboters um, so daß dieser sich selbst zerfetzte. Und weil ihm das noch nicht reichte, demonstrierte er seine Möglichkeiten noch an fünf Paramags, die er zwei Meter über dem Boden mit den Köpfen zusammenkrachen ließ. Jetzt verschwanden die leuchtenden Gaswolken. Nur hier und dort flammte noch einmal ein grelles Feld auf, verflüchtigte sich jedoch sofort wieder.

Einige Magnetiseure begannen zu schreien. Sie zeigten auf Gucky und Icho Tolot, der erneut kreuz und quer durch die Halle rannte und zur Seite schleuderte, was sich ihm in den Weg stellte.

Endlich hatten sie ihr Ziel erreicht. Die Paramags waren so nachhaltig gestört worden, daß sie sich nicht mehr darauf konzentrieren konnten, die terranische Flotte anzugreifen.

Gucky mochte auf eine Demonstration seines Siegerstolzes nicht verzichten. Er watschelte bis in die Mitte des Saales, ohne sich um die Paramags zu kümmern, die verstört durcheinanderliefen. Wer sich ihm in den Weg stellte, den schob er mit großartiger Geste zur Seite. Dann hüpfte er in die Höhe und hielt sich telekinetisch zwei Meter über dem Boden in der Schwebe. Er zeigte seinen Nagezahn und kicherte vernehmlich.

Ras Tschubai rief ihm eine Warnung zu, als ein walzenförmiger Roboter in die Halle kam. Gleichzeitig griff er nach Icho Tolot und teleportierte zusammen mit ihm. Keine Sekunde zu früh. Der Robot schoß mit einem Impulsstrahler und traf die Stelle, an der die beiden eben noch gestanden hatten.

Der Ilt stieß einen schrillen Pfiff aus.

Er drohte mit der Faust und rief: »Nimm dich zusammen, Heini!«

Telekinetisch verbog er die Zieleinrichtung der Waffe und schaltete sie damit aus. Sein erneuter Sieg veranlaßte ihn zu einem weiteren Gekicher. Dabei übersah er völlig, daß die Paramags sich inzwischen wieder beruhigt hatten. Sie zogen sich bis an die Wände zurück und starrten zu dem Mausbiber hinauf.

Gucky drehte sich dreimal im Kreise, kreuzte die Arme vor der Brust und setzte zu einer Frage an. Jetzt endlich merkte er, daß sich etwas tat. Er fühlte die drohende Gefahr. Hier und da entstanden farbige Felder im Raum. Sie schossen auf ihn zu, als wollten sie ihn durchbohren.

Der Ilt griff die Magnetiseure telekinetisch an und stieß sie einen nach dem anderen um. Als alle zu Boden gefallen waren, entschloß er sich endlich zum Rückzug. Zu spät – wie er sehr schnell merken sollte.

Gucky teleportierte, aber noch während er entmaterialisierte, fühlte er, daß etwas nicht stimmte. Vor seinen Augen flammte es auf. Eine unerträgliche Hitze entstand, und rasende Schmerzen peinigten ihn.

Der Mausbiber erkannte, daß die Paramags Antimaterie im Saal geschaffen hatten. Beim ersten Kontakt mit Normalmaterie war sie zu reiner

Energie vergangen. Ein ungeheurer Energiesog erfaßte den Ilt und schleuderte ihn in den Hyperraum.

Für den Bruchteil einer Sekunde kehrte er in das Einstein-Universum zurück und sah, daß der PEW-Brocken in weißem Feuer verging.

3.

Betty Toufry fühlte einen heftigen Schmerz im Kopf. Ihr war, als sei ihr eine Lanze in den Schädel gedrungen. Unmittelbar darauf spürte sie wieder die seltsame Individualstrahlung der Paradox-Intelligenz. Ihre Sicht verschleierte sich. Sie konnte die beiden Paramags, die sie angriffen, kaum noch sehen. Instinktiv wich sie rückwärts aus. Der Boden unter ihren Füßen schwankte.

Sie hörte, wie die Spiegel zersplitterten. Metall schlug tönend gegen Metall. Betty schlug blind um sich, und sie traf die Paramags. Für einen kurzen Moment hatte sie Luft. Ihre Blicke klärten sich. Sie sah, daß mehrere seltsam geformte Roboter eingedrungen und ihr zu Hilfe gekommen waren. Sie erfaßte sofort, daß sie es nur einem Zufall zu verdanken hatte, daß sie nicht als erste von den Automaten angegriffen worden war. Die Paradox-Intelligenz schlug ungezielt zu.

Sie wandte sich um und floh zu der Wand mit den Schaltinstrumenten hin, als plötzlich die Luft vor ihr flimmerte. Erschrocken blieb sie stehen.

»Gucky!« rief sie.

Allmählich bildete sich aus flirrenden Energiefeldern ein Wesen heraus, das dem Mausbiber entfernt ähnlich sah.

Der Unbekannte röchelte und öffnete seinen Mund. Betty Toufry verlor jegliches Interesse an der Erscheinung, als sie sah, daß sich kein Nagezahn zwischen den grauen Lippen verbarg. Wäre dieser zu sehen gewesen, hätte sie keine Sekunde daran gezweifelt, daß sie den Ilt vor sich hatte.

Sie lief weiter, ohne sich um das Fremde zu kümmern, zumal es nicht zu einer stabilen Form zu finden schien, sondern ständig wieder entmaterialisierte. Sie vernahm mit ihren telepathischen Sinnen so etwas wie einen Ruf, aber sie gab nichts darauf. Hier im Meteoriten tobten die verschiedensten parapsychischen Kräfte, so daß Täuschungen leicht möglich waren.

»Betty!« piepste es hinter ihr.

Vor ihr hockte Gucky auf dem Boden, ohne sich darum zu kümmern, daß ein Kampf zwischen den Paramags und den Robotern der Paradox-Intelligenz tobte.

»Ich könnte fast schwören, daß du Gucky bist«, sagte die Telepathin. Sie versuchte, die Gedanken des Ilts zu erfassen, aber das gelang ihr nicht. Störfelder überlagerten sie zu sehr. Zudem führte das Wesen vor ihr einen ihr unbegreiflichen Kampf um seine materielle Existenz.

»Ich – bin – Gucky«, verkündete das Wesen mit einem kläglichen Fiepen.

»Du solltest wirklich Gucky sein?« Betty schüttelte den Kopf. »Wo hast du denn deinen Zahn gelassen?«

Der Ilt griff blitzschnell nach seinem Kopf. Seine Finger stießen dort, wo der mächtige Nagezahn eigentlich sein sollte, ins Leere. Entsetzt weitete er die Augen und schrie zugleich auf. Darüber vergaß er, sich genügend zu konzentrieren. Der Hyperraum riß ihn wieder an sich. Er verschwand.

Betty Toufry erwachte wie aus einem Traum. Sie bemühte sich mit aller Macht, Kontakt mit dem Ilt zu bekommen, aber ihre Rufe blieben ohne Echo. Sie hätte die Versuche gern noch länger ausgedehnt, aber jetzt griff ein spinnenförmiger Roboter sie energisch an und warf sie zu Boden. Er zielte mit einem langen Stachel nach ihr, verfehlte sie jedoch, als sie sich rasch zur Seite rollte. Sie sprang auf und floh auf eine Öffnung zu, die hinter einem zerbrochenen Spiegel zu erkennen war. Eilig kletterte sie über die Trümmer hinweg und rettete sich in das Dunkel eines niedrigen Ganges. Sie mußte gebückt gehen, aber das machte ihr nichts aus, zumal sie feststellte, daß keiner der Roboter ihr folgte.

Innerhalb weniger Sekunden gewöhnten sich ihre infrarotsichtigen Augen an das spärliche Licht. Sie beruhigte sich, und es fiel ihr auf, daß es hier kühler als im Spiegelsaal war.

Immer wieder rief sie die anderen Altmutanten, doch geraume Zeit verging, bis sie endlich Antwort bekam. Die telepathischen Impulse waren schwach und verzerrt, aber mit ihrer Hilfe glitten ihre eigenen Blicke über den Meteoriten hinaus in das All. Sie sah die Raumschiffe der MARCO POLO im Anflug, und sie merkte sofort, daß etwas geschehen war. Die Beiboote näherten sich zögernd, als könnten sie noch nicht fassen, daß der Antimateriebeschuß aufgehört hatte.

Sie selbst spürte – ebenso wie die Mutanten bei Perry Rhodan –, daß die Paramags nachhaltig gestört worden waren. Dennoch blieb auch sie unsicher. Sie fühlte, daß die Ruhe trügerisch war. Jeden Augenblick konnte der Feuersturm erneut losbrechen. Die Trefferchancen der Paramags stiegen von Sekunde zu Sekunde, denn je geringer die Entfernung der Flotte zum Meteoriten wurde, desto geringer wurde zwangsläufig auch der Abstand zwischen den Schiffen, die alle auf dem mächtigen PEW-Brocken landen wollten.

Betty fragte sich, ob die Paramags nicht einfach nur zu warten brauchten, bis die Dichte im Schwarm der anfliegenden Raumer so groß wurde, daß sie blind zuschlagen konnten.

»Wenn Sie nicht so schwarz wären wie ich, dann würde ich sagen, daß Sie ganz schön blaß geworden sind«, rief Icho Tolot lachend. »Mein Kleines, Ihnen ist der Schrecken in die Glieder gefahren!«

Ras Tschubai antwortete nicht. Er teleportierte weiter und nahm den Haluter bis zum nächsten Trümmerstück mit. Hier rematerialisierten sie zwischen grauem PEW-Metall. Das Licht der Sterne und das der Explosionen spiegelten sich in Tausenden von Kristallen an den wildzerklüfteten Wänden des Planetoiden. Mit Hilfe ihrer Antigravitatoren hielten sie sich auf dem Brocken, der zuwenig Eigenschwerkraft besaß, als daß er sie an sich hätte ziehen können.

Der Afrikaner starrte zu der weißen Kleinstsonne hinüber, die mitten im Trümmersystem entstanden war. Nur ganz knapp waren sie dieser Hölle entkommen.

»Ich frage mich, ob unser Freund Gucky auch noch dort ist«, sagte er leise.

»Bestimmt nicht«, entgegnete der Haluter. »Er wird ausgerissen sein, ebenso wie wir.«

Die Glut breitete sich sternförmig aus, erlosch jedoch, bevor sie andere PEW-Stücke erreichte. Die Paramags hatten sich selbst vernichtet. Ras war überzeugt davon, daß sie es unbeabsichtigt getan hatten. Sie hatten einfach nur versucht, sich ihrer Haut zu wehren, und hatten dabei die gleichen Waffen eingesetzt, die sie auch gegen die Raumschiffe Rhodans geschleudert hatten. Es war ihnen nicht gelungen, rechtzeitig umzuschalten.

Behutsam griff Icho Tolot nach dem Arm des Teleporters.

»Wenn Gucky nicht rechtzeitig geflohen ist, dann ist es jetzt zu spät«, stellte er außerordentlich leise fest. »Es hat keinen Sinn, hier noch länger zu bleiben. Wir müssen zurück zum Schiff.«

»Und was soll ich Perry sagen?« fragte Ras. »Soll ich ihm sagen, daß wir Gucky zurückgelassen haben?« Er schüttelte den Kopf.

Icho Tolot gab einen unbestimmbaren Laut von sich. »Vielleicht braucht Perry unsere Hilfe«, sagte er wenig später. »Wir können nicht helfen, wenn wir hierbleiben.«

»Sie könnten recht haben, Icho.«

Ras Tschubai griff nach dem Arm des Haluters und teleportierte mit ihm zu einem größeren Planetoiden, den sie von hier aus sehen konnten. Das Trümmerstück rotierte relativ schnell, so daß sie Mühe hatten, die Orientierung nicht zu verlieren. Ras hielt sich nicht lange auf. Es sprang bald weiter und legte diesmal eine größere Strecke zurück. Sie rematerialisierten im Raum. Icho Tolot zeigte zu dem Meteoriten hinüber, dessen schimmernde Flächen sie bereits erkennen konnten. Mehrere Raumschiffe setzten darauf zur Landung an.

Bevor er etwas sagen konnte, schob sich ein grauer Nebel zwischen sie und die Raumer. Er glitzerte, als ob er aus zahllosen Kristallen bestünde.

Zunächst nahm er einen großen Raum ein, so daß sie ihn nicht vollständig überblicken konnten, aber dann zog er sich zusammen, wurde dichter und konturenschärfer, bis Icho Tolot vor Überraschung aufbrüllte.

»Das wird Gucky!« rief er.

Ras Tschubai hatte seine Helmlautsprecher sehr stark gedrosselt, um sich vor der mächtigen Stimme des Haluters zu schützen. Dennoch hörte er dessen Worte deutlich und verstand sie. Er antwortete jedoch nicht.

Sprachlos vor Überraschung, blickte er auf das Gebilde, das sich aus dem Nichts heraus vor ihnen formte. Es glich Gucky weitgehend – doch da der Nagezahn fehlte, lagen die Kiefer sehr eng beieinander. Der Kopf wirkte übertrieben flach.

Der Mausbiber winkte mit beiden Armen. Er öffnete den Mund und rief etwas, aber weder Icho Tolot noch der Teleporter konnten ihn verstehen. Dabei wurde seine Gestalt immer kompakter. Sie schmolz immer mehr zusammen, bis sie normale Größe angenommen hatte. Die Augen des Ilts leuchteten auf, als ob sie von innen heraus angestrahlt würden. Ras Tschubai hatte das Gefühl, daß etwas Fremdes mit Gewalt in seinen Geist einzudringen versuchte. Er begriff, daß der Mausbiber ihm etwas mitteilen wollte. Als er seine instinktive Abwehr aufgab, war es jedoch schon zu spät. Gucky schrumpfte weiter. Er wurde rasend schnell kleiner, bis er nur noch so groß wie ein Daumennagel war. Dann verschwand er ins Nichts.

Die Sterne leuchteten so ruhig wie zuvor. Das Trümmersystem schien unverändert zu sein. Die Raumschiffe der MARCO POLO landeten auf dem Meteoriten, und die Paramags hielten sich noch immer zurück.

Verwirrt blickte Ras Tschubai den Haluter an.

»Ich wußte doch, daß mein Freund Gucky lebt!« rief Icho Tolot. »Es war also völlig überflüssig, sich Sorgen zu machen.«

»Verdammt«, sagte Ras wütend. »Der Kleine steckt doch bis zum Hals in Schwierigkeiten. Er braucht dringend Hilfe. Wir müssen etwas tun.«

Der Haluter lachte. »Ich kenne Gucky besser. Er wird sich selbst helfen.«

»Wenn ich doch auch so optimistisch sein könnte«, versetzte der Teleporter seufzend.

Er griff nach dem Arm des Giganten und sprang mit ihm bis zum Meteoriten. Sie rematerialisierten, als hoch über ihnen erneut Antimaterie zu reiner Energie verging.

»Es geht wieder los«, meldete Toronar Kasom, der die Korvette als Pilot leitete. »Die Paramags greifen an.«

Rhodan kam zu sich. Seine Blicke richteten sich auf die Ortungsschirme und die Überwachungsinstrumente.

»Das sieht gefährlich aus«, sagte Atlan besorgt. »Sie könnten uns in die Zange nehmen.«

Die Korvette befand sich im Landeanflug auf den Meteoriten. Die Instrumente zeigten eine Entfernung von nur noch siebzig Kilometern an. Vor ihnen senkten sich mehrere Korvetten und Space-Jets auf die schimmernden Flanken des Zielobjekts hinab.

Rhodan schwieg. Zwei weitere Antimateriebomben explodierten weitab von ihnen in einem Gebiet, das völlig frei von Schiffen war.

»Auf diese Weise können sie uns nicht ärgern«, sagte Kasom lächelnd. »Ein bißchen genauer müßten sie schon zielen.«

Atlan blickte Rhodan fragend an. Der Großadministrator blickte noch immer mit unbewegtem Gesicht auf die Sichtschirme.

»Perry«, drängte Atlan mit gedämpfter Stimme. »Gucky, Ras und Icho haben Erfolg gehabt. Sie haben die Paramags an weiteren Angriffen gehindert. Jetzt können sie die Landung nicht mehr verhindern. Es ist zu spät für sie.«

Rhodan schüttelte den Kopf. »Ich bin unruhig, Atlan«, entgegnete er. »Irgend etwas stimmt nicht. Ich spüre es.«

Seine Augen richteten sich auf den großen Panoramabildschirm, der einen Überblick über das gesamte Trümmersystem erlaubte. Wiederum vergingen einige Antimateriebrocken weitab zu reiner Energie. Kleine Sonnen entstanden, ohne Schaden anzurichten.

»Aktion beenden!« befahl Rhodan mit harter Stimme. »Geben Sie an alle Schiffe durch, daß wir uns zurückziehen!«

»Perry – das kannst du nicht tun«, sagte der Arkonide erregt. »Es ist zu spät. Die ersten Landetrupps verlassen die Schiffe bereits.«

»Eben darum.«

»Wir müssen zur Schaltzentrale, wenn wir die Invasion des Solsystems noch verhindern wollen.«

»Wem sagst du das?«

Atlan biß sich verärgert auf die Lippen. Er suchte nach Worten, um Rhodan umstimmen zu können. Einige Rückfragen der Raumschiffskommandanten liefen ein. Man wollte Gewißheit, daß man den Befehl nicht falsch verstanden hatte.

Einige kleinere Kommandos waren bereits in den Meteoriten eingedrungen.

»Die Offiziere fragen, ob auch sie zurückkehren sollen«, sagte Kasom.

»Natürlich nicht«, antwortete Rhodan. »Sie sollen versuchen, die Schaltzentrale zu erreichen.«

Auf den Bildschirmen war deutlich zu erkennen, daß die Korvetten und Space-Jets starteten und sich fluchtartig von dem Meteoriten entfernten.

»Perry, ich verstehe das nicht«, sagte Atlan kopfschüttelnd. »Wir hatten es doch schon geschafft.«

»Vielleicht habe ich mich geirrt, Atlan. Dann können wir den Fehler wiedergutmachen. Habe ich mich jedoch nicht geirrt, dann ...«

Er verstummte, denn plötzlich schien der Meteorit zu brennen. Zwischen der Korvette und dem Trümmerstück flammten Antimateriesonnen auf, und eine Feuerwalze schien über die Hänge des Giganten von Asporc zu rollen. Rhodans Befürchtungen bewahrheiteten sich. Die Paramags griffen mit letzter Konsequenz an und versuchten, die Flotte der Beiboote in der gefährlichsten Phase des Unternehmens zu treffen.

Atlan preßte die Lippen zusammen. Er erkannte, wie jeder andere an Bord auch, daß Sekunden über das Schicksal der Besatzungen der Raumer entschieden. Space-Jets und Korvetten schossen, in die grünen HÜ-Schirme gehüllt, aus dem Feuersturm hervor und rasten mit hoher Beschleunigung in den freien Raum hinaus. Rhodans Befehl war zur rechten Zeit gekommen.

»Das ist selbstmörderisch«, sagte der Arkonide. Er strich sich das schlohweiße Haar aus der Stirn. »Die Paramags vernichten sich auf diese Weise selbst.«

»Noch nicht«, entgegnete Rhodan ruhig. »Sie benötigen die Daten aus den Speicherbänken noch. Solange sie diese nicht haben, werden sie um den Meteoriten kämpfen – ohne ihn zu zerstören. Sie haben sich jetzt sehr genau eingeschossen.«

»Dann müßten sie uns auch treffen können.«

Rhodan nickte. »Das dürfte richtig sein, Alter. Ich befürchte, daß sie die Antimaterie auch hier in der Zentrale vergehen lassen können.« Er blickte sich suchend um. »Wo bleiben die Teleporter? Nur mit ihrer Hilfe kommen wir jetzt weiter.«

»Gucky und Ras sind noch nicht zurückgekehrt«, antwortete Atlan. »Bis jetzt liegt nur eine Funknachricht von Ras vor. Es scheint Schwierigkeiten gegeben zu haben.«

»Sie sollen an Bord kommen«, befahl Rhodan. »Wir haben keine Zeit zu verlieren.«

Rhodan ging zum Funkleitstand, wo die Offiziere bereits damit beschäftigt waren, das Einsatzkommando zu rufen. Nur wenige Sekunden verstrichen, bis Icho Tolot sich meldete.

»Wir sind auf dem Meteoriten«, erklärte er. »Ras scheint ein kleines Problem zu haben. Er hat versucht, Gucky zu helfen.«

Wieder flammte der Raum auf, als die Paramags Antimaterie gegen die Beiboote einsetzten. Bisher hatte es keine schwerwiegenden Ausfälle gegeben. Einige Space-Jets meldeten Schäden an ihren Triebwerken. Rhodan blickte auf.

»Ein bißchen deutlicher, Tolotos. Was ist passiert?« fragte Atlan.

Der Haluter lachte dröhnend. Er schien sich keine Sorgen zu machen.

»Nicht viel«, antwortete er. »Gucky hat bei einer Teleportation einen kleinen Fehler gemacht. Er hat seinen Zahn unterwegs verloren, und jetzt geniert er sich, aus dem Hyperraum zu kommen. Ohne sein liebstes Stück mag er sich nicht sehen lassen. Ras versucht, ihn zur Vernunft zu bringen, aber das scheint sehr schwer zu sein.«

»Er ist verrückt geworden«, murmelte Toronar Kasom. »Die Angriffe der Paramags scheinen ein wenig zuviel für ihn gewesen zu sein.«

Atlan schüttelte den Kopf. Er kannte Icho Tolot zu gut, und er glaubte nicht daran, daß dieser sich durch irgend etwas wirklich aus der Ruhe bringen lassen könnte.

»Ras soll sofort hierherkommen!« befahl Rhodan.

»Vielleicht benötigt Gucky ihn dringend«, wandte Atlan ein.

»Ich sagte sofort«, beharrte Perry knapp.

Atlan übermittelte die Worte an den Haluter. Icho Tolot lachte erneut.

»Ich werde es Ras sagen«, meldete er. »Sobald er sich entschieden hat, wo er bleiben will, werde ich es ihm ausrichten.«

Atlan und Rhodan blickten sich an.

»Jetzt glaube ich auch, daß Icho durchgedreht ist«, sagte der Arkonide. »Ich möchte wissen, was da unten los ist.«

Betty Toufry blieb stehen. Sie war allein. Der Gang, durch den sie bisher gelaufen war, schien bis ins Unendliche zu führen und ohne Leben zu sein. Hinter den Wänden aber spürte sie Gedanken. Der ganze PEW-Brocken war voller Gedankenimpulse. Sie schienen von überall her zu kommen und waren so vielfältig, daß sie kaum voneinander zu trennen waren. Im Meteoriten hielten sich noch immer die zeitgeschädigten Paramags auf. Sie bemühten sich ständig, die Antriebsmaschinen dieses riesigen Weltraumkörpers zu aktivieren, aber sie würden keinen Erfolg haben. Die Paramags des Trümmersystems hatten wirksame Blockaden gelegt, und auch die Paradox-Intelligenz war nicht untätig geblieben. Dieses nur schwer bestimmbare Wesen, das sich aus dem Parabio-Emotionalen-Wandelstoff herausgebildet hatte, verfolgte eigene Pläne, die Betty bis jetzt noch nicht durchschaute. Sie glaubte, daß die Paradox-Intelligenz zunächst die volle Macht über den Meteoriten anstrebte. Sie wollte über ihren eigenen Körper herrschen.

Betty fand dieses Bestreben absolut verständlich und keineswegs paradox. Was aber würde dann kommen? Würde dieses fremdartige Wesen damit zufrieden sein?

Sie wurde durch die panischen Impulse aufgeschreckt, die von außen hereindrangen. Sofort erkannte sie Gucky als den Rufenden, aber bevor sie reagieren konnte, war er wieder verschwunden. Sein nächster Schrei kam aus wesentlich größerer Entfernung. Er war nur kurz, so daß sie auch jetzt nicht antworten konnte. Dafür vernahm sie deutlich die Gedanken von Ras Tschubai und zahlreichen anderen Terranern, die auf dem Meteoriten gelandet waren und einzudringen versuchten.

Verwirrt ließ Betty sich auf den Boden sinken. Sie wußte nicht, wohin sie sich wenden sollte. Sie wollte helfen – aber wo konnte sie das am besten tun? Wo waren überhaupt die anderen Altmutanten geblieben?

Wieder kam ein Schrei des Mausbibers, und Betty reagierte fast instinktiv, als sie sich sofort darauf ausrichtete. Ihre parapsychischen Sinne peilten sich auf den Ilt ein und suchten den Kontakt zu ihm mit aller Macht. Sie fühlte die Unruhe, die Gucky erfüllte. Er war viel zu aufgeregt, als daß er sofort auf ihre Impulse hätte eingehen können. So vergingen kostbare Bruchteile von Sekunden, bis eine paraenergetische Kommunikation auf unterbewußter Ebene zustande kam.

Betty erzitterte, als sie merkte, daß der Mausbiber sich in einer energetischen Zone bewegte, die irgendwo zwischen dem Normaluniversum und dem Hyperraum anzusiedeln war. Seine vor Minuten begonnene Teleportation war noch immer nicht abgeschlossen, weil er sich unbewußt, aber außerordentlich stark gegen die Rematerialisation wehrte.

Die Telepathin zwang sich zur Ruhe. Sie wollte dem Mausbiber einen Ortungspunkt geben, an dem er sich orientieren und nach dem er sich ausrichten konnte. Wenig später schon entspannte sich der Ilt etwas, zugleich aber kam seine Besorgnis über das Schicksal von Ras Tschubai durch. Auch dieser hatte sich bemüht, ihm zu helfen.

Es war ihm nicht gut bekommen. Drohte ihr jetzt das gleiche Schicksal? Sie schüttelte diesen Gedanken sogleich ab, als sie erkannte, wie sehr sie die lockere Verbindung zu Gucky durch die nachlassende Konzentration gefährdete. Sie war Telepathin. Ihr Kontakt mit ihm war ganz anderer Art als jener, den der Afrikaner aufgenommen hatte.

Sie atmete rascher, als sie fühlte, wie die Verbindung zu dem Mausbiber fester wurde. Jetzt hatte sie es. Sie konnte ihn mit ihrer parapsychischen Kraft in das Normaluniversum zurückleiten. Verbissen konzentrierte sie sich.

Sie vernahm die drängenden Rufe, die von dem Schiff Perry Rhodans zu ihr kamen. Rhodan benötigte Teleporter. Er rief sie, weil sie ihm bei der Invasion des Meteoriten helfen sollten.

Betty kapselte sich gegen Rhodan ab Sie konnte jetzt nur eines tun – sich voll und ganz auf Gucky konzentrieren. Vielleicht konnte sie dadurch auch Ras Tschubai helfen.

Der Feuersturm, der über die Oberfläche des Meteoriten hinwegging, war schuld daran, daß Ras Tschubai für den Bruchteil einer Sekunde die Kontrolle über sich verlor.

Schon bei seinem ersten Sprung zusammen mit Icho Tolot war es zu der gleichen Katastrophe gekommen, der Gucky zum Opfer gefallen war. Es gelang dem Afrikaner nicht mehr, normal zu rematerialisieren.

Er sah den Haluter, der über die Klippen des Planetoiden raste und sich bemühte, ihm zu folgen. Allmählich begriff er, daß er sich in einer Endloskette von Teleportationen befand, die jedesmal über eine sehr kurze Distanz gingen.

Ras bemühte sich mit aller Kraft, die ständigen Sprünge zu beenden, aber umsonst. Irgend etwas nahm ganz entscheidenden Einfluß auf ihn und zwang ihn zu einer parapsychischen Dauerleistung, die irgendwann zu einem völligen Zusammenbruch oder zu einer endgültigen Entstofflichung führen mußte Der Afrikaner fühlte schon jetzt, daß es ihm immer schwerer fiel, in das Einstein-Universum zurückzukehren.

Die sich vollständig in reine Energie auflösende Antimaterie schien ihn im Zusammenspiel mit dem PEW-Metall des Meteoriten und der darin entstandenen Paradox-Intelligenz von jenem Gehirnteil abzutrennen, in dem sein parapsychisches Leistungszentrum lag. Er hatte das Gefühl, in zwei Persönlichkeiten zu zerfallen, die ihm beide nicht mehr ganz gehörten.

Seine normalen Wahrnehmungsmöglichkeiten waren nicht beeinträchtigt worden. Er sah den Haluter, der sich durch das immer wieder aufblitzende Energiefeuer kämpfte. Sein grüner HÜ-Schirm schützte ihn ausreichend gegen die tobenden Gewalten, die weite Flächen des Meteoriten aufglühen ließen. Er hörte die Rufe des Haluters, der immer wieder an ihn appellierte und seinen Willen zu mobilisieren versuchte. Allmählich schien Icho Tolot begriffen zu haben, daß es wirklich ernst um ihn und um Gucky stand. Sein Planhirn arbeitete jetzt vermutlich fieberhaft an der Lösung des Problems.

Ras vernahm ebenso die Funksprüche, die von den Raumschiffen Rhodans kamen. So hatte er beobachtet, daß die Korvetten und Space-Jets sich zurückzogen, um dem Antimateriefeuer auszuweichen.

Schlagartig kam Ras die Erkenntnis. Er mußte Rhodan und den Raumschiffen folgen. Er mußte sich aus der verhängnisvollen energetischen Klammer lösen, die in unmittelbarer Nähe des Meteoriten herrschte. Je weiter er sich von diesem entfernte, desto größer mußten zwangsläufig seine Chancen werden, sich zu befreien.

Er versuchte, seine Gedanken sofort in die Tat umzusetzen. Schon beim ersten Teleportersprung hatte er Erfolg. Die Distanz zu den Felsen wuchs um mehr als einhundert Meter. Ras atmete auf. Jetzt war er überzeugt, daß er es schaffen konnte. So ließ er sich in die nächste Teleportation reißen.

Rasender Schmerz durchzuckte ihn. Ihm war, als habe sich etwas in seinem Rücken verbissen. Er geriet erneut in den energetischen Sog, der ihn immer mehr in Richtung Entstofflichung riß. Seine Wahrnehmungen verschoben sich ineinander. Er glaubte, farbig zu hören und geräuschvoll zu sehen. Der Geruch des synthetischen Materials in seinem Raumanzug schmerzte irgendwo in seinem Kopf, und die Stimme des Haluters schien irgendwo im Raum zu schweben und sich über seine Haut zu tasten.

Er hatte das Gefühl, mit ungeheurer Geschwindigkeit auf das Sternenmeer des galaktischen Zentrums zuzurasen, und er wunderte sich, daß Gucky in seiner Nähe war. Der Mausbiber starrte ihn mit geweiteten Augen aus seinem Raumanzug heraus an. Den Kopf hatte er so weit eingezogen, daß Ras nicht erkennen konnte, ob der Ilt seinen Nagezahn wiedergefunden hatte oder nicht.

Er streckte die Arme aus, um Guckys Arm zu ergreifen, aber er stieß ins Leere und begriff endlich, daß er sich hatte täuschen lassen.

Eine Hoffnung erlosch, und sein Widerstand gegen die vernichtenden Gewalten sank weiter. Er fühlte, daß da irgendwo in dem Meteoriten eine Kraft war, die Gucky eine Orientierungshilfe gab, aber es gelang ihm nicht, mit ihr Kontakt zu bekommen.

Die Stimme Rhodans schien aus unerreichbarer Ferne zu kommen. Sie rief ihn und Gucky. Sie forderte ihn auf, endlich zurückzukehren und in den Kampf um den Meteoriten einzugreifen, aber sie bot ihm nicht jenen Halt, den er benötigte.

Er begann, die Paradox-Intelligenz, das PEW-Metall und die Paramags zu hassen, weil sie ihn in eine Situation gebracht hatten, aus der er nicht mehr herausfand. Er wollte gegen diesen energetischen Komplex kämpfen. Er wollte sich nicht geschlagen geben, weil dann auch Rhodans Plan undurchführbar blieb und weil dann den Paramags der Weg ins Solsystem geöffnet wurde.

Betty! Warum half sie ihm nicht? Warum half sie nur Gucky? Woher wußte er überhaupt, daß die Telepathin den Ilt zu retten versuchte?

Das galaktische Zentrum rückte nicht mehr näher, sondern wich vor ihm zurück.

Ras fühlte, daß sich seine Lage schlagartig stabilisierte. Der Sog ließ nach. Ihm war, als sei er von einem Blitz getroffen worden, der plötzlich eine Verbindung nicht nur zu Betty, sondern auch zu dem Ilt geschaffen hatte. Sein Wahrnehmungsvermögen normalisierte sich wieder. Er sah, daß er seine Position nur geringfügig verändert hatte. Noch immer befand er sich wenige hundert Meter über dem Meteoriten, und er konnte unter sich Icho Tolot erkennen, der von zwei Robotern angegriffen wurde. Seltsamerweise vollzog sich der Kampf zwischen ihm und den Automaten mit quälender

Langsamkeit. Der Energiestrahl aus seiner Waffe kroch träge auf die Maschinen zu, die unfähig zu sein schienen, ihm auszuweichen.

Ras ließ sich nicht ablenken. Er begriff am Rande, daß eine Zeitverzögerung eingetreten war, befaßte sich aber nicht mit ihr, weil er sie als bedeutungslos für sein Problem ansah. Ihm war nur die Dreiecksverbindung zu Gucky und Betty wichtig, weil sie ihm die Hoffnung gab, die tödliche Entstofflichung verhindern zu können.

Die Kraft, die von der Telepathin ausging, wuchs ständig. Allmählich wurden auch die Impulse des Ilts deutlicher. Ras lächelte. Der Mausbiber sträubte sich tatsächlich noch immer gegen die Rückkehr in das Einstein-Kontinuum.

»Du kannst dir doch einen künstlichen Zahn geben lassen, Gucky«, sagte er, wobei er nicht beabsichtigte, den Ilt anzusprechen. Die Worte kamen ihm einfach über die Lippen.

Doch Gucky reagierte. »Ich will aber keinen Stiftzahn!« schrie er wütend. Ras glaubte, seine Stimme hören zu können, und es verging geraume Zeit, bis er sich darüber klar wurde, daß er Guckys Protest mit telepathischen Sinnen aufgenommen hatte, über die er sonst nicht verfügte. »Eher werde ich ab sofort Fleischfresser. Kannst du dir überhaupt vorstellen, was Bully sagen wird, wenn ich mit einer Prothese auf die Erde zurückkomme?«

»Sorgen hast du«, antwortete Ras.

Er sah deutlich, wie Icho Tolot die beiden Roboter vernichtete. Sie explodierten. Noch immer war die Zeitverzögerung wirksam. Ras beobachtete, wie sich Risse in den metallenen Körpern bildeten, wie Glut durch sie hindurchschimmerte, wie sie sich aufblähten und dann unendlich langsam auseinanderplatzten.

Die Szene dehnte sich immer länger aus. Ras stellte überrascht fest, daß er noch immer im Normalraum verweilte. Der Sog zur Entmaterialisierung wurde zwar immer stärker, zugleich aber konnte er sich auch immer besser gegen ihn behaupten. *Danke, Betty!* dachte er.

Ihr Lachen klang in ihm auf. Sie war zufrieden mit ihrer Leistung. »Jetzt kommt mal langsam in die Wirklichkeit zurück!«

»Wir schaffen es schon, Betty.« Jetzt waren bereits Minuten vergangen, ohne daß er erneut zu einer Teleportation gezwungen worden war. Er sank auf den Meteoriten hinab, weil er von der geringen Schwerkraft angezogen wurde. Suchend blickte er sich um, aber er konnte Gucky nicht sehen.

»Kleiner, wo bist du?« rief er laut.

»Ganz in deiner Nähe, Ras«, antwortete der Ilt mit nuschelnder Stimme, die ganz deutlich machte, daß er sich noch nicht daran gewöhnt hatte, jetzt ohne Nagezahn zu sein.

Ras Tschubai drehte sich um sich selbst, bis er den Ilt entdeckte. Gucky war noch nicht so weit wie er. Der Ilt kämpfte noch immer mit dem Entmaterialisationssog und hatte noch nicht voll ins Einstein-Kontinuum zurückgefunden. Dennoch schwebte auch er auf den Meteoriten zu.

Als sie bis auf dreißig Meter an Icho Tolot herangekommen waren, flammte das All auf. Ein Glutmeer umgab sie. Winzige Antimateriebrocken vergingen zu Energie.

Ras Tschubai schrie auf. Er hatte das Gefühl, in eine Sonne zu stürzen und zu verbrennen. Zugleich schleuderte ihn etwas mit unfaßlicher Gewalt in eine Teleportation hinein, die er nicht wollte.

4.

»Bis jetzt war ich der festen Überzeugung, daß die Paramags den Meteoriten zumindest so lange verschonen würden, bis sie die Koordinaten von Zeut haben«, sagte Rhodan. »Aber das scheint ein Irrtum gewesen zu sein.«

Auch Atlan und die anderen Führungsoffiziere und Wissenschaftler in der Hauptleitzentrale der Korvette waren überrascht über die gewaltigen Energieentladungen auf der Oberfläche des Planetoiden.

»Unter diesen Umständen ist eine Landung völlig ausgeschlossen«, stellte Atlan fest. Seine Augen tränten. Er war überaus aufgeregt. Unruhig blickte er auf sein Chronometer. »Es ist bereits elf Uhr. Die Zeit läuft uns weg, Perry. Wir müssen etwas tun.«

Rhodan antwortete nicht. Er war ratlos. Niemand brauchte ihm zu sagen, wie knapp die Zeit war, die ihnen vielleicht noch zur Verfügung stand. Bis jetzt wußte niemand, wie nahe die Paramags ihrem Ziel bereits gekommen waren oder ob sie es gar schon erreicht hatten. Auf ihrem Weg durch die PEW-Adern waren sie mit keinen Mitteln zu erfassen. Selbst die Mutanten konnten sie nicht beobachten.

»Bleibt nur noch eine Möglichkeit«, sagte der Arkonide.

Rhodan blickte ihn fragend an. »Welche?«

»Wir müssen den Meteoriten zerstören. Zwei Transformbomben genügen.«

Rhodan schüttelte den Kopf. »Nein«, erwiderte er. »Auf keinen Fall.«

Atlan lächelte unmerklich. »Deine Antwort überrascht mich nicht. Du bist eben immer noch der kleine Barbar mit dem weichen Herzen, der es noch immer nicht gelernt hat, kosmopolitisch zu denken und zu handeln«, sagte er aggressiv. »Deine Rücksichtnahme auf die Interessen anderer Völker ist schon fast anormal. Was, glaubst du, wird geschehen, wenn die

Paramags ins Solsystem einfallen und feststellen, daß der Planet Zeut nicht mehr existiert? Bist du sicher, daß sie ihren Zorn und ihre Enttäuschung nicht an Terra auslassen? Was hindert sie daran, Antimaterie auf die Erde zu schleudern und sie damit zu vernichten?«

Rhodan nahm mit einer äußerst gelassenen Geste einen Becher Kaffee entgegen, den ihm einer der Offiziere reichte.

»Der Ex-Imperator hat noch immer nicht erkannt, daß ich nach anderen Gesetzen als denen der Gewalt handele«, antwortete er ruhig. »Vergiß nicht, daß PEW-Metall für die Paramags fast so wichtig ist wie für uns der Sauerstoff. Wir haben nicht das Recht, den Meteoriten zu zerpulvern, nur auf den vagen Verdacht hin, die Paramags könnten irgendwann in der Zukunft vielleicht einmal so etwas wie einen Racheakt an der Erde ausüben. Nein, Arkonide, wir müssen uns etwas anderes einfallen lassen.«

Er trank einen Schluck Kaffee. »Wir wissen, in welchem Abschnitt des Trümmersystems Ras Tschubai, Gucky und Icho Tolot gewesen sind. Die Explosionen haben es uns deutlich angezeigt. In dieser Richtung können wir weitere Paramagzentren vermuten.«

»Du meinst, daß die Antimaterieangriffe von dort kommen?« fragte Atlan.

Rhodan nickte. »Die Möglichkeit besteht. Deshalb werden wir einige Transformbomben in diesen Sektor schicken. Vielleicht genügt das, die Aktionen der Paramags wenigstens für einige Zeit zu unterdrücken.«

Er erteilte die entsprechenden Befehle an die Führungsoffiziere der Korvette und besprach zusammen mit Atlan den nächsten Landungsversuch. Die Flotte der Beiboote war weitab vom Meteoriten auf Warteposition gegangen.

»Drei Korvetten werden den Transformbeschuß übernehmen«, erläuterte Rhodan wenig später. »Geben Sie den Befehl an die MARCO POLO weiter, daß sie uns mit weiteren Transformbomben unterstützen soll. Sie soll sich auf das Randgebiet des Trümmersystems und die größten Planetoiden konzentrieren. Danach werden wir sehen, ob die anderen Schiffe ungeschoren an den Meteoriten herankommen.«

Er blickte auf sein Chronometer. »Bereiten Sie alles vor! Wir starten den Angriff in zwei Minuten.«

In der Zentrale entwickelte sich fieberhafte Aktivität. Die koordinierte Macht der MARCO POLO setzte zu einem zweiten Schlag gegen den Meteoriten an.

Rhodan und Atlan arbeiteten schnell und präzise zusammen. Die kleine Auseinandersetzung war vergessen. Jetzt konzentrierte sich alles auf den erneuten Landungsversuch. Die zentrale Positronik registrierte die Einsatzbereitschaft der Space-Jets und Korvetten. Einige beschädigte Schiffe befanden sich auf dem Rückflug zur MARCO POLO, wo sie überholt werden würden.

»Liegen Meldungen von Gucky vor?« fragte Rhodan.

Atlan schüttelte den Kopf. Er sah sehr ernst aus. Perry verzichtete auf weitere Fragen. Er war nicht weniger besorgt als der Arkonide. Auch er fürchtete, daß die Mutanten dem letzten Feuersturm über dem Meteoriten zum Opfer gefallen waren.

Die letzten Sekunden liefen ab. Ruhe kehrte in den Kommandozentralen ein. Die Raumer waren einsatzbereit. Jetzt warteten alle Piloten nur noch auf den letzten, entscheidenden Befehl. Als er kam, flammten die Transformsonnen im Trümmersystem auf. Schwere energetische Erschütterungen durchliefen das System.

Der Angriff wirkte auf die Paramags wie ein Schock. Das zeigte sich schon Sekunden nach der ersten Explosion. Schlagartig beendeten die Magnetläufer ihren Antimateriebeschuß. Die Astronomen der MARCO POLO registrierten, daß mehrere Kleinstplanetoiden aus ihrer Bahn geworfen und gegen andere geschleudert wurden. Dadurch wurden die Paramags aufgeschreckt.

Die Beiboote der MARCO POLO rasten auf den Meteoriten zu. Nahezu zweitausend Kampfroboter und eintausend Mann Landungstruppen standen in den Schleusenkammern der Schiffe bereit und warteten darauf, ausgeschleust zu werden.

Rhodan und Atlan standen hinter Toronar Kasom. Sie beobachteten den Panoramaschirm, auf dem der Meteorit deutlich näher rückte. Sehr klar war zu erkennen, daß der Antimateriebeschuß starke Veränderungen auf ihm hervorgerufen hatten. Die Energieausschüttung hatte große Flächen völlig verwandelt. Klarer noch als zuvor zeigte sich, daß der Rückzugsbefehl Rhodans richtig gewesen war. Die Landungstruppen hätten den ungeheuren Gewalten auch mit Hilfe ihrer Kampfanzüge nicht widerstehen können. Die absorbierenden Schutzschirme wären unter der extremen Belastung zusammengebrochen.

»Transformbeschuß fortsetzen!« befahl Rhodan.

»Sir, die Astronomen melden, daß die Erschütterungen für das System zu stark werden«, teilte Toronar Kasom mit. »Sie empfehlen, das Feuer einzustellen.«

Rhodan zögerte nur kurz. Dann schüttelte er den Kopf. »Beschuß aufrechterhalten«, bestimmte er. »Wir müssen so lange schießen, bis wir genügend Männer gelandet haben.«

Die Entfernung zum Meteoriten schmolz schnell zusammen. Die Paramags verhielten sich noch immer ruhig. Niemand sprach in der Zentrale der Korvette, aber aller Augen richteten sich immer wieder auf den Großadministrator, der wie selbstverständlich an dieser Aktion teilnahm und sich dabei ebenso wie die anderen in höchste Gefahr begab.

Das war einer der Gründe dafür, daß die Besatzung der MARCO POLO bedingungslos zu Perry Rhodan hielt. Er verlangte nichts von ihr, was er nicht auch getan hätte. Er agierte an den Brennpunkten des Geschehens und nicht etwa aus der sicheren Bastion der MARCO POLO heraus. Diese Haltung trug ihm jedoch auch heftige Kritik von seiten derer ein, die sich für seine Sicherheit verantwortlich fühlten.

»Einhundert Meter«, meldete Toronar Kasom.

Rhodan blickte kurz zum Entfernungsmesser. Die Korvette landete. Sie schwebte langsam auf den Meteoriten hinab. Auf dem Bildschirm konnte Perry zahlreiche Space-Jets sehen, aus denen bereits Roboter hinabregneten, noch bevor die Landeteller die Felsen berührt hatten. Aus den Raumschiffen, die ihr Ziel bereits erreicht hatten, stürmten Männer in Kampfanzügen hervor. Sie wurden von Gruppen erwartet, die bei der ersten Landeaktion bereits das Ziel erreicht hatten. Die mächtigen Schleusentore des Meteoriten waren geöffnet.

Atlan kehrte vom Funkleitstand zurück. »Die meisten Schleusen sind zerstört worden«, teilte er Rhodan mit. »Uns stehen nur noch etwa zwanzig zur Verfügung.«

»Das genügt«, entgegnete Rhodan. »Komm!«

Die beiden Männer verließen die Hauptleitzentrale. Sie schwebten in dem zentralen Antigravschacht nach unten und liefen dann über eine Rollstraße zur Peripherie des kugelförmigen Raumschiffs. Als sie den äußeren Bereich betraten, standen mehrere Deckoffiziere mit den für sie vorgesehenen Kampfanzügen bereit. Sie halfen ihnen dabei, die hochwertigen Ausrüstungen anzulegen.

»Die beiden Oxtorner erwarten Sie, Sir«, sagte einer der Offiziere und reichte Rhodan einen schweren Kombistrahler. Automatisch fast überprüfte dieser die Waffe. Er nickte.

»Danke«, entgegnete er. Dann schlossen er und der Arkonide sich dem Strom der anderen Männer an, die das Schiff verließen. Wenig später schwebten sie, von Antigravfeldern getragen, auf die Felsen des Meteoriten zu.

Einige Raumschiffe starteten bereits wieder. Sie zogen sich ins All zurück, wo sie vor den Angriffen der Paramags sicherer waren als hier. Rhodan blickte sich um. Überall funkelten die Sonnen des galaktischen Zentrums und die zahllosen Trümmerstücke des Paramag-Systems. Weit von dem vielleicht wichtigsten Himmelskörper dieses Systems entfernt explodierten zwei Transformbomben. Zwei Sonnen entstanden aus dem Nichts heraus. Sie blähten sich auf und verloschen wieder. Nur ein rötlicher Schleier hielt sich noch für einige Zeit im Raum. Er überdeckte das Licht der Sterne.

Rhodans Aufmerksamkeit richtete sich nach vorn. Sie glitten auf eine schwach erleuchtete Schleuse zu, in der etwa zwanzig Männer darauf warteten, in den Meteoriten gelenkt zu werden. Einige Meter vor ihnen standen die beiden Überlebensspezialisten Powlor Ortokur und Neryman Tulocky. Obwohl sie nicht wesentlich größer waren als die anderen Männer des Einsatzkommandos, fielen sie Rhodan sofort auf. Ihre Haltung bewies unerschütterliche Selbstsicherheit.

Neryman Tulocky hob grüßend die Hand. »Es ist alles vorbereitet«, teilte er mit. »Dieser Bereich ist frei von Gegnern, aber weiter drinnen sieht es nicht so gut aus. Die Roboter der Paradox-Intelligenz machen uns zu schaffen.«

Rhodan hob ebenfalls die Hand. Zusammen mit einer Gruppe von dreißig Männern betrat er die Schleuse. Die Tore rollten vor die Öffnung. Der Druck in der Kammer stieg sekundenschnell an. Dann war der Weg ins Innere des Planetoiden frei.

Der Sturm auf die Speicherbänke konnte beginnen.

Rhodan öffnete den Raumhelm. In der langgestreckten Halle, die sich hinter der Schleuse auftat, herrschten Temperaturen von etwa zwanzig Grad Celsius. Die Luft war gut atembar.

Auch Atlan legte den Helm ab. Er blickte Powlor Ortokur fragend an. »Haben Sie etwas von Icho Tolot, von Gucky oder Ras Tschubai gehört?« Das ölig glänzende Gesicht des Oxtorners blieb unbewegt. Ortokur sah abweisend aus, aber Atlan ließ sich dadurch nicht täuschen. Im Gesicht dieses Mannes hatte noch niemand lesen können. Es war hart und kantig. Es wirkte fast wie aus Granit geschlagen. Die Augen lagen im Schatten der dicht behaarten Brauenwülste und ließen ebenfalls keinen Ausdruck erkennen.

»Ich habe nichts gehört«, antwortete der Überlebensspezialist. Er drehte sich halb um und blickte zu Neryman Tulocky hinüber. Dieser schüttelte den Kopf.

»Nichts«, bestärkte der Oxtorner seine Aussagen. »Gehen wir also.«

Ras Tschubai stürzte in einen Energiestrudel, der ihn erst in Richtung galaktisches Zentrum sog, sich dann umkehrte und ihn zurückwarf. Er hatte das Gefühl, wie ein Ball zwischen zwei Wänden hin und her geschleudert zu werden.

Als er schließlich rematerialisierte und ruhig durch das All schwebte, verlor er das Bewußtsein. So fiel es ihm außerordentlich schwer, sich zu orientieren, als er wieder zu sich kam. Er wußte nicht, wo er war und wie er hierhergekommen war. Geraume Zeit verging, bis sich seine Sinne klärten.

Der Teleporter drehte sich langsam um sich selbst und blickte sich dabei um. Dabei entdeckte er, daß er in einen ganz anderen Teil des Trümmersystems gerissen worden war.

In seiner Nähe befand sich ein sehr großer Planetoid. Er war unregelmäßig geformt und hatte einen Durchmesser von wenigstens 2500 Kilometern. Die Oberfläche wirkte wüst und leer, wies jedoch einige gerade Linien auf, die auf eine gewisse Bearbeitung hindeuteten. Ras vermutete, daß hier vor vielen Jahrzehntausenden so etwas wie Straßen oder Kanäle erstellt worden waren. Eine Atmosphäre hatte dieser Weltraumkörper nicht.

Ras Tschubai fühlte sich versucht, auf diesem Koloß zu landen und ihn zu untersuchen, aber er schob den Gedanken von sich. Im Augenblick war es vorrangig, zu Rhodan zurückzukehren.

Er schreckte vor einer Teleportation zurück. Sein ganzer Körper schmerzte, und sein Schädel schien platzen zu wollen. Er drehte seinen Antigravitator hoch und beschleunigte. Mit einem Knopfdruck schaltete er die Wahlautomatik ein, die ihm zunächst etwas Wasser und dann einige Konzentrattabletten und ein Schmerzmittel verabreichte. Einige Minuten später war ihm wohler. Er entspannte sich und atmete tief durch. Die Krise war überstanden. So glaubte er. Daß er sich irrte, merkte er Minuten später, denn erst dann wurde ihm bewußt, daß ständig jemand nach ihm rief.

Gucky!

Er blickte sich suchend um und feuerte seinen Energiestrahler mehrfach blind ab, um dem Ilt mit den Blitzen seine Position anzugeben.

»Jetzt sehe ich dich«, klang die Stimme in ihm endlich auf. »Mann, ist mir schlecht.«

Der Afrikaner entdeckte einen Energiestrahl, der in einer Entfernung von einigen Kilometern abgefeuert wurde. Sofort richtete er seinen Antigrav darauf aus. In seinen Helmlautsprechern rauschte und knackte es. Immer wieder rief er den Mausbiber, doch dieser antwortete nur, indem er seine Waffe auslöste. Schließlich gab Ras die Versuche auf, von Gucky einige erklärende Worte zu hören.

Erst als die beiden Mutanten sich sehen konnten, meldete Gucky sich. »Bist du auf dem Dicken gewesen, Ras?«

»Ob ich ... was?«

Gucky kicherte. »Ich wollte wissen, ob du auf dem dicken Trümmerstück gewesen bist, das dahinten durch die Gegend schwirrt und so tut, als wäre alles in bester Ordnung.«

Ras Tschubai trieb an den Ilt heran. Er ergriff die Hand, die dieser ihm entgegenstreckte, und flog zusammen mit ihm weiter. Besorgt blickte er ihn an. Die zahllosen Sonnen des galaktischen Zentrums spendeten so viel Licht, daß er den Mausbiber deutlich sehen konnte.

»Ich frage mich, ob bei dir auch alles in Ordnung ist, Kleiner.«

»Bei mir? Wie kommst du auf solch komische Fragen? Natürlich bin ich okay.«

Gucky lachte und zeigte Ras dabei seinen Nagezahn. Der Afrikaner hätte schwören können, daß die Augen des Mausbibers vor Stolz funkelten.

»Gratuliere – du hast ja deinen Zahn wieder. Wo hast du ihn gefunden?«

Der Ilt verschluckte sich fast, und seine Augen weiteten sich.

»Was soll der Unsinn, Ras? Mein Zahn war nie weg, also habe ich ihn auch nicht wieder, sondern noch immer. Und ich werde ihn auch immer behalten.«

Ras blickte den Freund prüfend an. »Mir scheint, dein Stolz wackelt aber ein bißchen.«

Gucky schloß rasch den Mund. »Nichts wackelt. Ich bin doch kein Greis.«

»Na, Kleiner, so jung bist du nicht mehr.«

»Ein anzügliches Wort noch, und ich teleportiere bis ans andere Ende des Trümmersystems«, drohte der Ilt.

Ras Tschubai ging auf diese Worte nicht ein. Er wußte, daß sie nicht ernst gemeint waren. Gucky würde jetzt ebensowenig teleportieren wie er selbst. Sie hatten Glück gehabt. Der durch die Antimaterie verursachte Feuersturm hatte sie von dem Meteoriten weggeschleudert und sie zugleich aus ihrer gefährlich instabilen Lage befreit. Offensichtlich war auch die bis dahin unvollständige Rematerialisation Guckys voll abgeschlossen worden.

»Weshalb wolltest du wissen, ob ich auf dem Riesenplanetoiden war?«

»Nur so.«

»Du mußt doch einen Grund gehabt haben.«

Gucky zögerte. Offensichtlich wollte er nicht zugeben, daß er sich nicht schlüssig war.

»Ich glaube, daß dort eine ganze Menge Paramags leben«, sagte er schließlich. »Ich bin mir nicht sicher. Als ich dich vorhin suchen mußte, hast du mich so abgelenkt, daß ich mich nicht genügend konzentrieren konnte.«

»Du verdrehst die Tatsachen, Kleiner.«

»Danach hast du mich mit deinem ständigen Gerede ...«

»Ich ziehe dir gleich die Ohren lang, Gucky.«

Der Ilt grinste ihn frech an. »Das kannst du nicht, Ras, du bist ja schließlich kein Telekinet. Aber ich kann dir die Ohren langziehen.«

Ras Tschubai fühlte, daß der Mausbiber telekinetisch nach ihm griff und kräftig an seinen Ohren zerrte.

»Au, verdammt!« rief er. »Jetzt weiß ich, daß du vollkommen wieder in Ordnung bist. Laß den Unsinn!«

Er hatte das Funkgerät eingeschaltet. Als Gucky jetzt seine Ohren freigab, versuchte er, Funkverbindung mit einem Schiff der Beibootflotte der

MARCO POLO zu bekommen. Sie brauchten nur einige Minuten zu warten, bis eine Antwort kam. Der Funkoffizier einer Space-Jet hatte sie gehört.

»Wir holen Sie ab«, meldete er und bat um Peilzeichen.

»Beeil dich«, sagte Gucky, »sonst kommen wir zu spät zum Mittagessen!«

»Darauf wirst du wohl noch verzichten müssen, Gucky«, entgegnete der Funker amüsiert. »Du wirst dringend im Meteoriten benötigt.«

»Dann werde ich wenigstens schlafen, bis ihr hier seid.«

Betty Toufry stieß einen Schrei aus, als sie Tako Kakuta entdeckte. Er befand sich in einem siebeneckigen Raum, dessen Wände mit weißen Fransen bedeckt waren. Er hüpfte mit plump wirkenden Sätzen von einem der vielen Farbflecken, die auf dem Boden leuchteten, zum anderen. Und jedesmal, wenn seine Füße aufprallten, lief ein farbiger Wirbel durch die Fransen an den Wänden. Seltsame Bilder entstanden. Sie waren fremdartig und unerklärlich, übten aber einen Reiz auf Tako Kakuta aus, dem dieser sich offensichtlich nicht entziehen konnte.

Erst als er ihren Schrei hörte, hielt er inne und drehte sich zu ihr um. Sein pavianähnliches Gesicht verzog sich. Er zeigte seine Zähne und knurrte etwas. Sie zweifelte nicht daran, daß er Tako Kakuta war. Mit Hilfe ihrer telepathischen Sinne konnte sie ihn ganz eindeutig identifizieren. Er jedoch war unsicher.

»Tako!« rief sie. »Ich bin Betty!«

Ihre Stimme klang fremd und verzerrt. Die Kehle der Paramags eignete sich nicht besonders für die Laute von Interkosmo. Dennoch verstand der Teleporter sie gut. Er hob seine Arme und winkte ihr grüßend zu.

»Komm her! Hilf mir!« bat er.

Sie watschelte zu ihm hinüber und blickte ihn fragend an. Seine Gedanken wurden von dem Farbenspiel gefangengenommen.

»Was treibst du eigentlich hier?«

Er hob die Arme und drehte sich um sich selbst. Bevor er etwas sagte, wußte sie schon Bescheid.

»Hier ist irgendwo ein Paratransauge, aber ich kann es nicht mehr finden. Es liegt unter den Fransen – aber wo?«

Er hatte einige Paramags verfolgt, die offensichtlich nicht zur ehemaligen Besatzung des Meteoriten gehörten, sondern aus dem Trümmersystem stammten. Sie waren in dem Paratransauge verschwunden. Hinter ihnen hatte sich die farbige Wand wieder geschlossen.

»Ich habe sie belauscht, konnte aber leider nicht alles verstehen, was sie sagten«, berichtete der Teleporter. »Ich glaube, sie wollten zur Schaltzentrale. Deshalb wollte ich sie verfolgen.«

Betty Toufry ließ ihre telekinetischen Kräfte spielen. Während Tako Kakuta vorher von einem Farbfleck zum anderen springen mußte, um die Wände in Bewegung zu bringen, brauchte sie sich nicht von der Stelle zu bewegen. Sie übte einfach nur telekinetisch Druck auf den Boden aus und erreichte so das gleiche Ziel. Farbenkaskaden liefen über die Fransen. Bilder von faszinierende Schönheit entstanden. Nie zuvor hatten die Mutanten so etwas gesehen. Sie fragten sich, welchem Zweck dieser Raum früher einmal gedient haben mochte.

»Da ist es!« rief Tako.

Er deutete auf eine Stelle an der Wand, an der Betty nichts erkennen konnte. Mit schwerfälligen Bewegungen eilte er hinüber.

»Hier ist es. Ich bin ganz sicher.«

Sekunden später erkannte sie, daß er recht hatte. Die Fransen glitten auseinander. Das Paratransauge wurde sichtbar. Tako Kakuta glitt hinein und verschwand. Betty folgte ihm zögernd auf dem Weg durch die PEW-Adern des Meteoriten.

Sie tauchte in eine andere, völlig fremde Welt, in der es nichts mehr gab, was menschlichen Augen vertraut war. Sie schwebte schwerelos durch ein Gitterwerk aus zahllosen Farben, die nach allen Seiten hin bis in die Unendlichkeit reichten. Dennoch zweifelte sie keine Sekunde daran, in welche Richtung sie sich zu bewegen hatte. Die Bahnen schienen vorgezeichnet zu sein.

Tako Kakuta glitt vor ihr durch das Metall. Sie konnte ihn nicht sehen, und dennoch wußte sie mit absoluter Sicherheit, daß er da war. Ebenso erkannte sie in einiger Entfernung mehrere andere Paramags, ohne sie direkt erblicken zu können. Ein Funkenregen schien durch das Gitterwerk zu stieben, als einige Magnetiseure mit abenteuerlicher Geschwindigkeit an ihr vorbeirasten und bei ihrem Flug seltsame geometrische Figuren formten.

»Tako«, flüsterte sie. »Geh nicht so weit weg!«

Sie fühlte, daß etwas auf sie zukam. Suchend spähte sie nach allen Seiten. Ihre Umgebung veränderte sich allmählich.

Tako näherte sich ihr. Sie glaubte, seine Berührung fühlen zu können. Das Gitterwerk verschwand und formte sich zu einer gewaltigen Röhre um, die peristatisch bewegt wurde. Betty war verwirrt. Sie hatte die Orientierung verloren. Sie wußte nicht, wohin sie sich wenden sollte.

»Wir müssen hier weg, Tako«, sagte sie drängend.

Der Teleporter stimmte zu. Er riß sie mit sich. Sie rasten durch den Tunnel, der immer enger wurde und sich mit einem vielfarbigen Nebel füllte. Sie hätten eigentlich nichts mehr sehen dürfen, und doch wußten sie immer, was hinter dem Nebel war. Die Welt kehrte sich um. Nichts war mehr so, wie es eigentlich sein mußte.

Alles hatte sich verändert. Bei früheren Wanderungen durch die Adern des PEW-Metalls hatte vieles anders ausgesehen als jetzt. Täuschten sie sich, oder war das Innere des Meteoriten durch die Ereignisse der letzten Stunde tatsächlich umgewandelt worden?

Von allen Seiten drängten Paramags heran. Betty fühlte die feindlichen Ausstrahlungen wie körperlichen Schmerz. Panik stieg in ihr auf. Sie wußte nicht, wie sie sich gegen einen Angriff wehren sollte. Sie hatte nichts bei sich, was sie als Waffe hätte verwenden können.

Sie schlug mit ihren telekinetischen Kräften blind um sich und erzeugte etwas, das sie instinktiv als Feuerwall bezeichnete, obwohl das nicht ganz richtig war. Sie schien sich und Tako mit einem Energiewall umgeben zu haben, der die Paramags wirksam zurücktrieb.

Leider hielt dieser Schutz nur Sekunden an. Dann stürmten die Magnetiseure erneut auf sie ein.

Tako Kakuta riß sie mit. Sie rasten mit unglaublicher Geschwindigkeit durch die PEW-Adern, wobei sie fortwährend die Richtung veränderten. Dabei wurden sie von keinerlei Massenträgheit behindert. Sie konnten auch bei sehr hohem Tempo plötzlich rechtwinklig abbiegen und Haken schlagen. Der Schwarm der Paramags aber blieb ihnen dicht auf den Fersen.

Betty versuchte, eine telekinetische Energiewand hinter sich aufzubauen und die Angreifer hineinrasen zu lassen. Sie setzte große Hoffnung auf dieses Gebiet hoher energetischer Dichte, doch die Magnetiseure flogen hindurch, als sei sie nicht vorhanden.

Perry Rhodan und Atlan gingen hinter den beiden Oxtornern Neryman Tulocky und Powlor Ortokur her durch einen Gang, der in das Innere des Meteoriten führte. Dieses Gebiet hatte tief unter der Oberfläche von Asporc gelegen, als der Koloß noch in der Kruste des Planeten steckte.

Roboter hatten eine Leuchtfarbe an die Decke gespritzt, nachdem der Gang von einem Vorkommando freigekämpft worden war. So wurde der Weg jetzt ausreichend erhellt.

Zwei mit Impulsgeschützen ausgestattete Kampfroboter schwebten auf Antigravschienen vor der Vierergruppe her und schirmten sie gegen Überraschungsüberfälle ab. Hinter Rhodan folgte eine Gruppe von dreißig weiteren Kampfrobotern und etwa zweihundert schwerbewaffneten Männern. Immer wieder stießen sie auf Kampfroboter, die an den Wänden standen und das bisher eroberte Gebiet sicherten.

Rhodan fiel auf, daß mehrere Paratransaugen zerstrahlt worden waren. Er war damit nicht ganz einverstanden, verzichtete jedoch auf Kritik, weil diese nunmehr doch zu spät kam.

Sie waren etwa einen Kilometer tief in den Meteoriten eingedrungen, als Kampflärm zu ihnen drang. Die beiden Oxtorner blieben stehen und drehten sich zu Rhodan um.

»Von jetzt an wird es weniger leicht vorangehen«, sagte »Tungh« Tulocky.

Rhodan nickte und ging unbeirrt weiter. Er überprüfte sein schweres Strahlengewehr. Es war einsatzbereit. Der Gang weitete sich. Vor ihnen blitzte es immer wieder hell auf. Krachende Explosionen kamen näher.

»Unsere Roboter ziehen sich zurück«, sagte Atlan. Es war eine nüchterne Feststellung.

Der Arkonide und Rhodan wichen zur Seite aus. Die Kampfroboter eilten an ihnen vorbei. Die Mannschaften folgten. Überall flammten die Schutzschirme der Kampfanzüge auf. Auch Rhodan und sein weißhaariger Begleiter aktivierten die Energieschirme. Sie drangen weiter vor, hielten sich dabei in der Nähe der beiden Überlebensspezialisten. Als sie eine Halle von etwa vier Kilometern Durchmesser erreichten, rasten sieben bizarr geformte Roboter auf sie zu. Rhodan hatte niemals zuvor derart fremdartige Gestalten gesehen. Bisher hatten alle Maschinen irgendwie immer einen bestimmten Zweck erkennen lassen. Diese Automaten schienen teilweise mit Zierat und Ballast beladen zu sein, der völlig sinnlos war. Das Innere schien nach außen gekehrt worden zu sein.

Dies waren Geschöpfe einer Intelligenz, die mit normalen Maßstäben nicht zu begreifen und zu beschreiben war.

Rhodan feuerte mit seinem Strahler auf die Angreifer. Einer von ihnen explodierte. Metall- und Plastiksplitter prasselten gegen die Wände und in die Energieschirme der Terraner. Für einen kurzen Moment war Rhodan geblendet. Er stellte das Feuer ein und schoß erst wieder, als er besser sehen konnte.

Wieder verging ein Roboter, und die Trümmer prallten Rhodan vor die Füße.

Das war der Anfang einer Reihe von erbitterten Einzelgefechten gegen Roboter der verschiedensten Art. Das Reservoir der Maschinen schien unerschöpflich zu sein. Immer mehr rückten nach, so daß die geballte Kraft des terranischen Vorstoßes nicht ausreichte, sie aus der Halle zu vertreiben. Das Trümmerfeld wuchs rasend schnell.

»Allmählich komme ich mir vor wie auf einem Schrottplatz«, sagte Atlan, als er für einen kurzen Moment hinter Rhodan auftauchte. »Wenn das so weitergeht, werden wir uns bald überhaupt nicht mehr rühren können.«

Rhodan lehnte sich mit dem Rücken an die Wand. Sein Gesicht sah verschwitzt aus. Er schüttelte den Kopf.

»So wird es nicht weitergehen, Arkonide. Wir müssen uns etwas einfallen lassen. Komm!«

Die beiden Männer zogen sich zurück. Sie gingen rückwärts und feuerten immer wieder auf angreifende Roboter. Als sie den Ausgang der Halle erreichten, blieb Rhodan erneut stehen und überblickte das unwirkliche Schlachtfeld. Die Mannschaften und die Roboter der MARCO POLO kämpften gegen die Flut der Gegner an, die sich aus mehreren Gangöffnungen im Hintergrund ergoß. Eine rotglühende Front hatte sich herausgebildet, an der sich die Reste zerstörter Maschinen häuften. Rhodan entdeckte keinen einzigen terranischen Roboter.

Das Ergebnis überraschte selbst ihn. Er hatte zumindest mit einigen Ausfällen gerechnet. Dennoch befriedigte ihn die Situation nicht.

Hinter einem Wall von sichernden Robotern blieb er mit Atlan stehen. Die beiden Überlebensspezialisten gesellten sich zu ihnen.

»Vermutlich haben Sie es überhört, Sir. Eben ist eine Nachricht von Gucky und von Ras Tschubai gekommen. Die beiden Mutanten sind auf dem Wege hierher. Icho Tolot wird in wenigen Sekunden hier eintreffen. Er hatte einige Schwierigkeiten, ist aber vollkommen in Ordnung.«

Rhodan nickte. »Die Teleporter werden dringend benötigt«, sagte er. »Wir müssen etwas tun, um die Situation grundlegend zu ändern. Wir müssen den Roboterstrom stoppen, und das geht wahrscheinlich nur irgendwo weit hinter der Halle.«

»Man müßte die Paradox-Intelligenz zur Vernunft bringen«, sinnierte Atlan. »Man müßte sie davon überzeugen, daß ihr Kampf gegen uns sinnlos ist.«

Rhodan blickte den Arkoniden zweifelnd an. »Ich sehe keine Möglichkeit dazu«, erwiderte er. »Bisher ist es uns nicht gelungen, mit ihr Kontakt aufzunehmen.«

»Der Versuch kann nichts schaden«, sagte Atlan. »Wenn das Biest tatsächlich intelligent ist, dann wird es ja wohl bald auch erkennen, daß es mit diesem Kampf absolut nichts erreicht.«

»Eine Paradox-Intelligenz denkt vermutlich ganz anders als wir«, bemerkte Powlor Ortokur. »Dennoch – es gibt nur zwei Möglichkeiten: Entweder bringen wir sie dazu, diesen Kampf einzustellen, oder wir müssen schwere Geschütze einsetzen, mit denen wir die zeitraubenden Einzelkämpfe umgehen können.«

»Richtig«, stimmte Rhodan zu. »Die Zeit läuft uns weg, und genau das können wir uns überhaupt nicht leisten.«

»Ich glaube, daß ich so etwas wie eine Idee habe, wie man dem Ding beikommen könnte«, sagte der Arkonide. »Ich werde mich jetzt für kurze Zeit zurückziehen.«

Als Atlan die großen Schleusentore erreichte, trat ihm Icho Tolot entgegen. Der Haluter sah sehr mitgenommen aus. Sein Kampfanzug war teilweise verbrannt und zerrissen. An einem Bein hing er nur noch in Fetzen herab. Dennoch hatte Icho Tolot seine gute Laune nicht verloren. Er zeigte dem Arkoniden seine beiden Zahnreihen und begrüßte ihn mit einem lärmenden »Hallo, mein Kleines!«

Atlan hob grüßend den rechten Arm. »Kommen Sie mit mir, Icho. Ich habe einiges mit Ihnen zu besprechen.«

Der Haluter zögerte. Er schien nicht recht damit einverstanden zu sein, jetzt vom Kampfplatz abgezogen zu werden. Viel lieber hätte er sich in das Getümmel gestürzt, doch Atlan blieb hart.

»Wir kehren zur MARCO POLO zurück. Dort habe ich etwas zu erledigen, bei dem ich Sie benötige.«

Icho Tolot blickte auf ihn hinab. Seine roten Augen leuchteten, und die gewaltigen Kegelzähne legten sich knirschend aneinander, als wollten sie einen unsichtbaren Gegenstand zermalmen.

»Ich plane einen paradox-psychologischen Feldzug«, erklärte der Arkonide. »Dabei brauche ich Sie.«

Der Haluter war durch diese Auskunft befriedigt. Er riß sich die Fetzen seines Spezialanzugs vom Leib und schloß sich dem Arkoniden an.

5.

Betty und Tako jagten mit einer Geschwindigkeit durch die PEW-Adern, die ihnen atemberaubend hoch erschien. Ständig tauchten Hindernisse vor ihnen auf, die der Jagd ein Ende zu machen drohten.

Mehrmals glaubten die beiden Mutanten, in einer Sackgasse gelandet zu sein, wenn die Röhre, in der sie vor den Paramags flohen, plötzlich endete. Doch wenn sie nahe genug an das vermeintliche Ende herangekommen waren, änderte sich wieder alles.

Tako vermutete, daß die Hindernisse von der Paradox-Intelligenz aufgebaut worden waren, die damit die Triebwerke des Meteoriten blockierte.

Als sie plötzlich in ein Gebiet kamen, in dem sich alles weitete, erblickten sie ein Sonnensystem, das aus fünf türkisfarbenen Zentren und einigen hundert Trabanten verschiedenster Farben bestand, die in einem unfaßbarem Tempo um ihre Muttergestirne kreisten.

Unwillkürlich schreckten die beiden Mutanten davor zurück, in dieses seltsame System hineinzufliegen. Sie warfen sich herum und stellten sich den Paramags entgegen, die wie schimmernde Seesterne auf sie zuschwebten.

Betty entdeckte ein Paratransauge. »Tako«, rief sie und zeigte auf die Fluchtmöglichkeit.

Der Teleporter zögerte. Fasziniert beobachtete er die angreifenden Paramags, deren ursprüngliche Form auch nicht annähernd zu erahnen war. Als Betty sich jedoch in das Paratransauge gleiten ließ, folgte er ihr.

Das grelle Licht blendete ihn. Sie kamen auf einem Gang heraus, auf dem es von Kampfrobotern und terranischen Raumlandetruppen wimmelte. Einige Männer wandten sich ihnen zu. Niemand richtete die Waffe auf sie, aber einige hoben drohend die Faust. Betty wollte bereits zurückweichen und in das Paratransauge zurückspringen, als sich ein Paramag durch die Reihe der Soldaten schob und ihren Namen rief.

»Wuriu!« flüsterte sie erleichtert.

Der Späher ergriff ihre Hand und drückte sie. »Ich in froh, daß Tako dich wiedergefunden hat«, sagte er. Dann zog er sie mit sich.

Die Männer der MARCO POLO traten lächelnd zurück. Einige von ihnen machten scherzhafte Bemerkungen, und ein rothaariger Sergeant sagte verlegen: »Ich wußte schließlich nicht, daß Sie es sind, Betty. Entschuldigen Sie, bitte.«

Sie lächelte ihm heiter zu. Er erblaßte angesichts ihres Raubtiergebisses, begriff aber dann doch, daß sie es freundlich meinte.

Wuriu Sengu führte Betty und Tako zu Perry Rhodan. Bei ihm waren auch die anderen Mutanten. Sie berieten mit ihm und einigen Führungsoffizieren der MARCO POLO. Niemand schien sich um den Kampflärm zu kümmern, der den Boden erzittern ließ. Betty hielt sich die Hände vor die Ohren. Der Krach schien ihr unerträglich zu sein. Auch war das Licht so grell für ihre empfindlichen Augen, daß sie Kopfschmerzen bekam und sich fast wieder in die PEW-Adern zurückwünschte, deren Welt so fremd war, daß sie sich gleichzeitig abgestoßen und angelockt fühlte.

Rhodan begrüßte sie. Auch wenn sie nicht Telepathin gewesen wäre, hätte sie merken können, wie sehr er sich freute, daß sie kam.

»Betty, ich wünschte, wir hätten Zeit und Muße, einmal in Ruhe miteinander zu reden«, sagte er. »Leider fehlt uns gerade die Zeit. Du weißt, um was es geht?« Sie nickte.

»Unser Problem ist, daß wir diesen Roboterstrom nicht unterbrechen können«, erläuterte der Großadministrator. »So viele Roboter wir auch vernichten, es drängen immer wieder neue nach. Es gibt verschiedene Möglichkeiten, diese Flut aufzuhalten, aber wir können nur wenige davon nutzen. Atlan wird sich um eine Lösung bemühen. Bis er jedoch soweit ist, kann es schon zu spät sein.«

»Was soll ich tun?« fragte sie ruhig.

»Du kannst den Kampfplatz auf den PEW-Bahnen umgehen und bis zu der Stelle vordringen, wo die Roboter entweder gelagert oder produziert werden«, antwortete Rhodan.

»Ich habe schon verstanden«, erwiderte sie. »Wenn ich in die Roboterfabrik kommen kann, dann müßte es möglich sein, die Produktion zu stoppen. Das wäre dann schon der halbe Sieg.«

Rhodan lächelte. Sie hatte begriffen. Betty blickte sich um. Ihr war nicht wohl bei dem Gedanken, wieder in das PEW-Metall zurückkehren zu müssen. Dort hatte sie nur wenig Chancen gegen die Paramags, die immer angriffslustiger wurden. Sie überlegte, ob sie Perry fragen sollte, wie sie die Magnetiseure bekämpfen konnte, aber dann fragte sie doch nicht. Niemand konnte sich wirklich vorstellen, wie es in den PEW-Adern aussah, wenn er nicht selbst dort gewesen war.

Sie nickte erneut, drehte sich um und ging auf das Paratransauge zu. Tako Kakuta folgte ihr. Sie musterte ihn überrascht. Er lächelte. Für ihn war es selbstverständlich, daß er sie nicht allein ließ.

»Noch etwas«, schloß Rhodan.

Die beiden Mutanten blieben stehen und drehten sich fragend nach ihm um.

»Tako, ich würde vorsichtig sein mit Teleportationen. Gucky und Ras sind die Sprünge nicht gut bekommen. Wir befinden uns anscheinend in einem energetischen Spannungsfeld, das zu starke Störungen mit sich bringt.«

»Ich werde versuchen, auf Teleportationen zu verzichten«, antwortete der Japaner in der Gestalt des Paramags. »Danke für die Warnung.«

Die beiden Mutanten verschwanden im Paratransauge.

»Hoffentlich finden sie den Weg«, sagte Rhodan leise. Er wandte sich wieder den Offizieren zu.

Rhodan blickte auf sein Chronometer. Es zeigte exakt 12.51 Uhr an.

In diesem Moment begann die Großoffensive der Paradox-Intelligenz. In der Halle explodierten mehrere Geschosse und erschütterten den Meteoriten. Einige Roboter wurden von den spontan freiwerdenden Kräften durch die Luft geschleudert. Mehrere Männer wichen weit in den Gang zurück. Rhodan stand mit dem Rücken an der Wand. Er konnte das rotweiße Feuer sehen, das den Kampfplatz überdeckte.

Plötzlich tauchte Powlor Ortokur neben ihm auf. Das olivfarbene Gesicht glänzte. An der Wange hafteten einige glühende Metallsplitter. Er wischte sie mit einer gleichgültigen Geste hinweg Die Augen unter den dichtbewachsenen Brauen leuchteten in einem wilden Feuer, während er sich über den völlig haarlosen Schädel strich. Der Oxtorner sah mürrisch und unzufrieden aus. Ihn störte es außerordentlich, daß die Paradox-Intelligenz so viel Widerstand leisten konnte, daß die Männer der MARCO POLO nicht vorankamen.

»Jetzt setzt das Biest ein Superding ein«, berichtete er. »Das müssen Sie sich ansehen.«

Rhodan folgte ihm bis zu einer Felsnische, aus der heraus sie das Kampffeld überblicken konnten. Aus dem gegenüberliegenden Gang war ein gigantischer Roboter hervorgekommen. Er glich einer Raupe mit vier Greifarmen und zahlreichen fingerdicken Elektropeitschen, die er in die Gruppe der angreifenden Terraner schlug. Damit erzielte er jedoch nur eine geringe Wirkung, da die Schutzschirme die Aufprallwucht neutralisierten.

Gefährlicher war, daß der Roboter nicht nur über dem Boden, sondern auch darunter vordrang und sich zugleich in einen wirksamen Schutzschirm hüllte. Von ihm prallte die Energie aus den Waffen der Roboter und der Männer ab. So konnte die Kampfmaschine sich Schritt für Schritt voranschieben und drängte die Angreifer dadurch zurück.

Der Energieschirm hielt selbst einem Punktfeuer aus über dreißig Energiestrahlern stand.

Rhodan blickte betroffen auf den Boden der Halle. Sie glühte auf und verflüssigte sich. Die Luft erhitzte sich sehr schnell. Die Temperaturen stiegen innerhalb einer Minute um mehr als zwanzig Grad, so daß jeder Atemzug zur Qual wurde und die Haut zu brennen begann.

»Wir müssen uns zurückziehen, Powlor«, sagte Perry. »Das ist eine Aufgabe für Sie.«

Der Überlebensspezialist nickte. Er merkte die Veränderung noch nicht einmal. Sein Körper reagierte unbewußt, so daß sein subjektives Empfinden stets gleichblieb.

»Ich benötige mehr Schlagkraft, wenn ich den Energieschirm sprengen will«, sagte er ruhig. »Es würde mir genügen, wenn wir für eine Sekunde eine Lücke schaffen könnten, durch die ich eindringen kann.«

»Wir werden es versuchen«, antwortete Rhodan.

Der Boden wurde zu heiß. Rhodan schaltete seinen Antigrav ein und schwebte tiefer in den Gang hinein. Powlor Ortokur eilte voraus. Er rief Neryman Tulocky zu sich und besprach sich mit ihm.

Rhodan informierte die Offiziere, die den Kampf leiteten und die Robotkräfte koordinierten. Sie mußten die Energiemenge herausfinden, mit der sie den Schutzschirm der Kampfmaschine für einen kurzen Moment aufreißen konnten. Sie durfte nicht so groß sein, daß Gang und Halle dabei zerstört wurden, denn dann hätten sie sich selbst den Weg ins Innere des Meteoriten versperrt.

Etwa zwanzig Roboter feuerten auf das riesige Gerät, das die Paradox-Intelligenz gegen sie eingesetzt hatte. Die Feuerkraft reichte nicht ganz aus, es aufzuhalten. Männer und Maschinen wichen langsam zurück. Nur die beiden Oxtorner blieben in einem abzweigenden Seitengang stehen und warteten.

Rhodan beobachtete sie. Langsam begann der Boden unter ihren Füßen zu glühen, aber sie reagierten nicht darauf. Sie verharrten auf ihrem Platz. Die Gluthitze prallte von ihnen wirkungslos ab. Beide Oxtorner waren das Ergebnis einer hochwertigen Gen-Modifizierung, die durch oxtornische Kosmogenetiker vorgenommen worden war. Sie waren Faktorträger, die durch eine variierende Gen-Modifizierung Eigenschaften in körperlicher Hinsicht gewonnen hatten, die kein Mensch in der Galaxis außer ihnen besaß.

Sie atmeten die heiße Luft, ohne dabei befürchten zu müssen, daß sie innerlich verbrannten. So konnten sie in aller Gelassenheit auf die Kampfmaschine und den bevorstehenden Beschuß auf ihren Schutzschirm warten. Ihre physischen Fähigkeiten wurden noch erhöht durch die hochwertigen Kampfanzüge, die sie angelegt hatten.

Rhodan blickte auf sein Chronometer. Die Zeit raste. Der Vorteil für die Paramags wurde immer größer, und die Chancen, die Invasion des heimatlichen Sonnensystems noch aufhalten zu können, wurden immer geringer.

Tako Kakuta entschloß sich sofort zum Angriff. Er wartete nicht erst, bis die Paramags, die sich in Scharen vor dem Paratransauge versammelt hatten, angriffen. Er stürzte sich mitten zwischen die Magnetiseure, die sie subjektiv nur als aufrecht stehende Spindeln mit fließender, vielfarbiger Oberfläche sehen konnten. Objektiv war ihr Aussehen vermutlich ganz anders. Niemand konnte das in dieser unwirklichen Welt im Innern des PEW-Metalls sagen. Bis jetzt war völlig ungeklärt, wie es überhaupt möglich war, daß die Paramags sich in den PEW-Adern bewegen konnten. Auf der MARCO POLO hatte bisher niemand die Zeit gefunden, sich eingehend genug mit diesen Problemen zu befassen. So hatte auch bisher keiner der Wissenschaftler sagen können, welche Form die Paramags in den Adern tatsächlich hatten.

Betty beobachtete den Teleporter bei seinem Angriff. Er hatte sein Äußeres kaum verändert und sah nach wie vor wie ein Paramag aus, dessen Haut sich allerdings grünlich verfärbt hatte.

Tako Kakuta prallte mit den Spindeln zusammen und schleuderte sie zurück. Funken stoben knisternd über ihre Oberfläche, und für einen kurzen Moment sah es so aus, als würden sich die Paramags auflösen. Auf jeden Fall schien die Aktion Takos unangenehm für sie gewesen zu sein. Sie zogen sich eilig zurück und verschwanden zwischen dem metallen aussehenden Gitterwerk, das sie von allen Seiten wie ein dreidimensional gesponnenes Spinnennetz umgab.

Tako winkte. Betty glitt leicht wie eine Feder hinter ihm her. Als Antrieb genügte der Wille, ihm zu folgen. Hintereinander schwebend durchstießen sie das Gitterwerk, das zu leben schien. Die Streben wichen mal vor ihnen zurück und machten ihnen Platz, mal zogen sie sich zusammen und versuchten, ihnen den Weg zu versperren. Tako ließ sich jedoch nicht beirren. Er veränderte seine Flugrichtung nicht. Oft dachte Betty, er müsse sich festfahren, aber jedesmal, wenn sie glaubte, es sei zu spät, öffnete sich das Gitter und ließ ihn durch.

Seltsamerweise konnten sie keine anderen Paramags sehen. Es schien, daß sie keinen zweiten Angriff mehr wagten. Betty konnte sich nicht vorstellen, was mit den Magnetiseuren geschehen war, die Tako angerempelt hatte. Waren sie verletzt worden? Hatten sie Wunden, wenn sie durch die Paratransaugen wieder in die reale Welt zurückkehrten? Oder hatte es gar Tote gegeben?

Sie zwang sich, nicht an diese Dinge zu denken, sondern sich voll auf ihre gemeinsame Aufgabe zu konzentrieren. Sie mußten herausfinden, woher die Roboter kamen. Dabei waren sie hier in den Adern relativ blind, denn sie konnten nicht erkennen, was »draußen« vorging.

Tako Kakuta glitt durch ein Paratransauge hinaus und kam sofort wieder. »Roboter«, wisperte es in ihr. »Überall Roboter.«

Er schwebte weiter, vorbei an schwärzlichen Gebilden, die unförmig und häßlich in die klare Welt des PEW-Metalls hineinragten. Betty vermutete, daß sie Metallverunreinigungen darstellten.

Wieder ließ sie sich ablenken. Mußten Verunreinigungen sich nicht als Störungen bemerkbar machen? Befand sie sich nicht im Innern der Paradox-Intelligenz?

Tako schien ihre Gedanken vernommen zu haben. Er stutzte, glitt dann jedoch auf ein Paratransauge zu, als habe er nichts erfaßt. Bettys Gedanken aber liefen weiter, während er die Adern verließ, um sich draußen zu orientieren.

Im Innern der Paradox-Intelligenz – das hieß doch, daß sie im »Gehirn« dieses unfaßlichen Wesens waren.

Die nächste Frage drängte sich förmlich auf. Es mußte doch Möglichkeiten geben, dieses Geschöpf von innen heraus zu beeinflussen. Betty konnte sich nicht vorstellen, daß irgendein Fremdkörper in irgendeinem Hirn völlig unberücksichtigt bleiben konnte. So lag der Schluß nahe, daß die Handlungen und Reaktionen der Paradox-Intelligenz nicht nur von dieser selbst, sondern auch von den vielen Paramags bestimmt wurden, die sich in ihr bewegten.

Tako Kakuta kehrte zurück. Er gab ihr ein Zeichen und eilte weiter. Mehr Erklärungen brauchte sie nicht. Er hatte wiederum nichts gefunden. Betty folgte ihm, aber sie konnte sich kaum noch auf ihn konzentrieren. Sie war viel zu erregt, weil sie fieberhaft nach einer Möglichkeit suchte, die Paradox-Intelligenz nach ihren Wünschen zu steuern.

Gucky zupfte Perry Rhodan am Ärmel. Schuldbewußt blickte er zu ihm auf.

»Ich hätte früher kommen müssen«, sagte er.

Rhodan nickte. Zugleich aber ließ er erkennen, daß er über Guckys Schwierigkeiten informiert war. Er lächelte leicht. »Wie fühlst du dich?«

»Jämmerlich«, gestand der Ilt. Er drehte sich zu Ras Tschubai um, der sich langsam näherte. Der Afrikaner sah erschöpft aus. Seine Augen lagen tief in den Höhlen, und seine Lippen sahen grau aus.

»Ich stehe Ihnen zur Verfügung«, begann Ras. »Es sollte möglich sein, durch den Energieschirm vor diese Maschine zu springen und von innen heraus zu arbeiten.«

»Mag sein«, sagte Rhodan langsam, »doch ihr beide verschwindet jetzt. Ihr erholt euch erst einmal.«

»Nein«, widersprach Ras erregt. »Sie können mich nicht wegschicken. Ich habe erfahren, daß wir ohne Teleporter praktisch nicht weiterkommen. Deshalb werde ich bleiben.«

Rhodans Augen verengten sich. »Ras, ich habe Ihnen einen Befehl erteilt, und den werden Sie befolgen.«

»Ich kann ...«, begehrte Ras Tschubai auf, doch der Großadministrator unterbrach ihn schroff.

»Sie vergessen, daß wir auch Tako Kakuta haben. Er hätte längst teleportiert, wenn wir nicht durch Ihr Beispiel gewarnt worden wären. Sie ziehen sich jetzt zusammen mit Gucky zurück und lassen sich für wenigstens vier Stunden in einen Tiefschlaf versetzen. Danach melden Sie sich wieder bei mir. Haben wir uns jetzt verstanden?«

Ras Tschubai senkte den Kopf. Er nickte. »Sicher. Vielleicht haben Sie recht.«

Gucky wollte ebenfalls bleiben, doch als Rhodan ihn anblickte, merkte er, daß es besser war, jetzt zu gehorchen. Er wußte, daß Perry nur deshalb so hart blieb, weil er sie nicht gefährden wollte, solange er noch andere Möglichkeiten sah, das Ziel rechtzeitig zu erreichen.

»Gut«, stimmte Gucky zu. »Dann werde ich eben eine Mütze voll Schlaf nehmen. In vier Stunden bin ich wieder hier und hole euch aus der Patsche.«

»Du kannst dir wohl nicht vorstellen, daß wir es auch einmal ohne dich schaffen könnten, wie?« fragte Rhodan.

Der Ilt zeigte seinen Nagezahn und schüttelte fröhlich den Kopf. »Nein«, gestand er. »Überhaupt nicht.«

Damit drehte er sich um und watschelte davon. Natürlich hätte er sich viel lieber demonstrativ mit einer Teleportation entfernt, aber das wagte er angesichts der komplizierten und offensichtlich gefährlichen energetischen Verhältnisse im Trümmersystem doch nicht. Er hatte keine Lust, abermals wie ein Pingpongball zwischen Hyper- und Normalraum hin- und herzufliegen.

Rhodan wandte sich um und kehrte zu dem Gangabschnitt zurück, in dem sich der Kampf zwischen den beiden Oxtornern und dem Riesenroboter anbahnte. Mit einigen leistungsstarken Projektoren hatten die terranischen Spezialisten ein energetisches Energienetz aufgebaut, an dem die Maschine vorläufig zum Stehen gekommen war. Damit war auch jene Vorrichtung ausgeschaltet worden, die den Boden bisher erhitzt hatte. Die beiden Überlebensspezialisten standen in stoischer Ruhe auf ihrem Platz, als ginge sie das gesamte Geschehen nichts an. Ihnen machte der extreme Sauerstoffmangel in der hitzeflimmernden Luft nichts aus. Sie bewegten sich auch nicht von der Stelle, wie es jeder andere getan hätte, dem der Boden zu heiß wurde.

Als Rhodan sich näherte, blickte ihn Powlor Ortokur an, während Tulocky die Kampfmaschine beobachtete. Perry hob die Hand. Der Oxtorner nickte. Im nächsten Moment schossen vierzig Roboter aus ihren Energiewaffen auf den Energieschirm, während der Prallschirm abgebaut wurde. Lodernde Glut überschwemmte den Gang. Aus den Wänden schienen armlange Blitze hervorzuzucken. Tatsächlich zeigte sich in ihnen die Auflösung des bisher unüberwindlichen Hindernisses.

Ortokur und Tulocky setzten zum Angriff an, als die Roboter den Beschuß einstellten, doch jetzt wich die Kampfmaschine blitzschnell zurück. Die Paradox-Intelligenz reagierte unerwartet, als sie eine Blöße an ihrer eigenen Waffe entdeckte. Rhodan handelte noch schneller als sie.

»Prallschirm!« befahl er.

Die beiden Überlebensspezialisten liefen gegen das energetische Feld und wurden von ihm zurückgeworfen. Bevor sie noch erkannten, was überhaupt geschehen war, explodierte der Roboter der Paradox-Intelligenz. Stahl- und Kunststoffteile hagelten gegen die unsichtbare Schutzwand, und die Halle verwandelte sich in eine Gluthölle. Damit war der Weg ins Kontrollzentrum versperrt.

Fassungslos standen die Terraner vor dem Energieschirm und beobachteten die tobenden Gewalten. Die Zugänge zu den tieferen Regionen des

Meteoriten versanken in flüssiger Glut. Damit war der Durchgang durch die Halle für Stunden versperrt.

Powlor Ortokur ging zu Rhodan. Ihm war nicht anzusehen, ob die unerwartete Wende im Kampf mit der Paradox-Intelligenz ihn beeindruckt hatte.

»Es muß noch weitere Gänge geben, die zu den Speicherbänken führen«, sagte er. »Die Mutanten sollten sich bemühen, sie zu finden.«

»Einige von ihnen sind bereits unterwegs«, entgegnete Rhodan. »Ich hoffe, daß sie bald zurückkommen.«

Der Oxtorner nickte befriedigt. Er sah, daß einige Roboter mit schweren Desintegratoren kamen. Sobald die Mutanten Parallelgänge gefunden hatten, würden die Maschinen Verbindungsgänge schaffen.

Nur wenige Minuten vergingen, bis zwei Paramags aus dem Paratransauge hervorkamen. Rhodan erkannte in ihnen Wuriu Sengu und André Noir.

»Direkt unter uns verläuft ein Gang«, berichtete der Späher. »Er ist schmaler als dieser, aber völlig leer. Bis jetzt sind dort noch keine Roboter aufgetaucht.«

»Das hat nichts zu bedeuten«, sagte Rhodan. »Unser Gegner wird sehr schnell reagieren, aber das soll uns nicht aufhalten.«

Die Desintegratoren begannen zu arbeiten. Der Boden löste sich auf. Rhodan wartete ungeduldig. Wieder und wieder blickte er auf sein Chronometer. Noch immer hatte er die Hoffnung, daß sie das Speicherzentrum rechtzeitig erreichen konnten.

Zwanzig Minuten verstrichen, dann meldeten die Offiziere, daß der Durchbruch gelungen war. Die Mutanten hatten sich ein wenig verschätzt. Der von ihnen bezeichnete Gang war fast fünfzig Meter von der Halle entfernt, in der sich die Paradox-Intelligenz bisher zum Kampf gestellt hatte.

»Bis jetzt scheint unser Freund noch nicht bemerkt zu haben, daß wir nicht aufgeben«, sagte Powlor Ortokur.

»Warten wir es ab«, entgegnete Rhodan.

Die ersten Roboter schwebten in die Tiefe. Sie landeten in dem unteren Gang und verteilten sich. Mit Hilfe ihrer Ortungsgeräte stellten sie fest, daß keinerlei Gegner vorhanden waren. Ein zweiter, umfangreicherer Trupp rückte nach und festigte die Stellung. Erst dann folgten die ersten Männer der MARCO POLO, unter ihnen die beiden Überlebensspezialisten Powlor Ortokur und Neryman Tulocky.

Minuten später vernahm Rhodan die Stimme Ortokurs in seinem Funkgerät. Ihm schien, daß der Oxtorner sogar ein wenig lachte.

»Sir«, berichtete er. »Jetzt haben wir der Paradox-Intelligenz ein Schnippchen geschlagen. Dieser Gang scheint keine Verbindung mit der

Waffenschmiede dieses Meteoriten zu haben. Etwa zweihundert Meter weiter vorn versucht unser Freund, einen Anmarschweg für seine Maschinchen zu schaffen. Wir haben ihm einen Strich durch die Rechnung gemacht.«

»Was haben Sie veranlaßt?«

»Wir haben ein Prallfeld aufgebaut und damit die Roboter der Paradox-Intelligenz ausgesperrt. Mit anderen Worten, Sir, wir können jetzt zügig zum Speicherzentrum marschieren.«

»Dann tun Sie das, Ortokur!«

»Ich bin schon auf dem Weg.«

Rhodan blickte erneut auf sein Chronometer. Vielleicht schafften sie es doch noch, die Speicherbänke zu erreichen, bevor es den Paramags gelang, ihnen die galaktischen Koordinaten des Planeten Zeut zu entnehmen.

Wuriu Sengu kam aus dem Paratransauge, als Rhodan zum unteren Gang hinunterfliegen wollte. Er winkte Rhodan zu.

»Sir«, sagte er und eilte schwerfällig zu ihm. »Jetzt versucht die Paradox-Intelligenz die Antriebsmaschinen des Meteoriten anzuwerfen. Sie scheint noch Schwierigkeiten dabei zu haben, aber ...«

Er sprach nicht weiter, als der Boden unter seinen Füßen erzitterte. Unmittelbar darauf erschien auch André Noir. Er war nicht weniger aufgeregt als Wuriu Sengu. »Der Antrieb läuft an«, erklärte er. »Die Paradox-Intelligenz will aus dem Trümmersystem fliehen.«

Rhodan zögerte. Wiederum handelte das seltsame Wesen, das den Meteoriten erfüllte, unerwartet. Er konnte sich nicht vorstellen, was die Paradox-Intelligenz sich davon versprach, wenn dieses riesige Raumschiff Fahrt aufnahm und transitierte. Erwartete sie, daß die Angreifer durch den Schock der Entmaterialisation kampfunfähig gemacht wurden – oder hatte sie noch etwas in der Hinterhand, mit dem sie eine vernichtende Wirkung auf die Terraner erzielen wollte?

Die Lage war äußerst kritisch geworden, denn durch diese Reaktion wurden auch die Paramags des Trümmersystems herausgefordert. Sie würden ihre Bemühungen verstärken, die begehrten Daten zu bekommen.

Bevor Rhodan einen Entschluß fassen konnte, meldete Ortokur, daß der Vortrupp von zwei Seiten von Kampfrobotern angegriffen wurde. Die Paradox-Intelligenz hatte einen Weg gefunden, ihre Maschinen doch noch wirksam einzusetzen.

Betty Toufry war froh, daß sie die unwirkliche Welt der PEW-Adern verlassen konnte. Aber als sie in die Waffenfabrik der Paradox-Intelligenz kam, stellte sie fest, daß ihre Umgebung nicht klarer und übersichtlicher geworden war, sondern verwirrend blieb. Maschinen dieser Art hatte sie nie zuvor in ihrem Leben gesehen.

Tako Kakuta ging ihr zögernd voraus. Auch er schien sich nicht besonders wohl zu fühlen.

Sie befanden sich in einem Labyrinth aus kleinen Räumen, die von gedrehten Säulen begrenzt wurden. Darin standen Maschinen, die teilweise äußerst primitiv, teilweise aber auch bis zur Perfektion entwickelt waren. Mechanische Hebel, Hämmer und Greifarme waren mit Elementen integriert, die sich aus kompliziert aufeinander abgestimmten Energiefeldern verschiedenster Art zusammensetzten.

So wurden positronische Schaltelemente in hochenergetischen Spannungsfeldern zusammengeschossen und in direktem chemischen Wandelverfahren eingegossen. Diese Produktionstechnik wurde auch in terranischen Fabrikationsstätten nicht besser und verfeinerter angewandt. Die Erzeugnisse wurden danach von sorgfältig abgestimmten Antigravitationsfeldern aufgenommen und weitertransportiert. In Prallgleitbahnen wurden sie abgefangen und auf verschiedene Produktionszweige aufgeteilt.

Dann aber kam die Überraschung. Am Ende der Bahn befanden sich primitive Greifwerkzeuge, die plump und ungenau aufnahmen, was ihnen zugeführt wurde, und dabei mehr als die Hälfte zerstörten. Ein Hammerwerk, das Metallteile härten sollte, erzeugte in unmittelbarer Nähe so starke Vibrationen, daß von der verbleibenden Hälfte der Schaltelemente nur noch ein Drittel übrigblieb. Dieses wurde dann anschließend in einem geradezu genialen Verfahren einem Kreisel zugeleitet, der die positronischen Hirne der Kampfroboter zusammensetzte.

»Ich schätze, die Fabrik hat einen Durchmesser von wenigstens einem Kilometer«, sagte Tako Kakuta.

»Vielleicht hast du recht«, meinte Betty. »Aber das soll uns egal sein. Wir müssen sie zerstören.«

»Das habe ich selten mit größerem Vergnügen getan, Betty.«

Der Teleporter trat an das Produktionsband heran und verstellte die Feldprojektoren für die Energiestrahler, die positronische Teile lenkten. Er lächelte, als er sah, daß die Automaten weiterarbeiten, aber nur noch wertloses Blech erzeugten. Wie nicht anders zu erwarten, hatte dieser Eingriff weitgreifende Folgen. Die nunmehr unbrauchbaren Teile glitten in die komplizierte Maschinerie und verursachten weitere Schäden, die wiederum zu einer Fehlproduktion führten.

»Vorsicht, Tako!« warnte Betty.

Sie zog ihn mit sich in einen benachbarten Bereich des Labyrinths, wo ebenfalls an der Herstellung von Kampfrobotern gearbeitet wurde. Hier wurden Beine und Raupen für die Fortbewegung zusammengefügt.

Die Telekinetin ließ es sich nicht nehmen, die Steuerung zu verbiegen, so daß anschließend nur noch Gehwerkzeuge mit fehlenden Anschlußstücken vom Band fielen.

Irgendwo heulte eine Sirene auf. Betty war nicht überrascht. Sie hatte schon vorher Geräusche gehört, die sie aufmerksam gemacht hatten.

Von allen Seiten näherten sich Schritte. Sie hallten dumpf von den Säulen wider, ohne daß die beiden Mutanten auf die Richtung schließen konnten, aus der die Gegner heranrückten.

Sie empfingen die seltsamen Impulse der Paradox-Intelligenz, die immer vorhanden gewesen waren, aber jetzt an Intensität stark zunahmen. Das unbegreifliche Wesen befand sich in höchster Aufregung.

»Es nähert sich der Panik«, stellte Betty Toufry fest. »Die Antriebsmaschinen laufen. Ich fürchte, es wird mit der Situation nicht mehr fertig.«

Ohne sich um die Roboter zu kümmern, eilten sie weiter und zerstörten, was sie nur konnten. Nach einigen Minuten blieben die meisten Maschinen stehen. An einigen Stellen gab es Kurzschlüsse. Weit von ihnen entfernt schien ein Feuer ausgebrochen zu sein. Undeutlich konnten sie den roten Schein zwischen den Säulen erkennen.

»Waffen, Betty!« rief Tako Kakuta.

Er watschelte auf ein Transportband zu, auf dem die Energieprojektoren lagen, die für die Waffenarme der Roboter vorgesehen waren. Er nahm einen von ihnen auf und suchte nach dem Auslöser. Betty, die ihm über die Schulter blickte, zeigte auf zwei Kabelenden.

»Halt mal!« bat er und reichte ihr die Waffe.

Sie umklammerte sie und zielte auf eine Werkzeugmaschine. Tako führte die beiden Kabelenden zusammen. Ein Blitz zuckte aus dem Projektor und schlug krachend in die Maschine. Die Energieentladung reichte aus, ein meterbreites Loch in die Verschalung aus Metallplastik zu schlagen und wichtige innere Teile zu zerstören.

»Ahnte ich es doch!« triumphierte der Teleporter. »Noch einmal, Betty! Da kommt ein Roboter, der es auf uns abgesehen hat.«

Die Telepathin richtete den Projektor auf den Gegner, der mit Riesenschritten auf sie zurannte. Der Blitz traf ihn am Kopf und fällte ihn.

»Und da kommt der nächste, Betty. Schnell!«

Plötzlich wimmelte es um sie herum von Automaten. Glücklicherweise war keiner von ihnen mit einem Energiestrahler bewaffnet. Sie alle dienten fabrikatorischen Zwecken und waren nicht für den Kampf vorgesehen. Die Paradox-Intelligenz griff dennoch mit ihnen an. Betty und Tako mußten erkennen, daß ein einziger Schlag mit einem der Werkzeugarme genügte, sie zu erledigen.

Sie schossen fast ununterbrochen, und ein Wall von zerstörten Robotkörpern entstand um sie herum. Dennoch konnten sie mit dem Ergebnis nicht zufrieden sein, denn die Luft erhitzte sich sehr schnell. Zugleich verbauten sie sich selbst den Rückweg mit den Robotwracks.

»Wir müssen hier heraus, Betty«, sagte Tako. »Und das möglichst schnell.«

»Wenn wir sofort verschwänden, wäre mir das wesentlich lieber, als wenn wir noch fünf Minuten warteten«, entgegnete die Telepathin. »Sonst wird's brenzlig für uns.«

Die Impulse der Paradox-Intelligenz veränderten sich erneut. Sie fühlte sie fast wie eine körperliche Berührung, und sie waren ihr unangenehm. Stöhnend legte sie eine Hand an den Kopf.

»Tako«, sagte sie. »Ich glaube, die Paradox-Intelligenz dreht durch.«

6.

»Sie werden schon dringend erwartet, Sir«, sagte der Major, als Lordadmiral Atlan die Schleuse betrat. »Wie ich hörte, zwingt die Paradox-Intelligenz jetzt auch die zeitgeschädigten Paramags, in die Kämpfe einzugreifen.«

Atlan reagierte nur mit einer knappen Geste. Er war mit seinen Gedanken ganz woanders. Ihm folgte Icho Tolot auf dem Fuß. Er trug einen Translator, der durch mehrere Zusatzgeräte erheblich an Umfang gewonnen hatte.

Der Arkonide und der Haluter stiegen auf einen Robotgleiter und flogen auf ihm in die Gänge des Meteoriten ein, bis sie auf einen Paramag stießen, der zusammen mit einem Terraner auf sie wartete.

»Ich bin Wuriu Sengu«, erklärte das Wesen. »Ich glaube, ich habe einen Ort gefunden, der sich für Ihre Zwecke eignet.«

»Danke«, entgegnete Atlan und half dem Altmutanten auf den Gleiter, der jetzt in wesentlich langsamerer Fahrt weiterschwebte. Wuriu Sengu erläuterte, was er meinte: »Der Raum enthält keine Paratransaugen.«

»Gut, dann wird uns niemand stören.«

»Ich hoffe. Jetzt nach rechts.«

Roboter hatten mit Desintegratoren eine Höhle geschaffen. Von ihr aus zweigte ein niedriger Gang ab. Sie mußten den Gleiter verlassen. Atlan und Wuriu Sengu hatten genügend Platz in der tunnelartigen Röhre, der Haluter aber mußte kriechen, um ihnen folgen zu können. Er stieß eine Reihe von unbestimmbaren Lauten aus. Die Situation schien so recht nach seinem Geschmack zu sein. Sie wagten sich in eine Sackgasse, deren Ausgang so schmal war, daß höchstens jeweils einer im Notfall daraus entfliehen konnte, und das noch unter erschwerten Bedingungen.

Nach etwa hundert Metern erreichten sie einen kugelförmigen Raum, der so aussah, als sei er mit Fellen von langhaarigen Tieren ausgelegt. Atlan zögerte zunächst, diesen seltsamen Raum zu betreten. Erst als Wuriu Sengu ihm versicherte, daß die »Haare« steinhart und widerstandsfähig seien, ging er weiter. Das eigenartige Material gab ein wenig unter seinen Füßen nach, war jedoch so rauh, daß er mühelos auf der schrägen Wand stehen konnte.

»Es gehen seltsame Impulse von hier aus«, berichtete der Mutant. »Sie gleichen denen der Paradox-Intelligenz, oder sie sind ihr doch ziemlich ähnlich. Wir haben nicht herausfinden können, was es ist, aber wir glauben, daß die Chancen, mit der PI in Verbindung zu treten, hier am größten sind.«

Atlan nickte. Er ließ den Lichtkegel seines Helmscheinwerfers über die »Felle« gleiten. Er konnte sich nicht vorstellen, welche Bedeutung diese Hohlkugel haben könnte. Sie unterschied sich vollständig von allem, was die Einsatzkommandos bisher auf und in dem Meteoriten gefunden hatten.

Er gab Icho Tolot ein Zeichen. Der Haluter rutschte über die Schräge bis zum tiefsten Punkt des Raumes und stellte dort den Translator ab. Das Gerät war mit Sonderschaltungen und Anschlußapparaten versehen, die eine Verständigung auf fünfdimensionaler Basis möglich machen sollten. Der Gigant schaltete es ein und sendete eine Serie von Impulsen, mit denen er die Paradox-Intelligenz aufmerksam machen wollte.

»Unsere Chancen sind gesunken«, sagte Atlan. »Im Augenblick ist unser Freund ziemlich aufgeregt. Ich frage mich, ob er jetzt wirklich ansprechbar ist.«

»Wollen Sie warten?« fragte Wuriu Sengu.

»Natürlich nicht«, entgegnete der Arkonide. »Das können wir uns nicht leisten. Wir müssen's eben versuchen.«

»Ich werde zum nächsten Paratransauge gehen und die PI von innen heraus beobachten«, kündigte der Mutant an. »Vielleicht kann ich Sie dadurch unterstützen.«

»Tun Sie das«, bat Atlan. Atlan zog das Mikrophon des Translators zu sich heran. Er setzte sich auf den Boden und sagte: »Du irrst dich.«

Er blickte Wuriu Sengu nach, der durch den Gang verschwand. Einige Sekunden verstrichen, ohne daß etwas geschah. Aus weiter Ferne hörten sie den Lärm des Kampfes gegen die Roboter der Paradox-Intelligenz.

»Du glaubst, daß wir gekommen sind, um dich zu vernichten, aber das ist ein Irrtum. Wir wollen nur verhindern, daß die Bewohner dieses Systems in unser eigenes System eindringen, denn sie werden dort nicht die Welt vorfinden, die sie suchen.«

Er glaubte, einige Funken an den Wänden aufblitzen zu sehen. Er verengte die Augen. Hatte die Paradox-Intelligenz bereits reagiert? Sie befand sich in einer Situation, in der sie alles aufwenden mußte, den lästigen Gegner loszuwerden. Weshalb sollte sie nicht auf die Worte reagieren, die ihr alles erklären konnten?

Wiederum verstrichen einige Sekunden. Dann erschien Wuriu Sengu in der Gangöffnung.

»Irgend etwas ist geschehen«, rief er. »In den Adern hat sich alles verändert. ich habe Ihre Worte gehört, aber nicht verstanden. Sie gingen wie farbige Wolken durch das Metall. Es waren auch geometrische Figuren dabei. Einige von ihnen hefteten sich an Gebilde, die wie DNS-Reihen aussahen.«

Atlan richtete sich unwillkürlich auf. Erst jetzt wußte er, daß die Basis für weitere Versuche erstellt war. Damit wuchsen die Aussichten auf Erfolg erheblich.

»Soll ich mal mit dem Ding reden?« fragte Icho Tolot und lachte dröhnend. »Ich bin gespannt, was dann für Figuren entstehen.«

Atlan lächelte und winkte ab. »Damit warten wir noch ein wenig«, entschied er. »Zunächst möchte ich wissen, ob unser Freund mit uns reden will.«

»Offensichtlich nicht«, schrie Wuriu Sengu. Er rutschte und hüpfte die Schräge zu Atlan hinunter. »Im Gang kommen Roboter!«

Icho Tolot raste den entgegengesetzten Weg hoch. Wie ein dicker Pfropfen blieb er im Gangeingang stecken. Atlan sah durch die Lücken, die zwischen seinen Armen noch frei blieben, daß er mit seinem Energiestrahler in den Gang hineinfeuerte.

Als der Haluter sich Sekunden später umdrehte, entblößte er zufrieden seine Zahnreihen.

»Na also«, rief er mit ungedämpfter Stimme. »Jetzt ist alles dicht. Die Roboter können uns nicht mehr belästigen. Wir können in Ruhe arbeiten. Wir werden ... Was ist denn?«

Atlan war erschrocken zurückgefahren. Wuriu Sengu krümmte sich auf dem Boden zusammen und preßte sich die Hände gegen die Ohren.

»Oh, meine Kleinen«, sagte Icho und dämpfte seine Stimme, soweit er eben konnte, »habe ich schon wieder zu laut gesprochen?«

Wuriu Sengu richtete sich stöhnend auf. »Dieses Ungeheuer wird vermutlich nie begreifen, daß es uns mit seinem Donnergetöse glatt umbringen kann.«

Der Haluter sah bekümmert aus. Geradezu verlegen wandte er sich zur Seite. Er öffnete seinen Spezialanzug und brachte eine Asporc-Nuß darunter hervor.

»Nein«, rief Atlan, als er sie zu seinem Rachen emporhob. »Nicht das auch noch!«

Der Haluter ließ die Frucht betroffen sinken. Linkisch drehte er sie in seinen Händen und schob sie dann in seinen Anzug zurück. Er zeigte seine mächtigen Zahnreihen. Als er jedoch sah, daß weder Atlan noch Wuriu Sengu lachten, ließ er sich auf dem Boden nieder und schnaubte.

»Tut mir leid«, erklärte er. »Ich wollte Ihnen keine Unannehmlichkeiten machen.«

»Schon gut«, entgegnete Atlan. »Können wir jetzt weitermachen?«

Die Temperatur war spürbar angestiegen, doch schien eine Ventilation vorhanden zu sein, die rasch für Abkühlung sorgte.

Der Arkonide konzentrierte sich auf die Fortsetzung seines Verständigungsversuchs. Da er jetzt wußte, daß die Paradox-Intelligenz ihn vernahm, erklärte er mit Hilfe des Übersetzungsgerätes: »Da wir uns in einer vierdimensionalen Existenzebene bewegen und du nur auf fünfdimensionaler Ebene ansprechbar bist, liegt der Schluß nahe, daß eine Kommunikation unter parabio-emotionalen Bedingungen nur möglich ist, wenn eine zeitbedingte Rückkoppelung durch den Einsatz von Geräten ausgeschaltet wird, die vierdimensionaler Herkunft, aber fünfdimensionaler Funktion sind.«

Atlan und Icho Tolot blickten sich an. Der Haluter schob die Facetten über seine drei Augen und schloß sie damit. Er öffnete sie jedoch sofort wieder, als ein Funkenregen über die Wände der Hohlkugel fuhr und ein geisterhaftes Licht erzeugte. Die Paradox-Intelligenz reagierte deutlich.

Aufmerksam beobachtete der halutische Wissenschaftler das Geschehen. Er versuchte es zu verstehen und zu analysieren, aber das gelang ihm nicht. Sein Planhirn, das schneller und zuverlässiger als die ersten Generationen der positronischen Rechengeräte arbeiten konnte, erfaßte den Sinn dieser Aktion nicht, obwohl die Zahl der Entladungen immer größer wurde.

An den Wänden entstanden abstrakte Bilder, die zunächst so extrem vereinfacht waren, daß ihr Inhalt nicht zu deuten war. Einige Minuten verstrichen, dann versiegte der Funkenregen.

Atlan blickte den Haluter fragend an, doch dieser hob abwehrend die vier Arme. Er wußte nicht, was die Paradox-Intelligenz ihnen hatte mitteilen wollen.

Der Arkonide beugte sich über das Mikrophon. »Die Aussage ist unlogisch und unhaltbar«, erklärte er mit ruhiger Stimme. »Sie ist eine Diskussion nicht wert, weil elementare Gesetze sachlichen Denkens verletzt wurden.«

Er hob den Kopf. Ihm gegenüber bildete sich eine kopfgroße Sonne aus sprühenden Funken. Sie pulsierte langsam. Dann schoß unglaublich schnell eine fingerdicke Funkenlinie rund um den Raum. Sie erwuchs in dem Fleck und kehrte in ihn zurück.

Atlan lachte. Er schüttelte den Kopf. »Auch das war nicht logisch«, stellte er fest. »Wenn die Aussagen nicht klarer und fundierter werden, sehen wir uns gezwungen, die Verbindung wieder abzubrechen. Ich verbessere: Eine gerade Linie ist deshalb gekrümmt, weil die Zeitspirale turbulent rückläufig ist und somit irrational eine vorgetäuschte Gerade bildet.«

Seine Augen verengten sich. Er wischte sich eine Träne aus den Augenwinkeln, die die Erregung hineingetrieben hatte. Jetzt mußte sich zeigen, ob die Überlegungen richtig waren, die Icho Tolot und er in der MARCO POLO angestellt hatten, als sie dieses paradox-psychologische Gespräch vorbereitet hatten.

Tako Kakuta erschrak, als sich das Licht im Fabrikationslabyrinth überraschend änderte und danach hell aufflammte. »Wir springen«, sagte er.

Betty Toufry schüttelte den Kopf. »Das dürfen wir nicht, Tako. Du weißt, warum.«

Er packte sie an den Schultern und drehte sie herum. »Siehst du denn nicht, daß wir sonst überhaupt nicht mehr hier herauskommen?«

Im grelleren Licht waren tatsächlich so viele Roboter zu erkennen, daß ihre Hoffnungen auf den Nullpunkt sanken, mit weniger riskanten Mitteln entkommen zu können. Betty entdeckte einige Automaten, die mit schweren Energiewaffen ausgestattet waren. Gegen sie konnte sie mit Psychokinese allein nichts mehr ausrichten.

»Also – gut«, stimmte sie zögernd zu.

Tako Kakuta griff nach ihrem Arm, als abermals eine Wende eintrat. Einige Roboter explodierten!

Den Anfang machte eine Maschine, die aussah, als sei sie dafür gebaut worden, Steine zu brechen. Sie schien einen einfachen Antrieb zu haben, in dem jedoch eine hohe Energiemenge gespeichert war. Als sie detonierte, zerstörte sie zwei andere Automaten. Einer von ihnen explodierte ebenfalls und löste damit eine Kettenreaktion aus, bei der innerhalb weniger Sekunden fünfzehn Roboter vernichtet wurden.

Tako Kakuta und Betty Toufry wurden von den Druckwellen zurückgeschleudert. Sie fanden sich plötzlich mitten zwischen unkoordiniert angreifenden Robotern wieder, die teils aufeinander einschlugen, teils versuchten, die beiden Mutanten zu töten. Einer von ihnen traf Tako mit seinem messerscharfen Werkzeugarm an der Hüfte und brachte ihm eine heftig blutende Wunde bei.

Der Teleporter schrie vor Schmerzen auf. Er hielt sich die Seite, während Betty ungestüm mit telekinetischen Kräften zurückschlug und die Automaten gegeneinanderschmetterte. Als sie ein wenig Luft gewonnen hatte, beugte sie sich über den Freund, der auf den Boden gesunken war und verzweifelt nach Luft rang. Er griff nach ihrer Hand und umklammerte sie.

»Wir müssen verschwinden, Betty«, sagte er ächzend. Bevor sie etwas entgegnen konnte, teleportierte er mit ihr. Sie begriff erst, was geschehen war, als schon alles wieder vorbei war. Sie standen direkt vor einem Paratransauge und blickten in das Labyrinth.

Die Roboter bewegten sich nicht mehr. Sie standen starr auf ihren Plätzen, als seien sie schlagartig von jeder Energiezufuhr abgeschnitten worden. Tako Kakuta hielt sich die schmerzende Hüfte. Er hatte offensichtlich Schwierigkeiten, bei vollem Bewußtsein zu bleiben. Betty konnte seine Gedanken deutlich wahrnehmen. Die immer schwächer werdenden Impulse zeugten davon, daß Tako sich kaum noch unter Kontrolle hatte.

Langsam drehten die Roboter sich um. Alle bewegten sich mit der gleichen Geschwindigkeit und in der gleichen Richtung, als seien sie durch ein unsichtbares Band miteinander verbunden. Dann blieben sie wiederum gemeinsam stehen, als die meisten von ihnen die beiden Mutanten im Blickfeld ihrer Aufnahmesysteme hatten.

Bevor einer von ihnen auf sie schießen konnte, handelte Betty. Sie zerrte Tako mit sich in das Paratransauge, obwohl sie nicht wußte, ob er sich mit seiner Verletzung in das PEW-Metall wagen durfte.

Wenn sie nicht schon vorher geahnt hätte, daß die Paradox-Intelligenz sich in einem chaotischen Durcheinander befand, hätte sie es spätestens jetzt gemerkt. Die vorher schon unwirkliche Welt der PEW-Adern hatte sich vollständig verwandelt. Jetzt war alles in Unordnung geraten. Betty konnte keine regelmäßigen Formen und Figuren mehr sehen.

»Wir kommen nicht mehr voran«, erklärte Powlor Ortokur.

Rhodan blickte auf sein Chronometer. Es zeigte 14.03 Uhr an. Bis jetzt hatten sich die Hoffnungen, die er auf Atlan und das Mutantengespann gesetzt hatte, noch nicht erfüllt, wenngleich der Paradox-Komplex sichtlich Schwierigkeiten hatte, mehr Roboter in die Schlacht zu werfen.

»Die Gänge sind zu eng. Die Hitze staut sich zu sehr in ihnen, und die Robotwracks bilden zum Teil zu große Hindernisse. Selbst mit Hilfe der Desintegratoren kommen wir nicht entscheidend weiter. Es muß etwas geschehen.«

Rhodan befand sich an der Kreuzung von mehreren Tunneln, die durch den Meteoriten führten. Ein ständiger Strom von Kampfrobotern ging an ihm vorbei. Die Aussage des Oxtorners war also nicht ganz richtig. Die Kampfmaschinen der Paradox-Intelligenz mußten sich zurückziehen, aber dabei leisteten sie so entschlossenen Widerstand, daß die Mannschaften der MARCO POLO viel zu langsam tiefer in den Planetoiden eindringen konnten.

»Die Teleporter müssen uns unterstützen, sonst verschenken wir zuviel Zeit«, sagte der Oxtorner drängend. »Oder unsere Altmutanten müssen versuchen, durch die PEW-Adern bis ins Speicherzentrum vorzustoßen.«

Rhodan schüttelte den Kopf. »Sie würden auf zu viele Gegner treffen. André Noir hat es schon versucht. In der Nähe der Datenbank wimmelt es von Paramags. Sie haben einen Kreis gebildet und halten sich bei den Händen. So schirmen sie einige Wissenschaftler ab, die an der Speicherbank arbeiten und die Koordinaten suchen. Kein ungebetener Paramag könnte sich dort länger als ein paar Sekunden halten.«

Einige Führungsoffiziere kehrten aus den Gängen zurück. Sie kamen zu Rhodan, um ihn über den Stand der Dinge zu informieren.

»Wenn Atlan die Paradox-Intelligenz nicht bald zur Vernunft bringt, schaffen wir es nicht mehr«, begann einer der Offiziere.

Rhodan antwortete nicht. Er hörte sich schweigend die Berichte an.

Atlan und Icho Tolot warteten annähernd drei Minuten, bis sich erneut etwas in der Hohlkugel veränderte.

Der Arkonide war davon überzeugt, die Paradox-Intelligenz richtig attackiert zu haben. Deshalb schwieg er und unterdrückte das Verlangen, weitere paradoxe Aussagen zu machen, die den allgegenwärtigen Gesprächspartner zu Äußerungen herausfordern konnten.

Plötzlich schien ein unsichtbares Wesen in den Raum gekommen zu sein. Die Fasern an den Wänden richteten sich steil auf und wiesen mit ihren Spitzen alle auf das Zentrum der Kugel. Irgend jemand schien neben Atlan zu atmen – schwer und asthmatisch.

»Wir haben beschlossen, das Barbarische zu hören«, sagte die Paradox-Intelligenz langsam und mit abgrundtiefer Stimme.

Das seltsame Wesen, über dessen tatsächlichen Intelligenzgrad man sich bis jetzt nicht einig war, machte nach jedem Wort eine Pause. Danach kamen Töne aus dem Translator, als müsse es mühsam nach Luft ringen, bevor es den nächsten Laut formen konnte. Atlan fühlte sich an eine Tonbandstimme erinnert, die mit viel zu geringer Geschwindigkeit abgespielt wurde. Darüber hinaus spiegelte sich in jedem Wort dieser unfaßbaren Entität ein innerer Kampf wider. Noch niemals zuvor hatte die Paradox-Intelligenz mit irgend jemand ein Gespräch geführt. Atlan wertete daher allein die Tatsache, daß sie aus ihrer Reserve herausgekommen war, schon als Erfolg.

»Wir nennen die Bewohner dieses Sonnensystems die Paramags«, sagte der Lordadmiral. »Wir wissen von ihnen, daß sie ihre Welt verlassen und auf einen Planeten überwechseln wollen, von dem sie bessere Lebensbedingungen erwarten, als sie hier vorfinden.«

»Das ist uns bekannt«, sagte die Paradox-Intelligenz.

Atlan blickte mal auf das Übersetzungsgerät, das von Icho Tolot überwacht wurde, mal auf die Wand der Hohlkugel, auf der sich mit sprühenden Funken die Emotionen seines Gesprächspartners darstellten.

»Dir ist auch bekannt, daß die Paramags die galaktischen Koordinaten in dir suchen«, führte der Arkonide aus. Er strich sich über das schlohweiße Haar. Seine Hand blieb im Nacken liegen und massierte ihn leicht. »Sie hoffen, alle Angaben über ihr angestrebtes Ziel hier in dir zu finden – aber das ist sinnlos. Zeut, die Welt, die sie erobern wollen, existiert schon lange nicht mehr. Sie ist längst vergangen.«

»Ich bin darüber informiert, daß viele Paramags das galaktische Zentrum verlassen wollen.«

Atlan registrierte überrascht, daß die Paradox-Intelligenz nunmehr in der Einzahl von sich sprach.

»Zeut wurde in einem Krieg zwischen dem halutischen Volk und der alten Menschheit, den Lemurern, vernichtet«, fuhr er fort. »Den Bericht darüber habe ich mitgebracht. Ich werde ihn dir vorführen.«

Er gab Icho Tolot ein Zeichen. Der Koloß schaltete den 3-D-Projektor ein, der schon lange vorher für diese Demonstration vorbereitet worden war. Ein dreidimensionales Bild entstand. Das Solsystem schien tatsächlich im Raum zu schweben.

Der Film rollte ab. Er zeigte die optisch wirksamsten Abschnitte des halutisch-lemurischen Krieges. Sie waren so geschickt zusammengestellt, daß die Zerstörung des Planeten Zeut als abschließender Höhepunkt aller Kämpfe wirkte. In der letzten Szene löste sich diese Welt, die einst zwischen Mars und Jupiter die Sonne umkreist hatte, in zahllose Trümmerstücke auf.

Der Film erwähnte mit keinem Wort, daß die meisten Bruchstücke aus PEW-Metall bestanden und aus diesem Grund von den Paramags für sich beansprucht wurden.

Als das Bild erlosch, deutete Atlan auf den Haluter. »Icho Tolot, einer der Letzten seines großen Volkes, mag dir als Beweis dienen. Er wird meine Aussagen bestätigen.«

Der Koloß erhob sich und setzte das Gespräch fort. Er wiederholte einen Teil des Berichts über den Krieg und schilderte, wie Zeut verging. »Die Versuche der Paramags, dorthin zu gelangen, sind also völlig sinnlos«, schloß er seine Ausführungen.

Die Paradox-Intelligenz schwieg. Sie ließ nicht erkennen, ob sie überhaupt alles verstanden hatte. Die Fasern an den Wänden blieben unverändert, und die Funkensonne entstand neu.

»Wir kennen deine Schwierigkeiten«, sagte Atlan. »Unser Volk steht auf einem technischen Niveau, das wesentlich höher ist als deines. Dein Wissen und dein Können sind beachtlich, aber wir werden dir sehr viele Hinweise geben können, mit denen du bisher unlösbare Probleme leicht bewältigen kannst. Darüber hinaus werden wir dafür sorgen, daß du deine Macht uneingeschränkt über alle Lebewesen in diesem Sonnensystem ausdehnen kannst. Die Paramags werden nicht die Kraft haben, sich gegen dich zu erheben.«

Er verstummte und wartete. Abermals verstrichen mehrere Minuten. Als die Paradox-Intelligenz auch dann noch nicht reagiert hatte, fuhr er fort: »Als Gegenleistung fordern wir, daß der Plan aufgegeben wird, durch organisch lebende Paramags die Reste des Planeten Zeut anzugreifen. Du mußt den Widerstand gegen unsere Maschinen und Männer sofort einstellen. Wir müssen so schnell wie möglich ins Speicherzentrum und dort die Daten löschen, mit denen die Paramags in unser Sonnensystem überwechseln können.«

»Gib mir einen Beweis deiner technischen Überlegenheit!« forderte die Paradox-Intelligenz.

Atlan gab dem Haluter ein Zeichen. Dieser schob einen vorbereiteten Datenträger mit mathematischen Berechnungen und positronischen Formeln über ein fünfdimensionales Energieproblem in die Impulspositronik des Übersetzungsgerätes. Auf ein weiteres Zeichen des Arkoniden drückte er auf einen Knopf. Der Translator sendete eine Impulskette, während der gekoppelte Projektor eine entsprechende Folge von Symbolen an die Kugelwand warf.

Der Arkonide blickte auf sein Chronometer. Ihm wurde heiß, als er bemerkte, wieviel Zeit bereits verstrichen war. Bisher war ihm nicht bewußt geworden, wie lange das Gespräch bereits dauerte.

Die Paradox-Intelligenz meldete sich mit einem gurgelnden Geräusch. Es klang, als ob sie in einer Flüssigkeit versinke. Dann wurde die Stimme klarer.

»Ich bin einverstanden«, antwortete das PEW-Wesen. »Ich gebe den Weg zum Speicherzentrum frei. Ihr könnt gehen.«

Ein zweiter Tunnel tat sich auf. Er war höher und weiter als der andere. Von seiner Decke ging ein mildes Licht aus, das ihn ausreichend für die Augen Atlans erhellte. Als der Arkonide den Gang betrat, meldete sich die Paradox-Intelligenz erneut: »Geh noch nicht!«

Der Lordadmiral blieb stehen. Wuriu Sengu und Icho Tolot verließen die Hohlkugel und warteten in der Öffnung. »Was gibt es?«

»Eine Frage noch«, klang es gurgelnd aus dem Translator.

»Warum ist die Lichtgeschwindigkeit eine konstante Größe?«

Atlan biß sich auf die Lippen. Er schüttelte den Kopf. »Warum stellst du mir eine derartige Frage? Mißtraust du mir? Willst du mich prüfen?«

»Nimm an, daß ich eine Bestätigung möchte!«

»Nun gut«, sagte der Arkonide. »Natürlich ist die Lichtgeschwindigkeit keine konstante Größe. Sie kann es gar nicht sein, weil die Kontinuum-Parallelität eine variable Zeitkrümmung voraussetzt und damit die Fixierbarkeit derartiger Voraussetzungen irrational macht.«

Atlan sah zu dem Haluter hinauf. Er glaubte, in dessen drei Augen ein eigentümliches Funkeln erkennen zu können. Er senkte den Kopf und stieg zu der Gangöffnung hinauf. Jetzt mußte sich zeigen, ob er die richtige Taktik angewendet hatte. Alle Karten waren ausgespielt. Wenn die Asse nicht gestochen hatten, würde sich keine Gelegenheit für weitere Psychospiele gegen die Paradox-Intelligenz ergeben.

Schnell, aber nicht übereilt gingen Atlan, Icho Tolot und Wuriu Sengu durch den Gang. Schon nach wenigen Minuten stießen sie auf mehrere Terraner, die zögernd vor einem Roboter standen. Der Automat verhielt sich ruhig. Er hatte seine Waffenarme gesenkt und die Energieprojektoren ausgeschaltet.

»Er wird nicht mehr kämpfen«, behauptete Atlan. »Die Paradox-Intelligenz ist zum Bundesgenossen geworden.«

Betty Toufry und Tako Kakuta bemerkten die Veränderung sehr schnell und viel deutlicher als die Terraner außerhalb der PEW-Adern. Waren sie zunächst in ein einziges Farbenchaos gestoßen, so schwebten sie jetzt durch eine Welt mathematischer Ordnung. Die PEW-Adern verwandelten sich in gradlinige Stränge, die von kreisförmigen Halterungen umgeben waren.

Sie bemerkten keine Angreifer. Die beiden Mutanten glitten unbehindert und ungestört dahin. Und doch war etwas vorhanden, was für eine ständige Spannung sorgte. Sie glaubten jeden Moment, von irgendwoher eine Gefahr herannahen zu sehen, und sie mußten immer wieder feststellen, daß sie sich geirrt hatten. Doch ein Gefühl des Unbehagens blieb.

Betty sah das Paratransauge als erste. Sie machte Tako sofort darauf aufmerksam. Gemeinsam glitten sie darauf zu und ließen sich hinausfallen. Sie atmeten erleichtert auf, als sie Atlan begegneten, der in großer Eile durch einen Gang lief. Er blieb stehen und lächelte.

Für ihn schien sofort klar zu sein, daß sie keine feindlichen Paramags waren. Betty bewunderte ihn für seine Gabe, sie an kleinsten Äußerlichkeiten zu erkennen und zu unterscheiden. Die anderen Männer des Einsatzkommandos hatten offensichtlich größere Schwierigkeiten dabei, sie zu identifizieren.

Atlan ging auf sie zu und legte ihnen die Hände auf die Schultern. »Es ist jetzt alles gut. Ich habe mich mit der Paradox-Intelligenz verständigt.«

Tako wunderte sich, daß der Arkonide die Wunde nicht bemerkte. Er griff nach seiner Hüfte und stellte verblüfft fest, daß er keine Verletzung mehr hatte.

»Wartet hier!« bat der Lordadmiral. »Ich komme gleich zurück.«

Er eilte weiter und sprang auf eine schmale Antigravplattform, mit der einige Männer vorbeiflogen. Sie hielten ihn fest und stützten ihn.

»Sir, wir haben das Datenzentrum wiedergefunden«, berichtete einer der Männer.

Atlan antwortete nicht. Er blickte mit tränenden Augen nach vorn. Sehr bald würde sich entscheiden, ob sie Erfolg hatten oder nicht. In den letzten Stunden hatte er sich voll und ganz auf den Dialog mit der PEW-Intelligenz konzentriert. Es war bereits 18.09 Uhr.

Unmittelbar vor dem Ziel begegnete er Rhodan. Der Großadministrator stand zusammen mit Ras Tschubai am Eingang einer großen Halle. Über die Köpfe der Männer hinweg konnte Atlan lange Schalt- und Speicherbänke erkennen, wie er sie aus vielen anderen Informationssammelpunkten kannte. Hier hatten die Paramags versucht, die Koordinaten von Zeut zu finden, die vor fast 50.000 Jahren aufgezeichnet worden waren.

Zahlreiche Wissenschaftler der MARCO POLO arbeiteten an den Vorrichtungen. Sie bemühten sich, in kürzester Zeit so viele Informationen zu bekommen wie nur möglich.

Atlan sprang ab. »Kann man schon etwas sagen?« fragte er.

Rhodan schüttelte den Kopf. »Bis jetzt ist nicht eindeutig festgestellt worden, ob die Paramags die Daten gefunden haben oder nicht. Aber ich fürchte, wir sind ein wenig zu spät gekommen.«

Fellmer Lloyd kam aus der Halle. Er sah besorgt aus. Perry wandte sich ihm sofort zu. »Was gibt's?«

»In den PEW-Adern ist wieder Unruhe aufgekommen«, berichtete der Telepath. »Betty ist kurzfristig wieder hineingegangen. Sie hat ein Gespür dafür. Eben hat sie mich gewarnt. Sie behauptet, daß die gesunden Paramags sich fluchtartig aus dem Meteoriten zurückziehen.«

Er wollte offensichtlich noch mehr sagen, verstummte jedoch und blickte Rhodan fragend an. Der Großadministrator überlegte kurz, dann ging er an Atlan und dem Mutanten vorbei und betrat die Halle. Geoffry Waringer kam ihm entgegen.

»Aktion sofort abbrechen!« sagte Rhodan und wiederholte den Befehl einem der Offiziere gegenüber. »Vernichten Sie die Datenbänke und alle Aufzeichnungen! Danach ziehen wir uns sofort zurück. Ich rechne damit, daß die Paramags versuchen werden, den Meteoriten zu sprengen. Beeilen Sie sich.«

Der Offizier gab die Anweisung sofort weiter. Die Wissenschaftler verließen die Speicherbänke fluchtartig. Sie hasteten aus dem Saal und gaben den

Weg frei für die Kampftruppen. Innerhalb einer Minute hatte sich das Speicherzentrum geleert.

Die Befehle kamen knapp und präzise. Mannschaften und Roboter eilten durch die Gänge des Meteoriten zurück. Rhodan selbst blieb, bis die Energiestrahler ihr Vernichtungswerk begannen. Desintegratoren lösten die Anlagen auf, und sonnenheiße Blitze aus Impulswaffen zerstörten, was noch übrigblieb. Innerhalb weniger Minuten verwandelte sich das, was Jahrzehntausende unbeschadet überstanden hatte, in Schutt und Asche.

Perry Rhodan sprang auf einen Antigravgleiter und floh zusammen mit einer Gruppe von fünf Offizieren. Ein Luftschwall glühend heißer Gase folgte ihnen.

Ein grauer Schatten schnellte sich zu ihm und klammerte sich an seinen Arm. Fellmer Lloyd war ebenfalls bis zuletzt geblieben. Das Fluggerät beschleunigte immer mehr. Die Fluchtaktion verlief, als wäre sie tausendfach vorher geübt worden. Obwohl die Einsatzkommandos sich in höchster Eile zurückzogen, gab es keine Stauungen.

»Ich habe versucht, Betty und den anderen Mutanten klarzumachen, daß sie sich ebenfalls zurückziehen müssen«, berichtete der Telepath.

»Obwohl sie es waren, die uns gewarnt haben, scheinen sie selbst noch nicht ganz begriffen zu haben, um was es eigentlich geht. Ich habe das Gefühl, daß sie sich nicht von dem Meteoriten trennen mögen, weil sie das PEW-Metall für ihre Existenz benötigen.«

»Das finden sie auch auf den anderen Trümmerstücken.«

»Aber sie wissen nicht, wie es dort aussieht und ob man sie dort dulden wird«, erinnerte Lloyd.

Rhodan wollte etwas sagen, doch der Telepath gab ihm mit einer Geste zu verstehen, daß er sich auf einen telepathischen Ruf konzentrieren wollte.

»Betty! Jetzt scheint ihr ein Licht aufgegangen zu sein.«

Rhodan beobachtete den Mutanten besorgt. Er fragte sich, wie die Paradox-Intelligenz reagieren würde. Längst mußte auch ihr bewußt geworden sein, was geschah. Sie mußte erkannt haben, daß ihr Ende gekommen war, wenn der Meteorit explodierte. Würde sie die Schuld für ihren nahen Tod nicht bei Atlan suchen? Würde sie nicht meinen, von ihm getäuscht worden zu sein?

Wo war Atlan überhaupt?

Der Arkonide war zusammen mit Icho Tolot auf einen Antigravgleiter gestiegen und mit ihm gestartet.

Als Rhodan mit Fellmer Lloyd zusammentraf, hatte der Lordadmiral den Ausgang aus dem Meteoriten fast erreicht. Hier ging es langsamer voran.

Die Mannschaften konnten nicht so schnell ausgeschleust werden, wie sie nachrückten, obwohl mittlerweile mehrere Notschleusen errichtet worden waren, mit deren Hilfe der Strom schneller nach außen gelenkt werden konnte.

Atlan sprang von der Plattform, als er zwei Paramags entdeckte. Er glaubte, in ihnen Betty Toufry und Tako Kakuta wiederzuerkennen.

Als er auf sie zuging, blitzte es plötzlich vor ihm auf. Die beiden Magnetiseure schnellten erschreckt zurück. Atlan hob die Hand vor die Augen und wartete einen kurzen Moment, bis er sich wieder an das Licht gewöhnt hatte. Verwundert stellte er fest, daß die beiden Paramags verschwunden waren. Er ging einige Schritte in einen dunklen Gang hinein und rief: »Betty! Wo sind Sie?«

Erst dann schaltete er seinen Helmscheinwerfer ein. Das Licht fiel von kahlen weißen Wänden zurück.

Atlan glaubte, sich geirrt zu haben. Er drehte sich um – und stand vor einer geschlossenen Wand. Verblüfft streckte er die Hände vor. Er irrte sich nicht. Wo eben noch ein offener Gang gewesen war, befand sich jetzt eine Wand, die hier schon seit undenkbaren Zeiten zu stehen schien.

Der Arkonide hörte jemanden atmen. Es klang mühsam und asthmatisch, als ob der andere kurz vor dem Ersticken stehe. Die Paradox-Intelligenz.

Atlan kreuzte die Arme vor der Brust und drehte sich erneut um. Er zeigte sich nicht überrascht, als er den Gang auch auf dieser Seite verschlossen sah. Vor ihm schien das Fell eines langhaarigen Tieres von der Decke herabzuhängen. Rötliche Funken tanzten darauf auf und ab. Unmittelbar hinter diesem »Fell« schien jemand zu stehen, der keuchend und röchelnd atmete. Atlan wußte, daß es nicht so war. Dieses langfaserige Ding vor ihm war so etwas wie ein Translator.

Er wartete auf die ersten Worte der Paradox-Intelligenz. Dabei zweifelte er nicht daran, daß sie Rechenschaft verlangen würde. Sie gab ihm die Schuld daran, daß die Paramags versuchen würden, den Meteoriten zu zerstören. Dafür würden sie vermutlich Antimaterie einsetzen. Wenn es ihnen gelang, diese in den Meteoriten zu bringen, würde er sofort zu reiner Energie vergehen.

Perry Rhodan betrat die Hauptschleuse der Korvette. Hinter ihm rollten die Schleusenschotte zu. Durch den sich schließenden Spalt blickte er auf die Felsen des Meteoriten zurück. Er sah, daß der Strom der Männer und Roboter, die auf die anderen Schiffe zurückkehrten, dünner wurde.

Sekunden später schwebte er schon in einem Antigravschacht zur Hauptleitzentrale hoch. Die Korvette startete.

»Suchen Sie Atlan!« befahl Rhodan, als ihn der Kommandant begrüßte. »Beeilen Sie sich!«

Das Raumschiff beschleunigte und entfernte sich schnell von dem Meteoriten. Fellmer Lloyd erschien in der Zentrale. Er kam sofort zu Rhodan.

»Betty hat sich wieder gemeldet«, berichtete er. »Nach ihrer Meinung steht die Explosion des Meteoriten unmittelbar bevor. Wir haben höchstens noch einige Sekunden Zeit.«

Der Kommandant kam zu Rhodan. Er schüttelte den Kopf. »Der Lordadmiral ist nicht an Bord eines unserer Schiffe«, berichtete er. »Er muß noch in dem Meteoriten sein.«

Rhodan blickte Fellmer Lloyd fragend an. »Können Sie etwas entdecken, Fellmer?«

Der Mutant schüttelte den Kopf. Er schloß die Augen und konzentrierte sich. Die Zeit raste. In jeder Sekunde konnte der Meteorit explodieren.

»Sucht ihr mich?« fragte eine helle Stimme hinter Rhodan.

Der Großadministrator drehte sich um. Gucky stand vor ihm. Er stützte eine Hand in die Seite und blickte Perry herausfordernd an, doch dann veränderte er seine Haltung schlagartig. Er sah geradezu betroffen aus.

»Atlan«, sagte er und griff nach dem Arm Lloyds. Bevor dieser oder Rhodan etwas sagen konnte, teleportierte er zusammen mit ihm. Sie rematerialisierten auf einem matt erleuchteten Gang im Meteoriten.

»Er muß hier irgendwo sein«, erklärte Lloyd. »Hörst du ihn?«

»Natürlich. Ich weiß nur leider nicht, ob er hinter oder vor uns ist.« Gucky kratzte sich hinter dem rechten Ohr. Er schien sich dessen nicht bewußt zu sein, daß er buchstäblich auf einem Pulverfaß saß.

»Jetzt habe ich ihn«, sagte Lloyd.

Er griff nach Guckys Arm und zog ihn mit sich. Er deutete dabei auf einen abzweigenden, sehr niedrigen Gang. Das Gesicht des Ilts erhellte sich. Überraschend löste er sich von dem Mutanten und teleportierte. Betroffen blieb Fellmer Lloyd stehen. Er wußte nicht, was er tun sollte.

Atlan lag auf dem Boden und bewegte sich nicht, als Gucky in der kleinen Kammer erschien. Der Ilt brauchte keine Erklärungen, um zu begreifen, was geschehen war. In dem winzigen Raum herrschte ein infernalischer Lärm. Mit unvorstellbarer Gewalt drang er auf ihn ein und zwang auch ihn in die Knie.

Der Mausbiber kämpfte die Versuchung nieder, die Hände gegen die Ohren zu pressen. Er warf sich über den Arkoniden und teleportierte zusammen mit ihm.

Fellmer Lloyd atmete auf, als er sie sah. Er kam sofort zu ihnen. »Was ist geschehen?« fragte er. »Ist Atlan ... tot?«

»Unkraut verdirbt nicht! Was für eine Frage! Komm her, gib mir dein Pfötchen, Fellmer!«

Sie reichten sich die Hände. Dann riß Gucky Lloyd und Atlan mit sich. Sie rematerialisierten an Bord der Korvette, auf der Rhodan auf sie wartete.

Gucky war enttäuscht, als er bemerkte, daß sich niemand um sie kümmerte. Sein Protest erstarb ihm jedoch auf den Lippen, als seine Blicke auf den Hauptbildschirm fielen. Auf ihm konnte er den Meteoriten sehen, der genau in diesem Moment in weißer Glut verging.

Die Paramags hatten zugeschlagen. Das gigantische Raumschiff und mit ihm die PEW-Intelligenz explodierten.

Rhodan drehte sich um und sah Gucky. Er nickte ihm lächelnd zu. Ihn schien der Meteorit jetzt nicht mehr zu interessieren. Er ging zu Atlan und half ihm hoch.

»Alles in Ordnung?« fragte er.

Der Lordadmiral blickte ihn fragend an. »Wie bitte?« Atlan hielt eine Hand hinter sein Ohr.

»Sind Sie gesund, mein Kleines?« erkundigte sich Icho Tolot mit ungedämpfter Stimme.

Rhodan, Gucky und Fellmer Lloyd fuhren zurück. Einem der Offiziere fiel vor Schreck ein Aktenstapel aus der Hand, und eine Transparentscheibe über einem Meßgerät zerbrach unter der Gewalt dieser Stimme. Atlan aber nickte dem Haluter gelassen zu.

»Sie können ruhig lauter sprechen, Icho. So versteht man Sie ja kaum«, sagte er. »Natürlich bin ich gesund. Warum fragen Sie?«

Gucky stieß einen schrillen Pfiff aus. »Hoffentlich gibt sich das«, sagte er seufzend. Er wollte sich noch ausführlicher über die Situation auslassen, doch Fellmer Lloyd unterbrach ihn.

»Ich habe eine Nachricht von Betty«, berichtete er, wobei er immer wieder zum Bildschirm blickte. »Es ist ihr und den anderen gelungen, ein aktiviertes Transportauge zu finden. Sie haben sich in die PEW-Adern eingefädelt und sind einem gesunden Paramag gefolgt, der sich noch im Meteoriten befand. Er hat sie ungewollt zu einer offenen Transportweiche geführt, bei der die Blockade vermutlich durch die Paramags selbst aufgehoben worden ist.«

Gucky wollte nicht ganz beiseite stehen und Fellmer Lloyd allein sprechen lassen.

»Die acht haben den Meteoriten also verlassen«, sagte er schnell. »Sie befinden sich jetzt in einer ziemlich großen Welt. Dort vermuten sie den zentralen Himmelskörper des gesamten Trümmersystems überhaupt. Ich habe ... Mann, da sind Ras und ich doch schon gewesen!«

Verblüfft über die Erkenntnis, verstummte er. Sicherlich hätte er jetzt noch mehr von sich gegeben, aber nun unterbrach ihn Rhodan. Die Korvette ging zum Linearflug über. Die Instrumente zeigten schwere Erschütterungen für das Trümmersystem an. Die Explosion des Meteoriten gefährdete das gesamte Sonnensystem. An Bord der Korvette war davon jedoch nur wenig zu spüren.

Als Rhodan die MARCO POLO betrat, beantworteten die Astronomen seine Fragen, die er beim Anflug an sie gerichtet hatte. Nach ihren Berechnungen würde das System die Explosion des Asporc-Meteoriten überstehen.

Betty meldete sich erneut, als Rhodan zusammen mit Atlan, Gucky und Fellmer Lloyd zur Hauptleitzentrale der MARCO POLO hinaufschwebte.

»Betty ist davon überzeugt, daß es den Paramags gelungen ist, die Daten von Zeut zu bekommen«, sagte Lloyd. »Wir sind zu spät gekommen.«

Bevor sie auf diese Mitteilung reagieren konnten, fuhr der Mutant in seinem Bericht fort: »Betty bezeichnet die Hauptwelt des Trümmersystems als Wabe 1. Sie behauptet, es sei eine phantastische Welt, wie sie vorher noch keine gesehen habe.«

Die Gruppe betrat die Hauptleitzentrale der MARCO POLO. Die ersten Berichte über den Großeinsatz lagen bereits vor. Rhodan sah sie flüchtig durch. Ausfälle hatte es nicht gegeben. Die Ärzte des Schiffes hatten mehr als genug zu tun, die vielen kleinen Verletzungen zu behandeln, aber niemand war auf dem Meteoriten zurückgeblieben.

»Wir versuchen noch einmal, mit den Paramags ins Gespräch zu kommen«, sagte Rhodan. »Bereiten Sie entsprechende Funksprüche vor und geben Sie nicht auf, bevor die Paramags sich gemeldet haben!«

Betty war unendlich erleichtert. Auch die anderen sieben Mutanten waren wie von einer großen Last befreit. Wabe 1 war ganz anders als der Meteorit. War es die Paradox-Intelligenz gewesen, die alles so fremdartig und beklemmend gemacht hatte?

Sie befanden sich mitten in einem Gebilde, das Wuriu Sengu unwillkürlich als Stadt bezeichnete. Hier wimmelte es von Paramags jeden Alters. Alle waren beschäftigt und in Bewegung. Ruhe schien es hier überhaupt nicht zu geben.

Wie von selbst prägte sich ihnen der Begriff in der Sprache der Paramags ein, der die »Hauptstadt« bezeichnete: Tuniak-Zetto.

Dieses schwer begreifliche Tuniak-Zetto glich einem Pulsar-Stern, der sich langsam aufblähte. Die Bewohner dieses Planeten hatten die natürliche Anordnung der PEW-Adern geändert und für alle einen Mittelpunkt gebildet, von dem aus die Stadt sich strahlenförmig nach allen Richtungen erweitern konnte. An diesen Aderstrahlen lagen die verschiedensten Einrichtungen der Paramag-Kultur.

Betty war von allen Mutanten am aufgeregtesten. Immer wieder erklärte sie den anderen, wie faszinierend sie das PEW-Werk fand, in dem sie unbeobachtet und unbeachtet verschwinden konnten.

Sie trieben durch PEW-Adern, die so weit waren, daß sie die Grenzen nicht erkennen konnten. Zahllose Paramags glitten an ihnen vorbei. Viele schleppten Gegenstände mit sich, deren Bedeutung sie nur selten ausmachen konnten.

André Noir wies sie auf ein PEW-Transportband hin, das aus einer Endloskette von schwebenden Metallscheiben bestand. Sie glitten, von unsichtbaren Kräften getragen, durch den Raum, ohne miteinander verbunden zu sein. Unter sich zogen sie Materialien, Halb- und Fertigprodukte mit, die teilweise höchst einfacher Natur waren und teilweise völlig sinnlos zu sein schienen. Unter Zangen, Gelenkstangen, Motorelementen und elektronischen Bausteinen konnten sie sich alle etwas vorstellen, nicht aber unter den anderen Dingen, die sie sahen. Sie hatten oft skurrile Formen.

»Hier ist das Nervenzentrum«, sagte Wuriu Sengu. »Wir sind tatsächlich am wichtigsten Punkt des Trümmersystems angekommen. Tuniak-Zetto – du gefällst mir, solange du keinen Ehrgeiz entwickelst, eine Schwester zwischen Mars und Jupiter zu bekommen.«

Betty Toufry wurde stiller. Sie beobachtete nur und vermittelte ihre vielfältigen Eindrücke den lauschenden Mutanten an Bord der MARCO POLO. Dort nahm man, wie sie wußte, jede Einzelheit interessiert auf, um sich auch selbst ein Bild über diese Welt und ihre Bewohner machen zu können. Perry Rhodan rechnete mittlerweile mit einer Invasion des Solsystems. Betty mußte daran denken, was die Kosmopsychologen ermittelt hatten.

Die Paramags beanspruchten alles PEW-Metall der Galaxis für sich. Man konnte der jetzt lebenden Generation deshalb keine Vorwürfe machen. Sie wußte es nicht anders. Seit Jahrzehntausenden war es so gewesen, und kein Magnetiseur würde heute begreifen, weshalb es nicht so sein sollte. Die Überzeugung der Paramags, daß ihnen alles PEW-Metall der Galaxis zustehe, war ebenso fest in ihnen verwurzelt wie bei den Terranern über Jahrtausende hinweg der Gedanke, sie seien die am höchsten stehende Intelligenz des Universums.

Nur aus dieser Sicht heraus war überhaupt zu verstehen, daß die Paramags entschlossen waren, jedes Lebewesen zu töten, das den Parabio-Emotionalen-Wandelstoff für sich beanspruchte.

Das taten die Terraner noch nicht einmal. Sie zählten nur die Trümmer des ehemaligen Planeten Zeut zu ihrem Solsystem, ohne daraus ein gewisses Recht herzuleiten. Dennoch würde es zu einem Kampf kommen, bei dem die Paramags versuchen würden, alle Menschen der Erde zu töten. Wenn sie dieses Ziel erreicht hatten, würden sie das gesamte Sonnensystem von allem freimachen, was ihnen ihren Platz streitig machen konnte.

»Es ist schwer, sich vorzustellen, daß die Paramags überhaupt Krieg führen könnten«, sagte André Noir. »Sie sehen irgendwie sehr friedlich aus.«

Die Mutanten konnten die Stadt von innen heraus beobachten und so nur einen kleinen Teil der sehr farbenfrohen Anlagen sehen, aber sie konnten die Grenzen des PEW-Metalls auch durchstoßen und dann alles überblicken.

»Wenn wir Tuniak-Zetto genau erforschen wollen, werden wir schon einige Jahre hierbleiben müssen«, stellte Tako Kakuta fest.

»So lange werden uns die Paramags kaum in Ruhe lassen«, entgegnete Betty. »Bis jetzt hat man uns noch nicht entdeckt, aber das wird zweifellos früher oder später geschehen.«

Die Temperaturen in dieser künstlichen Welt waren angenehm. Diese Stadt lebte, und sie arbeitete. Die Mutanten beobachteten Paramags, die sich einfachen Spielen hingaben. Sie sahen aber auch Eingeborene, die kriegsähnliche Übungen durchführten und dabei mit blitzenden Lanzen aufeinander eindrangen.

Schließlich fanden sie einen Industriekomplex, der ihnen förmlich den Atem verschlug. Anlagen von diesem Ausmaß hatten sie hier nicht erwartet.

Rhodan nahm die Tasse Kaffee dankend entgegen, die ihm Ras Tschubai reichte. Er trank und blickte Atlan dabei an.

»Jetzt bleibt wirklich nichts mehr übrig. Du mußt die Erde sofort verständigen und im Solsystem den Katastrophenalarm auslösen.«

»Du hast recht, Arkonidenhäuptling. Leider«, entgegnete Rhodan mit einem spöttischen Unterton. »Jetzt bekommst du deinen großen Alarm.«

»Das habe ich dir schon früher gesagt.«

»Das habe ich nie vergessen. Dennoch wäre ich dir dankbar, wenn du nicht so unverschämt grinsen würdest.«

Atlan gab sich überrascht. »Oh«, sagte er. »Tu' ich das?«

Rhodan biß sich auf die Lippen. Er unterzeichnete einen Befehl, der vor ihm lag, und reichte ihn an den wartenden Funkoffizier weiter.

»Versuchen Sie, über die Funkbrücke, die wir aufgebaut haben, diese Meldung an die Erde abzustrahlen«, ordnete er an. »Geben Sie mir sofort Bescheid, wenn Sie wissen, ob wir durchkommen oder nicht. Ich warte.«

Atlan lächelte noch immer. Er wußte, welche Reaktionen der Alarm im Solsystem auslösen würde.

Toronar Kasom wandte sich zu Rhodan um. »Die Paramags melden sich, Sir. Endlich.«

Rhodan und Atlan erhoben sich. Sie wechselten in die Funkzentrale über. Auf mehreren Bildschirmen war der Kopf eines Paramags zu erkennen. Die gekoppelten Übersetzungsgeräte machten die Worte für Rhodan verständlich.

Der Magnetläufer drohte: »Sie sind hier unerwünscht. Wir betrachten Sie als Feinde. Verlassen Sie dieses System sofort, oder wir werden Sie sehr schnell vernichten. Sie haben verfolgt, was mit dem Planetoiden geschehen ist, den wir nicht wollten.«

Rhodan setzte zu einer Antwort an, doch der Paramag ließ ihn nicht dazu kommen. Er unterbrach das einseitige Gespräch und schaltete sich aus. Er meldete sich auch auf weitere Rufe nicht mehr.

Einer der Offiziere erhob sich. »Es tut mir leid, Sir, aber wir bekommen die gewünschte Verbindung nicht. Die Funkbrücke zur Erde ist unterbrochen. Wir kommen nicht durch.«

»Das habe ich befürchtet«, sagte Rhodan.

»Die Störfaktoren von hochaktiven Sonnen, Nebeln und turbulenten Materiewolken hier im galaktischen Zentrum verzerren die Sendung zu stark«, erläuterte der Offizier. »Mit normalen Hyperfunkgeräten schaffen wir es nicht.«

Rhodan ging mit großen Schritten in die Hauptleitzentrale zurück.

»Kasom«, befahl er. »Schicken Sie ein Kurierschiff nach USO-Bolban-Termi! Wir müssen die Meldung so schnell wie möglich durchgeben.«

Toronar Kasom gab den Befehl weiter. Minuten später schon verließ eine 60-Meter-Korvette das Schiff. Die KMP-11 aus der 2. Flottille entfernte sich mit höchster Beschleunigung und ging sehr schnell in den Linearraum.

Rhodan blickte Atlan besorgt an. Der Arkonide lächelte nicht mehr. Er wußte, daß er keinen Grund zum Triumph hatte. Niemand konnte sagen, was geschehen würde. Man wußte noch nicht einmal, ob es gelingen würde, das Solsystem rechtzeitig zu warnen.

7.

Bericht: Dunbar Vederici

Der nächste Ausläufer des Gravitationssturms erwischte uns in der Außenstation ORION-R-III gerade in dem Augenblick, als der Chef wieder einen seiner nur archäologisch interessanten Witze erzählte. Es war null Uhr fünf am 18. Juli 3444. Ich mochte seine Scherze nicht. Niemand mochte seine Scherze – aber fast sämtliche Anwesenden in der Messe lachten.

Ich verzog keine Miene. Als sich das dünne Gelächter gelegt hatte, fragte der Chef: »Sie kennen den Witz schon, Dunbar?«

Ich schüttelte den Kopf und sah ihm in die Augen. Er starrte mich beifallheischend an. Ich antwortete halblaut: »Nein. Aber ich werde morgen abgelöst.«

Während die Kameraden und meine Freunde in ein schallendes Gelächter ausbrachen, wurde das Gesicht des Chefs zuerst rot, dann weiß vor Wut. Ich glaube, er kann es nicht vertragen, einmal nicht im akustischen Mittelpunkt unserer Funkstation zu stehen.

»Vermutlich werden Sie morgen nicht abgelöst. Und übermorgen auch nicht.«

Ich zog die Schultern hoch und entgegnete: »Dann ziehe ich es vor, den Witz schon gekannt zu haben.«

Das grinsende Gesicht von Rafe sah mich an. Unsere Nerven waren in den letzten Tagen ziemlich strapaziert worden. Wir wußten nicht, was auf der Erde und im Solsystem ablief, und wir hatten wegen der mächtigen gravitationellen Überlagerungen auch keine Ahnung, wie es im Zentrum der Milchstraße aussah. Auch der Chef wußte nicht mehr, und er konnte es nicht leiden, wenn seine Entspannungsübungen nicht den gewünschten Erfolg hatten. In der letzten Zeit war der Chef überhaupt von einer schlechten Laune besessen, die uns alle verwunderte.

»Sie sind ein Spaßvogel, Techniker Vederici«, sagte er.

»So ist es!« bestätigte ich. »Aber ich bin zur Zeit etwas gedrückter Stimmung. Hauptsächlich deswegen, weil ich dort drüben auf dem Bildschirm sehen kann, daß die Männer der Bereitschaft völlig verwirrt sind.«

In der Messe herrschte augenblicklich Schweigen. Die etwa zehn oder vierzehn Männer sprangen auf, als sie den Wachhabenden sahen, der verzweifelt in unsere Richtung winkte. Warum hatte er, wenn wirklich etwas Ungewöhnliches vorgefallen war, nicht Alarm gegeben?

Ich stand auf, ging auf das strahlen- und drucksichere Schott zu und sagte laut in das unbehagliche Schweigen hinein: »Ich sehe nach, was es gibt.«

»Tun Sie das, Dunbar!« sagte der Chef und nickte mir zu. Sein Gesicht hatte wieder die normale Farbe und den gewohnt mürrischen Ausdruck angenommen.

Hinter mir preßte sich die isolierte Stahlplatte in die dicken Dichtungswülste. Ich ging einen schmalen Korridor entlang, an dessen Wänden offen die dicken, vielfarbigen Kabel der verschiedenen Energiesysteme sauber geordnet entlangliefen, dann schob ich das Schott in den Vorraum der Funk-Übermittlungsstelle auf.

»Guten Morgen!« brummte ich.

Niemand beachtete mich. Nur der Wachhabende sah auf, nickte mir zu und winkte kurz. In seinen Bewegungen und im Verhalten der anderen Männer mußte ich erkennen, daß sie alle nervös und gespannt waren. Die Aufregung schien den Raum zu füllen wie starke elektrische Spannung. Sämtliche – oder fast sämtliche – Anlagen funkelten mit den Lichtern der Skalen und Uhren.

»Hierher, Dunbar!«

»Ich bin schon unterwegs!« knurrte ich.

»Wir haben etwas aufgefangen. Ein riesiger Sender, aber alles ist verzerrt und hoffnungslos undeutlich. Diese verdammten Magnetstürme!«

»Laß sehen!« sagte ich und beugte mich über das Pult.

Ein Mann versuchte verzweifelt, die eingekommenen Signale mit einer Kette von aufeinandergeschalteten Verstärkern deutlicher zu machen. Ein anderer bediente die halbautomatische Steuerung einer Richtantenne, die außen angebracht war und eine Million verschiedener Impulse aufnahm, aber die wichtigen Informationen nicht besser erwischte. Ein dritter experimentierte mit einem Satz von positronischen Filtern herum. Die Rechenanlage summte überlastet auf.

»Das hier ist deutlich!« sagte der Abteilungschef.

Er wies auf ein Zeichen, das flimmernd auf den Schirmen stand. Verschiedene Filter und dazugeschaltete Recorder bewirkten, daß das Signal sekundenlang deutlich zu sehen war. Die Bänder spielten immer wieder dieses Symbol über die Schirme der Aufzeichnung.

»Eine Hyperfunkmeldung. Oder wenigstens ein Teil einer solchen!« murmelte ich.

»Genau, Dunbar. Und eine sehr wichtige dazu!«

Das war uns allen klar. Auf den Schirmen sahen wir, nachdem auch die Entkodierung erfolgt war und ein schlechtes, wenn auch verständliches Ergebnis erbracht hatte, Rhodans Kodezeichen.

»Eine Botschaft von Rhodan. Aus der MARCO POLO. Das erklärt die Stärke der Sendeenergie!« sagte ich.

Ein wütendes Kreischen kam aus den Lautsprechern und machte jede Unterhaltung unmöglich. Als das Geräusch abriß, gab es ein Brummen, das in ein drohendes Rasseln überging, als würde planetarer Schrott die Außenwände der stählernen Station bombardieren.

»Richtantenne! Woher kam der Spruch?«

Einer der Männer drehte mir sein schweißüberströmtes Gesicht zu und sagte fast schreiend: »Zusammen mit diesen verdammten Störungen aus dem Zentrum. Die Analyse allerdings ist nicht viel wert.«

Ich verstand. Unsere Lage war alles andere als rosig. Zwar zweifelte keiner von uns daran, daß die Station dieses Chaos der Gravitationswellen aus dem Zentrum überleben würde, aber wir alle versuchten pausenlos,

Unmögliches möglich zu machen. Wenn ein so starker und energiereicher Sender wie die Anlage der MARCO POLO nicht in der Lage war, einen Hyperfunkspruch abzusetzen oder ihn der nächsten Relaisstation zu übermitteln, was sollten dann wir sagen?

Der Energieschwund war riesengroß. Die Gravitationsstürme, die sich zum Teil mit der Geschwindigkeit der hyperschnellen Frequenz fortbewegten und somit die Lichtgeschwindigkeit um ein Mehrfaches überschritten, tobten immer stärker aus dem sonnenreichen und wasserstofferfüllten Zentrum unserer Galaxis, also dorther, woher der Funkspruch kam und wo sich demnach Rhodan und seine Männer aufhielten.

Die Zeit war schnell vergangen. Was immer dort im Zentrum passierte: Rhodan hatte nicht viel Zeit und, wie sich soeben gezeigt hatte, auch keine technische Gelegenheit, seine eigenen Positionsdaten durchzugeben und den wartenden Menschen mitzuteilen, in welcher Lage er sich dort befand. Wie wir gehört hatten, war der Versuch, aus dem Zentrum heraus eine Relaisbrücke für den Funkverkehr aufzubauen, nicht geglückt ... Jedenfalls hatten wir keine Bestätigung dafür. Und keiner von uns Fachleuten zweifelte daran, daß nur die ausgefeilte Technik unserer Relaisstation in der Lage gewesen war, diese lückenhaften Informationen aufzufangen.

»Hier, Dunbar!« schrie jemand. »Verdammt! Stellt doch die Lautsprecher ab!«

Es gab ein schmetterndes Krachen, dann war es plötzlich still. Unsere Ohren rauschten in der ungewohnten Ruhe.

»Ja? Ich sehe!« sagte ich und starrte auf einen dunklen Schirm.

Die Leitung, die aus der Dechiffrieranlage heranführte, endete in diesem Bildschirm. Die Anlage hatte ihre gesamte Kapazität ausgeschöpft und offensichtlich einige Punkte dieser verstümmelten Information ergänzt. Wir sahen nur Rhodans Kodezeichen und ein einziges Wort.

Es lautete: *GEFAHR!*

In der herrschenden Situation, in der bereits einfache Flugmanöver zu einem unkalkulierbaren Risiko wurden, war ein Funkverkehr auf der hyperschnellen Frequenz kaum mehr möglich. Wir mußten in diesen Minuten einsehen, daß wir alle, unterstützt von der technischen Ausrüstung des Satelliten ORION-R-III, nicht in der Lage waren, mehr zu tun, als wir gerade taten.

»Perry Rhodan ... Gefahr!« murmelte ich. »Es kann aber auch etwas anderes heißen.«

»Richtig, Dunbar. Aber was?«

Ich atmete tief ein und aus. Es roch nach heißen Maschinen und Schweiß. Jemand warf eine Kaffeekanne zu Boden. Ein anderer Mann fluchte, als ihm das heiße Gebräu über die Hose lief.

»Haben wir sonst nichts mehr? Einen winzigen Rest auf dieser Frequenz?«

Drei Männer schüttelten die Köpfe. »Nichts, Dunbar.«

Perry Rhodan war in Gefahr. Perry Rhodan hatte eine Gefahr entdeckt und informierte das Solsystem. Rhodan hatte eine Gefahr für das Solsystem gesehen. Oder: Sein Schiff, ein anderes Volk, seine Rückkehr, die Mutanten, die Galaxis und einige andere Begriffe ... sie alle konnten gefährdet sein.

Welche Möglichkeit war zutreffend? Was war richtig?

»Niemand wird auf diese Weise erfahren, was im Zentrum der Galaxis vorgeht!« sagte ich enttäuscht.

»Was sollen wir tun?«

Ich hob die Schultern und horchte auf die Geräusche, die aus anderen Teilen des kugelförmigen Relaissatelliten kamen. Die Mannschaft von vierunddreißig Männern war seit drei Tagen erschöpft. Wir alle sollten abgelöst werden, und kein Schiff kam an. Wir hatten jede Verbindung verloren. Zur Erde, zum nächsten Robotsatelliten, zu anderen Schiffen, sogar die Notwelle schlug nicht mehr durch. Wir hofften, daß die Schwankungen der Gravitation, wie dramatisch sie sich auch im Augenblick für uns und andere äußerten, ein vorübergehender Zustand waren.

»Versucht zunächst, einen Probespruch an den nächsten Relaissatelliten durchzugeben! Wenn die Bestätigung eintrifft, haben wir mehr Glück gehabt, als es zur Zeit möglich schien. Marc – bitte, kommentieren Sie kurz und treffend, was wir hier aufgefangen haben, damit die Erde weiß, was wir senden.«

»Falls sie es empfangen können!« sagte Marc leise.

»Immer dieses vorausgesetzt!« mußte ich entgegnen.

Der gewaltige terranische Außensatellit ORION-R-III war ein Bestandteil der nahezu galaxisweiten Funkbrücke, die ein Kommunikationsnetz für die Raumfahrt darstellte. Wir konnten den Schiffen Daten und Koordinaten geben, konnten sämtliche Funksprüche abfangen und auffangen und weitergeben oder speichern. Wir konnten bisweilen auch die Funkkontakte anderer raumfahrender Gruppen oder Völker hereinbekommen und in der Freizeit versuchen, sie zu entziffern. Nachrichtenzentren und Navigationshilfen, Leuchtfeuer und Bojen – das waren jene Stationen. Wir waren in einer Position, die ziemlich nahe am Zentrum lag, und trotzdem hatten wir nur zwei lückenhafte Fetzen einer langen Information auffangen können.

Rhodan – Gefahr ...

»Wir stehen am Rand des ›Zentrumsrings‹«, sagte ich nachdenklich. »Vielleicht schaffen wir es, Meldung und Kommentar weiterzugeben.«

»Wir versuchen es auf alle Fälle. Und wenn es zehn Stunden dauert!« versprach Marc und legte ein Band vor, auf dem er eine kurze Meldung über diesen rätselhaften Fund auf den galaktischen Hyperwellen abgefaßt hatte.

»Das ist der Spruch, Vederici!«

»Haben wir Kontakt?«

Volpe Hommar, der Cheffunker dieser Schicht, drehte sich zu mir herum. »Nein, Dunbar. Keinen Kontakt mit der Nachbarstation!«

»Versucht es bitte weiter! Wir müssen Imperium-Alpha erreichen!« sagte ich drängend.

Weiterhin mußten wir versuchen, die anderen raumfahrenden Völker zu warnen. Es herrschte, noch nicht für jedermann erkennbar, Gefahrenstufe eins. Die Galaxis erbebte in unsichtbarer Form in den Griffen der Wellen, die sich vom Zentrum ausbreiteten. Die Naturgewalten des Kosmos, durch Umstände entfesselt, die niemand ahnen konnte, wirkten schnell und drohend. Da Gravitationsstürme auf fünfdimensionaler Ebene basierten, erzeugten sie sogar sekundär starke Magnetstürme, die viele der hauchdünnen Beinahe-Vakuum-Nebelwolken in ein aufgeladenes und pulsierendes Chaos stürzten. Die Situation der Raumschiffe im unterlichtschnellen und überlichtschnellen Flug war vergleichbar mit der von Nußschalen in einem Hurrikan, der aus drei Richtungen zugleich blies.

»Das kann Stunden dauern!« sagte Hommar.

»Und wenn es Tage dauert, Freunde«, sagte ich etwas lauter. »Wir müssen es versuchen. Pausenlos. Die Erde und die anderen Raumfahrer, gleich welchen Volkes, müssen gewarnt werden. Will jemand frischen Kaffee?«

Aus der Ecke brüllte ein Mann: »Ich will keinen Kaffee, ich will eine neue Hose!«

Ich grinste und sagte: »Nach der Schichtablösung, Freund!«

Wir versuchten es. Immer und immer wieder. Mit allen Tricks und mit jedem der Einfälle, die wir in den langen Stunden hatten. Dieser Mittwoch sollte uns allen unvergeßlich bleiben.

Wir versuchten es neuneinhalb Stunden lang …

Bericht: Reginald Bull, Staatsmarschall

Ich warte auf den Moment, in dem ich diesen pausenlosen Streß nicht mehr aushalte. Ich warte allerdings schon Jahrhunderte auf diesen Moment, und rätselhafterweise scheint er noch immer nicht erreicht. Die Wirkungen des Zellschwingungsaktivators scheinen alles aufgehalten zu haben: körperlichen und geistigen Verfall, Erschöpfung, Unlust und Widerwillen … Wie gesagt, ich wunderte mich. Heute, nach wenigen Stunden der absoluten Ruhe, die ich mir erzwungen hatte, riß man mich um etwas vor zehn Uhr aus dem Bett.

Eine Meldung war in Imperium-Alpha eingetroffen. Als ich die etwa zwei Dutzend Worte gelesen hatte, fühlte ich, wie mir das Blut aus dem Gesicht wich. Ich mußte mich wieder hinsetzen. Meine Finger zitterten.

»Verdammt! Auch das noch!«

Ich hatte mir in meiner Position und in meiner Lage als engster Freund Rhodans seit einiger Zeit das Staunen und Wundern abgewöhnen müssen, ebenso wie die Gedanken, die Verantwortlichen über ein Gebiet, wie es das Imperium war, würden jemals zur Ruhe kommen und sich der Jahrhunderte voller Arbeit freuen können. Meine Reaktion überraschte mich trotzdem selbst. Die Worte: *»Rhodan – Gefahr!«* schienen vor meinen Augen zu tanzen.

Ich rief mir den langen Weg ins Gedächtnis, den diese Meldung gegangen war. Auf dem Computerblatt standen die einzelnen Stationen mit ihren Kodebegriffen in einer langen Reihe untereinander.

Ich überlegte: Wenn diese Meldung die gesamte Kette der Relaissatelliten passiert hatte, war der Streukreis sehr groß. Das bedeutete, daß auch andere raumfahrende Völker von dem Umstand wußten, daß die Gravitationswellen sich mehr und mehr dem Rand der Galaxis näherten. Die Hyperfunkmeldung war immer deutlicher übermittelt worden, je weiter die einzelnen Stationen vom Zentrum entfernt waren. In der Form, wie sie mir vorlag, war sie vermutlich von ORION-R-III abgeschickt worden. Wie würde es den Männern dort im Zentrum ergehen?

Sie waren offensichtlich weniger gefährdet als Rhodan selbst, aber was sollte ich tun? Ich war Rhodans Stellvertreter.

Ich stand auf und ging hinüber in die Toilette, benutzte die einzelnen Robotgeräte des Bades und fühlte mich, nachdem mich die letzte Massagedusche entlassen hatte, etwas frischer und trotzdem nicht besonders wohl. Wie konnte ich reagieren, wenn ich nicht einmal wußte, was dieses Wort »Gefahr« in diesem Zusammenhang bedeutete?

Ich zog mich an, trank einige Tassen Kaffee und setzte mich wieder an den Schreibtisch. Ich befand mich hier in Imperium-Alpha, weil es die letzten Tage mit ihrer Hektik nicht gestattet hatten, daß ich das Büro in meiner Administration oder etwa gar meinen Bungalow am Goshun-See betreten konnte.

Als ich nach der Meldung griff, um sie mit großer Unruhe ein drittes und viertes Mal zu lesen, flatterte ein anderes Blatt von der Tischplatte. Ich las nur die Begriffe PILBO und NEOMAV, schob das Blatt zur Seite und las die unheilträchtige Meldung abermals.

Wo war Rhodan wirklich? Tatsächlich im Zentrum der Galaxis, aus dem diese Meldung kam?

Was immer dort geschehen war – es konnte hier im Solsystem noch keine exakten Meldungen darüber geben. Die Entfernung war zu groß, die Möglichkeit, perfekte Daten und Informationen zu erhalten, war durch die energetischen Hurrikane so gut wie unmöglich. Seufzend griff ich nach den Knöpfen des Interkoms und drückte einen davon.

»Geben Sie mir bitte Julian Tifflor!« sagte ich.

»Sofort!«

Binnen Sekunden meldete sich Julian. Wir sahen uns an, dann nickte er. Julian deutete meinen Gesichtsausdruck richtig, denn er fragte: »Unschlüssig, Reginald?«

»Sie haben es erraten. Vermutlich hat man Ihnen die Meldung ebenso übermittelt. Haben Sie schon mit Deighton gesprochen?«

»Ja. Er wollte zurückrufen.«

Seit dem Beginn der Verfolgungsjagd wußte niemand von uns, wo sich Rhodan tatsächlich befand. Wir konnten aufgrund dieser Meldung nunmehr ahnen, daß er ins Zentrum vorgestoßen war. Aber was dort geschah, war auch nach diesem Fragment einer Information völlig unklar.

»Unter Umständen hängt diese Meldung ursächlich mit den Gravitationsstürmen zusammen?«

»Die Versorgungsschiffe haben uns detaillierte Nachrichten gebracht, daß dieser merkwürdige Meteorit gestartet ist. Auch das scheint mit der Gefahr zusammenzuhängen!«

»Was sagt NATHAN?«

Julian Tifflors Gesicht verzog sich. »NATHAN sagt im wesentlichen nichts anderes als das, was wir selbst glauben oder zu wissen scheinen.«

»Das ist nicht viel, Tiff!« mußte ich einschränken.

Wir beide und Galbraith Deighton witterten die Gefahr förmlich. Wir konnten sie noch nicht greifen und nicht genau bezeichnen, aber wir ahnten, daß aus dem Zentrum der Milchstraße etwas auf das Solsystem zukam, was uns alle bedrohte. Deswegen unsere Zurückhaltung, deswegen unsere Aufregung.

»Abgesehen von allen möglichen Deutungen, die diese verstümmelte Meldung geradezu herausfordert«, begann ich leise und nachdrücklich zu sprechen, »ich bin dafür, daß wir für das Solsystem Vollalarm geben. Ich sage mir, daß es besser ist, sich der Gefahr einer übereilten und übervorsichtigen Handlung auszusetzen, als von einer echten Gefahr überrascht zu werden und unvorbereitet getroffen zu werden.«

Tifflor nickte mehrmals. »Das ist auch meine Ansicht«, sagte er. »Ich bin für Vollalarm. Aber das wird die Opposition für sich erbarmungslos ausschlachten, Bully!«

Ich atmete mehrmals durch, dann bewies ein zweites Signal, daß sich Deighton in die Unterhaltung einschaltete. Ein zweiter Schirm flammte auf und zeigte sein sorgenvolles Gesicht.

»Natürlich schlachtet es die Opposition aus. Aber gesetzt den Fall, das System ist wirklich in Gefahr ... dann retten wir dadurch auch die Angehörigen der Opposition.«

»Richtig.«

Wir waren uns darüber einig, daß das Ausrufen des Notstands eine schwerwiegende Sache war. Darüber bestand nicht der geringste Zweifel. Keiner von uns würde den Vollalarm jemals leichtfertig anordnen. Aber die vielfältigen Geschehnisse der letzten Jahrhunderte hatten gezeigt, daß wir lieber zehnmal zuviel als einmal zuwenig wachsam hätten sein müssen. Wenn ich heute an den Alptraum des Schwarms zurückdenke, dann werde ich noch immer blaß und schrecke nachts sogar aus dem Schlaf hoch.

»NATHAN hat den Vollalarm empfohlen!« sagte Deighton scharf.

»Ich bin ebenfalls entschlossen, Vollalarm zu geben«, sagte ich. Schließlich war ich noch immer Rhodans Stellvertreter, und Perry war noch immer Großadministrator. Dieser Gedanke erinnerte mich an eine andere Gefahr oder besser: eine zusätzliche Aufregung, die mit dem Wahltermin immer näher rückte.

»Ich bin auch dafür«, schloß Tifflor.

Die übliche Prozedur würde beginnen. Wir mußten es in einer Pressekonferenz mitteilen. Anschließend würden sich die Nachrichtenorgane überschlagen. Die Opposition, hauptsächlich die Anhänger Terheras, würde schäumen. Ob zutreffend oder nicht, ob begründet oder nicht – das Ausrufen des Vollalarms würde als Politikum gewertet werden.

»Wann gehen die Informationen hinaus?« fragte Tifflor besorgt.

Ich warf einen nachdenklichen Blick auf die Uhr und rechnete überschlägig nach. »Ich würde vierzehn Uhr vorschlagen. Das ist in mehr als drei Stunden. Der übliche, gebräuchliche Termin.«

»Auch der übliche Ort?«

»Ja, natürlich. Und vorher bitte keine Sonderinformationen!« sagte ich.

Wir verstanden uns besser, als es die meisten Menschen jemals schafften. Das lag fast ausschließlich daran, daß wir seit langer Zeit zusammen an solchen Problemen arbeiteten und uns genügend gut kennengelernt hatten. Die Eigenschaften, die wir besaßen, waren derart ähnlich, daß darüber hinaus ein noch viel stärkeres menschliches Verhältnis auftrat. Zusammen und nebeneinander, jeder an seinem Platz, hatten wir in der Vergangenheit die wildesten Abenteuer erlebt und die größten Gefahren für die Erde beseitigt.

»Gut. Ich werde zum vereinbarten Zeitpunkt anwesend sein«, versprach

Deighton. »Besteht irgendeine Hoffnung, daß wir zu dieser winzigen Information zusätzlich etwas erfahren können?«

Ich zog die Schultern hoch und murmelte: »Ich glaube nicht, daß es Rhodan riskiert, das Leben von Kurieren aufs Spiel zu setzen. Die Raumfahrt im Zentrum der Galaxis ist zu einem verdammt großen Risiko geworden.«

Sie nickten; jeder von uns wußte, wovon wir sprachen. Kein Kurier würde es wagen, in diesem mehrdimensionalen Chaos ein Schiff sicher über diese Entfernung zu steuern. Es war recht sinnlos, auf weitere Informationen über Perry oder die angedeutete Gefahr zu warten.

»Einverstanden. Wir lassen die Reporter, Journalisten und die Spitzenvertreter der großen Parteien zusammenrufen«, kündigte Tifflor an. »Ich werde auch die Flotte nicht vorher informieren. Zeitpunkt: vierzehn Uhr.«

Er hob die Hand, um die Trenntaste zu drücken. Wir nickten uns zu, dann wurde die Konferenzschaltung aufgehoben. Die Schirme zeigten wieder ihre stumpfen Flächen. Ich war allein und hatte Zeit, alles ein letztes Mal zu überdenken.

Nichts änderte sich ...

Ich lehnte mich zurück und dachte noch einige Minuten über die Flut der Probleme nach, die unaufhaltsam auf uns zurollten. Wieder einmal schien sich alles Gefährliche anzuhäufen. Die Gefahr aus dem Zentrum, die Abwesenheit meines Freundes Perry und seine merkwürdige Unlust, sich zur Wahl zu stellen, obwohl wir alle wußten, daß er der richtige Mann an der richtigen Stelle war. Und in den gärenden Hexenkessel der Zeit vor der Wahl hinein kam jetzt die Einschränkung des Vollalarms, die alle Lebensbereiche umfaßte.

Die Gerüchte würden nicht abreißen ...

Wenn Tifflor, Deighton und Bull den Vollalarm auslösten, mußte etwas in der Luft liegen und im Raum lauern. Etwas, das eindeutig über den Text der auslösenden Meldung hinausging. Ich dirigierte meine Gedanken wieder zurück und drückte die erste Ruftaste des Interkoms.

»Sir?« Eine Frauenstimme, ein lächelndes Gesicht.

»Bitte, arrangieren Sie für vierzehn Uhr eine Pressekonferenz. Laden Sie unter anderem auch Bount Terhera ein, ebenso Merytot Bowarote und Munishe Aerce. Und natürlich die wichtigsten Journalisten, Kommentatoren und Reporter. Kleiner Saal in meiner Administration.«

Die Sekretärin brauchte kaum Zeit für ihre Überlegungen. »Was soll ich ankündigen?«

»Eine Mitteilung von großer Wichtigkeit, die innen- und außenpolitische Maßnahmen zur Folge haben und von großer Wichtigkeit für das Solsystem und das Solare Imperium sein kann.«

»Danke, Sir. Wird erledigt. Sie nehmen selbst daran teil?«

»Ja. Deighton und Tifflor ebenso. Rhodans Vertreter werden sich wieder einmal der konzentrierten Kritik aussetzen müssen. Bis nachher.«

»Geht in Ordnung, Sir!«

Ich hätte auch viel später niemandem erklären können, aus welchem Grund mir wieder einmal die beiden Begriffe NEOMAV und PILBO einfielen. Auch nicht, warum ich an Ostolli Acht dachte.

Ich stand auf, erledigte einige wichtige Dinge und verließ dann das kleine Bereitschaftsbüro in Imperium-Alpha, um mich zur Administration hinüberbringen zu lassen. Wieder einmal, wie schon so häufig in der langen Zeit an Rhodans Seite, fühlte ich tief in meinem Innern eine Spannung, die mich gleichermaßen wachsam und nervös werden ließ.

Bericht: Munishe Aerce, Chefin der Sozialgalaktischen Bürgerrechts-Föderation

»Aha«, witzelte ein Journalist, der für seine kritische Haltung der Regierung gegenüber bekannt und gefürchtet war, »der Vorstand kommt. Achtung, aufstehen, Ehrenbezeigung!«

Im kleinen Pressesaal herrschte ein unterdrücktes Murmeln. Sämtliche Nachrichtengeräte waren eingeschaltet, die Übertragungskanäle waren offen. Ein Mann in der Uniform eines Schiffsoffiziers der Reserve bahnte sich einen Weg durch die Menge, die zwischen den Stühlen und Tischen stand. Er überreichte Bount Terhera eine Notiz. Terhera starrte auf den schmalen Streifen, dann lächelte er kalt und nickte der Ordonnanz zu.

Reginald Bull, Julian Tifflor und Galbraith Deighton traten ein und blieben kurz hinter ihren Sesseln stehen. Wir, die Anwärter auf das Amt des neu zu wählenden Administrators, hatten Plätze in der ersten Reihe, dicht vor den Bildschirmen und den schwebenden Mikrophonen und Fernsehkameras. Tifflor sah mich lange und, wie ich glaubte, etwas eigentümlich an, als sei er gewiß, daß er und ich Verbündete wären.

»Guten Tag, meine Damen, meine Herren«, begann Reginald Bull und wartete ungeduldig, bis sich die Unruhe im Saal gelegt hatte und die meisten Leute ihre Plätze eingenommen hatten.

Bowarote setzte sich neben mich und lehnte sich schweigend zurück. Ich hatte inzwischen feststellen müssen, daß der neugewählte Administrator des Planeten Terra und gleichzeitig der Chef der Galaktischen Toleranz-Union ein besonnener, vernünftiger Mann war. Natürlich kam er nicht an die Persönlichkeit Perry Rhodans heran, denn dessen Person war mit der langen Zeit ebenso gewachsen wie seine Kenntnisse.

»Zunächst möchte ich Sie alle von einem Ereignis unterrichten«, begann Bull zum zweitenmal, »von dem wir glauben, daß es wichtig ist.«

Gleichzeitig schalteten sich die Bildschirme ein und zeigten drei verschiedene Bilder. Zunächst den optisch umgesetzten Kode, der das Zeichen Perry Rhodans ergab, dann die verstümmelte Botschaft, die ORION-R-III aufgefangen hatte, schließlich das Computerblatt, das den langen Weg der kommentierten Botschaft schilderte.

»Diese Ereignisse, zusammen mit der Tatsache, daß die Gravitationswellen und die magnetischen Stürme inzwischen in dem Kerngebiet der Galaxis so stark geworden sind, daß eine reguläre Raumfahrt unmöglich sein dürfte, haben uns dazu bewogen, nach Durchrechnung und Wahrscheinlichkeitsanalyse des Riesengerätes NATHAN ...«

Bull machte eine kleine Pause und sah mit ernstem Gesicht in die Runde. Nur Terhera schien zu wissen, wie dieser Satz endete. Der Mann lehnte mit einem bissigen Gesichtsausdruck in seinem Sessel. Niemand wußte wirklich, was er dachte. Ich war überzeugt, daß er Reginald Bull die Niederlage im Parlament, die er wegen der Hilfeleistung für den Planeten Asporc erlitten hatte, bis an sein Lebensende nicht verzeihen würde.

»... für das gesamte Solsystem den Vollalarm auszulösen.«

Ein Tumult erhob sich. Auch ich hatte diesen Schluß nicht erwartet. Bowarote, Terhera und ich wußten jedoch, daß in diesem Augenblick eine Serie von Anordnungen anlief, die nicht mehr rückgängig zu machen waren. Bull, Deighton und Tifflor hatten ihren Einfluß geltend gemacht und alle Abteilungen, die ihnen unterstanden, in den Alarm einbezogen. Das System verwandelte sich in eine Art Festung im Belagerungszustand.

»Vollalarm!« rief Bount Terhera in das allgemeine Durcheinander hinein. »Sie wissen, was das für uns alle bedeutet? Für alle Menschen auf sämtlichen Planeten?«

Bull maß ihn mit einem beinahe beleidigend mitleidigen Blick und konterte: »Ich glaube, niemand weiß dies besser als ich, Marschall! Galbraith Deighton, der Chef der Solaren Abwehr, wird Ihnen jetzt den Katalog der Befehle bekanntgeben, die seine Abteilung angeordnet hat.«

Deighton zählte auf, was die meisten von uns schon wußten. Gleichzeitig ging diese Pressekonferenz an die Sender, die sie direkt sendeten, live also, oder sie mitschnitten, um nach dem Ausrufen des Notstands Ausschnitte davon zu bringen.

Ich beugte mich zu Bowarote hinüber und flüsterte: »Wie werden Sie reagieren, Merytot?«

Bowarote hob die Schultern. »Ich bin beunruhigt. Ich sehe noch nicht klar. Vorhin, die Ordonnanz – da wurde doch sicher Terhera über Tifflors Befehle an die Flotte informiert?«

»Zweifellos.« Ich nickte. »Jedenfalls glaube ich Bull und die anderen zu kennen. Sie rufen den Notstand nicht aus, ohne daß sie triftige Gründe dafür hätten.«

»Sie sagen es, Kollegin!« murmelte Bowarote. Wenn sein Gesichtsausdruck seinen Gedanken und seiner Überzeugung entsprach, war er äußerst beunruhigt.

»Ich werde mich zurückhalten«, sagte ich. »Ich sehe nicht nur nichts Konkretes, sondern habe keinerlei Ahnung, was auf uns zukommt. Grundsätzlich unterstreiche ich die vorsichtige Haltung der Verantwortlichen.«

Bowarote murmelte unschlüssig: »Ja ... ja. Wir eigentlich auch.«

Ich konnte einfach nicht glauben, daß dies ein wahltaktisches Manöver Rhodans darstellte, daß Bull und seine Freunde einen Vollalarm auslösten, ohne sich nicht über sämtliche Folgen von vornherein im klaren zu sein.

Ein Reporter unterbrach Deighton und rief: »Für meine Sendeanstalt, Sir – Sie alle stützen sich auf sehr wenige Informationen, abgesehen von den Gravitationsstürmen. Die sind ja bekanntlich anmeßbar und schlagen bereits bis in den Erdraum hinein. Wie rechtfertigen Sie eigentlich diesen schwerwiegenden Eingriff in die persönlichen Belange von Milliarden Menschen und auch unseren Gästen von anderen Welten?«

Deighton sah ihn starr an, worauf die Lautstärke gegen Ende des Satzes stark zurückging. »Glauben Sie mir, junger Mann«, sagte er dann, »und glauben auch Sie mir, liebe Zuschauerinnen und Zuschauer, daß wir uns diesen Entschluß nicht leichtgemacht haben.«

In diesem Augenblick schalteten die meisten Sender von Terra Vision um und unterbrachen nach kurzer Ansage ihre laufenden Sendungen.

»Wir haben diese Informationen, die Sie kennen. Wir haben auch den Kommentar der Fachleute von einem der am meisten zum Zentrum vorgeschobenen Relaissatelliten. Einen der Männer, die dort arbeiten, kenne ich persönlich – er hat lange in meiner unmittelbaren Nähe gearbeitet. Es ist Dunbar Vederici, ein vierzigjähriger Mann, einer der größten Spezialisten für Hyperraumfunk und alle damit in Verbindung zu bringenden Probleme. Wenn er diese Informationen so kommentiert, wie dies hier geschehen ist, dann hat er Grund dazu.

Vergessen wir eines nicht: Wir alle wissen aus leidvoller Erfahrung, wie leicht die Erde und das Sonnensystem zu verwunden sind. Denken wir nur an den Schwarm, der uns ungewarnt überfiel! Wir alle, auch Sie, Zuschauerinnen und Zuschauer, haben Erfahrungswerte, die in diesem Fall eingesetzt werden müssen.

Richtig ist, daß wir nicht genau wissen, was auf uns zukommt. Aber lieber ein Alarm zuviel als einer zuwenig. Die wirtschaftlichen Schwierigkeiten einer kurzen Unterbrechung des normalen Lebens sind unbeträchtlich im

Vergleich zu jenen, die uns alle voll treffen, wenn das Solsystem ungeschützt angetroffen wird. Weniger die Computeranalyse NATHANS, sondern letztlich diese vielstrapazierten Erfahrungswerte haben uns dazu bewogen, den Vollalarm zu geben.«

Merytot Bowarote hob die Hand. Tifflor machte Deighton auf die Geste aufmerksam. Deighton unterbrach sich und sagte: »Bitte, Administrator Bowarote. Was wollten Sie sagen?«

Bowarote stand auf und drehte sich so, daß er ins Blickfeld der Kameras geriet.

Dann sagte er: »Ich muß mich der Stimme vorläufig enthalten. Stellvertretend – ich hoffe, dies sagen zu können – für die Bevölkerungsgruppe, die mich gewählt hat, lautet mein Kommentar folgendermaßen: ›Wir sind stark beunruhigt und werden die Entwicklung kritisch beobachten . . .‹«

»Das werden andere auch, Administrator!« rief Bount Terhera laut.

». . . und uns später entscheiden, wenn mehr Informationen vorliegen.« Bowarote ließ sich nicht aus der Ruhe bringen. Er war kein Mann der schnellen Entschlüsse, sondern eher jemand, der jeden Gedanken so lange unausgesprochen ließ, bis er ganz reif war – oder bis er zu spät kam. »Ich vertraue jedenfalls Staatsmarschall Bull und seinem Entschluß; nicht weniger Vertrauen habe ich zu Tifflor und Deighton. Das ist alles, was ich in diesem Stadium der Informationen sagen kann.« Er setzte sich wieder.

»Das ist nicht eben viel«, sagte jemand scharf aus dem Hintergrund.

Dann meldete sich Terhera: »Zweifellos ist das einer der bekannten Tricks des Großadministrators. Er will durch das Vortäuschen einer Gefahr die Weltöffentlichkeit schocken und ihr Interesse auf seine Person richten, nachdem er in der letzten Zeit mehr Kritik als Zustimmung erfahren hat.«

Ich beobachtete Reginald Bull. Sein Gesicht lief langsam rot an. Er fuhr mit beiden Händen durch sein schütteres Haar und sagte dann, sich mühsam zur Ruhe zwingend:

»Möglicherweise ist einige Kritik an Rhodan gerechtfertigt. Ich möchte mich hier und bei dieser Gelegenheit nicht dazu äußern. Was meinem persönlichen Freund Rhodan jedoch niemals vorgeworfen werden kann, ist, daß er mit der Furcht der Menschen politische Spiele treibt. Er arbeitet zweifellos mit Einsichten und Erkenntnissen, die einem Großteil der Menschen zunächst unerklärlich scheinen. Aber er lügt nicht und schürt keine Hysterie mit Mitteln, die Angst erzeugen. Ich bin nicht überrascht, daß die extreme oppositionelle Partei mit derartiger Schärfe reagiert. Aber daß sich Marschall Terhera einer derartigen Diktion befleißigt, ist in meinen Augen keine Empfehlung für einen ernsthaften Politiker. Ich schwöre Ihnen –

Rhodan würde niemals sein persönliches Kennsymbol dazu hergeben, massenhysterische Zustände zu erzeugen. Das ist meine Antwort, Marschall.«

Terhera nickte, er schien noch nicht fertig zu sein. Je länger ich diesen Mann kannte, desto weniger gefiel er mir. Seine politischen Ziele mochten nicht die schlechtesten sein, aber er selbst war eine schlechte Galionsfigur für eine Partei. Sein Ehrgeiz würde ihn noch einmal zur Strecke bringen.

»Eine Antwort, Staatsmarschall, die mich und meine Partei keineswegs überzeugen kann. Wie stellt sich der Obmann von Plophos dazu?«

Ich griff nach einem Mikrophon, schlug meine Beine übereinander und antwortete: »Ich kann Ihre Argumentation keineswegs unterstützen, Marschall. Aber vielleicht warten Sie auf die gesammelten Meinungen Ihrer Ratgeber und Vertrauten. Das Schiff mit ihnen ist gemeldet und müßte eigentlich bald eintreffen. Ich persönlich vertraue Reginald Bull. Ich warte ab, bis ich mehr Informationen habe, ehe ich mich positiv oder negativ äußere. Ich glaube, daß der Alarm überflüssig ist, aber das kann nur durch die Ereignisse oder deren Ausbleiben bewiesen werden.«

Wieder schrie jemand von hinten: »Ausgezeichnet! Viel gesprochen und wenig gesagt.«

Ich drehte mich nicht einmal um. Aber als ich in die Augen Julian Tifflors blickte (sagte ich schon, daß er ein faszinierender Mann von bestechendem Aussehen und geradezu ungewöhnlichen Manieren ist?), erkannte ich, daß hinter diesen Augen eine Regung lauerte, die ich bei Tifflor bisher nicht gekannt hatte. Hatte er Angst? Fast schien es so.

»Meine Damen und Herren, Zuschauerinnen und Zuschauer, Bewohner des Solsystems«, sagte Bull abschließend. »Wir haben alles eingeleitet. Ich bitte Sie alle um Verständnis für unsere Anordnungen. Sie dienen ausnahmslos der Sicherheit von uns allen.«

Er nickte in die Richtung der Fernsehlinsen und verließ langsam den Saal. Mein Sekretär kam auf mich zu und sagte: »Draußen sind Reporter. Wollen Sie eine weitere Stellungnahme abgeben?«

Ich schüttelte den Kopf. »Nein. Noch nicht!« sagte ich. Seit mich Tifflor angesehen hatte, glaubte ich, ihn und seine beiden Freunde besser verstehen zu können. Plötzlich bekam auch ich Angst vor einer unsichtbaren Gefahr, die mit der Geschwindigkeit von hyperdimensionalen Wellen auf den Rand der Galaxis zustürmte.

Was war es? Was raste aus dem Kosmos auf das Solsystem zu?

8.

Bericht: Kommandant Major Erkh Stallinger

Ich glaube, wir alle fühlten uns wie die Überlebenden vom »Floß der Medusa«, als die Schirme der Ortung, die immer wieder von den Linien und Mustern der Störungen überflutet wurden, den USO-Satelliten Bolban Termi einigermaßen klar zeichneten. Die Männer in den Sitzen der Steuerung brachen bereits halb zusammen; sie hatten in den letzten Stunden wahre Gigantenarbeit geleistet.

»Der Satellit! Er funkt uns an!« schrie jemand.

Es klang wie ein Schrei, mit dem jemand das Leben wiedergegeben wurde. Ich wischte den Schweiß von meinem Gesicht und trocknete die nassen Handflächen am Stoff meiner Hose. Sie war bereits völlig verschmutzt und feucht.

»Ist das sicher?« rief ich durch die prasselnden Störungen der Lautsprecher.

»Völlig sicher. Sie senden das Erkennungszeichen, das uns Atlan angab. Sie haben also auch unseren Dauerimpuls einigermaßen richtig hereinbekommen!«

Ich schrie: »Letztes Kommando! Alles bereitmachen zum Verankern am Satelliten! Dann haben wir Ruhe!«

Wir fühlten uns tatsächlich alle wie arme Seelen, die der Hölle entronnen waren. In einem verrückten Zickzackkurs, der aus einem wilden Durcheinander aus Linearflug und unterlichtschnellen Passagen zur Orientierung bestand, waren wir hier im Leerraum angelangt, etwa fünftausendvierhundertneununddreißig Lichtjahre weit vom Paramag-Alpha-System entfernt. Der Geheimsatellit der United Stars Organisation hatte das Aussehen eines wilden, zerfetzten Gesteinsbrockens, und wie uns der Lordadmiral mitgeteilt hatte, war er auf der zweihundert Meter durchmessenden Kugelzelle eines Schweren Kreuzers aufgebaut worden. Die Oberflächentarnung jedenfalls, soviel wir auf unseren gestörten Schirmen der Panoramagalerie feststellen konnten, war perfekt.

»Kommando verstanden.«

»Danke ... *Kontakt!«*

Noch während sich die Bilder auf den Schirmen hier in der Zentrale unserer Beiboot-Korvette KMP-11 aufbauten, begannen unsere übermüdeten Funker die Datenflut zu übermitteln, die die Männer dieses USO-Satelliten weitergeben sollten. Die Männer dort drüben verstanden augenblicklich und arbeiten in rasender Eile.

»Sie haben sich exakt ausgewiesen!« sagte der Sprecher. »Wir akzeptieren Ihre Erklärung. Bitte, legen Sie an. Wir schicken Ihnen einen Leitstrahl!«

»Danke!« sagte ich. Eine Batterie von Scheinwerfern schaltete sich an und beleuchtete die zerklüftete Oberfläche des annähernd kugelförmigen Kleinstmondes, die förmlich den Staub von Ewigkeiten auf sich zu tragen schien.

»Wie fühlen Sie sich?« war die nächste Frage.

»Etwa so, wie wir aussehen!« sagte ich.

Immer wieder wurden sowohl der Sprechfunk als auch der Bildfunk gestört. Wir schienen uns augenblicklich in einer Art Schlagschatten des Satelliten zu befinden. Während unser Schiff ganz langsam herandriftete, erschienen einige optische Signale und ein Peilstrahl, der für unseren Piloten wichtig war. Jeder flüchtige Beobachter, selbst jemand, der mit einem Schiff nur Meter entfernt an dieser Geheimstation vorbeiflog, würde sie für einen leblosen und völlig uninteressanten Steinbrocken halten, wie sie zu Millionen durch das Weltall zogen.

»Dann fühlen Sie sich nicht gut. Was brauchen Sie?«

Ich wartete, bis die Störung wieder über den Schirm gezogen war.

»Ruhe!« sagte ich. »Und Ihre Hilfe.«

»Sofern es in unserer Macht steht, jede Hilfeleistung, Kommandant Stallinger!«

»Danke. Haben Sie dort eine Schleuse oder ähnliches?«

»Ja. Das besprechen unsere Techniker bereits mit Ihrem Kommando.«

»Ausgezeichnet.«

Unsere Korvette hatte es in letzter Sekunde geschafft, vor dem Ausbruch der stärksten Gravitationswellen das direkte Zentrum zu verlassen. Wir waren auf der Flucht vor den hyperenergetischen Wellen gewesen, solange wir uns im Linearraum aufgehalten hatten. Befanden wir uns im Normalraum, was häufig der Fall war, denn wir mußten ununterbrochen Orientierungspunkte finden, weil uns vereinzelte wandernde Störungszonen überholt hatten, dann gerieten wir in die magnetischen Felder der optisch feststellbaren Naturphänomene.

»Haben sich bei Ihnen die Kommandanten der Jets gemeldet?« fragte ich, während ein leichter Ruck durch das Schiff ging. Der Schirm hatte sich geöffnet, wir hatten am getarnten Satelliten angelegt.

»Welche Jets?« fragte mein im Augenblick violettgesichtiger Gesprächspartner. Auf den achterlichen Schirmen der Panoramagalerie lohte und waberte das farbige Schauspiel eines Magnetsturms.

»Also nicht!« sagte ich dumpf.

Sie waren ahnungslos. Während die Männer eine kleine Druckschleuse errichteten und die Wände zwischen Schiff und Felsen abdichteten, holte ich mir die Mappe mit Rhodans Befehlen und Atlans Legitimationen.

Ich zog einen Raumanzug an und gab meine vorläufig letzten Anordnungen. Die völlig übermüdete Pilotencrew schickte ich augenblicklich in ihre Kojen.

Schließlich kamen meine Männer und ich in die lichterfüllte Wärme des Satelliten. Er war ungemein wohnlich gestaltet. Eine Zone von unaufdringlichem Luxus und selbstverständlicher Technik umgab uns. Jeder Schritt fiel uns schwer. Wir hörten unseren Herzschlag hämmern; Kaffeemißbrauch war die Ursache.

Schließlich konnten wir uns in einem großen, gemütlichen Büro setzen und die Beine ausstrecken. Es war mehr der psychologische Effekt, die Sicherheit eines Hafens angelaufen und glücklich erreicht zu haben, denn wir hätten uns auch in der Korvette ausruhen können. Roboter servierten wohlriechende Getränke.

»Alles aus Steuergeldern!« sagte der Chef der Station. »Darf ich, wenigstens rückwirkend, die Legitimationen sehen?«

Ich öffnete die Mappe und gab ihm die verlangten Dokumente. Jetzt, als die Müdigkeit auch über mich kam, hörte und begriff ich alles wie hinter einer dicken Nebelschicht.

»Unsere Funkstation arbeitet bereits mit voller Kraft!« sagte der Chef.

Ich begriff, daß er eigentlich etwas hinzufügen wollte, und fragte nach, mit dem Schlaf kämpfend: »Aber ...?«

»Unsere Funker können Ihnen nicht die geringste Hoffnung machen. Wir haben eine Kette von Robotsatelliten anvisiert, an deren Ende ORION-R-III steht, ein bekanntes Leuchtfeuer. Unsere Sender sind mindestens so stark wie die der MARCO POLO, und wir haben einen Lichtstrahl auch direkt zur Station eingestellt. Vielleicht kommen wir durch – sicher ist nichts. Vermutlich hört uns keiner, so, wie auch wir niemand hören und orten. Außer, er ist im Zielanflug im Normalraum auf den Satelliten ... wie eben Sie, Major Stallinger.«

Ich schnippte mit den Fingern. »Verdammt!« sagte ich. »Wie ist die allgemeine Lage?«

Es schien, als ob wir alle umdenken müßten. Wir hatten uns darauf geeinigt, nach dem Erreichen dieses Satelliten erst einmal eine längere Pause einzulegen und die weiteren Ereignisse oder ein Abflauen der Stürme abzuwarten. Das schien sich jetzt drastisch zu ändern.

»Wir sind hier technisch gesehen ziemlich in Sicherheit, wenn nicht der Hyperraum aufreißt. Solange es diese Magnetstürme gibt, haben Sie und wir nichts zu befürchten. Sollten außer den Gravitationswellen schwerere Störungen kommen, können wir nur noch flüchten und hoffen, eine sichere Zone zu erreichen. Das gilt auch für die Robotsatelliten, die natürlich leicht zu verschmerzen wären; lediglich ein materieller Schaden.«

Der Chef dieses kleinen Häufchens USO-Spezialisten sprach schnell, präzise und mit der Sicherheit eines Spitzenkönners. Ich war viel zu müde, um alles deutlich genug verarbeiten zu können.

»Was ist weiter über ORION-R-III zu sagen?« brummte ich.

Ein Blick aus blutunterlaufenen Augen belehrte mich, daß auch meine Männer davon überzeugt waren: ORION-R-III war für unsere Mission und für Rhodans Botschaft dringend und wichtig.

»ORION ist bereits von den Ausläufern des Gravitationssturms überflutet worden. Die Besatzung dort ist zumindest gefährdet, weil sich der Satellit nicht aus eigener Kraft fortbewegen kann, wenigstens nicht über nennenswerte Entfernungen. Es ist fast ausgeschlossen, daß unser Richtstrahl-Hyperfunkspruch, obwohl mit höchster Energie und genauester Peilung gesendet, dort ankommt. Wir glauben nicht einmal, daß wir die nächste Relaisstation erreichen, die die Meldung dann an die Kette bis ORION weitergeben würde.«

»Verdammter Mist!« sagte ich.

Einer meiner Leute begann zu schnarchen.

»Ruhe!« brüllte ich wütend. Dann schüttelte ich den Kopf und sagte: »Entschuldigung. Es war nur der blanke Neid.«

»Jedenfalls senden wir ununterbrochen.«

»In Ordnung, danke!« sagte ich. In meinen überreizten Gedanken zeichnete sich ein völlig surrealistisches Bild. Der Peilstrahl, der wie ein loses Tau zu tanzen begann, bewegte sich aus dem Fokus und folgte den unsichtbaren Kraftlinien, wurde aufgefasert wie eine Peitschenschnur oder ein brüchiges Tau. Das alles spielte sich im Bereich von nie gesehenen Farben und Strukturen ab, die den Pinseln eines irren Malers entsprungen waren.

Ich riß mich zusammen und sagte mühsam: »Wenn es nicht mit dem Sender geht, geht es mit dem Kurier.«

Der Chef sprang auf. »Soll das heißen ...?« fragte er aufgeregt.

»So ungefähr!« sagte ich. »Wir werden wieder starten und losfliegen, wenn wir keine Bestätigung vom nächsten Satelliten oder von ORION selbst bekommen.«

Der USO-Mann schenkte die Gläser wieder voll. Mein Offizier begann wieder zu schnarchen. Ich begann mir wieder den mühsamen Weg durch die Dimensionen vorzustellen. Es war alles ganz schrecklich, und ich glaube, wir alle wünschten uns, fortlaufen zu können. Nein. Nicht einmal das. Nur schlafen wollten wir.

»Sie sind verrückt, Major!« sagte der Chef.

Ich grinste mit schmerzenden Gesichtsmuskeln. »Das sagte man auch von dem hunnischen Reiter, der zweitausend Kilometer weit ununterbrochen im Sattel saß, um Attila die Botschaft einer Niederlage zu bringen. Natürlich in verschiedenen Sätteln vieler ausgeruhter Pferde.«

»Sie sind kein Hunne, Major!«

»Aber ich fühle mich wie Attila, einer Niederlage nahe. Ich will keine Niederlagen. Wir müssen die Erde warnen.«

Er schüttelte den Kopf. »Das ist Selbstmord, Major Stallinger!« sagte er.

Jetzt waren es schon zwei Männer, die ausgestreckt in den Sesseln lagen und schnarchten. Durch ein kleineres Wunder gelang es mir, auf die Beine zu kommen.

Ich hielt mich am Sessel fest, um nicht umzufallen. Ich sagte brummend und mit einer heiseren Stimme, die ich nicht einmal selbst erkannte: »Haben Sie ein Fitneß-Center, Chef?«

»Ja.«

»Eine Mannschaft dazu und ein Programm für Halbtote?«

»Ja.«

»Mit mir sind es zwölf Männer, die eine Spezialbehandlung brauchen. Setzen Sie die Unkosten Lordadmiral Atlan auf die Rechnung.«

»Ja.«

Er drückte bereits verschiedene Knöpfe. Alles andere erlebte ich wie in einem schaumduftenden Alptraum. Als ich erwachte, fühlte ich mich hervorragend. Was sie in der dazwischenliegenden Zeit von exakt hundert Minuten mit meinen Männern und mir angestellt hatten, erfuhr ich niemals. Schon ganz tüchtige Burschen, diese USO-Leute.

Kein Wunder, bei diesem Chef, dachte ich, als ich grinsend und leicht beschwingt zur Korvette hinüberging.

Bericht:
Erster Offizier Daniyel Kanev

Wir waren alle völlig verrückt. Als wir das erstemal aus dem Linearraum sprangen, entdeckten wir, daß uns das energetische Chaos, das sich auf sämtlichen Wellen des Spektrums auszudehnen schien, auf der Spur war. Die wenigsten Geräte der Ortung und der Steuerung, die auf fünfdimensionaler Basis funktionierten, arbeiteten noch zuverlässig.

»Dannyboy«, sagte Stallinger, der neben mir an der Steuerung saß, »ich glaube, ich habe die Geduld jetzt restlos verloren.«

Ich betrachtete die wirren Projektionen des Weltraums auf dem Panoramaschirm und nickte grimmig. Die Sonderbehandlung durch die Gruppe der Ärzte und USO-Helfer hatte uns in ein trügerisches Wohlbefinden gestürzt. Es würde einen halben Tag lang anhalten, dann brachen wir zusammen. In dieser Zeit waren wir aber, wenn es nach unserem Willen ging, sehr weit aus dem Zentrum ausgebrochen und näherten uns derjenigen Zone, in der die Stürme nicht mehr so stark tobten. Schließlich hatten wir eine wichtige Botschaft für das Solsystem zu überbringen.

»So scheint es, Erkh!« sagte ich.

Zwei Drittel der kleinen Besatzung schliefen angeschnallt in ihren Kojen. Wir hatten die Männer buchstäblich aus ihren Sitzen zerren müssen. Jetzt ruhten sie sich von dem wahnwitzigen Flug aus, der uns bis zum USO-Satelliten gebracht hatte.

»Wir hatten keinerlei Anweisung, den Satelliten zu verlassen, Erkh!« sagte ich einschränkend.

»Das weiß ich so gut wie du, Daniyel!« gab der Kommandant zurück.

Wir waren gestartet, weil uns die Zeit und der Auftrag unter den Nägeln brannten. Wir konnten nicht sicher sein, daß auch nur ein einziger Impuls der pausenlosen Funksendungen der USO-Station durchgekommen war und sein Ziel erreicht hatte.

»Und warum haben wir uns auf diesen hirnrissigen Flug eingelassen?« fragte ich mit einem kalten Grinsen, das mich selbst erstaunte.

»Weil wir alle verrückt sind!« bestätigte der Kommandant.

Es schien, daß er durchaus recht hatte.

»Wie lange werden wir diese Tortur durchhalten?« fragte ich.

Das Schiff wurde schneller. Wir strebten einem Punkt zu, an dem wir in den Linearraum entschlüpfen wollten. Der Normalraum war auf alle Fälle sicherer, aber in der Librationszone würde uns wieder der Orkan aus dem Zentrum erfassen und mit seinen Wellen lähmen, die Geräte außer Funktion setzen und die Linsen erblinden lassen.

»Entweder bis an die Grenzen des Sonnensystems oder bis zu einem Funkfeuer, das unsere Meldungen ohne viele Störungen weitergeben kann«, versicherte Stallinger.

Das Schiff raste weiter. Wir hatten die berechtigten Warnungen der Spezialisten Lordadmiral Atlans nicht in den Wind geschlagen, aber wir entschlossen uns trotzdem, loszufliegen. Niemand außer uns schien in der Lage zu sein, die Warnung rechtzeitig zu überbringen. Die Jets waren verschollen.

Schließlich drückte der Pilot die Taste. Das Schiff sprang mit einem Geräusch, als wollte die Kugelzelle zerreißen, in den Linearraum.

»Verdammt!« murmelte ich.

Wir waren durch den unsichtbaren Spalt zwischen den Dimensionen geschlüpft und befanden uns nun in dem andersartigen Medium der Librationszone. Im Schiff breitete sich ein drohendes Knistern aus, dessen Lautstärke langsam, aber stetig anschwoll. Es hörte sich an, als ob aus jeder Ecke Blitze züngeln würden.

»Hörst du das?« fragte Stallinger laut.

Wir mußten fast schreien, um uns verständlich machen zu können.

»Das ist die Stimme des Untergangs!« sagte der Pilot dumpf.

Sämtliche Besatzungsmitglieder hatten ihre Raumanzüge anziehen müssen. Zwar waren die Helme nicht geschlossen, aber über den einzelnen Männern lagen die individuellen Schutzschirme. Der HÜ-Schirm des Schiffes beulte sich ein, der Paratronschutzschirm glühte in allen Regenbogenfarben auf und zeigte eine Struktur, die an eine Filteraufnahme der Sonnenoberfläche erinnerte. Die Maschinen dröhnten.

Die wenigen Mannschaftsmitglieder, die in der Zentrale anwesend waren, bewegten sich nicht. Wir waren alle festgeschnallt. Nur der Pilot hatte mehr Bewegungsfreiheit. Noch arbeiteten die Rechengeräte zuverlässig. Aber das Schiff verhielt sich jetzt wie ein morscher Seelenverkäufer auf hoher See.

Die äußeren Feldschirme glühten auf und zeigten Strukturrisse. Trotzdem raste die Korvette auf einer scheinbar geraden Linie und mit der normalen Geschwindigkeit durch den Linearraum. Das nahmen wir jedenfalls an, denn die Anzeigen funktionierten zum größten Teil noch.

Die Anlagen, von denen die mächtigen Energieströme für die beiden hintereinander gestaffelten Schirme geliefert wurden, schienen heißzulaufen. Ihr metallisches Klirren und Summen durchdrang das gesamte Schiff. Vibrationen entstanden an allen Ecken und Enden. Das Summen und das Knistern wie von tausend Blitzen waren die Begleitmusik unseres Versuches, der Hölle des Zentrums zu entkommen. Die Schiffszelle schwang in verschieden starken Vibrationen.

»Wir werden das nicht überstehen, Kommandant!« warnte einer der Funker über unser Kommunikationssystem.

Die Männer der Funkzentrale erfuhren noch viel direkter als wir hier in der Mitte des Schiffes, in welchen Gefahren wir schwebten. Sämtliche Antennen und Sendeanlagen, die Projektoren und die Detektoren der Ortung ... alles arbeitete wie rasend und schien zu glühen vor Intensität, aber kein Gerät arbeitete auch nur annähernd zufriedenstellend. Wir hatten sogar eine Energiewache aufstellen müssen.

»Ich gebe auf, wenn Lebensgefahr für uns besteht«, versprach Stallinger nach einer Weile. Seine Augen glühten wie im Fieber. Sein Gesicht zeigte einen Ausdruck der Entschlossenheit, den ich seit langen Jahren nicht gesehen hatte. Die Hände in den Anzughandschuhen krampften sich um die gepolsterten Sessellehnen. Auf den Pulten vor uns liefen lautlose Feuerwerke aus wenigen Farben ab.

»Besteht jetzt noch keine Lebensgefahr?« erkundigte ich mich ein wenig sarkastisch.

»Nein. Zu zwei Dritteln sind die Erscheinungen um uns herum reine Fiktion. Das Schiff hält noch viel mehr aus, Daniyel!« erklärte der Kommandant.

Er schien durchaus recht zu haben. Wir hatten noch eine Menge Chancen, mit dem Leben davonzukommen. Aber auf welche Weise wir dann unsere Botschaft weitergeben oder absetzen konnten, war fraglich.

»Hoffen wir es!« sagte ich.

Der rasende Flug ging weiter. Wir wußten nicht einmal genau, wieviel Zeit verstrich, weil unser Bordchronometer verrückt zu spielen begann. Er lief vorwärts und rückwärts. Die Digitalzahlen huschten vor unseren Augen hin und her und zeigten völlig irreale Werte an.

Die Geräusche nahmen zu. Jede einzelne Niete und jede Verstrebung, jede Schweißnaht und jede subatomar verbundene oder verdichtete Fläche schien aufreißen zu wollen. Das Schiff entwickelte, abgesehen von den dröhnenden Maschinen und allen anderen Energieaggregaten, ein geräuschvolles Eigenleben.

Es knisterte überall. Das Knistern hatte sich inzwischen zu einem reißenden Geräusch gesteigert, zu einem höllischen Zischen, das den auftreffenden Erschütterungen untergelegt war. Die Männer schalteten die meisten Maschinen und Geräte, die nicht unmittelbar zum Flug gebraucht wurden, resignierend ab. Alles, was auf fünfdimensionaler Ebene arbeitete, versagte. Auch die Geräte, bei denen nur einzelne Bauteile in diese Charakterisierung fielen, fielen aus.

Die Funkzentrale war ohnehin arbeitslos. Wir konnten weder funken noch irgendwelche Fetzen von Funksignalen auffangen. Nicht einmal die Ortung arbeitete richtig. Wir stürmten blind auf unser Ziel los und wußten nicht einmal, ob die Daten, die wir eingespeist hatten, richtig verarbeitet wurden. Zunächst steuerten wir – in der Theorie wenigstens – einen weiteren Funk- und Feuersatelliten vom Typ ORION an. Wir sollten ihn in einigen Stunden erreichen, wenn alles so ging, wie wir uns das vorstellten.

Vermutlich ging es einen ganz anderen Weg.

Einen Augenblick lang wurden die Schirme der Panoramagalerie klar. Schlagartig hörten die Eigengeräusche des gemarterten Schiffes auf. Wir sahen uns überrascht an.

»Dieser verdammte Gravitationssturm!« keuchte der Kommandant auf.

Der Pilot machte eine abwehrende Reflexbewegung.

Weit vor uns spaltete ein Keil aus fahler Helligkeit das schwarze Universum. Es war ein gewaltiger Blitz, der wie ein zitternder Finger auf das Schiff zielte. Die Spitze berührte den HÜ-Schirm, durchschlug ihn und traf auf den Paratronschirm. Dort loderte ein rasendes Feuer auf. Das Schiff wurde von einer riesigen Faust gepackt und geschüttelt. Die Verankerungen unserer Sessel knirschten protestierend auf. Wir selbst wurden hin und her gerissen und klammerten uns krampfhaft fest.

»Noch ein paar solcher Überraschungen«, sagte der Pilot, bevor das Heulen und Kreischen wieder einsetzte, »und das Schiff zerlegt sich in Bausteine!«

»Kaum wahrscheinlich!« brüllte Stallinger zurück.

Als ich mich umdrehte, um einen prüfenden Blick auf die Kameraden und die Einrichtung zu werfen, verschwand vor meinen Augen ein Schaltschrank von der Größe eines riesigen Schiffskoffers.

»Erkh!« schrie ich auf.

Stallinger fuhr herum und sah hinüber. Meine Hand deutete in die Richtung. Die Kanten und die Vorderseite des Schaltwürfels lösten sich auf und wurden durchsichtig. Das gesamte Gerät schien sich langsam in Glas oder transparentes Gas zu verwandeln. Wir sahen, jedesmal eine Ebene tiefer, die gedruckten Schaltungen und die Module.

»Ein einfacher Entmaterialisierungseffekt!« sagte Major Stallinger. Ich wunderte mich, daß seine Stimme noch immer Beruhigung ausströmte.

Wir sahen uns an. Sein Gesicht war weiß. Wir befanden uns mitten in der Gefahr und wußten es auch. Aber das alles war keine greifbare Gefahr, der wir uns durch Aktionen entziehen konnten, die von uns ausgingen. Es war eine höchst fatalistische Sache, denn wir hatten nur zwei Möglichkeiten: Entweder wir flogen im Normalraum, dann erreichten wir unser Ziel viel zu spät. Oder wir reisten in der Zone zwischen den Dimensionen, dann waren wir schneller, aber auch gefährdeter.

Das Schlimme daran war, daß wir nichts voraus erkennen konnten. Die Wellen kamen und gingen völlig unrhythmisch und überraschend. Niemand wußte, wann die nächste Erschütterung über das Schiff hereinbrach.

»Wenn wir überleben«, sagte ich, »haben wir unseren Kindern etwas zu erzählen.«

Noch lebten wir. Noch arbeitete ein Drittel der Besatzung im Schutz der individuellen Schirme. Noch war die Schiffszelle nicht zerfetzt worden, noch standen die schwankenden Schirme um die Kugel aus Stahl.

Und ... noch flogen wir.

Bericht: Major Erkh Stallinger

Die Hölle um uns alle herum entsprach dem Fegefeuer meiner Gedanken. Was zuerst als risikoreiches Wagnis erschienen war, galt jetzt im tiefsten Grund meiner Überzeugung als geplanter Selbstmord. Aber was sollten wir tun? Ich war ratlos und unsicher.

Ich hoffte nur, daß wir schneller waren als die Ringe des Sturmes, der sich vom galaktischen Zentrum aus vorarbeitete. Dann hatten wir die Chance, mit dem lädierten Schiff wenigstens den nächsten Satelliten anzusteuern oder gar den Bereich der Erde zu erreichen, denn in einer Umgebung, die weitestgehend frei von Störungen war, konnten wir ungehindert navigieren.

Vielleicht schafften wir es. Wir hatten jedenfalls alles getan, um uns zu schützen.

Wirklich alles?

Der Gedanke überfiel mich mit plötzlicher Schärfe. Ich löste die Schnallen der breiten, spezialgepolsterten Haltevorrichtungen und kam mühsam auf die Beine. Erst jetzt merkte ich deutlich, daß der Boden der Zentrale schlingerte wie das Deck eines Schiffes.

»Was haben Sie vor, Skipper?« fragte Daniyel entgeistert.

»Einen Rundgang!« antwortete ich und hielt mich an der Sessellehne fest. Das Schiff torkelte und ächzte. Einen Augenblick hatte ich die Vorstellung, daß es sich verhielt wie die berühmte Kugel, der man einen Anstoß gegeben und sie um die Polachse gedreht hatte und die sich entlang ihrer Bahn den wechselnden Einflüssen ausgesetzt sah. Dann merkte ich, daß die Vorstellung keineswegs falsch war – die Korvette verhielt sich tatsächlich so und nicht anders.

»Sind Sie von Sinnen, Kommandant?« rief der Pilot.

Auf den Schirmen brandete eine Energieflut. Der Schaltschrank war noch immer zur Hälfte entmaterialisiert. Aus der Belüftungsanlage kam ein beißender grauer Rauch.

»Hoffentlich erst, wenn ich zurückkomme!« sagte ich hart.

Ich hob die Hand und klappte meinen Helm hinunter. Automatisch schalteten sich die Systeme der Versorgung ein. Ich holte tief Luft und fühlte mich in dem trügerischen Schutz des kleinen, scharf umgrenzten Raumes etwas wohler als eben in der offenen Zentrale. Noch immer hielten unsere Individualschirme. Klickend erwachten die Innen- und Außenlautsprecher zum Leben.

»Ich gehe kurz durch das Schiff«, sagte ich. »Daniyel – Sie haben inzwischen das Kommando hier.«

»Verstanden, Kommandant!« gab er zurück.

Ich tappte zum Antischwerkraftlift, der sich als Polachse in Form einer hohlen Säule durch das Schiff zog. Ich versuchte, methodisch vorzugehen. Noch war kein einziger Robotalarm ausgelöst worden, aber das konnte auch daran liegen, daß die entsprechenden Thermostaten und Robotgeräte ausgefallen waren. Mehr und mehr fühlte ich mich wie ein graubärtiger Kapitän auf einem archaischen Holzschiff.

Ich schwebte in kleinen Rucken aufwärts, stieß mich ab und zog mich durch die Luke. Die Räume, die ich betrat, waren ausnahmslos dunkel. Ein Teil von ihnen war vorsichtshalber von den Versorgungsleitungen abgeschaltet worden. Als ich einen breiten Korridor entlangtappte, immer wieder zwischen den Wänden hin und her geworfen, zuckten vor mir plötzlich Bündel von Blitzen quer durch die halbe Dunkelheit. Ein Stück Schott löste sich auf, und ich war versucht, die Hand auszustrecken, um festzustellen, ob ich schon verrückt war oder noch nicht. Rund um mich klirrte und stöhnte das Schiff.

Ich hatte mehr um das Schiff Angst als um mich, aber das kam vermutlich auf dasselbe hinaus.

»Kommandant!« Ich glaubte, in dem Krachen und Klirren die Stimme Daniyels erkannt zu haben. Sie dröhnte, durch die Effekte des Linearraums verzerrt, aus meinen Helmlautsprechern nahe den Ohren.

»Was ist los?« fragte ich.

Von meinem kugelförmigen Schutzfeld eingehüllt, ging ich weiter durch den Korridor, stellte an seinem Ende eine Serie verschmorter Kabel fest und die Trümmer eines Umwandlers, der explodiert und geschmolzen war.

»Wir haben soeben unseren HÜ-Schirm verloren!«

Es traf mich wie ein Keulenhieb. Ich fluchte unterdrückt und rief zurück: »Wie ist das passiert?«

»Keine Ahnung. Natürlich durch die eben aufgetroffene Stoßfront. Ein paar Geräte haben sich zudem entstofflicht.«

Ich schaltete auf den allgemeinen Kanal um und fragte deutlich: »Energiewache! Hört ihr mit? Wißt ihr, was eben passiert ist?«

Wie es schien, kamen die Antworten aus verschiedenen Richtungen. Aber auch das war ein Effekt dieser merkwürdigen Umwelt. Das Schiff schwankte abermals und ging in einen torkelnden Kurs über.

»Wir haben mitgehört. Der Umwandler zwischen den Projektoren und dem Meiler ist detoniert.«

»Wie?« Ich ächzte auf. Dieses Gerät war ein Teil des noch immer hämmernden Herzens des Schiffes.

»Sie haben richtig verstanden, Kommandant.«

»Wir haben, denke ich, einen Ersatzblock an Bord. Schaltet um!« sagte ich deutlich.

»Das würden wir getan haben, wenn nicht eben dieser Block vor unseren Augen verschwunden wäre.«

Also wieder ein Entmaterialisierungsvorgang. Ich mußte mich beherrschen, um nicht in eine Reihe lästerlicher Flüche auszubrechen.

»Dann müssen wir warten!« sagte ich. »Wieviel Zeit seit dem Start?«

»Keine Ahnung. Aber rein subjektiv würde ich mehrere Stunden einsetzen. Mehr als zehn.«

Ich ordnete an: »Pilot! Zurück in den Normalraum. Die Magnetstürme können uns nicht in diesem Maß gefährlich werden.«

»Verstanden, Kommandant!«

Ich schwang mich am Ende meines ersten Rundganges wieder in den Abwärtsschacht und hörte auf die schreienden Stimmen der Schiffszelle, die weiterhin mißhandelt wurde, und auf die flüsternden Stimmen, die aus der Sprechfunkanlage kamen und aus allen Ecken und Enden dieses halbwracken Geisterschiffes.

»Ich komme in kurzer Zeit in den Maschinenraum hinunter!« sagte ich.

Wir verließen den Linearraum. Wieder kam eine Phase der Ruhe über das Schiff. Ich benützte sie, um in die Funkzentrale hinaufzurufen und zu fragen, ob wir Impulse senden oder empfangen konnten.

»Ich habe Sie nicht verstehen können, Kommandant. Was meinten Sie?« kam die Antwort. Ich wiederholte meine Frage.

»Antwort: Negativ!«

»Nichts zu machen, Männer?« erkundigte ich mich mißtrauisch.

»Nein, absolut nichts. Wie in einer Flasche. Wir haben keinerlei funktechnische Verbindung. Als ob wir uns in einem Vakuum bewegen würden.«

»Wieder nichts. Versuchen Sie trotzdem, einen Spruch an Terra oder Relaissatelliten abzusetzen.«

Die Sender liefen bereits, wurde mir gesagt.

Ich kam schließlich hinunter zu dem Punkt, an dem sich die Reparaturmannschaft mit fieberhafter Eile um das Ersatzstück bemühte.

Ich lehnte mich, nachdem ich meinen Schutzschirm ausgeschaltet hatte, gegen eine Säule und wartete vergeblich darauf, daß sie nachgiebig wie Gummi würde. Aber der Aufenthalt im Normalraum, durch den wir in knapp Unterlichtflug stürmten, hatte offensichtlich die Verhältnisse wieder normalisiert. Jedenfalls hatte sich der Ersatzblock rematerialisiert und wurde nun angeschlossen.

Ich sah den Männern zu und testete akustisch die Funktionsbereitschaft sämtlicher Abteilungen durch.

Viele der Männer schliefen noch immer. Sie mußten halb bewußtlos sein, denn im geschlossenen Raumanzug, festgeschnallt und unter einem Individualschirm zu sein war schon im wachen Zustand alles andere als ein Vergnügen. Versuchte man zu schlafen, bekamen selbst trainierte Raumfahrer klaustrophobische Anfälle. Außerdem spürte ich, wie die Wirkung der USO-Medikamente und der begleitenden physischen Behandlung langsam nachließ.

Die anderen Raumfahrer waren auf ihren Posten. Sie hätten allerdings auch schlafen können, denn sie waren zur Untätigkeit verdammt. Nicht einmal im Normalraum funktionierten die Pulte und Bildschirme. Teilweise deshalb, weil die auf mehrdimensionaler Ebene funktionierenden Zusatzgeräte ausgefallen waren, teilweise deswegen, weil wir die Aggregate ausgeschaltet hatten.

»Ortung!« rief ich.

Warum waren wir nicht im Schutz des getarnten Satelliten geblieben?

»Hier!«

»Versucht vielleicht jemand, eine Koordinatenbestimmung zu machen? Gibt es feststellbare Bezugspunkte?«

»Kommandant, es tut uns leid ...«, begann der Mann. Ich schloß betäubt die Augen. Das hatte ich nicht erwarten können! Warum hatten wir die Warnungen der USO-Leute nicht befolgt?

Dann dachte ich wieder an das absolute Fehlen jeglicher Information und an die Erde, die dieser Umstand die Freiheit kosten konnte. Drohte tatsächlich eine Invasion, deren Endziel wir nicht einmal richtig vermuten konnten?

»Also keine Bezugspunkte? Aber man muß doch Sonnen sehen ...«

Der Verantwortliche schaltete sich ein und sagte ruhig: »Wir arbeiten gerade mit steinzeitlichen Methoden. Natürlich sehen wir die Sterne, Kommandant. Aber die Rechengeräte spielen nicht mehr mit. Ich kann Sie jedoch beruhigen.«

»Sonderurlaub, wenn Sie das schaffen!« versprach ich.

»Wir scheinen auf dem berühmten richtigen Weg zu sein. Die Konstellationen sind verzeichnet, und unsere Kursbahn scheint dort zu liegen, wo sie nach unseren Vorstellungen sein sollte.«

»Konnten Sie den anvisierten Satelliten ausmachen?«

Wieder eine negative Auskunft. »Fehlanzeige, Sir.«

Für einen Augenblick schien das Schiff selbst ungefährdet zu sein, aber wir steckten in einem dicken Nebel und sahen nur hin und wieder Bezugspunkte, sogenannte sichere Werte, aufblitzen. Aber als negative Entschädigung für die brüchige Sicherheit waren wir blind und taub. Wir mußten einfach weiter – es gab keine andere Möglichkeit, Rhodans Freunde und das Solsystem zu warnen. Schweren Herzens entschloß ich mich, diese Überlegung zur Maxime der nächsten zehntausend Lichtjahre zu machen.

Zurück? Sinnlos und noch gefährlicher. Wir rasten dann ins Zentrum des Gravitationsorkans hinein.

Weiterhin im Normalraum bleiben? Unsinn! Wir würden auf diese Weise unser Ziel niemals erreichen.

Gab es eine Alternative? Nein!

»Also vorwärts. Richtung Erde!« brummte ich.

Mir war bei diesem Gedanken alles andere als wohl. Aber die anderen Möglichkeiten versprachen noch weit weniger Chancen. Ich hatte nur eine einzige Hoffnung, nämlich, daß wir den Wellen entkommen konnten.

»Pilot?«

»Verstanden, Kommandant!«

»Bereiten Sie alles für einen sofortigen Sprung in den Linearraum vor. Verständigen Sie sich mit der Ortungszentrale.«

»Geht in Ordnung.«

Das Schiff flog mit eingeschaltetem Paratronschirm weiter, wurde schneller und raste auf den Punkt zu, an dem es das normale Bezugssystem wieder verlassen und in die Unsicherheit des Linearraumes eintauchen würde.

In dem Augenblick, als der Pilot die Taste drückte, ging ein schmetternder Schlag durch das Schiff. Ich verstand. Die Alarmklingeln begannen zu arbeiten. Ihr Kreischen war um eine Oktave verändert.

Dann erklang eine Lautsprecherstimme: »Wir sind bei diesem Eintauchmanöver wieder zurückgeschleudert worden. Das Schiff hat den Normalraum nicht verlassen.«

Eine andere Stimme in den Lautsprechern sagte: »Der HÜ-Schirm steht wieder, Kommandant!«

Dann brachen die Geräusche, die Schwingungen, die Vibrationen und der ununterbrochene Krach wieder über die Mannschaft und das Schiff herein.

»Das ist das Ende!« stöhnte ich und machte mich, so schnell ich konnte, auf den Weg in die Zentrale. Irgendwo schien es zu brennen.

9.

Bericht: Kommandantin Lu PaLau

Wir alle waren seit Stunden in einem Zustand, der nicht mehr normal war. Die Bereitschaft, in der wir aufgrund des Vollalarms verharrten, verhinderte andere Aktivitäten. Unser kleines Schiff hatte die Aufgabe, die Mannschaft der Astronomen sicher und wohlbehalten und mit sämtlichen Ergebnissen zurückzubringen. Wir hatten einen Sonderauftrag, der mit Ostolli Acht zu tun hatte.

»Kommandant!« sagte der Erste Offizier. »Sie wissen, daß wir in Kürze landen müssen?«

Ich nickte ihm zu. Die Männer hatten sich offensichtlich noch immer nicht daran gewöhnen können, daß sie auf diesem Schiff einen weiblichen Kommandanten hatten.

»Ich möchte es selbst nicht versäumen«, sagte ich, »wenigstens in der Schlußphase der Untersuchungen einen Blick durch die Geräte zu werfen.«

»Verständlich. Vergessen Sie nicht, daß wir uns zurückziehen müssen.«

»Keine Sorge!« Ich lächelte ihn an, und er zog die Schultern hoch wie ein frierender Vogel.

Hier im Solsystem herrschte noch, abgesehen von den patrouillierenden Raumschiffen, ziemlich viel Ruhe.

Der Vollalarm hatte eine Reihe von Befehlen zur Folge gehabt, die bekannt waren. Unter anderem war die Mission des Gelehrtenteams, das wir an Bord hatten, entscheidend gekürzt worden. Jegliche Nahbeobachtung würde entfallen, denn in einer Stunde landeten wir auf dem Flottenhafen von Terrania City.

»Ich habe wenig Ahnung von Innersystem-Körpern«, sagte der Erste. »Was ist eigentlich mit diesem Felsbrocken?«

Ich mußte kurz lachen. »Ostolli Acht ist kein einfacher Felsbrocken«, sagte ich leise. »Wollen Sie die ganze lange Geschichte hören?«

»In gedrängter Form, wenn Sie so nett sein würden, Kapitän Lu!« sagte der Mann neben mir.

Typisch. Immer wenn sie etwas wollten, diese Raumfahrer, dann wurden sie nett und zugänglich. Und wenn sie Anordnungen entgegennehmen mußten, taten sie, als habe ein Neandertaler gesprochen.

»Einen Moment!« sagte ich. »Gleich erzähle ich Ihnen die Gutenachtgeschichte, mein Kleiner.«

Ich schaltete den Interkom ein und drückte einen bestimmten Knopf. Der Leiter der Studiengruppe schien direkt neben dem Gerät gewartet zu haben. Er meldete sich sofort. Ich blickte in den abgedunkelten Beobachtungsraum hinein und sah die Männer zwischen den wichtigen Gräten stehen und sitzen.

»Wir sollten in kurzer Zeit zum Rückflug starten!« erinnerte ich ihn.

Er nickte voller Verständnis. »Wir haben noch ungefähr zehn Minuten lang zu tun!« sagte er. »Können Sie diese Zeit noch warten?«

»Ja. Aber kaum mehr länger!« sagte ich. »Wir haben gerade die zweite Aufforderung erhalten.«

Er nickte. In dem geisterhaften Licht der Armaturen leuchtete sein Gesicht wie eine bärtige Teufelsmaske.

»Ich verstehe. Wir sind fertig, haben gerade die letzten Untersuchungen laufen. Hoffentlich geht dieser Vollalarm bald zu Ende, damit wir das Objekt aus größerer Nähe und im Sonnenlicht studieren können.«

Ich stimmte zu. »Ihre Hoffnungen, Professor Kent, sind mit meinen und den Hoffnungen aller anderen Menschen identisch. Bis gleich.«

Er schaltete ab. Der Erste stand wartend neben mir.

»In zehn Minuten erfahren Sie die Story. Wo waren Sie, als man auf der Uni das Solsystem durchgenommen hat?« erkundigte ich mich spöttisch.

Er grinste sarkastisch zurück. »Mit Perry Rhodan in Gruelfin. Auch unter ›Sombrero-Galaxis‹ nicht unbekannt.«

Ich schlug ihm anerkennend auf die Schulter. »Eins zu null. Passen Sie auf ...«

Ostolli Acht war ein Meteor. Genauer ein Asteroid, denn seine Bahn führte um die Sonne. Er war ein Mitglied des Asteroidengürtels, rangierte aber unter den Objekten mit extremen Umlaufbahnen.

Schon vor einigen Jahrhunderten hatte sich derjenige Astronom, der Acht seinen Namen verliehen hatte, zur Aufgabe gemacht, die flüchtigen und extremen der Himmelskörper ausfindig zu machen, auszurechnen und zu katalogisieren. Inzwischen war der »Gürtel« vermessen und ausnutzbar, aber mit Hilfe von Rechenmaschinen und den Schwankungen der Massenverhältnisse untereinander gelang es Ostolli – genauer: Professor Doktor Doktor Clemens Imger Ostolli –, sechs sichtbare, einen vorübergehend unsichtbaren und einen theoretisch vorhandenen Kleinkörper festzustellen. Ostolli Acht war der theoretisch vorhandene Körper; er bewegte sich auf einer derart langgestreckten elliptischen Bahn um die irdische Sonne, daß sie bereits einer Kometenbahn oder nahezu einer Geraden glich. Selbst Clemens Ostolli glaubte nicht recht daran, daß die Computerzahl 6740 richtig war.

Sechstausendsiebenhundertvierzig Jahre dauerte ein Umlauf, alle dreitausenddreihundertsiebzig Jahre befand sich dieser Körper dort, wo er eigentlich hingehört hätte, nämlich im Bereich des Systems.

Ostolli Acht war nur einer der vielen Ausreißer vom Rang eines Ikarus. Als ein Schiff zufällig vor einigen Tagen in der Nähe der Jupiterbahn – zwischen Jupiter und Saturn – mit dem Körper beinahe zusammenstieß, war zufällig ein junger Kadett an Bord, der sich an diesen längst verstorbenen Professor und an seinen achten, nur unsichtbar vorhandenen Fund erinnerte.

Immerhin hatte man diesen Fund einer Untersuchung für würdig erachtet. Es stellte sich heraus, daß es tatsächlich Ostolli Acht war.

Für eine Nahbeobachtung war es zu spät – alle Schiffe, die nicht Wachaufgaben übertragen erhalten hatten, hatten den Raum zwischen den Planeten zu verlassen und in ihre Basen zurückzukehren. Unser Schiff war ein mäßig bewaffnetes Observatoriumsschiff, das kaum einen taktischen Nutzen hatte.

Trotzdem gab es Daten über Ostolli Acht. Ein öder Felsbrocken von mehr als vierhundert Metern Länge. Er sah aus wie ein deformierter Faustkeil, war an der dicksten Stelle dreihundert Meter breit und etwa einhundertneunzig Meter hoch. Die Maße bedurften noch einer genauen Überprüfung, ehe das Stück tauben Gesteins seine Bahn um die Sonne zog und wieder auf seinen langen Weg in die Galaxis hinausgeschleudert wurde.

Überhaupt war der Satellit nur wissenschaftlich interessant. Vermutlich würde man eine Sonde auf ihm befestigen, ein kleines Kraftwerk einbauen und dreitausend und mehr Jahre Daten einsammeln, deren Integration sonst zu langwierig und mühsam und stumpfsinnig war.

Der Erste fragte fast ungläubig: »Und deswegen sind wir hier?«

Ich hob die Schultern. »Vor allem aus wissenschaftlichen Gründen. Aber Professor Kent wird von Ihnen kaum verlangen, daß Sie sich auch für die subtileren Dinge im Kosmos interessieren. Sicher ist Ihnen ein driftender Planet von Saturngröße lieber. Womöglich aus einem Ring aus Eisstückchen für Ihren Whisky!«

Er war nicht unterzukriegen. Er grinste anerkennend und warf ein: »Man sähe ihn früher, Kapitän Lu.«

»Zugegeben. Kümmern Sie sich um unseren Rückflug? Ich werfe einen letzten Blick auf die Instrumente dort oben.« Ich deutete in die Richtung der Beobachtungskuppel, hinter der sich Linsen und Antennen auf den Findling richteten.

»Selbstverständlich. Rückstart in sieben Minuten?«

»In Ordnung.«

Hier im Bereich des Solsystems, rund dreißigtausend Lichtjahre vom galaktischen Zentrum entfernt, arbeiteten sämtliche Geräte noch annähernd normal. Das Zentrum der Gravitationswellen war mit Hilfe überlichtschnell arbeitender Meßgeräte selbstverständlich geortet und untersucht.

Im Laufe der letzten Jahrzehnte hatte man eine solche Aktivität nicht beobachten können. Es war absolut sensationell. Im Zentrum mußte eine Hölle ganz besonderer Art aufgebrochen sein. Und die Wellenfronten, die sich wie Ringe auf ruhigem Wasser ausbreiteten, wurden ebenfalls angemessen. Dabei hatte man, schon vor geraumer Zeit, eine folgenschwere Entdeckung gemacht.

Der gesamte Funkverkehr in die Richtung des Zentrums war zusammengebrochen. Es konnten weder Schiffe erreicht werden, noch vermochten es die Schiffssender, die Erde oder andere Planeten näher dem galaktischen Rand zu erreichen. Eine Distanz von rund sechs- bis siebentausend Lichtjahren war die äußerste Grenze – was darüber lag, war unerreichbar.

Der Transmitterverkehr funktionierte noch. Aber auch hier mehrten sich die Stimmen der Fachleute, die davor warnten, ihn fortzusetzen.

Ich verließ die Astronomen und kehrte zurück in die Zentrale.

»Gut«, sagte ich. »Eine Minute Verspätung. Zurück zur guten alten Erde.«

Unser Schiff trat den kurzen, schnellen Rückflug an. Später sagte man uns, wir hätten länger bleiben und die Beobachtung intensivieren sollen. Aber das hätte mit Sicherheit unser aller Leben gekostet.

Eine Stunde später landeten wir in Terrania City. Die Situation hatte sich nichts geändert …

In wenigen Minuten mußten wir technisch Konkurs anmelden.

»Und niemand ist dafür verantwortlich!« schrieb ich. Ich sah auf den Kontrollschirmen, was vorfallen würde. Außerdem war mein vollrobotischer Verstand nicht in der Lage, einen Fehler dieser Art zu begehen. Unser Bankrott war eine Folge von Ursachen, die außerhalb der menschlichen Eingriffsmöglichkeiten lagen.

Niemand machte sich noch Gedanken darüber, daß die gewaltige Transmitterstrecke wichtig war. Sie war im Laufe der Zeit zu einer festen Institution geworden. Eine Selbstverständlichkeit, ohne die der Planet Olymp nicht handeln und das Solsystem nicht leben konnte.

Ich streckte meine Hand aus. Nur für wenige Menschen war ich der Roboter vom Typ Vario; die meisten kannten mich als »Kaiser«. Zu meinen Aufgaben gehörte auch die Kontrolle über diesen außerordentlich wichtigen Lebensnerv, der zwei Planeten verband.

Auf einem der zahlreichen Bildschirme war das häufig gestörte Bild eines der engsten Mitarbeiter aus dem Stab von Staatsmarschall Bull zu sehen. Gerade sagte er langsam und deutlich, um es nicht zahlreiche Male wiederholen zu müssen: »Sie wissen, Argyris, daß innerhalb gewisser Gebiete nicht nur der Funkverkehr, sondern auch die Raumfahrt völlig zum Erliegen gekommen ist?«

Meine Linsen blickten ihn an. Er erkannte nur absolut menschliche Augen. »Ich weiß es. Die Anfälligkeit der fünfdimensional gesteuerten Maschinen wächst von Stunde zu Stunde.«

»Wir haben nicht lange zu beraten brauchen ...«

Ich lehnte mich in meinem wuchtigen Spezialsessel zurück und überblickte die Kontrollschirme. Sie zeigten ausnahmslos an, daß die Transmitterstrecke noch voll in Betrieb war. Wir hatten seit einigen Stunden ein verschärftes Programm gefahren, um wenigstens unsere größten Lagerbestände auflösen zu können.

»... um einen Beschluß zu fassen!« vollendete ich.

»Richtig.«

Auf den Schirmen sah ich die wenigen arbeitenden Menschen und das Heer der Roboter. Inzwischen, es war Donnerstag, der 19. Juli, fünf Uhr morgens, starteten und landeten auch auf Olymp kaum mehr Raumschiffe. Die Raumhäfen waren überfüllt; dort standen die Schiffe dicht aneinandergereiht wie Perlen an einer Kette.

»Wann stellen wir die Transmitterstrecke ein?« fragte ich.

»In einer Stunde. Darin ist keine Sicherheitsfrist mehr enthalten.«

Ich nickte kurz. Mein Robotverstand hatte dies alles bereits voraus errechnen können. Die Informationen, die ich hatte, waren ziemlich exakt, also war es auch die Folgerung. In rund sechzig Minuten konnten wir noch eine ganze Masse Riesencontainer zur Erde transportieren.

»Wir stellen also die Strecke um genau sechs Uhr ein. Der Signalaustausch ist das Zeichen.«

»Einverstanden!« sagte der Vertraute. »Und nicht zu viele Nachrichten an die Presse. Wir hoffen, daß es eine vorübergehende Störung ist und bleibt.«

»Das hoffe ich auch!« sagte ich.

»Gut. Diese Angelegenheit wäre also geklärt«, schloß mein Gesprächspartner. »Ich melde mich wieder, wenn wir die Containerbrücke wieder in Betrieb nehmen können.«

»Geht in Ordnung.«

Er schaltete ab. Der Schirm wurde leer. Ich legte einige Schalter herum und schaltete dadurch meine Mikrophone und Lautsprecher auf sämtliche Kanäle. Jeder, der jetzt dort im Containerbahnhof beschäftigt war, konnte mich hören. Die meisten Mitarbeiter konnten mich auch sehen, wenn sie ihre Interkome einschalteten.

Einige Sekunden lang betrachtete ich noch das Gewimmel auf den Abfertigungsrampen, dann sagte ich: »Hier spricht Anson Argyris. Ich bitte um Aufmerksamkeit. Wir erhielten soeben den Befehl aus dem Solsystem, sämtliche Transporte einzustellen. Wir haben in den letzten Stunden unser Programm bereits stark beschleunigt.

Wir versuchen bis Punkt sechs Uhr morgens, möglichst viele Container zur Erde zu bringen. Der Verkehr in gegenläufiger Richtung ist weitaus weniger wichtig. Die Behörden auf Terra haben ohnehin nur Container freigegeben, die besonders empfindliche und leichtverderbliche Waren enthalten. Um fünf Uhr achtundfünfzig wird das Schlußsignal vorbereitet. Genau um sechs Uhr passiert der letzte Container die Strecke.

Anschließend werden sämtliche Geräte abgeschaltet. Die Zeit, die bis zur Wiederaufnahme der Sendungen vergeht, können wir mit notwendigen Aufräumungs-, Ordnungs- und Reparaturarbeiten sinnvoll ausfüllen. Ich danke Ihnen allen für Ihre Aufmerksamkeit. Wenn es Fragen geben sollte, dann bitte sofort an mich richten; ich bin in der Palastzentrale.«

Erstaunlicherweise kamen keine Fragen. Die Frauen und Männer kannten die Drohung, die aus dem Zentrum nach uns griff. Der Planet würde sicher nicht geschädigt werden – wenigstens weder durch die Magnetstürme noch die Gravitationswellen des Linearraumes. Aber alles andere war unsicher. Wir alle saßen wie auf glühenden Kohlen, auch wenn das Leben scheinbar seinen gewohnten Gang weiterlief. Für Menschen mit ihren empfindlichen, zahllosen Störungen unterworfenen Gedanken und Empfindungen war dieser Zustand eine Qual; für einen Roboter wie mich rangierten ausgesprochen logisch-mathematische Überlegungen an erster Stelle. Das fein ausbalancierte Gleichgewicht war gestört. Alles, was unternommen werden konnte, um diesen Zustand wiederherzustellen, mußte getan werden.

Indes, es herrschte Informationsmangel. Mangel an Informationen bedeutete für die Lösung einer Aufgabe nicht nur eine ernste Störung, sondern mit Sicherheit falsche Ergebnisse, falls man sich an eine Auswertung wagte. Man riskierte bereits mit dem Beginn den totalen Mißerfolg. Ich beabsichtigte nicht, mich diesem Wagnis auszusetzen. Zudem war der Grund des vorsorglich gegebenen Alarms noch immer nicht bekannt. Ich beneidete Reginald Bull nicht um seinen Job – abgesehen davon, daß einem Roboter der Neid nur aus Schilderungen bekannt ist.

Wir alle, auch die Verantwortlichen auf dem Planeten Olymp, würden also warten, bis entweder Nachrichten aus dem Zentrum eintrafen oder die Gefahr selbst. Wir mußten auf alles gefaßt sein.

»Also keine Fragen«, sagte ich.

Ich kontrollierte sorgfältig einen Bildschirm nach dem anderen. Ich rief die ständig existierenden Daten ab und nahm eine Flut von vielen kleinen Informationen in mich auf. Ich verglich die Sollwerte mit den Quantitäten, die computergesteuert den Planeten verließen. Dann rechnete ich alles durch und stellte fest, daß die Bilanz eigentlich ganz optimistisch aussah. Nur noch der Ausfall eines Gerätes konnte sie ins Negative gleiten lassen.

Ich beschloß, nachdem ich zu meinen Ergebnissen gekommen war, mich an Ort und Stelle umzusehen und notfalls einzugreifen. Ich verließ die Kontrollanlage, regelte in meinem Büro noch einige wichtige Angelegenheiten und begab mich dann hinaus in den riesigen Bezirk, der die Anlagen der Containerstrecke beherbergte.

Zunächst suchte ich das Büro der »Koordination« auf. Hier herrschte Hochbetrieb.

»Wie kommen Sie zurecht?« fragte ich den Verantwortlichen.

Er deutete auf die Batterie summender und tickender Geräte, die halbkreisförmig seinen Schreibtisch umstanden. Die Transportabteilungen, deren Aufgabe war, die Container zu beladen und auf die Wartebahn zu schicken, leisteten ganze Arbeit. Ich sah endlose Ketten dieser silbergrauen, langgestreckten Behälter, die langsam auf unterirdischen Bändern entlangglitten.

»Noch ganz gut, Kaiser Anson!« sagte er. »Aber in vierzig Minuten werden wir nur bis zu diesem Punkt unsere Vorräte abbauen können.«

Er deutete auf einen Container am Ende der langen Wartebahn. Immer mehr solcher Behälter schlossen sich an. Die Torbogenstrahlen des Transmitters am anderen Ende dieser Linie glühten dumpf. Alle Sekunden schleuderte die Automatik einen Container in die wesenlose Schwärze zwischen den Balken, der augenblicklich verschwand.

Ich fragte leise: »Ist das Tempo nicht mehr zu steigern?«

Als ich ihn anblickte, konnte ich erkennen, daß er ebenso dachte wie ich. Nur in anderen Bezügen, aber die Aussage war identisch mit der Summe meiner Überlegungen. Wir begannen uns alle wie Schufte zu fühlen, die einem Verdurstenden das Wasser aus der Hand nahmen.

»Schlecht. Wir haben sämtliche Maschinen auf ein Tempo beschleunigt, das sie ruinieren wird, wenn es noch länger anhält.«

Ich tippte ihm auf die Schulter und deutete auf das Chronometer.

»Wir haben noch weniger als dreißig Minuten. Diese Zeit werden die Maschinen noch aushalten. Ich bin sicher.«

Er handelte bereits. »Einverstanden. In der Ruhepause, die möglicherweise länger dauern wird, können wir sie reparieren.«

»Selbstverständlich. Jeder gefüllte Container, der Terra erreicht, ist mehr wert als die Ersatzteile und die Arbeitsstunden.«

Ich sah zu, wie er die Leiter der einzelnen Gruppen verständigte. Die Folgen zeigten sich sofort. Die Anlage, die die Container vom Warteband hob und sie in den Transmitter schleuderte, beschleunigte ihre einzelnen Arbeitsabläufe. Nur für die scharfen elektronischen und biopositronischen Sinne eines Roboters war die Veränderung zu erkennen. Wir würden unter Umständen das gesamte Warteband leeren können.

Wir empfingen ein Signal.

»Ich sehe gerade«, sagte ich, »daß die Transportgruppen eine Meldung abgesetzt haben.«

Er hantierte an seinen Schaltern und Knöpfen. »Bitte kommen!«

»Chef!« sagte eine Stimme, die von Erschöpfung gekennzeichnet war. »Wir haben getan, was wir konnten. Sämtliche Lager der wichtigen Geräte und vor allem der hochwertigen Nahrungsmittel sind geräumt. Aber ich sehe eben, daß die Wartestraße vermutlich nicht geleert wird.«

»Wir schaffen es noch! Wir haben eben unsere Schleudern auf schnellste Geschwindigkeit geschaltet.«

»Ausgezeichnet! Hoffentlich werden nicht in den nächsten vierundzwanzig Minuten mechanische Teile ruiniert.«

»Hoffentlich nicht. Wir sprechen uns wieder nach sechs Uhr.«

»Danke – Ende.« Er schaltete ab.

Wir sahen zu, wie nunmehr das Tempo sämtliche Handgriffe und Schaltungen diktierte. Die Container verließen das Band, schwebten geradeaus und wurden schneller. Dann schossen sie genau zwischen die Torbögen des Transmitters hinein und waren verschwunden. Im gleichen Augenblick rematerialisierten sie im Solsystem und wurden weitertransportiert.

Wichtige Güter für die Versorgung von Milliarden Menschen waren in diesen Behältern. Arbeiteten wir länger als bis sechs Uhr, würden wir riskieren, daß der Inhalt zerstört wurde oder gänzlich andere Formen annahm. Außerdem – aber das war nur ein rein materieller Schaden – konnten sämtliche Gerate detonieren oder zerschmelzen. Es war sicherer, sie auszuschalten.

Ich sagte: »Ich gehe hinaus zum Transmitter. Ich fühle eine Unruhe, die ich nicht exakt definieren kann.«

Immer mehr Anlagen zeigten durch Signale an, daß sie sich ausschalteten. Die lange Reihe der wartenden Container wurde immer kleiner.

Und die Zahlen in den Zehntelsekunden-, Sekunden- und Minutenfeldern der Digitaluhren schienen immer schneller zu rasen.

Ich stand in der Nähe des riesigen Transmitters. Nacheinander schwebten vor mir die langen, glänzenden Behälter vorbei. Sie bohrten sich in den Raum zwischen den glühenden energetischen Balken und lösten sich auf. Nicht einmal meine hochempfindlichen Sehzellen, verbunden mit einem biopositronischen Gehirn, konnten den Vorgang mitverfolgen.

Die Zeit lief ab. Kurz vor sechs Uhr stockte die Kolonne. Das Schlußsignal wurde gegeben. Ich drehte den Kopf ... noch immer viel zu viele Container.

Dann hörte ich aus dem Schacht unweit von mir das wütende Aufheulen der Maschinen. Container um Container verschwand in rasender Eile. Die silberglänzende Schlange bewegte sich. In rascher Folge schossen die Behälter auf den Transmitter zu.

Ich zählte mit. Dreißig ... neunundzwanzig ... schneller. Eine krachende Detonation unter mir. Eine Maschine war, überlastet und überfordert, explodiert. Schneller. Ich würde, wäre ich ein Mensch, jetzt den Atem anhalten, denn mein Robothirn kontrollierte den zeitlichen Ablauf bis auf die Hundertstelsekunde genau.

Zwölf ... elf ... zehn ...

»Noch zehn Container!« sagte ich. Mein elektronischer Kehlkopf wurde mit zuwenig Energie gespeist. Ich krächzte.

Die Zeit lief mit den Containern um die Wette. Oder umgekehrt?

»Drei ... zwei ...«

Sie hatten sich nur um eine Zehntelsekunde geirrt. Eine Zehntelsekunde nach sechs Uhr krachte der letzte Container in die Transmitterbögen und verschwand. Kurz darauf donnerte die Energie auf, die Bögen erloschen. Sämtliche Stationen ließen ihre Sirenen aufheulen.

Wir hatten es geschafft, ohne eine einzige echte Panne. Aber von jetzt an war das Solsystem ohne Nachschub. Wenn der Energiealarm zu lange dauerte, konnten mehr als nur Versorgungslücken entstehen. Milliarden Menschen waren ohne Versorgung ...

Bericht: Gremium der Untersuchungskommission (Rekonstruktion)

Das Raumschiff LIGASTAR durchmaß fünfhundert Meter. Das Schiff entstammte der letzten Bauserie und war der fliegende Beweis dafür, daß eine Raumfahrt ein Maximum an Schnelligkeit mit einem absoluten Maximum an Komfort vereinigen konnte. Die LIGASTAR war eine Sensation. Entsprechend hoch waren die Baukosten gewesen, entsprechend hoch bezifferte sich der Preis für eine Passage. Es gab nur die Luxusklasse.

Ein großes Heer von Robotern sorgte für den ununterbrochen reibungslosen Ablauf des Service. Ein kleineres Heer von Stewards und eine hochklassige Besatzung sorgten für den Rest. In der Vorstellung eines Reisenden dieser Klasse konnten nur wenige Dinge existieren, die dieses Schiff nicht hervorzaubern konnte. Nur Jagden zu Pferde konnten nicht abgehalten werden.

Die Geschehnisse, derentwegen die Untersuchungskommission – *viel später* – zusammengestellt wurde, mußten sich etwa am 19. Juli 3444 neun Uhr vormittags abgespielt haben.

Die LIGASTAR war im Erdanflug. Sie schwebte mit etwa halber Lichtgeschwindigkeit auf den Planeten Erde zu und war kurz vor neun Uhr auf der Jupiterbahn in Richtung auf den Asteroidengürtel. Der Kommandant der LIGASTAR wollte das Schiff nicht etwa durch den Gürtel steuern, sondern den Ring aus dahinjagendem Gesteinsschutt oberhalb der Ekliptik überfliegen.

Der Prallschirm war aufgebaut, aber er bedeckte nicht die gesamte Kugeloberfläche. Er bestand in der Form des grün leuchtenden und irisierenden Hochenergie-Überladungsschirmes. Es wurde nach vorn projiziert, weil die Gefahr eines Zusammenstoßes zwischen dem Schiff und einem Meteoriten gering war; in der relativ freien Zone des Sonnensystems. Ein Meteorit, der schneller war als halbe Lichtgeschwindigkeit, war eine kosmische Unmöglichkeit. Der HÜ-Schirm richtete sich nach vorn und hatte, seitlich gesehen, die Form eines Kegels. Seine Spitze war an der Schiffsoberfläche, der offene »Trichter« wies vom Schiff weg.

Der HÜ-Schirm war dazu bestimmt, zufällig im Weg dahinschießende kleinste Himmelskörper aufzufangen und eine wirkungsvolle Barriere gegen die harte Strahlung und den kosmischen Staub darzustellen. Auch zufällig im Weg schwebende Fremdkörper aller Art würden aufgefangen werden.

Für diese Zwecke war der Schirm vollkommen ausreichend projiziert worden; den Kommandanten der LIGASTAR trifft kein Vorwurf. Außerdem waren genügend Funksprüche gewechselt worden. Für die Raumfahrt innerhalb des Solsystems bestanden zum gegenwärtigen Zeitpunkt noch keinerlei Gefahren, die eine Totalprojektion erfordert hätten. Sämtliche administrativen Belange waren geklärt worden.

Die Mannschaft in der Zentrale wußte genau, wie es um die Raumfahrt in den anderen kosmischen Bezirken zwischen Erde – genauer: zwischen dem Rand der Galaxis – und dem galaktischen Zentrum stand. Auch die Funkzentrale und die Ortungszentrale der LIGASTAR hatten ihre ernsthaften Schwierigkeiten gehabt. Aber mit der Ankunft innerhalb des Solsystems schienen sämtliche Schwierigkeiten beseitigt. Der Zeitpunkt der Landung lag etwa gegen zehn Uhr – die genaue Landezeit richtete sich nach den übrigen Schiffsbewegungen, deren Zeitplan durch den Vollalarm etwas außer Takt geraten war.

Die Passagiere dieses Luxusschiffes waren ein Kapitel für sich. Abgesehen von einigen schwerreichen Handelsreisenden, exotischen Gästen und der Schiffsbesatzung, befanden sich ausschließlich Politiker an Bord. Es waren die Damen und Herren einer Propagandagruppe der Solargalaktischen Interessenliga, SGIL, die von einer Reise zurückkamen, die sie im Rahmen der Wahlvorbereitung nacheinander auf mehr als ein Dutzend Planeten geführt hatte. Die Reise schien ein voller Erfolg gewesen zu sein, wenigstens in den Augen der betroffenen Passagiere. Außer Marschall Bount Terhera waren alle seine führenden Leute an Bord der LIGASTAR.

Ebenfalls deren Sekretärinnen und Sekretäre. Und eine Menge junger Frauen, deren Funktion bis zum heutigen Tag nicht klar festgestellt werden konnte. Offensichtlich befand sich auch jemand an Bord, der aus der Politik und aus den Politikern Kapital schlagen wollte.

Das sichergestellte Material ist unter Verschluß.

Hätten die Bandkassetten jener heimlich mitgeschnittenen Aufnahmen die Presse oder die Opposition der SGIL – also auch die Partei. die Perry Rhodan unterstützte – erreicht, wäre der Wahlkampf schärfer geworden. Die Mitglieder der Untersuchungskommission beschränkten sich darauf, nur einige sorgfältig ausgesuchte Textstellen in ihrem Bericht zu zitieren. Der Rest der kompromittierenden Aufnahmen wurde sichergestellt.

Es ist nicht mehr exakt festzustellen, welcher Text von welchem Sprecher gesprochen wurde. Stimmenvergleiche mußten wegen des Zustands der Bänder wenig erfolgreich bleiben.

Offensichtlich wurde die Rückkehr der führenden Köpfe der SGIL mit Alkohol gefeiert. Anders läßt sich die Stimmung an Bord kaum erklären.

Die Mitschnitte wurden über einen Zeitraum von etwa zehn Stunden hinweg getätigt. Hier eine Auslese: »... hoffentlich hat niemand eine Fernsehkamera auf uns gerichtet. Terhera würde uns vierteilen lassen ...«

Gläserklirren. Jemand summt ein bekanntes Lied. Es sind im Hintergrund ausschließlich männliche Stimmen zu erkennen. Jemand lacht.

»... ich werde es ihnen zeigen, diesen Terranern. Und den anderen. Ich reiße mir den Posten unter den Nagel und habe nach zehn Jahren ausgesorgt ...«

»... Rhodan hat sie verwöhnt. Unter unserer Führung werden ganz andere Dinge passieren ...«

Jemand hustet laut. Dann stößt er hervor: »Auch Terhera ist nicht ganz der Richtige. Wir werden ihn dazu bringen müssen, die Zügel fester anzuziehen. Mehr Steuern. Mehr Raumschiffe, ein ganz anderes Leben. Diese Freiheiten werden der Vergangenheit angehören, wenn wir erst einmal in unseren Sesseln sitzen.«

»Wir sind mächtig genug, um dieses Schiff zu chartern!«

»Und alles aus den Beiträgen unserer Parteifreunde. Ist es nicht herrlich, so verwöhnt zu werden?«

»Schließlich sind wir die kommenden Führer der Menschheit. Und nicht nur der Menschheit. Es gibt noch andere Planeten, andere Völker, andere Systeme. Sie werden unsere Faust zu spüren bekommen.«

»Nicht so schnell, Freunde. Wir haben noch nicht gewonnen. Die Wahl hat ja noch nicht einmal stattgefunden!«

»... wenn ich mir diesen lahmen Hund, den Bowarote, anhöre und ansehe, dann ist mir sogar der alte Rhodan noch lieber!«

»Und erst dieses ehrgeizige Weib. Ich hab's ja immer gesagt. Die Frauen haben außerhalb der Wohnung nichts zu suchen.«

Dröhnendes Gelächter. Unverkennbar das Geräusch, mit dem Flaschenhälse gegen die Ränder von Gläsern schlagen. Feuerzeuge und das Klirren von Kaffeetassen.

»Wir werden die Wahl selbstverständlich gewinnen. Wir sind die einzige Alternative.«

»Richtig! Einen klaren Kopf für unsere klaren Köpfe!«

Das Zitat ist einer der Wahlschlager der SGIL. In dem Raum geht es weiterhin hoch her. Offensichtlich sehen sich die Versammelten bereits als die einzigen Gewinner der Wahl.

»... wenn uns jemand zuhört! Wir reden uns um Kopf und Kragen, Freunde!«

»Unsinn! Wer hört zu? Niemand. Wir haben den Raum abgesucht und nichts gefunden. Schließlich haben wir das Schiff nur unter der Bedingung gechartert, daß wir unter uns und völlig sicher sind.«

»Mich stört nur, daß ihr glaubt, wir hätten die Wahl schon gewonnen!«

»Im Ernst: Die Meinungsforscher und die Hochrechnungen haben ergeben, daß die SGIL bei dieser Wahl siegen wird. Schließlich haben wir uns ganz nett angestrengt auf dieser Wahlreise.«

»Irgendwie undenkbar ... nach so langer Zeit ein anderer Großadministrator.«

»Wählt Terhera!«

Der Türsummer unterbricht. Ein Steward kommt herein und fragt sehr höflich, ob die Herren noch Wünsche hätten. Außerdem gebe es jetzt Gelegenheit, den Jupiter zu sehen. Sowohl auf den Bildschirmen als auch vom kleinen Observatorium aus. Es werden Getränke bestellt.

»Ich jedenfalls werde der Chef der Experimentalschiffe. Und den schönsten Planeten, den sie finden, möglichst mit vielen nackten menschenähnlichen Eingeborenen, lasse ich mir reservieren!«

»Mit dieser Absicht stehen Sie nicht allein da, Verehrtester!«

»Irgendwann werden wir ja auch etwas tun müssen, um unser Amt zu rechtfertigen. Aber wir werden ja alle Beamten Rhodans übernehmen. Das sind die Fachleute.«

»Reginald Bull wird Bürgermeister von Atlan Village!«

Lang anhaltendes Gelächter.

»Und was machen wir mit Rhodan? Kaufen wir ihm seinen Aktivator ab? Natürlich aus Mitgliederbeiträgen.«

»... viel besser: aus Steuergeldern!«

»... wenn uns jemand hören würde!«

Für sämtliche Mitglieder des Untersuchungsausschusses, denen auch Vertreter der wichtigsten und größten Parteien angehörten, gilt absolute Schweigepflicht. Uns allen wurden die Texte sämtlicher Bänder vorgeführt. Es stand nach Anhörung der angeblich vertraulich geführten Gespräche fest, daß ein Großteil der Männer der SGIL ein zumindest außerordentlich schiefes Verhältnis zu der zu erwartenden Machtposition hatte.

Eine sorgfältige Analyse aller Texte ergab, daß zwei Drittel der angesprochenen Gedanken zweifellos nicht reine Prahlerei waren, sondern den geheimen Wünschen der Beteiligten entsprachen. Teilweise waren die Texte derart offen und widerwärtig, daß das Übereinkommen der Parteienvertreter des Untersuchungsausschusses leichtfiel.

Es wurde vereinbart, nichts davon an die Öffentlichkeit dringen zu lassen.

Terhera selbst hüllte sich hartnäckig in Schweigen. *Kein Kommentar,* das war seine häufigste Antwort.

Jedenfalls wurden sämtliche Posten einer neuen Regierung bereits verteilt, ehe die Wahl überhaupt stattgefunden hatte. Wäre diese Regierung mit den laut ausgesprochenen Absichten, Vorhaben und Bereicherungen jemals ins Amt getreten, hätte dies einen Aufstand aller freiheitsliebenden und friedfertigen Menschen innerhalb des Imperiums zur Folge gehabt.)

»Wir sind schon ein tüchtiger Haufen ...«

»Warten Sie nur, bis wir in unsere Büros eingezogen sein werden. Dann weht ein anderer Wind!«

Gelächter.

»... ein kalter, unbarmherziger Wind. Wir werden nicht alles ändern, aber sehr viel. Vor allem die Besitzverhältnisse!«

»Hauptsächlich unsere eigenen. In positiver Richtung!«

Wieder Gläserklirren.

Es war völlig unwesentlich, ob der HÜ-Schirm nur teilweise projiziert worden war oder das Schiff zur Gänze umgeben hatte. Hätte das Luxusschiff LIGASTAR den Schirm voll aufgebaut gehabt, wäre die Katastrophe viel schneller eingetreten und vermutlich auch viel früher.

Als die LIGASTAR in die Nähe des Asteroidengürtels kam, reagierten ohne jede Vorwarnung sämtliche Maschinen und Geräte, die auf fünfdimensionale Basis arbeiteten oder liefen.

Zunächst riß mitten in einer Landeanfrage der Funkkontakt ab.

Es wurde rekonstruiert (in der Folgezeit gab es genügend vergleichbare Fälle, und außerdem hatten wir die zufällig gefertigten Energieprotokolle eines in ungefährlicher Entfernung stehenden Wachschiffs der Heimatflotte), daß sämtliche Geräte in der Reihenfolge abnehmender Differenziertheit versagten. Sie alle waren mit dem für fünfdimensionale Abläufe unerläßlichen Howalgonium bestückt, in verschieden großen Quantitäten.

»Wir erbitten genaue Hinweise, auf welchem Platz wir landen sollen. Soweit bekannt, sind die Häfen überfüllt. Schließlich sind wir ein Fünfhundert-Meter-Schiff, und es befinden sich wichtige Personen an Bord. Sehr wichtige.«

Terrania erteilte Auskunft. Dann kam die entscheidende Passage.

»Wir danken. Nach unserer Kursberechnung landen wir in genau vier ...« Das war das letzte, was man von der LIGASTAR hörte.

Bericht: Untersuchungskommission. Ohren- und Augenzeugenberichte

Geräte, die auf der Basis von fünfdimensional reagierendem Howalgonium arbeiteten, gab es auf jedem modernen Raumschiff in Hülle und Fülle. Sie bildeten heutzutage fast die Grundlage für eine sichere Raumfahrt. Funk und die vielfältigen Erfordernisse der Ortung und Bildübermittlung, der Linearantrieb und die Zieloptiken von Sendern und Waffen, die hyperschnellen Positroniken für sämtliche Rechenarbeiten an Bord – das alles funktionierte nicht ohne den wichtigen und teuren Schwingquarz.

Zuerst fielen sämtliche Funkgeräte aus. Eine halbe Sekunde nach dem ersten Fluch der Funker versagten sämtliche Ortungsgeräte.

Nacheinander versagten auch die anderen Geräte. Eine Serie schnell aufeinanderfolgender Schläge traf die LIGASTAR. Niemand hatte mehr Zeit, zu handeln. Zuerst der Funk, dann die Ortung, schließlich rund eintausend verschiedene andere Geräte.

Die Maschinen blockierten. Abgesehen von tausend Stichflammen war dies das zunächst entscheidende Ereignis.

Auch in den normal lichtschnell arbeitenden Partikeltriebwerken und noch mehr auf dem Weg der Energie zwischen Erzeuger und Verbraucher waren fünfdimensionale Effekt-Träger eingebaut. Die Schiffszelle wurde von der riesenhaften Erschütterung getroffen.

Schwere Maschinenblöcke schlugen schwer aus den Halterungen und krachten durch die Wände in die nächsten Räume und Hallen oder hinaus aus der Schiffszelle. Die Abstrahldüsen explodierten in einer grellen Lichterflut.

Die Schutzfelder, die ein Erhitzen der Schiffshaut verhindern sollten und unterhalb der Austrittsöffnungen lagen, brachen zusammen und schlugen gewaltige Löcher in den Rumpf. Niemand konnte mehr einen Notruf abstrahlen.

In der letzten Hälfte der zweiten Sekunde ertönten gellende Schreie innerhalb des Schiffes. Sie mischten sich in die dumpfen, schmetternden Geräusche kleiner und großer Explosionen. Dann erstickten die Schreie.

Sie wurden vom Tod erstickt. Das Sterben innerhalb des Schiffes dauerte weitaus länger als die Reaktion der Howalgonium-Geräte.

Die Atemluft, die das gesamte Schiff erfüllte und in breiten Bahnen pfeifend aus den Löchern in der Zelle schoß und sich dort in sichtbares Gas verwandelte, wurde auf rätselhafte Weise verändert. Innerhalb von mehreren Sekunden erstarrte die Luft.

Sie erstarrte. Die Moleküle verbanden sich zu völlig neuen Formen. Jeder

Hohlraum im Schiff war plötzlich mit einer Masse ausgefüllt, die so durchsichtig war wie Glas und ebenso hart. Die herumschwebenden Gegenstände, vom Explosionsdruck nach allen Seiten geschleudert, die Menschen und die Maschinentrümmer ... alles blieb wie in einer grotesken Blitzlichtaufnahme festgenagelt.

Man sah ebenso den Schrecken in den Gesichtern der Menschen wie auch Servomaschinen in allen Phasen des Auseinanderfliegens. Man sah ... Einige Sekunden lang sahen die in der glasförmigen Luft eingeschlossenen Menschen all das. Der Schrecken griff nach ihnen, aber da war es bereits zu spät. Als sie erkannten, daß sie sterben mußten, wurde das Glas undurchsichtig.

Milliarden feinster Sprünge durchzogen die entartete Luft.

(Später, als wir die Natur dieses Vorganges erkannt hatten, prägten wir eine Bezeichnung dafür. Die überall vorhandene Atmosphäre des Schiffes erstarrte zu einer Masse, die gewisse Ähnlichkeiten mit polymerisiertem Kunststoff aufwies. Dies war eine sekundäre Folgeerscheinung des Primäreffekts, der nur die fünfdimensional arbeitenden Geräte betraf. Wir nannten die mit diesem furchtbaren Unglück zusammenhängenden Erscheinungen »eingegossen«. Die Gesichter der Menschen sahen aus, als ob die Sterbenden in den letzten Sekunden, ehe sie erstickten, ein sehr lautes, schrilles Pfeifen gehört hätten. Wenn dies zutraf, dann mußte das Pfeifen auffallend laut und nahe der Grenze von 16.000 Hertz gelegen haben.)

Die LIGASTAR explodierte in der vierten Sekunde. Sie zerfetzte in hunderttausend Teile. Die Explosion schleuderte, vom Mittelpunkt des Schiffes ausgehend, sämtliche Teile der Kugel in alle Richtungen. Im Innern des Schiffes bildete sich zunächst ein heller Glutkern, der sich schlagartig ausbreitete, alles Nächststehende zerschmolz – auch diese glasähnliche Luft. Dann zersprengte der Detonationsdruck den »unversehrten« Rest. Neben dem Jupiter, noch vor der Bahn der Asteroiden, erschien eine kleine, stechende Sonne.

Maschinenteile und Glutfetzen flogen hinaus in den Weltraum.

Die glasartige Masse zerbrach in Millionen Fragmente. Die kleinsten maßen nur Kubikmillimeter, die größten waren gläserne Särge für die eingeschlossenen Menschen und Roboter, Sessel oder Flaschen, Koffer oder sonstige Dinge.

Die Sonne blähte sich weiter auf, wurde abermals heller und erlosch dann.

Der Explosionsdruck trieb die wirbelnden Trümmermassen hinaus in den Raum. Ein Teil raste, sich drehend, überschlagend und immer kleiner werdend, auf die leuchtende Masse des Planeten Jupiter zu. Die schweren Trümmer drehten sich inmitten des annähernd kugelförmigen Schleiers, der von feinzerstäubten Teilchen gebildet wurde.

Jeder Jupitermond bildete ein kleines Schwerkraftzentrum, auf das nach und nach der gläserne Schrott zutaumeln und abstürzen würde. Ein anderer Teil würde mit den Asteroiden mitdriften und für alle Zeiten Teil des Ringes sein – ein sehr kleiner Teil jener Masse, die einmal den Planeten Zeut gebildet hatte. Andere Stücke hatten den Mars zum Ziel.

Die Explosion, die das Schiff vernichtete, hatte ihr Maximum in der fünften Sekunde nach dem ersten, plötzlichen Versagen der Funkgeräte erreicht, überschritt es in der sechsten Sekunde, und in der elften Sekunde war auch der Glutball erloschen. Aber die Optiken von mehr als tausend Schiffen hatten die Detonation beobachtet.

Noch war Funkverkehr möglich – aber jetzt hatte die unbekannte, angekündigte Gefahr aus dem Zentrum zugeschlagen. Funksprüche wurden mit Imperium-Alpha gewechselt.

Zwei Schiffe lösten sich, ohne daß die Kommandanten Befehle erhalten hatten, aus den wartenden Verbänden und nahmen Kurs auf die Stelle des Unglücks. Die Kommandanten sollten aber gewußt haben, daß nach einer solchen Detonation, deren Größe exakt angemessen werden konnte, jede Hilfeleistung sinnlos, weil unmöglich war. Es gab nur noch Tote und verglühendes Gas, das sich langsam verteilte.

Für die Solare Flotte wurde verschärfter Vollalarm gegeben. Das bedeutete, daß die Schiffe ihre gesamten Mannschaften in Bereitschaft halten mußten.

Als nach einigen Minuten feststand, daß es die LIGASTAR gewesen war, die das Schicksal in der Nähe des Asteroidengürtels ereilt hatte, gingen einige Wellen durchaus unterschiedlicher Regungen durch die Reihen der Menschen, die davon erfuhren.

Nach kurzer Zeit stand bereits aufgrund der Aufnahmen und Analysen fest, daß die SGIL alle ihre führenden Kräfte verloren hatte.

Die beiden Raumschiffe rasten von verschiedenen Punkten auf ein gemeinsames Ziel zu.

Noch während Reginald Bull versuchte, die anderen Männer seiner Umgebung zu sprechen, überlegte er, ob er Katastrophenalarm für das gesamte Sonnensystem geben sollte. Was war eigentlich geschehen?

Zahlreiche Beobachtungen und Meldungen wurden koordiniert. Schließlich galt Funkstille; nur Meldungen der Vorrangstufe eins wurden weitergegeben. Sämtliche Menschen, die ihre Geräte eingeschaltet hatten, konnten mithören. Die Teilnahme an diesen Sendungen war für die Schiffe der Systemflotte ohnehin Pflicht.

Flotte und Abwehr arbeiteten augenblicklich zusammen. Es gab durchexerzierte Ablaufpläne für solche Vorfälle.

Geheimnisvoller Feind im Bereich der Planeten, hieß das Stichwort.

Die beiden Raumschiffe, relativ große Schiffseinheiten, erreichten den Ort des Unheils.

Sie wechselten einen kurzen Funkspruch mit dem Chef des betreffenden Geschwaders, dann riß der Funkkontakt ab, ebenso plötzlich wie im Fall der LIGASTAR. Die Warnungen verhallten ungehört.

Das erste Schiff verglühte, nur zwei Lichtminuten von der ersten Welle des nach allen Seiten auseinandergesprengten Schrotts entfernt.

Die Rekonstruktion ergab die absolut gleichen Effekte wie bei dem Luxusraumschiff. Die Geräte, die auf Howalgoniumbasis arbeiteten, funktionierten plötzlich nicht mehr und explodierten. Die Luft erstarrte zu Glas, das Glas zersprang in Trümmer, die Energieerzeuger zerfetzten das Schiff. Zwei Sekunden nach der Detonation des ersten Schiffes, das zur Hilfe geeilt war, wurde das zweite zerstört. Die Ursachen waren identisch.

Drei Schiffe innerhalb einiger Minuten.

Als Reginald Bull diese Meldung erhielt, ordnete er den absoluten Katastrophenalarm für das gesamte Sonnensystem an. Das Unheil hatte drei Schiffe mit voller Besatzung getroffen, und noch immer wußte niemand, welche Kraft hier eigentlich zugeschlagen hatte.

Noch immer gab es keine Nachricht aus dem Zentrum der Galaxis … noch immer keinen Kurier …

Und niemand hatte eine Ahnung, welcher unsichtbare Feind oder welche unfaßbare Kraft aus dem Nichts zugeschlagen hatte. Kein fremdes Raumschiff war gesichtet worden.

Die terranischen Schiffe waren hochmodern und wurden von erfahrenen Männern geflogen. Ein technisches Versagen war mit hochgradiger Sicherheit völlig ausgeschlossen. Dazu kam, daß es sich mit der Wahrscheinlichkeitsrechnung nicht vereinbaren ließ, daß ausgerechnet an der gleichen Stelle neben dem Planeten und vor dem Gürtel drei Schiffe explodierten, weil die Meiler durchgingen.

Gab es dort etwas, das man nicht kannte? Offensichtlich.

Reginald Bull rannte in seinem Büro hin und her und schrie in ein Mikrophon, daß die Kommandanten ihre übereifrigen Männer zurückhalten sollten. Er wollte kein viertes Schiff mehr für eine aussichtslose Sache opfern.

Die Tür wurde aufgerissen. »Stören Sie mich nicht!« schrie er, ohne hinzusehen.

Der Befehlshaber der Heimatflotte hob die Hand und rief zurück: »Ich habe eben strengste Befehle hinausgejagt. Es wird sich nicht wiederholen, Staatsmarschall. Was sollen wir tun?«

»Beobachten Sie den Raum! Schicken Sie ein paar robotgesteuerte Jets hin. Sehen Sie zu, wie weit man sich diesem Loch im Kosmos nähern kann, ohne zu explodieren. Verständigen Sie mich wieder!«

Der Adjutant packte Bull am Ärmel und sagte laut: »Staatsmarschall! Das könnte die Lösung sein. Der Kommandant hat verzweifelt versucht, zu Ihnen durchzukommen. Hier ist seine Meldung!«

Bull warf ihm einen vernichtenden Blick zu und riß ihm die Meldung aus der Hand. Er starrte eine Sekunde lang darauf, bis ihm schließlich ein Ausdruck in die Augen sprang. Er hatte ihn schon einmal gelesen ... Wo war das?

»Aha!« sagte er.

Er winkte zwei anderen Männern auf den Bildschirmen ab. Langsam las er die Meldung. Sie kam von einem weiblichen Kommandanten, von Lu Palau. Die Frau sagte, daß sie ein Observatoriumsschiff gesteuert hatte, das den Irrläufer »Ostolli Acht« beobachtet hatte. Ihrer Meinung nach mußte der Felsbrocken in diesen Sekunden gerade in der betreffenden Raumgegend zu suchen sein.

Bull stöhnte auf.

»Ausgerechnet. Dieser Asteroid! Ich werde verrückt!«

Er wirbelte herum und schaltete den Interkom wieder auf größte Lautstärke. Wieder war er mit dem Befehlshaber der Flotte verbunden. Genauer: Der Mann leitete diesen Einsatz.

»Hören Sie zu!« sagte Bull drängend. »Die Bahn eines vor Jahrhunderten theoretisch errechneten Irrläufers schneidet den äußersten Rand des Asteroidengürtels. Nach einer dreitausend und mehr Jahre langen Bahn ist dieser Brocken jetzt wieder in der Nähe. Er müßte dort zu finden sein. Tun Sie, was ich Ihnen eben gesagt habe, und beobachten Sie den betreffenden Raum.«

»Wir hören mit. Gibt es Daten über den Irrläufer?«

Bull las ab. »Ja. Sechstausendsiebenhundertvierzig Jahre dauert ein Umlauf. Vierhundert Meter lang. Faustkeilähnlich. Dreihundert Meter breit, hundertneunzig Meter hoch. Das sollte sich auf den Ortungsschirmen deutlich abzeichnen, wenn man weiß, wonach man sucht. Verstanden?«

Die Antwort kam sofort. »Absolut klar. Ich melde mich, sobald wir etwas gefunden haben. Eben werden die Roboteinheiten gestartet!«

»Danke, Ende!« sagte Bull.

Deighton und Tifflor hatten mitgehört. Ihre Administrationen taten ebenfalls alles, um schnell herauszufinden, was eigentlich dort in diesem Teil des Sonnensystems ablief. War dies die Gefahr, vor der Rhodan hatte warnen wollen? Niemand konnte es sagen.

»Das ist undenkbar«, murmelte Bull und überlegte wartend, »daß ein öder Felsbrocken drei Schiffe zerstören kann. Gibt es eine Möglichkeit?«

Er stellte sich vor, daß dieser Felsbrocken ausgehöhlt und von einem aggressiven Volk besetzt war, das in der Lage war, ein terranisches Kampfschiff mit eingeschalteten Doppelschirmen blitzartig zu vernichten, so daß die Männer nicht einmal die Spur einer Chance hatten, sich zu wehren.

Zuerst gab es Vollalarm.

Dann absoluten Katastrophenalarm. Draußen leerten sich die Straßen und füllten sich unterirdische Anlagen. Es gab kein einziges Kampfschiff mehr, das auf dem Boden war. Tausende von schwerbewaffneten Einheiten, in denen die Feuerleitoffiziere mit den Fingern auf den Auslöseknöpfen dasaßen, in die Raumanzüge gehüllt, erfüllten den Raum zwischen dem Bahnkreis des achten Planeten und der Sonne.

Nichts geschah. Keine weitere Explosion. Bull wurde von Minute zu Minute unruhiger. Schließlich kam eine Meldung.

»Es ist völlig klar, daß der Meteor Ostolli Acht die Quelle des Unheils ist. Es ist nicht möglich, näher als dreißig Lichtsekunden an ihn heranzugehen, ohne zerstört zu werden. Wir haben soeben eindeutig harte und durchschlagskräftige Energieausbrüche festgestellt. Welcher Art sie sind, wissen wir noch nicht. Was soll jetzt geschehen?«

Jetzt brauchte Bull nicht mehr zu überlegen.

Er konnte sich fest darauf verlassen, daß diese Meldung stimmte. Die Robotbeiboote waren ab einer bestimmten Entfernung vernichtet worden. Bis zu dieser Grenze galt der Satellit oder Meteorit – was immer es in Wirklichkeit war – als tödliche Gefahr. Und jetzt stellte sich auch noch heraus, daß er der Sitz von Wesen oder Robotern war, die in der Lage waren, schwere terranische Schiffe zu zerstören.

»Ausgerechnet Ostolli Acht!« stöhnte Bull.

10.

Bericht: Presseoffizier an Bord der CUTTY SARK VII

Im Augenblick war die Konfusion vollkommen. Nicht einmal im Flaggschiff des Verbandes, den Marschall Bount Terhera führte, wußte man, was wirklich los war. Der letzte Stand der Informationen war:

Drei Schiffe kurz nacheinander vernichtet. Keine Überlebenden. Der Meteorit Ostolli Acht als Eindringling identifiziert.

Merkwürdige Energieausbrüche auf seiner Oberfläche. Der Felsbrocken rast auf seiner langgestreckten Bahn zur Sonne weiter und überfliegt den Asteroidengürtel. Einige Testschiffe mehr oder weniger planmäßig zerstört – die nämlichen Effekte wie bei der LIGASTAR, sofern man überhaupt etwas Genaueres sagen konnte.

Die Beobachtung lief weiter. Tausende Schiffe verharrten auf Warteposition. Das Superhirn NATHAN auf Terras Mond war in die Berechnungen einbezogen worden.

Die Wissenschaftler waren entsetzt – das Sonnensystem hielt, bildlich gesprochen, wieder einmal den Atem an. Für uns Presseleute, deren tägliches Brot die Sensation war, eine ziemlich alltägliche Angelegenheit. Der Tod unserer Kameraden machte uns betroffen und nachdenklich, aber die Schiffsladung von Politikern war bisher das einzig wirklich Sensationelle daran. Später gab es sicher Stimmen, die Rhodan vorwarfen, durch Untätigkeit dieses Massensterben nicht verhindert zu haben.

Inzwischen war Katastrophenalarm erfolgt, und Bull hatte kurze Zeit später die allgemeinen Notstandsverordnungen ausgerufen. So stellte sich gegen elf Uhr die Lage dar.

Wir saßen beim gewöhnlichen Flottenkaffee in der Zentrale. Auch wir Presseleute trugen Raumanzüge, denn für uns galt der Vollalarm ebenso wie für alle anderen Angehörigen der Flotte.

»Neue Informationen von der Flottenleitung!« sagte plötzlich einer der Funker vom eingeschalteten Bildschirm herunter.

Wir hörten zu sprechen auf und hoben die Köpfe. Ein Navigator stieß seinen Kaffeebecher um.

»Soeben wird gemeldet, daß die Energien eindeutig angemessen werden konnten. Es handelt sich um einen Effekt, der identisch ist mit den Auflösungserscheinungen, die auf dem Gegensatz Materie und Antimaterie basieren.«

Marschall Terhera rief laut: »Verdammt! Die Accalauries sind zurückgekommen!«

»Kaum wahrscheinlich!« meinte ich.

Er sah sich nicht einmal um. Presseoffiziere waren für ihn nur dann wirkliche Personen, wenn es galt, sich in Szene zu setzen und wichtige Mitteilungen zu machen. In dieser Zentrale hatte Terhera nicht sehr viele Anhänger; an anderen Orten mochte das Verhältnis durchaus auf anderen Zahlen beruhen und für ihn weitaus positiver sein.

Der Funker sprach weiter: »Der erste Verdacht, daß die Accalauries zurückkehren würden, hat sich inzwischen als weitestgehend unbegründet erwiesen. Der Verdacht ist nicht nur von den Fachwissenschaftlern, die das Antimateriephänomen studierten, entkräftet worden, sondern auch von der NATHAN-Analyse. Man hatte sich mit den Accalauries geeinigt, und niemand weiß, wohin sie gegangen sind.

Selbst bei einer Rückkehr dieser Intelligenzwesen ist die Vernichtung terranischer Raumschiffe völlig sinnlos und unbegründet. Das liegt weder in der Natur der Accalauries noch innerhalb ihrer Lebensinteressen. Seinerzeit waren sie es gewesen, die um Hilfe nachgesucht haben. Befehl von Reginald Bull: Es wird weiterhin abgewartet. Sämtliche Aktionen sind untersagt. Die Geschwindigkeit von Ostolli Acht ist gering genug – es wird, wenn sich nicht Raumschiffe in seine Nähe wagen, in der nächsten Zeit keine Verluste geben, nur weil die Flugbahn auf die Sonne zielt.«

Ende der Durchsage. Wir waren kaum klüger als zuvor.

Terhera brummte: »Man sollte es diesen Wahnsinnigen zeigen! Wer immer es ist. Ein Flottenangriff, einige Transformbomben – und der Spuk ist beendet. Sicher hat der Herr Großadministrator wieder seine Hand im Spiel.«

Niemand erwiderte etwas auf diese recht wenig qualifizierte Bemerkung. Wir warteten weiter.

Ich wußte genau, welche fieberhafte Tätigkeit hinter den Kulissen ablief. NATHAN rechnete, verglich und analysierte ununterbrochen weiter. Wir alle erwarteten die endgültigen Ergebnisse in den nächsten Minuten. Die Situation war völlig unstabil.

Rhodans Warnung hatte keinerlei Ziel gehabt. Niemand wußte, selbst Bull nicht, wovor er uns warnen wollte. Inzwischen waren erste, aber durchwegs unwesentliche Störungen des Funkverkehrs auch hier in der kosmischen Landschaft eingetroffen, in der sich das Sonnensystem befand. Unser Funkverkehr innerhalb des Systems funktionierte aber noch sehr gut.

Terhera sah sich um und starrte dann auf die Schirme der Panoramagalerie. So wie er starrten Tausende von Augen und Linsen, Ortungsantennen und andere Detektoren in die Richtung des rätselhaften Eindringlings, der eigentlich in dieses System hineingehörte.

Schließlich preßte Bount Terhera hervor: »Irgendwie muß dieser Alarm mit dem verstümmelten Funkspruch zusammenhängen. Ich glaube, daß auch die Verfolgung des sogenannten PEW-Meteoriten durch Rhodans Schiff hier in dieses Bild paßt.«

»Das kann durchaus sein!« sagte einer der Navigatoren.

Die Maschinen aller Schiffe liefen leer. Innerhalb weniger Sekunden konnte eine gewaltige Streitmacht sich in Bewegung setzen, um zuzuschlagen. Aber für einen Kampf brauchte man einen Gegner. Hatte man einen Gegner, dann mußte man vorher versuchen, ihn kennenzulernen.

Wenn Ostolli Acht der »Gegner« war, versuchten unsere Wissenschaftler gerade, ihn kennenzulernen.

Vierunddreißig Schiffe außer der CUTTY SARK standen in diesem Verband. Wir waren hoch über der Ebene der Ekliptik stationiert und drifteten unmerklich aus der Richtung des Planeten Mars, der in sechs Monaten mit Jupiter wieder in Opposition stehen würde, auf Jupiter und den Schnittpunkt der Ostolli-Acht-Bahn zu. Unsere Eigengeschwindigkeit betrug nur einige Meter in der Sekunde. Noch waren wir in Sicherheit, aber sowohl auf den Schirmen der Zielerfassung als auch auf den Schirmen hier in der Zentrale sahen wir die Bilder der Ortung. Den Felsbrocken mit dem Namen eines toten Astronomen.

Zehn unserer Schiffe durchmaßen jeweils achthundert Meter und gehörten der Stardust-Klasse an. Ihre Feuerkapazität mußte genügen, um den Meteoriten zu Gas zu zerteilen.

»Etwas muß getan werden! Etwas muß geschehen! Diese Narren … Rhodan hat sie alle zu Weichlingen werden lassen!«

Ich lehnte mich zurück und beobachtete Marschall Terhera. Sein Gesicht war kühl und undurchsichtig. Aber es trug einen entschlossenen Ausdruck. Ich kannte Terhera nicht genug, um seine Reaktionen vorherbestimmen zu können.

Terhera rief leise: »Funkabteilung! Ich brauche einen Kanal zur Flottenleitung.«

»Eine Sekunde, Sir!«

Wir sahen uns überrascht an.

»Ich sagte nicht: Ich brauche morgen einen freien Kanal, sondern drückte mich anders aus!« schnappte der Kommandeur.

»Einen Augenblick! Die Funkbude dort drüben ist hoffnungslos überlastet.«

Terhera brüllte: »Dann machen Sie es entsprechend dringend! Bin ich denn nur von Stümpern umgeben?«

Ich konnte mir die folgende Antwort leisten und sagte halblaut: »Immerhin haben Sie einen erstklassigen Presseoffizier, Sir.«

Er schien an seine Parteifreunde zu denken, die, zum Teil in jene glasähnliche Luft eingeschlossen, tot durch das System torkelten. Das war auf alle Fälle ein harter Schlag für die Partei.

»Nicht mehr lange. Nach diesem Einsatz verlassen Sie mein Schiff.«

Ich nickte und sagte trocken: »Mein Wort! Wenn alle meine Herzenswünsche so prompt eintreffen, werde ich ein glückliches Alter haben.«

Die Funkzentrale meldete sich. »Wir haben eine Leitung zum Kommando, Sir!«

Terhera drehte sich um und hob kurz die Hand. »Mein Verband fliegt einen kurzen ablenkenden Angriff. Ich beabsichtige, ein paar Probeschüsse abzugeben, um die Feuerkraft des Gegners zu testen. Start in dreißig Sekunden. Ich bitte, unseren Anflug genau zu beobachten. Wir werden unsere Aufgaben als Wachflotte wahrnehmen. Danke.«

Er starrte in das entsetzte Gesicht des Funkers, der sofort losschrie: »Sir! Ich muß Sie warnen! Wir alle befinden uns in Warteposition! Die anderen beiden Schiffe ... Denken Sie an die Totalverluste. Denken Sie an die LIGASTAR und Ihre eigenen Vertrauten!«

Terheras Stimme triefte vor Hohn, als er entgegnete: »Daran werde ich denken, wenn ich meinen Feuerleitoffizieren meine Befehle gebe, Ende.« Er schrie dem Funker zu: »Trennen Sie!«

»Unter Protest, Sir!« erwiderte der Major, der die Funkabteilung leitete, und trennte die Verbindung. Aber er schaltete nur den Ton ab, nicht das Bild, das erstaunlich wenig gestört wurde. Marschall Bount Terhera ging hinüber und blieb hinter dem Schiffsführer stehen.

»Terhera an Verband. Wir fliegen einen Parabel-Angriff. Im Scheitelpunkt werden die Salven der Transformkanonen abgefeuert. Jedes Schiff zehn Schüsse. Nicht näher als Sicherheitsentfernung. Alle fünfunddreißig Einheiten hören nur auf meine Kommandos!«

Die einzelnen Bestätigungen kamen, wie es deutlich für uns alle zu merken war, nur sehr unlustig. Die Männer gehorchten widerwillig. Die Anordnungen der Leitstelle lauteten weitaus anders. Man würde sich, dachte ich als Berufsjournalist, später sicherlich auf *Befehlsnotstand* berufen.

Die CUTTY SARK startete. Die Schwingungen der Maschinen, als sämtliche Triebwerke mit Höchstwerten zu arbeiten begannen, rüttelten uns durch. Eines der Schiffe nach dem anderen löste sich aus der Warteposition.

»Angriff!« schrie Terhera.

Er glich im Augenblick einer alten Darstellung eines rasenden Kriegers, der um jeden Preis gewinnen mußte. Sein Charakter schien die Faktoren »Angriffslust« und »Zerstörungswut« in großer Menge zu enthalten. Wir alle spannten unsere Muskeln. Das konnte nicht gutgehen! Andererseits mußte ich mir sagen, daß Terhera sein hochqualifiziertes Kommando nicht geschenkt bekommen hatte – als Schiffsführer und Kommandant war er den besten Männern der Flotte ebenbürtig.

»Das gibt ein Debakel, Kamerad!« sagte ich zu einer Ordonnanz, die die Kaffeebecher einsammelte und wegbrachte.

»Sie sollten sich festschnallen, Sir!« sagte der Navigator.

»Ich gebe hier die Anordnungen!« fuhr Terhera auf.

Wir sahen uns an und nickten schweigend. Es war nicht zu ändern. Vorgesetzte konnte man nur so verbrauchen, wie sie waren.

Fünfunddreißig Schiffe flogen in einer eng gestaffelten Formation auf das als Ziel erkannte Objekt zu. Es war der Steinbrocken weit vor uns.

Die CUTTY SARK scherte aus und stieg langsam über die beiden Angriffsreihen hinweg. Terhera mußte den Überblick behalten. In der Zentrale schrien die warnenden Stimmen aus sämtlichen Lautsprechern. Die anderen Schiffe beobachteten unseren halb selbstmörderischen Angriff, der meiner Meinung nach vollkommen sinnlos war.

Ein Zehntel Lichtgeschwindigkeit. Kommandos gingen hin und her. Die Transformbomben wurden geladen. Die Feuerleitoffiziere drehten ihre Projektoren auf das Ziel ein. Hinter uns zerstoben glühende Gase langsam in der Schwärze des Raumes. Außer unseren fünfunddreißig Einheiten wagte sich kein anderes Schiff vor.

Die ersten Schiffe waren jetzt an derjenigen Stelle der Parabel, die kurz vor dem Knick lag.

»Feuer in zehn Sekunden!« brüllte Terhera.

Die Schiffe flogen jetzt mehr als halbe Lichtgeschwindigkeit. Alle hingen an den Schirmen der Panoramagalerie.

Und dann geschahen die Dinge, die niemand vorausahnen konnte. Man konnte sich zwar vorstellen, daß der Angriff nicht ohne Folgen bleiben würde, aber auf diese Reaktion des unbekannten Gegners war man nicht gefaßt.

Die erste Transformbombe detonierte weit vor dem Ziel und blendete für einen Augenblick die Optiken. Und nach der Detonation verwandelten sich die Schutzschirme der ersten Reihe der Schiffe in glühende, stechend helle Erscheinungen von Kugelgestalt. Das Verhängnis griff nach insgesamt achtzehn Schiffen.

Bericht: Merytot Bowarote

Wir erschraken tödlich, als wir den Funkanruf Marschall Terheras mithörten. Ich war als Beobachter in einem der vielen Schiffe anwesend, und die Ortungsabteilung, in der ich im Raumanzug in meinem Sessel angeschnallt lag, dokumentierte die ganze Szene und den gesamten Vorfall mit Hilfe ihrer weitreichenden Geräte und einiger ausgeschickter Spionsonden.

Natürlich nahm niemand ernsthaft an, daß die Accalauries in diesem Felsbrocken zurückgekommen wären – eine völlig unsinnige Vorstellung, die jeder logischen Begründung entbehrte. Mein Herz krampfte sich zusammen, als ich an die Opfer in den drei schlagartig vernichteten Schiffen dachte. Und ich wurde leichenblaß, als ich die achtzehn Schiffe Terheras sah, die in einer langen, an den Enden leicht nach vorn gekrümmten Angriffsreihe auf den vergleichsweise winzigen Meteoriten losrasten.

»Hier, sehen Sie sich das an, Sir. Dieser Wahnsinnige schickt seine eigenen Leute in den sicheren Tod!« sagte der Chef der Ortungszentrale bitter.

»Er hat sämtliche Warnungen und Befehle mißachtet!« Ich schüttelte den Kopf.

In der Zentrale herrschte ein tödliches Schweigen. Wir alle waren über diese Ungeheuerlichkeit entsetzt. Terhera schien sich seiner Sache mehr als sicher zu sein. Er verließ sich auf den Schutz der Paratronschirme und der HÜ-Schirme. Und eben, als sich die Detonationen der ersten Transformgeschosse rund um den Asteroiden auf den Bildschirmen abzeichneten, flammten die Schutzschirme der achtzehn Schiffe auf.

»Sie werden umkommen ... wie auf der LIGASTAR!« rief ein Ortungsfachmann.

Ich antwortete nicht. Schreckgeweitet hingen meine Augen an den Bildern. Wir sahen den Untergang. Er griff nicht so schnell nach den Schiffen wie im Fall der drei ersten Raumschiffe, aber alles ging trotzdem rasend schnell. Die Männer atmeten aufgeregt, und die Zentrale war von dem Klicken und Summen der zahlreichen Geräte erfüllt.

Achtzehn Schirme verwandelten sich in lodernde Flammenkugeln. Das war bei den drei ersten Opfern nicht geschehen.

Unsere Schirme galten als unter allen Bedingungen unüberwindlich; es gab einige wenige Ausnahmen. Wir fingen die Meßergebnisse auf, die der plötzliche Energieausbruch dort vorn, in der Nähe von Ostolli Acht, hervorrief.

Jemand murmelte laut: »Das ist doch eindeutig ein Antimaterie-Effekt.«

Die gesamte Szene dauerte höchstens fünf Sekunden.

Zuerst schien es, als würden die kugelförmig projizierten Schirme verbrennen und sich auflösen. Dann erfolgten viele kleine, schnelle Explosionen, die hinter dem Flammenschein der brennenden Schutzschirme stechend aufleuchteten.

Dann gab es einen kurzen Moment der Ruhe.

Vermutlich verwandelte sich jetzt die Atemluft innerhalb der Schiffe und der Raumanzüge in eine glasähnliche Substanz. Unsere Robotsonden, die weit genug von Ostolli Acht entfernt operierten, hatten Bilder der eingeschlossenen Leichen und Trümmer gefunkt.

Dann gab es, fast gleichzeitig, achtzehn kleine Sonnen.

Sie bildeten eine langgeschwungene Kette dort vorn. Helligkeit durchflutete den Weltraum über dem Asteroidengürtel. Die Explosionen glitten, immer heller werdend, ins Maximum und wurden dann größer und gleichzeitig strahlungsschwächer. Das einzelne Schiff hoch über der Stätte des Untergangs drehte mit feuernden Triebwerken ab; die zweite Angriffswelle, ebenfalls in Form einer Kette, löste sich auf und raste nach allen Seiten davon.

»Dort! Die Schirme!« schrie jemand.

Langsam wechselten die Sekundenzahlen in den Digitaluhren. Es war, als ob die Zeit plötzlich langsamer liefe.

»Dieser Wahnsinnige!« stöhnte ich.

Wir hatten jetzt einundzwanzig Schiffe verloren. In jedem Schiff hatten sich Menschen befunden. Terheras Rache an den Unbekannten für den Verlust seiner Parteispitze hatte Hunderte von Raumfahrern das Leben gekostet.

»Er wird sich verantworten müssen!« sagte der Chef der Ortungsabteilung.

»Das bringt die Toten nicht mehr ins Leben zurück!« versetzte ich.

Man hat mir wiederholt vorgeworfen, ich sei nur deswegen als Administrator der Erde gewählt worden, weil es keinen besseren Mann gäbe als Rhodan und keinen weniger guten als Terhera. Dieses durchaus zweischneidige Kompliment traf mich nicht besonders. Ich bin kein Mann des Krieges. Mir bedeuten Menschenleben mehr als alles andere.

Ich würde meinen Einfluß – um das unangenehme Wort »Macht« zu vermeiden – niemals mißbrauchen, um solche Aktionen zu starten wie eben Terhera. Jeder Extremismus, gleich welcher politischen Farbe, ist verwerflich. In meinen Augen war Bount Terhera der geborene Extremist. Und das war nicht nur meine Meinung.

»So ist es. Und was ist wirklich passiert? Haben wir schon Analysen?«

Wir sahen uns an.

Ich hob die Schultern. Ich wußte nur, was wir alle mit den eigenen Augen gesehen hatten. Ein Angriff war geflogen worden, und achtzehn Schiffe waren vernichtet worden, ohne daß wir Gelegenheit gehabt hatten, die rätselhafte Waffe zu erkennen. Rhodans Warnung war also zu Recht erfolgt und Bulls Alarm und anschließend der verschärfte Katastrophenalarm ebenfalls. Ich brauchte meinen Entschluß nicht zu revidieren; es gab keine vernünftigere Lösung als die, die getroffen worden war. Was war dort vorn, in der Schwärze des Kosmos, in der noch vereinzelt glühende Gasschleier zogen, wirklich geschehen? Hin und wieder zuckte es in dem Gas, als erfolge eine elektrische Entladung.

Der Raum zwischen der Erde und dem Planeten Jupiter, in dem sich die Aktivitäten summierten, hallte minutenlang von Meldungen und verzweifelten Funksprüchen wider. Auf Hunderten von Schiffen wurden Auswertungen überprüft.

Schließlich, nachdem wieder absolute Funkstille angeordnet worden war, kamen die ersten exakten Meldungen und Analysen. Sämtliche Schiffsbesatzungen konnten mithören und erfahren, welcher Gegner dort angriff und zurückschlug. Genauer: über welche Waffe der unheimliche Gegner verfügte.

»Es ist verblüffend!« sagte einer der Männer unterdrückt.

»Eine Art ultimate Waffe«, murmelte ich. Denn das war sie in der Tat, wenn die Analysen und die Rechenergebnisse NATHANS stimmten.

Die Feldschirme aller vernichteten Raumschiffe hatten für eine sehr kurze Übergangsphase eine deutlich antienergetische Struktur angenommen. Zu jedem vorhandenen atomaren Partikel kam ein Anti-Partikel. Dieses vernichtete in einer energiereichen Explosion das normale Partikel – auf diese Weise war Antienergie entstanden.

Sämtliche Maschinen, die im fünfdimensionalen Bezugssystem arbeiteten, verwandelten sich in Maschinen aus Antimaterie und zerstörten sich dabei selbst. Sogar das Howalgonium wurde verändert und ergab Anti-Howalgonium.

Die beobachtenden Wissenschaftler hatten aus den Meßwerten, die eine ständige Wiederholung der wichtigsten Phasen jener insgesamt einundzwanzig Detonationen erlaubten, ihre Feststellungen treffen können.

Sie waren übereinstimmend der Auffassung, daß der Gegner innerhalb des Asteroiden Ostolli Acht steckte. Das war keine Überraschung. Aber jene fremde Macht verstand es offensichtlich, mit Hilfe von uns bislang noch völlig unbekannten Mitteln normale Materie in Antimaterie und somit in Antienergie umzuwandeln.

Ich stöhnte auf. »Das ist die Gefahr, vor der uns Rhodan warnen wollte!« sagte ich.

»So wird es sein«, mein Nebenmann.

Wir hörten weiter, was die Wissenschaftler herausgefunden hatten.

Sobald der Umwandlungsprozeß der normalen Materie beendet war, gab es an ihrer Stelle zwangsläufig Antimaterie. Sobald diese Materie mit der normalen, in unserem Bezugssystem vorhandenen Materie in Berührung kam, gab es schnelle, heiße Detonationen. Woher die Umwandlung der Atemluft in eine glasähnliche Substanz kam, wußte zu diesem Zeitpunkt noch niemand zu sagen.

Diese Waffe war ungeheuerlich und bis zum heutigen Tag niemals angewendet worden.

Die Idee lag nahe, Materie mit Hilfe von Antimaterie zu vernichten, aber wir verfügten nicht über die Technologie, dieses Verfahren zu einer Waffe werden zu lassen. Die unbekannte Macht hingegen besaß dieses Verfahren.

Und vor allem – diese Waffe war unschlagbar. Es gab einundzwanzig erschütternde Beispiele dafür.

Ich schloß die Augen und lehnte mich zurück. Rhodan hatte uns gewarnt. Rhodan war vermutlich der einzige, der uns helfen konnte. Man mußte ihn von seiner Mission im Zentrum zurückrufen.

Als sich der Aufruhr zwischen den einzelnen Raumschiffsgeschwadern gelegt hatte, hörten wir Bulls Stimme und sahen ihn, nur unwesentlich durch die Gravitationswellen und Magnetstürme in der Bildqualität gestört, auf unseren Schirmen.

»Sie alle wissen genau, was soeben passiert ist!« sagte Reginald Bull. Sein Gesicht war ungeheuer beherrscht, aber er vermied es, seine Hände ins Bild zu bringen. »Achtzehn Schiffe sind durch einen übereifrigen Kommandanten vernichtet worden. Es ist zu früh, jetzt etwas Genaues zu sagen. Ich stelle nur fest, daß sich Marschall Bount Terhera wird verantworten müssen.

Ich bitte alle Kommandanten, ihre Besatzungen zu beruhigen und vor blindwütigen Aktionen wie der soeben erfolgten zurückzuhalten. In den nächsten Stunden wird eine Entscheidung fallen. Bis dahin besteht weiterhin unverändert der strenge Katastrophenalarm. Danke.«

Übergangslos verschwand sein Bild von den Schirmen.

Die Reaktion, die über vorsichtig gewechselte Funksprüche und aufgefangene Sendungen der Televisionsgesellschaften – die ein Notprogramm ausstrahlten – bekannt wurde, war ausgesprochen reichhaltig.

Der Verlust der Männer, die völlig sinnlos geopfert worden waren, hatte Bount Terhera in der Flotte fast alle Sympathien gekostet. Ein Großteil seiner Anhänger hatte in Bild und Ton miterleben können, daß ihr Idol, der zukünftige »Großadministrator« des Imperiums, sich aus Rachegefühl zu einer übereilten Reaktion hatte hinreißen lassen. Die kritischen Stimmen aus der Bevölkerung waren nicht zu überhören.

Sein politisches und persönliches Ansehen auf den Planeten des Solsystems und den anderen Welten war dahin, wenn sie erst einmal erfahren hatten, was geschehen war. Zweifellos würde Reginald Bull das Flottengericht zusammenrufen – für mich galt das als selbstverständlich.

Man nannte ihn einen »Eiferer«, einen »Extremisten«, einen »Mann, dessen blinder, persönlich bezogener Haß verhinderte, daß er ein anderes Volk innerhalb der Galaxis als Intelligenzwesen anerkennen würde«, und außerdem warf man ihm vor, daß er »eine neue Form des Rassismus auf seine Fahnen geschrieben habe«. Das alles schien sich zu seinem politischen Abgesang formiert zu haben.

Eines stand auch für besonnene, abwägende Beobachter fest: Marschall Bount Terhera reagierte zu schnell, zu hastig und mit zuviel Aufwand am falschen Platz. Er hätte länger nachdenken sollen – nicht nur bei seinem halb wahnsinnigen Angriff auf den Meteor.

Sein Presseoffizier vermittelte ein kurzes Interview. Man sah es dem Offizier deutlich an, daß ihm seine Aufgabe zuwider war.

Marschall Terhera trat vor die Linsen und sagte knapp, mit einem verächtlichen Gesichtsausdruck: »Ich werde angegriffen und beschuldigt, weil es bei diesem Angriff Opfer gegeben hat. Glauben Sie mir – niemand bedauert sie mehr als ich. Zu allen Zeiten und immer wieder gab es solche Opfer. Die Männer sind nicht in den Tod geschickt worden, sondern haben versucht, die Erde und das Solsystem und darüber hinaus das Solare Imperium vor einem unbekannten und tödlich zuschlagenden Angreifer zu schützen. Dabei sind sie gestorben.«

Es fehlten nur noch die Worte »den Heldentod gestorben«, dachte ich sarkastisch, und damit hätte er seinem Zynismus noch die Krone aufgesetzt.

»Zum Nutzen und zur Abwendung von Gefahren, die viele Planeten und viele Milliarden Menschen betreffen, sind solche Opfer notwendig. Unter diesem Gesichtspunkt sehe ich als Verantwortlicher für diesen Angriff die Aktion. Alle diese Dinge werden in der nächsten Zeit zur Sprache kommen. Ich habe weder Skrupel noch Angst, mich zu verantworten. Ich danke Ihnen.«

Auch darauf gab es eine Reaktion, sobald seine Erklärung publiziert werden würde. Milliarden Menschen würden – wie immer seit vielen Jahrtausenden menschlicher Geschichte – seine fadenscheinige Erklärung akzeptieren.

Nicht nur deswegen, weil er mein politischer Gegner war, hoffte ich (und wußte mich mit vielen anderen Menschen in dieser Meinung einig), daß es weitaus mehr Menschen sein würden, die durch die Aktion und seine kaltschnäuzige Erklärung seinen wahren Charakter kennengelernt hatten. Die nähere Zukunft würde zeigen, wer recht hatte und wer der neue Großadministrator sein würde.

Der Katastrophenalarm galt weiterhin. Wir mußten warten. Langsam trieb der mysteriöse Asteroid näher und näher. Die Schiffsbesatzungen wurden von Stunde zu Stunde nervöser.

Ich entschloß mich, einen Versuch zu wagen. Ich mußte Rhodan erreichen!

Bericht: Major Erkh Stallinger

Ich kam aus der schwarzen Tiefe meiner Alpträume hoch wie ein ertrinkender Schwimmer und schnappte nach Luft. Aber es war nicht das Sonnenlicht über der Wasseroberfläche, das mich blendete, sondern die Wecksignale, die über den Bildschirm meiner Zentrale kamen.

»Ich komme!« schrie ich heiser.

Wir waren nicht nur total verrückt, sondern auch am äußersten Rand unserer physischen Leistungsfähigkeit angelangt. Der rasende Flug der KMP-11 durch den Aufruhr des Linearraums ging weiter. Aber inzwischen konnten wir wenige Stunden lang ausschlafen. Vor vier Stunden waren wir bei einem Eintauchmanöver dreimal zurückgeschleudert worden. Das Schiff sah inzwischen aus wie ein Wrack.

»Kommandant! Wir brauchen Sie!« schrie es aus dem Lautsprecher. Das Knistern und Krachen der Störungen begleitete jedes Wort.

»Ja! Gleich!« brüllte ich. Dann schüttelte mich ein Hustenanfall.

Ich schaltete den Individualschirm aus, dann öffnete ich den Helm des Raumanzuges. Die Kabinenluft kam mir wie Abendwind aus einem Mischwald vor. Ich zog mich mühsam hoch.

Jeder Muskel und jeder Nerv schmerzte. Ich wankte durch meine kleine Kabine, ging in die Toilette und erbrach mich. Dann kühlte ich mir das Gesicht mit Wasser und wusch mir die Hände. Halbliterweise lief das Wasser durch die Halsblende in den Anzug hinein. Es störte mich nicht – alles außer unserem Ziel war unwichtig. Ich verschwendete kostbare Zeit damit, mir einen entsetzlich starken Pulverkaffee zu mischen, dessen Wirkung gleich Null war. Ich schluckte zu dieser pechschwarzen Brühe zwei Aufmunterungspillen und verkürzte meine Lebensdauer um weitere zwei Wochen.

Dann riß ich die Tür auf und wankte in die Zentrale. »Verdammt!« sagte ich. »Nicht einmal zehn Minuten Schlaf gönnt ihr mir.«

Daniyel grinste säuerlich. »Sie haben sechs Stunden geschlafen. Die schönsten Minuten haben Sie tatsächlich verschlafen.«

Ich blinzelte ihn an. »Was ist los, Dany?« fragte ich heiser. Langsam kam ich wieder zu mir. Ich sah die müden Gesichter der Mannschaft. In meiner Abwesenheit hatten sie, bis auf Daniyel, sich abgelöst. Ich vermißte die pausenlosen Geräusche, die ausfallenden Schirme der Panoramagalerie und die charakteristischen Störungen der Bildschirme.

»Wir haben offensichtlich eine Zone erreicht, in der das große Wüten nicht mehr gilt!«, sagte der Pilot.

»Das ist das Beste, was ich seit dem Start gehört habe!« Ich blickte mich in der schrottreifen Zentrale um. Die zerstörten Geräte, die Unmöglichkeit, etwas auszuräumen, die schweren Vibrationen und der Ausfall der Reparaturrobots hatten sie in einem Zustand hinterlassen, der unbeschreiblich war. Und zu allem Überfluß stank es aus der Lufterneuerungsanlage nach Schimmelpilzen.

»Wohl kaum!« sagte Daniyel. »Es gibt noch etwas.«

»So?«

Wir befanden uns im Normalraum. Ich sah auf die Panoramagalerie: Die Schirme zeigten einen Weltraum, so, wie wir ihn kannten. Sterne, Gasschleier, Schwärze. Sonst nichts.

»Funkabteilung?« fragte ich. Ich kam langsam zu mir und fühlte erleichtert, wie mein Denkvermögen wieder einsetzte. Mein Gesicht war verquollen und unrasiert. Die Augen gerötet, mit schwarzen Rändern.

»Das kommt alles. Wir haben eben ziemlich deutlich einen Hyperfunkspruch aufgefangen. Entweder kommen wir zu spät, oder irgend etwas Furchtbares ist im Solsystem passiert!«

Wir starrten uns an.

»Und das auf meinen nüchternen Magen!« murmelte ich. »Geben Sie her. Laufen die Funkgeräte?«

Der halb bewußtlose Mann am Funkpult meldete sich mit vor Erschöpfung lallender Stimme.

»Wir haben unsere Sendungen seit einer Stunde pausenlos abgestrahlt. Bandschleife. Bis jetzt keinerlei Reaktion. Wir haben nachgesehen – keine Robotstation in der Nähe, kein bemanntes Funkfeuer.«

Ich war wieder beruhigt.

Mit annähernder Lichtgeschwindigkeit raste die Korvette, deren Antrieb und deren wichtigste Maschinen rätselhafterweise noch immer hervorragend arbeiteten, durch den Normalraum. Ich wußte, daß die Männer mit allen Mitteln versuchten, eine Ortsbestimmung zu machen. Ein trügerisches Gefühl stellte sich ein, als ich das Blatt in die Hand nahm und zu lesen begann. Ein Gefühl der Sicherheit. War es endlich soweit? Bewegten wir uns in einer Zone, wo keine Lebensgefahr mehr für uns bestand und in der es möglich war, einen Satelliten zu erreichen, der den Text an den Empfänger weitergab? Ich las.

»Das verblüfft dich, wie?« brummte Daniyel.

»Allerdings!«

Es war ein Hilferuf. Offensichtlich von einem ungewöhnlich starken Hypersender abgestrahlt. In einem kurzen, endlos wiederholten Spruch rief der Parteichef der GTU, Merytot Bowarote, nach Perry Rhodan. Der Großadministrator sollte sofort ins Solsystem zurückkehren – dort würde er zum Abwehrkampf gegen einen Asteroiden mehr als dringend gebraucht. Außerdem würde seine Anwesenheit die Massen beruhigen. Diesem Hilferuf schloß sich die Plophoserin Aerce an.

Ich hob den Kopf und sah den Funker ungläubig an. »Und das habt ihr aufgefangen? Das bedeutet ja ...«

»Vor etwa zwanzig Minuten«, sagte er. »Ziemlich verstümmelt, aber die ständige Wiederholung half uns. Mehr Text wurde nicht abgestrahlt.«

Ich nickte. »Das bedeutet, daß wir echte Chancen haben, mit unserer Botschaft durchzukommen. Dieser Asteroid ... Die Paramags sind also schon im Sonnensystem!«

»Wenn sogar Rhodans politische Gegner nach ihm rufen, muß der Zustand mehr als ernst sein«, sagte Daniyel. »Wir sollten ... Ich wollte sagen, wir sollten schneller fliegen, aber das ist Unsinn. Schneller geht es nicht mehr.«

»Richtig!« stimmte der Pilot zu.

Ich überlegte, sofern mir das in meinem Zustand möglich war. »Wo sind wir eigentlich?«

Aus der Ortungsabteilung murmelte jemand mit gebrochener Stimme: »Siebentausend Lichtjahre von Terra entfernt. Wir sind geringfügig von der absoluten Geraden abgekommen.«

»Gibt es eine Koordinatenbestimmung?«

»Ja. Sie ist ziemlich genau.«

Ich holte Luft und merkte, daß das Schiff noch immer relativ ruhig flog. Wir waren den Gravitationsstürmen entkommen und hatten offensichtlich die Ausläufer der Zentrumsstörungen überholt.

»Gibt es einen Funksatelliten in erreichbarer Nähe?«

»Wir suchen gerade danach.«

Sekunden später stand es fest. Wir mußten uns noch etwa eine Stunde lang im Linearraum aufhalten. Dann erreichten wir einen Funksatelliten, der sogar bemannt war. Dort konnten wir mit großer Sicherheit unseren Text absetzen und kamen auch bis nach Imperium-Alpha durch. Wir mußten versuchen, den Paramags zuvorzukommen.

»Los! Neues Manöver! Wir springen bis zu diesem Satelliten. Vielleicht haben wir etwas Glück.«

»Verstanden!«

Binnen weniger Minuten verschwanden wir wieder im Linearraum. Der Flug ging relativ ungestört weiter. Wir blieben eine Stunde lang in der Zwischenzone. Dann, in der ersten Stunde des neuen Tages, klappte es endlich. Die Strapazen des langen, erbarmungslosen Fluges hatten sich gelohnt.

Wir erhielten das Bestätigungszeichen eines Funkfeuers. Auf unseren Schirmen erschien, leidlich gut zu erkennen und nicht dreidimensional, die Funkwache des Satelliten. Wir identifizierten uns; meine erste Frage war: »Können wir über Sie die Erde und Imperium-Alpha erreichen?«

»Selbstverständlich. Etwas gestört, aber grundsätzlich klar zu empfangen.«

»Gut. Erstellen Sie die Verbindung.«

Wir jagten auf den noch unsichtbaren Satelliten zu. Acht Minuten später hatten wir Julian Tifflor auf den Schirmen.

»Wir sind Kuriere. Wir kommen von Rhodan«, begann ich. »Sind die Paramags bereits aufgetaucht?«

»Wir vermuten es. Berichten Sie. Ihr Bericht wird von der gesamten Menschheit dringend erwartet.«

In wenigen Minuten würden die führenden Männer ganz genau wissen, was dort im Chaos des Zentrums geschehen war. Sie erfuhren, daß der Angriff auf die Paramags zurückzuführen war. Ich berichtete, was uns aufgetragen worden war. Tifflor stellte nur wenige Zwischenfragen.

Auch uns wurde klar, daß die Paramags also doch die Positionsdaten über den Planeten Zeut erbeutet hatten. Sie wußten aber nicht, daß dieser Planet nur noch in Form von Gesteinstrümmern existierte.

Sie hatten das unglaublich wirkende Kunststück fertiggebracht, innerhalb von rund dreißig Stunden ihre transmitterähnlichen PEW-Bezugstransdeformatoren einzusetzen. Dadurch war es möglich geworden, vermutlich einige Millionen Paramag-Intelligenzen in das Solsystem zu schicken.

Wir tauschten unsere Informationen aus.

Der Angriff bedeutete, daß der Asteroid Ostolli Acht PEW-haltig war. Andernfalls hätten die Paramags dort niemals eintreffen und sich festsetzen können. Jetzt terrorisierten sie das Sonnensystem, indem sie ihre Fähigkeiten einsetzten, mit deren Hilfe sie aus Normalmaterie Antimaterie erzeugen konnten.

»Ist das grundsätzlich alles?« fragte Tifflor nach etwa einer halben Stunde.

»Ja. Noch etwas. Versuchen Sie, möglichst selten Schutzschirme um die Schiffe zu projizieren. Die Schirme arbeiten auf fünfdimensionaler Ebene. Die Paramags können 5-D-Maschinen und Schutzschirme und alles übrige in Antimaterie und somit in Antienergie verwandeln. Das ergibt die Bereitschaft für verheerende Explosionen. Die Schirme um die Schiffe schützen nicht mehr, sondern sind geradezu besonders gefährlich.«

Tifflor nickte und stellte düster fest: »Das haben wir bereits in einundzwanzig Fällen feststellen können. Sie werden erwartet, und der Raum zwischen Ihnen und Sol ist einigermaßen ruhig. Lassen Sie sich also Zeit. Wir werden einen Kurier starten, sobald Sie gelandet sind.«

»Einverstanden, Sir!« sagte ich. »Vermutlich treffen wir kurz vor Mitternacht am einundzwanzigsten Juli ein.«

»Ich habe verstanden. Ende.«

»Ende.«

Der Schirm wurde dunkel. Daniyel und ich sahen uns an. Wir hatten gewonnen.

»Pilot!«

»Sir?«

»Wir brauchen einen Kurs bis in Erdnähe. Dann schalten wir auf Autopilot und schlafen uns aus.«

Der Pilot nickte. Wir bestimmten den Kurs, ließen uns vom Funkfeuer noch einmal die genauen Daten und Koordinaten geben und gingen dann wieder in den Linearraum. Wir rasten der Erde entgegen, die unter der Drohung der Paramags zitterte. Wir hatten getan, was wir konnten. Ich ging durchs Schiff und sagte meinen Männern, daß sie sich entspannen könnten.

11.

Bericht: Reginald Bull

Also ist mein Gedächtnis noch immer ausgezeichnet; ich konnte damit zufrieden sein, daß mir vor einigen Tagen eine Anfrage auf den Tisch geflattert war. Sie bezog sich auf die Verwendung der beiden »uralten« Schiffe, die, wie sich der Verantwortliche des Raumhafens ausgedrückt hatte, »still vor sich hin rosteten«. Nun, das taten sie sicher nicht – ich hoffte, daß die Kommandos, die ihr Leben riskiert hatten und mit Transmittern nach Tshodur-Kohn gesprungen waren, die beiden Spezialschiffe startfertig hatten machen können. Mein Gleiter raste durch die gestaltete Landschaft der einstmals kargen Hochwüste und würde in wenigen Minuten den alten Raumhafen in der ehemaligen Mongolei erreichen.

Ununterbrochen kamen neue Meldungen aus dem Lautsprecher. Ich lehnte im Gleiter, hatte die Augen geschlossen und hörte zu. Plötzlich, nach der Meldung dieses Risikopiloten Erkh Stallinger, ordneten sich alle Dinge langsam in ein logisches System ein.

»Wann sind wir da?« fragte ich leise, ohne die Augen zu öffnen.

»In etwa zehn Minuten, Sir«, sagte der Fahrer.

Sowohl er als auch der Mann neben ihm waren Agenten der Solaren Abwehr. Sie bewachten mich auf dem kurzen Weg von der Transmitterstation bis zu dem aufgelassenen Raumhafen. Der Lautsprecher gab wieder eine Meldung von sich. Die Stimme des Sprechers überschlug sich beinahe.

Der Kurier aus dem Zentrum hatte einen Teil unserer Vermutungen bestätigt. Ein anderer Teil war völlig neu und warf unsere Ansichten völlig um.

Jedenfalls kannten wir jetzt unseren unheimlichen Gegner. Und wir kannten einen Weg, ihn aufzuhalten oder sogar unschädlich zu machen.

»Terranische Wissenschaftler haben soeben eine Zusammenfassung abgegeben. Sie sind dem Geheimnis von Ostolli Acht auf der Spur. Der Vernichtungsvorgang, dem insgesamt einundzwanzig Schiffe zum Opfer fielen, wird von ihnen Paraabstraktes pluskonstruktives Antimaterie-Aufbaufeld, PPAA abgekürzt, genannt.«

Immerhin, überlegte ich ironisch, kannten wir den Gegner schon so genau, daß wir langsilbige Namen für seine Waffe fanden. Das war ein echter Fortschritt.

Drei Minuten später erfolgte eine neue Durchsage. »Reginald Bull ist an der Spitze einer Mannschaft aus Spezialisten unterwegs, um auf einem geheimgehaltenen Raumhafen zwei bisher vergessene Schiffe aus der Accalaurie-Zeit in Betrieb zu nehmen. Bull hofft, damit den Gegner besiegen zu können.«

Ich öffnete die Augen, sah die Landschaft vorbeihuschen und grinste. Allerdings, das hoffte ich.

Zwischen den Hängen, die mit widerstandsfähigem Bewuchs bepflanzt waren, ragten die kahlen Berggipfel auf. Jetzt öffnete sich ein Trichter im Gestein. Eine ringförmige Zone alter Bäume, unterirdisch bewässerten Rasens und dichter grüner Büsche umgab den Raumhafen. Er wurde selten benutzt, und hier hatten wir vor langer Zelt die beiden Spezialschiffe abgestellt. Dank der Mantelumhüllung aus reinem Ynkelonium konnten sie nicht rosten.

»Wir sind sofort am Schiff!« sagte der Gleiterpilot und jagt das Gefährt den leichten Abhang hinauf. Wir passierten den kleinen Wachturm; die Strahlensperre zuckte zurück, als wir uns näherten.

Die NEOMAV stand weiter vorn, dahinter die gleich große PILBO. Beide Schiffe waren kugelförmig und durchmaßen fünfhundert Meter.

»Ist Tifflor schon da?«

»Ja«, sagte der Fahrer und raste quer über das Feld auf die PILBO zu. »Angeblich sitzt er bereits in der Zentrale der NEOMAV.«

»In Ordnung!«

Auf dem Feld herrschte fieberhafte Tätigkeit. Seit einigen Stunden bemühten sich zwei in aller Hast zusammengerufene Mannschaften, die zwei Schiffe startklar zu machen und zu überprüfen.

Das »Maverick-Cape« war das Stichwort gewesen. Nachdem ich mit Tifflor die Meldungen und Informationen des Kuriers Major Stallinger durchgesprochen hatte, wußten wir, daß nur die PILBO und die NEOMAV die Rettung bringen konnten. Wenn die normalen Schutzschirme versagten – das Maverick-Cape, jenes galvanoähnliche Deckmaterial aus reinstem Ynkelonium, würde uns helfen.

Es hatte kein entsprechendes Gegenelement, da es ein absolutes Hochdruckelement war und sich in die Abfolge der im Kosmos vorhandenen Elemente nicht einordnen ließ. Nur Ynkelonium reagierte nicht, wenn es mit Antimaterie zusammengebracht wurde.

Von der Idee bis zur Ausführung waren es nur wenige Stunden. Jetzt hielt der Gleiter, und ich stieg aus. Ein Vorarbeiter der Testkommandos spurtete auf mich zu, machte eine flüchtige Ehrenbezeigung und meldete: »Solarmarschall Tifflor befindet sich bereits in der PILBO. In zehn Minuten ist der letzte Check durchgegangen, Sir.«

Ich bewegte mich zurück zum Gleiter. »Zur NEOMAV. Die Information war falsch!« sagte ich.

Die beiden Raumschiffe hatten sich in der Accalaurie-Krise hervorragend bewährt. Sie waren, technisch gesehen, uralt, aber Rhodan hatte nicht zugelassen, daß sie verschrottet wurden. Hatte er wirklich geglaubt, daß die Accalauries zurückkamen? Denn mit der Ankunft von Paramags konnte er wohl niemals gerechnet haben.

Der Gleiter bremste direkt neben der Polschleuse des anderen Schiffes. Ich stieg aus.

»Viel Glück, Sir!« rief der Fahrer. Der andere Sicherheitsbeamte ging mit mir auf die ausgefahrene Rampe zu. Ununterbrochen liefen Männer an uns vorbei. Roboter und kleine Fahrzeuge rasten in halsbrecherischer Geschwindigkeit über die Rampe hinauf und herunter.

»Danke!« rief ich zurück.

Mir war bis jetzt noch immer nicht klar, ob unsere Überlegungen richtig waren. Es schien sehr sicher, daß der Ynkelonium-Panzer der Schiffe und die anderen Vorrichtungen, die sich allesamt im Schutz dieses Maverick-Capes befanden, die durchschlagende Waffe gegen die Paramags waren. Aber keiner von uns konnte die hundertprozentige Sicherheit haben. Wir würden vielleicht erst zu spät erfahren, ob das PPAA-Feld das Maverick-Cape bezwingen konnte oder nicht. Aber sowohl Tifflor als auch die Fachleute und ich rechneten uns mit diesem Versuch die besten Chancen aus.

»Gehen Sie an Bord, Sir?« fragte der Mann neben mir.

»Natürlich.«

Wir wichen einem Robotwagen aus, liefen auf den Zentralschacht zu und schwebten aufwärts. Kurz darauf befanden wir uns in der Zentrale. Fast sämtliche Plätze waren hier besetzt. Männer des Testkommandos mischten sich unter die Besatzung, die ausnahmslos aus Freiwilligen bestand. Die Raumfahrer trugen bereits die Spezialanzüge. Auch ich zwängte mich in einen der Anzüge, die ebenfalls eine in Galvanostegie ausgeführte Schutzschicht besaßen. Den Helm ließ ich noch offen.

»Startzeit?«

Ich setzte mich neben den Piloten des Schiffes. Er ging gerade mit einem der Techniker die wichtigen Waffenleitsysteme durch, deren Zweitgeräte sich hier in der Zentrale befanden.

»Zeit minus elf Minuten!« sagte er. »Gilt auch für die PILBO, Sir.«

Ich hob die Hand und grüßte Tifflor, dessen Bild auf einem Spezialschirm zu sehen war.

»Waffensysteme klar?«

»Klar. Dieser Test dient nur zur Sicherheit.«

Unsere Spezialwaffen waren nach unserer übereinstimmenden Meinung die einzigen, die diesen Gegner besiegen konnten. Es handelte sich um Transformbomben, deren äußere Hülle ebenfalls ein aufgalvanisiertes Maverick-Cape trug.

»Zeit minus sieben Minuten.«

Die Sirenen heulten siebenmal auf. Eine größere Menge der Testgruppen verließ das Schiff, über das ich das Kommando übernommen hatte. Meldungen und Anfragen schwirrten über die Interkome hin und her. Sämtliche Feuerleitstellen waren doppelt besetzt. Die einzelnen Ladestufen der Transformbomben waren mit menschlichen Doppelposten gesichert.

Alles kam darauf an, daß wir in einem schnellen Angriff möglichst viele Bomben ins Zielgebiet bringen konnten.

»Tiff?« rief ich.

»Hier. Ich kann in sieben Minuten starten. Alle Systeme sind klar.«

»Gut. Das gleiche in der NEOMAV. Wir fliegen einen Zangenangriff. Vom Norden und vom Süden der Ekliptik, aber in der Form, daß wir uns nicht gegenseitig beschießen. Eben überspielt man Ihrer Ortungsabteilung die beiden Daten. Ich greife vom Norden an. Klar?«

»Verstanden.«

Die Fahrzeuge und die Menschen räumten den Raumhafen. Die Sirene heulte zweimal auf. Die Polschleuse und die Rampe wurden eingefahren und geschlossen. Das Schiff erwachte in einzelnen Etappen aus einem langen Schlaf. Die Maschinen liefen zuverlässig – die nächsten Stunden würden sie auf alle Fälle noch durchhalten, komme, was da wolle.

Dann erhoben sich beide Schiffe gleichzeitig. Wir kamen schnell hoch, wurden schneller und strebten auseinander. Durch die Lufthülle, hinaus in den Raum, vorbei an einer wartenden Alarmeinheit, die langsam in einem stabilen Orbit schwebte. Dann wurden sämtliche Maschinen hochgefahren, die Partikeldüsen bliesen lange Fahnen leuchtender Gase aus, und beide Schiffe rasten mit Beschleunigungszahlen tief in den Rotwerten davon, in entgegengesetzte Richtungen.

Wir erreichten, knapp unterhalb der Lichtgeschwindigkeit fliegend und während der letzten Phase stark abbremsend, unsere Positionen. Dauernd gingen Funksprüche zwischen den beiden Schiffen hin und her.

»Ziel mit sämtlichen Transformkanonen klar und einwandfrei erfaßt. Feuerbereit!« meldete sich die Zentrale der NEOMAV. Die Leitoffiziere saßen jetzt vor ihren Geräten, hielten die Finger über die Zündknöpfe und hatten den näher driftenden Felsbrocken in ihren komplizierten stereoskopischen Zieleinrichtungen.

»... feuerbereit!« kam es wie ein Echo aus den Lautsprechern.

Beide Schiffe flogen mit ein Drittel Lichtgeschwindigkeit weiter und hatten ihre Ausweichmanöver bereits fest eingeplant. Nichts tat sich. Der Felsbrocken zeigte keinerlei Oberflächenbearbeitung, nichts, was darauf schließen ließ, daß wir vernichtet werden sollten.

»Feuer frei auf Ostolli Acht. Jeweils zehn Schuß in schnellster Folge. Zeit minus fünf!« sagte ich.

»Verstanden.«

Die Digitalzahlen wechselten. »5 – 4 – 3 – 2 – 1 ...«

Als die letzte Ziffer verschwand, drückten die Offiziere auf die Knöpfe. Die Kanonen begannen zu feuern. Die Transformbomben verschwanden und wurden genau im Ziel materialisiert. In schnellster Folge erschütterten zehn Abschüsse die Schiffszelle. Sie schwang und dröhnte wie eine gewaltige Glocke. Unsere Augen hingen an den Schirmen.

Noch während der letzten Erschütterung blähte sich vor uns ein gigantischer Feuerball auf. Die zweiundzwanzigste Sonne.

Ihr Glanz überstrahlte minutenlang das Licht des Muttergestirns. Die riesige Glutzone, in der zwanzig schwerste Bomben nahezu gleichzeitig detoniert waren, hatte als Kern den Felsbrocken. Was immer dort einstmals bestanden hatte – jetzt war es zu Gas aufgelöst. Der Glutkern wuchs, umgab sich mit einer fahlen, flackernden Korona, dehnte sich aus und wurde schwächer und größer.

»Angriff beendet!« sagte ich mit schwacher Stimme. Wir lebten noch.

Bericht: Major Hoc Calvaniyz

Flottenhafen Terrania City, Freitag, der 20. Juli 3444: Wir warteten wieder einmal. Die Lieblingsbeschäftigung der Raumfahrer seit dem Start des ersten vernünftigen Raumschiffes. Die einzige bemerkenswerte Aktion, die den langweiligen Zustand unterbrach, war die Zerstörung des Asteroiden Ostolli Acht gewesen.

Ein kurzes, aufregendes Leben, dachte ich. *So lange unterwegs, erst seit kurzem im Sonnensystem und schon mit zwanzig größtkalibrigen Transformbomben in glühendes Gas verwandelt.* Daraufhin – nach der Vernichtung dieses gespenstischen Gegners – wurden Katastrophenalarm und Alarm aufgehoben. Nur die Containerstrecke von Olymp war noch nicht wieder in Gang gekommen.

Ich saß allein da, hatte die Hacken meiner Stiefel auf die *Terrania Post* gelegt, die aufgeschlagen wiederum auf dem Steuerpult CMP-34/A lag. Auf einem Bildschirm flimmerte die Sendung, die eine Zusammenfassung der Ereignisse der letzten Tage brachte. Müde summte ein schwerer Recorder, der die Sendung mitschnitt.

»Informationen sind wichtig, Hoc!« murmelte ich.

Ich war der zweite Kurier. Meine Männer schliefen ausnahmslos. Ich ahnte, was ihnen bevorstand. Es würde ein Flug mit umgekehrten Vorzeichen werden, aber er würde dem von Stallinger gleichen. Wir starteten im relativ ruhigen Raum, erreichten das turbulente Ziel – bei ihm war es umgekehrt gewesen. Er hatte Grund zum Feiern, mir blieb nur der Galgenhumor.

Major Erkh Stallinger, den ich flüchtig kannte, war im Zielanflug auf das Solsystem und Terra. Noch war er nicht eingetroffen. Entweder trafen wir uns unterwegs, oder ich wartete hier, bis er landete.

»Die Fachwissenschaftler sind der Meinung, daß ...«, sagte der Sprecher halblaut und drehte ein Modell in den Händen.

Wie er es sagte, war schlecht. Was er sagte, ließ aufhorchen. Das Solsystem war jedenfalls knapp einer schrecklichen Gefahr entronnen.

Zweifellos hatten die Frauen und Männer, die mit NATHANS Hilfe und mit der Unterstützung von einigen tausend Raumfahrern ihre Beobachtungen zusammengetragen und studiert hatten, hundertprozentig recht.

Sie sagten, daß Intelligenzen von der Klasse der Paramags nach einer längeren Eingewöhnung in die Verhältnisse dieses Systems durchaus in der Lage sein konnten, die normalen energetischen Gravitationslinien eines jeden beliebigen Himmelskörpers in Antimaterie oder Antienergie zu verwandeln.

Sie würden damit die Herrschaft über unser Heimatsystem angetreten haben, denn selbst ein Meteorit von der Größe eines Pingpongballs besaß Gravitation. Wenn auch in unterschiedlicher Stärke, aber durchaus vorhanden.

Ich zog unwillkürlich die Schultern hoch. Eine furchtbare Bilanz!

Einundzwanzig Schiffe. Eine zumindest ramponierte politische Karriere. Die Spitzen einer Partei ... alle getötet. Hilferuf der beiden anderen Opponenten an Rhodan. Der Alarm und der absolute Notstand, ausgerufen und wieder abgeblasen. Und jetzt lief der gigantische Mechanismus des Sonnensystems wieder langsam an. Vermutlich wurde sogar der Termin der Wahl verschoben.

»Jedenfalls, Hoc«, sagte ich leise zu mir in Ermangelung eines besseren Partners, »wirst du eine Menge Neuigkeiten für Perry Rhodan haben. Falls du das Ziel lebend erreichst.«

Ich konnte mir vorstellen, daß der Flug von Etappe zu Etappe immer schwieriger wurde. Unbedingt mußte ich mit Stallinger ein paar Worte reden, um zu erfahren, wie er die Schwierigkeiten gemeistert hatte. In Stürmen solcher Art waren schon schwerere Schiffe als die CMP-34 verlorengegangen.

Wir starteten fünf Minuten vor Sonnabend, dem einundzwanzigsten Juli 3444. Als wir mit kleiner Besatzung in der Zentrale das Solsystem verlassen hatten, bekamen wir Kontakt mit Stallinger.

»Hier Beiboot-Kreuzer CMP-34, Calvaniyz an Bord. Spreche ich zufällig mit Major Stallinger?« fragte ich und starrte ungläubig das triefäugige, bärtige Individuum an, das sich nach Wechseln der Indentifikationen gemeldet hatte.

»Natürlich, du Scherzbold!«

Ich erkannte ihn an der Stimme. »Erkh! Schämst du dich nicht?« fragte ich in gespielter Strenge.

Ich merkte, wie die Verzweiflung nach mir griff. Stallinger hatte sich nicht verkleidet, um uns zu erschrecken, sondern sein Zustand war das Ergebnis eines Wahnsinnsflugs. Mir traten die Schweißtropfen auf die Stirn.

»Keineswegs. Kuriere unter sich?« fragte er. Seine Stimme litt wie auch der Mann, der den Bildschirm ausfüllte und die Sicht auf das Innere der Zentrale seines Schiffes versperrte, an Erschöpfung und halber Auszehrung.

»Beim heiligen Nebel!« sagte ich. »Was ist los? War es so schlimm?«

Er nickte. »Ich habe ein Band vorbereiten lassen. Kostet dich bei nächster Gelegenheit eine Flasche teuren, guten, alten Alkohols. Die Informationen werden euch vielleicht das Leben retten. Ihr fliegt in die Hölle.«

Mein Pilot knurrte: »Wir werden dort viele brave Raumfahrer treffen. Achtung, Funkzentrale. Für euch kommt etwas. Scharf aufpassen, ja?«

»Verstanden!«

Erkh Stallinger und ich sahen uns an. Wir verstanden uns wortlos. Er kam aus der Hölle, wir flogen dorthin. Wir waren die Kuriere gewesen, die Rhodan vom Planeten Asporc losgeschickt hatte; von dort waren wir mit den ersten leeren Schiffen zurückgekommen und hatten gewartet. Dieser Mann dort war der Kurier, der die Erde retten sollte und um ein Haar zu spät gekommen war.

»Wir haben den Text klar empfangen!« sagte der Funker.

Stallinger wirkte erleichtert. »Die genauen Daten, die Position über das Trümmersystem der Paramags sind auch auf dem Band. Das wird dich im Augenblick nicht interessieren, aber das Zeug dort ist verdammt schwer zu finden. Wir sind alle kaputt, Hoc!«

»Sie werden euch auf den Schultern aus dem Schiff tragen«, sagte ich. »Landest du auf dem Flottenhafen?«

Er nickte schwach. »Ja. Natürlich!«

Dann trat er langsam vom Bildschirm zurück. Er regelte die Linsen ein, und wir in der Zentrale sahen einen langsam gefilmten oder aufgenommenen Rundblick durch die Hauptzentrale der Korvette. Wir atmeten erschrocken ein. Die Zentrale war eine Art Trümmerhaufen, als ob wahnsinnige Roboter darin gehaust hätten. Schirme waren zerborsten, Geräte geschmolzen, Rauch kam aus den Ecken. Teile waren irgendwie total verbogen und verkrümmt und schienen nicht normal zu sein. Die Männer hingen wie Leichen in den schweren Sesseln.

»Habt ihr Meinungsverschiedenheiten gehabt, Erkh?« versuchte ich zu scherzen. Er lächelte mich mitleidig an.

»Das war der Raum, Hoc!« flüsterte er. In seine Augen trat ein irres Leuchten. »Der Weltraum. Der Gravitationsorkan aus dem Zentrum. Ihr werdet so ziemlich alles mitmachen und durchmachen, was es gibt. Bereite dich auf einen Höllenflug ins Zentrum vor! Vielleicht erreichst du den USO-Stützpunkt. Daten auf dem Bandtext. Legitimiere dich – das kann eventuell dein Leben retten. Und das deiner Männer natürlich.«

Unsere Schiffe befanden sich im normalen Raum. Seines stürmte auf die Erde zu, ich raste genau in entgegengesetzter Richtung auf das Zentrum der Milchstraße zu.

»Gute Landung, Erkh!« sagte ich. »Danke für die Warnungen!«

»Ja. Jede von ihnen ist lebenswichtig. Sage Rhodan, du habest mich schwitzen sehen, wie seine Anordnung es wollte.«

»Ich werde dich zitieren. Ende?« fragte ich.

Er bestätigte: »Ende.«

Irgendwann in den nächsten Minuten rasten wir fast auf Kollisionskurs aneinander vorbei. Wir hatten den Befehl, das Trümmersystem der Paramags aufzusuchen und Rhodan zu berichten, was vorgefallen war. Das würden wir gern tun. Falls wir mit dem Leben davonkamen …

Wir rasten weiter. Auf den Schirmen konnten wir das Ziel noch nicht erkennen. Es war von den dunklen Gaswolken und Staubmassen versperrt. Aber wir würden es erreichen, so wahr ich Calvaniyz heiße.

12.
Bericht: Tako Kakuta

Die Stadt trug den Namen Tuniak-Zetto und war die Hauptstadt das Planetoiden Wabe 1.

Es war eine riesige Stadt, aber wir konnten von unserem neuen Versteck aus nur einen winzigen Bruchteil von ihr sehen. Wir, das waren die acht Mutanten des Alten Korps, die nach zahlreichen furchtbaren Erlebnissen eine neue Heimat in den Körpern von acht Paramags gefunden hatten.

Der Mausbiber Gucky hatte die Paramags in scherzhafter Anspielung auf die Bezeichnung, die wir Terraner ihm verliehen hatten, Affenbiber genannt. Der Grund dafür war der, daß ein Paramag wegen seines schwanzähnlichen Stützbeins einerseits einem terranischen Biber und wegen seiner stark vorgewölbten Kieferpartie andererseits einem terranischen Pavian ähnelte.

Damit waren die Vergleichsmöglichkeiten allerdings schon erschöpft. Ganz davon abgesehen, daß die Paramags Facettenaugen besaßen und Ultrahorcher waren, gingen sie aufrecht wie Menschen – wenn sie überhaupt gingen. Meistens bewegten sie sich nur mit Hilfe der Paratransdeformation fort, daher auch der Name Paramag, der eigentlich nur eine Abkürzung für Paramagnetiseur darstellte.

Einer von uns – an der individuellen Ausstrahlung erkannte ich Ralf Marten – trat auf mich zu und sagte leise: »Eigentlich sollten sie schon zurück sein, Tako.« Ich nickte und sah weiterhin durch das kleine Fenster auf den Ausschnitt Tuniak-Zettos, der von hier aus zu sehen war, eine Ballung bizarr anmutender Gebäude, vermischt mit ebenso bizarr anmutenden Pflanzen.

Ralf hatte mit seiner Bemerkung Betty Toufry und Wuriu Sengu gemeint. Betty und Wuriu waren vor rund zweieinhalb Stunden Standardzeit in das Netz der PEW-Adern eingedrungen, die den gesamten Planetoiden durchzogen. Sie sollten feststellen, ob es in der Nähe des PEW-Bezugstransdeformators Aktivitäten gab, die auf eine Invasion des Solsystems hindeuteten.

Nach den vorangegangenen Ereignissen war mit einer solchen Aktion der Paramags zu rechnen. Sie unterlagen noch immer dem Irrtum, innerhalb des Solsystems gäbe es einen Planeten, dessen Inneres von einem dichten Netz aus PEW-Metalladern durchzogen sei.

Da wir im Solsystem niemals PEW-Metall gefunden hatten, enthielten die Trümmer Zeuts entweder keines – oder es kam nur auf einigen wenigen noch unerforschten Planetoiden vor. Falls die Paramags also tatsächlich ins Solsystem vorstießen, um das vermeintliche Paradies zu erobern, so würde das Ergebnis in keinem vernünftigen Verhältnis zu den Opfern stehen, die eine Invasion beiden Seiten abverlangen mußte.

Ich drehte mich um und musterte die Eintrittsstelle, durch die Betty und Wuriu sich in die PEW-Adern von Wabe 1 eingefädelt hatten. Zwischen uns war vereinbart worden, daß sie nach spätestens zwei Stunden zurückkehren sollten. Kein Wunder, daß Ralf unruhig geworden war.

Ich selbst war es nicht minder. Vor allem Betty bedeutete sehr viel für mich. Wenn sie stürbe, würde mein Leben viel von seinem Sinn verlieren.

Deshalb atmete ich auf, als Betty und Wuriu plötzlich materialisierten. Ich eilte ihnen entgegen und ergriff Bettys Hand, wobei es mir völlig gleichgültig war, daß es die Hand eines Paramags war.

»Ihr wart lange fort«, sagte ich leise. »Gab es Gefahren?«

Betty erwiderte meinen Händedruck. »Nicht mehr als sonst auch, Tako. Aber der Transdeformator war stärker als sonst bewacht. Deshalb hatten wir Schwierigkeiten, in die Innenzone einzudringen.«

Wuriu Sengu lachte humorlos. »Betty untertreibt wieder einmal, Tako. Der Transdeformator ist lückenlos durch Abfangweichen gesperrt. Wir mußten erst einmal die geheimen Überbrückungsadern finden, bevor wir bis zum Außenrand der Innenzone kamen.«

»Und?« erkundigte sich Tama Yokida, der aus dem Nebenraum zu uns gekommen war.

Bettys Paramag-Gesicht wurde hart. »Der gesamte Innensektor stellt das Aufmarschgebiet einer Armee dar. Wir beobachteten, wie zahlreiche Paramags in kleinen Trupps in Richtung auf die großen Paratransaugen verschwanden. Sie führten militärisches Gerät bei sich.«

Wir sahen uns an.

»Du mußt sofort telepathische Verbindung mit Gucky aufnehmen und ihm berichten, was ihr beobachtet habt, Betty«, sagte ich. Der Mausbiber befand sich nach wie vor an Bord der MARCO POLO und stellte derzeit unsere einzige Verbindung zum Flaggschiff des Großadministrators dar, das sich am Außenrand des Trümmersystems befand.

»Genau das hatte ich vor«, versetzte Betty.

»Gut«, sagte ich. »Dann werde ich in der Zwischenzeit selber einen kleinen Erkundungsgang unternehmen, wenn ihr nichts dagegen habt.«

Weder Wuriu noch Betty, noch Tama hatten Einwände. Unsere anderen drei Leidensgefährten konnten sich nicht äußern; sie befanden sich in einer besonderen Mission in den PEW-Adern der Außenhülle von Wabe 1. Dort lagen die Verteidigungsanlagen.

»Ich werde dich begleiten, Tako«, meinte Tama.

»Das ist nicht nötig«, wehrte ich ab.

»Ich halte es für angebracht, daß Tama dich begleitet«, warf Betty ein. »In der gegenwärtigen Lage sollte überhaupt keiner von uns einen Alleingang unternehmen.«

Das leuchtete mir ein. Außerdem hatten Bettys Worte Gewicht. Ihre Autorität wurde von uns stillschweigend anerkannt.

Tama und ich reichten uns die Hände, damit wir uns in dem komplizierten Gewirr des PEW-Adernetzes von Wabe 1 nicht verloren. Danach fädelten wir uns ein. So nannte man jedenfalls den Vorgang, bei dem ein Lebewesen zum Bestandteil dieses unheimlichen Verkehrsnetzes wurde.

Körperlos jagten wir in den »Schienen« aus PEW-Metall durch den Planetoiden, orientierten uns an den verschiedenartigen Ausstrahlungen, nahmen die Umgebung mit unerklärlichen Sinnen wahr und materialisierten schließlich in einer künstlichen Höhle, in der zahlreiche bläuliche, regelmäßig geformte Blöcke aufgeschichtet waren.

Die Blöcke leuchteten von innen heraus und schienen zu pulsieren. Wir, die acht Altmutanten, hatten bis jetzt nicht herausgefunden, welche Funktion diese Blöcke erfüllten. Wir wußten nur aus Erfahrung, daß die Wände der Höhle PEW-Adern enthielten, durch die man auf kürzestem Wege zur Außenhülle von Wabe 1 gelangte.

Diesen Weg hatten auch unsere drei anderen Gefährten benutzen wollen.

»Etwas hat sich verändert«, flüsterte Tama.

Ich sah mich um. Wir waren bereits mehrfach hiergewesen, und bald entdeckte ich, was der Telekinet gemeint hatte. Die Blöcke pulsierten stärker als sonst.

»Vielleicht hat es etwas mit der verstärkten Aktivität zu tun, die die Paramags im Zusammenhang mit ihren Invasionsvorbereitungen entfalten«, meinte Tama.

Ich hob die Schultern. Vielleicht hatte Tama recht, vielleicht auch nicht. Mit bloßen Mutmaßungen war uns nicht gedient.

»Soll ich einmal versuchen, die geometrische Anordnung der Blöcke telekinetisch zu verändern, Tako?« fragte Tama.

»Du könntest ja mal einen einzelnen Block etwas verschieben«, erwiderte ich. »Aber bitte nicht mehr. Wir wissen nicht, was dadurch eventuell ausgelöst wird.«

Tama Yokida lächelte beruhigend. Es war ein Lächeln, das ein gewöhnlicher Terraner überhaupt nicht bemerkt hätte. Ich sah es eigentlich auch nicht, sondern spürte es, teils infolge der mentalen Verbindung, die zwischen uns Altmutanten herrschte, teils mit Hilfe der Hypersensibilität unserer Paramag-Körper.

Er konzentrierte sich auf einen der Blöcke. Ich fühlte die Emission aktivierter psionischer Kraft, dann kippte der Block ein Stück zur Seite.

Und im nächsten Moment war er verschwunden!

Dort, wo er gewesen war, sah ich für den Bruchteil einer Sekunde eine Art von schwarzem Wallen – und ich merkte, wie etwas in der Höhle umhertastete.

Doch es hielt nicht lange genug an, als daß ich es hätte identifizieren können. Genaugenommen blieb nur ein flüchtiger Eindruck zurück, gepaart mit dem Zweifel an der Wirklichkeit der unwirklichen Erscheinung.

»Hast du es auch gespürt, Tama?« fragte ich.

Der Telekinet nickte. »Der Block muß Teil einer Mauer gewesen sein, die diese Höhle von etwas anderem trennte. Als er kippte, wurde eine dimensional übergeordnete Öffnung freigelegt – und jemand oder etwas versuchte zu ergründen, wer dafür verantwortlich war.«

»Er oder es kann in der kurzen Zeitspanne nichts festgestellt haben«, gab ich zurück. »Mir erscheint es nachdrücklich wie eine Halluzination, und je mehr Zeit verstreicht, desto stärker wird meine Auffassung, daß es tatsächlich nur eine Halluzination war.«

Tama schüttelte den Kopf. »Es war bestimmt keine Halluzination, Tako. Etwas tastete mit psionischen Fühlern in dieser Höhle umher, und es war gewiß kein Paramag.«

Er blickte dorthin, wo der bewußte Block noch vor wenigen Sekunden gelegen hatte.

»Wenn ich das Experiment wiederhole und der gleiche Effekt ...« Tama verstummte.

Ich blickte ihn verwundert an und empfing eine Welle hochgradiger Erregung. Die Facettenaugen von Tamas Trägerkörper waren starr auf einen Punkt gerichtet.

Als ich dieser Richtung mit meinen Augen folgte, verschlug es mir ebenfalls den Atem. Der Block, der nach Tamas Versuch verschwunden war, lag wieder am gleichen Ort und in der gleichen Position wie zuvor. Aber er pulsierte nicht mehr.

Ich wollte etwas sagen, doch da nahm ich mit den hochempfindlichen Sinnen meines Paramag-Körpers die Schwingungen wahr, die entstanden, wenn sich »jemand« innerhalb eines PEW-Adernnetzes mir näherte.

Kurz darauf materialisierten drei Paramags in der Höhle – und im gleichen Moment wußte ich, daß es nur äußerlich Paramags waren. André Noir, Son Okura, Kitai Ishibashi waren aus der Außenhülle des Planetoiden zurückgekehrt.

»Seid ihr fertig?« fragte ich leicht verwundert, denn die Mission unserer drei Gefährten hätte nach unseren Kalkulationen erheblich mehr Zeit beanspruchen müssen.

»Nein«, antwortete Kitai. »Wir sind nicht aus eigenem Antrieb hierhergekommen, Tako. Eine unbekannte Kraft riß uns plötzlich in das Adernsystem und setzte uns hier ab. Ich begreife nicht, wie das geschehen konnte. Vielleicht handelt es sich um einen Automatismus, den die Paramags in das Verbindungssystem der Außenhülle einprogrammiert haben.«

Tama und ich blickten uns vielsagend an, dann sagte ich: »Wohl kaum. Wahrscheinlich war es der Nebeneffekt eines kleinen Experiments, das Tama soeben durchführte.«

Ich berichtete kurz, was geschehen war. Danach tauschten wir unsere Meinungen über das Phänomen aus, kamen aber zu keiner logisch klingenden Erklärung. Son Okura weigerte sich sogar, einen Zusammenhang zwischen Tamas telekinetischem Experiment und dem unerklärlichen Rücktransport anzuerkennen. Er meinte, das Zusammentreffen der beiden Ereignisse könnte auf einem Zufall beruhen.

»Vorsichtshalber sollten wir uns weiterer Experimente enthalten«, entschied ich. »Ihr kehrt in die Außenhülle zurück. Tama und ich werden euch begleiten. Es kann sein, daß wir schon bald genaue Kenntnisse über das Verteidigungssystem der Paramags benötigen werden.«

Ich erzählte, was Betty und Wuriu beim PEW-Bezugstransdeformator festgestellt hatten, und schloß: »Möglicherweise muß die MARCO POLO diesen Planetoiden angreifen, um eine ernsthafte Gefährdung der solaren Menschheit zu verhüten.«

Wir legten einen Treffpunkt in der Außenhülle fest, von dem aus wir Erkundungsvorstöße starten wollten, dann fädelten wir uns wieder in das PEW-System ein.

Bericht: Perry Rhodan

Die rote Riesensonne Paramag-Alpha schien vor dem Hintergrund der dumpf glühenden Sterne und des flammenden galaktozentrischen Plasmas auf und ab zu tanzen.

Doch in Wirklichkeit war es die MARCO POLO, die im Zugriff des stärksten Gravitationssturms, den ich je erlebt hatte, gleich einem Spielball auf und ab tanzte. Hier wurden Urgewalten frei, die sich ein seßhafter Planetenbewohner überhaupt nicht vorzustellen vermochte.

Allerdings war der Paratronschirm meines Flaggschiffs nicht aktiviert. Die Aggregate zur Umwandlung von normaler Energie in Paratron-Energie hatten einen enormen Energiebedarf, und die Deuteriumvorräte der MARCO POLO waren nicht unerschöpflich. Wir mußten damit haushalten, denn die Lage erlaubte es nicht, einen Planeten anzufliegen und die Deuteriumtanks aufzufüllen.

Eine besonders heftige Erschütterung warf mich um, bevor ich einen Kontursessel erreichte und mich anschnallen konnte. Knatternd flogen mehrere Sicherungsbatterien heraus. Das Licht erlosch, dann wurde die

Hauptzentrale in das düstere Glühen der Notbeleuchtung getaucht. Es roch nach Ozon.

Ich richtete mich auf. Das Deck schwankte wie ein Schaukelbrett. Ein neuer, heftiger Stoß beförderte mich in den nächsten freien Sessel. Ich drückte auf einen Schalter und spürte, wie sich die Anschnallgurte um mich schlossen.

Auf dem Schaltpult vor mir sah ich den Interkom. Ich drückte die Aktivierungsplatte hinein und sagte: »Rhodan an Maschinenleitstand. Was ist mit den Andruckabsorbern los?«

»Sind total überlastet«, antwortete eine rauhe Stimme. Der Bildschirm blieb tot, aber ich erkannte an der Stimme den Ersten Maschineningenieur Dietmar Viebach. »Wenn das so weitergeht, sind sie bald endgültig im Eimer, Sir.«

Unwillkürlich mußte ich lächeln. Dieser Ton erinnerte mich an die erste Phase der terranischen interstellaren Raumfahrt. Auch damals hatten meine Leute auf geschraubte militärische Phrasen verzichtet.

»Danke, Viebach«, bestätigte ich. »Behalten Sie den Eimer vorsichtshalber im Auge.«

»Wird erledigt, Sir. Drücken Sie mir die Daumen.«

Ich unterbrach die Verbindung, als ich aus den Augenwinkeln Atlan erblickte, der quer durch die Hauptzentrale auf mich zugeschossen kam und dabei das Wunder fertigbrachte, mit den Füßen Bodenkontakt zu halten.

Er hätte mich erreicht, wenn der Boden sich nicht plötzlich aufgebäumt hätte. So wurde er aus der Bahn geworfen und landete an der Rückenlehne eines anderen Kontursessels. Geschickt stieß er sich ab, sprang förmlich in den Notsitz neben mir und schnallte sich an.

»Ziemlicher Seegang heute, wie?« erkundigte ich mich.

Atlan warf mir einen unergründlichen Blick zu, lächelte flüchtig und meinte wegwerfend: »Nicht für einen alten Seefahrer wie mich, Perry. Ich komme aus der Funkzentrale. Der große Hyperkom gibt Töne von sich wie ein defekter Musikautomat.«

»Keine Verbindung mit unseren Außenrandstationen?« fragte ich. Ich meinte damit die Stationen, die wir an den Grenzen des äußeren galaktischen Zentrumsrings besaßen.

»Nichts. Wenn sie senden, kommen sie jedenfalls nicht durch, und ob eine unserer Sendungen bei ihnen eintrifft, möchte ich bezweifeln. Der Gravitationssturm hat das Fünf-D-Medium aufgewühlt wie niemals zuvor.«

Ich mußte an Major Erkh Stallinger denken, den ich mit der Korvette KMP-11 vor einiger Zeit losgeschickt hatte.

Angesichts des sich steigernden Gravitationssturms bezweifelte ich, daß er durchkommen würde.

»Du denkst an Stallinger, nicht wahr?« fragte Atlan.

Ich nickte. Mein arkonidischer Freund sah mich prüfend an.

»Wenn du annimmst, daß Stallinger nicht durchkommt, mußt du ein paar Kreuzer losschicken. Sie haben vielleicht eine größere Chance als eine Korvette.«

Ich dachte eine Weile nach, dann schaltete ich den Interkom zur Ortungszentrale durch. HyO-Techniker Giovanni Riccione meldete sich.

»Welche Intensität hat der Sturm erreicht?« erkundigte ich mich.

Der Ortungstechniker sagte es mir und fügte hinzu: »Der Höhepunkt ist offenbar noch nicht erreicht, Sir. Die Intensität steigt weiter an.«

Ich bedankte mich und unterbrach die Verbindung. Zu Atlan gewandt erklärte ich: »Unter diesen Umständen werde ich kein einziges Schiff ausschleusen, Atlan. Ich darf das Leben der Besatzungen nicht aufs Spiel setzen.«

Atlans Blick wurde hart. »Du änderst dich wohl nie, was? Wenn die Existenz der solaren Menschheit bedroht ist, hat die Sicherheit von Raumschiffsbesatzungen zurückzustehen. Ich bin bereit, das Kommando über einen Kreuzer zu übernehmen.«

»Abgelehnt«, entgegnete ich schroff.

Ich schaltete abermals den Interkom ein. Diesmal tastete ich eine Verbindung zu Guckys Kabine. Der Mausbiber hatte sich auf meinen ausdrücklichen Befehl in die Koje gelegt. Er sollte Kräfte sammeln, denn ich rechnete damit, ihn in absehbarer Zeit einsetzen zu müssen.

Gucky meldete sich sofort. Anscheinend hatte er nicht geschlafen. Er zeigte andeutungsweise seinen Nagezahn und fragte: »Langweilst du dich ohne mich, Perry?«

»Keineswegs«, erwiderte ich. »Wir haben genug Clowns in diesem Zirkus, der sich MARCO POLO nennt. Hast du Verbindung zu Betty?«

Sein Grinsen erlosch. »Zur Zeit nicht. Wahrscheinlich fährt sie auf PEW-Schienen kreuz und quer durch Wabe 1. Ich konnte sie jedenfalls bisher nicht erreichen.«

Er hatte es also doch nicht lassen können. Ich seufzte. Betty Toufry und der Ilt waren schon immer gute Freunde gewesen, und die Tatsache, daß Betty derzeit in einem Paramag-Körper hauste, änderte daran nichts. Offensichtlich sorgte er sich um sie, auch wenn er sich bemühte, es mir gegenüber nicht zu zeigen.

»Komm bitte in die Hauptzentrale, Gucky«, sagte ich. »Du kannst deine Bemühungen ebensogut von hier aus fortsetzen.«

Der Mausbiber antwortete nicht, sondern unterbrach die Verbindung. Im nächsten Moment rematerialisierte er unmittelbar vor mir. Eine neue Erschütterung warf ihn mir direkt in die Arme. Ich hielt ihn fest.

Als die Erschütterung abklang, teleportierte der Ilt in den nächsten freien Sessel und sagte: »Danke für die herzliche Begrüßung, Perry.« Er blickte den Arkoniden an. »Ah, unser Kristallprinz ist auch anwesend. Wie fühlen sich Eure Lordschaft?«

»Laß die Faxen!« wies ich Gucky zurecht. »Wir brauchen dringend deine telepathische Verbindung mit Betty, damit wir wissen, was auf Wabe 1 vor sich geht.«

Der Mausbiber wurde ernst. Seine Augen verschleierten sich, als er sich konzentrierte. Erst zehn Minuten später verriet mir das Aufleuchten seiner Augen, daß der telepathische Kontakt mit Betty Toufry hergestellt war. Die Telepathin und Telekinetin befand sich mit den übrigen sieben Altmutanten auf Wabe 1, dem größten und wichtigsten Planetoiden des Paramag-Alpha-Systems.

Wie in Trance sagte Gucky: »Betty läßt Grüße ausrichten. Sie hat mit Wuriu einen Erkundungsgang in die Nähe des PEW-Bezugstransdeformators unternommen, wobei die beiden Mutanten erstens erhöhte Sicherheitsvorkehrungen und zweitens die Bereitstellung einer Armee feststellten. Einzelne Kommandos der Paramags haben Wabe 1 bereits mittels Paratransaugen verlassen. Betty meint, es wäre möglich, daß diese Kommandos im Solsystem Brückenköpfe für eine bevorstehende Großinvasion bilden sollen.«

Sein Blick wurde wieder normal. »Das war das, was dich interessiert, Perry. Ansonsten gibt es keine wesentlichen Änderungen der Lage unserer Altmutanten.«

Atlan räusperte sich energisch und sagte: »Das genügt vollkommen. Perry, ich denke, es ist an der Zeit, alle Bedenken über Bord zu werfen und Wabe 1 anzugreifen. Der PEW-Bezugstransdeformator muß zerstört werden, bevor die Invasionsarmee der Paramags das Solsystem überschwemmt.«

Ich schüttelte langsam den Kopf.

»Wir dürfen uns nicht von Emotionen leiten lassen, mein Freund. Selbstverständlich muß ich etwas unternehmen, sobald ich weiß, daß die Paramags das Solsystem wirklich ernstlich bedrohen. Verstehe mich recht, Atlan, ein Angriff der MARCO POLO auf Wabe 1 würde zahlreiche Opfer unter den Paramags fordern. Ich kann mich zu einem solchen Schritt erst dann entschließen, wenn eine echte Notwehrsituation gegeben ist.«

Ich sah an Atlans Gesicht, wie wenig den Arkoniden diese Antwort befriedigte. Sie befriedigte mich selbst nicht. Aber lieber ließ ich mich einen Zauderer nennen, als Gewalt anzuwenden, ohne zu wissen, daß mir keine anderen Mittel mehr verblieben.

Gucky verstand mich. Er lächelte mir zu und sagte leise: »Nicht der Krieg, sondern der Friede ist der Vater aller Dinge, Perry.«

Ich erwiderte das Lächeln, aktivierte die Rundrufanlage und sagte: »Hier spricht Rhodan! Folgende Personen finden sich unverzüglich in Konferenzraum A-7 ein: Professor Waringer sowie die Spezialisten Ortokur und Tulocky.«

Ich schaltete den Rundruf ab und meinte zu Atlan: »Ich hoffe, du hast nichts dagegen, daß ich so frei bin, über deine beiden Überlebensspezialisten zu verfügen.«

Der Arkonide löste seine Anschnallgurte, erhob sich und sagte: »Mögen die beiden Oxtorner selbst entscheiden, was richtig und was falsch ist. Da sie sich in keinem USO-Einsatz befinden, sind sie freie Männer.«

Ich lächelte still in mich hinein. Atlans Antwort war ein diplomatischer Schachzug gewesen.

Als ich meine Anschnallgurte löste, heulten plötzlich die Alarmsirenen und -pfeifen auf. Eine unmodulierte Robotstimme sagte dröhnend: »Achtung, in Sektor Epsilon-4387 bildet sich ein neues Sturmzentrum aus. Es werden sowohl fünf- als auch sechsdimensionale Komponenten angemessen. Aktivierung des Paratronschirmes wird dringend empfohlen.«

Ich schaltete den Interkom zum Maschinenleitstand durch. Als Dietmar Viebach sich meldete, befahl ich, die Paratronenergie-Erzeuger hochzufahren und den Paratronschirm zu aktivieren.

»Wird gemacht, Sir«, sagte Viebach in beinahe gemütlichem Tonfall. »Ich habe den Wetterbericht ebenfalls vernommen. Ende.« Er unterbrach von sich aus die Verbindung, das einzige Anzeichen bei ihm dafür, daß er die Lage für bedrohlich hielt.

Ich schnallte mich dennoch nicht wieder an, sondern bat den Mausbiber, mich zum Konferenzraum A-7 zu teleportieren. Gucky nickte, faßte meine ausgestreckte Hand und konzentrierte sich.

Im Augenblick der Entstofflichung nahm ich einen tiefblauen Blitz wahr, der das Universum bis an den Rand zu füllen schien – und als wir im Konferenzraum ankamen, merkte ich, daß die Teleportation ganz anders verlaufen war als sonst. Etwas war schiefgegangen ...

Terra

Staatsmarschall Reginald Bull stand in der Hyperfunkzentrale von Imperium-Alpha. Er beobachtete die zahlreichen Bildschirme, auf denen zum Teil positronische Symbole und Gesichter zu sehen waren. Die meisten Bildschirme jedoch zeigten nur ein verwirrendes Durcheinander an Farbklecksen und grellen Blitzen.

Hu Shih, Chef der Hyperfunkzentrale von Imperium-Alpha, beschäftigte sich mit einer komplizierten Schalttastatur, dann wandte er sich um, neigte den Kopf in Bulls Richtung und sagte: »Wir kommen zu keiner Außenstation mehr durch, Sir. Lediglich GALAS-143 hat den Empfang unserer Durchsage bestätigt.« Er lächelte leicht. »Per Hypermorse. Danach brach auch diese Verbindung ab.«

Reginald Bull erwiderte das Lächeln. Er dachte daran, daß die CMP-34 unter dem Kommando von Major Hoc Calvaniyz gerade gestartet war, um wieder ins galaktische Zentrum zu fliegen und Perry Rhodan die neuesten Nachrichten aus dem Solsystem zu überbringen. Voraussetzung dafür war gewesen, daß es einem Offizier der MARCO POLO, Major Erkh Stallinger, gelungen war, auf dem Flug vom galaktischen Zentrum zum Solsystem einen Hyperkomspruch durchzugeben, so daß der Solare Führungsstab im Besitz der Positionsdaten der MARCO POLO war.

Oberst Hu öffnete den Mund, aber bevor er ein Wort sagen konnte, meldete sich ein Funktechniker und teilte mit, daß es gelungen war, eine Hyperkomverbindung zum Planeten Olymp herzustellen.

Reginald Bull stürzte sich förmlich auf den betreffenden Hyperkom. Der Trivideokubus war ein Meer aus flimmernden Pünktchen, in denen vage und in schwankender Qualität das Abbild eines Menschen sichtbar wurde.

Freifahrerkaiser Anson Argyris, dem Aussehen und Benehmen nach ein Mensch – und doch kein Mensch, sondern ein Roboter. Aber das wußten nur wenige Eingeweihte – und die sprachen nicht darüber. Auch Bull nicht.

»Hier Staatsmarschall Bull«, sagte er. »Majestät, können Sie mich verstehen?«

»Ich kann Sie einigermaßen hören, Staatsmarschall«, gab Argyris mit volltönender Stimme zurück. »Das heißt jedoch nicht, daß ich alles verstehe, was ich höre.«

Bully grinste. Der Spezialroboter unter der kaiserlichen Körperhülle besaß einen menschlichen Humor, das Resultat einer besonders gut gelungenen Verbindung zwischen Positronik und Plasmabionik.

»Sie werden es noch lernen«, meinte er. »Zur Sache! Ich habe die Positionsdaten der MARCO POLO erhalten und sofort veranlaßt, daß einige Kreuzer von der Erde aus starten, um nach Asporc zu fliegen und Roi Danton diese Daten zu überbringen.«

»Da wird sich Rhodans Sohn gewiß freuen, Staatsmarschall.«

»Seit unsere Funkverbindung mit Asporc und dem Solsystem infolge des Gravitationssturmes abriß, habe ich einige Kurierschiffe bereitstellen lassen, für den Fall, daß wir irgendwie Neuigkeiten erfahren und weitergeben müssen. Ich nehme an, Sie möchten, daß ich diese Schiffe zu Roi Danton schicke – für den Fall, daß Ihre Kurierschiffe nicht durchkommen, nicht wahr?«

Reginald Bull atmete erleichtert auf. »Sie haben es erraten, Majestät. Es liegt mir sehr viel daran, daß Roi erfährt, wo sich sein Vater befindet und wie die Lage an seinem gegenwärtigen Aufenthaltsort ist. Leider kann ich Ihnen nur die Positionsdaten durchgeben, aber ich erwarte in Kürze weitere Nachrichten.«

Argyris' Abbild verschwand. Bull hielt den Atem an. Er befürchtete, daß die Verbindung wiederum für längere Zeit unterbrochen sein würde. Doch schon wenige Sekunden später stand sie wieder.

»Ich werde drei Schiffe mit den Positionsdaten losschicken«, versprach der Freifahrerkaiser, »und einige Schiffe auf weitere Nachrichten warten und erst danach starten lassen. Wie sieht es im Solsystem aus?«

Bully benutzte einen Kraftausdruck und fuhr dann ruhiger fort: »Fremdintelligenzen, die offenbar aus dem Paramag-Alpha-System stammen, in dem sich die MARCO POLO zur Zeit aufhält, sind ins Solsystem eingesickert. Sie besetzten den Planetoiden Ostolli Acht und griffen von dort aus terranische Schiffe mit einer bis dahin unbekannten Waffe an, die nach dem Prinzip einer Ambiplasma-Reaktion arbeitet.

Sie verwandeln dabei Fünf-D-Aggregate und deren Erzeugnisse teilweise in Antimaterie, die natürlich sofort mit der verbliebenen Normalmaterie explosiv reagiert. Unsere Wissenschaftler sprechen vom Aufbau eines sogenannten Paraabstrakten pluskonstruktiven Antimaterie-Aufbaufeldes.«

»Haben sie nichts Besseres zu tun, als paranoid-abstrakte Wortschöpfungen zu erfinden?« fragte der Kaiser sarkastisch. »Wie definieren sie denn dieses Dingsfeld?«

Reginald Bull stöhnte unterdrückt. »Wenn Sie die Definition dieses Begriffs hören, werden Sie wahnsinnig, Majestät. Deshalb lassen wir das lieber. Wenigstens gibt es eine Abkürzung: PPAA.«

»Ein Glück!« sagte Kaiser Argyris.

»Sie sagen es«, meinte Bully. »Leider war Ostolli Acht, den wir inzwischen zerstörten, nicht der einzige Planetoid, auf dem Invasoren eingesickert sind. Möglicherweise befinden sich zur Zeit sogar einige Millionen Paramags im Solsystem. Die Hintergründe sind in einem gerafften Hyperkomspruch enthalten, der parallel zu unserem Gespräch laufend wiederholt wird. Deshalb brauche ich Ihnen nicht alles zu erklären. Ich melde mich wieder, sobald ich Definitives aus dem Paramag-Alpha-System weiß.«

»Gut, Staatsmarschall«, sagte der Freifahrerkaiser. »Vielen Dank für Ihren Anruf. Ich werde sofort alles Nötige veranlassen. Bis später.«

Reginald Bull schaltete den Hyperkom ab. Er blickte Hu Shih an und meinte: »So, jetzt müssen wir nur noch eine neue Verbindung mit Stallinger bekommen.« Er kniff die Augen zusammen, als ein kleinerer Hyperkomschirm mit dumpfem Knall implodierte. »Es war nicht der erste seit Beginn der starken Gravitationssturms. Hoffentlich wird der Sturm nicht noch stärker.«

Hu Shih lächelte höflich. »Das hoffen wir alle, Sir.«

»Major Stallinger ist im Kasten, Staatsmarschall!« rief ein Funkoffizier respektlos.

Reginald Bulls Augen funkelten vergnügt. Diesen Ton liebte er. Er ging zu dem betreffenden Gerät. Erkh Stallingers dreidimensionales Abbild war klar und deutlich im Trivideokubus zu sehen. Sein breites Gesicht drückte Zufriedenheit aus.

»Na endlich!« sagte Bull erleichtert. »Ich dachte schon, Sie wollten im Linearraum Ferien machen, Stallinger.«

»Um ein Haar wäre es mir gelungen«, versetzte der Major gelassen. »Beim Linearflug traten bislang unbekannte Störeffekte auf. Der Linearraum ist eben auch nicht mehr das, was er früher war. Mein Schiff ist schrottreif.«

Bully runzelte die Stirn. »Störeffekte? Daran kann nur der Gravitationssturm schuld sein. Hoffentlich habe ich die Kurierschiffe nicht ins Verderben geschickt.« Abrupt wechselte er das Thema. »Bitte, nennen Sie mir Ihre Kursdaten, Major!«

Er tippte die Daten in den Eingabesektor eines Auswertungscomputers und teilte Stallinger das Auswertungsergebnis mit.

»Sie werden auf der Erde landen«, erläuterte er. »Sicherheitshalber schicke ich Ihnen zwei Leichte Kreuzer entgegen, die Ihr Schiff begleiten werden.«

»Einverstanden«, sagte Stallinger ungerührt. »Nehmen Sie denn an, daß mein Schiff von Invasoren angegriffen werden könnte?«

»Ich halte alles für möglich«, erklärte Reginald Bull. »Ostolli Acht war jedenfalls kein Einzelfall. Wir haben inzwischen drei weitere Schiffe verloren. Leider konnten wir nicht feststellen, woher die Invasoren ihre Schläge führten. Deshalb ist besondere Wachsamkeit geboten. Ende.«

Er schaltete ab, ging zu einem Telekom und setzte sich mit Solarmarschall Julian Tifflor in Verbindung. Tifflor versprach, der Korvette Stallingers unverzüglich zwei Leichte Kreuzer entgegenzuschicken.

Der Staatsmarschall verabschiedete sich von Oberst Hu und begab sich in die Haupt-Befehlszentrale von Imperium-Alpha. Julian Tifflor winkte ihm zu. Der Solarmarschall saß an einem Kommandopult und sprach mit dem Kommandanten eines der Raumschiffe, die in der Nähe des Planetoidenringes geschickt worden waren, um mit Hilfe von Mikrospürsonden nach PEW-haltigen Planetoiden zu suchen.

Reginald Bull ließ sich neben Tifflor in einen Sessel fallen und fragte: »Hat es neue Zwischenfälle gegeben, Tiff?«

Julian schüttelte den Kopf. »Bisher nicht. Allerdings hat die Heimatflotte Anweisung, sich von möglichen Gefahrenzonen fernzuhalten. Deshalb wundert es mich eigentlich, daß Sie Stallinger einen Einflugkurs gaben, der ziemlich dicht am Ring vorbeiführt.«

»Dicht, aber nicht zu dicht – wie ich hoffe.«

»Dachte ich es mir«, sagte Tifflor trocken. »Sie wollen den Gegner aus der Reserve locken.«

»Hm!« machte Bull.

Während der nächsten Minuten beobachtete er schweigend, während Solarmarschall Tifflor hin und wieder mit den Kommandanten von Sondenschiffen sprach. Bisher waren alle Antworten negativ ausgefallen. Es gab zu viele Planetoiden, als daß sie innerhalb weniger Stunden überprüft werden konnten.

Als eines der zahlreichen KOM-Geräte ein durchdringendes Pfeifen von sich gab, sprang der Staatsmarschall auf und blickte erwartungsvoll zu dem Offizier, der es bediente.

Der Mann saß eine Weile schweigend da, dann nahm er die Kopfhörer ab, drehte sich nach Bull um und rief: »Oberst Hu möchte eine Verbindung mit der KMP-11 nach hier umlegen, Sir.«

»Er soll es tun!« rief Bull zurück.

Er setzte sich vor das betreffende KOM-Gerät und wartete, bis eine grüne Kontrollplatte aufleuchtete. Reginald Bull drückte sie hinunter.

Auf dem Bildschirm erschien Major Erkh Stallingers Gesicht. Der Major schien aufgeregt zu sein. Bevor Bull sich melden konnte, sagte er: »Wir werden von PPAAs angegriffen und müssen fliehen. Einer der Leichten Kreuzer scheint beschädigt zu sein.«

»Konnte der Ausgangspunkt der PPAAs lokalisiert werden, Major?« fragte der Staatsmarschall.

Das Abbild Stallingers flackerte plötzlich. Undeutliche Laute kamen aus den Lautsprechern des KOM-Gerätes. Bulls Gesicht verwandelte sich in eine starre Maske.

Aber im nächsten Augenblick wurden Bild und Ton wieder klar empfangen. Reginald Bulls Miene verriet Erleichterung.

»Der Gegner stellt seinen Angriff ein, Sir«, berichtete Stallinger. »Alle drei Schiffe konnten entkommen. Nach einer ersten Auswertung der Bordpositronik haben wir die Basis des Gegners in zu großer Entfernung für genaues Zielen passiert, aber doch wiederum so nahe, daß er der Versuchung nicht widerstehen konnte.«

Bully lächelte breit. »Seien Sie mir bitte nicht böse, Stallinger, aber das war meine Absicht gewesen. Ich hoffe, Sie konnten den Ausgangspunkt des Angriffes wenigstens ungefähr bestimmen.«

»Ungefähr – ja«, meinte Stallinger zögernd. »Allerdings frage ich mich, warum Sie ausgerechnet die KMP-11 für die Provokation auswählten.«

»Weil die Korvette von außerhalb kam. Hätte ich einen im System stationierten Verband losgeschickt, wäre der Gegner vielleicht vorsichtiger gewesen.« Er blickte auf seinen Chronographen. »Sie werden in etwa anderthalb Stunden landen. Richten Sie es so ein, daß Sie eine Viertelstunde später im Sektor AWEC sind. Ich werde Sie dort mit einigen Herren des Admiralstabs erwarten.«

»Vorher muß ich Sie unter vier Augen sprechen, Sir«, entgegnete Stallinger steif.

Bully wölbte die Brauen. »Warum? Wollen Sie eine Gehaltserhöhung haben?«

Stallinger lächelte flüchtig. »Natürlich nicht, Sir. Ich habe Ihnen etwas zu übergeben.«

»Was?«

»Darüber darf ich nicht sprechen, Sir.«

»Das klingt ja reichlich mysteriös, Stallinger. Na schön! Ich hole Sie persönlich am Raumhafen ab. Hoffentlich wissen Sie diese Ehre zu würdigen, Major. Soll ich vielleicht noch einen roten Antigravteppich für Sie legen lassen?«

Um Major Stallingers Lippen zuckte es.

»Das ist nicht unbedingt erforderlich, Sir. Es würde genügen, wenn Sie siebzehn Schuß Salut schießen ließen, einen für jeden Alptraum, den wir auf dem Flug vom galaktischen Zentrum bis zum Solsystem durchgestanden haben.«

»Das ist doch ...!« entfuhr es Reginald Bull.

»Ende!« Major Stallinger unterbrach kurzerhand die Verbindung.

Bully schüttelte den Kopf und wandte sich zu Tifflor um, der neben ihn getreten war. »Was sagen Sie dazu, Tiff?«

Julian Tifflor antwortete lächelnd: »Der Mann hat Humor.«

13.

Bericht: Perry Rhodan

Etwas war schiefgegangen. Geoffry und die beiden Oxtorner befanden sich bereits im Konferenzraum, als Gucky und ich dort ankamen, aber sie blickten durch uns hindurch, als wären wir nicht vorhanden.

Der Ilt gab einen Laut von sich, der Entsetzen ausdrückte. Er umklammerte meine Hand, als wäre sie das einzig Wirkliche in diesem Universum.

Ich spürte ebenfalls, daß etwas nicht stimmte, aber noch wußte ich nicht, was. Dann sah ich es!

Geoffry wandte sich an Neryman Tulocky und sprach auf ihn ein. Aber seine Lippen bewegten sich, ohne daß ich einen Laut hörte. Der Oxtorner antwortete – und abermals hörte ich nichts. Ich hörte auch nicht die normale Geräuschkulisse, die an Bord eines großen Raumschiffs stetig vorhanden war und zu einer von vielen Selbstverständlichkeiten gehörte, über die man sich keine Gedanken machte.

»Geoffry!«

In der beklemmenden Stille wirkte mein Anruf erschreckend laut. Doch Geoffry Abel Waringer reagierte überhaupt nicht darauf. Er beantwortete lautlos eine lautlose Frage von Powlor Ortokur.

Ich ging zu den drei Männern hinüber und berührte Geoffrys Arm. Meine Hand drang ein, ohne Widerstand zu finden. Genauer gesagt, drang Geoffrys Arm durch meine Hand hindurch. Ich zog die Hand rasch zurück.

»Was ist das?« fragte der Mausbiber gepreßt.

Ich antwortete nicht. Statt dessen wandte ich mich Gucky zu und berührte seinen Arm. Diesmal verlief alles normal – und doch war nichts normal.

Wir existierten nicht mehr – jedenfalls nicht mehr für unsere normale Umwelt.

»Es muß mit dem neuen Sturm zusammenhängen, dessen Zentrum im Sektor Epsilon-4387 angemessen wurde«, überlegte ich. »Er unterschied sich von den vorangegangenen Stürmen durch eine zusätzliche sechsdimensionale Komponente – und unsere Teleportation muß zeitlich mit dem Aufprall dieser Sturmkomponente zusammengefallen sein.«

Der Ilt erschauerte. »Dann sind wir nur noch – Schatten, Perry?«

»Nicht einmal das, denn Schatten könnte man sehen«, gab ich zurück. »Wahrscheinlich existieren wir im Hyperraum und sind hier nur eine Reflexion unseres Willens.«

»Einbildungen also«, meinte Gucky. Er ließ ein paar Zentimeter seines Nagezahns sehen, ein Zeichen dafür, daß sein unverwüstlicher Humor zurückgekehrt war. »Das ist immerhin ein Beweis für die Stärke unseres Willens.«

Geoffry blickte ungeduldig auf seinen Armband-Chronographen, dann ging er zum Interkomgerät an der Wand, aktivierte es und bewegte die Lippen.

Auf dem Bildschirm erschien das Gesicht des Ersten Offiziers. Es drückte erst Verwunderung, dann Bestürzung aus. Das war nur natürlich, denn er war ja Augenzeuge der Entstofflichung von Gucky und mir gewesen und mußte bis zu diesem Zeitpunkt angenommen haben, wir wären längst im Konferenzraum rematerialisiert.

Nun zeigte sich auch auf Geoffrys Gesicht Bestürzung. Mein Schwiegersohn sprach hastig auf die beiden Oxtorner ein. Neryman Tulocky antwortete. Powlor Ortokur, der gefühllose Logiker, wölbte nur die Brauen. Er dachte nach, dann ging er zum Interkom, schaltete ihn auf Rundruf und sprach ins Mikrophon. Wahrscheinlich forderte er die Besatzung der MARCO POLO auf, das Schiff nach Gucky und mir abzusuchen.

Ich wußte, daß die Suche nach uns erfolglos verlaufen würde, aber es gab keine Möglichkeit, mein Wissen weiterzugeben. Angestrengt suchte ich nach einem Ausweg aus der Situation, doch mir fiel beim besten Willen keiner ein.

»Es hilft mir nichts, Gucky«, sagte ich. »Wir werden experimentieren müssen.«

»Du meinst, wir sollten teleportieren, Perry?«

»Ja.«

»Und wenn wir dabei endgültig im Hyperraum oder wo auch immer hängenbleiben?«

»Dann wären wir wenigstens mit unserer Körpermaterie vereint. Der jetzige Zustand ist jedenfalls unhaltbar.«

»Ich habe Angst«, gestand der Mausbiber.

Ich faßte seine Hand. »Das ist nur zu verständlich, Kleiner. Ich will dich nicht drängen. Warten wir noch eine Weile. Aber bedenke bitte, daß wir in unserer derzeitigen Lage völlig hilflos sind, während unsere Körpermaterie, egal, in welcher Zustandsform sie existiert, ohne uns auch hilflos sein dürfte. Vereint finden wir sicher eher einen Ausweg als getrennt.«

Gucky seufzte. »Du hast recht, Perry.« Er reckte sich. »Wenn ich erst meinen edlen Körper wiederhabe, werde ich es dieser sechsdimensionalen Komponente schon zeigen!«

»Das ist die richtige Auffassung«, lobte ich. »Auch wenn dein edler Körper ein paar Kilo Übergewicht hat.«

Der Ilt sah mich empört an. »Pah, Übergewicht! Das liegt nur an meinem hochgezüchteten Gehirn.«

Er konzentrierte sich – und im nächsten Moment glaubte ich, von unzähmbaren Gewalten zerrissen zu werden. Das Universum bestand nur noch aus grellen Schockfarben und Schmerzen.

Dieser Zustand schien ewig anhalten zu wollen. Ich wünschte mir, das Bewußtsein zu verlieren, doch offenbar war das in meiner Zustandsform unmöglich. Dabei hätte ich nicht einmal sagen können, in welcher Zustandsform ich existierte. Wäre der Schmerz nicht gewesen, hätte ich sicher nicht mehr an meine Existenz geglaubt.

Plötzlich zuckte ein ultraheller Blitz auf. Ich sah undeutlich die Gestalten von Männern in Raumanzügen vor einer Kulisse aus hellen Flecken und bunten Lichtern, dann prallte mein Schädel gegen etwas Hartes – und für einen Augenblick gingen die Lichter aus.

Als ich die Benommenheit abschüttelte, saß ich auf dem Boden in der Hauptzentrale der MARCO POLO. Viel wichtiger jedoch erschien mir die Tatsache, daß zahlreiche Männer sich um mich bemühten – und daß ich sie hören konnte.

Ich wandte mich um und sah den Ilt. Gucky saß neben mir. Seine Augen waren geöffnet, und er blickte mich vorwurfsvoll an. Seine Hand betastete vorsichtig die Schwellung, die sich über seiner linken Schläfe bildete.

Unwillkürlich griff ich an das Gegenstück über meiner rechten Schläfe. Auch hier bildete sich eine beachtliche Schwellung.

»Du hast einen Schädel wie eine Kokosnuß, Großadministrator«, sagte der Ilt. »Mein empfindliches Gehirn ist schwer erschüttert.«

»Hauptsache, es ist wieder echt vorhanden«, konterte ich.

»Sind Sie schwer verletzt, Sir?« fragte der Erste Offizier.

Ich ließ mir von zwei Offizieren aufhelfen und antwortete: »Nicht der Rede wert. Sie können mich hören?«

Der Mann öffnete den Mund. schloß ihn abrupt wieder und versicherte hastig: »Selbstverständlich, Sir. Sie sprechen doch laut genug.«

Aus den Augenwinkeln entdeckte ich Geoffry und Tulocky, die in die Hauptzentrale stürmten. Mein Schwiegersohn packte mich an den Schultern. Sein Gesicht strahlte.

»Ich bin froh, dich wiederzusehen, Dad. Wir hatten uns schon Sorgen gemacht.« Er wurde ernst. »Hat es Schwierigkeiten bei der Teleportation gegeben?«

Ich berichtete kurz, in welchem Zustand wir uns nach der ersten Teleportation wiedergefunden hatten – falls überhaupt von einem Zustand die Rede sein konnte.

Geoffry runzelte die Stirn. »Dann hatte Spezialist Ortokur doch recht. Als plötzlich eine Amplitudenmodulation im Paratronschirm auftrat, meinte er, etwas wäre dort gefangen und wir sollten den Schirm desaktivieren.«

Der Erste Offizier räusperte sich. »Ich führte Ihren Befehl aus, Professor Waringer, und praktisch im gleichen Augenblick rematerialisierten der Großadministrator und Gucky hier.«

Ich sah mich suchend um. »Wo ist Ortokur?«

»Im Konferenzraum«, antwortete Neryman Tulocky. Der Oxtorner lächelte flüchtig. »Was darauf schließen läßt, daß er fest davon überzeugt war, Sie und Gucky würden nach dem Abschalten des Paratronschirmes wiederauftauchen.«

»Hm!« machte ich.

Powlor Ortokur schien ein ungewöhnlich selbstsicherer Mensch zu sein

Sein Verhalten grenzte schon an Arroganz. Allerdings hatten die bisherigen Erfahrungen mit ihm gezeigt, daß seine Selbstsicherheit seinem emotionsfreien logischen Denken entsprang. Atlan kam in die Zentrale. Er war auf dem Weg zum Konferenzraum über den Zwischenfall informiert worden.

Ich blickte auf den großen Bildschirm der Panoramagalerie. Die rote Riesensonne Paramag-Alpha war noch immer da, und noch immer tanzte sie scheinbar auf und ab, allerdings nicht mehr so wild wie zuvor.

»War der letzte Höhepunkt des Sturmes sehr schlimm?« fragte ich.

»Es ging«, antwortete der Erste Offizier. »Als er uns traf, polte sich der Paratronschirm intervallartig um, wodurch er Energie seiner Eigenstruktur ins Schiffsinnere abgab.«

»Also wurden Gucky und ich während der Teleportation durch herumstreunende Paratronenergie eingefangen«, folgerte ich. »Das erklärt zwar nicht, warum wir dennoch, wenn auch in anderer Zustandsform, im Konferenzraum ankamen, aber wir wollen uns jetzt nicht darüber die Köpfe zerbrechen. Weiter! Gab es Beschädigungen?«

»Ein Schwarzschild-Reaktor fiel aus«, fuhr der Erste Offizier fort. »Er arbeitete einfach nicht weiter, obwohl die Preßfelder standen und der Zustrom an hochverdichtetem, katalysiertem Deuterium nicht abbrach. Sonst ereignete sich nichts von Bedeutung. Niemand kam zu Schaden.«

Waringer drehte sich brüsk um, ging zum nächsten Interkom und schaltete ihn zum Maschinenleitstand durch. Viebach meldete sich.

»Was ist mit dem ausgefallenen Schwarzschild-Reaktor?« fragte Geoffry barsch.

»Das wissen die Götter«, brummte Viebach ungerührt. »Er arbeitet seit anderthalb Minuten so normal wie vor dem Ausfall. Haben Sie eine Erklärung dafür, Professor?«

»Natürlich«, erklärte Geoffry trocken und unterbrach die Verbindung.

»Jetzt wird Viebach vor Wut platzen«, meinte Gucky.

»Ich platze auch bald, aber vor Ungeduld«, sagte ich. »Es wird höchste Zeit, daß wir mit der Besprechung beginnen. Gehen wir!« Ich setzte mich in Bewegung.

»Was, zu Fuß?« empörte sich der Ilt. »Hast du etwa Angst, Perry?«

»Nein, aber ich bemühe mich, höflich zu sein, Kleiner«, sagte ich. »Wir können nicht teleportieren, während die anderen zu Fuß gehen. Außerdem hast du Übergewicht und brauchst körperliche Bewegung.«

Als wir den Konferenzraum betraten, erhob sich Spezialist Powlor Ortokur, neigte andeutungsweise den Kopf und sagte: »Ich habe Sie schon erwartet, Großadministrator.« Kein Wort über den Zwischenfall, bei dem der Ilt und ich ebensogut für immer aus dem Normalkontinuum hätten verschwinden können.

Ich verzichtete auf eine entsprechende Bemerkung, wartete, bis alle sich gesetzt hatten, und berichtete dann das, was Betty Toufry telepathisch an den Mausbiber durchgegeben hatte.

»Bitte, äußern Sie sich dazu und machen Sie Vorschläge«, endete ich.

Powlor Ortokur hob die Hand. »Halten wir folgendes fest: Erstens, die Paramags können nur leben, wenn ihnen große Mengen PEW-Metall zur Verfügung stehen. Offenbar brauchen sie es nicht nur als Transportmittel. Auch wenn es bisher niemand erwähnt hat, steht für mich fest, daß zwischen dem PEW und den Paramagnetiseuren eine Wechselwirkung besteht. Zweitens, die ursprüngliche Menge an PEW-Metall, die einst auf dem einzigen Planeten von Paramag-Alpha vorhanden war, muß durch die Explosion des Planeten stark dezimiert worden sein. Für die wenigen Überlebenden des Krieges mag diese Restmenge ausgereicht haben, für die heutige Bevölkerungsdichte ist sie zu gering.

Daraus resultiert, daß die Paramags fieberhaft darum bemüht sind, einen ganzen stark PEW-haltigen Planeten zu finden und ihn zu kolonisieren. Zeut muß ein solcher Planet gewesen sein. Da die Paramags sich nicht davon abbringen lassen, daß Zeut noch existiert, werden sie alles versuchen, ihn zu erobern. Jeder, der sich ihnen dabei entgegenstellen könnte, wird von ihnen als Todfeind angesehen.

Das alles wäre halb so schlimm, wenn die Paramags die Gesetze der Logik beachten würden. Dann könnten wir sie nämlich davon überzeugen, daß das Solsystem für sie kein lohnendes Ziel mehr ist, da Zeut nicht mehr existiert. Leider haben sie sich in eine Zwangspsychose hineingesteigert. Sie werden sich nicht davon abbringen lassen, das Solsystem ›vom Gegner zu säubern‹, und sich erst danach ernsthaft nach Zeut umsehen.

Unter diesen Umständen und weil die Paramags mit ihren PPAAs über das Nonplusultra aller bisherigen Vernichtungswaffen verfügen, schlage ich vor, Wabe 1 anzugreifen und den PEW-Bezugstransdeformator mit Transformbomben zu zerstören. Dann könnten die Paramags keine Invasionsarmee mehr ins Solsystem schicken.«

Ich musterte die Gesichter der übrigen Anwesenden. Neryman Tulocky war es sichtlich unbehaglich bei dem Gedanken an einen Angriff mit Transformbomben, Gucky rümpfte die Nase, und Waringer wirkte skeptisch. Nur Atlans Miene verriet, daß mein arkonidischer Freund voll auf der Seite Ortokurs stand.

»Geoffry«, sagte ich, »denkst du genauso wie Spezialist Ortokur?«

»Ich kann mich seinen Argumenten nicht verschließen«, antwortete Geoffry bedrückt. »Aber ich bin nicht dafür, absolut kompromißlos vorzugehen.«

»Was Sie kompromißlos nennen, ist nur konsequent!« fuhr Atlan auf.

»Nennen Sie mir eine brauchbare Alternative zu Ortokurs Vorschlag, und ich werde sie akzeptieren!«

Geoffry hob nur die Schultern. Atlan blickte mich herausfordernd an. »Was wirst du tun, Perry?«

Ich erwiderte seinen Blick gelassen. »Vor allem werde ich nichts überstürzen. Ich hoffe noch immer darauf, daß in Kürze ein Kurierschiff von Reginald Bull eintreffen wird. Zusätzlich werde ich sechs Kreuzer losschicken, und zwar nach Asporc. Vielleicht weiß Mike, wie es im Solsystem aussieht. Er kann mich allerdings nicht benachrichtigen, wenn er unsere Position nicht kennt. Im übrigen vermag auch ich mich Ortokurs Argumenten nicht zu verschließen; dazu sind sie viel zu logisch fundiert. Wir werden also alles für einen Angriff gegen Wabe 1 vorbereiten, damit wir notfalls innerhalb weniger Minuten losschlagen können.«

Atlan sah mich ironisch an und meinte: »Gut gesprochen, Terraner. Du hoffst natürlich, nicht losschlagen zu müssen.«

Ich stand auf. »Du kannst dich darauf verlassen, daß ich konsequent handeln werde, wenn die Paramags mir keine Wahl mehr lassen – aber auch nicht eine Sekunde früher.«

Jemand sagte: *Du bist auf dem richtigen Weg, Terraner.*

Im ersten Moment glaubte ich, Atlan hätte wieder einmal seinen Sarkasmus eingeblendet. Dann wurde mir allmählich bewußt, daß ich die Stimme nicht echt gehört hatte. Sie war plötzlich in meinem Bewußtsein gewesen.

An den Gesichtern meiner Gefährten erkannte ich, daß sie die Stimme nicht vernommen hatten. Jemand hatte sich ausschließlich an mich gewandt. Ich erschauderte. Sollte ES, das unsterbliche Kollektivwesen, sich wieder einmal bei mir gemeldet haben?

Etwas lachte auf telepathischer Ebene.

Melde dich! dachte ich konzentriert. *Wer immer du bist, melde dich!*

Keine Antwort. Es war, als hätte ich mir alles nur eingebildet. Aber ich wußte, daß es nicht so war. Ich litt nicht an Halluzinationen. Der Unsterbliche von Wanderer verfolgte also noch immer meinen Weg.

Eine Hand legte sich auf meine Schulter. Atlans Hand. »Du machst ein Gesicht, als hätte ein Geist zu dir gesprochen, Perry«, sagte er nachdenklich.

Ich lächelte mühsam. »Deine Phantasie ist geradezu pathologisch, Atlan. Du solltest mehr Obst und Gemüse essen.«

CMP-34

Major Hoc Calvaniyz umklammerte instinktiv die Armlehnen seines Kontursessels, als mitten im Linearflug dicht vor seinem Kreuzer eine lautlose Explosion erfolgte.

Die CMP-34 wurde von einer imaginären Riesenfaust durchgeschüttelt. Sicherungen flogen knallend heraus, Glassitscheiben barsten und verstreuten ihr Würfelkonfetti durch die gesamte Hauptzentrale, die Schiffszelle knackte und knirschte bedenklich.

Hoc schaltete den Interkom ein und sagte: »Kommandant an Ortung! Was war das für eine Explosion?«

Auf dem Bildschirm erschien das Gesicht des Cheforters. »Wahrscheinlich ist das Strukturfeld unseres Waring-Konverters mit einem ähnlichen Strukturfeld zusammengestoßen, Sir. Einen Sekundenbruchteil davor sprachen die Hypertaster an und ...«

»Das ist unmöglich!« schrie Hoc. »Im Zwischenraum kann kein Hypertaster ansprechen.«

Der Cheforter seufzte. »Dann hatten hier drei Mann eine Halluzination, Sir.«

Hoc grinste. »Schon gut. Entschuldigen Sie. Weiter!«

Der Cheforter sprach weiter, aber der Kommandant konnte ihn nicht verstehen, weil im gleichen Augenblick eine Automatenstimme plärrte: »Achtung, Schiff außer Kurs! Infolge unerklärlichen Einflusses wurde eine Spiralbewegung relativ zum Normalkontinuum eingeleitet. Astrogatorische Kontrolle nicht möglich.«

Hoc stieß eine Verwünschung aus, aktivierte die Rundrufanlage und sagte: »Kommandant an Besatzung. Wir brechen den Linearflug ab und gehen zwecks Orientierung in den Normalraum zurück. In fünf Sekunden. Zeit läuft.«

Er zählte langsam bis fünf, dann schlug er mit der geballten Faust auf die Schaltplatte, mit der der Waring-Konverter desaktiviert wurde.

Im nächsten Augenblick waren auf den Bildschirmen der Panoramagalerie wieder die vertrauten Sterne des Normalraums zu sehen.

Hoc wandte sich an die Astrogatoren und befahl ihnen, die galaktische Position des Kreuzers zu ermitteln und ein neues Linearprogramm auszuarbeiten.

Danach wandte er sich wieder dem Interkom zu. »Also, Sie sagten, die Hypertaster hätten angesprochen. Was zeigten sie an?«

»Neben einer Menge nicht identifizierbarer Reflexmuster ein paar, die auf die Annäherung eines Raumschiffes schließen ließen, Sir.«

Der Ortungsoffizier zögerte kurz. »Mit großer Wahrscheinlichkeit war es kugelförmig und hatte einen Durchmesser von hundert Metern.«

»Was Sie nicht sagen! Es könnte demnach ein Leichter Kreuzer der Städteklasse gewesen sein wie unsere CMP-34, wie?«

»Das haben Sie gesagt, nicht ich«, konterte der Cheforter.

Hoc winkte ärgerlich ab. »Lassen Sie doch Ihre Spitzfindigkeiten. Überlegen Sie lieber, wie groß die Wahrscheinlichkeit ist, daß sich zwei Raumschiffe im Linearraum begegnen. Ich will es Ihnen verraten: Sie ist gleich Null. Wie groß dürfte dann wohl die Wahrscheinlichkeit sein, daß sich zwei Schiffe gleichen Typs im Linearraum begegnen?«

Der Cheforter tat, als dächte er angestrengt nach. »Offensichtlich kleiner als null, Sir«, antwortete er ernsthaft.

»Na bitte! Was soll also dieses Märchen von einem kugelförmigen Raumschiff von hundert Metern Durchmesser? frage ich Sie.«

»Da fragen Sie den Falschen, Sir«, entgegnete der Cheforter. »Sie müssen sich mit Reklamationen schon an die Hypertaster wenden. Die haben schließlich angesprochen und nicht ich.«

»Unverschämtheit!« tobte Hoc. »Wofür halten Sie mich eigentlich, Mann?«

»Für den Kommandanten dieses Schiffes, Sir«, erwiderte der Cheforter. »Ende.«

»Vielen Dank«, gab Hoc sarkastisch zurück. »Ende.«

Er schaltete den Interkom aus und starrte zornig auf die blinkenden Kontrollampen vor sich. Hoc Calvaniyz kochte innerlich. Seit rund vierundzwanzig Stunden war er mit seinem Kreuzer unterwegs, um dem Großadministrator äußerst wichtige Nachrichten Bulls zu überbringen. Eigentlich hätte er längst im galaktischen Zentrum sein müssen, aber er war noch nicht einmal bis zum äußeren Zentrumsring vorgedrungen.

Der Gravitationssturm, der vom galaktischen Zentrum aus durch die gesamte Sterneninsel brandete, hatte eine vollautomatische Navigation unmöglich gemacht. Die betreffenden Meßgeräte wurden irregeführt, und nur erfahrene Astrogatoren konnten brauchbare Linearetappen-Programme zustande bringen. Da aber die Leistungsgrenze menschlicher Astrogatoren tiefer lag als die automatischer Geräte, durften nur Kurzstrecken-Linearflüge vorgenommen werden.

Das kostete Zeit und Treibstoff. Nach Hocs letzter Berechnung würde der Deuterium-Vorrat nicht für die restliche Flugstrecke reichen. Sie mußten also einen Planeten suchen, auf dem es genug Wasser gab, so daß man ausreichend schweres Wasser daraus gewinnen konnte.

Leider waren das längst nicht alle Schwierigkeiten. Der Gravitationssturm schien sich immer stärker auf das Kontinuum des Linearraumes auszuwirken. Es kam zu Strukturverzerrungen, zu Bremseffekten und zu Verschiebungen der dimensionalen Proportionen.

Das alles zerrte an den Nerven des Majors. Er fühlte sich verantwortlich dafür, daß Perry Rhodan schnellstens über die Vorgänge im Solsystem informiert wurde – und er stand immer wieder machtlos den tobenden Naturgewalten gegenüber.

Seine Nerven waren so angegriffen, daß er zusammenzuckte, als hinter ihm jemand diskret hüstelte. Er fuhr herum und blickte in das zerfurchte Gesicht von Tai Pungh, seinem Chefastrogator.

Tai Pungh war klein, hager und sehr tüchtig – und außerdem außergewöhnlich höflich. Er lächelte liebenswürdig und sagte: »Entschuldigen Sie bitte, Major. Wir haben die Position des Kreuzers ermittelt und einen Zielstern für die nächste Linearetappe ausgewählt. Wenn Sie bitte sehen möchten …«

Er breitete einige elektronische Diagrammstreifen vor dem Kommandanten aus, deutete mit dem Zeigefinger auf verschiedene Punkte und gab seine Erläuterungen. Demnach befand sich die CMP-34 rund neunundachtzig Lichtjahre vor den Randausläufern des äußeren galaktischen Zentrumsrings. Die Kursabweichung während des letzten Linearmanövers hatte sie um sechsunddreißig Lichtjahre nach Sub-Nord versetzt, und zwischen ihr und dem Ring stand ein bizarres Band leuchtender Gasschleier, das gleich einem sogenannten Möbiusschen Band in sich verdreht war.

»Wenn wir durch das Band hindurchstoßen«, erklärte Tai Pungh sachlich, »kommen wir nach zweiundachtzig Lichtjahren zu einem nicht registrierten roten Stern, der nach einer Wahrscheinlichkeitsberechnung mindestens sieben Planeten haben dürfte. Da ich mir denken kann, daß wir unseren Deuterium-Vorrat dringend ergänzen müssen, schlage ich vor, diesen Stern anzufliegen und dort nach einem Planeten zu suchen, der ausreichende freie Wasservorkommen hat.«

Hoc Calvaniyz fühlte sich durch die gedämpfte Sprechweise seines Chefastrogators beruhigt. Außerdem war er angenehm davon berührt, daß Tai Pungh das Problem der Deuterium-Beschaffung einkalkuliert hatte, obwohl er nicht darauf hingewiesen worden war.

»Ich danke Ihnen«, sagte er. »Bitte, stellen Sie ein Programm zusammen, das uns im Direktflug von der jetzigen Position zu dem roten Zielstern bringt.«

Tai Pungh lächelte noch immer, aber er wiegte bedenklich den weißhaarigen Schädel.

»Wenn ich mir die Bemerkung gestatten darf, Sir, dann möchte ich von einem direkten Linearflug abraten. Wir sollten statt dessen zwei Linearetappen programmieren, eine, die uns um neunundzwanzig Lichtjahre weiter nach Parallel-Süd versetzt – und eine, die uns von dort aus zum Zielstern bringt.«

Hoc runzelte die Stirn. »Weshalb so umständlich? Wir können doch von hier aus mit einem einzigen Linearmanöver mitten durch den Wasserstoffring hindurchstoßen und dadurch viel Zeit sparen.«

»Gewiß, Sir, aber etwas an der Formation des Wasserstoffbandes beunruhigt mich, und ich schlage daher vor, sein Zentrum zu meiden.«

Hoc wölbte die Brauen. »Was soll das?« brauste er auf. »Wir werden doch keinen Umweg von neunundzwanzig Lichtjahren machen, nur weil Sie sich beunruhigt fühlen. Das wäre völlig absurd.«

»An und für sich schon, Sir«, blieb Tai Pungh unverändert höflich. »Leider kann ich Ihnen nicht sagen, was mich beunruhigt, und da der Gravitationssturm unsere Meßgeräte teilweise unbrauchbar gemacht hat, vermag ich Ihnen auch keine Daten vorzulegen, die meine Vermutungen hinsichtlich der Entstehung des Wasserstoffbandes erhärten könnten ...«

»Das ist auch unnötig«, unterbrach Hoc seinen Chefastrogator unwirsch. »Es handelt sich eindeutig um die Materie, die beim Ausbruch einer Supernova abgeschleudert wurde.«

»Eben das bezweifle ich, Sir«, entgegnete Tai Pungh würdevoll. »Träfe das zu, müßte der Gasring kreisförmig sein, das heißt, alle seine Punkte auf einer Kreislinie wären gleich weit vom Zentrum entfernt.«

Hoc Calvaniyz seufzte. »Rein theoretisch haben Sie recht, aber die Praxis folgt offensichtlich nicht immer der Theorie. Hier jedenfalls hat sie es nicht getan. Wir finden uns damit ab. Also, erarbeiten Sie das Programm so, wie ich es Ihnen befohlen habe. Klar?«

Tai Pungh neigte den Kopf. »Ja, Sir.«

Eine Viertelstunde später war die nächste Linearetappe einprogrammiert. Der Kreuzer beschleunigte und verließ das vierdimensionale Raum-Zeit-Kontinuum, als Hoc den Waring-Konverter aktivierte.

Innerhalb des Linearraums beschleunigte die CMP-34 trotz aller Strukturverzerrungen und der anderen Folgeerscheinungen des Gravitationssturms programmgemäß. Die rote Zielsonne wanderte zwar immer wieder aus dem elektronischen Fadenkreuz des Reliefschirms heraus, wurde aber immer wieder innerhalb erträglicher Toleranzwerte vom Autopiloten hineingebracht.

Von dem verdrehten Band leuchtender Gasschleier war natürlich im Linearraum nichts zu sehen. Dieses Gebilde gehörte zum Einstein-Kontinuum, und nur schwache hyperenergetische Ausläufer ragten in den Linearraum hinein.

Das änderte sich, je weiter sich der Kreuzer dem zwischenräumlichen Bezugspunkt des Zentrums jenes Bandes näherte. Allerdings wirkte sich die Verstärkung jener Effekte anfänglich positiv aus. Äußere Kräfte unterstützten die inneren Kräfte des Schiffes und erzeugten eine zusätzliche Beschleunigung.

Major Hoc Calvaniyz fühlte sich erst beunruhigt, als die Zusatzbeschleunigungswerte die der Triebwerke überstieg. Ein solcher Effekt war ihm noch nicht vorgekommen, und er erinnerte sich auch nicht daran, daß andere Schiffskommandanten jemals derartige Effekte beobachtet hatten.

Er fragte dennoch vorsichtshalber die Speicher der Hauptpositronik nach entsprechenden Informationen ab.

Die Antwort beunruhigte ihn nur noch mehr, denn die Hauptpositronik erklärte, daß derartige Informationen zwar nicht vorlägen, daß jedoch die Möglichkeit bestand, daß andere Schiffskommandanten sehr wohl solche Beobachtungen gemacht haben könnten. Diese Beobachtungen wären möglicherweise nur deshalb nicht weitergegeben worden, weil die betreffenden Schiffe niemals in ihren Heimathafen zurückgekehrt seien.

Bevor er daraus Konsequenzen ziehen konnte, verließ die CMP-34 den Linearraum und fiel in den Normalraum zurück – und das trotz laufenden Waring-Konverters. Hoc stellte eine Interkomverbindung zum Maschinenleitstand her. Auf dem Bildschirm entstand das Abbild des Ersten Maschineningenieurs der CMP-34.

»Was ist mit unserem Waring-Konverter los?« fragte Hoc.

»Er arbeitet einwandfrei, Sir«, antwortete der Maschineningenieur.

»Wie erklären Sie sich dann, daß wir soeben den Linearraum verlassen haben?«

Das Gesicht des Ersten Maschineningenieurs verriet Bestürzung. Er konnte natürlich nichts von dem irregulären Vorgang bemerkt haben, wenn seine Kontrollen nichts Derartiges anzeigten.

»Überhaupt nicht, Sir«, antwortete er. »Ich kann nur wiederholen, daß der Waring einwandfrei arbeitet und eine konstante Leistungsabgabe erzeugt.«

»Meine Kontrollen zeigen das ebenfalls an«, meinte Hoc. »Schalten Sie den Konverter bitte vom Leitstand aus ab.«

Der Maschineningenieur befolgte den Befehl, und sowohl seine als auch Hocs Kontrollen bestätigten das. Demnach mußten die Kontrollen einwandfrei funktionieren.

Inzwischen hatte eine blinkende Leuchtscheibe angezeigt, daß die Ortungszentrale den Kommandanten zu sprechen verlangte. Hoc Calvaniyz stellte die Verbindung her und sah gleich darauf das aufgeregte Gesicht seines Chefortens auf dem Interkomschirm.

»Was gibt's?« fragte er.

»Wir werden von einem starken magnetischen Feld angezogen, Sir«, meldete der Mann. »Die Feldstärke beträgt zehn hoch zehn Gauß, und der Ausgangspunkt liegt wahrscheinlich im Zentrum des leuchtenden Wasserstoffbandes. Wir sollten schnellstens wieder in den Linearraum gehen.«

Hoc merkte, wie er blaß wurde. Ein magnetisches Feld von zehn hoch zehn Gauß Stärke stellte eine ungeheuerliche Kraft dar, gegen die die Impulstriebwerke eines Leichten Kreuzers nicht ankommen konnten. Gegen eine solche Kraft wären wahrscheinlich sogar die Impulstriebwerke der MARCO POLO machtlos. Nur im Linearflug konnte man sich ihr entziehen – und genau das schien unmöglich zu sein.

Angesichts der drohenden Gefahr gewann Hoc allerdings seine Kaltblütigkeit zurück. Er befahl dem Cheforter, alle Daten über das magnetische Feld in die Hauptpositronik zu geben. Danach forderte er vom Positronengehirn eine Logikauswertung an.

Die Auswertung lag wenige Minuten später vor. Sie besagte, daß die CMP-34 in gefährliche Nähe eines Schwarzen Loches im Raum mit ungeheurer Dichte geraten war. Weitere Messungen, die am Innenrand des Gasbandes vorgenommen wurden, ließen darauf schließen, daß der unsichtbare Stern von einem Gasmantel hoher elektrischer Leitfähigkeit umgeben war, wodurch komplexe magnetohydrodynamische Prozesse abliefen, die das starke Magnetfeld erzeugten.

In Gedanken leistete der Kommandant seinem Chefastrogator Abbitte. Tai Pungh hatte ganz richtig vermutet, daß der Gasring nicht aus Materie bestand, die bei einem Supernova-Ausbruch fortgeschleudert worden war. Er hatte allerdings nicht wissen können, daß diese Materie auf das Schwarze Loch zugezogen wurde und daß dabei eine Art Verwindung im Linearraum entstand, die Linearmanöver ab einer bestimmten Entfernung von der Quelle des Magnetfeldes unmöglich machte.

Niemand hatte das wissen können, denn es lagen keine Erfahrungswerte über solche Phänomene vor. Der Grund war ebenso einfach wie erschreckend: Niemand hatte sich bisher aus dem Bann eines solchen Feldes befreien können, um darüber zu berichten.

Aber noch wollte Hoc Calvaniyz sich nicht damit abfinden, daß die CMP-34 mitsamt Besatzung verloren war. Es war nicht nur Selbsterhaltungstrieb, der ihn zwang, den Kampf gegen die entfesselten Elemente eines Schwarzen Loches weiterzuführen, sondern auch das Bewußtsein, daß von der Erfüllung oder Nichterfüllung seines Auftrages vielleicht Leben oder Tod von Milliarden Menschen abhingen.

Er stellte eine Interkomverbindung zum Maschinenleitstand her und befahl: »Schalten Sie alle Reserve-Kraftwerke auf den Waring-Konverter, und fahren Sie das Aggregat rücksichtslos hoch!«

14.
Bericht: Perry Rhodan

Die MARCO POLO tanzte im Gravitationssturm auf und ab. Hin und wieder schlugen einige Gravos durch, Männer stürzten, Geräte wurden beschädigt. Aber das waren Nebensächlichkeiten, die wir ignorierten.

Vor einer halben Stunde hatten wir sechs Kreuzer ausgeschleust. Die Kommandanten waren von mir angewiesen worden, jeder für sich allein zu versuchen, sich zum Rattley-System durchzuschlagen und sich bei meinem Sohn zu melden.

Ich wartete noch immer auf einen Kurier, der uns die Nachricht aus dem Solsystem überbringen sollte. Unabhängig davon bereitete ich den Angriff auf Wabe 1 vor.

Gemeinsam mit Atlan hatte ich folgenden Plan ausgearbeitet: Wir wollten mit der MARCO POLO ins Trümmersystem einfliegen und einen Scheinangriff gegen einen Planetoiden durchführen, der – von uns aus gesehen – schräg hinter Wabe 1 stand. Sobald wir uns Wabe 1 weit genug genähert hatten, würden wir sämtliche verfügbaren Kreuzer ausschleusen. Sie sollten sich ebenfalls an dem Scheinangriff beteiligen, aber einer von ihnen war dazu bestimmt, dabei dicht an Wabe 1 vorbeizufliegen und bei der geringsten Distanz eine Space-Jet mit dem Einsatzkommando auszuschleusen.

In der Jet sollten Gucky, die beiden Oxtorner, zehn Kommandospezialisten und zehn überschwere Kampfroboter mitfliegen. Das war das eigentliche Einsatzkommando, das auf Wabe 1 aussteigen und den PEW-Bezugstransdeformator angreifen sollte.

Atlan gefiel dieser Plan nicht in allen Einzelheiten, und er machte auch kein Hehl daraus.

»Ein Einsatzkommando kann nicht halb so effektiv sein wie ein gezielter Transformbombenschuß, Perry«, gab er zu bedenken. »Ihr Terraner habt ein altes Sprichwort. Es heißt ›Nicht kleckern, sondern klotzen!‹, und genau gegen diese Regel willst du verstoßen.«

Ich nickte. »Du hast recht, mein Freund. Wenn wir ›klotzen‹, vernichten wir Millionen intelligenter Lebewesen, wenn wir dagegen ›kleckern‹, können wir die Zahl der möglichen Opfer gering halten und vor allem auf den Kreis derjenigen Paramags beschränken, die unmittelbar an einer Invasion des Solsystems beteiligt sind.«

»Du riskierst aber dabei, daß der Anschlag auf den Bezugstransdeformator fehlschlägt, Perry, ganz davon abgesehen, daß du das Einsatzkommando Gefahren aussetzt, die wir noch gar nicht überschauen können.«

Ich blickte auf meinen Armband-Chronographen. »Vielleicht erübrigt sich ein Angriff gegen den PEW-Bezugstransdeformator überhaupt, Atlan. Ich bin sicher, daß Bully mindestens ein Kurierschiff nach hier in Marsch gesetzt hat.«

»Vorausgesetzt, Major Stallinger ist mit seiner Korvette weit genug an das Solsystem herangekommen, um unsere Position durchgeben zu können.«

»Davon bin ich überzeugt. Als Stallinger abflog, war der Gravitationssturm längst nicht so stark wie jetzt. Er muß durchgekommen sein.«

Der Interkom vor meinem Platz in der Hauptzentrale summte. Ich schaltete das Gerät ein und erblickte kurz darauf das Abbild des Cheffunkers auf dem Bildschirm.

»Kontakt zur CMP-21, Sir«, meldete er. »Der Kommandant möchte Sie dringend sprechen.«

»Legen Sie die Verbindung um!« befahl ich.

Der Bildschirm erlosch, dann huschten undefinierbare Lichtmuster über ihn hinweg. Sekunden später erkannte ich undeutlich ein menschliches Gesicht.

»Hier Perry Rhodan«, meldete ich mich. »Sprechen Sie!«

»Hier CMP-21, Major Duvelock«, drang eine schwankende Stimme aus dem Lautsprechersystem des Interkoms. »Wir befinden uns auf dem Rückflug zur MARCO POLO. Ein Linearflug erwies sich als nicht möglich, Sir. Der Gravitationssturm schickt dimensional übergeordnete Ausläufer in den Linearraum und verändert dadurch dessen Struktur so weitgehend, daß es einen Linearraum im normalen Sinne nicht mehr gibt. Unser Waring-Konverter wurde bei den vergeblichen Versuchen, einen Linearflug zu erzwingen, so schwer beschädigt, daß weitere Versuche nicht zu verantworten waren.«

Atlan und ich wechselten einen kurzen Blick, dann erwiderte ich: »Kommen Sie so schnell wie möglich zurück, Major! Hatten oder haben Sie Funkkontakt zu den anderen fünf Kreuzern?«

»Vorübergehend mit der CMP-24 und der CMP-26, Sir«, antwortete Major Duvelock. »Sie kämpften mit den gleichen Schwierigkeiten wie wir. Ich nehme an, daß sie ebenfalls umkehren müssen. Was mit den übrigen drei Kreuzern ist, entzieht sich meiner Kenntnis.«

Ich bedankte mich für die Meldung und unterbrach die Verbindung. Dann blickte ich den Arkoniden an und seufzte.

»Also gut, du hast wahrscheinlich recht mit deiner Vermutung, daß kein Kurierschiff derzeit zu unserer Position durchkommen kann. Wir warten, bis alle sechs Kreuzer zurückgekehrt sind oder bis wir wissen, was aus ihnen geworden ist, dann greifen wir Wabe 1 an.«

»Mit Transformbomben, Perry?«

Mein arkonidischer Freund legte eine unüberbietbare Hartnäckigkeit an den Tag. Natürlich stimmte es, daß ein Angriff mit Transformbomben den Einsatz eines kleinen Kommandotrupps an Effektivität übertraf, aber was aus einem Volk wurde, das die Humanität zugunsten der Effektivität vernachlässigte, dafür lieferte das Schicksal des arkonidischen Sternenimperiums ein beredtes Beispiel.

»Nein!« erwiderte ich fest.

Innerhalb der nächsten beiden Stunden kehrten alle sechs ausgeschickten Kreuzer zurück. Ihre Kommandanten berichteten praktisch das gleiche wie Major Duvelock. Während des gravitatorischen Wirbelsturms, der in alle bekannten Dimensionen hineinwirkte, schien es keinen Linearraum mehr zu geben. Zumindest war dieses Zwischenkontinuum unbrauchbar für Linearflüge geworden. Die Waring-Konverter der Kreuzer wiesen mehr oder weniger starke Beschädigungen auf.

Nachdem alle Kreuzer eingeschleust waren, gab ich den Befehl zum Angriff. Das war allerdings leichter gesagt als getan. Sämtliche zwanzig Impulstriebwerke der MARCO POLO mußten auf ihre maximale Schubleistung von dreißig Millionen Megapond hochgefahren werden, um das Schiff gegen das Wüten des Gravitationssturms mit halber Kraft zu beschleunigen.

Je schneller wir wurden, desto stärker wirkte die Kraft des Sturmes auf die Paratron- und HÜ-Schirme ein. Sie flackerten und veränderten zeitweise ihre Struktur, und mehr als einmal sah es so aus, als würden ihre Energien zurückschlagen und die MARCO POLO vernichten.

Doch das waren nicht die ärgsten Gefahren, die uns drohten. Ich wußte, daß die Paramags mit ihren Antimateriefeldern, die sie mental gesteuert einsetzen konnten, in der Lage waren, uns zu vernichten. Deshalb lag mir soviel daran, sie glauben zu machen, daß unser Angriff nicht ihrer Hauptwelt Wabe 1, sondern einem relativ unwichtigen Planetoiden des Trümmersystems galt. Ich hoffte, sie würden in diesem Falle stillhalten, um unsere Aktivitäten nicht unnötig auf Wabe 1 zu lenken.

Leider trog diese Hoffnung. Wir kamen nicht einmal dazu, ein ungezieltes Feuer auf unser Scheinziel zu eröffnen, da entstanden links und rechts, über und unter der MARCO POLO relativ kleine und dünne Ballungen von Plasma aus Normalmaterie, deren Substanz sich in kürzester Zeit jeweils zur Hälfte in Antimaterie verwandelte.

Das derart gebildete Antiplasma, eine Mischung aus Protonen und Antiprotonen, wie unsere Ortung ergab, reagierte augenblicklich in charakteristischer Weise. Innerhalb von Mikrosekunden nach dem Zusammenstoß der gegensätzlich geladenen Teilchen lief ein Prozeß ab, an dessen Ende die restlose Umwandlung von Masse in Energie stand. Und da sowohl die Masse eines Protons wie eines Antiprotons einer Energie von jeweils neunhundert

Megavolt entsprach, setzte schon eine Handvoll Sternenstaub ungeheuerliche Energien frei.

Rings um uns brach die Hölle los. Unsere Paratron- und HÜ-Schirme wurden aufgerissen und mußten abgeschaltet werden, da sie sonst das Schiff gefährdet hätten. Wären die Antimateriefelder nicht durch mentale Kräfte, sondern durch positronische Zielgeräte gesteuert worden, unser aller Schicksal wäre in den ersten Sekunden besiegelt gewesen.

Ich erteilte den Befehl zur Umkehr. Die nächsten PPAAs der Paramags kamen der MARCO POLO schon beträchtlich nahe. Doch wieder hatten wir unwahrscheinliches Glück. Die Paramags konnten sich nicht schnell genug auf die elementare Zusammensetzung der Schiffshülle einstellen, und da Materie und Antimaterie nur dann »explosiv« reagierten, wenn ihre elementaren Entsprechungen zusammenstießen, verpufften einige reine Antimaterietreffer wirkungslos.

Wir zogen uns weit genug aus dem Paramag-Alpha-System zurück, um der Abwehr zu entgehen, und nahmen im Gravitationssturm abermals eine Warteposition ein.

»Das war hart«, sagte Atlan tonlos.

»Du sagst es«, murrte ich. »Wir hätten Wabe 1 auch dann nicht mit Transformbomben beschießen können, wenn wir es gewollt hätten.«

»Das sehe ich ein«, meinte der Arkonide. »Die Reichweite unserer Transformkanonen ist zu gering. Aber es muß eine Möglichkeit geben, sie zu vergrößern, so daß wir Wabe 1 durch Fernbeschuß vernichten können.«

»Mit herkömmlichen Mitteln ist den Paramags nicht beizukommen«, widersprach ich. »Wir müssen zu dem Hilfsmittel greifen, das uns Terranern bisher immer geholfen hat, scheinbar aussichtslose Situationen doch noch zu meistern.«

»Und welches Hilfsmittel wäre das?« erkundigte sich Atlan mit milder Ironie.

Ich tippte an meine Stirn. »Das Gehirn, mein Freund«, antwortete ich. »Das menschliche Gehirn ist eine bessere Waffe als Transformkanonen oder Antimateriefelder.«

Terra

Staatsmarschall Reginald Bull blieb vor den beiden Kampfrobotern stehen, die seinen privaten Fluggleiter bewachten, und ließ ihnen genug Zeit, ihn anhand seiner Individualausstrahlung zu identifizieren.

Danach bestieg er das Fahrzeug, ein teures und sehr schnelles Modell der

Firma ATV, das die Bezeichnung »Fregattvogel« trug. Per Fernsteuerung aktivierte er den Garagenlift, und bald darauf glitt über ihm die Abdeckung des Schachtes auf.

Bully schaltete den Triebwerkskomplex, bestehend aus Antigrav-, Pulsations- und Impulsaggregaten, ein und startete. Der einer großen flachen Schale gleichende Gleiter schoß senkrecht empor. Durch die transparente Kabinenwand blickte Bully auf die Umgebung. Imperium-Alpha war vorzüglich getarnt. Die parkähnlich gestaltete Oberfläche verriet nicht, was unter ihr verborgen lag.

Der Staatsmarschall murmelte Verwünschungen, als sein Gleiter bockte. Die Kontrollen zeigten Disregulationen des Triebwerkskomplexes an. Der Gravitationssturm hatte also weiter zugenommen. Wenn er nicht bald aufhörte, würden auch auf der Erde und den anderen solaren Planeten empfindliche Störungen des planetengebundenen Verkehrs eintreten.

Reginald Bull glich die Disregulationen mittels Handsteuerung aus und nahm Kurs auf den Flottenhafen von Terrania. Immer wieder überflog er dabei Gebiete, in denen emsig gebaut wurde. Es würde noch Jahre dauern, bis alle Schäden behoben waren, die durch den Aufstand des Homo superior und durch die Einflüsse des Schwarms verursacht worden waren.

Bulls Miene verfinsterte sich, als, er daran dachte, daß durch die Invasion der Paramags möglicherweise sehr bald noch größere Schäden verursacht werden konnten. Er unterschätzte die Gefahr nicht, die dem Solsystem durch die Paramagnetiseure aus dem galaktischen Zentrum drohte. Lebewesen, die Antimaterie als Waffe benutzten, stellten eine enorme Bedrohung dar.

Er überlegte, ob das, was Stallinger ihm »unter vier Augen« übergeben wollte, etwa eine geheime Nachricht Perrys über das wahre Ausmaß jener Gefahr sein konnte. Vielleicht war die Gefahr so übermächtig, daß der Großadministrator verhindern wollte, daß Informationen darüber an die Öffentlichkeit gelangten.

Abermals bockte der Gleiter, und abermals glich Reginald Bull die Disregulationen durch kompensierende Schaltungen aus. Vor ihm kam der sichelförmige Wall in Sicht, der das riesige Raumhafenareal gegen das Gebiet von Groß-Terrania abgrenzte. Früher hatte der Wall das besiedelte Gebiet gegen die starken Druckwellen startender und landender Raumschiffe geschutzt. Aber schon seit Jahrhunderten war ein solcher Schutz überflüssig geworden. Mit Hilfe eigener Antigravfelder und bodenerzeugter energetischer Start- und Landegerüste vollzogen sich die Starts und Landungen auch von größten Raumschiffen zumeist nahezu geräuschlos und unter minimalen Luftbewegungen.

Als der Fluggleiter den Sichelwall überflog, sah Bully drei kugelförmige

Raumschiffe, die sich im Flottensektor langsam auf den Bodenbelag senkten. Eines war erheblich kleiner als die beiden anderen. Es mußte sich bei ihm um die Korvette von Major Erkh Stallinger handeln.

Der Staatsmarschall hielt auf den Landeplatz der Korvette zu und setzte seinen Gleiter in dem Moment neben ihr auf, als sich das Mannschott der hohlen Mittelstütze öffnete.

Mehrere Männer in Raumanzügen stiegen aus. In einem von ihnen, einem untersetzten Mann mit kantigem Schädel und kurzen blonden Haaren, erkannte der Staatsmarschall Erkh Stallinger wieder.

Bully ließ die Tür seines Gleiters auffahren, schaltete die Außenlautsprecher ein und sagte: »Bitte, steigen Sie in mein bescheidenes Fahrzeug, Major Stallinger. Einen roten Antigravteppich konnte ich leider in der Eile nicht auftreiben, aber Sie können zum Ausgleich dafür einen Schnaps haben.«

Erkh Stallinger blickte herüber und verzog das Gesicht zu einem breiten Lächeln. Dann setzte er sich in Richtung auf den Gleiter in Bewegung, stieg ein, ließ sich auf den Sitz neben Reginald Bull fallen und sagte: »Vielen Dank, Staatsmarschall. Einen Schnaps könnte ich nach den Aufregungen der letzten Zeit gut vertragen.«

Bull wies auf die kleine Automatbar des Fahrzeugs. »Bedienen Sie sich selbst, Stallinger, und tasten Sie mir auch einen nach Ihrer Wahl.«

Erkh Stallinger tastete zwei Becher eines leicht gelblich schimmernden Calvados. Die Plastikbecher waren durchsichtig und sahen echten Branntweingläsern täuschend ähnlich. Nachdem beide Männer ihre Becher geleert und in den Abfallvernichter geworfen hatten, startete der Staatsmarschall.

»Ich höre«, verlangte er.

Stallinger leckte sich die Lippen, dann sagte er zögernd: »Der Großadministrator hat mir einen Datenträger für Sie mitgegeben. Ich kenne den Inhalt und soll Ihnen ausrichten, Sie möchten es nur dann abspielen, wenn feststeht, daß innerhalb des Solsystems katastrophale Verhältnisse herrschen, und daß diese einwandfrei auf die Einwirkung der Paramags zurückzuführen sind.«

Bully lachte humorlos. »Mein lieber Stallinger, wann haben im Solsystem einmal nicht katastrophale Verhältnisse geherrscht? Das Nest der solaren Menschheit ist schon total ausgefranst.«

»Sir?« meinte Stallinger fragend.

Reginald Bull kompensierte eine starke Disregulation des Triebwerkskomplexes und gab dabei eine Reihe von Verwünschungen von sich. Dann meinte er ruhiger: »Sie dürfen bildhafte Ausdrücke nicht wörtlich nehmen, Major. Ich wollte nur sagen, daß die kosmische Geschichte der Zweiten Menschheit einer Straße gleicht, die mit Heimsuchungen gepflastert wurde. Die letzten Jahre waren besonders schlimm. Erst drohte die Explosion der

Sonne durch den sogenannten Todessatelliten, dann erfolgte die Invasion der Takerer. Kaum hatten wir uns davon so weit erholt, wie es noch möglich war, kamen die Verdummungskatastrophe und der Aufstand des Homo superior. Dann wurde das Solsystem durch den Schwarm verschleppt – und kaum hatte sich alles wieder halbwegs eingerenkt, da tauchten die Geistermutanten mit allen Folgeerscheinungen auf. Asporc benötigte unsere Hilfe, und nun haben sich Paramags auf verschiedenen Planetoiden festgesetzt und möchten das gesamte System für sich erobern. Die Verhältnisse sind katastrophal, auch wenn es vielen Solariern noch nicht voll bewußt geworden ist, und die gegenwärtige Gefahr droht eindeutig von den Paramags. Vom Gravitationssturm will ich gar nicht reden.«

»Ich auch nicht«, behauptete Stallinger. »Ich habe ihn nämlich am eigenen Leibe erlebt.«

Der Major öffnete eine Außentasche seines Raumanzuges, entnahm ihr einen metallisch glänzenden kleinen Zylinder und hob ihn hoch.

»In dieser Hülle befindet sich der Datenträger, den mir der Großadministrator für Sie mitgegeben hat. Sir.«

»Umreißen Sie den Inhalt!« befahl Bully.

Erkh Stallinger zögerte. »Eigentlich sollten Sie es sich selbst anhören, Sir. So hat jedenfalls der Großadministrator gemeint.«

»Das werde ich auch tun. Wie lang ist die Laufzeit, Major?«

»Ungefähr zwei Stunden, Sir.«

Der Staatsmarschall warf Stallinger einen raschen Blick zu und meinte: »Da bekomme ich ja entzündete Ohren, Mann! Zwei Stunden! In der Zeit kann man ja eine ganze Wahlrede halten.« Er runzelte die Stirn. »Ich ahne etwas. Enthält der Speicher etwa eine Wahlrede des Großadministrators?«

Erkh Stallinger nickte. »Ja, Sir.«

Reginald Bull atmete auf. »Na endlich! Seit dem Zwischenfall mit Ostolli Acht hat die Menschheit nach Perry Rhodan gerufen – bildlich gesehen. Man erwartet ein klärendes Wort des amtierenden Großadministrators, vorrangig aber eine Entscheidung darüber, ob er sich zur bevorstehenden Wahl stellen wird oder nicht. Los, geben Sie eine Kurzfassung, Major!«

Stallinger nickte abermals.

»Unter der Voraussetzung, daß die solare Menschheit sich wieder einmal in akuter Gefahr befindet, stellt der Großadministrator sich zur Wahl«, berichtete er. »Auf dem Band erklärt er – und diese Erklärung ist für alle Bürger des Solaren Imperiums bestimmt –, warum er ursprünglich nicht wieder für das Amt des Großadministrators kandidieren wollte, weshalb er fern vom Solsystem ist und aus welchen Gründen er sich außerstande sieht, eine Wahlrundreise über mehr als zweitausend bewohnte Planeten durchzuführen. Natürlich besteht er nicht auf einer Wahl zum festgesetzten Termin am ersten August dieses Jahres, bei der er nicht persönlich anwesend sein könnte. Er überträgt die Entscheidung darüber dem Parlament und wäre mit einer Verschiebung der Wahl bis zu seiner Rückkehr einverstanden.«

»Das ist völlig klar«, meinte Reginald Bull. »Da er nicht persönlich anwesend ist, liegt die Entscheidung über termingemäße Durchführung der Wahl oder Verschiebung ohnehin nicht bei ihm. Maßgebend ist allein, daß er sich endlich entschlossen hat, wieder für sein Amt zu kandidieren.«

Grimmig fügte er hinzu: »Andernfalls hätte ich mich als Kandidaten aufstellen lassen. Auf keinen Fall hätte ich tatenlos zugesehen, wie womöglich der Demagoge Terhera von der Solargalaktischen Interessen-Liga Großadministrator geworden wäre.«

Erkh Stallinger lächelte flüchtig.

»Das freut mich zu hören, Sir.«

»Was freut Sie zu hören?«

»Ihr Entschluß, notfalls selbst zu kandidieren«, antwortete der Major. »Auf der MARCO POLO waren wir jedenfalls einstimmig der Meinung, daß jeder halbwegs intelligente Mensch besser für das Amt des Großadministrators geeignet sei als ausgerechnet Bount Terhera.«

Bully blickte den Major scharf von der Seite an, dann grinste er und erwiderte: »Sie sind ein Schelm ersten Ranges, Stallinger. Vielen Dank dafür, daß Sie mich für ›halbwegs intelligent‹ halten.«

»Keine Ursache, Sir«, sagte Erkh Stallinger trocken. Aber dann grinste er ebenfalls. »Ich glaube, Sie hätten einen herzerfrischenden Großadministrator abgegeben, Staatsmarschall. Fast bedaure ich, daß Sie nun doch nicht kandidieren werden.«

Reginald Bull setzte zur Landung an. Der Fluggleiter schlingerte bedenklich, als eine überlichtschnelle Bö des Gravitationssturms ihn voll traf. Das Antigravaggregat setzte aus, und Bully mußte den Gleiter mit Hilfe der Impulstriebwerke auf der Garagenplattform landen.

Eine Viertelstunde später trafen die beiden Männer mit Solarmarschall Julian Tifflor und Galbraith Deighton zusammen. Tifflor und Deighton zeigten ebenfalls große Erleichterung, nachdem Bull ihnen erklärt hatte, daß Perry Rhodan nun doch wieder für das Amt des Großadministrators kandidieren wollte.

Anschließend legte Reginald Bull den Datenträger in ein Abspielgerät ein. Auf dem Bildschirm erschien das Abbild Rhodans, und aus dem Lautsprechersystem ertönte Rhodans Stimme.

Die Ansprache richtete sich an alle Bürger des Solaren Imperiums, also an die Bewohner von rund zweitausend Welten. Bereits nach den ersten Sätzen wurde den vier Zuhörern klar, daß Rhodan genau den richtigen Ton getroffen hatte und daß diese Rede ihre Wirkung nicht verfehlen würde.

Aber sie kamen nicht dazu, sie sich zu Ende anzuhören. Aus der Hauptzentrale von Imperium-Alpha traf die Meldung ein, daß drei von Asporc kommende Lazarettschiffe mit verletzten Katastrophenhelfern beim Einflug ins Solsystem durch Einwirkung von PPAAs vernichtet worden waren.

Diesmal jedoch hatte der Ursprung jener mentalgesteuerten Antimateriefelder rechnerisch bestimmt werden können. Er war identisch mit der derzeitigen solarinternen Position des Planetoiden Toro, der früher als »dritter Mond« um Erde und Sonne gekreist war und zum erstenmal um die Jahreswende 1925/26 beobachtet worden war. Das Tripel Erde, Mond und Toro hatte sich jedoch rund fünfhundert Jahre nach seiner Entdeckung wieder aufgelöst, weil seine Bahn von der Venus gestört worden war.

Da Toros Bahn jedoch größtenteils weit entfernt vom solaren Planetoidenring verlief, hatte niemand voraussehen können, daß sich ausgerechnet in ihm Paramags einnisten würden. Folglich war der Vernichtungsschlag gegen die drei Lazarettschiffe völlig überraschend erfolgt.

Staatsmarschall Bull schaltete das Abspielgerät ab, erhob sich und sagte: »Tiff, Sie und ich werden unverzüglich mit der PILBO und der NEOMAV starten und den Brückenkopf der Invasoren vernichten. Major Stallinger, falls Sie nicht zu abgespannt sind, können Sie mich auf der NEOMAV begleiten.«

Erkh Stallinger erhob sich ebenfalls und sagte ernst: »Ich nehme Ihre Einladung an, Sir.«

CPM-34

Die Schiffszelle der CMP-34 bebte und dröhnte wie eine angeschlagene Glocke.

»Zweiunddreißig Prozent Überbelastung, Sir«, meldete der Erste Maschineningenieur. Seine Stimme ging fast unter im Tosen der Kraftwerksmeiler und dem Klirren der Instrumente.

Major Hoc Calvaniyz blickte auf die Bildschirme der Panoramagalerie, die die Umgebung des Kreuzers nur noch als zitternde Schemen wiedergaben.

»Noch mehr Energie in den Waring-Konverter!« befahl er mit spröder Stimme.

»Das Aggregat ist überhitzt«, warnte der Ingenieur. »Wenn ich mehr Energie zuführe, besteht die Gefahr, daß es explodiert.«

Hoc fühlte die Blicke der gesamten Zentralbesatzung auf sich ruhen. Er wußte, daß er der Verantwortung für sie und für die übrige Besatzung seines Schiffes nicht ausweichen konnte.

»Wenn Sie nicht mehr Energie in den Waring schicken, stürzen wir in das Schwarze Loch und werden auf Molekülgröße komprimiert«, gab er zurück. »Beschicken Sie das Aggregat mit allem, was Ihnen zur Verfügung steht.«

Er sah auf dem Interkombildschirm, daß sich das Gesicht des Ersten Maschineningenieurs mit Schweißperlen bedeckt hatte. Gleichzeitig merkte er, daß er ebenfalls schwitzte.

Hätte ich nur auf Tai Pungh gehört!

Hoc verwarf diesen Gedanken wieder. Die Logik war gegen die Argumente seines Chefastrogators gewesen. Jeder terranische Schiffskommandant hätte wie er entschieden.

»Vierzig Prozent Überbelastung«, meldete der Ingenieur tonlos. »Sechsundvierzig Prozent. Sir, der Waring wird von Vibrationen geschüttelt.«

»Weiter!« befahl Hoc Calvaniyz.

Er preßte die Lippen zusammen, als die gesamte Schiffszelle zu rütteln begann. Aus einigen Schaltpulten quoll hellgrauer Rauch; der größte Bildschirm der Panoramagalerie implodierte mit lautem Knall. Ein Kontursessel löste sich aus seiner Bodenverankerung und schoß mitsamt dem Mann darin quer durch die Hauptzentrale. Er prallte gegen ein Schaltpult, zerschmetterte die Frontverkleidung und löste eine Serie von Kurzschlüssen aus. Eine grelle Stichflamme hüllte den Sessel ein.

Jemand aktivierte einen Löschautomaten. Zwei Männer kümmerten sich um den Mann im Kontursessel. Sie meldeten, daß er noch lebte. Er war geistesgegenwärtig genug gewesen, seinen Druckhelm nach vorn zu klappen, als sein Sessel sich losriß. Dadurch hatte die Stichflamme ihm nichts anhaben können.

»Sechsundfünfzig Prozent Überbelastung«, meldete der Erste Maschineningenieur. Er schrie, um sich verständlich zu machen. »Der Waring wird jeden Moment explodieren.«

»Führen Sie mehr Energie zu!« befahl Hoc mit einer Stimme, die er kaum noch als seine eigene erkannte. In einem Teil seines Bewußtseins wunderte er sich darüber, daß er nicht mit seinem Leben abgeschlossen hatte. Trotz der hochgradig gefährlichen Situation erschien ihm der eigene Tod als etwas, das noch in weiter Ferne lag.

Die Schiffszelle gab ein Kreischen von sich, als wäre sie ein tödlich verwundetes Tier. Ein Aggregat schoß dicht an Hoc vorbei und zerschmetterte den Medorobot, der in die Hauptzentrale gekommen war, um den Verletzten zu bergen.

»Zweiundsechzig Prozent Überbelastung!« schrie der Maschineningenieur mit überschnappender Stimme. »Die Umhüllung des Waring-Konverters ist weißglühend, Sir!«

»Energiezuführung bitte fortsetzen!« schrie Hoc Calvaniyz zurück.

Auf den noch heilen Bildschirmen der Panoramagalerie war außer einem weißlichen Wallen nichts mehr zu sehen. Auch die Kontrollen auf Hocs Schaltpult spielten verrückt. An ihnen ließ sich nicht ablesen, ob sich die CMP-34 noch im Normal- oder wieder im Linearraum befand.

Es war die Ortungszentrale, die über Interkom meldete, daß der Kreuzer in den Linearraum übergetreten war.

»Volle Linearbeschleunigung!« befahl Major Calvaniyz. »Wir müssen aus dem magnetischen Feld des Schwarzen Loches entkommen, bevor der Waring uns im Stich läßt.«

Er zögerte kurz, dann befahl er dem Maschineningenieur, den Linearkonverter auf fünfzig Prozent Überbelastung zurückzuschalten. Als die CMP-34 auch danach im Zwischenraum blieb, entspannte er sich etwas. Die Vibrationen der Schiffszelle ließen etwas nach, waren aber immer noch bedrohlich stark.

Unterdessen jagte die CMP-34 mit hoher Überlichtgeschwindigkeit durch den Linearraum. Dadurch war sie wieder den Sekundärwirkungen des galaktischen Gravitationssturms ausgesetzt, aber plötzlich kamen diese dem Kommandanten harmlos vor.

Nach einer halben Minute ließ Hoc Calvaniyz den Waring-Konverter auf dreißig Prozent Überbelastung zurückschalten. Der Erste Maschineningenieur meldete, daß die Umhüllung des Linearaggregates allmählich abkühlte und nur noch rotglühend war. Zum erstenmal seit dem Beginn des Kampfes gegen das Schwarze Loch lächelte Hoc wieder.

Eine weitere halbe Minute später hielt der Major es für verantwortbar, den Waring-Konverter auf Normalwerte zu drosseln. Die Vibrationen der Schiffszelle verebbten. Hoc befahl der Mannschaft, das Ausmaß der Beschädigungen festzustellen, die bei dem Gewaltmanöver entstanden waren. Es stellte sich heraus, daß rund dreißig Prozent der Schäden mit Bordmitteln behoben werden konnten, indem man sich des gutsortierten Ersatzteillagers bediente. Der Rest würde an Bord des Mutterschiffes behoben werden können – falls man die MARCO POLO jemals erreichte. Allerdings machten die vorerst nur rechnerisch ermittelbaren Materialermüdungserscheinungen, die eine Folge der harten Vibrationen der Schiffszelle waren, in absehbarer Zeit eine Generalüberholung der CMP-34 erforderlich.

Hoc Calvaniyz erkundigte sich nach dem Befinden des Verletzten, der inzwischen von einem anderen Medorobot in die Krankenstation eingeliefert worden war. Der Mann hatte verschiedene Knochenbrüche erlitten, schwebte jedoch nicht in Lebensgefahr. Auch einige andere Besatzungsmitglieder waren verletzt worden, konnten jedoch nach ambulanter Behandlung wieder auf ihre Stationen entlassen werden.

Alles in allem war das Abenteuer mit dem Schwarzen Loch also noch glimpflich verlaufen. Hoc Calvaniyz machte sich jedoch nichts vor. Hätte er nicht so schnell reagiert und wäre der Waring-Konverter nicht so gut wie neu gewesen – auf einer der lunaren Werften war das alte Aggregat ausgebaut und gegen ein neues ausgetauscht worden –, dann lebten sie alle höchstwahrscheinlich nicht mehr.

Der Major wertete den Zwischenfall gemeinsam mit seinem Chefastrogator aus und sprach einen Bericht auf Speicher. Er nahm sich vor, diesen Bericht bei der ersten sich bietenden Gelegenheit weiterzugeben, damit andere Schiffskommandanten der Solaren Flotte und der zivilen Raumfahrt vor ähnlichen bösen Überraschungen bewahrt werden konnten.

Eine halbe Stunde nach dem Wiedereintritt in den Linearraum erreichte die CMP-34 das Zielgebiet. Major Calvaniyz schaltete von seinem Pult aus den Waring-Konverter ab. Der Kreuzer fiel in den Normalraum zurück. Auf einem der intakten Bildschirme leuchtete die rote Zielsonne.

Hoc fixierte ihre galaktographische Position in der elektronischen Sternkarte und nannte sie zur Erinnerung an die glückliche Rettung *Fortune.* Wie Tai Pungh vorausberechnet hatte, besaß Fortune sieben Planeten. Die meßtechnischen Untersuchungen ergaben, daß nur einer von ihnen genügend Oberflächenwasser für eine halbwegs rationelle Gewinnung von Deuterium besaß. Es handelte sich um den zweiten Planeten Fortunes.

Allerdings enthielten die Gewässer von Fortune-2 kein schweres Wasser, so daß die sonst übliche elektrolytische Methode zur Gewinnung von Deuterium nicht angewandt werden konnte. Hoc entschloß sich dennoch zur Landung und befahl, eine provisorische Anlage aufzubauen, in der der aus Meerwasser gewonnene flüssige Wasserstoff mit Neutronen beschossen werden konnte, wodurch sich ebenfalls schwerer Wasserstoff bildete.

Noch während des Landeanfluges wurde die provisorische Anlage installiert und mit den vordringlichen Reparaturarbeiten begonnen.

Wie es die strengen Dienstvorschriften der Solaren Flotte geboten, landete Major Calvaniyz die CMP-34 nicht direkt auf Fortune-2, sondern brachte das Schiff erst einmal in eine Kreisbahn, damit die Planetenoberfläche mit den Elektronenteleskopen erkundet werden konnte.

Zweck dieser Vorgehensweise war, eine überraschende Begegnung mit eventuell vorhandenen primitiven Eingeborenen oder gar einer hochentwickelten Zivilisation zu vermeiden. Erfahrungsgemäß wurden dadurch sehr leicht feindselige Konfrontationen ausgelöst. Es war auch schon vorgekommen, daß Eingeborene eines Planeten durch das überraschende Auftauchen von Vertretern einer technisch und wissenschaftlich weit über ihnen stehenden Zivilisation einen Schock erlitten hatten, der ihre eigene Entwicklung empfindlich störte.

Allerdings wurde schon nach den ersten Umkreisungen klar, daß eine solche Gefahr auf Fortune-2 nicht bestand. Oder besser gesagt, nicht mehr, denn unter einer üppig wuchernden Vegetation entdeckten die Massetaster versinterte Überreste von riesigen Städten, die offenbar einer Katastrophe zum Opfer gefallen waren. Sedimente hatten sie im Laufe der Zeit überlagert, so daß sie sich der optischen Beobachtung entzogen.

Im Gegensatz zur Flora war die Fauna nur mit wenigen Arten vertreten. Säugetiere gab es überhaupt nicht, dafür aber eine große Quantität von Insekten, in erster Linie Termitoide, deren Bauten unübersehbar waren.

Hoc Calvaniyz faßte die Beobachtungen in einem Bericht zusammen und zog den vorläufigen Schluß. daß vor etwa einer Million Jahren oder noch früher eine umfassende Katastrophe, vielleicht eine kurzzeitige Aufblähung der Sonne, sowohl die planetarische Zivilisation als auch die hochentwickelten Lebensformen ausgelöscht hatte. Es waren jedoch Reste einiger früherer Arten erhalten geblieben und hatten sich vermehrt, nachdem die inneren Kräfte des Planeten eine weitgehende Regenerierung der Lebensgrundlagen erreicht hatten.

Anschließend setzte der Major sein Schiff auf einer felsigen Insel im Meer, vor der Küste eines Kontinentes, ab. Die Arbeiten zur Gewinnung von Deuterium liefen an.

Und zu dieser Zeit fing die Hyperkomzentrale des Kreuzers schwache Signale auf! Es handelte sich um Morsezeichen, die von einer galaktischen Außenrandstation des Solaren Imperiums per Hyperfunk gesendet wurden. Hoc Calvaniyz wurde blaß, als die Funkzentrale ihm den Klartext übermittelte.

Er war durch die vom Gravitationssturm verursachten Störungen verstümmelt, aber die Hauptpositronik konnte die Textlücken sinnentsprechend auffüllen.

Der gemorste Hyperfunkspruch lautete: »Imperium-Alpha an CMP-34. Dringlichkeitsstufe eins. Neue feindselige Aktivitäten der ins Solsystem eingesickerten Paramags. Gegner ist offensichtlich dabei, seine Brückenköpfe weiter auszubauen. Es muß mit einer baldigen Großinvasion gerechnet werden.

Kurierschiffe sind vom Solsystem und von Olymp unterwegs nach Asporc. Sie sollen Roi Danton die gegenwärtigen Positionsdaten der MARCO POLO überbringen und ihn anweisen, unverzüglich eine Hilfsaktion einzuleiten.

Da ein Durchkommen der Kurierschiffe nicht garantiert ist, wird die CMP-34 aufgefordert, nach Erhalt dieser Nachricht mit allen Mitteln zu versuchen, die MARCO POLO zu erreichen. Übermitteln Sie dem Großadministrator, daß die solare Menschheit durch die Paramags akut gefährdet ist. Perry Rhodan wird dringend gebeten, die Möglichkeit für weitere Paratransdeformationen innerhalb des Paramag-Alpha-Systems schnellstens abzustellen. Die Situation rechtfertigt drastische Maßnahmen. Gezeichnet Reginald Bull, Staatsmarschall des Solaren Imperiums.«

Major Calvaniyz veranlaßte ohne Verzögerung, daß die Hypertaster der CMP-34 auf jene Stelle des äußeren galaktischen Zentrumsringes gerichtet wurden, die das Schiff bei einem geradlinigen Flug ins Zentrumsgebiet mit dem Paramag-Alpha-System durchstoßen mußte.

Dieser Ring war ungefähr 1600 Lichtjahre vom Zentrumskern entfernt und besaß einen Durchmesser von rund dreihundert Lichtjahren. Er bestand in erster Linie aus relativ dichtem, glühendem Wasserstoff, der mit einer Geschwindigkeit von zirka dreihundert Kilometern in der Sekunde um den Kern rotierte.

Normalerweise wies der äußere Zentrumsring einen hohen Grad an Stabilität auf. Der vom Kern ausgehende Gravitationssturm mit seiner überwiegend fünfdimensionalen Komponente hatte den glühenden Wasserstoff jedoch in Aufruhr versetzt. Es kam ständig zu magnetischen Wirbelströmen, zu kurzfristigen Fusionsreaktionen innerhalb schlauchförmiger Komprimationsfelder und zu Ausbrüchen von Materie nach außen, also in die galaktische Ebene hinaus.

Die Auswertung der durch den Sturm erheblich beeinträchtigten Ortungsmessungen ergab klipp und klar, daß die Chancen der CMP-34, heil durch dieses Chaos zu kommen, sehr gering waren. Die Wahrscheinlichkeit dafür wurde von der Hauptpositronik mit sechzehn Prozent angegeben.

Hoc Calvaniyz floh vor der bedrückenden Last dieser Fakten aus dem Schiff. Er wanderte über die Uferklippen des Felseneilandes, ließ sich den warmen Wind ins Gesicht wehen und versuchte, in der Einsamkeit zu einem Entschluß zu gelangen.

Sechzehn Prozent Wahrscheinlichkeit für ein Durchstoßen des aufgewühlten und schnell rotierenden Wasserstoffrings waren zuwenig. Viel wahrscheinlicher war, daß die CMP-34 von Sekundäreffekten innerhalb des Linearraums zerrissen wurde. Unter diesen Umständen erlosch sein Recht als Schiffskommandant, die ihm anvertrauten Menschen gegen ihren Willen ins beinahe sichere Verderben zu führen.

Andererseits besagte die Nachricht aus dem Solsystem, daß die solare Menschheit akut gefährdet war – ja vielleicht sogar verloren war, wenn der Großadministrator nicht darüber informiert wurde, daß eine Notwehrsituation vorlag, die ihn zur Anwendung drastischer Methoden gegen den PEW-Bezugstransdeformator berechtigte. Und möglicherweise hing es ausschließlich von ihm und der CMP-34 ab, daß Rhodan rechtzeitig darüber informiert wurde.

Hoc Calvaniyz erkannte, daß es für ihn keine Möglichkeit gab, der Pflicht gegenüber der solaren Menschheit auszuweichen – aber er durfte auch seiner Pflicht gegenüber der Mannschaft seines Schiffes nicht ausweichen. Er kehrte in die CMP-34 zurück, schaltete die Rundrufanlage ein und klärte seine Besatzung über die Lage im Solsystem sowie über die Risiken auf, die eine Fortsetzung des Fluges mit sich bringen würde.

Einige Männer meldeten sich über Interkom und schlugen vor, über die galaktische Ebene zu steigen und den äußeren Zentrumsring einfach zu überfliegen.

»Diese Möglichkeit ist uns leider verwehrt«, entgegnete Major Calvaniyz. »Der Gravitationssturm erzeugt einen starken Sog, durch den hyperenergetische Ströme mit großer Gewalt aus dem galaktischen Halo in Richtung Zentrum fließen. Verlassen wir die galaktische Ebene, geraten wir unweigerlich in diesen Sog hinein. Dort wäre ein Linearflug völlig unmöglich. Wahrscheinlich würden wir entmaterialisiert und in den Hyperraum abgestrahlt, und wir haben keine technischen Möglichkeiten, diesen Vorgang rückgängig zu machen.«

Er holte tief Luft und fuhr fort: »Wir können nur entweder ein Linearmanöver durch den äußeren Zentrumsring programmieren und hoffen, lebend durchzukommen, oder umkehren und zum Solsystem zurückfliegen. Ich bin dafür, den Durchbruch zu wagen, aber ich werde Ihnen nicht befehlen, dabei mitzumachen.

Entscheiden Sie sich so oder so durch Abstimmung. Ich gebe Ihnen dazu eine Stunde Zeit. So lange wird das ›Auftanken‹ ungefähr noch dauern.«

Die Männer der CMP-34 brauchten keine Stunde, um sich zu entscheiden. Sie wogen das Für und Wider gegeneinander ab. Keiner war scharf darauf, ein Held zu sein, denn man hatte ihnen beigebracht, daß Heldentum meist nur eine spezielle Erscheinungsform von Feigheit war.

Dennoch entschieden sie sich schließlich einmütig, ihr Leben aufs Spiel zu setzen, um damit möglicherweise das Verhängnis abzuwenden, das der solaren Menschheit durch eine Invasion der Paramags drohte.

Hoc Calvaniyz dankte seinen Leuten in nüchterner Form für ihre Entscheidung – und eine Dreiviertelstunde später verließ die CMP-34 den Planeten Fortune-2 und stürzte sich in das Inferno eines von grauenhaften Gewalten erschütterten Linearraums.

15.
Terra

Die NEOMAV und die PILBO standen startbereit in ihren unterirdischen Hangars. Nach dem Einsatz dieser beiden Spezialschiffe gegen den Planetoiden Ostolli 8 waren sie überprüft und aufgetankt worden, und man hatte die verbrauchten Transformbomben durch neue ersetzt.

Während Reginald Bull die NEOMAV startete, erklärte er Major Stallinger, was es mit diesen beiden Raumschiffen auf sich hatte.

»Wie Sie wissen, kann ein Element aus Koino- oder Normalmaterie nur mit einem entsprechenden Element aus Antimaterie reagieren«, sagte er. »Da aber fast jedes Koinomaterie-Element eine Entsprechung aus Antimaterie hat, führt ein Zusammenstoß zwischen Normal- und Antimaterie meist zur Vernichtung ihrer Massen und Umwandlung in reine Energie.

Als wir vor längerer Zeit den Besuch eines Schiffes aus dem Antimaterie-Universum erhielten, erwies es sich in der Tat als äußerst problematisch, einen Kontakt herzustellen. Damals kam uns ein glücklicher Zufall zu Hilfe.

Der Galaktische Prospektor Derbolav de Grazia entdeckte auf dem Riesenplaneten Maverick, jenseits des galaktischen Zentrums in einem der äußeren Spiralarme der Eastside, ein Element, das sich nicht in das Periodische System der Elemente einordnen ließ. Er nannte es Ynkelonium.

Es handelt sich bei Ynkelonium um ein natürlich entstandenes Hochdruckthermo-Element von großer Stabilität, das sich nur unter den extremen Bedingungen von Maverick entwickeln konnte. Später ermittelten wir, daß eine Legierung von Ynkelonium mit Terkonit, das Ynkonit, die dreißigfache Festigkeit des Metallplastiks Terkonit und einen Schmelzpunkt von hunderttausend Grad Celsius besaß.

Zum Zeitpunkt seiner Entdeckung aber war für uns eine andere Eigenschaft wichtiger. Ynkelonium hat nämlich keine Entsprechung unter den Antimaterie-Elementen und kann deshalb mit keiner Form von Antimaterie explosiv reagieren. Diese Eigenschaft nutzten wir, indem wir zwei Raumschiffe, nämlich die NEOMAV und die PILBO, galvanotechnisch mit reinem Ynkelonium plattierten. Das gleiche taten wir mit Raumanzügen, die für Personen bestimmt waren, die in unmittelbaren Kontakt zu unserem Besucher aus dem Antimaterie-Universum treten sollten. Diese Ynkelonium-Überzüge nannten wir Maverick-Capes.«

»Und ein solches Maverick-Cape schützt vor den PPAAs der Paramags?« erkundigte sich Stallinger mit leisem Zweifel.

Bull lächelte grimmig.

»Wir haben es ausprobiert, als wir mit der NEOMAV und der PILBO die paramagschen Invasoren in Ostolli Acht angriffen. Heute wissen wir, daß die Paramags nicht in der Lage sind, die antimaterielle Entsprechung von Ynkelonium zu erzeugen. Ihre paramentalen Kräfte sind offenbar auch nicht in der Lage, das Maverick-Cape eines Raumschiffes zu durchdringen und innerhalb des Schiffes irgendwelche Bestandteile in Antimaterie zu verwandeln, die dann mit der Normalmaterie der übrigen Schiffsteile explosiv reagieren müßte.«

Erkh Stallinger runzelte die Stirn.

»Sie sagten, die Paramags wären nicht in der Lage, die antimaterielle Entsprechung von Ynkelonium zu erzeugen, Sir. Aber könnte es nicht sein, daß es ihnen über kurz oder lang gelingt, das Ynkelonium selbst in Antimaterie zu verwandeln, zumindest einen Teil davon, so daß dieser Teil mit dem Rest explosiv reagieren müßte?«

Reginald Bulls Blick verfinsterte sich.

»Die gleiche Befürchtung äußerten unsere Wissenschaftler, die sich mit der Erforschung jenes Phänomens befaßten, das sie ›Paraabstraktes pluskonstruktives Antimaterie-Aufbaufeld‹ nannten. Sie meinten, es sei nur eine Frage der Zeit, bis die Paramags mit ihren mentalen Kräften den Aufbau des Ynkelonium-Atoms ermitteln – und von da ab könnte es ihnen gelingen, die Ladungen umzupolen. Er seufzte. »Wenn ihnen das gelingt, sind wir ihnen nahezu wehrlos ausgeliefert, Stallinger. Folglich dürfen wir nicht zulassen, daß es bei einem Angriff unserer beiden Spezialschiffe Überlebende auf der Gegenseite gibt.«

Als ein Lichtsignal ihn darüber informierte, daß die NEOMAV von ihrem energetischen Startgerüst aus der Erdatmosphäre hinausgehoben worden war, aktivierte er die Impulstriebwerke des Schiffes. In einer weiten Schleife gingen die NEOMAV und die PILBO auf direkten Kurs in Richtung Toro, der sich zur Zeit hinter dem Saturn befand, und zwar seit einigen hundert Jahren auf einer stark elliptischen Bahn, die ihn in die Nähe von Uranus, Saturn und Venus führte.

Die beiden Raumschiffe beschleunigten voll und passierten den Planetoidenring indirekt im Linearraum. Jenseits des Saturn fielen sie ins vertraute Raum-Zeit-Kontinuum zurück und näherten sich dem kleinen Felsbrocken mit dem Namen Toro.

»Im Grunde genommen tun mir die Paramags leid«, sagte der Staatsmarschall. »Sie brauchen große Mengen PEW-Metall, um ihre Zivilisation am Leben erhalten zu können, und es ist ein tragischer Irrtum, daß sie annehmen, ausgerechnet im Solsystem einen Planeten voller PEW-Metall zu finden.«

»Eigentlich müßten sie doch inzwischen ihren Irrtum bemerkt haben«, meinte Stallinger. »Schließlich sind ihre Voraustrupps ja nicht auf Zeut angekommen, auf den sie ihren PEW-Bezugstransdeformator justiert hatten, sondern nur in einigen seiner Trümmerbrocken, die zudem nur geringfügige Mengen an PEW-Metall enthalten.«

»Das ist richtig«, stimmte Bull bedächtig zu. »Aber anscheinend vermögen die Paramags nicht logisch zu denken, oder sie wenden eine Pseudologik an, die zwangsläufig zu Trugschlüssen führt. Dadurch werden sie ja so gefährlich für uns. Einige unserer Wissenschaftler behaupten sogar, die Paramags konnten nach einer gründlichen paramentalen Durchortung des Solsystems in die Lage versetzt werden, die Gravitationsenergie der Planeten, Monde und anderer Objekte in Antienergie zu verwandeln.«

»Das wäre unser Untergang«, sagte Stallinger erschrocken. »Und wie ist es mit der Zeit, Sir? Zeit ist doch auch eine Energieform, denn sie richtet die Vorgänge im Universum aus.«

Bulls Augen weiteten sich. »Daran hat außer Ihnen niemand gedacht. Aber Sie haben recht, Stallinger. Bei allen Milchstraßen! Hoffentlich hat Major Calvaniyz meine letzte Funknachricht noch empfangen, und hoffentlich kommt die CMP-34 zur MARCO POLO durch, damit Perry weiß, daß er den PEW-Bezugstransdeformer auf Wabe 1 unter allen Umständen unbrauchbar machen muß.«

Ein Lautsprechersystem schaltete sich knackend ein, dann sagte die Stimme des Cheforters: »Achtung, Gegner baut Antimateriewolken um das Schiff auf. Er verwendet dazu die normale und die fünfdimensionale Strahlungsenergie der Sonne. Keine Reaktionen mit dem Maverick-Cape feststellbar.«

»Danke.« Reginald Bull schaltete den Interkom zur Feuerleitzentrale durch und fragte: »Sind die Transformkanonen feuerbereit?«

»Sind feuerbereit, Sir«, meldete der Feuerleitoffizier lakonisch.

»Gut. Strahlen Sie fünf Transformbomben ins Ziel ab, sobald die Wirkungsdistanz erreicht ist!« befahl der Staatsmarschall.

Der Feuerleitoffizier bestätigte. Kurz darauf meldete sich Solarmarschall Tifflor über Telekom. Die PILBO flog dreitausend Kilometer neben der NEOMAV und war ebenfalls feuerbereit.

Anderthalb Minuten später traten die Transformkanonen in Aktion, und in der nächsten Sekunde verwandelte sich Toro in eine Wolke glühender Gase, die rasch expandierte und abkühlte.

Reginald Bull stellte eine Funkverbindung zu Julian Tifflor her.

»Wir werden noch nicht zur Erde zurückkehren«, erklärte er, »sondern erst jenem Raumsektor einen Besuch abstatten, in dem Stallinger und die Begleitschiffe unter PPAA-Beschuß genommen wurden. Vielleicht verraten die Invasoren ihr Versteck, indem sie uns angreifen.«

Julian Tifflor wiegte den Kopf. »In diesem Sektor des Planetoidenringes gibt es mehrere tausend Trümmerstücke. Wir können nicht jedes einzeln anfliegen, um auf eine Reaktion zu warten.«

»Das nicht«, erwiderte Reginald Bull hart. »Aber wir können wahllos einige Planetoiden zerstören, so daß die Paramags annehmen müssen, ihre Schlupfwinkel kämen über kurz oder lang auch an die Reihe. Es sollte mich wundern, wenn sie nicht wenigstens versuchen würden, uns daran zu hindern.«

»Falls sie logisch denken«, warf Erkh Stallinger ein.

»Das ist nicht unbedingt erforderlich, Major«, entgegnete Tifflor. »Ich rechne mit einer Panikreaktion, und dazu bedarf es keiner logischen Gedankengänge, sondern nur eines ausreichend starken Selbsterhaltungstriebes – und den haben die Paramags.«

Bull nickte. »Ich lasse ein Kurzlinearmanöver berechnen und sende Ihnen die Daten hinüber, Tiff. Sofort nach dem Rücksturz in den Normalraum werden wir die Ziele unter uns aufteilen. Ende.«

Abermals beschleunigte die NEOMAV, ging auf Kurs und verschwand im Linearraum. Als sie in den Normalraum zurückfiel, schwebte die PILBO in unveränderter Entfernung neben ihr.

Reginald Bull ließ durch die Hauptpositronik acht Planetoiden als Angriffsziele bestimmen und teilte vier davon der PILBO zu. Kurz darauf explodierten die acht relativ kleinen Trümmerstücke des ehemaligen Planeten Zeut.

Und Sekunden später flammten rings um die beiden Raumschiffe und auch an andern Stellen des Solsystems grelle Energieblitze auf. Normale Strahlungsenergie war in ihre antimaterielle Entsprechung verwandelt worden und reagierte explosiv mit dem ständigen Nachfluß koinomaterieller Strahlungsenergie.

Eine nur handgroße Wolke aus Antiprotonen stieß fünfhundert Meter unter der NEOMAV mit einer nicht viel größeren Wolke aus Koinoprotonen zusammen. Die Engergieentwicklung war so stark, daß das Schiff einige Kilometer weit fortgeschleudert wurde und die Andruckabsorber überlastet wurden.

Dennoch maßen die Mentaltaster die Quelle der paramentalen Energie an, die den Angriff geführt hatte. Zwei Transformbomben wurden abgestrahlt und vernichteten einen zirka hundertfünfzig Meter durchmessenden Planetoiden.

Die PILBO hatte ebenfalls einen Planetoiden vernichtet, aus dem paramentale Kräfte mit PPAAs gearbeitet hatten. Danach hörten die Angriffe auf. Sie setzten auch nicht wieder ein, als die beiden Spezialschiffe wahllos sechzehn weitere Planetoiden zerstörten.

Staatsmarschall Bull stellte eine Telefonverbindung mit Tifflor her und sagte: »Anscheinend gibt es in diesem Sektor keine weiteren von Paramags besetzten Planetoiden, Tiff. Ich denke, wir müssen unsere Aktion abbrechen. Schließlich möchte ich nicht sämtliche Planetoiden zerstören.«

Julian Tifflor nickte. »Außerdem sind auch Raumschiffe mit Maverick-Capes nicht hundertprozentig vor den Angriffen der Paramags sicher. Die NEOMAV war sekundenlang sogar in großer Gefahr.«

Bull winkte ab. »Ach was. Der kleine Schlag hat uns nicht viel ausgemacht. Schließlich haben Terraner dicke Schädel.«

Tifflor lächelte flüchtig. »Sie brauchen mir nicht erst zu bestätigen, daß Sie ein Dickschädel sind.« Er wurde wieder ernst. »Hat Ihre Ortung denn nicht festgestellt, daß durch die Strahlungshitze der Explosion ein hauchdünner Film Ynkelonium von der Hülle der NEOMAV verdampfte?«

»Nein! Tatsächlich?«

Tifflor nickte. »Meine Ortungszentrale stellte es fest. Für einen Augenblick fürchtete ich, Ihr Maverick-Cape wäre stellenweise völlig abgedampft worden. Dann wäre die NEOMAV wahrscheinlich verloren gewesen.«

»Ein neuer Aspekt – und kein erfreulicher«, konstatierte Reginald Bull. »Es ist zum ...« Er räusperte sich. »Hoffen wir, daß Calvaniyz durchkommt oder daß Perry von sich aus etwas gegen den verwünschten Paramag-Transdeformator unternimmt!«

Er lehnte sich zurück. »Wir kehren zur Erde zurück. Wenn ich vorerst schon weiter nichts unternehmen kann, werde ich wenigstens dafür sorgen, daß Perrys Wahlrede ausgestrahlt wird und Marschall Terhera endlich begreift, daß man einen Rhodan auch dann nicht abservieren kann, wenn er in der Ferne weilt.«

Bericht: Tako Kakuta

Mir stockte der Atem, als ich auf einem gigantischen Bildschirm die MARCO POLO erblickte – und rings um sie herum das grelle Aufblitzen von Explosionen. Rhodans Flaggschiff befand sich im Anflug auf Wabe 1, und die Paramags hatten mit ihren paramentalen Kräften PPAAs errichtet, um sie zu vernichten.

Vor wenigen Minuten war ich mit Tama, André Son und Kitai durch das Netz von PEW-Adern, das Wabe 1 durchzog, in eine große Halle dicht unter der Oberfläche des Hauptplanetoiden gekommen. Hier hielten sich ungefähr dreihundert Paramags auf, und ständig kamen und gingen welche.

Dann war der gigantische Bildschirm hell geworden. Zuerst hatte er nur den Raum im Trümmersystem Paramag-Alpha gezeigt. Etwas später war ein winziger Punkt abgebildet worden, der sich – möglicherweise durch eine Schaltung – rasch vergrößerte und es uns erlaubte, ihn als die MARCO POLO zu identifizieren.

Die Paramags beachteten uns nicht. Sie hatten uns offensichtlich nicht wahrgenommen, denn sie starrten alle wie gebannt auf das Ortungsbild der MARCO POLO – und dann explodierten die PPAAs.

Weder meine Gefährten noch ich sprachen ein Wort, während das Raumschiff dort draußen in höchster Gefahr schwebte. Erst als es abdrehte und mit hoher Geschwindigkeit floh, wagte ich wieder zu atmen.

»Um ein Haar wäre sie vernichtet worden«, flüsterte Son Okura.

»Wahrscheinlich hat Rhodan den PEW-Bezugstransdeformator vernichten wollen«, meinte Kitai. Er blickte mich an. »Ich schlage vor, wir kehren zu Betty zurück, um Genaueres über die Vorgänge zu erfahren. Was meinst du, Tako?«

Ich nickte. »Einverstanden. Betty hat sicher telepathische Verbindung mit Gucky.«

Wir fädelten uns in das weitverzweigte Netz von PEW-Adern ein und materialisierten nach kurzer Zeit in unserem derzeitigen Versteck. Betty saß auf einem der seltsamen paramagschen Sitzmöbel, hatte die Hände auf ihre Oberschenkel gestemmt und den Kopf leicht geneigt. Ihre Augen waren geschlossen.

Ich bedeutete den Gefährten mit einer Handbewegung, sich still zu verhalten. Bettys Haltung verriet mir, daß sie sich stark konzentrieren mußte, um den Telepathiekontakt mit Gucky nicht abreißen zu lassen.

Nach einer Weile entspannte sie sich, öffnete die Augen und sah uns der Reihe nach an. Ihr Blick blieb schließlich auf mich gerichtet.

»Perry Rhodan wollte einen Kommandotrupp auf Wabe 1 absetzen«, berichtete sie. »Der Versuch schlug fehl. Die MARCO POLO mußte wegen starker Abwehr umkehren, bevor sie nahe genug an den Planetoiden herangekommen war.«

»Wir haben es mit angesehen«, erklärte ich. Dann berichtete ich, was wir in der großen Halle beobachtet hatten. »Beinahe wäre die MARCO POLO vernichtet worden. Hat der Mausbiber dir mitgeteilt, ob der Angriff des Schiffes erfolgte, weil neue Informationen aus dem Solsystem eingetroffen sind, Betty?«

»Es sind überhaupt noch keine Informationen aus dem Solsystem eingetroffen«, antwortete Betty. »Rhodan versuchte nur zu handeln, weil wir ihm von den Aktivitäten am PEW-Bezugstransdeformator berichtet hatten.«

»Und seine Aktion war ein völliger Fehlschlag«, warf Wuriu Sengu niedergeschlagen ein.

»Weil die Paramags seinen Trick durchschauten, einen Scheinangriff auf einen unbedeutenden Planetoiden zu fliegen«, sagte Betty. »Dabei hat er es gar nicht nötig, einen Kommandotrupp auf Wabe 1 abzusetzen. Sein Kommandotrupp befindet sich ja bereits hier.«

Wir blickten uns an.

»Du meinst also, wir sollten versuchen, den Transdeformator unbrauchbar zu machen?« fragte Son. Seine Stimme klang belegt. »Möchtest du uns vielleicht auch verraten, wie?«

»Son hat recht, Betty«, bestätigte Wuriu. »Du und ich, wir sind bei unserem Erkundungsvorstoß schließlich erst nach Überwindung zahlreicher Schwierigkeiten zum Transdeformator gekommen – und auch nur bis zum Außenrand der Innenzone. Wir besitzen außerdem keine Sprengstoffe, und um eine so gigantische Anlage wie den BDTF auszuschalten, benötigten wir schon ein paar Fusionsladungen.«

»Wir müssen eben versuchen, sie uns von den Paramags zu beschaffen«, entgegnete Betty mit ungewöhnlicher Heftigkeit. »Oder sollen wir untätig abwarten, während die Paramags vielleicht eine Armee nach der anderen durch den Deformator ins Solsystem schicken?«

Ich legte ihr beruhigend eine Hand auf die Schulter. »Bitte, sei nicht ungerecht, Betty! Wir haben bisher getan, was wir konnten, um unseren Freunden und der solaren Menschheit zu helfen.«

»Schon gut«, sagte Betty. »Entschuldige, Wuriu. Ich bin aufgeregt, weil beinahe alle Menschen auf der MARCO POLO umgekommen wären – und Gucky mit.«

Ralf räusperte sich. »Ich schlage vor, wir beschaffen uns im nächstgelegenen Munitionsdepot einige Sprengladungen. Es genügt, wenn wir chemischen Sprengstoff nehmen, denn mein Vorschlag zielt darauf ab, daß Tako anschließend mit zweien von uns ins Herzstück der Deformator-Anlage teleportiert, nämlich in die Justierungsstation, und daß wir dort unsere Sprengladungen anbringen. Auf diese Weise würden wir erstens die PEW-Abfangweichen vor dem Deformator ›umgehen‹ und zweitens Verluste unter den Paramags weitgehend vermeiden.«

Er sah mich fragend an. Ich dachte nach.

Teleportationen waren natürlich auch auf Wabe 1 – oder besser *in* Wabe 1 – möglich, doch da mein Paramag-Körper von der PEW-Strahlung der riesigen Metallmengen dieses Planetoiden beeinflußt wurde, kosteten sie mehr Kraft als anderswo.

»Ich bin einverstanden«, sagte ich schließlich.

»Ich auch«, erklärte Betty. »Aber bevor wir eine endgültige Entscheidung treffen, möchte ich Rhodan über Gucky unseren Plan mitteilen und seine Zustimmung erwirken.«

»Dazu brauchen wir doch Rhodans Zustimmung nicht!« rief Tama entrüstet.

»Irrtum«, warf ich ein. »Rhodan und wir verfolgen ein und dasselbe Ziel, folglich müssen wir unsere Handlungen gegenseitig absprechen und koordinieren.«

»Rhodan hat uns auch nicht informiert, daß er einen Kommandotrupp absetzen wollte«, sagte André. »Was er nicht für nötig hält, brauchen wir auch nicht für nötig zu halten.«

»Sei nicht trotzig, Kleiner«, bemerkte Betty ironisch. »Indem wir ihm unsere Absicht mitteilen, bevor wir etwas unternehmen, erteilen wir ihm indirekt eine Rüge. Wie ich ihn kenne, wird er das begreifen und sich künftig danach richten.«

André Noir verzog sein Paramag-Gesicht zu einem beinahe menschlichen Lächeln.

»Akzeptiert, Fräulein Affenbiber. Von mir aus kannst du den Telepathiesektor deines Leihgehirns ankurbeln – und richte Gucky einen schönen Gruß von uns allen aus, ja?«

Betty erwiderte das Lächeln. »Das werde ich tun, André.«

Sie konzentrierte sich abermals. Einige Minuten vergingen, dann entspannte Betty sich. »Rhodan ist mit unserem Plan einverstanden. Er bittet uns allerdings, keine zu großen Risiken einzugehen, und empfiehlt, daß Tako nur Tama mitnimmt, um parapsychische Reserven zu behalten. Und Gucky läßt uns alle grüßen.«

Wir vereinbarten, uns in spätestens einer halben Stunde wieder im Versteck einzufinden, dann fädelten wir uns in das PEW-Verbundnetz ein. Es war nicht schwer, ein Munitionsdepot zu finden und aus den dort vorhandenen Sprengstoffvorräten eine geballte Ladung zu basteln. Schon nach zwanzig Minuten waren wir in unser Versteck zurückgekehrt.

Nachdem wir vereinbart hatten, daß Betty den Verlauf des Einsatzes telepathisch kontrollieren sollte, nahm ich Tamas Hand, konzentrierte mich auf den Innensektor des PEW-Bezugstransdeformators und teleportierte.

Da ich die genaue Position der Justierungsanlage nicht kannte, gelangten wir naturgemäß nicht auf Anhieb dorthin. Wir rematerialisierten vielmehr in einem Maschinensaal, in dem zahllose durchlöcherte Platten aus PEW-Metall miteinander zu einem surrealistisch anmutenden Gebilde verbunden waren.

Unsere Paramag-Körper wurden in Sekundenschnelle mit paramagnetischer Energie aufgeladen. Die Nerventaster der großen Ohrmuscheln summten und knisterten, und die schwanzartigen Wirbelbeine schlugen gegen unseren Willen heftig aus.

Die Folge des paramagnetischen Strahlungsbades war eine Steigerung unseres Wohlbefindens, denn unsere fünfdimensionalen Geisteskörper benötigten ja gerade diese Art von Energie, um sich in Körpern der dreidimensionalen Welt halten zu können. Sie war zwar überall auf Wabe 1 und den anderen Planetoiden des Trümmersystems vorhanden, aber nirgends so stark wie hier.

Nach der Wiederverstofflichung hatte ich Tamas Hand losgelassen. Als ich sie jetzt wieder nehmen wollte, rückte der Telekinet ein Stück von mir ab.

»Laß uns noch eine Weile hierbleiben, Tako«, bat er.

Ich zögerte. Doch dann spürte ich, daß meine Willenskraft angesichts des wohltuenden Strahlungsbades zu erschlaffen drohte. »Nein, Tama«, widersprach ich, »wenn wir noch länger bleiben, verfallen wir wahrscheinlich in eine Art Euphorie und vergessen unsere Aufgabe.«

Wieder wollte ich Tamas Hand ergreifen, und wieder rückte er ein Stück von mir ab.

»Nur noch ein paar Sekunden!« bat er mehrmals.

Fast alles in mir drängte danach, Tamas Wunsch nachzugeben, weil es unterbewußt auch mein Wunsch war. Mit letzter Kraft riß ich mich zusammen, sprang auf den Freund zu, packte seine Hand und teleportierte blind.

Ich hatte keine Zeit mehr, mir darüber klarzuwerden, daß ich in einer für die Paramags so wichtigen Anlage niemals blind teleportieren durfte, denn im nächsten Moment rematerialisierten wir auch schon.

Unsere Wiederverstofflichung fand etwa einen Meter über dem Boden einer Kuppelhalle statt. Tama und ich fielen und stürzten hart. Mein Schädel prallte gegen einen Stützpfeiler, und eine Weile war ich zu benommen, um die Umgebung erkennen zu können.

Als ich endlich wieder klar sehen konnte, waren Tama und ich bereits von Paramags entdeckt worden. Einige Affenbiber in irisierenden Kampfanzügen und mit stabförmigen Waffen in den Händen sahen zu uns herüber. Noch verhielten sie sich abwartend, denn wir sahen ja genauso aus wie jeder andere Paramag auch, und wir trugen auch die hier übliche Kleidung. Aber bald mußten sie sich sagen, daß hier zwei Personen angekommen waren, die wahrscheinlich nichts in dieser Halle verloren hatten.

Rasch blickte ich mich um. Eine Wand der Halle war von Paratransaugen durchsetzt. Nur waren diese hier viel größer als alle anderen, die wir bisher in Wabe 1 gesehen hatten, und unter ihnen bedeckte ein großflächiges Podest aus PEW-Metall-Gittern den Boden.

Die Wachen schienen einen Entschluß gefaßt zu haben. Zögernd näherten sie sich uns. Aber noch hielten sie ihre Waffen gesenkt. Ihre Wirbelbeine unterstützten die plumpe Art der Fortbewegung. Die Angehörigen des sogenannten Magnetvolkes bewegten sich eben normalerweise nicht auf ihren kurzen Beinen, sondern im total entstofflichten Zustand mittels Paratransdeformation.

»Verschwinden wir!« flüsterte Tama. Ich schüttelte den Kopf und spürte dabei einen stechenden Schmerz an der Stelle, die gegen den Stützpfeiler geschlagen war.

»Nein, warten wir noch ab, Tama.«

Plötzlich nahmen die Nerventaster meiner Ohrmuscheln ein seltsames Wispern und Raunen auf. Im nächsten Moment bildeten sich vor den Paratransaugen mächtige fünfdimensionale Wirbel – und mit einemmal bedeckte sich das riesige PEW-Gitterwerk mit Hunderten von Paramags.

Die Wächter wandten ihre Aufmerksamkeit von uns ab und den eben Angekommenen zu. Ich erkannte, daß die wiederverstofflichten Paramags hochwertige Kampfanzüge trugen. Die meisten dieser Kampfanzüge glühten und dampften, und ihre Besitzer wälzten sich entweder auf dem PEW-Gitter oder blieben verkrümmt liegen.

Aus zwei Toren, die sich rechts und links des PEW-Gitters geöffnet hatten, strömten zahllose Paramags in die Halle. Sie kümmerten sich um die Ankömmlinge. Ich erkannte medoelektrische Geräte und Injektionspistolen.

Meine Aufmerksamkeit wurde von den Vorgängen auf und am PEW-Gitter so beansprucht, daß ich nicht merkte, wie sich hinter Tama und mir ein Schott öffnete. Erst als eine Stimme in der Sprache der Paramags hinter uns ertönte und unsere Identifikation verlangte, wurde mir klar, daß ich meine Wachsamkeit vernachlässigt hatte.

Ich griff nach Tamas Hand, um mit dem Freund zu teleportieren, aber das wurde offenbar schon als verdächtig angesehen. Jedenfalls spürte ich den rasenden Schock, den ein Strahlungsstoß aus einer Lähmwaffe verursachte – und dann spürte ich gar nichts mehr ...

Bericht: Perry Rhodan

»Hier, iß, Perry!« sagte Atlan und schob mir einen Teller hin, auf dem Fleisch, Gemüse, Salate und eine Kartoffel appetitlich angeordnet waren.

Aber ich hatte weder Appetit noch Hunger. Es bedrückte mich schwer, daß ich schon wieder unsere leidgeprüften Altmutanten in einen gefährlichen Einsatz geschickt hatte, weil uns die hochgezüchtete Technik mitsamt der Feuerkraft von sechzig Transformkanonen nicht helfen konnte, die Bedrohung vom Solsystem abzuwenden. Ich schüttelte den Kopf.

»Du mußt etwas essen, Perry«, beharrte mein arkonidischer Freund. »Seit Tagen hast du kaum einen Bissen angerührt und ernährst dich hauptsächlich von Mineralwasser. So geht es nicht weiter. Der beste Zellaktivator schützt nicht gegen Entkräftung, und du brauchst viel Kraft.«

Das war ein Argument, dem ich mich nicht verschließen konnte. Unlustig schob ich ein Stück Braten in den Mund. Als ich bemerkte, daß die in der Messe anwesenden Besatzungsmitglieder der MARCO POLO zu mir herübersahen, aß ich normal weiter. Schließlich wollte ich kein schlechtes Beispiel abgeben.

Mein Teller war etwa zur Hälfte geleert, als Gucky neben dem Tisch materialisierte. Der Ilt wirkte aufgeregt.

»Die Aktion auf Wabe 1 ist fehlgeschlagen, Perry«, sagte er. »Betty gab soeben durch, daß Tako durch Lähmwaffenbeschuß geschockt wurde. Tama hat im letzten Augenblick mit ihm durch das PEW-Verbundnetz fliehen können.«

Ich schob den Teller von mir. »Berichte ausführlich, Gucky!«

Nachdem der Mausbiber seinen Bericht beendet hatte, erklärte Atlan: »So etwas hatte ich befürchtet. Jetzt zweifelst du hoffentlich nicht mehr daran, daß die Paramags eine Invasionsarmee ins Solsystem geschickt haben. Die Ankunft der Verwundeten und Toten auf Wabe 1 beweist, daß bereits hart gekämpft wird.«

Ich nickte. »Sie beweist aber auch, daß die Invasoren empfindliche Verluste erleiden, Atlan. Ich bin sicher, daß die Zurücktransdeformierten nur ein kleiner Teil jener Invasoren sind, die bei den Kämpfen verwundet oder getötet wurden. Wir dürfen nicht vergessen, daß die Solare Heimatflotte mit den ynkeloniumbeschichteten Schiffen NEOMAV und PILBO zwei Einheiten besitzt, die durch die Antimateriewaffe der Paramags nicht zerstört werden können. Wie ich Bully kenne, setzt er sie dazu ein, vom Gegner besetzte Planetoiden zu vernichten.«

Atlan machte ein skeptisches Gesicht, erwiderte aber nichts. Dafür summte plötzlich mein Armband-Telekom. Ich schaltete das Gerät ein, winkelte den Arm an und meldete mich. Auf dem kleinen Bildschirm wurde das Gesicht eines unserer beiden oxtornischen Spezialisten sichtbar.

»Hier Spezialist Ortokur, Sir«, sagte er. »Ich befinde mich in der KOM-Zentrale der Hauptpositronik und habe einige interessante kombinatorische Arbeitsgänge durchgeführt. Würden Sie bitte zu mir kommen?«

Atlan zog hörbar die Luft ein. Ich wußte, warum. Es war nicht üblich, daß jemand einfach so den Großadministrator des Solaren Imperiums zu sich beorderte.

»Eigentlich pflegt man zu mir zu kommen, wenn man etwas von mir will, Spezialist Ortokur«, sagte ich mit mildem Tadel.

Powlor Ortokur wölbte die Brauen. »Eigentlich ja«, meinte er selbstbewußt. »Aber wenn ich gegen diese Regel verstoße, müßten Sie nach logischer Überlegung eigentlich zu dem Ergebnis kommen, daß ein zwingender Grund vorliegt, die Regel zu brechen. In diesem Fall geht es darum, daß ich Ihnen einige kombinatorische Gleichungen an Ort und Stelle vorführen möchte.«

Atlan wollte etwas sagen. Ich legte ihm die Hand auf den Unterarm und bedeutete ihm dadurch, daß er schweigen möchte.

»Ich komme«, sagte ich zu Ortokur.

Nachdem ich das Gerät abgeschaltet hatte, bat ich den Mausbiber, mit mir in die KOM-Zentrale zu teleportieren. Atlan bestand darauf, mitgenommen zu werden.

In der nächsten Sekunde standen wir in dem Raum mit der domartig gewölbten Decke. Powlor Ortokur saß auf dem breiten Schalensessel vor einem Gerät, das von der Schiffsbesatzung sinnigerweise Biopos-Orgel genannt wurde, ein zutreffender Vergleich, wenn man berücksichtigte, daß die komplizierte Schalttastatur derjenigen einer elektronischen Konzertorgel glich.

Ortokur war nicht allein. Neben ihm stand Neryman Tulocky, auf Oxtorne unter seinem Ehrennamen Tungh bekannt, was soviel wie Toleranzdenker bedeutete. Ortokurs oxtornischer Ehrenname war Tongh und bedeutete Lineardenker, eine Bezeichnung, der ich voll zuzustimmen bereit war.

Powlor Ortokur wirbelte mitsamt seinem Schalensessel herum, nickte mir zu und sagte: »Ich bin beim Sichten der Speicherdaten dieser Biopositronik auf ein paar hochinteressante Fakten gestoßen, die Ihnen wahrscheinlich nicht unbekannt sind, Sir, die Sie aber meiner Einschätzung nach noch nicht logisch miteinander verknüpft haben.«

»Bitte, berichten Sie, Spezialist Ortokur«, sagte ich.

Powlor Ortokur wirbelte abermals um hundertachtzig Grad herum, betätigte mit rasender Geschwindigkeit die Tastatur der Biopos-Orgel und erläuterte die Daten und Diagramme, die auf dem großen Datenschirm darüber auftauchten und wieder verschwanden.

»Aus der Zeit der Begegnung mit dem Vertreter einer Zivilisation aus dem adäquaten Antimaterie-Universum stehen auf einem mongolischen Raumhafen des Planeten Erde zwei Spezialraumschiffe. Es handelt sich um Schiffe mit einer fünfhundert Meter durchmessenden Kugelzelle. Die Außenhaut beider Schiffe wurde nachträglich mit einem sogenannten Maverick-Cape plattiert. Können Sie mir folgen, Sir?«

»Sie werden unverschämt, Spezialist Ortokur!« warf Atlan ein. »Der Großadministrator hat unmittelbar vor Ihrem Anruf gerade darüber gesprochen, daß diese beiden Spezialschiffe unempfindlich gegen die Antimateriewatte der Paramags sind und deshalb mit großer Wahrscheinlichkeit bereits erfolgreich gegen die Invasoren des Solsystems eingesetzt wurden.«

Ortokur blieb völlig ungerührt. Kühl erwiderte er: »Es gehörte zu meinen Überlegungen, daß der Großadministrator die Existenz dieser Schiffe nicht vergessen hat. Schließlich wurden sie auf seinen ausdrücklichen Befehl auch nach der sogenannten Accalaurie-Krise ständig einsatzbereit gehalten.«

Er nahm abermals eine Reihe von Schaltungen vor. Eine Serie kombinatorischer und logistischer Formeln und Gleichungen huschte über den Datenschirm – viel zu schnell, selbst für trainierte Gehirne.

»Faktum zwei«, sagte er. »Die Paramags wehrten den Einflugversuch der MARCO POLO in ihr Heimatsystem dadurch ab, daß sie vorhandene Materie des stellaren Raumes hälftig in Antimaterie verwandelten, wodurch ein explosiv reagierendes Ambiplasma entstand. Die MARCO POLO wäre auch dann schwer beschädigt oder vernichtet worden, wenn ihre Schutzschirme nicht in Antimaterie verwandelt worden wären – theoretisch gedacht. Eine Ambiplasma-Reaktion ausreichender Masse und in entsprechender Nähe hätte dazu genügt.

Schluß: Die beiden Spezialschiffe sind insofern gegen PPAAs geschützt, als die Paramags die Ynkeloniumbeschichtung nicht in Antimaterie umwandeln können. Meine Berechnungen ergaben außerdem, daß die paramentalen Kräfte dieser Wesen die Ynkeloniumbeschichtung nicht durchdringen und folglich im Schiffsinnern keine Antimaterie erzeugen können.

Aber wenn die Invasoren im Solsystem ihre Fähigkeiten so anwenden wie bei der Abwehr der MARCO POLO, vermögen sie die Spezialschiffe zu vernichten. Sie brauchen nur beispielsweise einen Teil der die Hülle treffenden solaren Strahlungsenergie in antimaterielle Energie zu verwandeln.«

Er wirbelte wieder herum und sah mich durchdringend an. »Das bedeutet, die NEOMAV und die PILBO haben vielleicht infolge des Überraschungseffekts Anfangserfolge gegen die Invasoren erzielt, doch auf die Dauer sind sie als Abwehrwaffe unbrauchbar.«

Ich spürte, wie ich mich innerlich verkrampfte und nach Argumenten suchte, die Ortokurs Schlußfolgerung ad absurdum führten, doch mir wurde schon rein intuitiv klar, daß ich keine finden würde.

»Das sieht schlimm aus«, sagte ich schließlich schwach. »Vor allem, da der Angriff der Altmutanten gegen den PEW-Bezugstransdeformator auf Wabe 1 fehlgeschlagen ist.«

Powlor Ortokur zeigte keine Überraschung. Er nickte, als hätte er schon mit dem Mißerfolg der Mutanten gerechnet.

»Eine Frage, Sir«, sagte er. »Wie würden die Paramags reagieren, wenn plötzlich einige Raumschiffe auftauchten und das Feuer auf die MARCO POLO eröffneten?«

Atlan lachte zornig. »Jetzt entfernen Sie sich aber sehr weit von den Realitäten, Spezialist Ortokur«, sagte er. »Woher sollen denn solche Angreifer kommen?«

Der Oxtorner reagierte überhaupt nicht auf Atlans Einwand. Den Blick unverwandt auf mich gerichtet, forderte er: »Bitte, beantworten Sie meine Frage, Sir!«

Ich glaubte zu wissen, welchen Gedankengang Ortokur verfolgte und welches sein Ziel war. Deshalb antwortete ich: »Da die MARCO POLO von den Paramags zweifellos noch immer als Bedrohung angesehen wird, nehme ich an, sie würden jeden unterstützen, der sich offen als unser Gegner darstellt und andererseits nicht stark genug ist, um eine Bedrohung für die Paramags darzustellen.«

Diesmal zeigte sich leichte Überraschung auf Powlor Ortokurs Gesicht. Langsam, jedes Wort abwägend, erwiderte er: »Eine logische Auswertung Ihrer Antwort zeigt mir, daß Sie intuitiv begriffen haben, worauf ich hinauswill, Sir. Erlauben Sie mir dennoch, Ihnen meinen Plan zur Zerstörung des EW-Bezugstransdeformators in allen Einzelheiten vorzutragen?«

Ich hatte nichts dagegen. Ganz im Gegenteil. Die bisherigen Ausführungen Ortokurs eröffneten zum erstenmal wieder eine optimistische Perspektive – und während der Oxtorner seinen Plan vortrug, wuchs meine Zuversicht. So konnte es gehen.

Am Schluß seiner Ausführungen konnte ich Ortokurs Plan nur noch gutheißen – und auch Atlan hatte keine Einwände vorzubringen.

Vereinfachend dargestellt, zielte Ortokurs Plan darauf ab, einen Kreuzer so weit wegzuschicken, daß er für die Ortungsgeräte der Paramags unerreichbar wurde. Dort sollte der Kreuzer dann mehrere präparierte Space-Jets ausschleusen, die zuvor mit jeweils dreißig großen Raumtorpedos aus dem Altwaffen-Depot der MARCO POLO ausgerüstet worden waren.

Im Sprengkopf eines Torpedos sollte Platz für Gucky und die beiden Oxtorner geschaffen werden. Nach den Vorbereitungen sollten die Space-Jets die MARCO POLO mit Raumtorpedos angreifen, deren atomare Sprengladungen am Paratronschirm meines Flaggschiffs explodierten.

Daraufhin mußte die MARCO POLO das Feuer erwidern und die Space-Jets zum Rückzug zwingen. Dabei sollten die Manöver so gestaltet werden, daß Wabe 1 zwischen die Fronten geriet. Sobald das der Fall war, würde der Transporttorpedo zusammen mit scharfen Raumtorpedos abgeschossen werden. Powlor Ortokur argumentierte, daß es unwahrscheinlich sei, daß die Paramags ihre PPAAs gegen jene Waffen einsetzten, die gegen die MARCO POLO abgeschossen wurden.

In dem Augenblick, in dem die Raumtorpedos auf ihrem Zielkurs ihre größte Nähe zu Wabe 1 erreichten, mußte Gucky mit den beiden oxtornischen Spezialisten teleportieren, und zwar zum Versteck der Altmutanten. Von dort aus sollten dann Gucky und Tako Kakuta je einen Spezialisten in den PEW-Bezugstransdeformator bringen. Die Oxtorner würden starke Fusionsladungen sowie eine Spezialausrüstung mitnehmen, die es ihnen erlaubte, sich notfalls durch Kampfkommandos der Paramags zu schlagen.

Die Wahrscheinlichkeit eines Erfolges wurde von der Hauptpositronik mit dreiundsiebzig Prozent angegeben. Das genügte mir, um »grünes Licht« für die Durchführung des Planes zu geben.

Terra

Staatsmarschall Reginald Bull verfolgte von der Hyperfunkzentrale von Imperium-Alpha aus gemeinsam mit Galbraith Deighton und Julian Tifflor die Ansprache des Großadministrators an die Bevölkerung des Solaren Imperiums.

Der Datenträger lief bereits über eine Stunde lang, aber in keinem Augenblick hatte Rhodans Rede Stellen enthalten, die durch schöne Redensarten aufgefüllt worden waren. Der amtierende Großadministrator trug mit nüchterner Stimme Tatsachen vor, legte Ursache und Wirkung offen und begründete sachlich seine Entscheidungen, die wiederum zu Aktionen und Reaktionen geführt hatten, die alle Menschen des Solaren Imperiums angingen.

Da die räumliche Ausdehnung des Solaren Imperiums nach dem Abfall Tausender ehemaliger Kolonialwelten im Verhältnis zur Größe der Galaxis relativ gering war, bestand berechtigte Hoffnung, daß die Ansprache auf allen der rund zweitausend Imperiumswelten gesehen und gehört wurde. Der galaktische Gravitationssturm erreichte seine verheerende Gewalt bisher nur außerhalb des Imperiumssektors.

Als Bullys Armband-Telekom summte, runzelte der Staatsmarschall die Stirn. Er war ungehalten über die Störung. Nichtsdestoweniger nahm er das Gespräch an.

Auf dem Bildschirm erschien das Gesicht von Marc Bicrot, der Direktor von Television Sol eins.

»Was gibt es?« fragte Reginald Bull.

»Sir«, sagte Bicrot, »Marschall Terhera hat soeben mit mir gesprochen. Er verlangt Sendezeiten in unserem Programm und tobte wie ein Irrer, als ich ihm antwortete, ich müßte erst mit dem Programmdirektor über seinen Antrag sprechen.«

Bully grinste. »Haben Sie Terheras Worte aufgenommen, Mister Bicrot?«

»Nein, weshalb, Sir?«

»Ich hätte zu gern gewußt, wie es sich anhört und ansieht, wenn ein

Raummarschall der Solaren Flotte wie ein Irrer tobt. Können Sie nicht wenigstens ein paar Passagen nachahmen?«

»Das Schauspiel wäre nicht jugendfrei, Sir«, konterte Marc Bicrot trokken.

Bull lachte. »Schlagfertig sind Sie, Mister Bicrot. Nun, vielen Dank für die Information.«

»Moment, Sir!« sagte Bicrot rasch, als er merkte, daß Staatsmarschall Bull das Gespräch beenden wollte. »Wie soll ich denn entscheiden?«

Reginald Bull runzelte die Stirn. Langsam und eindringlich sagte er: »Für einen Menschen mit Ihrem Verstand zeigen Sie erstaunlich wenig Geist, Bicrot. Ich verwahre mich gegen Ihre Unterstellung, ich würde Einfluß auf das Programm Ihrer Station nehmen. Jeder Wahlkandidat hat das Recht, ein faires Maß an Sendezeiten für sich zu beanspruchen. Das gehört zu den Grundlagen unserer Demokratie, und ich werde mich nicht dazu hergeben, diese Grundlagen anzutasten, ganz gleich, wie sympathisch oder wie unsympathisch mir jemand ist.«

Marc Bicrot schüttelte den Kopf.

»Ich fürchte, Sie haben mich nicht ganz verstanden, Staatsmarschall«, entgegnete er steif. »Sie sprachen von dem fairen Maß an Sendezeiten, die jeder Kandidat für sich beanspruchen darf. Dieses faire Maß drückt sich aber konkret in den Relationen der Sendezeiten der verschiedenen Kandidaten aus. Marschall Terhera aber hat bereits über hundert Stunden Sendezeit für sich in Anspruch genommen. Perry Rhodan dagegen spricht nur insgesamt zwei Stunden, wie ich informiert bin.«

Reginald Bull lächelte verstehend.

»Sie sind richtig informiert, und ich merke jetzt, worauf Sie aus sind. Bitte, entschuldigen Sie meinen wenig schönen Verdacht. Meine Antwort lautet, daß ich nicht dagegen protestieren werde, wenn die Sendezeiten Terheras die Perry Rhodans erheblich übersteigen. Es kommt schließlich nicht darauf an, wie oft und wie lange jemand redet, sondern darauf, was er sagt – und ich bin sicher, daß Perry Rhodan in zwei Stunden den Bürgern des Imperiums mehr sagt, als es Terhera in zweihundert Stunden könnte. Alles klar?«

Marc Bicrot erwiderte das Lächeln. »Alles, Sir. Ich danke Ihnen.« Reginald Bull schaltete seinen Armband-Telekom aus und verfolgte weiter, was sein Freund Perry sagte. Die Rede wurde aus der Hyperfunkzentrale an alle Trivideosender des Solaren Imperiums ausgestrahlt und von ihnen übernommen.

Als die Rede beendet war, brandete beim Personal der Hyperfunkzentrale Beifall auf. Reginald Bull kümmerte sich nicht darum. Er erkundigte sich bei den Ortungsstationen des Solsystems, ob es zu neuen Angriffen der Paramags gekommen sei.

Die Antwort war negativ. Allerdings hatten die Paramags vorerst auch keine Gelegenheit mehr, terranische Raumschiffe zu vernichten. Staatsmarschall Bull hatte die Einstellung des gesamten interplanetarischen Raumschiffsverkehrs angeordnet.

Weder er noch die anderen Verantwortlichen gaben sich jedoch irgendwelchen Illusionen hin. Die Invasoren würden sich kaum damit zufriedengeben, in ein paar Planetoiden Brückenköpfe zu errichten. Es dürstete sie nach den Riesenmengen von PEW-Metall, die sie in einem imaginären Planeten Zeut zu finden glaubten. Ihre Mentalität glich der jener terranischen Konquistadoren, die auf der Suche nach sagenhaften Schätzen fremde Länder verwüsteten und bereit waren, ihre Bewohner zu töten.

Immer wieder sagte sich Bully, daß die Paramags ihren Bezugstransdeformator auf die Position des Planeten Zeut eingestellt hatten, da er ja ihr Ziel war. Dann mußten sie aber unmittelbar nach der Ankunft in relativ kleinen Planetoiden gemerkt haben, daß ihr ursprüngliches Ziel gar nicht mehr existierte. Ihr stures Festhalten an einem Plan, der sich niemals würde erfüllen lassen, entbehrte jeglicher Logik.

Bully schreckte aus seinem dumpfen Grübeln auf, als sich eine Hand auf seine Schulter legte.

»Woran denken Sie?« fragte Tifflor.

»An den Geisteszustand eines Volkes, das etwas erobern will, was nicht existiert«, antwortete der Staatsmarschall. »Die Paramags sind meiner Meinung nach schizophren.«

Tifflor lächelte. »Dann hören Sie sich Terheras Erwiderung auf Rhodans Wahlrede an, und Sie werden feststellen, daß auch Terraner schizophren sein können.« Er deutete auf einen Trivideokubus.

Reginald Bull blickte hin und sah Marschall Bount Terhera, der, angetan mit einer maßgeschneiderten Paradeuniform und behängt mit allen möglichen Orden und Ehrenzeichen, hinter einem wuchtigen »Schreibtisch« voller elektronischer Geräte saß und zu den Bürgern des Solaren Imperiums sprach.

»Wenn er sagt ...«, damit meinte Terhera Perry Rhodan, »... die derzeitige Situation verlange Männer mit kühlen Köpfen, frage ich, wo denn diese Männer gebraucht werden. Etwa in einem fernen Sonnensystem, bei einem Volk, das wir überhaupt nicht kennen und dessen Probleme nicht die unseren sind? Oder etwa im galaktischen Zentrum, wo für die Menschen des Solaren Imperiums nichts zu holen ist außer Gefahr und Tod?«

Terhera schlug mit der Faust auf den Tisch.

»Nein und nochmals nein, möchte ich diesem Herrn Rhodan persönlich ins Gesicht schreien. Männer mit kühlen Köpfen werden nicht irgendwo im Kosmos gebraucht, sondern im Solsystem, der Wiege unserer geliebten

Menschheit. Aber diesen Abenteurer interessiert es ja gar nicht, ob im Solsystem Raumschiffe explodieren und Menschen umkommen. Wenn Sie, verehrte Bürgerinnen und Bürger, auf den Herrn Rhodan angewiesen wären, dann wären Sie verlassen. Wo ist er denn in der Stunde der Not?

Ich will es Ihnen verraten. Rhodan hat längst keine echte Bindung mehr zur Menschheit. Er durchstreift den Weltraum auf der Suche nach einem Phantom, dem sogenannten Erbe des Wandererwesens. Rhodan möchte dieses Erbe an sich reißen und sich zum Kaiser des Universums machen. Inzwischen dürfen andere Menschen, Menschen mit Verantwortungsgefühl gegenüber der Menschheit, den Kampf gegen übermächtige und gnadenlose Invasoren führen.«

Er schlug sich mehrmals mit der geballten Faust an die Brust.

»Ich habe in selbstverständlicher Pflichterfüllung den Kampf gegen die Paramags aufgenommen, die durch Herrn Rhodans Schuld ins Solsystem eindringen konnten. Ich habe mich unerschrocken an die Spitze eines Flottenverbandes gesetzt, um das Hauptnest der Invasoren auf dem Planetoiden Ostolli 8 auszuräuchern. Und was war der Dank dafür?

Rhodans Busenfreund Bull hat mich durch seinen Kettenhund Tifflor zurückpfeifen lassen, weil bei meinem notwendigen Angriff auf Ostolli 8 achtzehn Schlachtschiffe durch Einwirkung von PPAAs vernichtet wurden. Ja glaubt Herr Bull denn, man könnte ein Omelett machen, ohne ein Ei zu zerschlagen? Glaubt er denn, der Kampf gegen einen Feind, der Antimaterie als Waffe benutzt, könnte ohne eigene Verluste geführt werden?«

»Dieser Mensch widert mich an«, sagte Reginald Bull. »Als ob ich hätte zusehen sollen, wie Herr Terhera Tausende unserer Raumsoldaten verheizt, weil er hofft, dadurch den Ruhm zu erhalten, den er bei den Wählern zu benötigen glaubt.«

Julian Tifflor seufzte. »Dabei war Bount Terhera einer unserer fähigsten Flottenkommandeure, bevor er den Ehrgeiz bekam, Großadministrator zu werden.«

»Ehrgeiz hat schon manchem den Verstand vernebelt«, warf Galbraith Deighton ein.

Bully wandte sich wieder dem Trivideokubus und Terheras Rede zu.

»... ist es so gekommen, wie ich es eigentlich von einem Herrn Rhodan nicht anders hätte erwarten dürfen«, sagte Bount Terhera gerade. »Nachdem er es anderen überlassen hatte, die Schmutzarbeit zu erledigen und eigene Verluste zu verantworten, möchte er mit sauberen Händen als strahlender Held in den Wahlkampf einziehen und die Früchte ernten, die meine Parteifreunde und ich gesät haben.«

Staatsmarschall Bull grinste. »Mit solchem unqualifizierten Geschwafel macht der Kerl sich vor unseren Bürgern selber unmöglich. Er scheint die Menschen des Solaren Imperiums für Idioten zu halten. Auf so etwas fällt doch niemand herein.«

Er erhob sich. »Ganz egal, was Terhera noch sagt und welche Verleumdungen er vorträgt, ich werde erst mal ein Bierchen trinken. Kommen Sie mit, Tiff und Deighton?«

»Ich nicht«, sagte Galbraith Deighton. »Ich habe noch viel zu tun.« Er blickte auf seinen Armband-Chronographen. »In wenigen Minuten erwarte ich ein Team meiner Außenagenten, das mir über die Untersuchungen in einem Sabotagefall berichten soll.«

»Aber ich komme mit«, sagte Julian Tifflor. »Bei einem Glas Bier können wir außerdem einige Dinge besprechen, die von der Heimatflotte zur Sicherung der Planeten getan werden müssen.«

»Sie sind auch immer im Dienst«, spöttelte Bull.

»Stimmt«, konterte Tifflor trocken.

Die beiden Männer saßen noch beim Bier, als Galbraith Deighton von seiner Dienstbesprechung kam und sich zu ihnen gesellte. Der Abwehrchef sagte: »Es hat bereits erste Reaktionen auf Terheras Rede gegeben.«

»So?« meinte Bully.

Deighton nickte. »Als der Marschall das Gebäude von Television Sol eins verließ, wurde er von einer großen Menschenmenge erwartet, die ihn mit Tomaten und Eiern bombardierte.«

»So eine Verschwendung!« meinte Julian Tifflor.

Bully grinste. »Terraner sind eben freizügig, wenn sie ihren Gefühlen Ausdruck verleihen möchten.«

»Es waren überwiegend faule Eier und verschimmelte Tomaten, Sir«, fügte Solarmarschall Deighton hinzu.

Milchstraßenzentrum

Powlor Ortokur und Neryman Tulocky besichtigten die präparierten drei Space-Jets. Schnell erstarrender Plastikschaum hatte den diskusähnlichen Fahrzeugen ein verändertes Aussehen gegeben. Über die obere Hälfte jedes Schiffes zogen sich zwei kammähnliche schmale Wülste hin.

»Sind Sie zufrieden?« fragte der Techniker, der die Umgestaltungsarbeiten geleistet hatte.

»Ich schon«, antwortete Tulocky. »Es fragt sich nur, ob auch die Paramags damit zufrieden sein werden.«

Ortokur wölbte die Brauen. »Deine Antwort ist reichlich merkwürdig,

Tungh. Die Paramags sind schließlich keine Schiedsrichter in einem Schönheitswettbewerb. Sie sollen nur nicht merken, daß es sich um terranische Raumschiffe handelt.«

Der Techniker entfernte sich grinsend. Seine Mannschaft folgte ihm. Dafür traf eine neue Mannschaft ein. Sie brachte auf Antigravschleppern die Raumtorpedos, die unter den Space-Jets in Fesselfeldern aufgehängt werden sollten.

Ein Torpedo wies eine Öffnung im Bug auf. Aus ihr tauchte der Kopf Guckys auf. Der Mausbiber zeigte seinen Nagezahn und rief: »Hier kommt das Kleinraumschiff für Fakire und andere harte Männer, Freunde! Kriecht ein und schaut euch um! Ihr werdet alles finden – außer Sitzgelegenheiten, Beleuchtung, WC und anderen Dingen, die nur zur Verweichlichung des Individuums führen. Dafür gibt es wenig Platz – und das sehr reichlich.«

Tulocky ging näher an den Torpedo heran und musterte die kleine Öffnung. »Ich schlage vor, du schließt die Sichtluke und öffnest uns den Einstieg«, sagte er zu Gucky.

»Das geht nicht, denn du siehst den Einstieg vor dir, Großer Tungh«, entgegnete der Ilt fröhlich.

»Da sollen wir hindurch?« fragte Ortokur.

»Warum nicht?« meinte Gucky. »Irgendwo habe ich einmal gelesen, daß Kamele durch ein Nadelöhr gekrochen sind, dann werden doch zwei Oxtorner durch ein Loch passen, das fast so roß wie ein Sitzbrett ist.«

Neryman Tulocky stieß andeutungsweise etwas mit dem Fuß weg. »Ich weiß zwar nicht, was ein Sitzbrett ist, aber es muß zweifellos sehr mühsam sein, sich hindurchzuzwängen.«

Gucky zeigte seinen Nagezahn. »Normalerweise zwängt man sich nicht ...« Er schwieg, als Perry Rhodan in Sicht kam.

Der Großadministrator drohte dem Mausbiber mit dem Zeigefinger und sagte: »Laß diese Albernheiten, Kleiner.« Er wandte sich an die beiden Oxtorner. »Es tut mir leid, aber Sie müssen tatsächlich durch diese kleine Öffnung einsteigen. Ich habe die Hauptpositronik eine Bewegungsstudie dafür erarbeiten lassen und festgestellt, daß es durchaus möglich ist.«

»Daran hätte ich ebenfalls denken sollen«, sagte Powlor Ortokur. »Darf ich die Studie einmal sehen, Sir?«

Perry Rhodan verzog keine Miene. »Das ist nicht nötig, Tongh. Ich habe sie im Kopf. Sie müssen sich auf den Boden setzen, den Kopf zwischen die fest angezogenen Knie stecken und die Arme um die Unterschenkel legen. Danach wird Gucky aussteigen, sich quer über Ihren Nacken legen und in die Bugkammer des Torpedos teleportieren.«

Ortokur schluckte.

»Um auf diese Möglichkeit zu kommen, brauchten Sie nicht die Positronik zu bemühen, Sir. Dazu bedurfte es nur logischer Überlegung. Ich finde es interessant, daß Sie mich auf meinem eigenen Fachgebiet geschlagen haben.«

Ein Waffeningenieur in rotem Overall schlenderte heran, nickte dem Großadministrator flüchtig zu und sagte zu den beiden Oxtornern: »Ich wäre Ihnen dankbar, wenn Sie sich in die Bugkammer begeben könnten, meine Herren. Alle anderen Torpedos sind bereits aufgehängt.«

»Selbstverständlich«, sagte Powlor Ortokur.

Er nahm die von Perry Rhodan empfohlene Haltung ein. Der Mausbiber teleportierte aus der Bugkammer, legte sich quer über den Nacken des oxtornischen Spezialisten, ergriff dessen Hand und konzentrierte sich auf das enge Zielgebiet.

Als Ortokur nach der Wiederverstofflichung merkte, daß Gucky wieder von seinem Nacken verschwand, hob er den Kopf. Es dröhnte laut, als sein Schädel gegen die Kammerwandung stieß. Kurz darauf rematerialisierte der Ilt mit Tulocky, und es wurde erst richtig eng.

»Bewegt euch vorsichtig!« sagte Gucky. »Zwischen euch Kolossen fühle ich mich wie ein Sarde in der Büchse.«

»Du meinst sicher eine Sardine, Kleiner«, spottete Neryman Tulocky.

»Ist doch egal, ob weiblich oder männlich, Sardine oder Sarde«, meinte der Mausbiber wegwerfend. »Jedenfalls ist es höllisch eng hier. – Perry, kannst du mich hören?«

»Einigermaßen«, antwortete der Großadministrator. »Alles Gute, Kleiner – und Hals- und Beinbruch für euch drei. Ich hoffe, wir sehen uns bald wieder.«

Ortokur streckte vorsichtig die Beine aus.

»Hoffnungen sind irrationale Gefühlsäußerungen, Sir«, sagte er. »Ich halte es allerdings für wahrscheinlich, daß wir nach erfolgreicher Durchführung unserer Mission lebend zurückkehren. Da unsere Ausbildung sehr viel Geld gekostet hat, werden Neryman und ich uns bemühen, weiterhin für Dienste an der Menschheit zur Verfügung zu stehen.«

Der Waffeningenieur schloß das Luk mit lautem Knall und sagte zu Perry Rhodan: »Der Kerl muß nicht alle Tassen im Schrank haben, Sir.«

Rhodan lächelte undefinierbar und erwiderte: »Ganz im Gegenteil; er hat ein paar Tassen zuviel. Aber wir können uns darauf verlassen, daß Gucky bei den beiden Oxtornern maximale Überlebenschancen hat.«

Drinnen in der Bugkammer schlossen Gucky und die beiden USO-Spezialisten die Druckhelme ihrer Kampfanzüge und schalteten die vor der Brust hängenden Atomlampen ein. Es wurde hell.

»Was ist das?« fragte Tulocky und deutete auf einen gelben Plastikbeutel zu seinen Füßen.

»Fünf Kilo Mohrrüben«, antwortete der Ilt. »Von etwas muß man schließlich leben.«

Powlor Ortokur griff nach rechts und schaltete den kleinen Andruckabsorber ein, der in der Kammer installiert worden war. Normalerweise benötigten Raumtorpedos solchen Luxus nicht, da sie nur Sprengstoff beförderten. Da sie jedoch innerhalb knapp einer Minute bis nahe an die Lichtgeschwindigkeit beschleunigten, wären ohne Absorber sogar Oxtorner durch die gewaltigen Andruckkräfte zerquetscht worden.

Kurz darauf meldete sich der Pilot ihrer Space-Jet über Helmtelekom bei den drei Personen. Er berichtete, daß der Kreuzer, der die drei Space-Jets transportierte, in wenigen Sekunden starten würde.

Danach herrschte eine Zeitlang Schweigen. Als sich der Pilot wieder meldete, berichtete er, die Space-Jets seien außerhalb der Reichweite paramagnetischer Ortungsgeräte ausgeschleust worden und würden Kurs auf einen Punkt über der roten Riesensonne Paramag-Alpha nehmen, von dem aus sie dann ihren Angriff gegen die MARCO POLO fliegen wollten.

Die drei Personen in der Bugkammer spürten bald darauf schwache Vibrationen. Das war alles, was sie vom Eigenflug ihrer Space-Jet mitbekamen.

»Bis jetzt haben die Paramags noch nicht reagiert«, meldete der Pilot. »Wir fliegen in zweieinhalbtausend Millionen Kilometern Abstand über Wabe 1 hinweg.«

»Wenn wir die MARCO POLO wären, hätte man uns schon beschossen«, meinte Gucky. »Kannst du das Ultraträgerdingsbums sehen? Wie heißt du eigentlich, Herr Chauffeur?«

»Ich heiße Jan«, antwortete der Pilot, »und ich kann die MARCO POLO selbstverständlich nicht sehen.«

»Wieso? Bist du kurzsichtig?«

»Man kann ein so kleines Objekt wie die MARCO POLO nicht aus mehreren Lichtstunden Entfernung sehen«, warf Powlor Ortokur in belehrendem Tonfall ein. »Sie dürfte allerdings auf den Schirmen der Hypertaster als Reflexbild zu erkennen sein.«

»Das meinte ich doch«, entgegnete der Ilt vorwurfsvoll. »Hast du etwa gedacht, ich glaubte, man könnte die MARCO POLO mit bloßem Auge sehen?«

»Ich hatte nichts gedacht«, erklärte Ortokur, »sondern aus der Formulierung deiner Fragen entsprechende Schlüsse gezogen.«

Der Mausbiber seufzte. »Dann solltest du in Zukunft denken und nicht ziehen, Tongh. Ach, Tungh, reichst du mir bitte meine Mohrrüben herüber, ja?«

»Gern, Gucky«, erwiderte Neryman Tulocky. »Allerdings ist unsere Kammer nicht luftdicht, und die Atmosphäre ist in den letzten Minuten entwichen. Unter diesen Bedingungen nützen dir die schönsten Mohrrüben nichts, ganz davon abgesehen, daß sie inzwischen Eiszapfen geworden sein dürften.«

»Immerhin aber Eiszapfen mit Mohrrübengeschmack!« entgegnete der Mausbiber. »Von mir aus kannst du den Beutel lassen, wo er ist, aber gib mir nicht die Schuld, wenn er dir später an die Nase bumst. Er ist nämlich nicht festgezurrt.«

»Wir besitzen einen Andruckabsorber«, warf Ortokur ein. »Folglich kann der Beutel auch nach dem Abschuß unseres Torpedos nicht durch die Kammer fliegen.«

»Schade«, meinte der Ilt. »Es hätte etwas Abwechslung in die langen Stunden unseres Fluges gebracht.«

»Ich schlage vor, wir schalten unsere Lampen aus und schlafen, bis die Space-Jets auf Gefechtsdistanz an die MARCO POLO herangekommen sind«, sagte Ortokur.

»Einverstanden«, bestätigte Tulocky.

»Sie haben Nerven«, warf Jan ein.

»Jedes höherentwickelte Lebewesen besitzt ein Nervensystem«, stellte Powlor Ortokur fest, schaltete seine Atomlampe aus und verriet kurz darauf durch tiefe Atemzüge, daß er fest schlief. Neryman Tulocky folgte seinem Beispiel.

Gucky nörgelte noch ein wenig herum, dann besann er sich auf die Entspannungsübungen, die man ihm auf der USO-Akademie beigebracht hatte – und wenig später schlief er ebenfalls.

Einige Stunden später wurden die drei Personen durch die Stimme des Piloten geweckt.

»Wir haben Gefechtsdistanz erreicht«, berichtete Jan, »und werden in den nächsten zehn Sekunden je drei Raumtorpedos auf die MARCO POLO abschießen.«

»Hoffentlich schießt du nicht versehentlich unseren Torpedo mit ab«, bemerkte der Mausbiber. »Ich möchte nicht schon wieder Bekanntschaft mit dem Paratronschirm der POLO machen.«

Die beiden oxtornischen Spezialisten schwiegen.

Kurz darauf meldete der Pilot, daß die ersten Torpedos unterwegs zur MARCO POLO seien – und nach zwei Minuten erklärte er, sie seien vor dem Paratronschirm explodiert.

»Wir drehen ab und setzen zum nächsten Anflug an«, fuhr er fort. »Wie vereinbart, wird die MARCO POLO uns diesmal mit Impulskanonen beschießen. Ich hoffe, daß wir nicht versehentlich getroffen werden. Wegen der unter dem Rumpf hängenden Torpedos müssen unsere Energieschirme weiter als üblich gespannt sein und sind entsprechend dünner.«

Niemand antwortete ihm.

Die Befürchtungen des Piloten erwiesen sich als unbegründet. Das Impulswaffenfeuer der MARCO POLO ging an den drei Space-Jets vorbei. Daraufhin drehten die Diskusschiffe plangemäß ab und zogen sich etwas zurück. Noch einmal schickten sie einige ihrer Raumtorpedos auf den Weg, diesmal aus größerer Entfernung. Die MARCO POLO antwortete mit Transformbombenbeschuß.

In stundenlangen Manövern – Linearflüge waren in diesem Raumsektor durch den Gravitationssturm völlig unmöglich geworden – brachten sich die Space-Jets und die MARCO POLO allmählich in die Positionen, die zur Verwirklichung des wichtigsten Planteiles erforderlich waren.

Die Paramags verhielten sich passiv. Offenkundig konnten sie sich nicht entschließen, den Gegnern der Terraner ihre Existenz zu verraten, indem sie ihnen gegen die MARCO POLO halfen. Da das Trägerschiff sich außerdem in einer Entfernung hielt, die für Wabe 1 und die wichtigsten anderen Planetoiden ungefährlich war, gerieten sie zudem nicht unter Zugzwang.

Ortokur hatte alles das eiskalt in seinem Plan kalkuliert, und er hatte in seinen Zusatzbemerkungen auch ausgeführt, daß die Paramags es als absolut logische taktische Handlungsweise der Diskusschiffs-Piloten ansehen würden, wenn diese sich mit ihren Schiffen in eine Position brachten, in der die Transform- und Energiekanonen der MARCO POLO ihnen nicht mehr gefährlich werden konnten, von der aus sie jedoch weiterhin Raumtorpedos abschießen konnten, die, einmal auf Kurs gebracht, die Position der MARCO POLO erreichen würden.

Allerdings brauchten die Torpedos dazu, weil sie unter der Lichtgeschwindigkeit blieben, mehrere Stunden. Den Paramags würde also klar sein, daß das terranische Kampfschiff durch sie nicht gefährdet war, aber als Verzweiflungstat eines gefechtsmäßig eindeutig unterlegenen Gegners mußte es verständlich erscheinen.

Der Raumtorpedo mit Gucky und den beiden Oxtornern flog im letzten Schwarm mit. Er würde genau 2.54.38 Stunden Standardzeit benötigen, um seine größte Nähe zu Wabe 1 – eine Entfernung von fünf Millionen Kilometern – zu erreichen.

Die Frage war, ob die Paramags eine so starke Annäherung an ihre Hauptwelt gelassen hinnahmen oder ob sie in einer Panikreaktion die Torpedos mit PPAAs vernichteten.

In den letzten Minuten vor der größten Annäherung rutschte der Mausbiber nervös hin und her. Die beiden Oxtorner dagegen warteten mit stoischer Gelassenheit ab.

Aber alles ging gut. Zum vorausberechneten Zeitpunkt ergriffen die Oxtorner Guckys Hände – und der Ilt teleportierte mit ihnen ins Versteck der Altmutanten auf Wabe 1.

16.
Wabe 1

Zwei Paramags standen in dem kleinen Raum, von dem aus die letzten Telepathiesendungen Betty Toufrys gekommen waren und auf den sich der Mausbiber deshalb bei seiner Teleportation konzentriert hatte.

Die beiden Oxtorner richteten sofort nach der Wiederverstofflichung ihre schweren Paralysatoren auf die Paramags. Es war eine reine Vorsichtsmaßnahme.

»Es sind Betty und Tako«, beruhigte sie der Ilt. »Ihr könnt die Waffen wieder einstecken.«

»Wer ist Betty, und wer ist Tako?« erkundigte sich Powlor Ortokur.

Der eine Paramag legte dem anderen die Hand auf die Schulter und sagte in einwandfreiem Interkosmo:

»Das ist Betty – und ich bin Tako Kakuta. Wir müssen vorsichtig sein. Die Paramags sind durch Tamas und mein Eindringen in ihren Bezugstransdeformator aufgeschreckt worden und suchen überall nach uns. Sie hätten unser Versteck beinahe entdeckt. Unsere Freunde haben sich an eine andere Stelle von Wabe 1 begeben, um die Paramags auf ihre Spur und so von uns wegzulocken.«

»Dann begeben wir uns am besten sofort in den PEW-Bezugstransdeformator«, meinte Powlor Ortokur.

»Nicht so hastig, Tongh!« widersprach Gucky. Er wandte sich an Kakuta. »Wie geht es dir, Tako? Hast du dich auch vollständig von der Schocklähmung erholt?«

»Mir geht es gut«, antwortete der Teleporter. »Wir sollten wirklich nicht länger zögern. Sobald wir aufgebrochen sind, wird Betty sich zu einem Ausweichversteck in Tuniak-Zetto begeben, wo wir alle uns nach dem Ablegen der Sprengladungen treffen wollen. Gucky, du läßt dir die Position und das Aussehen dieses Verstecks am besten telepathisch von Betty übermitteln.«

Er blickte Ortokur an. »Was haben Sie an Sprengladungen und Waffen mitgebracht, Powlor?«

»Vier Fusionsladungen zu je 1,7 Megatonnen Sprengkraft, Intervall- und Impulsstrahler, zwei CK-Abschußrohre und je zwölf Crucible-Kurzraketen dafür, dazu noch Mikro-Pulsatoren und eine Menge erbsengroßer Ortungsstörer«, antwortete der Oxtorner. »Außerdem hat mein Kollege ein Paket mit einem mittelschweren Kampfanzug für Sie.«

Neryman Tulocky war bereits dabei, den Kampfanzug für Kakuta auszupacken. Er war auf der MARCO POLO eigens für den Körper eines Paramags hergestellt worden.

»Sie haben aber auch an alles gedacht«, meinte Tako erfreut, während er in den Kampfanzug stieg.

»Das ist unsere Pflicht«, sagte Ortokur. »Da Sie uns befördern und auch bei möglichen Kämpfen dabeisein werden, mußten wir dafür sorgen, daß Sie hinreichend geschützt sind.«

»Wenn mein Trägerkörper nicht so viel kleiner wäre als Ihrer, würde ich Ihnen dafür einen Kuß geben, Powlor«, sagte Betty Toufry.

»Warum?« fragte Ortokur verwirrt.

Neryman Tulocky lachte gedämpft. »Ich bitte um Nachsicht für meinen Kollegen. Sein Denken bewegt sich ausschließlich in mathematisch-logischen Bahnen.«

Tako Kakuta schloß seinen Kampfanzug, ließ aber den kapuzenartig über den Rücken hängenden Helm noch geöffnet. Tulocky reichte ihm je einen Desintegrator und einen Impulsstrahler, beide für die Hände von Paramags umgebaut.

»Tungh, du läßt dich von Tako befördern«, sagte Gucky zu Tulocky. »Ich nehme Tongh, weil ich mich besser auf seine maschinenhaften Reaktionen einstellen kann.«

Powlor Ortokur runzelte ob dieser Bemerkung die Stirn, erwiderte aber nichts.

Betty Toufry verabschiedete sich und entmaterialisierte, um im PEW-Verkehrsnetz ins Ausweichversteck zu gelangen. Gucky stellte sich rechts von Ortokur auf, Tako links von Tulocky, dann nahmen die Teleporter je eine Hand ihres jeweiligen Mitspringers und faßten sich schließlich ebenfalls an den Händen.

Danach konzentrierten sie sich auf den Sprung, wobei der Mausbiber sich darauf beschränkte, seine Teleportationsenergie aufzubauen und ihr Strukturmuster dem Takos anzugleichen, denn Gucky kannte sich im PEW-Bezugstransdeformator überhaupt nicht aus.

Aber auch Kakuta kannte sich nicht sehr gut im PEW-Bezugstransdeformator aus. Dazu war die Anlage viel zu groß. Mit ihren zahlreichen Haupt-

und Nebenaggregaten wie Fusionskraftwerken, Reaktionsstofflagern und -zubringertunnels, künstlichen PEW-Metallkonzentrationen, Energie-Umformern sowie den riesigen Peil- und Justierungsanlagen, die eine stetige Mitführung des Transdeformator-Ausrichters zum Zielgebiet garantierten, beanspruchte sie fast ein Fünftel des Volumens von Wabe 1.

Aus diesem Grund führte Kakuta erst einen Orientierungssprung aus – und seine drei Gefährten wurden, unterstützt durch Guckys gleichgerichtete Teleportationsenergie, mitgerissen.

Die vier Personen rematerialisierten in der Schaltstation eines Kraftwerks und wurden beinahe augenblicklich von Wächtern beschossen. Sie konnten gerade noch die Paratronschirme ihrer Kampfanzüge aktivieren, sonst wären sie getötet worden.

Ortokur und Tulocky beantworteten das Feuer mit der Schnelligkeit und Präzision von Kampfmaschinen. Die überlebenden Paramags flohen ins PEW-Verbundnetz, kamen aber bald darauf mit Verstärkung wieder. Die Schaltstation des Kraftwerkes verwandelte sich innerhalb weniger Minuten in einen Glutofen, da die Oxtorner auch ihre Crucible-Raketen einsetzen.

»Wir müssen verschwinden«, sagte Gucky.

Sie faßten sich wieder bei den Händen und teleportierten. Diesmal gerieten sie in eine Halle ähnlich der, in der Tako durch einen Schockwaffenschuß gelähmt worden war.

Und auf den Gitterpodesten aus PEW-Metall standen mindestens tausend Paramags in Kampfanzügen und schickten sich offenbar gerade an, durch sechs riesige Paratransaugen zu »gehen«.

Ortokur und Tulocky hoben ihre Raketenwerfer und schossen den Rest der Crucible-Munition in die Paratransaugen. Die Kleinraketen verschwanden unter flimmernden Begleiterscheinungen in den Einpolungsschleusen. Die Oxtorner hofften, daß sie in den Zielgebieten der Invasoren rematerialisieren und explodieren würden.

Unter den tausend Paramags entstand anfänglich Verwirrung, die aber sehr schnell zielstrebigen Handlungen wich. Es handelte sich um geschulte Kampftruppen mit Waffen, die denen der Oxtorner nicht nachstanden. Unter dem Explosionshagel von Werferraketen begannen die Paratronschirme zu flackern.

Gucky und Kakuta teleportierten abermals mit ihren Begleitern. Diesmal hatte sich Tako Kakuta auf den Maschinensaal konzentriert, in dem er bereits einmal mit Tama Yokida gewesen war. Hier befand sich kein Wächter.

Powlor Ortokur sah sich um, deutete auf die zu surrealistisch anmutenden Gebilden angeordneten Platten aus PEW-Metall und fragte: »Wozu dienen diese Gebildereihen, Tako?«

»Gebildereihen?« fragte der Teleporter. »Reihen? Ja, natürlich! Warum bin ich nicht gleich darauf gekommen, daß es sich um eine Art von Parallel- und Reihenschaltung handeln könnte!«

»Sie meinen, diese Gebilde aus durchlöcherten PEW-Metallplatten könnten zur Erhöhung der Effektivleistung dienen?« erkundigte sich Neryman Tulocky.

»Ja.«

Ortokur räusperte sich. »Dann erscheint es logisch, daß wir ein Aggregat vor uns sehen, das unmittelbar mit der Erzeugung von Arbeitsenergie für den Abstrahlsektor des PEW-Bezugstransdeformators zu tun hat.«

Er und sein Kollege wechselten einen Blick, dann verkündete Powlor: »Hier werden wir die Fusionsladungen anbringen. Gucky und Mister Kakuta, ihr paßt auf, daß wir nicht von Paramags überrascht werden. Ich begreife nicht, warum sich hier keine Wächter aufhalten.«

Tako lächelte gezwungen. »Die Strahlung des PEW-Metalls ist hier außergewöhnlich stark und ruft in Paramag-Gehirnen Euphorie hervor. Sie sollten Ihre Ladungen so schnell wie möglich anbringen, sonst fange ich noch an zu tanzen und zu singen.«

Die Oxtorner handelten, ohne weitere Fragen zu stellen. Sie versteckten alle vier Fusionsladungen im Gewirr der PEW-Gebilde und aktivierten auf Tulockys Kommando gleichzeitig die vier Zeitzünder.

»In genau vier Minuten knallt es hier«, meinte Neryman danach. »Ich hoffe, die Explosion richtet genug Schaden an, um den Transdeformator für lange Zeit unbrauchbar zu machen.«

»Es heißt ›PEW-Bezugstransdeformator‹«, sagte Ortokur. »Alle anderen Bezeichnungen sind unwissenschaftlich.«

Gucky kicherte. »Deine wissenschaftliche Pedanterie ist lächerlich, Tongh. Aber ich schlage dir einen Kompromiß vor. Nennen wir das Ding doch einfach abgekürzt PEWMATOR.«

»Ja, nennen wir es PEWMATOR!« rief Tako Kakuta verzückt. »Oder noch einfacher PEWOR. Wie gefällt euch das, Kumpels?«

Der Mausbiber wurde sofort ernst. »Er fängt an zu euphorieren«, erklärte er mit einem Blick auf Kakuta. »Laßt uns schnell verschwinden!«

Er ergriff Takos linke Hand. Tulocky nahm Takos rechte Hand, während Ortokur nach Guckys linker Hand faßte. Der Ilt überprüfte die vektorielle Ordnungsstruktur von Kakutas Teleportationsenergie und merkte, daß sein Freund nicht mehr in der Lage war, eine gerichtete Teleportation durchzuführen. Deshalb übernahm er die Zielsteuerung ihrer beiden parapsychischen Kraftfelder.

Tako Kakuta warf den Kopf in den Nacken und stimmte ein Lied an. Er sang nach der Wiederverstofflichung noch sekundenlang weiter, bis er abbrach und sich verwundert umschaute.

Sie waren im Ausweichversteck der Altmutanten rematerialisiert, und alle Gefährten Kakutas waren anwesend.

»Tako hatte euphoriert«, erklärte Gucky und schob Kakuta zu Betty Toufry.

»Entschuldigt bitte«, stammelte Tako Kakuta, »aber die PEW-Ausstrahlung.«

»Sie brauchen sich nicht zu entschuldigen«, sagte Neryman Tulocky. »Wenn Tongh und Gucky nicht ihr albernes Streitgespräch über wissenschaftliche und unwissenschaftliche Ausdrücke geführt hätten, wäre es nicht dazu gekommen.«

»Ich muß doch sehr bitten, Tungh!« sagte Ortokur entrüstet. »Mein Beitrag zur Diskussion bestand lediglich in einer Richtigstellung deiner Ausdrucksweise, Tungh.«

Neryman blickte ostentativ auf seinen Armband-Chronographen und sagte: »Noch anderthalb Minuten bis Null. Wie weit ungefähr sind wir vom Explosionszentrum entfernt, Gucky?«

»Mindestens zweitausend Kilometer, würde ich sagen«, antwortete der Mausbiber. »Wir werden von der Explosion nichts spüren, sondern die dabei entstehende Bebenwelle nur auf unseren Kontrollgeräten ablesen können.«

Er kratzte sich hinter den Ohren.

»Wenn der PEWMATOR stark genug beschädigt wird, wäre unsere Mission auf Wabe 1 damit beendet. Dann können wir nur hoffen, daß deine Berechnungen, Tongh, zutreffen, nach denen die MARCO POLO anschließend relativ ungefährdet ins Trümmersystem einfliegen kann, weil die meisten und größten Abwehrstationen der Paramags sich um den PEWMATOR konzentrieren und deshalb durch die Explosion in Mitleidenschaft gezogen werden.«

»Sie konzentrieren sich tatsächlich um den Bezugstransdeformator«, warf Son Okura ein. »Das haben wir bei unseren Erkundungsgängen ermitteln können.«

»Noch fünfzehn Sekunden«, sagte Powlor Ortokur.

Die Oxtorner und der Ilt blickten auf ihre Armband-Detektoren, um am Ausschlag der Bebenmesser festzustellen, ob die Explosion erfolgte. Es bestand immerhin die Möglichkeit, daß die vier Ladungen von den Paramags entdeckt worden waren. Zwar ließ sich eine Zündung nicht mehr verhindern, aber die Ladungen konnten in den Weltraum geschossen werden, wo sie keinen Schaden anrichten würden.

»Null!« sagte Tulocky.

Die auf überlichtschneller Basis arbeitenden Detektoren schlugen sofort aus und weitaus stärker, als erwartet worden war.

»Da ist noch etwas anderes gezündet worden«, bemerkte Gucky.

Im nächsten Moment flogen die Personen im Versteck gegen- und übereinander. Die Wände des Gebäudes schwankten, dann setzte ein unheimlich wirkendes Tosen und Brausen ein, das von Sekunde zu Sekunde an Lautstärke zunahm. Die beiden Oxtorner blieben als einzige aufrecht stehen.

»Die Erschütterung läßt darauf schließen, daß der größte Teil des PEW-Bezugstransdeformators mit explodiert ist«, erklärte Powlor Ortokur nüchtern.

Neryman Tulocky, der weiterhin auf die Anzeigefläche seines Multidetektors gesehen hatte, schüttelte den Kopf.

»Das ist es nicht allein, Tongh«, sagte er tonlos. »Wabe 1 verliert laufend Materie.«

»Du meinst Masse«, erwiderte Ortokur. »Das hieße, die Materie des Planetoiden verwandelt sich allmählich in Energie. Vielleicht hat die Explosion einen Atombrand hervorgerufen.«

»Nein«, widersprach Tulocky. »Sieh dir deine Detektoranzeige an, dann wirst du merken, daß laufend Materie verschwindet.«

Powlor Ortokur blickte auf die Anzeigefläche seines Detektors.

»Du hast recht, Tungh«, meinte er. »Es ist keine Umwandlung von Masse in Energie, sondern ein regelrechter Materieverlust.«

Er wandte sich an den Mausbiber, der sich, wie die Altmutanten auch, nach dem Abklingen der Erschütterungen aufgerappelt hatte.

»Würdest du bitte mit mir an die Oberfläche des Planetoiden teleportieren, Gucky? Ich möchte durch Augenschein feststellen, ob der Detektor falsch anzeigt oder nicht.«

Der Ilt nickte und streckte seine Hand aus. Im nächsten Augenblick standen die beiden unterschiedlichen Lebewesen auf der Oberfläche des riesigen Trümmerbrockens. Sie hatten zuvor noch ihre Druckhelme verschlossen, da der Planetoid keine äußere Atmosphäre besaß.

Dort, wo sich der PEW-Bezugstransdeformator befunden hatte, zuckten lautlos blendende Energieentladungen auf. Powlor Ortokur sah abermals auf seinen Detektor, dann stellte er mit Hilfe seines Armband-Computers einige Berechnungen an.

»Wabe 1 löst sich nach und nach auf«, erklärte er anschließend. »Seine Materie wird durch die Entladungen Stück für Stück in ein dimensional übergeordnetes Kontinuum geschleudert.«

Bericht: Perry Rhodan

Der Kreuzer war mitsamt den drei präparierten Space-Jets auf die MARCO POLO zurückgekehrt. Seitdem saßen Atlan, Geoffry und ich in der Ortungszentrale meines Flaggschiffes und warteten auf den Ausschlag der Hypertaster, der die Auslösung der Explosion im PEW-Bezugstransdeformator anzeigen würde.

Die Impulstriebwerke unseres Schiffes liefen im Leerlauf, damit wir sofort nach der Explosion mit maximaler Beschleunigung Kurs auf Wabe 1 nehmen konnten.

»Hoffentlich ist unseren Leuten nichts zugestoßen«, meinte Geoffry sorgenvoll.

»Sie kennen meine beiden oxtornischen Spezialisten nicht, Professor«, sagte Atlan. »Jedenfalls nicht gut genug. Ortokur und Tulocky haben bisher jede Aufgabe gemeistert.«

»Ausschlag!« rief unser Cheforter aufgeregt. »Weitaus stärker als erwartet, Sir!«

Ich hatte es ebenfalls gesehen. Die leuchtenden Elektrodenbalken waren blitzschnell über die ganze Skala geglitten und wieder zurückgegangen. Dafür rumorte es jetzt in den Strukturtastern.

Atlan sprang auf. »Was ist los?« fragte er den Struktur-Ortungs-Techniker, »Es hätte doch keine fünfdimensionale Erschütterung geben dürfen.«

Der SO-Techniker ließ sich nicht aus der Ruhe bringen. Er wartete seelenruhig die automatische Auswertung ab, zog die Datenfolie aus dem Auswurfschlitz und sagte: »Bei der galaktographischen Position von Wabe 1 wandert Materie in den Hyperraum ab.«

Er zog die nächste Folie aus dem Auswurfschlitz. »Der Vorgang hält unvermindert an. Er verläuft in kurzen Intervallen. Ich würde sagen, Wabe 1 löst sich allmählich auf.«

Ich schaltete eine Interkomverbindung zum Schiffskommandanten und befahl, mit maximaler Beschleunigung direkt nach Wabe 1 zu fliegen.

Dann wandte ich mich an den Techniker und sagte: »Schicken Sie die Daten aus den Strukturtastern so, wie sie kommen, in die Hauptpositronik zur umfassenden Analyse. Ich muß vor allem wissen, wie lange es dauert, bis Wabe 1 sich vollständig aufgelöst hat.«

»Ja, Sir«, sagte der Techniker.

Von nun an mußten wir wieder einmal abwarten, während die MARCO POLO mit einer Beschleunigung von 720 km/sec^2 auf die Hauptwelt des Paramag-Alpha-Systems zuraste. Ich hoffte, daß Wabe 1 sich langsam genug auflöste, damit wir unser Einsatzkommando wieder an Bord nehmen konnten. Aus der jetzigen Entfernung war eine Teleportation nicht möglich.

»Was wird aus den Altmutanten?« erkundigte sich Atlan. »Sie können doch nicht auf Wabe 1 bleiben, wenn dieser Himmelskörper sich auflöst, aber sie können auch nicht ohne die Nähe großer Massen PEW-Metall existieren.«

»Sie müssen auf einen anderen Planetoiden des Systems umgesiedelt werden«, erläuterte Geoffry. »Ich nehme an, die Explosionen der Fusionsladungen haben im PEW-Metall einen Prozeß ausgelöst, der es in fünfdimensionale Energie verwandelt, wodurch es automatisch zu einem Bestandteil des Hyperraums wird.«

»So, wie deine Hypothese über die Vernichtung Zeuts es sagt?« fragte ich.

Geoffry wiegte nachdenklich den Kopf. »Grob ausgedrückt, ja. Zumindest würde das erklären, warum in der Trümmern von Zeut so wenig PEW-Metall übrigblieb, daß wir es niemals angemessen haben.«

»Aber Wabe 1 verschwindet offenbar vollständig, das heißt, sowohl das PEW-Metall als auch die normale Materie wandern in den Hyperraum ab«, warf Atlan ein. »Bei Zeut dagegen ging nur der größte Teil des PEW-Metalls verloren.«

»Richtig«, meinte Geoffry. »Ich erkläre mir den Unterschied der beiden Vorgänge so, daß es in Zeut eine ganz erheblich größere Menge PEW-Metall gab als auf dem kleineren Wabe 1. Dadurch kam es zu einer entsprechend heftigeren Anfangsreaktion, die dann zur Zerreißung des Planeten führte, wodurch der Prozeß erlosch.«

Ich stand auf und trat neben den SO-Techniker. Die theoretischen Erörterungen über Zeut und Wabe 1 interessierten mich vorläufig nicht. Mir ging es darum, mein Einsatzkommando und auch die Altmutanten zu retten. Das aber würde nur gelingen, wenn der Auflösungsvorgang langsam genug verlief, so daß Gucky mit den Oxtornern auf die MARCO POLO teleportieren konnte.

Endlich hatte die Hauptpositronik ihre Erstauswertung beendet. Das Ergebnis ließ mich aufatmen, denn es besagte, daß bis zur endgültigen Auflösung von Wabe 1 noch mindestens hundert Stunden vergehen würden. Das gab uns die Chance, alle unsere Leute zu retten, vorausgesetzt, wir würden nicht wieder von PPAAs aufgehalten.

Aber wieder einmal war das Glück auf unserer Seite. Kein PPAA baute sich auf. Entweder waren sämtliche Anpeilungsgeräte, die ja zur Ausrichtung mentaler Energie benötigt wurden, auf Wabe 1 gewesen und durch die Explosion vernichtet worden – oder die Paramags hatten durch die Vorgänge auf ihrer Hauptwelt einen nachhaltigen Schock erlitten.

Als wir noch fünfzehn Millionen Kilometer von Wabe 1 entfernt waren, flimmerte die Luft neben mir – und im nächsten Moment rematerialisierten der Mausbiber und die beiden Oxtorner.

»Da sind wir wieder«, sagte Gucky. »Der PEWMATOR wurde für immer abgeschaltet. Leider habe ich meine Mohrrüben in der Torpedokammer vergessen. Schade darum.«

Ich seufzte. Der Kleine war unverbesserlich.

»Was ist mit den Altmutanten?« fragte ich.

»Ich habe ihnen angeboten, ebenfalls auf die MARCO POLO zu gehen, Perry«, antwortete der Ilt. »Sie wollten nicht, weil sie zum Überleben große Mengen PEW brauchen.«

»Und was wollen sie tun, wenn Wabe 1 sich vollständig auflöst?« erkundigte ich mich. »In etwa hundert Stunden wird es soweit sein.«

Powlor Ortokur räusperte sich. »Sie lassen Ihnen ausrichten, Sir, daß sie notfalls über das ›interplanetarische‹ Verbundnetz in einen anderen Planetoiden fliehen können. Vorläufig wollen sie jedoch auf Wabe 1 bleiben.«

»Und die Paramags auf Wabe 1?« fragte Geoffry. »Was wird aus denen?«

»Es hat anfänglich natürlich Opfer gegeben«, meinte Ortokur. »Inzwischen aber sind Evakuierungsmaßnahmen angelaufen, die zum Ziel haben, die Bewohner von Wabe 1 auf anderen Planetoiden anzusiedeln.«

»Danke, Spezialist Ortokur«, sagte ich.

Nachdenklich blickte ich auf die rumorenden Strukturtaster, die den langsamen Tod eines Himmelskörpers anzeigten. Vier Tage – oder vielleicht auch fünf –, und Wabe 1 würde aufgehört haben, als Bestandteil unseres vierdimensionalen Raum-Zeit-Kontinuums zu existieren.

Für mich und für meine Mitarbeiter aber würde es auch darüber hinaus noch viel zu tun geben. Noch immer wußten wir nicht, was im Solsystem vorgegangen war und vorging. Die Invasoren bekamen keinen Nachschub mehr, aber noch waren sie gefährlich.

Es wurde Zeit, daß der schreckliche Gravitationssturm abflaute, daß wir Verbindung mit Terra und Asporc erhielten und daß ich mich endlich wieder an Ort und Stelle um die solare Menschheit kümmern konnte.

Schweres lag hinter uns – und Schweres stand uns noch bevor. Ich dachte daran, daß ES mir erst vor kurzem mitgeteilt hatte, daß ich mich auf dem richtigen Weg befand – und das half mir ein wenig, die Last der Verantwortung zu tragen.

17.
Asporc

Oberst Cono Matunari lag in kompletter Uniform in der Schlafkoje. Er sah im Geiste lauter gutgenährte Asporcos vor sich und seinen Flottentender DINO-386, der Kurs auf das Solare Imperium nahm. Er war nicht mehr wach, schlief aber auch noch nicht fest.

Da heulte die Alarmsirene auf. Oberst Matunari sprang beim ersten Heulton von seinem Lager hoch. Als er auf den Beinen stand, schüttelte er den Kopf, wie um seine Sinne zu klären. Die Alarmsirene drang nun noch deutlicher in seinen Geist. Vom Bildschirm des Wandinterkoms stach ihm in greller Leuchtschrift das Wort COMMANDER in die Augen, und aus dem Lautsprecher drang eine Robotstimme, die das gleiche Wort ständig wiederholte, schrill und eindringlich: *»Commander! Commander! Commander...!«*

Der stämmige, kahlköpfige und nur 1,75 Meter große Oberst des Experimentalkommandos machte sich fluchend auf den Weg in die Kommandozentrale.

Dort empfing ihn bereits sein Erster Offizier, Captain Cleef Nandor, mit den Worten: »Dicke Luft, Sir. Eines von den Photonenraumschiffen der Asporcos, die wir auf eine Kreisbahn um den Planeten gebracht haben, ist aus dem Puls ausgebrochen. Völlig unmotiviert und auf einem ganz verrückten Kurs. Die Mannschaft scheint die Kontrolle über das Schiff verloren zu haben.«

Oberst Matunari war schon wieder ruhig und gelassen, wie immer in Situationen, die seinen vollen Einsatz verlangten. »Und ich dachte schon, der Alarm sei nur ausgelöst worden, weil ein Asporco sein Proviantpaket verloren hat«, sagte er trocken.

Captain Nandor lächelte schwach. »Zugegeben, in den letzten Tagen ist unser DINO-386 nicht mehr richtig zum Einsatz gekommen. Aber Roi Danton wird schon gewußt haben, warum er uns nicht nach Hause geschickt hat, nachdem die Vollversorgung der Asporcos erreicht war.«

Oberst Matunari knurrte etwas Unverständliches, während er sich zum Panoramabildschirm begab.

Der Flottentender DINO-386 war eine der 165 Einheiten des Experimentalkommandos, die im Zuge der »Asporc-Hilfe« ins Rattley System entsandt worden waren. Als Bergungsraumschiff der DINO-Klasse setzte sich der Flottentender aus zwei ungleichen und doch zusammengehörigen Teilen zusammen.

Er bestand aus einer kreisrunden, zwei Kilometer durchmessenden und vierhundert Meter dicken Plattform. Darauf befanden sich nicht nur die

Landefelder für reparaturbedürftige Raumschiffe oder Wracks, die abgeschleppt werden mußten, sondern auch die Kontrollkuppeln, die Verladeschächte mit Antigravlifts und die verschiedenartigen anderen Einrichtungen, die für Werftarbeiten nötig waren. Darüber hinaus waren im Innern der vierhundert Meter dicken Landescheibe gigantische Depots mit Ersatzteilen untergebracht; es gab alle nur erdenklichen Hilfswerkzeuge, Computer für technische Diagnosen und jede Art von Reparaturrobotern.

An die eine Seite der 2000 Meter durchmessenden Plattform war die Kugelzelle eines Schlachtschiffes der STARDUST-Klasse angeflanscht. Zum Unterschied der freifliegenden Raumschiffe dieser Typenserie durchmaß die Schiffszelle des Flottentenders jedoch nicht achthundert, sondern nur siebenhundertundfünfzig Meter. Das war konstruktionsbedingt.

In dieser Kommandokugel befanden sich sämtliche Wohnräume für die zweihundert Mitglieder der Mannschaft, und neben den Navigations- und Ortungseinrichtungen und Feuerleitständen existierten auch eigene Triebwerke. Die Schiffszelle konnte sich im Gefahrenfall oder wenn es ein Bergungsmanöver erforderte, von der Plattform trennen und selbständig weiterfliegen.

Die insgesamt drei Waring-Kompaktkonverter besaßen jeder für sich eine Reichweite von neunhunderttausend Lichtjahren, so daß ein Flottentender der DINO-Klasse einen ausreichend großen Aktionsradius besaß. Das war eine wertvolle Verbesserung gegenüber den früheren Typen und mindestens ebenso wichtig wie die verstärkte Bewaffnung, die nun der eines Schlachtschiffes der STARDUST-Klasse voll entsprach.

Als DINO-386 ins Rattley-System kam, hatte es für Kommandant Matunari und seine Crew noch genügend zu tun gegeben. Doch als sich die »Asporco-Hilfe« immer besser einspielte und schließlich die Vollversorgung erreicht worden war, gab es kaum mehr Aufgaben für den Flottentender zu lösen, und Roi Danton setzte ihn immer häufiger zweckentfremdet ein.

Oberst Matunari war deshalb gleichermaßen erstaunt und erfreut, als er von seinem Ersten Offizier erfuhr, daß sie nicht für irgendeinen obskuren Einsatz herangezogen wurden, sondern aller Wahrscheinlichkeit nach eine Bergung vorzunehmen hatten.

Auf dem Panoramabildschirm war eines der typischen Asporco-Raumschiffe zu sehen, das, um seine Achse rotierend und sich überschlagend, langsam auf den nahen Planeten zustrebte.

Da die Asporcos ihre Raumschiffe im freien Raum zusammenbauten, brauchten sie nicht auf eine aerodynamische Formgebung zu achten. Deshalb – und nicht zuletzt auch aus Gründen der Materialersparnis – bevorzugten sie die Skelettbauweise mit eingehängten Steuer- und Versorgungselementen verschiedenster Art und Form.

Das Raumschiff auf dem Panoramabildschirm maß in seiner gesamten Länge an die dreihundert Meter. Das Vorderteil bestand aus drei verschieden großen Kugelelementen mit einem Durchmesser von dreißig, fünfzig beziehungsweise siebzig Metern, die durch zwanzig Meter lange und zehn Meter dicke Röhren miteinander verbunden waren. Dahinter kam das 110 Meter lange Skelett, in dem die Treibstofftanks und die Steuer-, Brems- und Antriebsdüsen eingebaut waren.

Das Skelettraumschiff hatte bereits eine so hohe Geschwindigkeit erreicht, daß seine Fahrt mit freiem Auge beobachtet werden konnte. In unregelmäßigen Abständen wurde das Schiff von Erschütterungen heimgesucht. Dann verlangsamte sich die Rotation entweder, oder sie wurde beschleunigt, oder aber es kam zu ruckartigen Kursänderungen und zu einer Erhöhung der Geschwindigkeit – je nachdem, welche Steuerdüsen gezündet wurden.

Es sah so aus, als wüßten die Asporcos, auf dem Raumschiff nicht mehr, wie und wann welche Instrumente zu bedienen waren.

»Haben Sie eine Ahnung, was da drüben vorgefallen ist, Captain?« erkundigte sich Oberst Matunari.

»Noch nicht, Sir«, antwortete sein Erster Offizier. »Es ist uns eben erst gelungen, mit den Asporcos in Funkverbindung zu treten.«

»Ich werde das Gespräch selbst führen«, entschied Oberst Cono Matunari.

Kaum war eine Leitung in die Kommandozentrale gelegt, als eine verzweifelte Stimme aus dem Lautsprecher ertönte.

»... wir können tun, was wir wollen, das Schiff gehorcht uns nicht mehr. Mit jedem Tastendruck verschlechtern wir unsere Situation. Die Bedienungsinstrumente sind uns fremd geworden. Wir kennen ihre Bedeutung nicht mehr ...«

Die Stimme, die aus dem Lautsprecher drang, war die des Übersetzungsgerätes, das die Worte des Asporcos auf dem Skelettraumschiff automatisch in Interkosmo übertrug.

Oberst Matunari war froh darüber, denn der schrille Tonfall der Asporcos schmerzte ihm ohnehin in den Ohren. Er unterbrach den Wortschwall, indem er sagte: »Hier spricht Oberst Cono Matunari, Kommandant des Bergungsschiffes DINO-386. Wir befinden uns ganz in Ihrer Nähe und werden versuchen, Ihr Raumschiff in eine sichere Umlaufbahn zurückzubringen. Es besteht kein Grund zu Panik. Aber wie kam es überhaupt zu dieser Situation?«

»Die Bedienungsinstrumente sind uns fremd geworden«, übersetzte der an den Interkom angeschlossene Translator die Worte des Asporcos. »Sie haben plötzlich ganz andere Funktionen, als sie haben sollten. Wenn wir die entsprechenden Schaltungen für die Beschleunigung vornehmen, setzen die Bremsdüsen ein. Und umgekehrt, wenn wir bremsen wollen, werden irgendwelche Steuerdüsen aktiviert. Wir sind verzweifelt ...«

»Beruhigen Sie sich«, sagte Oberst Matunari. »Wir werden Ihnen zu Hilfe kommen.« Er gab seinem Ersten Offizier einen Wink, mit dem er ihm befahl, die Vorbereitungen für die bevorstehende Bergung zu treffen.

Captain Nandor gab augenblicklich die entsprechenden Anweisungen an die Mannschaft weiter, und gleich darauf nahm der gigantische Flottentender Fahrt in Richtung des führungslosen Skelettraumschiffes auf.

Während Oberst Matunari auf dem Panoramabildschirm sah, daß das Schiff der Asporcos mit steigender Beschleunigung dem Planeten entgegentrudelte, fuhr er fort: »Lassen Sie ab jetzt die Finger von den Instrumenten. Rühren Sie nichts an! Haben Sie mich verstanden?«

»Ja, ja«, kam es aus dem Übersetzungsgerät. Es klang verzweifelter als zuvor, geradezu hysterisch. »Aber wenn wir nichts dagegen unternehmen, werden wir von Asporc angezogen und schließlich auf der Oberfläche unserer Heimatwelt zerschellen.«

»Finger weg von den Instrumenten!« sagte Oberst Matunari mit eindringlicher Stimme. Es war eine Angewohnheit von ihm, immer dann mit leiser, doch um so betonterer Stimme zu sprechen, wenn er zornig war.

»Wir werden uns daran halten. Das werden wir bestimmt tun!« kam die Robotstimme aus dem Lautsprecher.

»Sie hätten von Anfang an nicht an den Armaturen herumfummeln dürfen, wenn Sie keine Ahnung von der Bedienung haben«, sagte Matunari.

»Aber wir sind ausgebildete Astronauten«, beteuerte der Asporco. »Wir mußten annehmen, daß uns die Bedienung der Instrumente vertraut ist. Um so größer war der Schock, als wir entdeckten, daß die richtigen Handgriffe falsche Reaktionen auslösten. Inzwischen ...«

Der Kommandant des Flottentenders stieß die Luft pfeifend aus. »Wollen Sie damit sagen, daß Sie Ihr Wissen um die Bedienung der Instrumente eingebüßt haben? Daß Ihre Intelligenz nachläßt? Wollen Sie das sagen?«

Matunari war immer ruhiger geworden – ein Anzeichen gesteigerter Erregung. Vielleicht wurde er hier mit den ersten Symptomen einer neuen, schrecklichen Entwicklung konfrontiert. War es möglich, daß durch das Verschwinden des PEW-haltigen Meteoriten die Asporcos in die Primitivität zurückfielen?

»Nein, wir fühlen uns stark und geistig gesund«, antwortete der Asporco verzweifelt. »Unser Begreifen ist nach wie vor überragend. Wir haben uns gegenüber früher nicht verändert, nur unsere Umgebung wurde von *uns* verändert. Und nun wissen wir nicht mehr, nach welchen Gesichtspunkten wir die Veränderungen vorgenommen haben.«

Jetzt begann Oberst Matunari die Zusammenhänge langsam zu begreifen. Um sich jedoch Gewißheit zu verschaffen und sich nicht vielleicht in irgendwelche haltlosen Spekulationen zu verrennen, verlangte er: »Erzählen Sie mir, wie es zu der augenblicklichen Situation kam.«

»Das wissen Sie doch alles ... Verlieren Sie keine Zeit und helfen Sie uns!«

»Es besteht kein Grund zur Panik«, sagte Matunari. »Wir haben Ihr Schiff bald erreicht und werden es noch rechtzeitig abfangen. Sie können mir in aller Ruhe erklären, was Sie mit der Veränderung Ihrer Umgebung meinen.«

Aus dem Lautsprecher des Interkoms kam ein unartikulierter Laut, den der Translator nicht übersetzte.

»Wir sind in Not ...«, meldete sich dann der Asporco und gab anschließend wieder einen unverständlichen Laut von sich. »Aber unser Schicksal ist in Ihrer Hand, und wir müssen Ihrem Volk dankbar sein, daß es uns so selbstlos beistand, als der Erfindungswahn über uns kam. Damals dachten wir nicht an unser Leben, sondern nur an den Fortschritt. Sie wissen, was überall auf unserer Welt geschah – wir arbeiteten und arbeiteten, erforschten, erfanden und weigerten uns, Nahrung aufzunehmen. Diese Zeit ist als schrecklicher Alptraum in meiner Erinnerung. In meiner Erinnerung fehlt jedoch die Information darüber, welchen Wert und welche Bedeutung die Erfindungen haben, die ich während des Wahns gemacht habe. Meinen Artgenossen ergeht es ebenso. Wir haben sämtliche Bedienungseinheiten unseres Raumschiffes umfunktioniert, ohne zu wissen, was wir uns dabei gedacht haben. Jetzt wird uns jeder Handgriff, den wir tun, zum Verhängnis ... Ist das die Auskunft, die Sie haben wollten? Dann helfen Sie uns jetzt!«

Oberst Matunari nickte vor sich hin. Seine Vermutung war richtig gewesen. Die Asporcos auf dem Skelettschiff waren Opfer ihres eigenen Erfindungswahns. Während der Periode, als sie ihr Leben negierten und nur an ihre technische und wissenschaftliche Weiterentwicklung dachten, hatten sie in ihrem Raumschiff solch einschneidende Veränderungen vorgenommen, daß sie ihnen nun zum Verhängnis wurden. Nachdem sie von den terranischen Versorgungstrupps förmlich zum Leben gezwungen worden waren und ihre ursprüngliche Vitalität zurückerhalten hatten, waren ihre unzähligen Erfindungen und Geniestreiche in Vergessenheit geraten. Sie waren physisch wieder auf der Höhe, aber psychisch völlig aus dem Gleichgewicht.

»Wir werden Ihr Schiff vor dem Absturz retten«, behauptete der Kommandant des Flottentenders im Brustton der Überzeugung.

»Ich würde da nicht so sicher sein, Sir«, meinte sein Erster Offizier. »Das Skelettraumschiff ist Asporc schon zu nahe und wird von der Gravitation unerbittlich zur Oberfläche gezogen. Die Chance, das Schiff noch zu retten, steht eins zu tausend. Aber vielleicht kann uns Roi Danton sagen, was in diesem Fall zu tun ist.«

Oberst Matunari starrte seinen Ersten Offizier entgeistert an. »Sie haben sich doch hoffentlich nicht an diesen arroganten Kerl um Rat gewandt?« fragte er drohend.

»Nein, nein, Sir«, versicherte Nandor stotternd. »Er hat von sich aus angekündigt, DINO-386 einen Besuch abstatten zu wollen. Und zwar will er per Transmitter kommen, um keine Zeit zu verlieren, wie er es ausdrückte.«

»Der fehlt mir gerade noch«, sagte Oberst Matunari stöhnend.

»Bin ich der Grund dafür, daß Sie Ihrer Begeisterung so unverhohlen Ausdruck geben, Herr Oberst?« kam eine volle, wohltönende Stimme vom Antigravschacht.

Dort stand Roi Danton alias Michael Rhodan. In seiner Begleitung befand sich ein etwa 1,90 Meter großer, schlanker Mann in der Uniform eines Obersten der Solaren Flotte.

»Es tut mir leid, Sir, wenn ich Ihnen nicht die gebührende Aufmerksamkeit schenken kann«, sagte Oberst Matunari ohne erkennbaren Spott. »Aber im Augenblick muß ich mich auf die Bergung des Asporco-Schiffes konzentrieren.«

»Lassen Sie sich durch meine Anwesenheit nur nicht stören, Oberst«, entgegnete Roi Danton. »Tun Sie so, als seien Oberst Spitzer und ich gar nicht anwesend.«

Ich brauche gar nicht so zu tun, denn für mich bist du sowieso Luft, dachte Oberst Matunari. Danach konzentrierte er sich voll und ganz auf seine Aufgabe.

Der Flottentender hatte in der Zwischenzeit das Skelettraumschiff erreicht. Er flog mit ihm auf gleicher Höhe und hatte sich seiner Geschwindigkeit angepaßt.

»Entfernung zum Objekt?« verlangte Matunari von der Ortung zu wissen.

»Zehn Kilometer, Sir«, kam die Antwort vom Ortungsspezialisten.

»Wir müssen noch näher herangehen«, ordnete Matunari an.

»Das geht nicht, Sir«, widersprach der Navigator, der in Schweiß gebadet war. »Das Skelettraumschiff könnte immer noch seinen Kurs unerwartet ändern. Wenn wir näher als zehn Kilometer herangingen, wäre es uns unmöglich, noch rechtzeitig auszuweichen.«

»Die Asporcos haben versprochen, keine Schaltungen mehr vorzunehmen«, sagte Matunari. »Der Kurs des Skelettraumschiffes ist beständig.«

Er hatte es kaum gesagt, als das Skelettraumschiff plötzlich einen Sprung auf den Flottentender zumachte. Die beiden ungleichen Flugkörper kamen einander bis auf zwei Kilometer nahe, bevor der Emotionaut von DINO-386 ein Ausweichmanöver fliegen konnte. Die Männer in der Kommandozentrale hatten alle Mühe, sich auf den Beinen zu halten. Denn durch den unerwarteten Beschleunigungsflug setzten die Andruckneutralisatoren um eine Millionstelsekunde zu spät ein, so daß die Männer den Andruck für diese Zeitspanne voll zu spüren bekamen. Es war, als würden sie von einer unsichtbaren Riesenfaust einen wuchtigen Schlag erhalten.

Einer der Techniker am Kommandopult hatte sich nicht mehr abfangen können und war mit dem Kopf gegen eine Konsole geknallt. Mit einer Platzwunde mußte er in die Krankenstation gebracht werden.

»Wahrscheinlich haben die Asporcos ihre Schiffsautomatik unbeabsichtigt mit einem Zickzackkurs gespeichert«, vermutete der Navigator. »Damit ist nach wie vor akute Kollisionsgefahr gegeben. Wir müssen Abstand halten.«

»Machen Sie Platz!« sagte Matunari nur und verdrängte den Navigator aus seinem Kontursessel. Nachdem er sich selbst zurechtgesetzt hatte, ordnete er an: »Wir fliegen näher heran. Alarmbereitschaft an die Mannschaft! Alle Mann Sicherheitsvorkehrungen treffen. Es ist nicht ausgeschlossen, daß wir weitere waghalsige Manöver fliegen müssen.«

Matunari sah auf dem Panoramabildschirm, wie das Skelettraumschiff wieder einen Satz nach vorne machte. Aber diesmal auf den Planeten zu.

»Entfernung: Objekt zur Planetenoberfläche«, verlangte Matunari zu wissen.

»Zweitausendfünfhundert Kilometer.«

»Wenn wir das Raumschiff jetzt abfangen könnten, hätten wir noch eine Chance, es auf eine stabile Kreisbahn zu bringen«, sagte der Erste Offizier, der den Platz zwischen dem Emotionauten und dem Kommandanten hatte.

Matunari schüttelte den Kopf. Seine Blicke glitten zwischen den Instrumenten und dem Panoramabildschirm hin und her.

»Wir müssen zuerst die Eigendrehung des Skelettschiffes stoppen«, sagte er. »Das können wir nur mit den Traktorstrahlen erreichen. Und die werden nur dann voll wirksam, wenn wir noch näher herangehen. Die Gravitation von Asporc ist schon zu stark geworden, als daß wir aus dieser Entfernung etwas ausrichten könnten. Annäherung bis auf vier Kilometer!«

Der Emotionaut gab keine Antwort. Schweigend lenkte er den mehr als 2600 Meter langen Flottentender zu dem abtrudelnden Skelettraumschiff.

»Entfernung achttausend Meter ... sechstausend ... viertausend!«

»Traktorstrahlen einsetzen. Zuerst müssen wir beim Asporco-Schiff die Drehung um die Querachse stoppen.«

»Aye, aye, Sir!«

Die unsichtbaren Traktorstrahlen, von leistungsstarken Projektoren ausgesandt, schossen auf das sich überschlagende Skelettraumschiff zu und setzten sich mit der Wirkung von Magneten auf seiner Hülle fest.

»Und jetzt langsam die Intensität steigern!« befahl Matunari, als ihm die Kontrollgeräte anzeigten, daß sich die Zugstrahlen an der Hülle des Asporco-Schiffes festgesogen hatten.

Gleich darauf konnte er auf dem Panoramabildschirm mit freiem Auge erkennen, wie sein Befehl in die Tat umgesetzt wurde. Im selben Maße, wie die Techniker an den Zugstrahlprojektoren die Leistung hochfuhren, verlangsamte sich die Rotation des Skelettraumschiffes um seine Querachse.

»Gleich ist es geschafft«, murmelte der Erste Offizier.

Er hielt den Atem an, als das Raumschiff für den Bruchteil einer Sekunde in der Schwebe hing und sich dann langsam in die entgegengesetzte Richtung drehte. Aber die rückläufige Drehung ging nur über eine kurze Strecke, dann pendelte sich das Raumschiff ein wie der Balken einer Waage und stabilisierte sich.

»Eins zu null für uns«, sagte der Erste Offizier aufatmend.

Das Asporco-Schiff wies jetzt mit dem Heck auf den Planeten. Aber es fiel immer noch und rotierte um seine Längsachse.

»Entfernung Bergungsobjekt zur Planetenoberfläche: zweitausend Kilometer!« meldete die Ortungszentrale. »Fallgeschwindigkeit hat sich durch den Einfluß der Traktorstrahlen um ein Zehntel verringert.«

Matunari nickte. Er wollte gerade befehlen, die Längsachsenrotation und gleichzeitig die Eigengeschwindigkeit des Skelettraumschiffes weiter mittels der Traktorstrahlen zu drosseln, als ein Anruf aus der Funkzentrale kam.

»Soeben ist ein Funkspruch vom Asporco-Schiff eingetroffen«, meldete der Funkoffizier. »Darin bedanken sich die Asporcos für ihre Rettung und geben ihre Absicht bekannt, versuchen zu wollen, mit eigener Kraft aus dem Gravitationsbereich des Planeten zu kommen.«

»Diese Idioten«, stellte Matunari mit gelassen klingender Stimme fest; nur sein Gesichtsausdruck verriet, daß er innerlich vor Wut kochte. Er zögerte keine Sekunde lang, bevor er Anordnungen gab, um den Wahnsinn der Asporcos zu verhindern.

»Kommandant an Feuerleitzentrale«, sprach er ruhig und besonnen ins Mikrophon der Rundsprechanlage. »Narkosegeschütze auf das Skelettraumschiff ausrichten. Feuer frei! Ich möchte, daß keiner der Asporcos mehr in der Lage ist, auch nur seinen kleinen Finger zu rühren. Wenn sie nicht Vernunft annehmen wollen, dann muß ich sie eben gewaltsam dazu bringen, nicht noch mehr Unfug anzustellen.«

»Aber, Sir«, wandte der Erste Offizier ein. »Wir wissen nicht, wie die Asporcos Narkosestrahlen in diesem Ausmaß vertragen. Sie könnten gesundheitlichen Schaden nehmen.«

»Wenn sie abstürzen, wird das ihrer Gesundheit noch mehr schaden«, entgegnete der Kommandant lakonisch.

Captain Nandor schwieg betreten. Er mußte sich eingestehen, daß sein Einwand unbegründet war – im übrigen kam er bereits zu spät, denn die Narkosegeschütze bestrichen schon längst die Hülle des Skelettraumschiffes mit breitgefächerten Strahlen.

Erst nachdem die Funkzentrale meldete, daß der Kontakt zu den Asporcos abrupt abbrach, obwohl deren Geräte immer noch auf Sendung waren, befahl Matunari, den Beschuß einzustellen.

Inzwischen war auch die Längsachsenrotation des Skelettraumschiffes mittels der Traktorstrahlen gestoppt und die Fallgeschwindigkeit um ein weiteres Zehntel verringert worden.

»Entfernung zur Oberfläche: tausendfünfhundert Kilometer!«

»Zugstrahlprojektoren: Leistung bis zur maximalen Kapazität erhöhen«, ordnete Matunari an. »Wir leiten ein Bremsmanöver ein.«

Der Kommandant wartete nicht erst die Bestätigung seiner Befehle ab, sondern begann sofort mit dem Bremsmanöver. Die Impulstriebwerke des Flottentenders wurden dabei gleichzeitig mit den Antigravtriebwerken eingesetzt, damit die Fallgeschwindigkeit nicht zu abrupt und ungleichmäßig gedrosselt wurde. Es war vor allem wichtig, daß das Bremsmanöver »weich« und ohne Unterbrechung ablief. Denn der Flottentender hatte zusätzlich zu seiner eigenen Masse noch die Masse des Skelettraumschiffes zu bewältigen, die nur von den Traktorstrahlen gehalten wurde. Wenn die Geschwindigkeit zu plötzlich gedrosselt wurde, dann hätte es passieren können, daß die Traktorstrahlen zusammenbrachen – und das Skelettraumschiff wäre unweigerlich verloren gewesen.

Matunari achtete bei dem Bremsmanöver darauf, daß er die Zugstrahlprojektoren nicht zu sehr belastete. Er wollte nicht bis an die äußerste Grenze gehen, um sich für den Notfall eine Kraftreserve aufzuheben. Gleichzeitig brachte er den Flottentender näher an das Skelettraumschiff heran. Das war zwar mit vielen Gefahren verbunden, weil er nicht sicher sein konnte, daß die Automatik des Asporco-Schiffes keine Kursänderungen mehr vornahm. Aber für den Fall, daß er den Flottentender nicht mehr rechtzeitig aus dem Gefahrenbereich fliegen konnte, wollte er die HÜ- und Paratronschutzschirme einschalten, um so den Zusammenprall abzufangen.

Er ging dieses Risiko ein, weil er näher an das Skelettraumschiff herankommen mußte, nicht nur um die Wirkung der Strahlprojektoren zu erhöhen, sondern hauptsächlich aus einem anderen Grund. Wenn es ihm gelang, das Asporco-Schiff auf die Landefläche des Flottentenders zu ziehen und dort zu verankern, dann konnte er mit ihm mühelos aus dem Gefahrenbereich fliegen und es auf eine sichere Kreisbahn bringen.

Als der Flottentender bis auf siebenhundert Meter herangekommen war, tauchte Matunari mit ihm unter dem Skelettraumschiff durch, bis sich dieses genau über dem Mittelpunkt der 2000 Meter durchmessenden Landefläche befand. Jetzt war es nicht mehr nötig, näher an das Bergungsobjekt heranzufliegen, sondern die Traktorstrahlen konnten es auf die Landefläche herunterziehen.

Für einen außenstehenden Beobachter sah das alles leicht aus, doch jeder Kosmonaut wußte, welches Fingerspitzengefühl und welches navigatorische Können dazu gehörte, zwei Körper mit diesen Ausmaßen und dieser Masse, die zudem noch von der Gravitation eines Planeten angezogen wurden, miteinander zu koppeln, ohne daß es zu einem Zusammenstoß kam.

Aber Oberst Cono Matunari und seine Crew schafften es. Sie brachten es fertig, das dreihundert Meter lange Skelettraumschiff auf der Plattform zu landen – und das ohne die geringste Erschütterung und ohne der Hülle auch nur einen Kratzer zuzufügen.

Der Rest war nur noch Routine: das Skelettraumschiff auf eine vorberechnete Kreisbahn zu bringen, es dort auf die erforderliche Geschwindigkeit zu beschleunigen und es dann sich selbst zu überlassen.

Matunari verließ das Kommandopult und wandte sich seinen beiden Besuchern zu, von denen ihm nur Roi Danton bekannt war. Den anderen sah er zum erstenmal, aber er war ihm vom ersten Augenblick an sympathisch. Sein markantes Gesicht mit den großen, intelligenten Augen, dem dunkelblonden, straff nach hinten gekämmten Haar strahlte Entschlossenheit, unbeugsamen Willen und Autorität aus.

Er trat jetzt einen Schritt auf Matunari zu und reichte ihm mit freundlichem Lächeln die Hand.

»Darf ich Ihnen als erster zu Ihrer hervorragenden Leistung gratulieren«, sagte er, während er Matunaris Hand kräftig drückte. »Mein Name ist Nosla Spitzer, Oberst der Solaren Flotte. Ich bin Kommandant des Ultraschlachtschiffs MOSTONOW. Ich glaube, daß wir gut zusammenarbeiten werden.«

Matunari mußte den Kopf weit in den Nacken beugen, um dem Flottenoberst in die Augen sehen zu können.

»Ich habe schon viel von Ihnen gehört, Oberst, und freue mich, Ihre Bekanntschaft zu machen«, sagte er. Er runzelte die Stirn und blickte kurz zu Roi Danton hinüber. »Bisher war mir jedoch noch nicht bekannt, daß ich die Ehre haben werde, mit Ihnen zusammenzuarbeiten.«

»Sie können augenblicklich mehr darüber erfahren, wenn Sie uns dahin bringen, wo wir ungestört sind«, erklärte ihm Roi Danton.

Roi Danton sah sich kurz in dem an die Kommandozentrale grenzenden Arbeitsraum um, in den Oberst Matunari sie geführt hatte. Er unterschied sich kaum von gleichartigen Kabinen auf anderen Schlachtschiffen der STARDUST-Klasse; der Kommandant konnte von hier aus seine gesamte Mannschaft befehligen, ohne in seiner Privatsphäre gestört zu werden.

Viel interessanter als die Umgebung erschien ihm Oberst Cono Matunari selbst. Aus seiner Dienstbeschreibung wußte Danton, daß er ein äußerst fähiger Offizier war, der seine Mannschaft kameradschaftlich und nach neuesten psychologischen Richtlinien führte. Aus der Personalakte ging zudem noch hervor, daß er besonders auf Bergungsmanöver unter allerschwersten Umständen spezialisiert war.

Eine Kostprobe seiner Fähigkeiten hatte er eben bekommen. Danton war beeindruckt. Matunari war genau der Mann, den er für sein Vorhaben benötigte. Wenn es trotzdem etwas gab, das ihn an ihm störte, war es die Tatsache, daß Matunari etwas gegen ihn, Danton, zu haben schien.

»Ich möchte Ihnen noch nachträglich zu der erfolgreichen Bergung gratulieren, Oberst«, sagte Danton, nachdem sie alle drei um den Tisch Platz genommen hatten, der mit Kommunikationsgeräten und Schaltpulten überladen war. »Ich bin von Ihrer Leistung beeindruckt.«

Oberst Matunari dankte mit einem schwachen Kopfnicken, sein Gesicht blieb jedoch ausdruckslos.

Danton fuhr fort: »Oberst Spitzer hat schon angedeutet, warum ich zu Ihnen gekommen bin. Es handelt sich um einen Einsatz, bei dem wir drei zusammenarbeiten würden. Aufgrund Ihrer Fähigkeiten wären Sie genau der Mann, den ich brauche. Doch sind mir Bedenken gekommen, seit ich Sie persönlich kennengelernt habe. Ich bin es gewohnt, meinen Männern gegenüber mit offenen Karten zu spielen. Ich sage jedem, was er von mir zu erwarten hat, und möchte andererseits wissen, woran ich bin. Ich finde nämlich, daß man nur in einem gesunden Arbeitsklima Höchstleistungen erbringen kann. Sie verstehen?«

Oberst Matunari nickte wieder. »Ich verstehe nicht nur, sondern möchte Ihnen uneingeschränkt zustimmen«, sagte er.

»Wenn wir einer Meinung sind, dann sollten wir reinen Tisch machen«, sagte Danton. Er blickte seinem Gegenüber fest in die Augen. »Was haben Sie gegen mich, Oberst?«

Diese direkte Frage machte Matunari für einen Moment unsicher. Aber er faßte sich schnell.

»Ich bedaure es natürlich, daß Sie meine Bemerkung über Sie gehört haben«, meinte er mit einem säuerlichen Lächeln. »Und ich entschuldige mich dafür. Aber ich möchte auch gleich vorwegnehmen, daß sich meine Einstellung Ihnen gegenüber geändert hat. Ich war wütend auf Sie, weil Sie meine Mannschaft und den Flottentender im Rattley-System festhielten, obwohl es für uns nichts mehr zu tun gab. Sie erinnern sich, daß ich Sie einige Male gedrängt habe, uns zurück ins Imperium zu schicken. Ich war der Meinung, daß wir hier unsere Zeit nur vertrödeln. Aber wie sich eben gezeigt hat, war ich im Irrtum. Allein daß wir ein Asporco-Schiff mit der gesamten Mannschaft retten konnten, rechtfertigt unsere Anwesenheit. Ich möchte mich nochmals in aller Form dafür entschuldigen, daß ich Ihnen unrecht getan habe.«

»Das war alles?« wunderte sich Roi Danton. Er lächelte. »Dann steht unserer Zusammenarbeit nichts im Wege.«

»Meinerseits bestimmt nicht«, versicherte Oberst Matunari.

Danton wollte dieser Behauptung nicht ganz glauben. Er hatte irgendwie das Gefühl, daß der Oberst des Experimentalkommandos die Vorurteile gegen ihn noch nicht ganz abgebaut hatte. Aber er wollte nicht tiefer in ihn dringen.

Wie dem auch war, er konnte sich zu einem späteren Zeitpunkt damit beschäftigen. Er hatte dem Oberst klargemacht, was er unter einer Teamarbeit verstand, das sollte für den Anfang genügen. Jetzt war es an der Zeit, auf den eigentlichen Grund seines Hierseins zu sprechen zu kommen.

Danton sagte: »Zum erstenmal seit Perry Rhodan mit der MARCO POLO die Verfolgung des Meteoriten-Raumschiffes aufgenommen hat, haben wir Nachricht von ihm.«

Dantons Worte verfehlten ihre Wirkung nicht. Oberst Nosla Spitzer, der, in seinem Sessel zurückgelehnt, abwartend dagesessen hatte, zuckte mit dem Oberkörper nach vorne. Oberst Cono Matunari öffnete den Mund, aber kein Ton kam über seine Lippen. Er beugte sich langsam über den Tisch und stützte sich dann mit den Armen auf.

Es war schließlich Oberst Spitzer, der das Schweigen brach. »Hat diese Nachricht etwas mit unserem Einsatz zu tun?« erkundigte er sich.

Danton machte eine beschwichtigende Handbewegung und meinte lächelnd: »Wollen Sie nicht erst einmal den Inhalt der Nachricht erfahren? Gehen wir der Reihe nach vor. Seit im Zentrum der Galaxis der Gravitationssturm tobt, ist unsere Funkbrücke zum Solaren Imperium zusammengebrochen, so daß wir hier völlig abgeschnitten sind. Die Meldungen, die wir von den eintreffenden Versorgungsschiffen erhalten, sind überholt. Das war weiter nicht schlimm, weil wir annehmen mußten, daß in der Heimat alles in Ordnung ist. Doch das ist ein Irrtum. Das Solsystem wird von einer tödlichen Gefahr bedroht, deren Ursprung im Zentrum der Galaxis zu suchen ist und aus dem Gebiet kommt, in dem sich die MARCO POLO aufhält.«

Matunari fragte: »Warum hat der Großadministrator nicht schon früher ein Kurierschiff geschickt, um uns über die Vorkommnisse zu informieren?«

»Daran ist der Gravitationssturm schuld«, antwortete Danton, »der jeglichen Funkverkehr über größere Entfernungen unterbindet und selbst den Linearflug zu einem lebensgefährlichen Unternehmen werden läßt. Es ist nur einer einzigen Korvette der MARCO POLO unter großen Gefahren gelungen, in südlicher Richtung aus dem galaktischen Zentrum auszubrechen und in ein Gebiet zu gelangen, in dem sich der Gravitationssturm nicht mehr so verheerend auswirkt und ein Funkverkehr möglich ist. Von dort funkte die KMP-11 die Koordinaten der MARCO POLO zur Erde und gab einen Situationsbericht durch. Daraus geht hervor, daß der Raumschiff-Meteorit tatsächlich zurück zu seiner Ursprungswelt geflogen ist.«

Danton hatte kaum ausgesprochen, als ihn Matunari und Spitzer auch schon mit Fragen bombardierten.

»Wo liegt das Heimatsystem des Meteoriten?«

»Lebt dieses Volk noch?«

»Hat sich bei der Kontaktaufnahme zwischen Terranern und den Meteoritenbauern ein Konflikt ergeben?«

»Ist die MARCO POLO in Gefahr?«

Danton erzählte in Stichworten alles, was er über das Trümmersystem und die Paramags wußte. Dann fuhr er fort: »Sie können sich vorstellen, daß die Paramags nicht darüber glücklich sind, ihr Dasein in den Trümmern eines Planetoidenringes fristen zu müssen. Deshalb schickten sie auch den Meteoriten aus, eine neue Heimat zu suchen. Sie glaubten damals, daß es im Universum unzählige PEW-haltige Planeten geben müsse. Doch der Meteorit fand nur einen einzigen. Den Planeten Zeut im Solsystem.«

»Aber Zeut ist vor fünfzigtausend Jahren vernichtet worden«, stellte Matunari irritiert fest. »Er ist heute ebenso ein Planetoidengürtel wie das Trümmersystem der Paramags.«

»Ironie des Schicksals«, meinte Danton mit bitterem Lächeln. »Als der Meteorit jedoch im Solsystem war, gab es Zeut noch in seiner ganzen Größe. Und aufgrund der Daten, die die Paramags aus den Speichern des Meteoriten erhalten haben, glauben sie, daß Zeut immer noch existiert. Das ist das Dilemma.«

»Tut mir leid, aber ich sehe hier kein Problem«, sagte Spitzer. »Wenn man den Paramags deutlich macht, daß Zeut in Trümmer gegangen ist, kann man die Gefahr einer Invasion abwenden, ehe sie noch akut geworden ist. Oder gehe ich fehl in der Annahme, daß eine Invasion der Paramags befürchtet wird?«

»Die Invasion hat bereits stattgefunden«, sagte Danton. »Die Paramags besitzen nämlich eine Art Materietransmitter. Nur hat ihr Gerät den Vorteil, daß es über jede denkbare Entfernung ohne Empfänger wirkt – vorausgesetzt, am Zielort gibt es PEW-Metall und die Koordinaten sind bekannt. Der Paratrans-Bezugstransmitter ist mit einem Fiktivtransmitter vergleichbar.«

»Das ist ja furchtbar«, sagte Matunari mit einer Stimme, der man nicht anmerkte, wie erschüttert er tatsächlich war.

»Der erste Angriff der Paramags konnte wohl abgewehrt werden«, fuhr Danton fort. »Aber aus dem Funkspruch, den ich erhalten habe, geht hervor, daß die Gefahr noch nicht gebannt ist. Die Paramags können jeden beliebigen Planetoiden des Solsystems in Nullzeit erreichen, wenn er nur Spuren des PEW-Metalls aufweist. Und sie setzen ihre Antimaterie-Waffen ohne Warnung ein.«

»Wie lange liegen diese Geschehnisse zurück?« erkundigte sich Oberst Nosla Spitzer.

»Sie passierten am 21. Juli – also vor zwei Tagen«, antwortete Danton. »Zu diesem Zeitpunkt konnte die KMP-11 alle Daten über die Paramags und das Trümmersystem bereits nach Terra funken, so daß man die Gefahr deutlicher abschätzen konnte. Die Versorgungsraumschiffe, die damals von Olymp und Terra gestartet waren und sich auf dem Flug zu uns befanden, wurden über Funk mit den Daten über das Trümmersystem der Paramags versorgt. Obwohl sie bereits seit zwei Tagen unterwegs sind, haben sie noch einige Linearetappen vor sich, bevor sie uns erreichen. Aber da sie nicht den Weg durch das galaktische Zentrum genommen und es umrundet haben, bekamen sie nur die Ausläufer des Gravitationssturms zu spüren. Dennoch gelang es ihnen erst vor wenigen Stunden, mich über die Funkbrücke, in der andere Versorgungsschiffe als Relaisstationen dienten, zu benachrichtigen. Meine Informationen sind also schon mehr als zwei Tage alt – im Solsystem könnte inzwischen das Chaos ausgebrochen sein. Und was die MARCO POLO betrifft, stammen unsere Informationen vom 17. Juli. Denn um etwa 23 Uhr dieses Tages ist die KMP-11 aus dem Trümmersystem gestartet. Sie sehen, daß wir gar nicht beurteilen können, wie die Lage im Augenblick aussieht. Wenn es noch nicht zur Katastrophe gekommen ist, dann steht sie knapp bevor. Wir haben eine geringe Chance, sie zu verhindern. Aber dann müssen wir schnell handeln.«

»Das heißt, wir müssen ein schlagkräftiges Kommando ins Trümmersystem schicken«, sagte Matunari.

»Stimmt haargenau«, bestätigte Danton. »Ich habe Order erhalten, Perry Rhodan aufzutragen, daß er etwas unternimmt, um die weitere Invasion der Paramags zu unterbinden. Das heißt, der Paratrans-Bezugstransmitter muß zerstört werden. Wir werden aber nicht nur deshalb ins Trümmersystem fliegen, sondern auch, um die MARCO POLO im Kampf gegen die Paramags zu unterstützen. Und dann ist da noch ein dritter Punkt, den ich bisher nicht erwähnt habe. Wir müssen etwas für die acht Second-Genesis-Mutanten tun, die wegen ihrer PEW-Abhängigkeit im Trümmersystem gefangen sind.«

Es entstand eine kurze Pause. Danton wollte den beiden Offizieren Gelegenheit geben, ihm noch weitere Fragen zu stellen. Aber beide schienen sich mit den erhaltenen Informationen zu begnügen.

Oberst Spitzer wollte nur wissen: »Wann starten wir?«

»Sobald Sie per Transmitter auf die MOSTONOW zurückgekehrt sind«, antwortete Danton. Er wandte sich an Oberst Matunari. »Wenn es Ihnen recht ist, werde ich auf Ihrem Flottentender bleiben. Vielleicht beruhigt es Sie, wenn ich Ihnen versichere, daß ich nur das Einsatzkommando übernehme und mich in schiffsinterne Belange nicht einmischen werde.«

»Das beunruhigt mich gar nicht«, entgegnete Matunari mit leichtem Spott. »Mich interessiert nur noch eines: Sind die Kommandanten der anderen Raumschiffe schon über den bevorstehenden Einsatz informiert, und wie viele Schiffe werden sich an dem Unternehmen beteiligen?«

»Das ist schnell beantwortet: DINO-386 und die MOSTONOW.«

Matunari machte ein Gesicht, als wolle er seinen Ohren nicht trauen.

»Sie beabsichtigen, nur zwei Schiffe in die Hölle des galaktischen Zentrums zu schicken?« fragte er verblüfft. »Warum sind Sie so sparsam, obwohl Sie wissen, was von diesem Einsatz abhängen kann?«

»Ich werde es Ihnen sagen.« Danton sah seinem Gegenüber fest in die Augen, während er ausführte: »Als mich die Nachricht des Kurierschiffs erreichte, war mein erster Gedanke, zweihundert Raumschiffe zu mobilisieren und ins Trümmersystem zu schicken. Denn die Asporcos brauchen nicht mehr gefüttert zu werden und kämen für eine Weile auch ohne unsere Aufsicht aus. Aber dann überlegte ich mir, daß der Flug in den Gravitationssturm viele Gefahren in sich birgt. Da nicht alle Raumschiffskommandanten so fähig sind wie Sie und Oberst Spitzer, müßte ich mit einer großen Ausfallquote rechnen. Ich machte eine Wahrscheinlichkeitsberechnung, die ergab, daß unter den herrschenden Umständen von zweihundert Raumschiffen höchstens fünf bis zehn das Ziel erreichen würden. Deshalb ziehe ich die Qualität der Quantität vor.«

»Dieses Argument hat Gewicht.« Matunari nickte bekräftigend. »Ich erkenne es bedingungslos an.«

Als Roi Danton dem Oberst des Experimentalkommandos gegenüberstand, spürte er wieder die emotionale Barriere zwischen ihnen, die verhinderte, daß sie einander menschlich näherkamen.

18.

Milchstraßenzentrum

Die ersten drei Linearetappen über insgesamt fünfzehntausend Lichtjahre waren ohne Zwischenfall verlaufen. Jetzt, zwanzig Stunden nach dem Abflug von Asporc, stand das Ende der vierten Linearetappe knapp bevor.

Die Kommandanten des Ultraschlachtschiffs und des Flottentenders wußten, daß sie sich beim Wiedereintauchen in den Normalraum inmitten des Gravitationssturms befinden würden. Einen Vorgeschmack dessen, was sie erwartete, bekamen sie bereits im Linearraum.

Zehn Minuten vor dem Rücksturz ins Normaluniversum machten sich erste Anzeichen des beginnenden Chaos bemerkbar. Der Linearraum galt allgemein als Zwischenzone zwischen dem vierdimensionalen und fünfdimensionalen Kontinuum. Er war eine Art Pufferzone; dem Einstein-Universum übergeordnet, aber dimensional unter dem Hyperraum liegend, war er von den Einflüssen dieser beiden Kontinua weitestgehend verschont.

Doch die Auswirkungen des Gravitationssturms waren selbst hier zu spüren. In der beständigen Düsternis der Librationszone waren plötzlich Leuchterscheinungen zu erkennen. Granulen, bislang zur Bewegungslosigkeit erstarrt, wurden von unheimlichen Kräften durcheinandergewirbelt. Sie erzeugten auf den Hüllen der Schiffe eine Reibung, die sich in starken fünfdimensionalen Feldern und einem unheimlichen Wispern äußerte.

Die Granulen leuchteten auf wie Novae, verblaßten wieder und pulsierten wie Blinklichter.

Auf dem Ultraschlachtschiff MOSTONOW, das die Spitze übernommen hatte, wirkten sich die unkontrollierbaren Strahlungseinflüsse verhängnisvoll auf die Geräte aus. Die Zeitmesser funktionierten nicht mehr, die Instrumente, die den Wiedereintauchmoment fixieren sollten, zeigten unterschiedliche Werte an. Das wirkte sich auf die Automatik aus, die dadurch nicht mehr exakt arbeitete. Die von der Automatik erhaltenen Daten über den Wiedereintauchmoment differierten oft um Stunden.

Das hieß, daß von den Meßgeräten Impulse kamen, die den Rücksturz in den vierdimensionalen Raum augenblicklich anordneten, gleichzeitig aber auch eine Verlängerung des Linearflugs um einige Stunden befahlen.

Oberst Nosla Spitzer tat in dieser Situation das einzig Richtige. Er war bekannt für seinen untrüglichen Spürsinn, falsche Angaben der Positroniken instinktiv als solche zu erkennen. Das war in dieser Situation freilich nicht schwer, da kaum ein Gerät die gleichen Werte anzeigte. Doch hatte er darüber hinaus noch ein sicheres Gefühl dafür, was richtig war. Er wußte, daß es falsch gewesen wäre, einfach den Mittelwert aus allen erhaltenen Daten zu ziehen.

Er mußte vor allem an den Flottentender in seinem Kielwasser denken, der mit den gleichen Schwierigkeiten zu kämpfen hatte. Deshalb ordnete er an: »Ende der Lineretappe.«

Und das erwies sich als einziger Weg, um den Kontakt zum Flottentender nicht zu verlieren. Denn auf DINO-386 fiel der Halbraumspürer in dem Moment aus, als die ersten Leuchterscheinungen durch den Linearraum geisterten. Oberst Cono Matunari verlor plötzlich den Kontakt zur MOSTONOW und mußte mit dem Flottentender zwangsläufig die Librationszone verlassen ...

Die beiden grundverschiedenen Flugkörper tauchten fast gleichzeitig in das vierdimensionale Kontinuum zurück, nur durch vier Astronomische Einheiten voneinander getrennt – und ungefähr 22.500 Lichtjahre vom Rattley-System entfernt.

Kaum im Einstein-Universum zurück, wurde der Flottentender in den Mahlstrom der tobenden 5-D-Gewalten gezogen. Obwohl sofort alle Schutzvorkehrungen getroffen wurden, sich automatisch HÜ- und Paratronschutzschirm aufbauten, konnte nicht verhindert werden, daß der Gravitationssturm wie ein Blitz in das Schiff einschlug.

Plötzlich brannten sämtliche Strukturtaster durch, aus den Hyperfunkgeräten drang der sogenannte Improtonengesang, der an das Heulen eines Taifuns erinnerte, und sämtliche Geräte, die auf fünfdimensionaler Basis arbeiteten, versagten für Bruchteile von Sekunden.

Die Männer in der Kommandozentrale, die ohnehin in ihre Kontursessel geschnallt waren, klammerten sich an die Lehnen, als die Statik der Schiffszelle erschüttert wurde und die Wände und der Boden unter der Spannung knisterten.

»Dabei haben wir das Zentrum des Gravitationssturms noch nicht erreicht«, sagte Roi Danton, der sich in den Sitz neben dem Kommandanten geschnallt hatte.

»Wer weiß, ob wir jemals dahin gelangen«, orakelte Oberst Matunari.

Nachdem sich die Schutzschirme stabilisiert hatten und die Erschütterungen abgeklungen waren, schnallte sich Roi Danton los.

»Wir werden es schaffen«, sagte er nur.

Nachdem die Männer den ersten Schock überwunden hatten, nahmen sie wieder ihre Posten ein.

Die Ortungszentrale gab durch, daß man die MOSTONOW angepeilt habe; aus der Funkzentrale traf die Meldung ein, daß der Kontakt zu Oberst Spitzer hergestellt sei; der Leitende Ingenieur berichtete, daß die Schwarzschild-Reaktoren wieder einwandfrei arbeiteten – sie hatten die Überhitzung gut überstanden; auch die Schutzschirme hatten sich stabilisiert und wehrten das Bombardement der fünfdimensionalen Strahlung ab.

Dennoch war der Einfluß des Gravitationssturms nicht zu übersehen. Die Maschinen arbeiteten lauter als sonst, der HÜ-Schirm leuchtete in unregelmäßigen Abständen bedrohlich auf. Die Zeiger der Meßgeräte zitterten unruhig, und über sämtliche Bildschirme geisterten Leuchterscheinungen. Es gab kein auf fünfdimensionaler Basis arbeitendes Gerät an Bord des Flottentenders, das nicht die Auswirkung des Gravitationssturms zu spüren bekommen hätte. Selbst die Antigravaggregate, die die künstliche Schwerkraft erzeugten, setzten gelegentlich aus, die Schwerkraft sank unter ein Gravo, stieg dann im nächsten Moment über die Norm. Und über allem lag der Gesang der Improtonen.

»Es müßte doch eine Möglichkeit geben, dem Gravitationssturm beizukommen«, sagte Oberst Matunari. »Wir haben eine so hervorragende Technik, warum sollen wir dann vor diesen Naturgewalten resignieren! Angesichts des Gravitationssturms komme ich mir vor wie ein terranischer Seefahrer des 16. Jahrhunderts, der mit seinem Segelschiff gegen die tobende See ankämpft.«

»Dabei waren die Seefahrer damals noch besser dran«, entgegnete Roi Danton. »Wir sind hilfloser als sie, weil wir die Natur des Gravitationssturms nicht einmal genau kennen. Unsere Hyperphysiker wissen zwar, wie es dazu kommt – oder sie glauben es zu wissen. Sie sprechen davon, daß es in Sonnen, in denen sich fünfdimensionale Strahlungen verschiedener Frequenzen ballen, zu zyklotronischen Effekten kommt. Die Improtonen, also die Hyperteilchen dieser Strahlung, laden sich gegenseitig auf, sie überhitzen sich und geraten dadurch in immer schnellere Bewegung. Dadurch reißen sie weitere, bislang neutrale Teilchen mit sich – es erfolgt eine Kettenreaktion. Es kommt auf der betroffenen Sonne zu 5-D-Protuberanzen, die auf andere Sonnen übergreifen und so weiter. Da im Zentrum der Galaxis die Sonnen so dicht stehen, kann die Kettenreaktion unheimlich rasch voranschreiten und sich auf ein gigantisches Gebiet ausbreiten. Wir erleben selbst, wohin das führen kann. Wir kennen diese fünfdimensionalen

Vorgänge so wenig, daß wir einen Gravitationssturm nicht einmal voraussagen, geschweige denn uns vor den Auswirkungen schützen können.«

Danton lächelte säuerlich und blickte Oberst Matunari an, als er hinzufügte: »Aber vielleicht machen gerade solche Naturereignisse, denen wir ohnmächtig gegenüberstehen, auch heute noch den Reiz der Raumfahrt aus.«

»Der Gravitationssturm hat vielleicht sogar ein Gutes«, sagte Matunari, und zum erstenmal seit ihrer Bekanntschaft glaubte Danton, daß so etwas wie ein Kontaktfunke von einem zum anderen übersprang. »Er weist uns Terraner in die Schranken und zeigt uns, daß wir trotz unseres Fortschritts nur schwach und zerbrechlich sind im Vergleich zur Schöpfung.«

Danton nickte. »Und das hat auch seine Richtigkeit.« Danton hätte das Gespräch noch gern weitergeführt, aber der Zeitpunkt war ungünstig gewählt.

Während noch immer die Standortbestimmung lief und die Kursberechnungen vorgenommen wurden, meldete sich Oberst Spitzer über Hyperkom. Die Verbindung war gut, wenn auch der Bildempfang dauernden Störungen ausgesetzt war.

»Wir müssen jetzt noch enger zusammenarbeiten«, erklärte der Kommandant der MOSTONOW. »Da wir uns während des Linearflugs nicht mehr auf den Halbraumspürer verlassen können, ist es notwendig, die jeweilige Lineaetappe nicht nur gemeinsam zu errechnen, sondern auch gleichzeitig einzuleiten. Es muß in allen Belangen, wie Beschleunigung und Eintauchmanöver, völlige Übereinstimmung herrschen, also absolute Zeitgleichheit. Wenn es auch nur eine Abweichung von einer Millionstelsekunde gibt, kann das verhängnisvolle Folgen haben. Der Gravitationssturm ist dauernden Veränderungen unterworfen, es treten ständig Verlagerungen ein. Wir müssen also darauf achten, daß wir bei unseren Manövern die gleichen Bedingungen vorfinden.«

»Das bedeutet aber auch, daß wir auf Tuchfühlung bleiben müssen«, gab Oberst Matunari zu bedenken.

Spitzer nickte ernst. »Wir müssen unsere beiden Schiffe so nahe wie möglich beieinanderhalten. Anders haben wir keine Chance, unser Ziel gemeinsam zu erreichen.«

Während Oberst Matunari noch überlegte, sagte Roi Danton: »Ich schließe mich Ihrer Meinung bedingungslos an, Oberst Spitzer. Und ich meine sogar, daß wir von nun an die Linearetappen verkürzen sollten.«

»Unbedingt«, stimmte Spitzer zu.

»Aber vor uns liegt ein relativ sternenarmes Gebiet«, protestierte Matunari. »Wir könnten mit Leichtigkeit nochmals fünftausend Lichtjahre in einer einzigen Etappe zurücklegen.«

»Wir dürfen uns nicht mehr nach den Sternenballungen richten«, gab Spitzer zu bedenken, »sondern müssen auf die Stärke des Gravitationssturms achten.

Und vor uns liegt eine gefährlich dichte Improtonenwand. Können wir jetzt die Meßdaten abstimmen?«

Oberst Matunari gab seine Einwilligung dazu.

DINO-386: »Entfernung zum Trümmersystem 10.709 Lichtjahre.«

MOSTONOW: »Exakt.«

DINO-386: »Eigengeschwindigkeit 143.000 Kilometer in der Sekunde.«

MOSTONOW: »Eigengeschwindigkeit 167.000 Kilometer in der Sekunde.«

DINO-386: »Eigengeschwindigkeit 145.000 Kilometer in der Sekunde.«

MOSTONOW: »Eigengeschwindigkeit 168.000 Kilometer in der Sekunde.«

Der Flottentender beschleunigte weiterhin mit den doppelten Werten, und als er eine Geschwindigkeit von dreiviertel Licht erreicht hatte, ging er in einen kurzen Linearflug über. Wenig später tauchte DINO-386 gut 20.000 Kilometer von der MOSTONOW entfernt im Linearraum auf.

DINO-386: »Eigengeschwindigkeit 230.000 Kilometer in der Sekunde.«

MOSTONOW: »Eigengeschwindigkeit 230.000 Kilometer in der Sekunde. Entfernung 18.000 Kilometer.«

DINO-386: »Entfernung 18.000 Kilometer.«

Die beiden Flugkörper näherten sich einander, bis zwischen ihnen nur noch die unglaublich geringe Distanz von drei Kilometern bestand.

Oberst Matunari hatte selbst die Steuerung des Flottentenders übernommen. Er wollte sich in dieser Flugphase, in der jede geringste Kursabweichung unweigerlich zur Kollision geführt hätte, nicht auf seinen Emotionauten verlassen. Er schätzte dessen Fähigkeiten zwar, stellte seine eigenen jedoch voran.

Er hatte sich die SERT-Haube übergestreift und verschmolz psychisch mit dem Flottentender. Die untere Gesichtshälfte, die unter der Steuerhaube hervorsah, wirkte entspannt.

Roi Danton vertraute den Fähigkeiten des kleinen Terraners japanischer Abstammung, wenn er diese Flugphase auch schon gern hinter sich gebracht hätte. Denn selbst dem besten Emotionauten konnte irgendwann einmal ein Fehler unterlaufen. Es brauchte nur für den Bruchteil einer Sekunde eine seiner Körperfunktionen versagen, ein Schwindelanfall genügte, um einen Schreckgedanken aufkommen zu lassen, der sich als falscher Befehlsimpuls positronisch auf den Ausführungsmechanismus übertrug. Dadurch wäre eine Fehlschaltung gegeben, eine minimale Kursänderung konnte die Folge sein ...

Was dann passieren würde, konnte man sich leicht vorstellen, wenn man bedachte, daß beide Flugkörper, die MOSTONOW und DINO-386, mit Dreiviertel der Lichtgeschwindigkeit dahinflogen – und sie nur drei Kilometer voneinander entfernt waren.

Danton wurde für einen Augenblick von einer Leuchterscheinung auf dem Panoramabildschirm abgelenkt. Der Flottentender durchflog gerade einen stürmischen Gravitationsarm, der von einer nahen Sonnenballung parsekweit in den Raum hineingriff. Der Aufprall des Improtonenzyklons war so hart, daß der Paratronschutzschirm Strukturrisse bekam. Für einen Moment wurde der Flottentender von Erschütterungen erfaßt, Strukturtaster schlugen durch – und der Improtonengesang schwoll zu unerträglicher Lautstärke an.

Einer der Techniker riß sich die Kopfhörer herunter und wollte davonstürmen. Plötzlich setzte die künstliche Schwerkraft für einen Moment aus. Er schwebte zwei Meter in die Höhe und fiel dann wie ein Stein zu Boden.

Danton fluchte laut vor sich hin, als er sah, daß drei weitere Techniker den Befehl zum Anschnallen nicht beachtet hatten und ebenfalls schwerelos in der Luft hingen, bis die künstliche Schwerkraft wieder einsetzte und sie auf dem Boden landeten. Zum Glück kamen sie mit blauen Flecken davon.

Nach diesem Zwischenfall kam der Flottentender aus dem Gravitationssturmgebiet in eine neutrale Zone.

Danton sah von seinem Platz aus, daß die Meßgeräte nahezu normale Werte anzeigten, und befahl: »Linearflug!«

Der Flottentender und das Ultraschlachtschiff tauchten gleichzeitig, auf eine Millionstelsekunde genau, in den Zwischenraum ein.

Diese Linearetappe brachte die MOSTONOW und den Flottentender um 2433 Lichtjahre tiefer in das Gebiet des Gravitationssturms hinein. Es war eine Etappe, die ohne besondere Zwischenfälle ablief, wenn man davon absah, daß es sich um einen Blindflug handelte; die Halbraumspürer versagten total. Aber dafür funktionierte die Automatik einwandfrei.

Beide Flugkörper fielen gleichzeitig in das vierdimensionale Kontinuum zurück – und mitten hinein in die Hölle des wirbelnden 5-D-Sturms.

Obwohl die Standortbestimmung bereits unglaublich schwierig war, gelang es der MOSTONOW und DINO-386 in Zusammenarbeit vergleichsweise rasch, die augenblickliche Position zu errechnen.

Schließlich stand fest, daß das Trümmersystem der Paramags nur noch 8276 Lichtjahre entfernt war. Aber der Versuch, die rote Riesensonne

Paramag-Alpha anzumessen, blieb erfolglos. Es war schon unter normalen Umständen schwierig, aus dem Sternengewimmel des galaktischen Zentrums eine einzelne Sonne herauszufinden, selbst wenn man alle astronomischen Daten und hyperphysikalischen Merkmale kannte. Während des Gravitationssturms war es jedoch ein Ding der Unmöglichkeit.

Die nächste Linearetappe wurde vorbereitet.

»Ich sehe jetzt ein, daß Ihr Befehl der einzig richtige war«, gestand Oberst Matunari Roi Danton.

»Welcher Befehl?«

»Daß Sie nur zwei Raumschiffe auf diese Expedition mitnahmen«, antwortete Matunari. »Es wäre Wahnsinn gewesen, mit mehreren Schiffen in dieses galaktische Katastrophengebiet vorzudringen. Die Flotte wäre zerschlagen worden, es hätte große Verluste gegeben. Andererseits wäre es unverantwortlich gewesen, kleinere Raumschiffe zu entsenden. Nur Einheiten in der Größenordnung eines Ultrariesen oder Flottentenders der Dinosaurierklasse, die über stärkste Schutzschirme verfügen, kann es gelingen, das Zielgebiet zu erreichen.«

»Danke, daß Sie meine Entscheidung akzeptieren«, sagte Danton ohne Spott.

Er glaubte langsam zu erkennen, warum Oberst Matunari ihn abgelehnt hatte. Der Oberst dürfte vor allem seine Eignung als Kommandant dieses Unternehmens in Zweifel gestellt haben, so daß er es automatisch ablehnte, sich ihm unterzuordnen.

»Mir ist nur noch eines unklar«, meinte Matunari.

»Und das wäre?«

»Warum haben Sie ausgerechnet einen Flottentender auf diese Expedition mitgenommen?«

»Ich habe einen guten Grund dafür, Oberst«, sagte Danton mit einem feinen Lächeln. »Sie werden ihn zum gegebenen Zeitpunkt erfahren.«

Matunari hatte sich einstweilen damit zufriedenzugeben. Bevor er noch versuchen konnte, Roi Danton weitere Einzelheiten über seine Pläne zu entlocken, mußte er seinen Platz am Kommandopult einnehmen.

Der Flottentender und das Ultraschlachtschiff gingen wieder gemeinsam in den Linearflug über.

Diesmal merkten die Besatzungsmitglieder es noch deutlicher, daß sich der Linearraum in einer Phase der ständigen Veränderung befand. Die Librationszone pulsierte. Und es schien, als verändere der Zwischenraum ständig seinen Aufbau.

Einmal machten sich die Einflüsse des Hyperraums bemerkbar, dann wieder registrierten die Geräte Impulse des vierdimensionalen Kontinuums. Die Grenzen zwischen den beiden Kontinua und der Pufferzone verwischten sich immer mehr. Die Männer des Flottentenders mußten befürchten, daß sie entweder in den Hyperraum geschleudert oder in ihr eigenes vierdimensionales Universum abgestoßen werden würden.

Der Linearraum schien seiner Auflösung entgegenzustreben …

Und während diese Drohung über den Terranern schwebte, wurden die fünfdimensionalen Geräte des Flottentenders von Zyklonen aufgeladener Improtonen bombardiert. In der Schiffswandung setzte sich ein Knistern fest, das zu einem dumpfen Dröhnen anschwoll – und aus dem Dröhnen wurde erneut ein Singen: der Gesang der Improtonen.

Die Männer hatten von diesem hyperphysikalischen Phänomen schon gehört, das Gerede darüber jedoch für Raumfahrergarn gehalten. Jeder von ihnen hatte schon etliche Megaparsek im Weltraum zurückgelegt, für sie gehörte der Linearflug zum täglichen Leben. Viele von ihnen waren auch schon in Gravitationsstürme geraten, wenn diese auch lange nicht so stark gewesen waren wie diesmal.

Aber den Gesang der Improtonen hatte noch keiner von ihnen gehört. Zuerst lauschten sie fasziniert, dann wurden ihre Nerven von dem an- und abschwellenden, fast melodiösem Ton angegriffen. Die Sphärenmusik einer fremdartigen Dimension wühlte sie auf und griff ihren Geist an.

»Ich kann diesen Sirenengesang nicht mehr ertragen!« Einer der Techniker war aufgesprungen und rannte in die Kommandozentrale hinein. Roi Danton stellte sich ihm in den Weg.

»Bindet mich fest!« schrie der Techniker hysterisch und klammerte sich an Dantons Oberarme. »Ich werde wahnsinnig … ich schnappe über. Stopft mir die Ohren zu!«

Danton holte kurz aus und schlug dem Mann die Faust auf die Kinnspitze. Den vorwurfsvollen Blick Oberst Matunaris erwiderte er gelassen.

»Es war das Beste so, glauben Sie es mir«, sagte er. Dann wandte er sich an die Männer in der Kommandozentrale. »Wer von Ihnen den Improtonengesang nicht mehr ertragen kann, sollte sich eine Beruhigungsspritze geben lassen. Das ist immer noch besser, als den Verstand zu verlieren.«

»Man muß ja nicht gleich wahnsinnig werden«, sagte einer der Techniker. »Aber es zermürbt einen.«

»Mir geht es ähnlich«, sagte Danton. »Aber ich tröste mich damit, daß ich mir sage, daß der Gesang den Höhepunkt des Gravitationssturms anzeigt. Schlimmer kann es jedenfalls nicht kommen.«

Aber darin irrte Roi Danton. Plötzlich löste sich die Librationszone auf, und der Flottentender wurde in das Einstein-Universum zurückgeschleudert. Das für menschliche Begriffe so gigantische und doch so winzige Gebilde wurde zum Spielball unkontrollierbarer hyperphysikalischer Kräfte.

19.
Solsystem

Am 25. Juli 3444, zwei Tage nach dem letzten Angriff der Paramags aus dem Asteroidengürtel, schien es festzustehen, daß die Gefahr gebannt war.

Die beiden 500-Meter-Schiffe, deren Hüllen einen galvanoähnlichen Überzug aus reinem Ynkelonium besaßen, kreuzten noch immer im Raum zwischen Mars und Jupiter. Da Staatsmarschall Reginald Bull nach Terra zurückgekehrt war, um in Rhodans Namen den Wahlkampf zu führen, hatte Solarmarschall Julian Tifflor das Oberkommando über die NEOMAV und die PILBO übernommen.

Hinter Julian Tifflor lagen achtundvierzig Stunden des zermürbenden Wartens, achtundvierzig Stunden, in denen er in jeder Sekunde mit einem Auftauchen weiterer Paramags und neuerlichen Angriffen rechnen mußte. Aber dazu war es nicht mehr gekommen. Es hatte keine Erscheinung eines »Paraabstrakten pluskonstruktiven Antimaterie-Aufbaufeldes« mehr gegeben, Materie war nicht mehr in Antimaterie umgewandelt und zur Explosion gebracht worden.

Das deutete darauf hin, daß keine weiteren Paramags mehr ins Solsystem gekommen waren. Die Frage, die sich Solarmarschall Julian Tifflor und die anderen Verantwortlichen stellen mußten, lautete: Warum sahen die Paramags von einer weiteren Invasion im solaren Asteroidengürtel ab? Schreckten sie die hohen Verluste ab, oder besaßen sie einfach nicht mehr die Möglichkeit der Bezugstransdeformation?

Reginald Bull und Julian Tifflor hatten lange Zeit zwischen Hoffen und Bangen geschwebt. Aber nach Ablauf der achtundvierzig Stunden, in denen keine Paramags mehr im Solsystem aufgetaucht waren, glaubten sie, daß die Gefahr gebannt war.

In einem Hyperkomgespräch, das Reginald Bull von der Erde aus mit dem im Asteroidengürtel kreuzenden Julian Tifflor führte, umriß der Staatsmarschall und Stellvertreter Rhodans die Lage folgendermaßen:

»Da wir in keinem der Asteroiden die Existenz von Paramags feststellen konnten, müssen wir annehmen, daß sie ihre Invasionspläne aufgegeben haben. Die einzige Erklärung dafür ist, daß es Perry gelungen ist, den PEW-Bezugstransdeformator im Trümmersystem zu zerstören. Ich habe mich entschlossen, diese Version über die Medien der Menschheit bekanntzugeben. Das ist *der* Wahlschlager! Wenn die Menschheit erfährt, was Perry in seiner Abwesenheit für sie getan hat, bringt uns das wieder einige Millionen Wählerstimmen!«

»Und was, wenn es sich um eine Falschmeldung handelt?« gab Julian

Tifflor zu bedenken. »Was passiert, wenn die Paramags nur eine Atempause eingelegt haben und wenige Stunden danach zum nächsten Schlag gegen Terra ausholen?«

»Ich muß dieses Risiko auf mich nehmen, Tiff«, sagte Bull. »Bis zum 1. August sind es nur noch wenige Tage. Ich brauche einen Knüller, um Marschall Terhera auszustechen. Und die Wahrscheinlichkeitsberechnungen geben mir recht. Es steht zu fast hundert Prozent fest, daß keine weitere Invasion von Paramags zu erwarten ist.«

Julian Tifflor machte eine kurze Pause, bevor er sagte: »Ich glaube, wir können wirklich optimistisch sein, Bully. Wir sollten die Gelegenheit nutzen und Rhodans Gegnern eins auswischen. Die Meldung, daß Rhodan die Gefahr für die Menschheit gebannt hat, könnte für die Wahl den Ausschlag geben. Marschall Terhera dürfte danach am Boden zerstört sein. Geben wir ihm den Gnadenstoß!«

Reginald Bull grinste. »Ich werde sofort alles Nötige veranlassen«, versprach er und unterbrach die Verbindung.

Marschall Bount Terhera sah seine Felle davonschwimmen. Aber er dachte nicht daran aufzugeben.

Obwohl er in den letzten Tagen eine Niederlage nach der anderen hatte hinnehmen müssen, fühlte er sich immer noch in der Lage, die Wahl zu gewinnen. Meinungsumfragen hatten zwar ergeben, daß Rhodans Beliebtheit im selben beängstigenden Maße anstieg, wie seine Popularität sank, obwohl der Großadministrator seine Kandidatur erst vor wenigen Tagen über einen Kurier eingebracht hatte.

Marschall Terhera dachte jedoch nicht an Aufgabe. Am Beispiel Rhodans konnte man ermessen, wie rasch die Volksmeinung sich änderte; die Menschheit fiel innerhalb von wenigen Stunden von einem Extrem ins andere. Wenn sie noch in diesem Augenblick ihn, Terhera, als den starken Mann des Solaren Imperiums gefeiert hatten, schenkten sie im Handumdrehen dem verweichlichten, vor übertriebener Humanität strotzenden Rhodan ihre Gunst. Ebenso leicht konnten sie morgen wieder ihm, dem starken Mann Terras, zujubeln. Er mußte ihnen nur einen Grund dafür geben.

Terra für Terhera! Terhera für Terra!

Dieser Slogan hatte inzwischen viel von seiner Wirkung eingebüßt. Aber Terhera selbst wollte dafür sorgen, daß er wieder zum Spruch des Tages wurde.

Zuerst mußte er jedoch noch versuchen, seine bisher größte Scharte auszuwetzen. Er konnte immer noch nicht verstehen, wie es dazu gekommen war, daß die Menschheit eine Tat von ihm, die in dieser Situation noch dazu die einzig mögliche gewesen war, mit solcher Einstimmigkeit verurteilte.

Aber seine Stunde würde noch kommen, er würde bis zur letzten Sekunde mit allen Mitteln kämpfen. Jetzt mußte er erst einmal versuchen, sich zu rehabilitieren und das Terrain für seine nächsten Aktionen zu ebnen.

Äußerlich ruhig, doch mit bis zum Zerreißen angespannten Nerven wartete er im Studio auf den Beginn seiner Wahlsendung. Und dann war es soweit.

Auf Milliarden und aber Milliarden Bildschirmen und Holowürfeln im ganzen Solaren Imperium sahen die Menschen einen Marschall Terhera, dessen scharfgeschnittenes Gesicht immer noch einen unbeugsamen Willen, Kraft und Autorität ausstrahlte. Er begann ohne Einleitung zu sprechen.

»Man hat mir die Härte zum Vorwurf gemacht, die ich gegen die Feinde der Menschheit anwende. Man feindet mich wegen meiner kompromißlosen Kampfmoral an. Warum? Weil die Menschheit Jahrhunderte unter einer verweichlichten Führungsgruppe gelebt hat. Weil die Menschheit vergessen hat, daß sie zeit ihres Bestehens um ihre Existenz kämpfen mußte. Die Menschheit hat sich unter einer unverantwortlich humanitären Führungsspitze zu einem Volk mit der Mentalität von Paradiesbewohnern gewandelt. Aber das Universum ist alles andere als ein Paradies. Hier herrscht das gleiche harte Überlebensgesetz wie in jedem Dschungel: töten oder getötet werden. Wer das nicht erkennt, wird untergehen. Und wenn es den Verantwortlichen des Solaren Imperiums nicht klar wird, dann gibt es bald kein Sternenreich der Menschheit mehr.«

Terhera machte eine kurze Pause, bevor er fortfuhr: »Es war vor noch nicht einer Woche, als ich mit fünfunddreißig Schiffen in den Kampf gegen gnadenlose Invasoren flog. Ich hatte große Verluste. Ich will nichts beschönigen, denn mehr als fünfzig Prozent Ausfälle sind hoch. Doch welcher Prozentsatz ergibt sich, wenn man die Männer und Schiffe, die ich verloren habe, von der gesamten Menschheit in Abzug bringt? Die Verluste fallen plötzlich nicht mehr ins Gewicht. Dagegen ist der Erfolg, den dieser Einsatz für die gesamte Menschheit brachte, überwältigend. Ich will nicht unbescheiden sein, denn das kann ich mir nicht mehr leisten. Die Zeit drängt, und ich muß der Menschheit die Augen öffnen, damit sie sich am 1. August richtig entscheidet. Deshalb muß ich hier mit aller Deutlichkeit feststellen: Daß seit achtundvierzig Stunden kein Angriff der Paramags mehr erfolgt ist, ist darauf zurückzuführen, daß sie erkannt haben, daß sie es hier mit einem ernstzunehmenden Gegner zu tun haben. Sie hatten kaum auf Ostolli 8 Fuß gefaßt, als ihnen auch schon gehörig eingeheizt wurde. Ich habe in dieser Situation das einzig Richtige getan, nämlich einen gnadenlosen Gegner mit derselben Härte und Unerbittlichkeit angegriffen. Die Paramags wissen jetzt, daß wir uns unserer Haut zu wehren wissen, daß wir, wenn es nötig ist, bis zum letzten Mann kämpfen. Das hat ihnen das Opfer der achtzehn Raumschiffe gezeigt. Und die Paramags werden sich hüten, gegen uns Krieg zu führen. Deshalb war meine Attacke gerechtfertigt, ja, ich behaupte, daß sie der Grundstein für einen Sieg über die Invasoren war.

Wir müssen jedoch der Realität ins Auge sehen. Die Paramags werden wiederkommen. Sie werden erkunden wollen, ob die Menschheit tatsächlich kompromißlos um ihre Existenz kämpft oder ob es sich bei meiner Aktion vielleicht nur um ein Strohfeuer gehandelt hat. Wir sollten uns darauf vorbereiten, den Paramags bei der nächsten Invasion einen heißen Empfang zu bieten. Das ist aber unter der augenblicklichen Regierung nicht möglich. Deshalb sollte sich die Menschheit gut überlegen, wem sie am 1. August die Stimme gibt – einem Weichling oder einem Kämpfer, einem Friedensapostel, der die Straße der Stagnation beschreitet, oder einem Mann der Tat, der die Menschheit auf der Straße des Ruhms zu hohen Zielen führt.«

Nachdem Terhera geendet hatte, nahm er die Glückwünsche seiner Vertrauensleute ziemlich gelassen hin. Er wußte, daß seine Rede gut gewesen war. Sie enthielt zwar nicht genügend Zündstoff, um ihm die verlorenen Stimmen wiederzubringen, aber sie war eine gute Ausgangsbasis für weitere, stimmenbringende Aktivitäten.

Marschall Terhera zog sich mit einigen Parteigrößen in einen abgeschirmten Raum zurück, in dem ein halbes Dutzend Monitoren aufgebaut waren. Dort wollte er auf die Propagandasendung der Rhodanisten warten, die Reginald Bull seit Rhodans Kandidatur ganz im Zeichen der Geschehnisse im Sonnensystem der Paramags führte.

Da ihm noch eine halbe Stunde bis dahin verblieb, sah er sich die Aufzeichnung einer Wahlrede des Administrators von Terra, Merytot Bowarote, an, der der Kandidat der *Galaktischen Toleranz-Union* war.

Der Afro-Terraner, der trotz seiner Popularität auf Terra chancenlos im Rennen lag, forderte die Menschheit – und vor allem die Mitglieder der GTU – auf, die Stimme niemand anderem als Perry Rhodan zu geben. Sein markantester Slogan: »Perry Rhodan hat die Terraner seit eineinhalb Jahrtausenden sicher durch alle galaktischen Gefahren gelenkt, mit ihm als Großadministrator gehört uns auch die Zukunft.«

Merytot Bowarotes Argumente waren nicht mitreißend, aber bestimmt würden die meisten Mitglieder der GTU aus Treue zu ihrer Partei der Aufforderung nachkommen und Rhodan wählen.

»Jetzt ist Reginald Bull an der Reihe«, meldete einer von Marschall Terheras Vertrauensleuten.

»Dann wollen wir uns einmal anhören, was Rhodans Nachlaßverwalter zu sagen hat«, sagte Terhera spöttisch. Seine Leute lachten pflichtschuldig.

Einer sagte: »Bull muß sich ständig neue Tricks einfallen lassen, um die Wähler anzulocken. Da sich Rhodan so spät für die Kandidatur entschloß und nicht einmal persönlich anwesend ist, bleibt für eine spektakuläre Wahlkampagne in der Form von Propagandareisen zu Pionierwelten keine Zeit. Bin gespannt, welches Kaninchen Bull heute wieder aus dem Zylinder zaubert.«

Und – um mit den Worten des SGIL-Politikers zu sprechen – Reginald Bull zauberte ein sensationelles Kaninchen aus dem Zylinder. Wenn man die Ausschmückungen beiseite ließ, lautete der Inhalt seiner Rede etwa so:

»Großadministrator Rhodan hat den Paratransdeformator im Heimatsystem der Paramags zerstört und so unter Einsatz seines Lebens verhindert, daß weitere Invasoren ins Solsystem kommen können. Damit hat Perry Rhodan eine ungeheure Gefahr bereits im Keim erstickt, noch bevor sie akut werden konnte. Ohne seinen Mut und seine Weitsicht würde sich die Menschheit vermutlich bereits in einem gnadenlosen Existenzkampf befinden.«

Marschall Bount Terhera war blaß geworden. Was er für sich beanspruchte, nämlich der Retter der Menschheit zu sein, nahm plötzlich Reginald Bull mit viel wirkungsvolleren Argumenten für Perry Rhodan in Anspruch.

Die SGIL-Politiker sprachen aufgeregt durcheinander, so daß kaum ein Wort zu verstehen war. Aber Terhera konnte es dennoch hören, als jemand voll Empörung rief: »Das ist eine glatte Lüge. Bull kann gar nicht wissen, ob Rhodan den Bezugsparatransdeformator im Trümmersystem zerstört hat oder nicht. Wegen des Gravitationssturms ist keinerlei Kontakt zur MARCO POLO möglich.«

Der Mann hat recht! dachte Marschall Terhera.

Laut sagte er: »Es ist durch nichts bewiesen, daß die Paramags keine weiteren Angriffe mehr starten können. Wir werden unsere Wahlpropaganda weiterhin auf eine Verteidigungsbereitschaft des Solsystems ausrichten.«

Wenige Stunden später traf in Imperium-Alpha die Meldung ein, daß im Asteroidengürtel eine Antimaterieexplosion stattgefunden habe.

Auf Reginald Bulls blassem Gesicht traten die Sommersprossen als dunkle Flecken hervor.

»Das ist doch unmöglich«, sagte er nur, und die Folie mit der Meldung über die Antimaterieexplosion entfiel seinen Händen.

»Das habe ich im ersten Augenblick auch gedacht«, meinte Galbraith Deighton. »Aber die Meldung ist echt. Julian Tifflor hat die Explosionsstelle sofort mit der NEOMAV angeflogen und bestätigt, daß es ein Abwehrfort erwischt hat. Zum Glück handelte es sich um eine Robotanlage, so daß es keine Menschenopfer zu beklagen gibt.«

Reginald Bull starrte ins Leere.

»Auf allen Welten des Imperiums hat man meine Behauptung gehört, daß Perry den PEW-Bezugstransdeformator vernichtet hat«, murmelte er. »Ich habe behauptet, daß die Gefahr gebannt sei. Und jetzt schlagen die Paramags aus heiterem Himmel zu. Das ist natürlich ein Fressen für Bount Terhera!«

»Er hat seine Chance sofort ergriffen und in einer Kundgebung via TV die Glaubwürdigkeit der Regierung in Frage gestellt«, erklärte Deighton. »Außerdem ist er mit einer Flotte von fünfzig Schiffen in das Gefahrengebiet geflogen. Und wir können ihn nicht einmal daran hindern, denn das würde in der augenblicklichen Situation einen Volksaufstand heraufbeschwören. Terhera ist der Mann der Stunde.«

»Der Angriff der Paramags muß ihm sehr gelegen gekommen sein«, meinte Bull. Er blickte auf und dem Ersten Gefühlsmechaniker in die Augen. »Ich möchte sagen, die Antimaterieexplosion kam für Terhera direkt wunschgemäß.«

»Was wollen Sie damit sagen, Bully?«

»Nur, daß mir die Sache nicht gefällt«, wich Bull aus. »Ich werde eine genaue Untersuchung einleiten. Wissen wir schon, von wo aus der Angriff erfolgte?«

»Noch nicht genau«, antwortete Galbraith Deighton. »Insgesamt stehen fünfzehn Asteroiden zur Auswahl. Die Paramags könnten sich auf jedem von ihnen eingenistet haben oder auf allen gleichzeitig. Gegen diese zweite Möglichkeit spricht allerdings, daß die Paramags nicht zum massiven Angriff übergegangen sind. Aber was noch nicht ist, kann noch werden.«

Bull schüttelte den Kopf. »Ich kann daran einfach nicht glauben. Ich vermute eher, daß es höchstens noch zu zwei oder drei Antimaterieexplosionen kommt. Dann wird Terhera die Sache bereinigen und als strahlender Sieger dastehen.«

»Gehen Sie mit Ihren Verdächtigungen nicht zu weit, Bully?« meinte der Erste Gefühlsmechaniker.

Bull ballte die Fäuste. »Wir werden sehen, Galbraith, wir werden sehen. Ich gehe jedenfalls an Bord der NEOMAV. Würden Sie inzwischen veranlassen, daß man die Transmitterverbindung herstellt und Tiff von meinem Besuch unterrichtet wird?«

Marschall Bount Terhera befehligte die aus 50 Schiffen bestehende Flotte von Bord der VICTORY, dem achthundert Meter durchmessenden Flaggschiff der 43. Strategischen Innensektorflotte.

Obwohl er nach Bekanntwerden der Antimaterieexplosion im Asteroidengürtel blitzschnell gehandelt hatte, fand er noch genügend Zeit, um einige Reporter der führenden Zeitungen und ein Kamerateam von Terra Television an Bord der VICTORY mitzunehmen.

»Ich habe es prophezeit, daß die Paramags wieder zuschlagen werden«, versicherte er den Reportern immer wieder. »Aber diesmal werde ich sie ein für allemal aus dem Solsystem zurückschlagen.«

»Steht es schon fest, von welchem Asteroiden die Paramags angegriffen haben?« wollten die Reporter wissen.

»Der Antimateriebeschuß kam aus einem Gebiet, das fünfzehn Asteroiden umfaßt«, antwortete Terhera. »Notfalls werden wir sie alle vernichten, nur um sicherzugehen, daß keine dieser Bestien überlebt. Meine Schiffe haben das ganze Gebiet hermetisch abgeriegelt und warten nur auf meinen Feuerbefehl.«

»Sind Sie sicher, daß Sie es wieder mit Paramags zu tun haben?« fragten die Reporter.

Marschall Terhera lächelte überheblich. »Kennen Sie ein anderes Volk, das mittels eines Bezugstransdeformators in die PEW-haltigen Asteroiden des Solsystems überwechseln kann und dann Antimateriewaffen gegen uns einsetzt?«

»Aber Staatsmarschall Bull behauptete, daß Großadministrator Rhodan den Bezugstransdeformator der Paramags zerstört habe«, hielten die Reporter dagegen.

Marschall Terheras Stimme triefte vor Hohn, als er antwortete: »Staatsmarschall Bull kann gar nicht wissen, ob Rhodan im Trümmersystem der Paramags irgend etwas erreicht hat, denn wegen des im Zentrum der Galaxis tobenden Gravitationssturms ist eine Funkverbindung mit der MARCO POLO ausgeschlossen. Staatsmarschall Bull hat wissentlich eine Falschmeldung verbreitet. Er hat Hasard gespielt – und verloren. Halten Sie Ihre Kameras bereit, vielleicht haben Sie Glück und können die Vernichtung der Paramags durch meine Schiffe vom Panoramabildschirm der VICTORY filmen.«

Als Reginald Bull in der Kommandozentrale der NEOMAV eintraf, verlangte er von Julian Tifflor, daß er die Asteroiden anfliegen solle, die vermutlich von Paramags besetzt wurden.

»Das ist unmöglich, Bully«, sagte der Solarmarschall. »Marschall Terhera hat diesen Raumabschnitt zum militärischen Sperrgebiet erklärt.«

»Sind wir Sonntagsjäger, daß man uns einfach davonjagen kann?« rief Reginald Bull wütend. »Wer ist denn dieser Terhera, daß wir nach seiner Pfeife tanzen müssen?«

»Davon ist nicht die Rede«, entgegnete Julian Tifflor. »Aber das gesamte Solare Imperium blickt jetzt auf uns. Wir dürfen uns keinen einzigen Fehler mehr leisten.«

»Es wäre ein Fehler, Terhera schalten und walten zu lassen, wie er will«, rief Bull hitzig. »Los, fliegen Sie schon in das Sperrgebiet ein, Tiff! Wir können diesen Schritt jederzeit verantworten, denn die NEOMAV besitzt ein Maverick-Cape, die beste Abwehrwaffe gegen Antimaterie.«

»Was versprechen Sie sich eigentlich davon, Bully?«

»Ich möchte diese sogenannten Paramags aus der Reserve locken.« Mit verändertem Tonfall erkundigte er sich: »Hat man bei der Vernichtung der Robotstation eigentlich ein PPAA geortet?«

»Wieso, das war gar nicht möglich, weil niemand mit diesem Angriff gerechnet hatte«, sagte Julian Tifflor irritiert.

»Aber man hat doch festgestellt, welchen Schaden die Explosion an dem Abwehrfort anrichtete«, bohrte Bull weiter. »Mich interessiert, ob man mit einer Fusionsbombe den gleichen Effekt hätte erzielen können.«

»Ich weiß zwar nicht, worauf Sie hinauswollen, Bully«, antwortete Julian Tifflor. »Aber die Antimaterieexplosion hatte etwa die Wirkung einer mittelschweren Fusionsbombe.«

Reginald Bull nickte grimmig. »Das beruhigt mich. Und jetzt nichts wie ins Sperrgebiet.«

»Die NEOMAV ersucht um Durchflugerlaubnis!«

Marschall Bount Terhera wirbelte erschrocken herum, als ihn die Meldung aus der Funkzentrale erreichte.

»Das ist militärisches Sperrgebiet!« schrie er. »Eine Todeszone! Hier darf kein Schiff eindringen.«

»Aber Solarmarschall Julian Tifflor und Staatsmarschall Bull befinden sich an Bord der NEOMAV«, gab der Funkoffizier zu bedenken.

»Und wenn sich der liebe Gott auf der NEOMAV befände«, herrschte Terhera den erschrockenen Offizier an. »Hier darf *niemand* durch!«

Der Funker gab diesen Befehl über Hyperkom an die NEOMAV weiter. Nur Minuten später wandte er sich mit einem unglücklichen Gesichtsausdruck an Marschall Terhera.

»Staatsmarschall Bull möchte mit Ihnen persönlich reden, Sir.«

Im ersten Moment wollte Terhera ablehnen, doch dann entschloß er sich, das Gespräch doch entgegenzunehmen. Er ging sofort zum Angriff über.

»Sie wissen, daß Sie nicht in die Sperrzone können, Bull. Die Paramags warten doch nur auf ein neues Ziel. Ich kann mir schon vorstellen, wie sehr es Sie grämt, daß Ihr Bluff vom Sieg Rhodans über die Paramags nicht gewirkt hat. Aber seien Sie jetzt wenigstens ein guter Verlierer. Sie können hier nichts mehr ändern. Das ist meine Angelegenheit. Ich werde es sein, der das Solsystem rettet!«

»So wie damals, als Sie in blinder Zerstörungswut mit fünfunddreißig Schiffen Ostolli 8 anflogen und achtzehn verloren?« höhnte Reginald Bull.

»Meine Männer sind bereit, Opfer zu bringen«, entgegnete Terhera mit mühsam unterdrückter Wut. »Sie alle wissen, daß viele von ihnen ihr Leben lassen werden. Aber sie wissen auch, daß sie durch ihren heldenhaften Einsatz der Menschheit den Frieden erhalten werden.«

»Mir gegenüber brauchen Sie keine Phrasen zu dreschen, Terhera«, sagte Bull ungerührt. »Vor mir können Sie ihre üblen Machenschaften auch nicht vertuschen. Aber lassen wir das. Ich möchte Sie persönlich darauf aufmerksam machen, daß die NEOMAV in das Sperrgebiet einfliegt. Damit soll vermieden werden, daß eines Ihrer Schiffe uns versehentlich abschießt!«

In Marschall Terheras Gesicht zuckte es. Aber er blieb verhältnismäßig ruhig.

»Sie können mich für alles verantwortlich machen, was hier geschieht, Sir – aber nicht dafür, was die Paramags mit der NEOMAV tun. Sie laufen in Ihr Verderben.«

Bull lächelte süffisant vom Bildschirm und zwinkerte Terhera aufreizend zu.

»Ehrlich gesagt, Marschall, ich bin auf die Reaktion der Paramags gespannt. Hoffentlich haben sie nicht vergessen, wie man ein PPAA erzeugt.«

Terhera wandte sich wütend vom Hyperkom ab.

»Alle Einheiten gefechtsklar machen. Unser Staatsmarschall scheint den Verstand verloren zu haben, denn er will sich mit den Paramags anlegen. Es wird Zeit, daß er bald durch einen fähigeren Mann ersetzt wird.«

»Sie haben Marschall Terhera nur unnötig gereizt, Bully«, sagte Julian Tifflor, während die NEOMAV mit halber Lichtgeschwindigkeit in das Sperrgebiet einflog.

»Hoffentlich habe ich ihn aus der Fassung gebracht«, versetzte Reginald Bull. »Wenn mein Verdacht richtig ist, muß er jetzt tausend Ängste ausstehen. Vielleicht wird er sogar so nervös, daß er sich verrät. Jedenfalls wird es hier bald ganz fürchterlich knallen. Terhera hat die fünfzig Schiffe nicht zum Spaß postiert, sondern um ein eindrucksvolles Feuerwerk aufzuziehen.«

»Auch wenn Ihr Verdacht falsch ist, wird es zu einem Knall kommen. Die Paramags werden uns gebührend empfangen.«

Bull schüttelte den Kopf. »Terheras Verhalten hat mich in der Überzeugung bestärkt, daß es im Solsystem keine Paramags gibt. Aber das heißt nicht, daß wir nun sorglos sein können.«

»Die Gefahr besteht nicht«, meinte Julian Tifflor. »Die Schutzschirme sind eingeschaltet, die Feuerleitstände besetzt.«

»Viel wichtiger ist, daß die Ortungsspezialisten auf dem Posten sind«, behauptete Bull.

Die NEOMAV war schon so weit in das Sperrgebiet hineingeflogen, daß die Entfernung zu dem ersten verdächtigen Asteroiden nur noch 30.000 Kilometer betrug. Es handelte sich um einen Gesteinsbrocken, der an die vierzig Meter durchmaß. Die Erfahrung hatte jedoch gezeigt, daß selbst ein Himmelskörper von dieser geringen Größe den Paramags Unterschlupf bieten könnte, wenn er nur PEW-haltig war.

»Sollen wir näher heranfliegen?« wollte Julian Tifflor wissen.

Reginald Bull schüttelte den Kopf. »Nicht nötig.«

Die NEOMAV flog an dem Asteroiden vorbei. Nichts ereignete sich. Auch als das Maverick-Cape-Schiff die Bahnen der drei nächsten Asteroiden kreuzte, passierte nichts.

»Langsam wird mir die Ruhe unheimlich«, gestand Reginald Bull. »Warum handelt Terhera nicht? Hoffentlich hat er es sich nicht anders überlegt und will diesen Belagerungszustand bis zum Wahltag hinziehen.« Bull machte eine Pause und schüttelte den Kopf. »Nein, das kann er nicht. Er hatte nicht genügend Zeit, um seinen Plan bis ins kleinste Detail vorzubereiten. Er mußte improvisieren und auf eine lückenlose Tarnung verzichten. Also kann er es sich nicht leisten, daß jemand genaue Nachforschungen betreibt. Er ist gezwungen ...«

»Antimaterieexplosion Backbord voraus!« kam die aufgeregte Stimme des Ortungsspezialisten aus dem Lautsprecher. »Eines von Marschall Terheras Schiffen hat es erwischt.«

Reginald Bull wurde blaß. Er wechselte einen schnellen Blick mit Julian Tifflor.

»Das kann es nicht geben, Tiff. Das ist unmöglich«, sagte er verständnislos. »Ich war mir meiner Sache so sicher... Ortung! Von wo kam der Angriff?«

»Augenblick, Sir, die Auswertung läuft noch ... Das Ergebnis ist eingetroffen. Der Angriff muß, von uns aus gesehen, vom fünften Asteroiden erfolgt sein. Entfernung: 25.000 Kilometer; Durchmesser: 80 Meter ... *Aber das kann es nicht geben ...«*

»Was ist denn, Mann?« schrie Reginald Bull mit sich überschlagender Stimme ins Mikrophon. »Leiten Sie sofort alle Auswertungsergebnisse an die Kommandozentrale weiter, wenn Sie die Sprache verloren haben!«

Seit dem Abschuß des terranischen Schiffes war noch keine Minute vergangen, als Marschall Bount Terhera zum Konterschlag ausholte. Alle verbliebenen neunundvierzig Schiffe setzten ihre Transformkanonen ein und ließen ihre Fusionsbomben im Gebiet des verdächtigen Asteroiden materialisieren und brachten sie zur Explosion. Wo gerade noch der achtzig Meter durchmessende Asteroid gestanden hatte, entstand eine Kunstsonne von einigen zigtausend Gigatonnen TNT, deren Leuchtkraft weit über den Asteroidengürtel hinausreichte und selbst noch auf Terra mit freiem Auge zu beobachten sein würde.

Die NEOMAV wurde von der gewaltigen Druckwelle erfaßt und davongeschleudert; die Schutzschirme drohten zusammenzubrechen, Strukturtaster schlugen durch, die Andruckabsorber heulten gequält auf.

Reginald Bull nahm die Ereignisse nur unterbewußt wahr. Die gigantische Atomsonne, die auf dem Panoramabildschirm zu sehen war, beeindruckte ihn überhaupt nicht. Er starrte auf den kleinen Monitor, auf dem das Ortungsergebnis des Asteroiden zu sehen war, bevor ihn die Fusionsbomben von Marschall Terheras Schiffen atomisiert hatten. Darauf war eine robotisch gesteuerte Transformgeschützplattform mit einem Durchmesser von dreißig Metern zu sehen – und sie war terranischer Bauart.

»Sehen Sie sich das an, Tiff«, sagte Bull erschüttert. Er war plötzlich gar nicht mehr glücklich darüber, daß sich sein Verdacht bestätigt hatte. »Es hat keine Antimaterieexplosionen gegeben und auch keine paramagschen Invasoren. Marschall Terhera hat das Ganze nur als Wahlgag inszeniert. Und er wäre damit wahrscheinlich auch durchgekommen, wenn wir die Sache nicht untersucht hätten.«

»Unfaßbar«, murmelte Julian Tifflor. »Terhera schreckte nicht einmal davor zurück, eines seiner eigenen Schiffe abzuschießen. Und das schlimmste ist, daß wir ihm kaum etwas beweisen können.«

20.
Milchstraßenzentrum

»Der Linearraum hat aufgehört zu existieren!«

Der Ruf ging in dem allgemeinen Chaos unter. Aber es hätte dieser Feststellung nicht einmal bedurft, denn jeder Mann an Bord von DINO-386 merkte, daß sie in das vierdimensionale Kontinuum abgestoßen wurden.

»Anschnallen!« befahl Oberst Matunari.

Die Männer, die sich noch nicht in ihren Kontursesseln festgeschnallt hatten, kamen dieser Aufforderung in fliegender Hast nach. Sie wußten, daß auf die Antigravaggregate ebensowenig Verlaß war wie auf alle anderen 5-D-Geräte. Der Gravitationssturm griff vor allem sie an. Die aufgeladenen Improtonen, die sich in einer unaufhaltsamen Kettenreaktion immer weiter aufheizten, durchschlugen die Schutzschirme, als wären sie aus Papier, drangen in die 5-D-Geräte ein und reizten sie zu Reaktionen.

Sicherungen brannten durch, als unkontrollierbare Energieströme durch das Schiff flossen, Isolatoren schmolzen, Deckgläser von Armaturen zersprangen mit lautem Knall, und die Bruchstücke flogen wie Granatsplitter durch die Kommandozentrale ... Männer schrien auf, wenn sie von den Glassplittern getroffen wurden, brachen blutend in ihren Kontursesseln zusammen.

Medo-Roboter erschienen und leisteten Erste Hilfe. Aber da auch sie gegen die fünfdimensionalen Schwingungen des Gravitationssturms anfällig waren, leisteten sie sich Fehlhandlungen über Fehlhandlungen.

Sie injizierten statt Antibiotika Schlafmittel, verklebten die Gesichter der Männer mit Biomolplaststreifen, anstatt nur die Wunden zu reinigen und zu schließen ...

Ein Funker, der nicht einmal eine Schramme abbekommen hatte, wehrte sich heftig gegen die Behandlung eines Medo-Roboters und sah schließlich seine einzige Rettung in der Flucht. Er schnallte sich los und wollte Hals über Kopf aus der Funkzentrale stürmen. In diesem Moment setzten die Antigravaggregate aus. Der Funker machte noch einen letzten Satz und segelte dann mit voller Wucht gegen die hohe Decke, wo er mit dem Kopf anschlug und bewußtlos zum Boden zurückschwebte ...

Roi Danton sah keinen anderen Ausweg, als einen aufdringlichen Medo-Roboter einfach mit dem Desintegrator zu zerstrahlen.

Und während die Mannschaft gegen die fehlprogrammierten Roboter zu kämpfen hatte, raste der Flottentender mit dreiviertel Lichtgeschwindigkeit durch den Gravitationssturm; von fünfdimensionalen Böen hin- und hergeschleudert, trieb er immer mehr vom Kurs ab.

Der Improtonengesang war zu einem unerträglichen Crescendo angeschwollen, ließ den gesamten Flugkörper vibrieren, erschütterte die Schiffszelle in ihren Grundfesten – und es sah aus, als würde sie jeden Augenblick bersten.

Die Schwarzschild-Reaktoren arbeiteten auf Hochtouren. Doch obwohl sie ihre maximale Energieleistung an die Schutzschirme abgaben, reichte es nicht aus, daß sich diese stabilisierten. Immer wieder schlugen ungeheure Energieblitze durch den Hochenergie-Überladungsschirm und den Paratronschutzschirm, brachten Geräte zur Explosion.

Roi Danton war einer der ersten gewesen, die den Individualschutzschirm seines Kontursessels eingeschaltet hatten. Als er sah, daß Oberst Matunari reglos in den Gurten hing, übernahm er das Kommando.

»Danton an Ortungszentrale!« schrie er. »Nehmen Sie eine Standortbestimmung vor. Ortungszentrale! Bestätigen Sie den Empfang dieses Befehls.«

Aus dem Lautsprecher drang ein schrilles Getöse, dann meldete sich eine leise Stimme, die von Störungen zerhackt und verstümmelt war, als käme sie aus einer Entfernung von vielen Parsek.

»... verstanden ... Standort ... DINO-386 auf Zielkurs ... MOSTONOW zwei ... entfernt ...« Für einen Moment wurde die Stimme des Ortungsspezialisten wieder deutlicher, so daß Danton jedes Wort verstehen konnte. »Wir befinden uns im Raum eines blauen Überriesen. Ich war noch nie einer Sonne mit dieser Hyper-Emission so nahe. Von ihr geht die Hauptkraft des Gravitationssturms aus ...«

»Verstanden«, bestätigte Roi Danton. »Wir werden versuchen, mit einer kurzen Linearetappe aus dem Bereich des Überriesen zu gelangen.«

»Aber der Linearraum hat zu existieren aufgehört!«

Roi Danton hatte keine Lust, über dieses Phänomen zu diskutieren. Er hatte von Geoffry Waringer einmal erfahren, daß Gravitationsstürme, so heftig sie auch sein mochten, ständigen Schwankungen unterworfen waren – und zwar was ihre Intensität und ihre Frequenz anbetraf. Es konnte also sein, daß sie sich in diesem Moment noch vernichtend auf den Linearraum auswirkten, aber schon Sekunden später keinen Einfluß mehr auf die Librationszone hatten.

Wenn sie Glück hatten, verlagerte sich der Gravitationssturm auf eine Weise, daß ihnen zumindest eine kurze Linearetappe gelang, die sie aus dem unmittelbaren Bereich des blauen Überriesen brachte.

Er wollte dem Emotionauten gerade den entsprechenden Befehl geben, als dieser mit einem Schrei die SERT-Haube von sich stieß und sich in seinem Kontursessel aufbäumte. Dann sank er plötzlich in seinem Sitz in sich zusammen und starrte mit glasigem Blick auf die Leuchterscheinungen des Panoramabildschirms. Danton machte nicht erst den Versuch, mit ihm in Kontakt zu treten. Er sah, daß der Emotionaut nicht ansprechbar war. Wahrscheinlich hatte sich irgendwo in den positronischen Umwandlern der SERT-Anlage ein Rückstau artfremder Energien gebildet, der auf das Gehirn des Emotionauten zurückgeschlagen hatte.

Danton blieb keine andere Wahl, als die Steuerung des Flottentenders selbst zu übernehmen.

»In einer Minute gehen wir in den Linearflug über!« verkündete er über die Rundrufanlage, während er sämtliche Schiffsfunktionen auf sein Schaltpult umlegte.

»Sie werden uns ins Verderben fliegen!« rief der Erste Offizier und machte Anstalten, sich aus seinem Kontursessel zu erheben.

»Bleiben Sie innerhalb Ihres Individualschutzschirmes!« herrschte Danton ihn an. »Ich führe jetzt das Kommando.«

Captain Nandor sank in seinem Kontursessel zurück. Er blickte unruhig zu Danton hinüber und schüttelte verständnislos den Kopf.

Der Countdown lief. »X minus dreißig Sekunden – neunundzwanzig – achtundzwanzig ...«

Der Gravitationssturm ließ für kurze Zeit nach, und Danton überlegte, ob es nicht doch besser war, auf eine Linearetappe vorerst zu verzichten. Aber dann zerrten die hyperphysikalischen Kräfte wieder mit unverminderter Heftigkeit an dem Flottentender, das Heulen der Improtonen drang ohrenbetäubend aus allen 5-D-Geräten.

»X minus drei ... zwei ... eins ... *Linearflug!«*

Durch die Kommandozentrale ging ein Beben, als die Waring-Kompaktkonverter einsetzten. Danton hielt den Atem an, als für einen Moment das vierdimensionale Kontinuum vom Panoramabildschirm verschwand und die pulsierenden Granulen des Linearraums zu sehen waren.

Doch bereits Sekunden darauf löste sich der Linearraum auf, der Flottentender stieß gegen eine Barriere aus geballter Hyperenergie, die Schutzschirme brachen zusammen, und für einen Moment schien es, als würde DINO-386 zwischen den Gravitationsströmungen zermalmt werden.

Aber die Schiffshülle hielt, die Schutzschirme stabilisierten sich wieder.

Danton nutzte diese 5-D-Stille und aktivierte augenblicklich die Waring-Kompaktkonverter. Diesmal gelang das Überwechseln in die Librationszone. Die Maschinen des Flottentenders arbeiteten ruhig und gleichmäßig. Der Linearraum hatte sich so weit gefestigt, daß man in ihn eindringen konnte.

Die Frage, wie lange dieser Zustand anhalten würde, war für Danton im Augenblick nicht maßgeblich, er wollte den Flottentender nur aus dem unmittelbaren Einflußbereich des blauen Überriesen hinausfliegen, damit sich die Lage an Bord einigermaßen normalisierte. Deshalb stoppte er nach kaum einer Minute die Waring-Konverter und kehrte in das vierdimensionale Kontinuum zurück.

Er stellte zufrieden fest, daß sie in einem relativ ruhigen Gebiet herausgekommen waren, in dem der Gravitationssturm keine so extremen Ausmaße angenommen hatte.

Die Ortungszentrale meldete, daß sie den blauen Überriesen dreißig Astronomische Einheiten hinter sich gelassen hatten. Ein zweites Ortungsergebnis zeigte Danton, daß sie die bisher härteste Prüfung auf ihrem Flug ins Trümmersystem geradezu bravourös gemeistert hatten.

Die MOSTONOW befand sich trotz allem nur 100.000 Kilometer von ihnen entfernt.

Oberst Nosla Spitzer berichtete über Hyperfunk: »Diesmal haben wir uns an DINO-386 einfach angehängt und sind in Ihrem Fahrwasser in die Librationszone eingetaucht. Die Bedingungen waren einmalig. Wir konnten Sie sogar mittels des Halbraumspürers verfolgen.«

Sowohl auf der MOSTONOW als auch auf dem Flottentender wurde die Flugpause nicht nur für die Standortbestimmung und Kurskorrekturen, sondern auch für die Behebung der aufgetretenen Schäden genützt.

Die Reparaturarbeiten waren oft mit großen Schwierigkeiten verbunden, weil trotz der relativen Stabilität der Schutzschirme immer noch Fremdenergien durchschlugen und auf die 5-D-Geräte übergriffen. Dabei wurden allein auf DINO-386 vier Reparaturroboter zerstört, und zwei Männer des technischen Stabes erlitten Verbrennungen beim Auswechseln von Hochenergieleitern.

Auf der MOSTONOW waren gar dreizehn Verletzte zu beklagen, während der Ausfall von einem halben Dutzend Reparaturrobotern verzeichnet wurde. Doch zum Glück waren die Verletzungen durchwegs leichter Natur.

Kamen beide Flugkörper, insgesamt betrachtet, angesichts der tobenden Gewalten auch glimpflich davon, so herrschte auf DINO-386 dennoch eine gedrückte Stimmung. Außer den beiden Technikern, die bei den Reparaturarbeiten Verletzungen erlitten hatten, mußte auch der Emotionaut in die Krankenstation eingeliefert werden. Er hatte durch rückschlagende 5-D-Stauenergien einen geistigen Schock erlitten, und es war noch nicht abzusehen, wann er so weit wiederhergestellt war, daß er seinen Platz wieder unter der SERT-Haube einnehmen konnte. Bis dahin mußten Oberst Matunari und seine Crew ohne ihn auskommen.

Aber abgesehen davon, war man auf DINO-386 ebenso zuversichtlich wie auf der MOSTONOW.

»Wir befinden uns noch immer genau auf Kurs und haben bereits mehr als vier Fünftel der Gesamtstrecke hinter uns gebracht«, stellte Oberst Spitzer über Hyperkom zufrieden fest.

»Ja, aber die letzten sechstausend Lichtjahre werden die schwersten sein«, gab Oberst Matunari zu bedenken. »Einen Großteil meiner Mannschaft hat der Improtonengesang nervlich zerrüttet.«

»Sie werden sich noch daran gewöhnen, das behauptet wenigstens unser Bordarzt«, meinte Oberst Spitzer. »Außerdem hat der Gravitationssturm abgenommen, und es ist zu erwarten, daß er weiterhin abflaut. Vielleicht verstummt der Gesang der Improtonen, noch bevor wir unser Ziel erreicht haben. Übrigens, es war eine einmalige Leistung, wie Sie Ihren Flottentender aus dem Bereich des blauen Überriesen brachten, Oberst Matunari.«

Matunari räusperte sich und sagte dann: »Das war nicht mein Verdienst. Ich war ausgefallen, so daß Roi Danton die Steuerung übernehmen mußte.«

»Oh«, machte Oberst Spitzer. Bevor er etwas hinzufügen konnte, mischte sich Roi Danton ins Gespräch.

»Ich habe eine abgeschlossene Ausbildung als Kosmonaut hinter mir«, sagte er. »Und wenn Sie in den Geschichtsbüchern beim Kapitel über die Freifahrer nachschlagen, werden Sie erfahren, daß ich schon vor tausend Jahren noch ganz andere kosmonautische Kunststücke vollbrachte.«

Oberst Matunari verzog das Gesicht, als hätten ihm Dantons Worte Schmerzen verursacht. Oberst Spitzer lachte nur.

»Wenn unsere beiden Schiffe startklar sind, dann sollten wir die nächste Linearetappe in Angriff nehmen«, wechselte Danton schnell das Thema, um sich bei Oberst Matunari nicht noch unbeliebter zu machen. Es störte ihn nicht mehr, daß der Kommandant des Flottentenders ihn nicht besonders leiden konnte, weil er erkannt hatte, daß das ihre Zusammenarbeit nicht beeinträchtigte. Es bereitete ihm gelegentlich sogar Spaß, Matunari zu reizen, aber er wollte das nicht auf die Spitze treiben. Er fügte hinzu: »Ich schlage vor, daß wir vorerst eine Linearetappe über tausend Lichtjahre versuchen.«

»Das müßte gehen«, meinte Oberst Matunari.

Oberst Spitzer nickte vom Bildschirm. »Wenn der Gravitationssturm nicht zunimmt, müßten wir eine Etappe über tausend Lichtjahre schaffen können, ohne vom Kurs abzukommen.«

Floyd Cilamaro ließ sich seinen Kameraden gegenüber nichts von seiner Stimmung anmerken, als er zum Dienst in der Funkstation antrat. Wie immer, wenn er seinen Vorgänger am Hyperkom ablöste, klopfte er ihm auf die Schulter, machte irgendeinen Witz, sie lachten beide, der andere zog sich aus der Funkzentrale zurück, und Floyd Cilamaro nahm seinen Platz ein.

Er kam geradewegs aus seiner Kabine und hatte keine Ahnung von dem, was um ihn vorgegangen war. Er mußte sich erst einen Überblick über die Situation verschaffen.

DINO-386 hatte die letzten beiden Linearetappen über jeweils tausend Lichtjahre gut überstanden. Die Librationszone war nun weitestgehend von dem Gravitationssturm verschont und hatte sich gefestigt.

Das Trümmersystem war nur noch etwas weniger als viertausend Lichtjahre entfernt. DINO-386 befand sich genau auf Kurs, ebenso die MOSTONOW, die wieder die Führung übernommen hatte. Von der Kommandozentrale wurde gemeldet, daß es keine Schwierigkeiten mehr bereitete, dem Ultraschlachtschiff mittels des Halbraumspürers durch den Linearraum zu folgen.

Die Librationszone beruhigte sich immer mehr, aber es war nicht ausgeschlossen, daß es zu neuen Übergriffen von fünfdimensionalen Energien kam – der Gravitationssturm hatte keineswegs seinen Höhepunkt überschritten. Das zumindest wurde von der Ortungszentrale behauptet.

Aber Cilamaro glaubte dem nicht. Er hatte die ganze Zeit über in seiner Kabine wach gelegen und dem Gesang der Improtonen gelauscht. Dabei mußte er feststellen, daß die Sphärenklänge immer schwächer wurden. Und es hieß, daß der Gravitationssturm abflaute, wenn der Improtonengesang leiser wurde. Cilamaro wußte das von Roi Danton.

Man konnte nichts dagegen tun. Wenn der Gravitationssturm schwächer wurde, dann verstummte auch der Gesang der Improtonen, diese himmlische Musik, die geradewegs aus dem Paradies zu kommen schien.

Konnte man diese Klänge nicht einfangen, speichern und dann immer wieder abspielen – ein ganzes Leben lang?

Cilamaro ballte die Fäuste. Nein, das konnte man nicht. Er hatte es versucht, aber die Tonaufzeichnung hatte geklungen wie das Gekreische von Irren.

Der Gesang der Improtonen ließ sich nicht konservieren, man mußte ihn erleben. Zum Beispiel jetzt.

DINO-386 hatte die Librationszone verlassen und befand sich im Einstein-Universum. Reger Funkverkehr mit der MOSTONOW …

»Keine Ausfälle!« Hüben wie drüben.

»Keine Kursabweichung … Entfernung zur Sonne Paramag-Alpha noch 2893 Lichtjahre … Gravitationssturm hat weiter nachgelassen … Nächste Linearetappe über fünfhundert Lichtjahre … Mehr dürfen wir nicht riskieren, denn wir kommen in ein Gebiet, in dem die Sterne besonders dicht stehen … Schutzschirme halten … Improtonengesang wird schwächer …«

Ja, zum Teufel, der Improtonengesang wurde schwächer! Cilamaro versuchte, die Stimmen zu ignorieren. Er nahm die Kopfhörer ab, doch die Sphärenmusik, die früher von überall her auf ihn eingedrungen war, diese Musik war kaum mehr wahrzunehmen ...

Eine neue Linearetappe. Stille in der Librationszone. Hier war der Gesang der Improtonen völlig verstummt. Plötzlich jedoch das Schrillen der Alarmglocke. Schreie. Befehle. Panik. Chaos.

»Wir sind in das Zentrum eines Gravitationssturms geraten. Der Linearraum stößt uns ab!«

Und darüber lag das einschmeichelnde, verführerische Singen der Improtonen.

Die Welt versank um Cilamaro. Er hörte nicht die Schreie seiner Kameraden, merkte nichts von dem verzweifelten Kampf, den sie gegen fremde Elemente führten.

Er war in seiner eigenen Welt gefangen. Diese Welt bestand aus einer Fülle von Klängen, die aus den Wänden des Schiffes, aus den unzähligen Hypergeräten – von überall her kamen.

Der Gesang der Improtonen. Sphärenmusik. Er war verzaubert.

Warum kämpften die anderen dagegen an? Was war ihr Leben in der jetzigen Form? Doch nur ein Hetzen durch die Zeit, dem Tod entgegen. War es da nicht besser, seinen Körper aufzugeben und in eine andere Daseinsform überzugehen? Er spürte es, daß es ganz leicht war, den Körper zu verlassen und eins zu werden mit den singenden, klingenden, zauberhaften Elementen einer anderen Dimension. Er spürte es ganz deutlich, daß ihn nicht mehr viel von der neuen Existenzform trennte ...

Doch da kam der Umschwung. Seine Kameraden hatten gesiegt. Sie waren wieder eingehüllt in den Kokon aus Schutzschirmen, geborgen innerhalb der Schiffszelle des Flottentenders. Und der Gesang der Improtonen entrückte wieder.

Hyperfunkverbindung mit der MOSTONOW: »Linearflug in vierzig Sekunden ...«

Die Waringschen Kompaktkonverter liefen an.

Der Improtonengesang verstummte. Die Einsamkeit des Funkers Floyd Cilamaro im Zwischenraum begann ... wurde nur unterbrochen von kurzen Aufenthalten in der stürmischen Realität des vierdimensionalen Kontinuums ... ferne Sphärenklänge, viel zu verhalten, unerreichbar für ihn ...

Linearflug – Einsamkeit – Verzweiflung. Kurzer, aufbrausender Improtonengesang und dann wieder Rücksturz in die Leere der Librationszone.

Es war eine Qual, die einschmeichelnde Sphärenmusik immer nur in kleinen Dosen vorgesetzt zu bekommen. Er müßte es erreichen, für immer an einen Ort zu gelangen, wo die Improtonen ihre unsterbliche Melodie sangen.

»Wir sind da!«

Wo?

»Ein Lichtjahr vor uns liegt die rote Sonne Paramag-Alpha! Wir haben das Trümmersystem erreicht!«

Noch eine ganz kurze Linearetappe, dann waren sie am Ziel. Und die Improtonen sangen das Finale.

Funkkontakt zur MOSTONOW. MOSTONOW an DINO-386. DINO-386 an MARCO POLO. MARCO POLO an DINO-386... Die Stimmen schallten ungehört an Floyd Cilamaro vorbei... *MOSTONOW an MARCO POLO... MARCO POLO an MOSTONOW ... DINO-386 an MOSTONOW ... DINO-386 an MARCO POLO*...

Jubel, unbeschreibliche Freude, Hochrufe ... sie prallten an Cilamaro ab. Er teilte nicht die Freude, konnte nicht jubeln. Nicht er hatte sein Ziel erreicht, sondern die anderen hatten verhindert, daß er an sein Ziel kam.

Wachablöse. Schulterklopfen. »Na, alter Junge?« Gräßliche Dissonanz einer Stimme! »Seid ihr denn alle taub!« Ja, ja, sage es ihm nur, schleudere es ihm ins Gesicht: »Hört ihr denn nicht den Lockruf der Improtonen?« – »Na, na, alter Junge. Spanne mal richtig aus. Die letzten Etappen scheinen dich arg hergenommen zu haben. Die Todesmelodie wird bald verstummen...«

Weg von hier. Eine abrupte Drehung – und raus aus der Funkzentrale. Hinein in den Antigravschacht. Zur Ein-Mann-Schleuse.

»Floyd, was treibst du denn hier? Bist du übergeschnappt? Du kannst doch nicht ohne Raumanzug das Schiff verlassen. *Wir befinden uns im freien Raum!*«

»Wir befinden uns im ausklingenden Chor der Improtonen! Meine letzte Chance, noch aufgenommen zu werden!« Aber wer verstand das schon? Nur er, Floyd Cilamaro, allein. Die anderen waren Narren, zu sehr noch dem eingleisigen menschlichen Denken verhaftet. Er allein hatte die Wegweiser zu einem höheren Ziel, zum Absoluten richtig gedeutet.

Er ließ sich nicht mehr zurückhalten. Sollten sie alle zurückbleiben in ihren häßlichen, sterblichen Körpern.

»Floyd!«

Er handelte, setzte seinen unvollkommenen Körper noch einmal dafür ein, sich den Weg zu seinem Ziel freizukämpfen... Und dann hatte er seinen ehemaligen Freund bewußtlos geschlagen, erreichte die Innenschleuse, öffnete und schloß sie wieder hinter sich und öffnete die Außenschleuse. Gleich war er frei!

Sein letzter Gedanke – eine Frage: Würde er seinen durch den inneren Luftdruck zerfetzten Körper durch das Vakuum des Alls dahintreiben sehen, wenn er in das Reich der Improtonen entschwebte ...?

Die beiden Ultraschlachtschiffe MARCO POLO und MOSTONOW und der Flottentender DINO-386 standen weit außerhalb des Trümmersystems.

Roi Danton war mit den beiden Kommandanten Oberst Matunari und Oberst Spitzer über die Transmitterverbindung an Bord der MARCO POLO gegangen. Dort, in einem der Gemeinschaftsräume, wo Perry Rhodan eine Zusammenkunft aller führenden Persönlichkeiten einberufen hatte, gab es für Roi Danton ein Wiedersehen mit den Mutanten des Neuen Mutantenkorps, mit Icho Tolot, mit dem Hyperphysiker Geoffry Waringer, Atlan und Perry Rhodan ...

Die Begrüßung fiel so überschwenglich aus, als hätte man sich schon seit urdenklichen Zeiten nicht mehr gesehen. Dabei schrieb man erst den 25. Juli, und die MARCO POLO war vor nicht mehr als zehn Tagen zur Verfolgung des Raumschiff-Meteoriten aus dem Rattley-System gestartet. Aber für Rhodan und seine Männer war es von außerordentlicher Bedeutung, daß er wieder mit der Außenwelt Kontakt hatte, und für Roi Danton und die beiden Raumschiffskommandanten war es nicht minder bedeutend, den Durchbruch in das galaktische Zentrum geschafft zu haben und die Besatzung der MARCO POLO wohlauf zu sehen.

Nachdem die erste Wiedersehensfreude abgeklungen war, kam die Sprache sofort auf die wesentlichen Dinge.

»Eigentlich wundert es mich, daß wir aus dem Rattley-System Unterstützung bekommen«, meinte Perry Rhodan. »Major Erkh Stallinger ist mit der KMP-11 zum USO-Stützpunkt Bolban-Termi gestartet, der südlich des galaktischen Zentrums in Richtung Solsystem liegt.«

Roi Danton erklärte ihm, daß er die Nachricht Major Stallingers über eine Funkbrücke von den Versorgungsschiffen erhalten hatte, die von Terra und Olymp nach Asporc gestartet waren.

»Mir wurde mitgeteilt, daß die CMP-34 mit Major Hoc Calvaniyz von Terra in Richtung Trümmersystem gestartet ist«, fügte er hinzu. »Aber mich wundert es nicht, daß sie noch nicht eingetroffen ist. Für einen 100-Meter-Kreuzer muß es praktisch unmöglich sein, durch den Gravitationssturm zu kommen.«

»Wem sagst du das, Mike«, meinte Rhodan. »Die Kreuzerkommandanten der MARCO POLO können ein Lied davon singen. Ich habe vor zwei Tagen einige Beiboote mit dem Ziel Rattley-System ausgeschickt, doch kamen sie bereits nach wenigen Stunden wieder zurück. Die Kommandanten sagten aus, daß es ihnen unmöglich war, in den Linearraum vorzustoßen, beziehungsweise daß es keinen Linearraum gab.«

»Nun«, warf Atlan ein, »eine Diskussion über diese Probleme hat sich erübrigt. Die Unterstützung für die MARCO POLO ist eingetroffen, wenn auch auf Umwegen. Uns interessiert jetzt vor allem, wie die Lage im Solsystem ist. Durch Major Stallingers Aussage wirst du wissen, daß die Paramags die Möglichkeit haben, mittels einer Art Transmitter in Nullzeit in den solaren Asteroidengürtel überzuwechseln. Wir haben Informationen darüber, daß sie von dieser Möglichkeit auch schon Gebrauch gemacht haben. Gucky!«

Der Mausbiber trat einige Schritte vor und schubste dabei die beiden oxtornischen Überlebensspezialisten Ortokur und Tulocky telekinetisch beiseite, um sich ins Blickfeld aller Anwesenden stellen zu können.

»Da gibt es gar nicht viel zu erzählen«, meinte der Mausbiber herablassend. »Die acht Second-Genesis-Mutanten, die sich immer noch im PEW-Netz des Trümmersystems aufhalten, haben entdeckt, wie halbtote Paramags vom PEW-Bezugstransdeformator fortgeschafft wurden. Sie fanden heraus, daß sie von einem fernen Ort in ihr Heimatsystem zurückgekommen sind. Betty Toufry konnte leider keine Details über diesen ominösen Zielort der Paramags erfahren, doch dürfte es feststehen, daß damit der solare Asteroidengürtel gemeint ist.«

Roi Danton nickte.

»Es hat tatsächlich eine Invasion der Paramags stattgefunden«, bestätigte er. »Meinen Informationen zufolge gelang es Bully, den ersten Angriff der Paramags mit Hilfe der beiden alten Maverick-Cape-Schiffe NEOMAV und PILBO abzuwehren. Doch war in dem Bericht von neuerlichen Attacken die Rede. Und hauptsächlich deshalb bin ich hier. Bully verlangt, daß augenblicklich der Bezugstransdeformator zerstört wird, damit keine weiteren Invasionen der Paramags erfolgen können.«

»Aber das ist bereits geschehen«, erklärte Rhodan. »Gucky und Ras Tschubai sind zusammen mit Powlor Ortokur und Neryman Tulocky zum Zentralasteroiden Wabe 1 teleportiert und haben in Zusammenarbeit mit den Second-Genesis-Mutanten den Bezugstransdeformator atomar gesprengt. Der Erfolg dieser Aktion müßte sich im Solsystem gezeigt haben. Aber davon kannst du noch nichts wissen, weil die Sprengung am 23. vorgenommen wurde – an dem Tag also, an dem dich die Meldung der Versorgungsschiffe über die Funkbrücke erreichte.«

Roi Danton sah seinem Vater fest in die Augen. »Bist du ganz sicher, daß der Bezugstransdeformator zerstört ist?« fragte er. »Davon hängt das Schicksal der solaren Menschheit ab.«

Perry Rhodan schaltete wortlos einen Bildschirm ein, auf dem ein Ausschnitt der roten Sonne Paramag-Alpha und ein Teil des PEW-Asteroidengürtels zu sehen waren. Rhodan drehte an der Vergrößerung, bis nur noch ein einzelner Himmelskörper den Bildschirm ausfüllte.

»Das ist Wabe 1, die Hauptwelt des Trümmersystems«, erklärte er dazu. »Ursprünglich war dieser Asteroid an die 3630 Kilometer lang und etwa 2700 Kilometer breit. Jetzt besitzt er nur noch ein Fünftel seiner ursprünglichen Größe. Und wenn du aufpaßt, kannst du beobachten, wie er ständig an Masse verliert.«

Während Roi Danton auf den Bildschirm starrte, sah er tatsächlich, wie sich eine Zacke des Himmelskörpers plötzlich ohne ersichtlichen Grund in nichts auflöste.

»Wie konnte es dazu kommen?« fragte Danton.

Professor Dr. Waringer gab ihm die Antwort: »Ausgelöst wurde dieser Zersetzungsvorgang durch die Atomexplosion, die das Einsatzkommando bei der Vernichtung des Bezugstransdeformators entfesselte. Ich habe schon immer vermutet, daß der PE-Wandelstoff in seiner ursprünglichen, weichen Form empfindlich auf Atomexplosionen reagieren konnte. Das scheint sich nun zu beweisen. Durch die Atomexplosion wurden unkontrollierbare Energieprozesse auf hauptsächlich fünfdimensionaler Ebene hervorgerufen, die den Asteroiden Stück für Stück in den Hyperraum reißen. So müssen auch die PEW-Massen verschwunden sein, die den Planeten Zeut einst durchzogen!«

»Aber selbst wenn das nicht der Fall wäre, dann kannst du Gift darauf nehmen«, sagte Gucky angriffslustig zu Roi Danton, »daß der Bezugstransdeformator durch unsere Sprengung atomisiert wurde. Oder zweifelst du etwa an meinen Fähigkeiten?«

»Nein, keineswegs«, sagte Danton gedankenverloren und strich dem Mausbiber über den Nackenpelz. Er blickte zu seinem Vater und fragte: »Hat sich noch immer keine Möglichkeit gefunden, die PEW-Abhängigkeit der Second-Genesis-Mutanten zu beseitigen?«

Rhodan seufzte und deutete auf den Bildschirm. »Wenn wir einen Ausweg gefunden hätten, würden sie wohl nicht mehr auf Wabe 1 sein. Wir müssen sie retten, das ist klar. Aber wie das vor sich gehen soll, davon haben wir noch keine Ahnung. Hast du einen Vorschlag?«

Roi Danton nickte. »Das ist der zweite Grund, warum ich hier bin.«

»Schieß los!« forderte Atlan.

»Wir wissen, daß die acht Altmutanten ohne die Nähe des PEW-Metalls unweigerlich in den Hyperraum geschleudert würden«, sagte Roi Danton. »Andererseits steht aber auch fest, daß sie nicht hier im Trümmersystem bleiben können.«

»Das leuchtet selbst mir ein«, spottete Lord Zwiebus.

»Wenn das so ist, dann kann ich mir überflüssige Worte der Einleitung sparen«, konterte Danton. »Also, mein Vorschlag: Suchen wir uns einen ausreichend großen Asteroiden aus, in dem die Mutanten genügend Bewegungsfreiheit haben. Verjagen wir die Paramags und laden wir den Asteroiden auf die Plattform des Flottentenders, nachdem sich die Mutanten dort niedergelassen haben.«

Als Roi Danton geendet hatte, herrschte für einen Moment verblüfftes Schweigen – dann redeten plötzlich alle durcheinander. Danton war sich zuerst im unklaren darüber, wie sein Plan aufgenommen wurde, weil in dem allgemeinen Stimmengewirr kein Wort zu verstehen war. Aber dann kam Atlan zu ihm und zerstreute seine Zweifel.

Er legte ihm lächelnd die Hand auf die Schulter und meinte: »Dieser Plan könnte aus der Zeit stammen, als du noch der König der Freifahrer warst. Einfach genial, Mike.«

»In der Tat!« stimmte Perry Rhodan zu und ergriff impulsiv die Hand seines Sohnes.

»Ich glaube, ihr solltet mich erst einmal ausreden lassen«, sagte Roi Danton. »Denn was sich in groben Zügen so einfach anhört, birgt im Detail eine Menge von Schwierigkeiten.«

»Da stimme ich dir zu«, meinte Rhodan stirnrunzelnd. »Die Paramags werden nicht tatenlos zusehen, wie wir einen ihrer Himmelskörper entführen.«

»Das habe ich selbstverständlich auch bedacht«, entgegnete Danton. »Deshalb müssen wir einen Asteroiden ausfindig machen, der sich auf einer äußeren Umlaufbahn befindet, also weit genug von den befestigten Himmelskörpern entfernt ist. Er sollte nicht durch PEW-Schienen mit den anderen Asteroiden verbunden sein, aber unbedingt zum Verbundnetz gehören. Das nämlich deshalb, damit die Altmutanten den zur Kaperung vorgesehenen Himmelskörper aufsuchen können.«

Rhodan nickte. »Es gibt viele Planetoiden, die zu weit von den anderen entfernt sind, um durch PEW-Stränge mit ihnen verbunden zu sein. Zu ihnen bestehen kabellose Verbindung auf der Basis von Transmittern. Den Weg über diese Paratransaugen können auch die Second-Genesis-Mutanten nehmen.«

»Die Aufgabe, einen entsprechend großen und PEW-haltigen Planetoiden zu finden, können die Beiboote übernehmen«, warf Atlan ein.

»Das wäre also geklärt«, sagte Danton. »Nun zum nächsten Punkt. Können die Paramags unsere Funksendungen abhören und entschlüsseln?«

»Wenn wir keinen schweren Kode wählen, ja«, antwortete Rhodan.

»Wir werden keinen Kode verwenden«, verkündete Danton. »Die Paramags sollen unsere Funksprüche entschlüsseln können. Wir werden auf diese Weise ein Gerücht in Umlauf setzen, das die Paramags veranlassen wird, den von uns auserwählten Asteroiden zu verlassen. Worum es sich dabei genau handelt, sollte uns im Augenblick noch kein Kopfzerbrechen bereiten. Wichtig ist nur, daß die Paramags den Asteroiden fluchtartig verlassen und für die Altmutanten Platz machen.«

»Es wird uns nicht schwerfallen, eine Massenflucht zu inszenieren«, meinte Atlan lächelnd. »Wenn wir die Paramags nicht durch gutes Zureden verjagen können, dann werden wir mit einigen Scheinangriffen nachhelfen.«

»Aber ich möchte vor einer Anwendung von Atomwaffen warnen«, rief Waringer dazwischen. »Sonst könnte derselbe Effekt eintreten wie bei Wabe 1!«

»Akzeptiert«, sagte Atlan.

»Wenn der Asteroid von Paramags gesäubert ist und die Altmutanten eingetroffen sind«, fuhr Danton fort, »dann wird der Flottentender DINO-386 in Aktion treten. Den Asteroiden auf die Plattform des Flottentenders zu bringen wird der schwierigste Teil des Unternehmens sein. Aber Oberst Cono Matunari hat mir eine eindrucksvolle Kostprobe seines Könnens gegeben, so daß ich ihm auch die Kaperung eines Himmelskörpers zutraue.«

Oberst Matunari wurde ein wenig unsicher, als er alle Blicke auf sich ruhen sah. »Ich werde mein Bestes geben«, sagte er, nur um irgend etwas zu sagen.

»Hast du dir auch schon überlegt, was weiter geschehen soll, Mike?« erkundigte sich Rhodan.

»Selbstverständlich«, sagte Danton. »Ich habe schon tausend Jahre vorausgeplant, um euch das Denken abzunehmen. Aber Spaß beiseite. Was wir für später auch immer vorhaben, wir müssen bedenken, daß die acht Second-Genesis-Mutanten einen unheimlichen Machtfaktor darstellen. Deshalb sollten wir den Asteroiden – nennen wir ihn Wabe 1000 – an einer streng geheimgehaltenen Stelle deponieren.«

21.

»CMP-23 klar zum Start!« meldete Kommandant Major Trenk Pastojl der Hangarbesatzung über Funk.

Über die Außenlautsprecher des 100-Meter-Kreuzers hörte er, wie die riesigen Luftpumpen seufzend zu arbeiten begannen und die Atmosphäre aus dem Ringwulsthangar saugten. Dann kamen nacheinander die Meldungen über die Startbereitschaft der anderen neun Kreuzer und der zehn Korvetten durch.

»Luftdruck im Hangar gleich Null!«

Die mächtige Schleuse im Ringwulst der MARCO POLO glitt langsam und lautlos auf. Der Panoramabildschirm der CMP-23 zeigte plötzlich das Paramag-Alpha-System in seiner ganzen Ausdehnung.

Major Trenk Pastojl schaltete auf zwei Monitoren der Bildschirmgalerie die Vergrößerung ein. Darauf erschien ein Ausschnitt des Asteroidengürtels, der der MARCO POLO am nächsten lag.

Durch das Teleobjektiv schien es, als würden die weit auseinander liegenden Trümmerstücke auf einmal auf engeren Raum zusammenrücken. Doch das war eine optische Täuschung. In Wirklichkeit waren selbst solche Planetoiden, die durch PEW-Leitungen miteinander verbunden waren, oft 20.000 Kilometer und mehr voneinander entfernt.

»CMP-21 – Start!«

Major Pastojl riß sich von dem phantastischen Anblick des Trümmersystems los. Er erhöhte die Leistung der Antigravaggregate und ließ die CMP-23 langsam vom Hangarboden abheben.

»CMP-22 – Start!«

Der dritte Kreuzer der dritten Flottille schwebte majestätisch durch den Hangar auf die Luftschleuse zu und schob sich durch die Öffnung im Ringwulst der MARCO POLO in den freien Raum hinaus.

»CMP-23 – Start!«

Die Impulstriebwerke heulten auf, der 100-Meter-Kreuzer schoß wie vom Katapult geschnellt auf das ferne Trümmersystem zu. Hinter ihm schrumpfte die 2500 Meter durchmessende Kugelzelle der MARCO POLO immer mehr zusammen und versank schließlich im Sternenmeer des galaktischen Zentrums.

Nacheinander starteten auch die restlichen Kreuzer und die zehn Korvetten des Erkundungskommandos. Von der entgegengesetzten Seite des Paramag-Alpha-Systems verließen zur gleichen Zeit zehn Korvetten und zehn Space-Jets ihr Mutterschiff, die MOSTONOW!

Die insgesamt vierzig Beiboote hatten den Auftrag, einen Asteroiden ausfindig zu machen, der den acht Second-Genesis-Mutanten ein sicheres Domizil bieten konnte und gleichzeitig relativ einfach mit dem Flottentender zu transportieren war.

Das konnte nicht allzu schwer sein, denn das Trümmersystem bot eine reichliche Auswahl an Himmelskörpern der verschiedensten Größe.

Die dicken Brocken waren für einen Transport natürlich ungeeignet, außerdem handelte es sich zumeist um Befestigungsanlagen der Paramags, die kaum einzunehmen gewesen wären. Aber auch an die meisten Asteroiden, deren Durchmesser um die 1000 Meter lag – eine Idealgröße für die Zwecke der Terraner –, war nur schwer heranzukommen. Denn sie lagen zumeist eingebettet in das PEW-Netz.

Es galt aber, einen entsprechend großen Asteroiden zu suchen, der keine PEW-Verbindung zu anderen Himmelskörpern besaß, der aber zum sogenannten leitungslosen Verbundnetz gehörte – der also mittels der Paratransaugen von den Paramags aufgesucht werden konnte.

Major Trenk Pastojl erinnerte sich, bei einem seiner Einsätze einen Himmelskörper entdeckt zu haben, der geradezu ideale Bedingungen für eine Kaperung aufzuweisen schien. Er forderte die entsprechenden Unterlagen vom Bordcomputer an. Kaum eine Minute später hatte er sie vor sich liegen.

Der Asteroid war durchschnittlich 890 Meter breit, an seiner dicksten Stelle ebenso hoch und fast einen Kilometer lang. Also Idealmaße. Zudem beschrieb er eine der weitesten Umlaufbahnen um die Sonne und war vom nächsten größeren Himmelskörper, der von den Paramags bewohnt werden konnte, 300.000 Kilometer entfernt. Selbstverständlich bestand zu ihm keine direkte PEW-Verbindung. Aber er war groß genug, daß es sich für die Paramags lohnen mußte, ihn zu besiedeln und in ihr Verbundnetz aufzunehmen.

Major Pastojl gab die Koordinaten des Asteroiden – den er intern Asyl-Wabe nannte – an die Schiffsautomatik durch und ließ eine kurze Linearetappe fliegen. Da der Gravitationssturm weiter abgeflaut und der Improtonengesang nahezu verstummt war, bereiteten das Eintauchen in die Librationszone und die Rückkehr in das vierdimensionale Kontinuum keine Schwierigkeiten.

Die CMP-23 überwand die Distanz von knapp drei Astronomischen Einheiten in wenigen Minuten und kam 40.000 Kilometer vor der Asyl-Wabe heraus.

»Ein idealer Ort für die Altmutanten«, stellte Major Pastojl zufrieden fest. Er war überzeugt, daß keiner der anderen Beiboot-Kommandanten so schnell wie er einen geeigneten Asteroiden gefunden haben konnte.

Die ersten Fernortungsergebnisse deckten sich mit den Daten, die er bei einem früheren Einsatz rein routinemäßig über den Himmelskörper gesammelt hatte. Er war fast rund, hatte jedoch eine stark zerklüftete Oberfläche. Als Major Pastojl eine optische Bildvergrößerung anforderte, mußte er feststellen, daß der Asteroid unzählige Krater aufwies, die zwar nicht groß, aber endlos tief zu sein schienen.

Major Pastojl ahnte, daß hier irgend etwas nicht stimmte, deshalb forderte er von der Ortung die Massewerte des Planetoiden an.

Die Antwort kam prompt: »Masse 0,09!«

Das bedeutete, daß der Himmelskörper im Verhältnis zu einem gleich großen Brocken, der die Zusammensetzung der Erde besaß, nur neun Hundertstel von dessen Masse aufwies.

»Dichte«, forderte der Kommandant.

»Dichte beträgt im Mittel 0,103, bei einer Norm von 1. Die Dichte an einem bestimmten Punkt der Oberfläche gemessen ist dagegen mit 1,73 außergewöhnlich hoch.«

Major Pastojl nickte deprimiert. Die angegebenen Werte bedeuteten nichts anderes, als daß der Asteroid wie ein Schweizer Käse durchlöchert war. Trotzdem verlangte er noch die Meßergebnisse der Hypertaster. Sie fielen, wie er es nunmehr nicht anders erwartete, niederschmetternd aus:

»Die Hyperemission von der Asyl-Wabe beträgt praktisch Null.«

Pastojl nickte.

»Das bedeutet, daß die Paramags diesen Asteroiden von allen PEW-Vorkommen befreit haben«, murmelte er. Damit kam er für die Second-Genesis-Mutanten nicht mehr in Frage. »Wir müssen weitersuchen.«

Die KM-5, eine 60-Meter-Korvette der MOSTONOW, näherte sich vorsichtig dem Himmelskörper.

»Es scheint, daß wir hier an der richtigen Adresse sind«, sagte der Navigator zu seinem Kommandanten. »Es wird auch schon Zeit, daß wir endlich Erfolg haben, nachdem wir viermal einen Reinfall erlebten.«

»Nur keine voreiligen Schlüsse«, mahnte Oberleutnant Tromp Noifer, der jüngste Korvettenkapitän der MOSTONOW.

Der Navigator lachte. »Ich halte mich nur an die Ortungsergebnisse – und die sind beeindruckend.«

»Das sind sie in der Tat«, bestätigte Oberleutnant Noifer. »Aber ich möchte erst dann eine Erfolgsmeldung an Oberst Spitzer abschicken, wenn ich absolut sicher bin, daß diese Wabe für die Altmutanten geeignet ist.«

»Welche Sicherheiten wollen Sie denn noch, Oberleutnant?« fragte der Navigator fast vorwurfsvoll. »Ich bin jedenfalls überzeugt, daß die Noifer-Wabe das richtige Asyl für die Altmutanten ist.«

Oberleutnant Noifer lächelte, um seine Nervosität zu verbergen.

Ein Blick auf die Armaturen zeigte ihm, daß sie sich mit halber Lichtgeschwindigkeit dem Asteroiden näherten. Es handelte sich bereits um den fünften Anflug. Oberleutnant Noifer ging sehr vorsichtig bei der Erkundung des Asteroiden ans Werk. Aus den Unterlagen, die die MOSTONOW von der MARCO POLO erhalten hatte, war hervorgegangen, daß die Paramags mit Antimateriewaffen operierten, gegen die die Energieschirme einer Korvette keinen Schutz bieten konnten. Um den Paramags kein Ziel zu bieten, steuerte Oberleutnant Noifer die KM-5 mit halber Lichtgeschwindigkeit an dem Asteroiden vorbei und ließ die Ortungen im Vorbeifliegen vornehmen.

»Jetzt!« sagte er, als sie für Sekundenbruchteile auf gleicher Höhe mit der Noifer-Wabe waren.

Die Aufnahmegeräte bannten den Asteroiden aus verschiedenen Perspektiven auf die Bildschirme, die Ortungsgeräte spuckten ihre Meßergebnisse aus:

Die Noifer-Wabe war ein langgezogener Gesteinsbrocken mit unregelmäßiger, zerklüfteter Oberfläche mit den durchschnittlichen Maßen von 700 mal 500 mal 450 Metern. Seine Masse betrug 1,33 bei einer Dichte von 147. Er wies eine so starke Hyperstrahlung auf, daß die Rechenzentrale den Anteil des PEW-Metalls an der Gesamtmasse mit zwei Drittel angab. Diese Werte wurden beim nächsten Anflug bestätigt.

»Jetzt haben Sie die Sicherheit, die Sie sich gewünscht haben, Oberleutnant«, sagte der Navigator. »Geben Sie die Daten an Oberst Spitzer durch, und Sie werden sehen, daß er die Noifer-Wabe als Asyl für die Altmutanten vorschlägt. Der Asteroid hat alle Vorzüge aufzuweisen. Er ist vom nächsten Himmelskörper 245.000 Kilometer entfernt, ist mit diesem nicht durch eine PEW-Schiene verbunden, wird aber von Paramags bewohnt. Also gehört er zum Verbundnetz und ist mittels Paratransaugen für die Altmutanten zu erreichen. Mehr brauchen wir nicht zu wissen.«

Oberleutnant Noifer hatte die ganze Zeit über die Abbildungen auf der Bildschirmgalerie angestarrt, die den Asteroiden aus verschiedenen Perspektiven zeigten. Er vergrößerte eines der Bilder und deutete darauf.

»Sehen Sie diese Aufbauten«, sagte er dabei zu seinem Navigator. »Es scheint sich um technische Anlagen zu handeln.«

Der Navigator kniff die Augen zusammen. »Das könnte stimmen, Sir. Aber das Bild ist nicht scharf genug, als daß man etwas mit Bestimmtheit sagen könnte.«

Der Kommandant der KM-5 ließ die Aufnahmen, die bei den vorangegangenen Anflügen von dem Asteroiden gemacht worden waren, auf die Bildschirme projizieren.

»Auf keiner anderen Bildserie sind diese technischen Anlagen zu sehen«, stellte er dann stirnrunzelnd fest.

»Das ist weiter nicht verwunderlich«, entgegnete der Navigator. »Es ist durch die Eigenrotation der Noifer-Wabe bedingt, daß die Anlagen erst beim letzten Anflug in den Bereich unserer Aufnahmegeräte kamen.«

»Und beim nächsten Anflug werden sie voll im Bild sein«, sagte Oberleutnant Noifer. »Ich muß herausfinden, was diese Aufbauten darstellen. Wir kehren noch einmal um und fliegen diesmal näher an den Asteroiden heran.«

Die KM-5 zog eine weite Schleife, wobei die Geschwindigkeit auf 100.000 Kilometer in der Sekunde gedrosselt wurde. Beim Rückflug beschleunigte Oberleutnant Noifer die Korvette mit 600 km/sec^2, so daß sie auf der Höhe des Asteroiden zwei Drittel der Lichtgeschwindigkeit erreichte.

»Gleich werden wir wissen, was es mit diesen technischen Anlagen auf sich hat«, sagte Oberleutnant Noifer und preßte die schwitzenden Hände auf das Instrumentenpult.

Tatsächlich erfuhren sie es im nächsten Augenblick – und zwar auf äußerst drastische Weise. Plötzlich kam es unweit der Korvette zu einer furchtbaren Explosion. Eine atomare Kunstsonne mit der Vernichtungskraft von mehreren Fusionsbomben entstand, die Druckwelle erfaßte die Korvette und schleuderte sie tief in den Raum hinein.

»Linearflug!« ordnete der Kommandant an.

Da die KM-5 ohnehin mit zwei Drittel der Lichtgeschwindigkeit geflogen war, konnte sie übergangslos in den Zwischenraum eintauchen.

»Jetzt wissen wir, was die technischen Anlagen der Noifer-Wabe darstellen«, sagte Oberleutnant Noifer mit ausdrucksloser Stimme. »Es handelt sich um Antimaterie-Geschütze! Der Asteroid ist ein Abwehrfort.«

Der Asteroid war annähernd kugelförmig und durchmaß 1200 Meter. Seine Oberfläche war zerklüftet und ausgezackt, es gab unzählige Risse und Spalten und Erhebungen. Die KMP-46 näherte sich ihm vorsichtig, die Mannschaft befand sich in Alarmzustand.

»Dieser Brocken entspricht genau den Vorstellungen eines Asyls für die Second-Genesis-Mutanten«, sagte Leutnant Schwieder.

»Ja, der äußere Anschein ist vielversprechend«, gab Major Cloost, der Kommandant der Korvette, zu. »Aber wir dürfen nicht vergessen, wie es Oberleutnant Noifer mit seiner KM-5 ergangen ist. Wenn wir es hier nun ebenfalls mit einer Antimaterie-Festung zu tun haben?«

Leutnant Schwieder zuckte mit den Achseln. »Das läßt sich leicht herausfinden. Setzen wir den Paramags einfach eine Fusionsbombe vor die Nase. Wenn sie das Feuer nicht erwidern, dann ist der Asteroid in Ordnung.«

Major Cloost blickte seinen Ersten Offizier an.

»Dieser Vorschlag ist gar nicht so übel. Aber bevor ich ihn in die Tat umsetze, hole ich von der MARCO POLO erst die Erlaubnis dafür ein.«

Der Kommandant der KMP-46 setzte einen Funkspruch zum Mutterschiff ab.

»KMP-46 AN MARCO POLO – HABEN 1200 METER DURCHMESSENDEN ASTEROIDEN ENTDECKT – FERNORTUNG ERGAB REICHLICHE PEW-VORKOMMEN – INDIVIDUALTASTER HABEN

AUF DER GEHIRNFREQUENZ DER PARAMAGS ANGESCHLAGEN – OBJEKT IST NICHT DURCH PEW-SCHIENEN MIT ANDEREN HIMMELSKÖRPERN VERBUNDEN, GEHÖRT ABER EINDEUTIG ZUM VERBUNDNETZ DES TRÜMMERSYSTEMS – ERBITTEN ERLAUBNIS, TRANSFORMGESCHÜTZ FÜR SCHEINANGRIFF EINSETZEN ZU DÜRFEN.«

Die Antwort ließ nicht lange auf sich warten: »TEST BEWILLIGT – EINSATZ VON ATOMAREN WAFFEN UNTERSAGT – CHEMISCHE EXPLOSIVSTOFFE EINSETZEN.«

»Hat Perry Rhodan vielleicht Angst, wir könnten nicht genau zielen und den Asteroiden in die Luft sprengen?« wunderte sich Leutnant Schwieder über die Anordnung.

Major Cloost schüttelte den Kopf. »Er befürchtet eher, daß eine Atomexplosion eine ähnliche Reaktion des PEW-Metalls wie auf Wabe 1 hervorrufen könnte.«

Major Cloost legte einen Schalter der Interkomanlage zur Durchsage um. »Kommandant an Feuerleitzentrale. Raketengeschoß mit chemischem Sprengkopf zum Abschuß klarmachen. Die Bombe soll knapp über der Oberfläche des Zielasteroiden explodieren. Feuer frei!«

»Aye, aye, Sir!« Wenig später kam aus der Feuerleitzentrale die Meldung: »Befehl ausgeführt, Sir. Raketengeschoß auf Kurs.«

Der Kommandant beobachtete den Flug des Raketengeschosses auf dem Ortungsbildschirm. Als die fliegende Bombe die halbe Distanz zum Zielasteroiden zurückgelegt hatte, schlugen plötzlich die Hypertaster aus – und auf den optischen Beobachtungsschirmen war eine gigantische Atomexplosion zu sehen.

»Sie haben die Rakete mit Antimateriebomben abgeschossen«, stellte der Kommandant enttäuscht fest. »Das ist der Beweis, daß dieser Asteroid Befestigungsanlagen besitzt und deshalb nicht für uns in Frage kommt. Verschwinden wir von hier, bevor sie auch uns aufs Korn nehmen.«

Die KMP-46 zog sich mit Höchstbeschleunigung aus dem Gebiet des Zielasteroiden zurück. Nicht zu früh, denn bald darauf kam es in der Nähe der Stelle, an der sich die Korvette befunden hatte, zu zwei weiteren Antimaterieexplosionen.

»Wir haben eben eine interessante Entdeckung gemacht, Sir«, meldete ein Ortungsspezialist über Interkom, während hinter ihnen im All die Antimateriebomben in urgewaltigen atomaren Prozessen zerfielen. »Das Abwehrfeuer kam nicht von dem Asteroiden, den wir angeflogen haben, sondern von weiter entfernten Himmelskörpern. Deshalb auch die auffallende Treffunsicherheit!«

»Was sagen Sie da?« entfuhr es Major Cloost. Er faßte sich schnell und sagte mit einem Lächeln zu seinem Ersten Offizier: »Wenn das Abwehrfeuer nicht von unserem Asteroiden kommt, dann könnte das bedeuten, daß er nicht befestigt ist. Wir werden das noch genau überprüfen, Leutnant Schwieder. Aber jetzt bin ich ziemlich zuversichtlich und glaube, daß wir das geeignete Asyl für die Altmutanten gefunden haben. Dieser Asteroid ist Wabe 1000!«

Auf Wabe 1 herrschte das Chaos, die Paramags der Hauptwelt des Trümmersystems befanden sich im Aufbruch. Der ehemals größte Asteroid hatte bereits vier Fünftel seiner ursprünglichen Masse eingebüßt, und noch immer schritt der Zerfall des Himmelskörpers fort.

Die acht Altmutanten in den Körpern von Paramags waren Zeugen gewesen, wie die Paramagnetiseure versucht hatten, die fortschreitende Auflösung ihrer Hauptwelt zu verhindern. Sie hatten Teile des Himmelskörpers abgesprengt, um die »infizierten« PEW-Adern zu entfernen und zu verhindern, daß der Materiezerfall auf andere Gebiete übergriff. Sie hatten mit schweren Energiestrahlern breite Gräben gezogen, um ein Übergreifen der gespenstischen Hyperexplosionen auf wichtige Anlagen zu unterbinden.

Doch alle diese Maßnahmen hatten nicht den gewünschten Erfolg gebracht. Wabe 1 zerfiel unaufhaltsam.

Jetzt hatten die Paramags die Nutzlosigkeit ihrer Bestrebungen, ihre Hauptwelt wenigstens teilweise zu retten, eingesehen und begannen die Evakuierung. Sie demontierten Maschinenanlagen und paratransdeformierten mit ihnen Teil für Teil zu anderen Himmelskörpern, riefen wichtige Daten von Speichern ab, für deren Demontage die Zeit nicht mehr ausreichte, und sendeten sie zu Speicherbanken auf anderen Asteroiden.

Auf Wabe 1 herrschte ein heilloses Durcheinander, das durch Paramags noch vergrößert wurde, die ihre privaten Habseligkeiten zu retten versuchten. Es kam zwischen ihnen und den Katastrophenkommandos, die die PEW-Leitungen für die Beförderung des Allgemeingutes freihalten mußten, zu unbeschreiblichen Szenen. Paramags versuchten auf Schleichwegen die Kontrollen zu umgehen, ignorierten dabei die einfachsten Gesetze der »Weichenfahrt« und lösten dadurch zusätzlich zur katastrophalen Lage noch Fehlschaltungen aus, die in ihrer Summe zur Vergrößerung des Chaos beitrugen. Viele der Paramags gerieten während der Paratransdeformation in die gefährdeten Randbezirke und wurden mitsamt den explodierenden Planetoidenmassen in den Hyperraum geschleudert.

War die Situation im vierdimensionalen Kontinuum auf Wabe 1 schon schlimm genug, so war sie innerhalb der PEW-Existenzebene des Planetoiden geradezu entsetzlich. Die PEW-Stränge zu den anderen Himmelskörpern waren entweder durch die Hyperexplosionen gerissen oder von den Katastrophenkommandos absichtlich durchtrennt worden, um ein Übergreifen der Katastrophe auf andere Waben zu verhindern. Blieben als Verbindung nur noch die Paratransaugen, von denen jedoch nur noch wenige existierten.

So kam es, daß auf der PEW-Existenzebene Scharen von Paramags nach allen Richtungen drängten. An den Koordinierungspunkten kam es zu Stauungen, geometrische Figuren, die für die mentale Weichenstellung und die Mentalkontaktgebung von elementarer Wichtigkeit waren, konnten nicht mehr exakt abgefahren werden, weil die Paramags sich gegenseitig behinderten ... Das gesamte PEW-Netz von Wabe 1 stand knapp vor dem Zusammenbruch – und vor der Auflösung.

In diesem allgemeinen Durcheinander fiel es den acht Altmutanten nicht schwer, unentdeckt zu bleiben. Niemand kümmerte sich um sie, und wenn sie von Zeit zu Zeit einem Katastrophenkommando über den Weg liefen, brauchten sie nicht zu befürchten, kontrolliert zu werden.

Sie hatten sich in ein leeres Depot zurückgezogen, das sowohl im vierdimensionalen Kontinuum als auch in der PEW-Dimension zum Sperrgebiet erklärt worden war.

»Hier sind wir wenigstens für eine Weile ungestört«, erklärte Betty Toufry. Sie besaß, wie alle anderen Mutanten auch, immer noch einen Paramag-Körper, den sie kraft ihres Para-Geistes vollkommen beherrschte.

Anfangs hatten die Second-Genesis-Mutanten nicht nur Schwierigkeiten gehabt, die mentale Weichenfahrt fehlerlos zu meistern, sondern es hatte auch Schwierigkeiten mit ihren Wirtskörpern gegeben. Aber inzwischen hatten sie sich daran gewöhnt, ihre Umgebung durch Facettenaugen zu sehen. Es fiel ihnen nicht mehr schwer, sich auf ihren ungelenken, dreizehigen Stummelbeinen fortzubewegen und mit dem Wirbelbein das Gleichgewicht zu halten. Und jedem einzelnen von ihnen waren die psychischen Charakteristika der Paramags so in Fleisch und Blut übergegangen, daß sie sie unbewußt übernahmen und sich nicht besonders zu verstellen brauchten. Sie beherrschten auch deren Sprache lückenlos und unterhielten sich in Interkosmo höchstens nur, wenn sie unter sich waren.

»Lange sind wir auch hier nicht sicher«, beschwerte sich Son Okura.

»Wir sollten Wabe 1 endgültig verlassen«, meinte Wuriu Sengu.

»Wuriu hat recht«, stimmte Tako Kakuta zu. »Wenn wir nicht rechtzeitig machen, daß wir von hier fortkommen, dann löst sich das letzte Paratransauge vor unserer Nase auf. Und dann sitzen wir fest.«

»In einem solchen Fall würde ich immer noch auf deine Fähigkeit als Teleporter bauen«, sagte Betty Toufry. »Ihr wißt, daß wir nicht von hier wegkönnen, ohne vorher mit Gucky oder Fellmer Lloyd in Verbindung getreten zu sein.«

»Die werden andere Sorgen haben, als sich um uns zu kümmern«, behauptete Tama Yokida. »Wir müssen uns klar darüber sein, daß wir auf uns selbst angewiesen sind.«

»Ohne Hilfe von außen sind wir auf die Dauer verloren«, sagte Betty Toufry. »*Darüber* müssen wir uns klar sein. Wenn die Paramags sich erst gefangen haben, wird es für uns verteufelt schwer sein, weiterhin unerkannt zu bleiben ...«

»Was ist?« erkundigte sich Kitai Ishibashi, als Betty Toufrys Paramag-Stimme plötzlich verstummte.

»Ich habe Kontakt zu Gucky!« sagte Betty. »Er hat eine wichtige Mitteilung für uns.«

»Die muß er sich für später aufheben«, rief Wuriu Sengu, der mit Hilfe seiner Späherfähigkeit durch die Felswand geblickt hatte. »Der Fels über uns ist nur noch zwanzig Meter dick. Dahinter beginnt der Weltraum. Dieses ganze Gebiet steht knapp vor der Auflösung!«

Er hatte kaum ausgesprochen, da fädelte er sich bereits in eine PEW-Ader ein. Seine Kameraden folgten. Betty Toufry bildete den Abschluß.

Als sie durch den gewundenen Schlund der PEW-Dimension mit den unförmigen Ausbuchtungen, den unergründlichen Vertiefungen, den Leuchtfeuern, Strahlungsquellen und den verwirrenden geometrischen Figuren dahinrasten, sagte Betty: »Gucky behauptet, daß Perry Rhodan einen PEW-Asteroiden nur für uns allein bereitstellen will.«

In diesem Teil der PEW-Existenzebene kamen sie unglaublich rasch voran. Nur einmal begegneten sie einer Gruppe von Paramags, die aber an ihnen vorbeiparatransdeformierten, ohne sich um sie zu kümmern.

Als sie an den Katastrophenkommandos vorbeikamen und damit das Sperrgebiet verließen, ging es nur noch schleppend weiter. Dutzende Paramags blockierten die Mentalweichen, stauten sich vor den Strahlungsbarrieren und versperrten die Einfädelungspunkte zu den geometrischen Figuren.

»Es hat keinen Zweck, hier gibt es kein Durchkommen«, sagte Tako Kakuta. »Ich werde mit euch innerhalb der PEW-Dimension teleportieren. Das ist die einzige Möglichkeit, um an ein Paratransauge zu kommen.«

»Es wäre ein unverzeihbarer Leichtsinn, vor all diesen Paramags unsere Fähigkeiten zu demonstrieren«, erklärte Betty Toufry. »Besser ist es, wir kehren durch eine Polungsschleuse in unsere Dimension zurück.«

Sie näherten sich einem der strahlenden Polungspunkte, an dem drei Paramags patrouillierten. Betty ignorierte sie und wollte an ihnen vorbei.

»Da gibt es kein Durchkommen«, sagte einer der Paramags und versperrte ihr den Weg. »Das Gebiet, das hinter dieser Polungsschleuse liegt, wird nicht mehr lange existieren.«

Die acht Second-Genesis-Mutanten ließen sich auf keine lange Diskussion ein. Der Suggestor Kitai Ishibashi bestrich die Gehirne der Paramags einfach mit zwingenden Befehlsimpulsen, so daß sie gegen ihren Willen die Polungsschleuse freigeben mußten.

Die Mutanten fädelten sich ungehindert aus der PEW-Dimension aus. Im vierdimensionalen Kontinuum fanden sie sich in einer großen Halle wieder, die einstmals technische Anlagen beherbergt hatte, jetzt aber den Eindruck machte, als hätten hier Vandalen gehaust. Die Paramags hatten die für sie wichtigen Teile ausgebaut und fortgebracht und den Rest einfach liegen- und stehenlassen.

»Was hat es mit dem Asteroiden eigentlich auf sich, den Perry Rhodan angeblich für uns vorbereitet hat?« erkundigte sich André Noir bei Betty.

Doch die Telepathin gab ihm keine Antwort. Sie hörte ihn nicht einmal, denn sie hatte wieder telepathischen Kontakt mit Gucky aufgenommen. André Noir deutete ihre Abwesenheit richtig und drang nicht weiter in sie. Er wandte sich an seine Kameraden.

»Es hört sich verführerisch an – einen ganzen Asteroiden mit reichen PEW-Vorkommen für uns allein. Aber wo will Perry Rhodan den für uns hernehmen?«

»Ganz einfach, er wird ihn für uns von den Paramags erobern«, sagte Tako Kakuta.

»So klug bin ich auch, um darauf zu kommen«, sagte André Noir. »Ich zweifle nicht daran, daß es Perry Rhodan gelingen wird. Aber ebenso sicher bin ich auch, daß die Paramags versuchen werden, uns den Asteroiden wieder wegzunehmen. Sie werden so lange kämpfen, bis sie uns vernichtet haben. Oder glaubt einer von euch, sie werden Vertreter eines fremden Volkes in ihrem Trümmersystem dulden?«

»Nein!«

Alle wandten sich Betty Toufry zu, die das gesagt hatte. Niemandem war aufgefallen, daß sie nicht mehr in telepathischem Kontakt mit Gucky stand.

»Nein«, wiederholte sie. »Nicht einmal Perry Rhodan nimmt an, daß die Paramags auf friedlichem Wege dazu zu bringen sind, uns Asyl zu gewähren. Gucky hat mir eben den Plan in allen Einzelheiten dargelegt, und ich muß sagen, daß ich beeindruckt bin. Er ist einfach und gleichermaßen idiotensicher. Perry Rhodan hat einen Flottentender zur Verfügung, mit dem er einen 1200 Meter durchmessenden Asteroiden zu kapern und aus dem Trümmersystem zu entführen gedenkt.«

»Das hört sich recht vielversprechend an«, mußte selbst André Noir zugeben.

»Das ist nicht nur vielversprechend, das ist großartig!« rief Tako Kakuta begeistert. »Ich habe nie daran gezweifelt, daß Rhodan einen Ausweg aus unserem Dilemma finden wird.«

»Trotzdem kann ich mir nicht vorstellen, wie das vor sich gehen soll«, sagte André Noir zweifelnd. »Ich habe zwar großes Vertrauen in meine Parafähigkeiten, glaube aber nicht, daß wir es mit allen Bewohnern eines Asteroiden von 1200 Metern Durchmesser aufnehmen können.«

»Das ist nicht unser Problem«, erklärte Betty Toufry. »Rhodan wird die Paramags verjagen. Wir brauchen den Asteroiden nur noch in Besitz zu nehmen.«

»Und wie werden wir diesen Asteroiden finden?« wollte Son Okura wissen.

»Gucky wird mir den Weg weisen«, antwortete Betty Toufry.

»Dann machen wir, daß wir fortkommen«, sagte Wuriu Sengu. »Dieser Teil von Wabe 1 geht seiner Auflösung entgegen.«

In der Kommandozentrale der MARCO POLO herrschte eine spannungsgeladene Atmosphäre. Die Männer hielten den Atem an. Aller Aufmerksamkeit konzentrierte sich auf Fellmer Lloyd, den Telepathen, der Gucky abgelöst hatte und nun mit den Second-Genesis-Mutanten in Verbindung stand.

»Haben Sie den Kontakt verloren, Fellmer?« erkundigte sich Rhodan. »Warum äußern Sie sich nicht?«

Fellmer Lloyd, der entspannt in einem Kontursessel saß, hatte die Augen geschlossen. Es sah aus, als schliefe er. Aber er mußte Rhodans Worte gehört haben, obwohl sein Geist durch das Trümmersystem schweifte, denn er sagte mit entrückter Stimme: »Es ist alles in Ordnung. Die Altmutanten haben mit Tako Kakutas Hilfe Wabe 1 verlassen und den nächsten Asteroiden erreicht. Sie fädeln sich eben in das nächste Paratransauge ein ... Ja, Betty, ihr befindet euch auf dem richtigen Weg ... Wabe 1000 liegt in dieser Richtung ...«

Rhodan atmete erleichtert auf. Aber schon im nächsten Augenblick zuckte er erschrocken zusammen, als Fellmer Lloyd sagte: »Betty Toufrys Gedanken werden immer schwächer. Die Mutanten entfernen sich in die entgegengesetzte Richtung ...«

»Wir müssen ihnen mit der MARCO POLO folgen«, riet Atlan. »Sonst sind sie bald so weit weg, daß Fellmer nicht mehr in telepathischen Kontakt mit Betty Toufry treten kann.«

Rhodan nickte. Doch bevor er noch etwas entgegnen konnte, meldete sich wieder Fellmer Lloyd. Er schlug die Augen auf und blickte für den Bruchteil einer Sekunde verwirrt um sich, dann sah er Rhodan an.

»Ich habe keinen Kontakt mehr«, sagte der Telepath. »Betty berichtete noch, daß sie eine Paratransdeformation vorhatten, dann verstummten ihre Gedanken. Sie werden erst wieder auf dem nächsten Asteroiden herauskommen, aber dann sind sie zu weit für eine telepathische Verbindung entfernt.«

»Wir werden hinterherfliegen und noch näher an das Trümmersystem herangehen«, beschloß Rhodan. »Aber bevor wir das tun, müssen wir wissen, auf welchem Asteroiden sich die Altmutanten zur Zeit aufhalten.«

»Das kann ich Ihnen sagen«, erklärte Lloyd und begab sich zu einem Ortungsbildschirm, auf dem eine schematische Darstellung dieses Teils des Asteroidengürtels zu sehen war.

Wabe 1 war darauf als pulsierende Kugel von zwei Zentimetern Durchmesser abgebildet. Lloyd deutete auf einen Lichtpunkt, der etwa 250.000 Kilometer von der Hauptwelt der Paramags entfernt war. Dazwischen lagen sechs größere Asteroiden.

»Hier haben sich die Altmutanten zuletzt befunden, als Betty verkündete, daß sie sich in ein Paratransauge einfädeln«, sagte er und wies mit dem Finger auf den nächsten Asteroiden, der nicht weiter als 25.000 Kilometer entfernt war. »Sie müßten hier wieder herauskommen.«

»Das heißt, daß zwischen ihnen und Wabe 1000 noch annähernd 500.000 Kilometer liegen – und sechzehn Asteroiden«, sagte Rhodan und fügte im nächsten Atemzug hinzu: »Aber nur, wenn sie sich in gerader Linie fortbewegen. Wir müssen damit rechnen, daß sie in Schwierigkeiten geraten und einen Umweg machen müssen.«

Die MARCO POLO nahm eine kurze Linearetappe von wenigen Sekunden vor. Der Gravitationssturm war inzwischen so weit abgeflaut, daß das Linearmanöver ohne Schwierigkeiten ablief und kaum jemand an Bord des Ultraschlachtschiffes etwas davon merkte. Nur die Tatsache, daß die Ortungsgeräte kurz ausfielen und das Paramag-Alpha-System von den Bildschirmen verschwand, deutete auf einen Flug durch den Linearraum hin. Als der Panoramabildschirm wieder aufleuchtete und den Asteroidengürtel zeigte, geschah dies aus einer gänzlich anderen Perspektive.

»Wir sind jetzt nahe genug für einen telepathischen Kontakt, Fellmer«, sagte Rhodan. »Die Mutanten müßten inzwischen auf diesen Himmelskörper übergewechselt sein und die Paratransdeformation abgeschlossen haben. Versuchen Sie, Betty zu erreichen, Fellmer.«

»Das geht nicht«, meldete Gucky. »Ich habe es versucht, aber ich bekomme keinen Kontakt.«

»Von dir war auch nicht die Rede, Kleiner«, sagte Rhodan wütend. »Ich habe dir doch gesagt, daß du deine Kräfte aufsparen sollst für den Fall, daß wir deine Teleporterfähigkeit benötigen.«

»Das ändert aber nichts an der Tatsache, daß die Altmutanten nicht auf dem bezeichneten Asteroiden aufgetaucht sind«, entgegnete Gucky trotzig.

»Gucky hat recht«, meldete sich Fellmer Lloyd, dessen Gesicht sich vor Anstrengung verzerrte, als er seinen telepathischen Fächer über die umliegenden Asteroiden ausbreitete und versuchte, Betty Toufrys Gedankenimpulse zu espern. Plötzlich durchlief ein Zittern seinen Körper, sein Gesicht entspannte sich. »Ich habe sie ... Betty! Sie teilt mir mit, daß sie ihr Ziel nicht erreicht haben, weil die Paramags eine Sperre errichteten. Sie mußten ein anderes Paratransauge benutzen. Ihre Gedanken kommen aus einer viel größeren Entfernung, aber aus der Richtung von Wabe 1000 ...«

Ihr habt ein halbes Dutzend Asteroiden übersprungen und seid auf dem richtigen Weg, kamen Fellmer Lloyds Gedanken. *Ihr seid Wabe 1000 ein schönes Stück näher gekommen, Betty.*

Das beruhigt mich, telepathierte Betty Toufry zurück. *Ich dachte schon, wir hätten uns verirrt. Wir erfahren immer erst im nachhinein, nachdem wir ein Paratransauge benützt haben, ob wir auf dem richtigen Asteroiden herausgekommen sind.*

Bisher hat diese Methode geklappt, und wir haben im Augenblick keine andere Möglichkeit als den telepathischen Kontakt, um euch den Weg zu Wabe 1000 zu weisen. Macht weiter so, Betty! Ihr braucht nur die augenblickliche Richtung beizubehalten, dann kann gar nichts schiefgehen. Wir bleiben mit der MARCO POLO immer in eurer Nähe.

Danke, Fellmer.

Betty Toufry wandte sich ihren Kameraden in den Paramag-Körpern zu, die sie umringten und sie aus ihren Facettenaugen erwartungsvoll anstarrten.

»Wir haben es bald geschafft«, berichtete Betty ihnen. »Es hat sich als vorteilhaft erwiesen, daß wir auf ein anderes Paratransauge ausweichen mußten. So sind wir unserem Ziel ein beträchtliches Stück näher gekommen.«

»Während du dich mit Fellmer Lloyd unterhieltst, wäre es uns beinahe an den Kragen gegangen«, sagte Kitai Ishibashi und deutete mit seinem 90 Zentimeter langen, feingliedrigen Paramag-Arm auf zehn Paramags, die entlang einer Wand standen und ihnen den Rücken zukehrten.

»Was ist passiert?« wollte Betty Toufry wissen.

»Es scheint, als seien wir hier in Geheimanlagen herausgekommen, zu denen nur wenige Zutritt haben«, antwortete Ralf Marten an Ishibashis Stelle. »Kaum daß wir hier Fuß gefaßt haben, kamen diese zehn Wachtposten aus einer Polungsschleuse gestürzt und bedrohten uns mit ihren Waffen. Zum Glück schaltete Kitai schnell genug und konnte ihnen seinen Willen aufzwingen, bevor sie das Feuer eröffneten.«

»Mit solchen Zwischenfällen werden wir ständig rechnen müssen«, sagte Betty Toufry unbeeindruckt. Sie wandte sich den zehn Wachtposten zu und befahl Kitai Ishibashi: »Laß den frei, der ganz rechts steht, Kitai!«

Der Suggestor zog sich aus dem Gehirn des von Betty bezeichneten Paramags zurück, so daß er geistig frei war.

Der Paramag wirbelte herum, kaum daß er seinen eigenen Willen zurückbekommen hatte, und brachte seine Waffe in Anschlag. Doch noch bevor er sie abdrücken konnte, wurde sie ihm von Tama Yokidas telekinetischen Kräften entrissen. Daraufhin stürzte sich der Paramag auf die nächste Polungsschleuse und fädelte sich in die PEW-Dimension ein.

»Laßt ihn laufen!« rief Betty ihren Kameraden zu, als sie sah, daß sie dem Flüchtenden in die PEW-Dimension folgen wollten. »Wir müssen diesen Asteroiden schleunigst verlassen, denn die Paramags haben bereits Großalarm gegeben. Dies ist nämlich eine der strengstgehüteten Befestigungsanlagen des Paramag-Alpha-Systems. Hier sind die schwersten Antimateriegeschütze stationiert – und sie haben die MARCO POLO aufs Korn genommen.«

22.

Fellmer Lloyd sprang aus dem Kontursessel. »Alarm!« rief er. »Die Paramags wollen uns mit Antimateriewaffen vernichten!«

Rhodan zögerte keine Sekunde, den Befehl zu geben, daß sich die MARCO POLO augenblicklich aus dem Bereich des Trümmersystems zurückziehen sollte. Die Triebwerke heulten auf, und das Ultraschlachtschiff der Trägerklasse flog mit Höchstbeschleunigungswerten in den Leerraum hinaus. Noch bevor die für den Linearflug erforderliche Geschwindigkeit erreicht war, kam die erste Antimateriebombe zur Explosion. Doch die MARCO POLO hatte sich schon zu weit entfernt, um gefährdet werden zu können. Es kam kurz darauf zu zwei weiteren Antimaterieexplosionen, die aber ebenfalls weit vom Ziel entfernt waren und völlig wirkungslos verpufften.

Erst jetzt, nachdem sich die MARCO POLO in Sicherheit befand, konnte Fellmer Lloyd Bericht erstatten.

»Betty hat durch Zufall herausgefunden, daß sie sich auf einem befestigten Asteroiden befinden und daß die Paramags die MARCO POLO bereits im Fadenkreuz ihrer Geschütze hatten. Ihre Warnung an uns erfolgte gerade noch rechtzeitig.«

»Diese überstürzte Flucht hätten wir uns trotzdem ersparen können«, meinte Atlan. »Das Problem wäre einfacher zu lösen gewesen, wenn wir den Asteroiden vernichtet hätten. Dann stünden wir jetzt zumindest noch mit den Altmutanten in Kontakt. Aber über diese Entfernung wird es weder Gucky noch Fellmer möglich sein, Betty telepathisch zu erreichen. Und näher können wir uns mit der MARCO POLO nicht heranwagen, weil wir dann erst recht riskieren, abgeschossen zu werden.«

»Du hast nicht so unrecht, Arkonide«, entgegnete Rhodan. »Aber es war uns aus rein taktischen Gründen nicht möglich, schon jetzt mit den Kampfhandlungen zu beginnen. Wenn wir die Asteroidenfestung abgeschossen hätten, wäre unser ganzer Plan gefährdet gewesen. Wenn wir angreifen, dann muß es für uns einen gewichtigeren Grund geben.«

»Keine Bange, ich habe kein einziges Detail unseres Psychospiels vergessen«, meinte Atlan mit leichtem Zynismus. »Aber durch die Zerstörung der Asteroiden-Festung wäre alles viel einfacher geworden. Fellmer hätte die Altmutanten weiterhin telepathisch zu Wabe 1000 führen können. Das ist nun nicht mehr möglich, denn wir dürfen nicht zu nahe an das Trümmersystem heranfliegen, weil du den Entscheidungskampf so lange wie möglich hinauszögern willst.«

»Sehr richtig«, pflichtete Rhodan bei. »Im Sinne der Sache muß ich den Entscheidungskampf hinauszögern. Wir wollen ja schließlich kein Kräftemessen mit den Paramags veranstalten, sondern einzig und allein die Altmutanten retten.«

»Und wie willst du das tun, wenn du den Altmutanten nicht sagen kannst, wohin sie sich wenden sollen?« erkundigte sich Atlan.

»Ich habe damit gerechnet, daß der telepathische Kontakt zu den Altmutanten früher oder später abbricht«, antwortete Rhodan. »Und aus diesem einfachen Grund Vorsorge getroffen. Wir werden auf Wabe 1000 einfach ein Identifizierungsmerkmal installieren. Ich glaube, daß die Altmutanten jetzt nahe genug sind, so daß Betty Toufry die Impulse empfangen kann.«

»Wenn mich nicht alles täuscht, dann brauchst du für dieses Unternehmen einen Teleporter«, rief Gucky dazwischen.

»Deshalb wollte ich, daß du deine Kräfte schonst, Kleiner«, sagte Rhodan. »Aber du wirst nicht allein gehen, sondern Ras Tschubai soll dich begleiten. Ich habe einen Projektor vorbereiten lassen, der starke Individualimpulse aussendet. Es handelt sich um ein ziemlich schweres Gerät, doch mit vereinten Kräften müßtet ihr mit ihm an Bord der KMP-46 teleportieren können. Die KMP-46 ist jene Korvette, die Wabe 1000 entdeckt hat. Sie befindet sich immer noch in diesem Raumsektor, so daß ihr dort Zwischenstation machen könnt, bevor ihr weiterteleportiert.«

Major Cloost zuckte mit keiner Wimper, als der Mausbiber und der Afroterraner in voller Kampfausrüstung in der Kommandozentrale materialisierten. Er wunderte sich nur, daß sie einen drei Zentner schweren Individualprojektor bei sich hatten.

In einem Funkspruch war ihm mitgeteilt worden, daß die beiden Teleporter Gucky und Ras Tschubai auf dem Weg zu ihrem Einsatzort auf der KMP-46 Zwischenstation machen würden. Aber ein Individualprojektor war nicht erwähnt worden.

»Hat es mit diesem Gerät eine besondere Bewandtnis?« erkundigte er sich.

»Und ob«, sagte Gucky über die Außensprechanlage seines Kampfanzuges. »Weihen wir Major Cloost in unser Geheimnis ein, Ras?«

»Warum nicht, er macht einen vertrauenerweckenden Eindruck auf mich«, antwortete Ras Tschubai.

»Ich weiß nicht, aber mir scheint, als wollt ihr mich auf den Arm nehmen«, sagte Major Cloost unsicher.

»Keineswegs«, behauptete Gucky und fuhr mit gesenkter Stimme fort: »Dieser Individualprojektor ist eine neue Geheimwaffe gegen die Paramags. Wir haben darin die Gehirnimpulse eines Wahnsinnigen gespeichert. Wenn wir ihn auf Wabe 1000 abgestellt haben, werden wir ihn einschalten, so daß die Gehirnimpulse des Wahnsinnigen tausendfach verstärkt ausgestrahlt werden. Damit wollen wir die Paramags in die Flucht jagen. Aber jetzt müssen wir weiter, Kommandant. Bis später!«

Mit diesen Worten entmaterialisierte Gucky zusammen mit Ras Tschubai und dem schweren Individualprojektor.

»Bin ich nun veräppelt worden oder nicht?« sagte Major Cloost irritiert.

Inzwischen waren Gucky und Ras Tschubai innerhalb des Asteroiden rematerialisiert. Noch bevor sie sich in ihrer neuen Umgebung orientierten, schalteten sie ihre Deflektorschirme ein. Aber dies erwies sich als überflüssig, wie sie gleich darauf feststellen konnten.

Sie befanden sich in einer leeren Halle, die als Depot dienen mochte, zur Zeit jedoch nicht benützt wurde. Es gab nicht einmal eine PEW-Ader oder gar eine PEW-Polungsschleuse in den Wänden so daß sie nicht befürchten mußten, von einem Paramag überrascht zu werden. Deshalb konnten sie ihre unsichtbar machenden Deflektorschirme unbesorgt ausschalten.

»Das ist eigentlich leichter gegangen, als ich befürchtet habe«, sagte Gucky.

»Hoffentlich verirrt sich kein Paramag hierher und entdeckt das Gerät«, meinte Ras Tschubai. »Es ist zwar durch einen HÜ-Schirm geschützt, aber mit ihren Antimateriewaffen könnten sie diesen spielend durchbrechen.«

»Sie werden sich hüten, auf diesem Asteroiden Antimateriewaffen einzusetzen«, behauptete Gucky. »Die Auflösung von Wabe 1 wird sie zur Vorsicht mahnen. Nein, ich bin unbesorgt. Selbst wenn die Paramags den Individualprojektor entdecken und seine Funktion erkennen sollten, können sie nichts anderes tun, als ihn zu begaffen. Du kannst ihn aktivieren, Ras. Ich springe inzwischen zur KMP-46 zurück und werde seine Reichweite testen. Wenn ich nach zwei Minuten nicht wieder auftauche, dann ist alles in Ordnung, und du kannst alles übrige einschalten.«

Gucky sah noch, wie Ras Tschubai eine Schaltung vornahm – dann wurde sein Gesicht plötzlich von verwirrenden Individualimpulsen überschwemmt. Er hatte tatsächlich den Eindruck, als würde er die Ausstrahlung eines Wahnsinnigen empfangen. Schaudernd teleportierte er zur KMP-46.

Dort empfing ihn ein grübelnder Major Cloost. »War das vorhin mit den Gehirnimpulsen eines Wahnsinnigen ernst gemeint?« erkundigte sich der Kommandant der KMP-46.

Gucky gab ihm keine Antwort. Er konzentrierte seine telepathischen Fähigkeiten auf den Asteroiden, den er gerade verlassen hatte. Zuerst nahm er nur typisch paramagsche Gehirnimpulse wahr. Aber dann wurden diese von anderen, viel intensiveren überlagert. Das waren unverkennbar die Impulse, die der Projektor ausstrahlte. Sie waren verwirrend, fremdartig und dennoch irgendwie vertraut. Das durfte nicht weiter verwundern, denn es handelte sich um terranische Gehirnimpulse, genauer gesagt, um die Gehirnimpulse mehrerer Terraner, die überlagert worden waren.

Gucky war zufrieden. Für eine Telepathin wie Betty Toufry mußten die Individualsignale deutlich auszumachen sein. Jetzt mußte er sie nur noch aufspüren, um sie über deren Bedeutung aufzuklären. Die KMP-46 stand jedenfalls nahe genug dem Trümmersystem, um einen telepathischen Kontakt zu erlauben.

»War das Unternehmen erfolgreich?« erkundigte sich Major Cloost. »Ich kann mir noch immer nicht vorstellen, daß die Individualimpulse eines Irren die Paramags in die Flucht schlagen sollen.«

»Doch, die Paramags rennen wie die Hasen«, sagte Gucky gedankenverloren. Dabei dachte er intensiv: *Betty, Betty. Kannst du mich hören? Antworte!*

Nach dem vierten Anruf erhielt er Antwort.

Gucky! Hier ist Betty. Ich habe schon die ganze Zeit über versucht, dich oder Fellmer zu erreichen. Was ist passiert, daß ihr euch nicht gemeldet habt? Hat die MARCO POLO einen Treffer abbekommen?

Dank deiner Warnung konnten wir uns rechtzeitig zurückziehen. Aber es war uns nach diesem Angriff nicht mehr möglich, wieder näher an das Trümmersystem heranzugehen. Ich befinde mich an Bord einer Korvette. Vermutlich werde ich aber den Kontakt zu dir bald abbrechen müssen.

Wie sollen wir dann Wabe 1000 finden? Wir haben uns verirrt.

Wir haben auf Wabe 1000 einen Individualprojektor installiert, der mit den Gehirnmustern von Rhodan, Atlan, meiner Wenigkeit und noch einem Dutzend anderer gespeist wurde. Es handelt sich um eine ganz verrückte Mixtur von Individualmustern, die ganz einfach nicht zu überhören ist.

Ich empfange sie!

Wenn du ihnen folgst, könnt ihr Wabe 1000 nicht verfehlen.

Ich fürchte nur, daß ich bei meiner Ankunft selbst wahnsinnig geworden bin. Je näher ich komme, desto unerträglicher wird die Ausstrahlung.

Du brauchst um deinen Verstand nicht zu fürchten, Betty. Ras hat eine Zeitbombe gelegt, die den Projektor in einer halben Stunde in die Luft sprengen wird. Aber bis dahin müßt ihr Wabe 1000 erreicht haben.

Wir werden es versuchen.

Gut. Wenn die 30-Minuten-Frist abgelaufen ist, werde ich versuchen, wieder mit dir in Kontakt zu treten.

Gucky zog seine telepathischen Fühler ein und fand in die Realität zurück.

Ras Tschubai war inzwischen in der Kommandozentrale der KMP-46 eingetroffen.

»Die Zeitbombe tickt«, sagte er. »Hast du Betty erreichen können?«

»Das war nicht schwer«, antwortete Gucky. »Sie und die anderen befinden sich bereits in der Nähe von Wabe 1000. Sie werden das letzte Stück innerhalb der nächsten halben Stunde hinter sich bringen.«

»Dann können wir die Entdeckung eines PEW-Bezugstransdeformators an die MARCO POLO durchgeben«, meinte Ras Tschubai gelassen.

Major Cloost, der verständnislos von einem zum anderen geblickt hatte, begann plötzlich zu lachen.

»Ah, diesmal lasse ich mich nicht auf den Arm nehmen«, rief er. »Auf diesen Scherz falle ich nicht rein. Ich weiß nämlich so gut wie Sie, daß es nur einen Bezugstransdeformator gegeben hat. Und der stand auf Wabe 1.«

»Mein lieber Kommandant«, sagte Gucky. »Als Ras und ich auf Wabe 1000 waren, haben wir einen Bezugstransdeformator entdeckt. Und damit basta! Ich möchte – und das ist ein Befehl *erster Dringlichkeitsordnung* –, daß dies sofort in einem unverschlüsselten Funkspruch der MARCO POLO gemeldet wird.«

»Ja, aber ...«

»Gucky hat *sofort* gesagt«, schnitt Ras Tschubai dem Kommandanten der Korvette das Wort ab.

Major Cloost machte, daß er dem »Befehl erster Dringlichkeitsordnung« nachkam.

KMP-46 an MARCO POLO: »AUF DEM ASTEROIDEN MIT DER BEZEICHNUNG WABE 1000 WURDE NACH NEUESTEN MESSUNGEN DIE EXISTENZ EINES PEW-BEZUGSTRANSDEFORMATORS FESTGESTELLT.«

MARCO POLO an KMP-46: »EXISTENZ EINES ZWEITEN PEW-BEZUGSTRANSDEFORMATORS UNMÖGLICH. MESSERGEBNIS ÜBERPRÜFEN.«

KMP-46 an MARCO POLO: »ORTUNGSERGEBNISSE VIELFACH ÜBERPRÜFT. ES KANN AN DER EXISTENZ EINES ZWEITEN PEW-BEZUGSTRANSDEFORMATORS KEINEN ZWEIFEL GEBEN. WIR WISSEN, WAS DAS BEDEUTET: DIE GEFAHR EINER INVASION UNSERES HEIMATSYSTEMS DURCH DIE PARAMAGS IST WIEDER AKUT GEWORDEN.«

MARCO POLO an KMP-46: »DER ASTEROID WABE 1000 MUSS VERNICHTET WERDEN.«

MARCO POLO an MOSTONOW: »SCHIFF KLAR ZUM GEFECHT! UNSER ANGRIFFSZIEL IST WABE 1000. DER ASTEROID IST EINE PEW-BEZUGSTRANSDEFORMATORSTATION. DIESES GERÄT STELLT EINE BEDROHUNG FÜR DIE EXISTENZ UNSERES VOLKES DAR UND MUSS MIT ALLEN ZUR VERFÜGUNG STEHENDEN MACHTMITTELN VERNICHTET WERDEN.«

MOSTONOW an MARCO POLO: »TOTALE VERNICHTUNG VON WABE 1000 WIRD UNVERZÜGLICH EINGELEITET.«

Die beiden Ultraschlachtschiffe MARCO POLO und MOSTONOW stießen blitzartig in das Trümmersystem vor. Zielstrebig und in schnurgerader Linie schossen sie auf einen einzelnen Asteroiden zu, der annähernd Kugelform besaß und 1200 Meter durchmaß.

Er unterschied sich durch keine besonderen äußeren Merkmale von Hunderten von anderen Himmelskörpern des Paramag-Alpha-Systems. Er beschrieb nur eine extrem weite Umlaufbahn um die rote Sonne Paramag-Alpha und war so weit vom nächsten Asteroiden entfernt, daß er nicht mit diesem durch einen PEW-Strang verbunden sein konnte. Dennoch gehörte er zum Verbundnetz, wurde von Paramags bewohnt und konnte über die Paratransaugen erreicht werden.

Aber das alles hob ihn nicht aus der Masse der anderen Asteroiden hervor.

Man sollte meinen, daß er kein lohnenderes Ziel bot als viele andere hundert Asteroiden. Und doch schien er für die Terraner eine magische Anziehungskraft zu besitzen. Die Paramags glaubten auch zu wissen, warum.

Sie hatten den Funkverkehr der Terraner abgehört und die alarmierende Nachricht übersetzt: »Der Asteroid Wabe 1000 beherbergt einen PEW-Bezugstransdeformator und muß mit allen zur Verfügung stehenden Machtmitteln vernichtet werden!«

Und jetzt rasten die beiden terranischen Ultragiganten heran und drohten ihre Absichten in die Tat umzusetzen.

Noch bevor sie auf Reichweite ihrer Transformgeschütze herangekommen waren, eröffneten sie das Feuer. Die ersten zwanzig Fusionsbomben mit einem Kaliber von 2000 bis 4000 Gigatonnen detonierten eine Million Kilometer vor dem Asteroiden. Die zweite Salve aus ebenfalls zwanzig Fusionsbomben kam bereits um eine halbe Million Kilometer näher am Asteroiden zur Explosion.

Wenn die zweite Salve dem Asteroiden auch nicht gefährlich werden konnte, so übte die gigantische Atomfeuerwand, die plötzlich im All entflammte und die Sonne an Leuchtkraft tausendfach überstrahlte, eine starke psychologische Wirkung aus. Die Paramags konnten sich ausrechnen, daß die dritte Salve noch näher an ihrem Himmelskörper explodieren würde ...

Und die dritte Salve blieb nicht aus. Diesmal traten nur ein halbes Dutzend Transformgeschütze in Tätigkeit. Aber die abgestrahlten Fusionsbomben hatten es in sich. Sie explodierten rund um den Asteroiden, hüllten ihn mit ihrem Atomfeuer zur Gänze ein, aber noch schlimmer als die Atomglut, die den Himmelskörper umloderte, waren die Druckwellen, die von allen Seiten auf ihn eindrangen, gewaltige Beben verursachten und ihn zu zerdrücken drohten.

Als das Feuer der künstlichen Atomsonnen verglüht war, tauchten plötzlich die beiden 2500-Meter-Kugelraumer auf. Diesmal setzten sie nicht mehr ihre Transformgeschütze ein, sondern ließen ihre Impulskanonen sprechen. Auf der ohnehin zerfurchten Hülle des Asteroiden schlugen sengende Energiestrahlen ein und schmolzen das Gestein, das in glutflüssigen Fontänen in den Weltraum spritzte, sich in den tiefen Einschlagskratern sammelte und wieder erstarrte.

Es war faszinierend zu sehen, wie die Magmamengen, Protuberanzen gleich, in den Weltraum hinausschossen, wie die glühenden Krater entstanden und langsam erkalteten. Aber der Asteroid bot auch den Anblick eines Himmelskörpers, der unaufhaltsam seiner Vernichtung entgegenzustreben schien ...

»Das muß Wabe 1000 sein«, verkündete Betty Toufry, als sie an der Spitze ihrer Kameraden aus dem Paratransauge in das vierdimensionale Kontinuum zurückkehrte.

Sie hörte die Individualimpulse, die zwar verwirrend und vielschichtig, aber eindeutig menschlichen Ursprungs waren, mit solcher Intensität, als sei der Projektor nur wenige Schritte von ihr entfernt. Die Impulse wurden unerträglich, hämmerten pausenlos auf ihren Geist ein. Und gerade als sie schon glaubte, den Verstand verlieren zu müssen, brachen die Individualimpulse abrupt ab.

Betty atmete erleichtert auf. *Die Zeitbombe, von der Gucky gesprochen hat, muß gezündet worden sein und den Projektor zerstört haben,* dachte sie.

Der Boden unter ihren Füßen erbebte, und aus der Ferne drang ein dumpfes Grollen zu ihnen.

»Das ist aber ein eigenartiger Empfang«, meinte Tako Kakuta.

»Es hat weiter nichts zu bedeuten«, beruhigte Betty den Teleporter. »Die Erschütterungen sind auf die Sprengung des Individualprojektors zurückzuführen.«

Noch während sie diese Erklärung abgab, wurde der Asteroid von einem weiteren Beben heimgesucht, das so stark war, daß sich die Mutanten mit den Wirbelbeinen ihrer Paramag-Körper abstützen mußten, um nicht das Gleichgewicht zu verlieren.

»Gucky hätte ruhig eine Bombe mit geringerer Sprengwirkung verwenden können«, meinte André Noir.

Die zweite Erschütterung war noch nicht abgeklungen, als die Wände und der Boden neuerlich von Beben heimgesucht wurden. Und dann folgte Schlag auf Schlag, der Asteroid kam nicht mehr zur Ruhe.

»Da stimmt doch etwas nicht!« rief Betty bestürzt. »Die Erschütterungen müssen eine andere Ursache haben.«

»Das scheint mir auch so«, stimmte Ralf Marten zu. An Wuriu Sengu gewandt, sagte er: »Blick dich einmal in unserer näheren Umgebung um, vielleicht kannst du etwas entdecken, das uns Aufschlüsse über diese Vorgänge gibt.«

»Schon geschehen«, sagte der Späher. »In allen Räumlichkeiten und Korridoren, in die ich geblickt habe, befinden sich Paramags auf der Flucht. Sie stürzen sich in die Polungsschleusen, als sei der Leibhaftige hinter ihnen her.«

»Sie glauben, daß der Asteroid vor der Vernichtung steht«, verkündete Betty Toufry. »Ihre Gedanken sind ganz konfus, so daß es mich Mühe kostet, einen Sinn herauszufinden. Aber sie sind überzeugt, daß die Angreifer den Asteroiden vernichten wollen. Ebenso sind sie davon überzeugt, daß die Angreifer einem verhängnisvollen Irrtum unterliegen.«

»Bei den Angreifern kann es sich nur um Terraner handeln«, meinte André Noir.

»Das kann ich mir nicht vorstellen«, erwiderte Kitai Ishibashi. »Warum sollte Perry Rhodan diesen Asteroiden vernichten wollen, wenn er ihn als Asyl für uns gedacht hat?«

»Vielleicht eben deswegen«, meinte Son Okura.

»Die Paramags streben in Scharen den Paratransaugen zu«, ließ sich Wuriu Sengu vernehmen.

Und Betty Toufry fügte hinzu: »Sie sehen nur in der Flucht zu anderen Himmelskörpern ihre Rettung. Sie haben den Funkverkehr der Terraner abgehört. Daraus entnahmen sie, daß Perry Rhodan auf diesem Asteroiden einen PEW-Bezugstransdeformator vermutet. Das ist der Grund dafür, warum Rhodan diesen Asteroiden vernichten will.«

»Das ist Unsinn!« behauptete Tako Kakuta. »Rhodan würde uns nicht herbestellen, wenn er der Meinung ist, daß hier ein Bezugstransdeformator existiert.«

»Es kann sich um einen Irrtum handeln«, sagte Ralf Marten.

»Es handelt sich auch um einen Irrtum«, erklärte Betty Toufry. »Und zwar irrt Rhodan, wenn er glaubt, auf Wabe 1000 existiere ein PEW-Bezugstransdeformator! Aus den Gedanken aller Paramags geht einstimmig hervor, daß es auf diesem Asteroiden ein solches Gerät gar nicht gibt. Es gab überhaupt nur einen einzigen Paratrans-Bezugstransmitter – und der wurde auf Wabe 1 vernichtet. Die Paramags können sich nicht vorstellen, woher die Terraner ihre falschen Informationen haben. Aber wie dem auch ist, sie sind überzeugt, daß die Terraner keine andere Wahl sehen, als diesen Asteroiden zu vernichten. Deshalb diese Massenflucht.«

Betty schüttelte ihren Kopf. »Ich verstehe nicht, was das alles bedeuten soll.«

»Aber ich beginne langsam zu verstehen«, rief Son Okura. »Es kann nur so sein, daß Rhodan uns hierherlockte, um sich unserer zu entledigen. Wahrscheinlich hat er es satt, sich wegen uns ständig in Schwierigkeiten einlassen zu müssen.«

»Du bist übergeschnappt, Son«, sagte Tako Kakuta.

»Aber es paßt doch alles haargenau zusammen!« rief der Frequenzsender. »Rhodan lockt uns hierher und erfindet einen fadenscheinigen Grund, um uns beseitigen zu können.«

Wuriu Sengu, der mittels seiner Späherfähigkeit durch die Felswände bis zur Oberfläche des Asteroiden geblickt hatte, ergriff das Wort.

»Ich halte nichts von Sons Anschuldigungen. Aber die MARCO POLO und das andere Ultraschlachtschiff bedecken den Asteroiden fast pausenlos mit Impulsstrahlen, warum auch immer. Fragen wir jetzt nicht nach Gründen, sondern machen wir es den Paramags nach und verschwinden wir von hier.«

Die anderen Altmutanten stimmten dem Späher zu. Nur Betty Toufry war anderer Ansicht.

»Wartet noch. Ich werde versuchen, Gucky oder Fellmer zu erreichen und Aufklärung über die Vorgänge verlangen.«

Sie hörte nicht mehr, wie sich ihre Kameraden zu ihrem Vorschlag äußerten, denn sie kapselte sich ab und schickte ihre konzentrierten telepathischen Impulse ab. Der Kontakt zu Gucky kam fast augenblicklich zustande.

Betty, ich versuche schon seit einiger Zeit, dich zu erreichen, telepathierte der Mausbiber. *Seid ihr gut auf Wabe 1000 angekommen?*

Ja, aber der Willkommensgruß ist nicht ganz nach unserem Geschmack, erwiderte Betty.

Ich kann verstehen, daß ihr verwirrt seid. Aber ihr müßt uns vertrauen, Betty. Haltet aus! Ich habe festgestellt, daß kaum mehr Paramags auf Wabe 1000 sind, ihre Individualimpulse sind nur noch vereinzelt wahrnehmbar. Ich komme mit einem Einsatzkommando zu euch, dann werde ich euch alles erklären. Ihr müßt euch nur noch etwas gedulden.

Als die Verbindung abbrach und Betty in die Realität zurückfand, sah sie, wie sich einige ihrer Kameraden einer Polungsschleuse näherten.

»Bleibt hier, ihr Narren!« herrschte sie sie an. »Gucky hat versprochen, zu uns zu teleportieren.«

Betty Toufry fädelte sich über eine Polungsschleuse kurz in die PEW-Dimension ein. Diese fremdartige Existenzebene mit ihren unwirklichen geometrischen Figuren, den Strahlungsquellen und den anderen fremdartigen Erscheinungen lag wie ausgestorben vor ihr. Sie konnte von den Paramags keine Gedanken und keinerlei Individualausstrahlung empfangen.

Als sie in das Einstein-Universum zurückkehrte, waren Gucky und Ras Tschubai zusammen mit den beiden oxtornischen Überlebensspezialisten bereits materialisiert. Die beiden Teleporter trugen Kampfanzüge, während Powlor Ortokur und Neryman Tulocky aufgrund ihrer besonderen körperlichen Konstitution auf eine besondere Ausrüstung verzichtet hatten. Jeder von ihnen hatte nur je zwei Traggestelle bei sich, die mit Handgranaten überladen waren.

»Was ist denn das für ein Gedankensalat!« rief Gucky gerade entsetzt. »Wie könnt ihr nur denken, Perry würde euch im Stich lassen? Der Angriff auf Wabe 1000 war doch nur ein Ablenkungsmanöver – ein Scheinangriff, um die Paramags in die Flucht zu jagen. Betty, hast du deinen Kameraden nicht klargemacht, daß sie uns vertrauen sollen?«

»Doch, das hat Betty getan«, verteidigte Tako Kakuta die Telepathin. »Aber sie hatte doch selbst keine Ahnung, daß es sich um einen Scheinangriff handelt. Es sah so aus, als vermute Perry Rhodan auf Wabe 1000 die Existenz eines PEW-Bezugstransdeformators.«

»Wir mußten die Paramags doch in diesem Glauben lassen«, erläuterte Gucky. »Es sollte so aussehen, als besäßen wir einen zwingenden Grund, diesen Asteroiden zu zerstören. Nur so konnten wir sicher sein, die Paramags von hier zu verjagen. Und nachdem uns dies gelungen ist, müssen wir verhindern, daß sie noch einmal hierher zurückkehren.«

Powlor Ortokur und Neryman Tulocky hatten damit begonnen, die Handgranaten an die Altmutanten zu verteilen.

»Was sollen wir damit?« erkundigte sich André Noir.

»Euch selbst in die Luft sprengen«, antwortete Ortokur mürrisch. »Mir will ganz einfach nicht eingehen, wie ihr uns mißtrauen konntet – nachdem wir vorher unser Leben für euch aufs Spiel gesetzt haben.«

»Hör auf damit, Tongh«, beschwichtigte Tulocky seinen Freund. »Du mußt versuchen, dich in ihre Lage zu versetzen.«

Ortokur knurrte etwas Unverständliches.

»Jetzt ist wirklich nicht der richtige Zeitpunkt zum Schmollen«, sagte Gucky vorwurfsvoll. »Wir müssen sehen, daß wir schnellstens alle Paratransaugen sprengen, damit ich Fellmer Lloyd telepathieren kann, daß die MARCO POLO und die MOSTONOW das Scheinfeuer einstellen sollen.«

»Dafür sind die Granaten also gedacht – um die Paratransaugen zu sprengen«, sagte André Noir. »Besteht nicht die Gefahr, daß wir eine Kettenreaktion auslösen, wenn wir sie zünden? Mir ist der Untergang von Wabe 1 noch zu deutlich in Erinnerung ...«

»Es handelt sich durchwegs um chemische Sprengsätze, deren Wirkung gerade groß genug ist, um damit ein Paratransauge vernichten zu können«, antwortete Tulocky.

»Und jetzt ans Werk«, sagte Gucky ungeduldig. »Oder wollt ihr warten, bis die Paramags den Bluff durchschaut haben und in Massen zurückströmen?«

Die Altmutanten, Gucky, Ras Tschubai und die beiden Oxtorner schwärmten unter Anwendung ihrer speziellen Fähigkeiten aus, um alle noch existierenden Paratransaugen aufzustöbern und dort ihre Granaten zu deponieren.

Eine Viertelstunde später telepathierte Gucky an Fellmer Lloyd: *Ihr könnt das Feuerwerk einstellen. Wir haben sämtliche Paratrans-Verbindungen zum Trümmersystem zerstört.*

»Jetzt sind Sie an der Reihe, Oberst Matunari«, sagte Roi Danton zum Kommandanten des Flottentenders DINO-386. »Wabe 1000 ist abholbereit.«

»Mit diesem Einsatz werden Sie Geschichte machen, Oberst«, meinte der Erste Offizier Cleef Nandor.

»Es ist nicht mein Verdienst«, erklärte Oberst Cono Matunari und blickte Roi Danton in die Augen. »Ich tue nur etwas, das ich schon tausendmal vorher in ähnlicher Weise getan habe. Ob ich nun einen wracken Kugelraumer oder einen Asteroiden abschleppe, das ist kein großer Unterschied. Nein, es ist nicht mein Verdienst, falls die Kaperung von Wabe 1000 gelingt. Die Ehre gebührt dem, der diesen Plan bis ins kleinste Detail entworfen hat. Dafür haben Sie meine vollste Anerkennung, Roi.«

»Sie schaffen es, mich verlegen zu machen«, meinte Roi Danton lächelnd.

Oberst Cono Matunari lächelte zurück.

Plötzlich verstanden sich die beiden Männer.

Roi Danton wußte nur zu gut, daß es eine maßlose Untertreibung war, wenn Oberst Matunari sagte, daß es keinen Unterschied darstellte, ob er ein Raumschiff oder diesen Asteroiden abschleppte. Wabe 1000 ließ sich nicht einfach mit Traktorstrahlen auf die Plattform des Flottentenders ziehen und dort verankern. Ähnlich wie bei der Bergung des Skelettraumschiffes über Asporc mußten auch hier die besonderen Umstände berücksichtigt werden:

Wabe 1000 besaß eine Eigenrotation.

Wabe 1000 bewegte sich mit einer bestimmten Geschwindigkeit in einer Umlaufbahn um die Sonne Paramag-Alpha.

Wabe 1000 hatte eine ungeheure Eigenmasse, die nicht so leicht zu bewegen war.

Und schließlich stand Wabe 1000 im Bereich vielfältiger gravitatorischer Kräfte, die von der Sonne und von den anderen Asteroiden ausgingen.

All diese Faktoren zusammengenommen machten den großen Schwierigkeitsgrad dieses Unternehmens aus. Dabei war noch nicht einmal berücksichtigt, daß die Paramags wohl kaum tatenlos zusehen würden, wie ihnen einer ihrer Himmelskörper gestohlen wurde.

Aber diese Schwierigkeiten hatte Roi Danton absichtlich ausgeklammert. Denn erstens war schon gute Vorarbeit geleistet worden, um die Paramags einzuschüchtern, zweitens befand sich Wabe 1000 im toten Winkel der meisten Festungsasteroiden und drittens boten die MARCO POLO und die MOSTONOW mit all ihren Beibooten dem Flottentender ausgezeichneten Schutz.

Während DINO-386 sich in schrägem Winkel dem Asylasteroiden näherte, sah Roi Danton auf den Ortungsbildschirmen, wie unzählige kleinere Lichtpunkte die Himmelskörper umschwärmten, die als Stützpunkte erkannt worden waren. Es handelte sich dabei um Kreuzer, Korvetten und Space-Jets der beiden Ultraschlachtschiffe, die die Paramags von den wahren Vorgängen ablenken sollten. Mit ihren gewagten Flugmanövern und den

Scheinangriffen gelang es ihnen vorzüglich, die Paramags in Schach zu halten.

Dadurch wurden auch die MARCO POLO und die MOSTONOW so weit entlastet, daß sie dem Flottentender zu Hilfe kommen konnten.

Alle drei Flugkörper näherten sich dem Asteroiden Wabe 1000 aus einer Richtung, und zwar im Sinne seiner Umlaufbahn. Sie kamen ihm also nicht entgegen, sondern folgten ihm. Dabei mußten sie ständig ihre Geschwindigkeit drosseln, um sich seiner Eigenbewegung von nur 33,86 km/sec anzupassen.

Dieses Anpassungsmanöver mußte vorgenommen werden, um die Zugstrahlprojektoren voll wirksam einsetzen zu können. Als dann die Adaption an die Geschwindigkeit des Himmelskörpers erreicht war, verteilten sie sich. Die MARCO POLO flog hinter dem Asteroiden her, während die MOSTONOW und DINO-386 ihn flankierten. Der Flottentender setzte sich auf die der Sonne abgewandten Seite des Himmelskörpers ab, um ihn mit seinen starken Traktorstrahlen aus seiner Bahn in den freien Weltraum hinauszuziehen, während die MOSTONOW die Aufgabe hatte, mit ihren Antigravfeldern äußere Einflüsse weitestgehend abzuschirmen. Die MARCO POLO sollte dagegen mit ihren Traktorstrahlen ein plötzliches Ausbrechen des Asteroiden aus seiner Bahn verhindern.

Zuerst begannen die Zugstrahlprojektoren des Flottentenders zu arbeiten. Die Traktorstrahlen wurden vorerst nur schwach wirksam, verstärkten sich aber von Sekunde zu Sekunde. Sie setzten sich wie Bremsfelder an der sonnenfernen Seite der Oberfläche des Asteroiden fest und drosselten seine Achsenrotation. Immer wenn die Traktorstrahlen zu abrupt wirksam wurden und den Asteroiden zu erschüttern drohten, aktivierten sich die Zugstrahlprojektoren der MARCO POLO und wirkten neutralisierend, so daß die Asteroidenachse, die ständigen Schwankungen unterworfen war, nach keiner Seite umkippen konnte.

Die Aufhebung der Eigenrotation von Wabe 1000 war eine mühevolle Aufgabe, die von den Männern an den Zugstrahlprojektoren äußerstes Fingerspitzengefühl erforderte. Aber dann war es endlich geschafft, nicht zuletzt weil die Paramags von den Kreuzern, Korvetten und Space-Jets so stark beschäftigt wurden, daß sie diese Aktion nicht stören konnten.

»Das war der erste Streich«, sagte Roi Danton erleichtert und klopfte Major Matunari anerkennend auf die Schulter. »Jetzt holen Sie den Brokken aus seiner Bahn, Oberst.«

Wieder liefen die Zugstrahlprojektoren des Flottentenders an, diesmal jedoch gleichzeitig mit denen der MARCO POLO – allerdings mit unterschiedlicher Intensität. Denn während die Traktorstrahlen der MARCO POLO nach wie vor die Aufgabe hatten, zu verhindern, daß der Asteroid ins

»Rollen« kam, mußte ihn der Flottentender fortbewegen, seine Geschwindigkeit erhöhen und ihn gleichzeitig aus seinem Kurs lenken.

In dieser Phase setzten die Antigravaggregate der MOSTONOW ein. Durch die Aufhebung der Gravitationseinflüsse auf den Asteroiden sollte dessen Beharrungsvermögen vermindert werden, um die Traktorstrahlen des Flottentenders voll wirksam werden zu lassen.

Roi Danton verfolgte in der Kommandozentrale von DINO-386 gespannt die Geschwindigkeitsmesser. Lange Zeit hindurch war keine Veränderung festzustellen. Aber dann sah er, wie der Zeiger langsam kletterte. Zuerst sprang er nur zaghaft von 33,86 km/sec auf 33,87 km/sec, blieb eine Weile zitternd bei diesem Wert stehen, bevor er sich weiterbewegte und zügig ein Hundertstel um das andere überwand.

»Der Asteroid bewegt sich!« rief der Erste Offizier triumphierend. »Er hat bereits eine Geschwindigkeit von 34 Kilometern in der Sekunde!«

Das war ein lächerlich geringer Wert. Doch war es nun keine besondere Schwierigkeit mehr, den Asteroiden weiter zu beschleunigen, wenn man ihn erst in Fahrt gebracht hatte. Es dauerte nicht lange, da konnte der Flottentender bereits eine Geschwindigkeit von 200 km/sec aufweisen – Wabe 1000 in seinem Schlepptau.

Auf dem Umlaufbahndiagramm sah Roi Danton, wie von der roten Linie, die den ursprünglichen Kurs des Asteroiden anzeigte, eine zweite, gestrichelte Linie in einem Winkel von fünf Grad abwich. Doch war diese Linie nicht gerade, sondern entwickelte sich mehr und mehr zu einer steil ansteigenden Kurve, die von der Asteroidenbahn in den Weltraum hinausführte.

Die Geschwindigkeit betrug inzwischen 400 Kilometer in der Sekunde – und die Traktorstrahlen des Flottentenders hatten den Asteroiden sicher im Griff.

Als DINO-386 auf 20.000 km/sec beschleunigt hatte, schickte Oberst Matunari einen Funkspruch an die beiden Ultraschlachtschiffe ab, in dem er bekanntgab, daß er nun die dritte Phase des Unternehmens in Angriff nehmen wollte: die Übernahme des PEW-Asteroiden auf die Plattform des Flottentenders.

Daraufhin beschleunigten die MARCO POLO und die MOSTONOW so lange, bis sie den Planetoiden flankierten und in gleichbleibender Geschwindigkeit neben ihm herflogen. Beide Ultraschlachtschiffe setzten jetzt ihre Traktorstrahlen ein, aber nach wie vor nur, um ihn im Gleichgewicht zu halten.

Die Zugstrahlprojektoren des Flottentenders erhöhten dagegen die Intensität ihrer Traktorstrahlen und zogen Wabe 1000 langsam auf die 2000 Meter durchmessende Plattform.

Die beiden Körper kamen sich immer näher. Zuerst beschrieb der Asteroid zur Flottentenderplattform eine schräge Linie, verfiel dann jedoch immer mehr in eine Horizontale. Als er in einer Höhe von fünfhundert Metern über dem Mittelpunkt der Plattform schwebte, zogen ihn die Traktorstrahlen senkrecht hinunter.

Die Männer hielten den Atem an. Jetzt kam die schwierigste Phase des gesamten Unternehmens: die Landung des Asteroiden auf der Plattform des Flottentenders. Es galt, die ungeheure Masse des Asteroiden Millimeter um Millimeter an die Landefläche heranzubringen, um einen zu starken Aufprall zu verhindern. Wenn das Bergungskommando in diesem entscheidenden Moment auch nur für den Bruchteil einer Sekunde die Kontrolle über den Asteroiden verlor, konnte es zu einem Zusammenstoß kommen, der unweigerlich zu einer Katastrophe geführt hätte.

Die besondere Schwierigkeit war noch, daß Wabe 1000 eine unregelmäßige, zerklüftete Oberfläche besaß.

Oberst Matunari schwitzte Blut, als er sah, daß auf der Unterseite des Asteroiden eine nadelspitze Felserhöhung herausragte, die kaum mehr einen Meter von der Plattform entfernt war. Er gab Befehl, den Asteroiden mittels der Traktorstrahlen um einige Grade zu wenden, so daß sich die Felsnadel nicht mehr in die Landefläche bohren konnte. Das war jedoch nicht möglich, weil sonst der Asteroid nach einer Seite das »Übergewicht« bekommen hätte und auf den Flottentender geknallt wäre. Denn trotz der im Weltraum herrschenden Schwerelosigkeit reichte die Masse dieser beiden gigantischen Körper aus, um genügend starke magnetische Kräfte zu entwickeln, die Gravitationsfelder schufen.

Oberst Matunari sah keinen anderen Ausweg, als die Felsnadel mit den Impulskanonen zerstrahlen zu lassen. Nachdem er auf diese Weise noch einige Korrekturen der Oberfläche des Asteroiden hatte vornehmen lassen, konnte er das Wagnis der Landung auf sich nehmen.

Die letzten Minuten des Unternehmens, in denen sich der Asteroid Millimeter um Millimeter der Plattform näherte, wurden für alle Beteiligten zu einer Ewigkeit. Roi Danton ertappte sich dabei, wie er sich mit dem Ärmel seiner Kombination den Schweiß von der Stirn wischte.

Erst als durch den Flottentender ein Zittern lief, entspannte er sich. Und erst jetzt, als die Männer durcheinanderschrien, lachten und sich in die Arme fielen, merkte er, wie schwach er sich fühlte, wieviel Substanz ihn das ganze Unternehmen gekostet hatte, obwohl er mehr oder weniger nur ein unbeteiligter Zuschauer gewesen war.

Was mußte erst Oberst Matunari durchgemacht haben! Und er hatte trotz aller psychischen und physischen Strapazen den Asteroiden so sanft gelandet, als wäre dieser leicht wie eine Feder.

Das technische Abenteuer war gelungen, Wabe 1000 sicher auf der Plattform des Flottentenders verankert. DINO-386 konnte jetzt beliebig manövrieren und den Asteroiden zur weiteren Verwendung an einen geheimen Ort in der Galaxis bringen.

Die beiden Ultrariesen MARCO POLO und MOSTONOW kehrten ins Trümmersystem zurück, um die Beiboote aufzunehmen. Perry Rhodan, der nun wußte, wie skrupellos die Paramags die Invasion des Solsystems geplant hatten, nahm keine Rücksicht mehr. Er gab das Feuer auf alle jene Festungsasteroiden frei, von denen der Beschuß mit Antimateriebomben erfolgte. Dadurch waren die Paramags so sehr mit der Abwehr beschäftigt, daß sich sämtliche Beiboote unbeschadet aus dem Kampfgebiet zurückziehen konnten.

Inzwischen hatte der Flottentender DINO-386 mit seiner PEW-haltigen Last das Paramag-Alpha-System schon lange hinter sich gelassen und bald die Geschwindigkeit erreicht, die für ein Eintauchen in die Librationszone nötig war.

»Diesmal wird uns der Linearflug kaum mehr Schwierigkeiten bereiten«, bemerkte Oberst Matunari zufrieden. »Der Gravitationssturm hat merklich nachgelassen, so daß die Librationszone wohl kaum mehr betroffen sein dürfte.«

»Wir müssen nicht mit mehr Schwierigkeiten rechnen, als ein Flug durch das galaktische Zentrum zu anderen Zeiten auch bietet«, stimmte Roi Danton zu.

Oberst Matunari runzelte die Stirn. »Wie es den Altmutanten auf ihrem Asteroiden wohl ergehen mag?«

»Die fühlen sich pudelwohl, mein Wort darauf«, versicherte Roi Danton lächelnd. »Sie sind frei und relativ ungebunden – und von PEW-Massen umgeben. Das ist mehr, als sie sich jemals erträumt haben.«

Oberst Matunari blieb trotzdem nachdenklich. »Aber was wird ihnen die Zukunft bringen? Ich meine, was haben Sie mit ihnen vor? Wohin transportieren wir den Asteroiden?«

»Das wird sich noch zeigen, Oberst. Es bieten sich eine Reihe interessanter Möglichkeiten an ...

23.

Die vom Hauptquartier der Solaren Flotte herausgegebenen Empfehlungen waren für die Raumfahrer aufgrund ihrer Erfahrungen schnell zu ungeschriebenen Gesetzen geworden.

Eines davon hieß: *Die Gefährlichkeit eines unbekannten Raumschiffs darf nicht nach seiner Größe eingeschätzt werden.*

Als Alaska Saedelaere das fremde Raumschiff auf dem Bildschirm der Raumbeobachtung entdeckte, wartete er deshalb nicht, bis eine entsprechende Meldung aus der Ortungszentrale der MARCO POLO kam: Er wußte genau, wie sehr die Instrumente unter den verheerenden Gravitationsstürmen gelitten hatten und wie nervös und unsicher die Besatzung der Ortungszentrale geworden war.

Ein Dahingleiten seiner Handflächen über die Tastatur des Pneumosessels genügte, um Alaska mit dem Sitz bis dicht an die Kontrollen heranzubringen. Dann gab er Kontaktalarm und manipulierte gleichzeitig an der Einstellung des Bildschirms, um eine Ausschnittvergrößerung herzustellen.

Zufällige Begegnungen zwischen Raumschiffen waren selten, nach dem Gesetz der Wahrscheinlichkeit hätten sie im Sternengewimmel des galaktischen Zentrums nicht stattfinden dürfen.

Aber da war das Schiff!

Alaskas erster Gedanke war also, daß sein Auftauchen kein Zufall sein konnte.

»Ich sehe es!« sagte Perry Rhodan ruhig. Alaska drehte den Kopf und sah den Großadministrator hinter dem Sessel des Emotionauten Mentro Kosum stehen, der jetzt die SERT-Haube aufsetzte, um für blitzschnelle Manöver gerüstet zu sein.

Erst jetzt spürte Alaska ein schwaches Kribbeln des Cappin-Fragments in seinem Gesicht und eine Unruhe, die schnell in Furcht umschlagen konnte. Noch ließ ihn seine Erfahrung die Ruhe bewahren.

Die äußeren Gegebenheiten ließen das Zusammentreffen beinahe unheimlich erscheinen, denn woher das kleine fremde Schiff auch kam – es mußte die Gravitationsstürme hinter sich gebracht haben. Das ließ es, zumindest was seine technische Einrichtung betraf, den terranischen Einheiten ebenbürtig erscheinen.

Der seltsame Verband, bestehend aus der MARCO POLO, der MOSTONOW und dem Flottentender DINO-386 mit Wabe 1000 auf der Landefläche, hatte sich fünftausend Lichtjahre vom Paramag-Alpha-System entfernt und eine Doppelsonne erreicht, die die Bezeichnung »Punkt Para« erhalten hatte.

Das eigentliche Ziel war nur Rhodan und wenigen Vertrauten bekannt, aber wo immer es lag: Seit dem Auftauchen des fremden Schiffes war sein Erreichen in Frage gestellt. Rhodan wirkte völlig entspannt, aber Alaska ließ sich davon nicht täuschen.

»Ein halutisches Schiff, nicht wahr, Mentro?« fragte Rhodan leise.

»Es sieht so aus«, gab Kosum zurück. »Einige Aufbauten erscheinen jedoch ungewöhnlich.«

Rhodan nickte. »Holt Tolot.«

Saedelaere schätzte, daß das etwa einhundert Meter durchmessende Fremdschiff eine Million Kilometer von der MARCO POLO entfernt war und seine Geschwindigkeit der des Verbandes angepaßt hatte. Das deutete zumindest auf ein Interesse der unbekannten Besatzung an dem terranischen Verband hin. Alaska weigerte sich, an Schwierigkeiten zu denken. Sie mußten schnellstens ihr Ziel erreichen und zur Erde zurückkehren, damit Rhodan sich an der Wahl beteiligen konnte.

Als Alaska sich umdrehte, sah er Tolot hereinkommen. Der Haluter füllte mit seiner mächtigen Gestalt den Eingang fast aus. Tolot trug seinen roten Kampfanzug, eine Tatsache, die Saedelaere alarmierte, obwohl er ihr unter anderen Umständen wahrscheinlich keine allzu große Bedeutung beigemessen hätte.

Tolot trat an die Kontrollen. Inzwischen war es den Technikern in der Ortungszentrale gelungen, eine Vergrößerung auf die Schirme zu projizieren. Das Bild wackelte ein bißchen, aber das mußte man in Kauf nehmen. Tolot starrte das Bild an. Er ließ sich viel Zeit, so daß die Männer an den Kontrollen allmählich unruhig wurden.

»Es könnte ein halutisches Schiff sein«, sagte Tolot schließlich. »Größe, Farbe und Form sprechen dafür. Mich irritieren jedoch ein paar Dinge, die nicht zu einem halutischen Schiff passen.«

»Es begleitet uns in gleichbleibendem Abstand«, stellte Oberst Korom Khan fest. »Was, schlagen Sie vor, sollen wir tun?«

Tolot schien überrascht zu sein, daß man ihn mit einer solchen Frage konfrontierte. Er bewegte seine Arme und vermittelte auf diese Weise den Eindruck von Nervosität und Unentschlossenheit. Irgendwie, dachte Alaska, war dies ein weiteres Alarmsignal.

»Wenn es ein halutisches Schiff ist, droht uns bestimmt keine Gefahr«, sagte Tolot.

Das war lediglich eine Feststellung, beim besten Willen konnte man in ihr keine Empfehlung sehen.

Rhodan erklärte: »Wir müssen herausfinden, wer uns da beobachtet. Solange wir das nicht wissen, können wir den Flug nicht fortsetzen. Wild Man in der Tolot-Ballung soll der geheime Stützpunkt von Wabe

1000 werden, deshalb können wir nicht riskieren, Fremde dorthin zu führen.«

Zum erstenmal hörte Saedelaere den Namen ihres Zieles.

Wild Man in der Tolot-Ballung.

Doch was bedeutete schon ein Name? Welche Vermutungen Alaska jetzt auch anstellte, sie konnten sich letzten Endes alle als falsch erweisen.

»Setzen Sie einen Funkspruch ab und fordern Sie die Besatzung des unbekannten Schiffes zur Identifikation auf!« befahl Rhodan den Raumfahrern in der Funkzentrale. »Außerdem möchte ich ein Gespräch mit Gucky und Fellmer Lloyd führen.«

Wenige Augenblicke später wurden die Gesichter Guckys und Lloyds auf einem Bildschirm sichtbar. Fast alle Mutanten waren während des Fluges an Bord des Tenders DINO-386 übergewechselt.

»Habt ihr das Fremdraumschiff in der Peilung?« erkundigte sich Rhodan.

»Ja«, sagte Lloyd ruhig.

»Telepathische Impulse?«

»Nichts«, sagte Gucky. »Wir haben uns sofort auf das Schiff konzentriert, aber es ist nichts zu erkennen. Vielleicht ist es robotgesteuert.«

»Ich glaube viel eher, daß die Besatzung sich abschirmen kann«, fügte Lloyd hinzu.

»Ras und ich könnten rüberspringen und nachsehen«, schlug der Ilt vor.

»Dazu besteht keine Veranlassung«, lehnte Perry Rhodan ab. »Wir wollen vorsichtig sein und abwarten, wie die Unbekannten auf unseren Funkspruch reagieren.«

Doch zehn Minuten verstrichen, ohne daß eine Antwort erfolgte. Da das Fremdraumschiff keine gefährlich wirkenden Manöver ausführte, schien kein Grund zur Beunruhigung zu bestehen. Trotzdem fühlte Alaska Saedelaere in zunehmendem Maße eine Spannung, die er immer dann in sich feststellte, wenn Gefahr drohte.

»Wir verlieren Zeit!« stellte Roi Danton fest. Er ließ keine Gelegenheit vergehen, seinen Vater auf die politischen Notwendigkeiten hinzuweisen. »Vielleicht sollten wir das Schiff ignorieren. Es ist immerhin möglich, daß es wieder verschwindet, wenn wir unseren Flug fortsetzen.«

»Ich habe eine andere Idee«, sagte Waringer, der inzwischen in die Zentrale gekommen war. »Wenn dies ein halutisches Schiff ist, muß die Besatzung nicht unbedingt Interkosmo sprechen. Daher schlage ich vor, daß Tolot einen Funkspruch in halutischer Sprache an dieses Schiff durchgibt.«

»Würden Sie das tun?« wandte Rhodan sich an den Haluter.

Der Koloß zögerte. Das Verhalten des Haluters gab Saedelaere Anlaß zu der Vermutung, daß Tolot mehr über dieses mysteriöse Schiff wußte, als er zuzugeben bereit war. Aber weshalb schwieg er?

Es war unsinnig, an Tolots Loyalität zu zweifeln. Oft genug hatte er bewiesen, daß er auf der Seite der Terraner stand. Schließlich konnte es andere Gründe für das Verhalten Tolots geben.

»Fragen Sie den Kommandanten des fremden Schiffes, warum er uns beobachten läßt«, forderte Rhodan den Haluter auf.

Widerstrebend begab Tolot sich an die Funkanlage. Er setzte einen Funkspruch ab. Saedelaere bedauerte, daß er den Inhalt nicht verstehen konnte. Es dauerte nur Sekunden, bis eine Antwort eintraf.

Tolot drehte sich um. »Es ist ein Haluter«, sagte er mit dumpfer Stimme. »Er befindet sich in der Zeit der Drangwäsche. Er hat sich das Gebiet der Tolot-Ballung für seine Operationen ausgesucht. Durch die Gravitationsstürme ist er vom Kurs abgekommen und hat uns entdeckt.«

»Wie kam er ausgerechnet in die Tolot-Ballung?« fragte Korom Khan erstaunt.

»Dort gibt es ein paar verlassene halutische Stützpunkte.« Tolots Erklärung wirkte lahm. »Wir brauchen uns wegen Tondor Kerlak keine Sorgen zu machen. Er wird uns nicht behelligen.«

»Während der Zeit der Drangwäsche sind Haluter unberechenbar«, erinnerte sich Waringer. »Können Sie sicher sein, daß er keine Schwierigkeiten machen wird?«

»Ja«, sagte Tolot lakonisch.

Rhodan und Danton tauschten einen Blick, der Saedelaere nicht entging.

»Ich möchte mit diesem Tondor Kerlak sprechen«, forderte Rhodan. »Laden Sie ihn ein, an Bord der MARCO POLO zu kommen!«

Tolot hob einen Arm. »Das halte ich für unnötig.«

»Laden Sie ihn ein!« forderte Rhodan noch einmal.

Saedelaere konnte spüren, daß es zwischen Tolot und den übrigen Besatzungsmitgliedern in der Zentrale zu Gegensätzen gekommen war, die Spannung erzeugten. Der Maskenträger fragte sich, warum Tolot dem Sicherheitsbedürfnis der Terraner keine Rechnung tragen sollte.

Inzwischen hatte Tolot sich wieder über Funk mit Tondor Kerlak in Verbindung gesetzt.

»Er nimmt die Einladung an!« Saedelaere glaubte Betroffenheit aus der Stimme des Haluters herauszuhören. »Er wird sich jetzt ausschleusen und an Bord kommen.«

Obwohl jeder an Bord der MARCO POLO wußte, daß Haluter aufgrund ihres Metabolismus auch ohne Beiboot und Schutzanzug im Weltraum überleben konnten, war es für Saedelaere doch eine Überraschung, als er eine einsame Gestalt in der Nähe des halutischen Schiffes im Weltraum auftauchen sah. Mit Hilfe einer Rückstoßpistole erreichte Tondor Kerlak schnell eine Geschwindigkeit, die es ihm erlaubte, die Entfernung zwischen seinem Schiff und der MARCO POLO in dreißig Minuten zurückzulegen.

An Bord des Flaggschiffs wurden keine besonderen Vorbereitungen getroffen. Gucky kam mit einem Teleportersprung vom Tender zurück.

Tolot versicherte, daß keine Gewaltanwendung zu befürchten war.

Saedelaere fühlte sich von einer eigenartigen Spannung befallen. Allein die Art, wie das schwarze Schiff aufgetaucht war, machte ihn mißtrauisch. Kerlak mußte schwerste Gravitationsstürme überstanden haben, aber nichts deutete auf Beschädigungen an seinem Schiff hin.

Icho Tolot hatte viel zuwenig Kontakt mit seiner Heimatwelt und seinem Volk, um über alles unterrichtet zu sein, was sich während seiner Abwesenheit zugetragen hatte. Unter diesem Gesichtspunkt betrachtet, war Tondor Kerlak ein völlig Fremder.

»Tolot übernimmt die Begrüßung!« entschied Rhodan. »Wir wollen nur sicher sein, daß Kerlak uns nicht in die Tolot-Ballung folgen wird.«

Saedelaere war jetzt sicher, daß Rhodan und Waringer nach einigen Beratungen mit Icho Tolot beschlossen hatten, Wabe 1000 mit den Altmutanten an Bord in einem ehemaligen Einflußgebiet der Haluter zu stationieren. Durch das Auftauchen eines einzigen Haluters wurde dieser Plan gefährdet, denn Rhodan konnte sich nicht erlauben, die geplante Para-Bank an einer anderen als an einer völlig geheimen Stelle einzurichten.

Die Idee der Para-Bank konnte nur in einem so genialen Gehirn wie Waringers geboren werden. Der Wissenschaftler wollte die Bewußtseinsinhalte der Altmutanten in Zukunft als mächtige Waffe für die Menschheit einsetzen. Wabe 1000 mit ihren PEW-Metalladern würde den Bewußtseinsinhalten der Mutanten als ständiger Lebensraum dienen. Im Bedarfsfall wurden USO-Agenten und Spezialisten der SolAb die benötigten Bewußtseinsinhalte von der Para-Bank abberufen und auf diese Weise die Fähigkeiten der übernommenen Mutanten erlangen. Waringer mußte nur noch einen Weg finden, die zeitlich begrenzte Übernahme risikolos für Bewußtseinsinhalte und Träger zu machen. Um auf jeden Fall zu verhindern, daß Unbefugte in den Besitz von Bewußtseinsinhalten kamen, wollte Perry Rhodan Wabe 1000 an einen geheimen Ort bringen.

Saedelaere wurde in seinen Überlegungen unterbrochen, denn Tondor Kerlak hatte inzwischen den Verband erreicht und schwebte in eine offene Schleuse der MARCO POLO hinein. Rhodan und Tolot hatten die Zentrale verlassen, um den Besucher bereits bei der Schleusenkammer zu empfangen. Saedelaere wußte, daß ein Dutzend Kampfroboter, drei Schirmfeldprojektoren und alle an Bord gebliebenen Mutanten ebenfalls bereitstanden, um bei einem Zwischenfall sofort eingreifen zu können. Die Kampfkraft eines Haluters war genügend bekannt, ein einziges Wesen dieses Volkes konnte die MARCO POLO vernichten.

Auf einem Bildschirm des Interkoms konnten die in der Zentrale Wartenden beobachten, was im Hangar geschah. Sie sahen Rhodan und Tolot nebeneinander vor der Schleusenkammer stehen. Beide trugen keine Waffen. Rhodan hatte sogar auf einen IV-Schirm verzichtet.

Die innere Schleusenwand glitt auf.

Saedelaere sah, daß Rhodan einen Schritt vortrat. Tolot machte eine Bewegung, als wollte er dem Terraner folgen, verharrte aber dann wie angewurzelt an seinem Platz. Die Kleinigkeiten alarmierten Alaska und ließen ihn wie gebannt auf den Bildschirm blicken. Atlan, Danton und Korom Khan würden im Ernstfall die Abwehr leiten. Auch diese drei Männer, das konnte der Transmittergeschädigte mit einem schnellen Seitenblick feststellen, beobachteten gespannt die Vorgänge im Hangar.

Tondor Kerlak trat aus der Schleusenkammer. Bis auf eine polierte Metallkappe über einem seiner Augen war der Haluter nackt. Seine Haut war tiefschwarz, wies aber ein paar dunkelbraune Flecken auf. Er war nicht ganz so groß wie Tolot, aber wesentlich massiver gebaut. Sein Körper wies zahlreiche Risse und Vertiefungen auf, von denen Alaska annahm, daß es sich um Wunden handelte, obwohl er sich nicht vorstellen konnte, wie ein Haluter sich solche Verletzungen zuziehen konnte. Die Rachenpartie des Ankömmlings wirkte wesentlich furchterregender als die Tolots.

Saedelaere sah auf den ersten Blick, daß Tondor Kerlak ein furchtloser Kämpfer und rücksichtsloser Eroberer war. Diesen Eindruck vermittelte nicht allein das Aussehen des Besuchers, sondern auch die Art, wie er sich bewegte. Tondor Kerlak wirkte angespannt wie eine Stahlfeder, er war von einer Aura der Kampfbereitschaft und Angriffslust umgeben.

»Seht euch diesen Bolzen an!« stieß Atlan impulsiv hervor. Er ahnte nicht, daß er damit einen Namen für Kerlak geprägt hatte, den dieser für die Zeit seines Zusammenseins mit den Terranern behalten sollte.

Kerlak sah sich um; er schien förmlich einen Grund für eine handfeste Auseinandersetzung herbeizusehnen, aber die Roboter waren so gut versteckt, daß er sie nicht entdecken konnte.

Saedelaere wünschte, diese unerträgliche Spannung würde sich lösen, bevor es im Hangar zu einer Explosion kommen konnte.

»Ein Kind des Friedens ist das nicht!« stellte Danton fest. »Viel eher glaube ich, daß wir uns einen reißenden Wolf an Bord geholt haben.«

Atlan unterdrückte ein Grinsen. »Ich bin gespannt, wie Perry sich diesmal aus der Affäre ziehen wird.«

»Willkommen an Bord!« klang Rhodans Stimme aus dem Interkomlautsprecher. Tolot übersetzte.

Kerlak streckte sich. Unwillkürlich wartete Saedelaere darauf, daß der mächtige Körper des Haluters vor innerer Kraft platzen würde. Kerlak war Kraft und Kampf zugleich, in dieser Haltung erinnerte er eher an einen Kriegsgott als an ein reales Wesen.

»Ich spreche Interkosmo!« donnerte Kerlaks Stimme durch den Hangar. »Bevor ich rede, sehe ich mich um.«

Er schien sich nicht dafür zu interessieren, ob seine verwirrten Gastgeber mit seiner Handlungsweise einverstanden waren, sondern stampfte rücksichtslos voran. Rhodan mußte ihm ausweichen. Tolot hob warnend die Hand.

»Sollen wir die Roboter rausschicken?« fragte Danton.

Atlan strich sich über das Kinn. »Nein«, sagte er gedehnt. »Ich hoffe, daß sie so mit ihm fertig werden.«

Kerlak durchquerte den Hangar und schien dabei unsichtbare Wände einzureißen. Er fuhr immer wieder ruckartig hin und her, blickte in Nischen, riß Türen auf und blickte über Brüstungen. Die Kontrolle der gesamten Umgebung nahm etwa drei Minuten in Anspruch. Während dieser Zeit schien Kerlak die Anwesenheit Rhodans und Tolots vergessen zu haben.

Saedelaere wunderte sich, daß Rhodan so gelassen blieb. Immerhin bestand die Gefahr, daß Tondor Kerlak die Roboter fand.

Abrupt, wie er die Durchsuchung des Hangars begonnen hatte, brach Kerlak sie auch wieder ab.

Er blieb vor Rhodan stehen.

»Gut!« schnaubte er. »Jetzt reden wir.«

Seine Art zu reden paßte zu seinem Aussehen und seinem Verhalten so gut, daß es Saedelaere erstaunt hätte, wenn Kerlak weniger laut und unfreundlich gesprochen hätte.

»Terraner und Haluter sind Freunde«, eröffnete Rhodan das Gespräch. »Icho Tolot lebt schon lange bei uns. Wir haben einander in vielen Kämpfen beigestanden.«

»Kämpfe!« dröhnte Kerlak. »Das ist gut! Ich will auch kämpfen.«

»Hört ihn euch an!« rief Atlan. »Dieser Bursche sucht Streit.«

»Sie befinden sich in der Zeit der Drangwäsche«, sagte Rhodan zu dem Haluter. »Ich weiß, in welche Bedrängnis ein Haluter während dieser Zeit kommen kann. Deshalb verstehe ich Sie. Doch wir wollen nicht mit Ihnen kämpfen. Wir haben keine Zeit dazu. Wir sind in einer wichtigen Mission unterwegs und bitten Sie, uns keine Schwierigkeiten zu machen. Sicher haben Sie dafür Verständnis.«

»Nein!« Kerlak ließ sich auf die Laufarme sinken und drehte sich einmal um die eigene Achse.

»Argota Hlembad!« rief Tolot in halutischer Sprache.

Kerlak richtete sich wieder auf. Er ging auf Tolot zu.

»Was bedeutet das, Perry?« schrie Atlan ins Mikrophon des Interkoms. »Sollen wir eingreifen?«

»Nein!« antwortete Rhodan.

Die beiden Haluter standen sich gegenüber, und es sah aus, als wollten sie im nächsten Augenblick übereinander herfallen. Saedelaere hatte noch nie zwei Haluter gegeneinander kämpfen sehen, aber seine Phantasie reichte aus, um sich vorzustellen, daß die Umgebung nach einem solchen Kampf völlig verwüstet sein würde.

In der Zentrale trat völlige Stille ein. Auch aus dem Interkom drang jetzt kein Geräusch. Obwohl diese unerträglich wirkende Pause nur ein paar Sekunden dauerte, hatte Saedelaere den Eindruck, daß Kerlak und Tolot sich ein paar Ewigkeiten lang anstarrten.

Dann stieß Tondor Kerlak einen Schrei aus, der die Schiffswände erzittern ließ, und warf sich auf Tolot. Es war, als würde er gegen eine Wand aus Stahl prallen. Es gab ein dumpfes Geräusch. Die beiden Haluter umschlangen sich mit den Laufarmen und schoben und drückten, um sich gegenseitig zu Fall zu bringen. Kerlak griff dabei mit äußerster Wildheit an, während Tolot einen besonnenen Eindruck machte.

Rhodan wich zurück, denn ein einziger Schlag von einem der beiden Haluter hätte ausgereicht, ihn auf der Stelle zu töten. Tolot wurde von dem rasenden Kerlak immer weiter zurückgedrängt.

»Wir können sie doch nicht gewähren lassen!« rief Waringer entsetzt. »Wenn es richtig losgeht, ruinieren sie das halbe Schiff.«

Die beiden Kämpfer stießen gegen eine Lightning-Jet und warfen sie um. Tolot verlor das Gleichgewicht und stolperte rückwärts über die Jet. Kerlak fiel über ihn. Die beiden Riesen wälzten sich in den Trümmern der Maschine. Der Lärm nahm an Intensität zu.

Auf der anderen Seite des Hangars klappten die Wände auf, und Roboter mit schußbereiten Waffen wurden sichtbar.

»Zurückhalten!« schrie Rhodan.

Atlan stieß eine Verwünschung aus. »Worauf will er noch warten?«

»Er befürchtet wahrscheinlich, daß Tolot getroffen werden könnte«, vermutete Mentro Kosum.

Innerhalb weniger Augenblicke hatten die Haluter die Jet fast völlig platt gewalzt. Der Kampf hatte nichts an Heftigkeit verloren, obwohl Tolot sich nach wie vor auf dem Rückzug befand. Der Kampfanzug hing in Fetzen von Tolots Körper. Saedelaere fragte sich verwundert, warum Tolot die Gürtelschaltungen noch nicht benutzt hatte.

Die Haluter hatten sich jetzt ineinander verkrallt und rollten über den Boden des Hangars. Jedesmal, wenn sie sich aufrichteten und wieder umstürzten, gab es dumpfe Schläge. Die Erschütterungen waren so heftig, daß sie noch in den benachbarten Räumen des Hangars gespürt wurden.

Während sich bei Tolot bald Ermüdungserscheinungen bemerkbar machten, kämpfte Tondor Kerlak unverdrossen weiter. Er schien unerschöpfliche Energiereserven zu besitzen.

»Der Bolzen wird Tolot umbringen, wenn wir nichts tun!« befürchtete Waringer.

Doch Atlan winkte ab. »Das kann ich nicht glauben!«

Tolot und Kerlak ließen noch immer nicht voneinander ab. Sie hatten jetzt eine Wand erreicht, so daß Tolot nicht weiter zurückweichen konnte. Kerlak machte einen Arm frei und hieb damit auf seinen Artgenossen ein. Das Keuchen und Schnauben der beiden hörte sich wie der Lärm zweier Dampfmaschinen an.

Plötzlich ließ Kerlak von Tolot ab und richtete sich auf. Erleichtert stieß er die Luft aus.

»Ah!« rief er in seiner knappen Art. »Kampf war gut! Es geht jetzt besser.«

Auch Tolot kam wieder auf die Beine und wandte sich an Rhodan.

»Es war vernünftig, daß Sie nicht eingegriffen haben. In Kerlak hatte sich viel Kampfeslust angestaut. Er war bereit, gegen alles und jeden zu kämpfen. Er wäre jedoch über Sie hergefallen, wenn ich mich nicht bereit erklärt hätte, an Ihrer Stelle zu kämpfen.«

Rhodan warf dem seltsamen Besucher einen mißtrauischen Blick zu. »Und wie lange hält diese Periode der Vernunft an? Ich befürchte, Ihr Freund hat einen zu hohen Blutdruck.«

»Er hat sich ein bißchen abreagiert«, mutmaßte Tolot. »Natürlich muß er sich noch tüchtig austoben, bevor er wieder halbwegs vernünftig wird.«

Kerlak sah Rhodan abschätzend an, offenbar sah er in ihm einen potentiellen Gegner.

Tolot sagte bedauernd: »Solange er nicht jemand gefunden hat, an dem er seine aufgestaute Kraft loswerden kann, können wir ihn nicht loswerden. Er wird uns folgen, weil er dann immerhin die Chance hat, uns in Kämpfe zu verwickeln.«

Rhodan kratzte sich am Hinterkopf. Auf jeden Fall bedeutete Kerlak ein Problem.

»Ich habe ein anderes Schiff gesehen«, berichtete Kerlak jetzt. »Kommandant war Major Hoc Calvaniyz. Er suchte nach Ihnen in diesem Trümmersystem. Ich sprach mit ihm über Funk. Wollte nicht kämpfen. Flog weiter nach Asporc.«

»Er spricht zweifellos von der CMP-34«, sagte Rhodan.

»Du solltest versuchen, diesen Berserker so schnell wie möglich wieder loszuwerden«, empfahl ihm Atlan über Interkom. »Wenn es ihn wieder überkommt, rennt er vielleicht Wände ein oder spielt Pingpong mit einem Konverter.«

Kerlak sah sich erwartungsvoll um. Als er entdeckte, daß die Stimme aus einem Lautsprecher kam, schien er enttäuscht zu sein.

»Viele Kämpfer an Bord«, stieß er hervor. »Gut! Ich bleibe hier.«

Rhodan hob abwehrend die Arme. »Machen Sie ihm klar, daß er nicht an Bord bleiben kann. Meinetwegen kann er mit seinem Schiff nachkommen, denn bei aller Kampfeslust scheint er kein Verräter zu sein.«

Es kostete Tolot große Überredungskraft, Tondor Kerlak zur Umkehr zu bewegen. Erst als Rhodan dem Haluter versprach, ihm bei Bedarf ein paar Gegner zur Verfügung zu stellen, zog Kerlak sich zögernd zurück.

Nachdem Kerlak die MARCO POLO verlassen hatte, wandte Rhodan sich an Tolot. »Es sieht so aus, als wäre die Tolot-Ballung nicht nur Ihnen bekannt.«

»Nein«, gab der Haluter zu. »Schließlich besaß unser Volk dort mehrere Stützpunkte. Aber sie sind meines Wissens seit einem Jahrhundert nicht mehr benutzt worden.«

»Sie würden also nicht empfehlen, einen anderen Stützpunkt für Wabe 1000 zu suchen?«

Tolot verneinte, aber er warnte Rhodan noch einmal vor Kerlak.

»Ich glaube, Tondor Kerlak ist das, was Sie einen Psychopathen nennen würden«, sagte er. »Er kommt nicht mehr aus dem Stadium der Drangwäsche heraus. Seinem Aussehen nach zu schließen, befindet er sich jetzt seit ein paar Jahrzehnten in diesem Zustand. Die Verwilderung seiner Sprache bestätigt meinen Verdacht.«

»Sie meinen, daß er nicht mehr von der Drangwäsche loskommt?« fragte Rhodan.

»Es gibt einen ähnlichen Fall in der Geschichte meines Volkes«, erinnerte sich Tolot. »Vor dreihundert Jahren konnte sich ein Haluter namens Karpen Jackpos nicht mehr vom inneren Zwang zum Kämpfen befreien. Er tötete sich schließlich selbst, weil er zu einer Gefahr für unser Volk geworden war.«

Das bedeutete nichts anderes, als daß sie von nun an von einer lebendigen Bombe begleitet wurden, überlegte Alaska Saedelaere. Er bedauerte, daß Kerlak sich in einem so schlimmen Zustand befand, denn er hatte gerade damit begonnen, Sympathie für den Bolzen zu empfinden.

24.

Das Waringer-Team, alle Mutanten sowie Rhodan, Atlan und Danton waren an Bord des Flottentenders gegangen. Auch Icho Tolot und Alaska Saedelaere waren von der MARCO POLO zu DINO-386 übergewechselt. Der Verband befand sich noch immer in der Nähe der Doppelsonne, die den Namen »Punkt Para« erhalten hatte. In einer Besprechung zwischen Wissenschaftlern und Mutanten wurden die weiteren Schritte geplant.

»Vor allem muß die Anzahl der Raumfahrer, die den neuen Stützpunkt von Wabe 1000 kennen, so gering wie möglich gehalten werden«, informierte Perry Rhodan seine engsten Mitarbeiter, die sich im großen Aufenthaltsraum von DINO-386 versammelt hatten. »Aus diesem Grund werden die MARCO POLO und die MOSTONOW beim Punkt Para auf die Rückkehr des Tenders warten. Korom Khan und Oberst Spitzer wurden von mir bereits informiert. Alle, die sich jetzt an Bord des Tenders befinden, werden den Flug zur Tolot-Ballung mitmachen.«

»Was wird dieser Kerlak tun?« fragte Atlan.

»Darauf kann nur Tolot eine Antwort geben.«

Alle sahen den Haluter an, der jedoch offensichtlich nicht bereit war, sich in dieser Frage festzulegen.

»Man könnte annehmen, daß Kerlak bei Punkt Para bleibt, weil das Vorhandensein zweier Schiffe größere Abwechslung garantiert, aber es ist natürlich möglich, daß er dem Tender folgen wird.«

»Schieben wir das Problem zur Seite, bis es wieder auf uns zukommt«, schlug Rhodan vor. »Wie Tolot uns versichert hat, brauchen wir auf keinen Fall zu befürchten, daß Kerlak Informationen weitergibt. Erstens, weil er sich nicht für unsere Pläne interessiert, und zweitens, weil er nur Auseinandersetzungen im Sinn hat.«

Er trat neben den vor ihm sitzenden Waringer und legte ihm eine Hand auf die Schulter. »Der Professor wird Sie noch einmal kurz über seine Pläne informieren.«

Wie immer, wenn er sich in den Mittelpunkt gerückt fühlte, reagierte Waringer mit Verlegenheit. Er räusperte sich durchdringend und starrte auf die Tischplatte vor sich, als wäre sie das einzig Interessante im gesamten Raum. Mit sanfter Stimme begann er zu sprechen.

»Wir wissen alle, daß die Bewußtseinsinhalte ein Domizil brauchen, in dem ihnen PEW-Metall zur Verfügung steht. Aus diesem Grund sollen sie in der Hauptsache in Wabe 1000 leben. Der zwölfhundert Meter durchmessende Körper wird ihr ständiger Wohnsitz sein. Wir wissen inzwischen, daß Wesen, die die Bewußtseinsinhalte in sich aufnehmen, die Fähigkeiten des übernommenen Mutanten erlangen. Ich stelle mir vor, daß später einmal bei Bedarf die entsprechenden Fähigkeiten von dieser Para-Bank abberufen werden können. Das Problem der PEW-Versorgung während der Übernahmezeitspanne muß selbstverständlich noch gelöst werden, obwohl jetzt schon feststeht, daß ausgeruhte Bewußtseinsinhalte ohne weiteres etliche Wochen im Körper eines Normalmenschen existieren können, ohne großen Schaden zu erleiden. Danach allerdings müssen sie sofort nach Wabe 1000 zurückgebracht werden.«

»Auch wenn die Para-Bank ihren Zweck nicht erfüllen sollte, müssen wir dafür sorgen, daß die Altmutanten einen Lebensraum bekommen«, fügte Rhodan hinzu. »Ich glaube jedoch, daß sich Waringers Plan verwirklichen läßt. Auch die Bewußtseinsinhalte gaben sich in telepathischen Gesprächen sehr optimistisch.«

Saedelaere wußte, daß sie auf jeden Fall Ribald Corello hatten, der die Bewußtseinsinhalte von der Para-Bank abberufen konnte. Die mentalen Impulse des Supermutanten entsprachen der Ausstrahlung des PEW-Metalls und konnten daher die Altmutanten ebenfalls am Leben erhalten.

Die Zukunft der Bewußtseinsinhalte schien unter diesen Umständen gesichert zu sein. Die Gefahr, daß sie absterben oder in den Hyperraum zurückkehren mußten, bestand nicht mehr.

Alaska Saedelaere folgte der nun beginnenden Diskussion nur mit halber Aufmerksamkeit. Ihn interessierten mehr die menschlichen Aspekte des Problems, denn in gewisser Weise fühlte er sich den Altmutanten verbunden. Auch er hatte unter den Folgen eines unheimlichen Zwischenfalls zu leiden. Sein Schicksal ähnelte sogar dem der Bewußtseinsinhalte. Sie besaßen keinen Körper, und er besaß kein Gesicht. Ebenso wie sie hatte er für diesen Verlust nur einen unzureichenden Ersatz gefunden.

Die Diskussion wurde mit der Anhörung Guckys beendet, der kurz zuvor mit den Bewußtseinsinhalten in telepathische Verbindung getreten war.

»Die Altmutanten sind mit unseren Plänen völlig einverstanden«, berichtete der Mausbiber. »Ich habe den Eindruck, daß sie endlich zur Ruhe kommen wollen und sich nach einem festen Platz sehnen.«

Diese Aussage gab den Ausschlag. »Wir brechen mit dem Tender in die Tolot-Ballung auf«, entschied Perry Rhodan.

Als DINO-386 aus dem Gebiet von Punkt Para hinausflog, folgte das schwarze, nur einhundert Meter durchmessende Schiff.

Der Flottentender hatte weitere 1739 Lichtjahre zurückgelegt und befand sich mitten in der Tolot-Ballung. Seine Entfernung zum Paramag-Alpha-System betrug jetzt 6739 Lichtjahre, das Solsystem war rund 40.200 Lichtjahre entfernt. Der relativ kurze Linearflug war vor wenigen Augenblicken unterbrochen worden. Auf den Bildschirmen leuchteten etwa eintausendfünfhundert Sterne, die zusammen elf Sternhaufen bildeten.

»Da ist er wieder!« rief Oberst Cono Matunari und deutete auf den Panoramabildschirm, auf dem das halutische Schiff wieder sichtbar geworden war.

Rhodan warf Tolot einen besorgten Blick zu. »Tondor Kerlak ist uns bis hierher gefolgt! Wenn sich seine Angriffslust auf Wabe 1000 konzentrieren sollte, müssen wir irgend etwas unternehmen.«

»Darüber bin ich mir im klaren«, sagte Tolot. »Aber die Tolot-Ballung gehört noch immer zum Einflußbereich meines Volkes. Es gibt keinen Grund, Tondor Kerlak von hier zu vertreiben, solange er sich vernünftig verhält.«

»Ich weiß nicht, ob es unter diesen Umständen überhaupt einen Sinn hat, Wild Man anzufliegen«, gab Atlan zu bedenken. »Da wir erneut mit dem Problem Kerlak konfrontiert werden, sollten wir es zunächst einmal lösen.«

»Und was schlägst du vor?« erkundigte sich Danton ironisch.

»Tolot muß noch einmal mit ihm sprechen und ihm unseren Standpunkt klarmachen.«

Doch dazu kam es nicht mehr. Bevor Tolot mit seinem Artgenossen in Verbindung treten konnte, meldete Kerlak sich von Bord seines Schiffes über Funk.

Oberst Matunari verlas die Botschaft: »Habe wieder Lust zu kämpfen! Bereitet euch vor!«

»Es tut mir leid, daß er so verrückt ist«, sagte Tolot. Er schien das Gefühl zu haben, sich für Kerlak entschuldigen zu müssen. »Wenn seine Aufmerksamkeit von uns abgelenkt würde, dann wären wir ihn los.«

Rhodan trat an das Funkgerät. »Ich werde mit ihm reden.«

»Wollen Sie kämpfen?« erkundigte sich Kerlak, als er Rhodan auf dem Bildschirm seiner Funkanlage sah.

Rhodan unterdrückte ein Stöhnen. »Gewiß nicht!« beteuerte er. »Ich will mit Ihnen reden. Wir haben einen wichtigen Auftrag zu erledigen. Deshalb haben wir keine Zeit für Sie!«

Nichts an Kerlaks Haltung deutete darauf hin, daß er auch nur einen Funken Verständnis für die Situation der Terraner aufzubringen bereit war

»Ich muß kämpfen!« erklärte er kategorisch.

Nachdem Rhodan ihm einen hilfesuchenden Blick zugeworfen hatte, trat Icho Tolot an das Funkgerät und redete in halutischer Sprache mit dem unbequemen Artgenossen. Obwohl Rhodan nicht verstand, was die beiden Haluter sagten, hatte er nicht den Eindruck, daß Tolot mehr erreichte als er.

»Wir machen weiter, solange er uns in Ruhe läßt«, schlug Fellmer Lloyd vor. »Sollte er angreifen, wird er endgültig in die Schranken verwiesen. Wir werden ihm eine Lektion erteilen, die er nicht so schnell vergißt.«

Der Flottentender setzte seinen Flug fort, verfolgt vom Schiff des Haluters. Auf den Bildschirmen wurde jetzt Wild Man sichtbar, ein großer roter Eckstern in der Tolot-Ballung. Um diese Sonne sollte Wabe 1000 in Zukunft kreisen.

»Fremdortung!« rief Oberst Matunari, während die anderen Männer noch in die Betrachtung von Wild Man versunken waren. »Da sind ein paar Raumschiffe in der Nähe.«

Rhodan wandte seine Aufmerksamkeit den Kontrollen zu und entdeckte sieben Peilimpulse. Sie standen so eng beieinander, daß der Terraner sich fragte, wie die sieben Schiffe im Gefahrenfall schnell manövrieren wollten.

Eine Ausschnittsvergrößerung brachte zum Vorschein, daß es sich um vier verschiedene Schiffstypen handelte, die sich im freien Fall durch den Raum bewegten. Rhodan sah drei diskusförmige, etwa sechzig Meter durchmessende Schiffe, wie sie von den Blues geflogen wurden, zwei etwa einhundertfünfzig Meter lange schlanke, torpedoförmige Schiffe, ein kleines Kugelschiff und ein Schiff, das wie eine stumpfe Rakete mit Deltaflügeln aussah.

»Seltsam!« sprach Atlan aus, was alle dachten. »Irgendwie habe ich den Eindruck, daß dieser Verband nicht zusammengehört. Auch die Formation scheint völlig willkürlich gewählt zu sein. Trotzdem fliegen sie eng beieinander, als würden sie von unsichtbaren Kräften zusammengehalten.«

Für Rhodan war die Anwesenheit von sieben unbekannten Schiffen im Gebiet von Wild Man ein Grund zu großer Vorsicht. Er begann bereits zu überlegen, ob es unter diesen Umständen überhaupt möglich war, Wabe 1000 in diesem Raumsektor zu stationieren.

»Funken Sie die Schiffe in Interkosmo an!« befahl Rhodan den Bordoffizieren.

Der Befehl wurde sofort ausgeführt. Merkwürdigerweise meldete sich Tondor Kerlak.

»Das sind meine Schiffe!« teilte er den überraschten Terranern mit. »Ich habe sie aufgebracht. Es werden bald mehr sein.«

»Und die Besatzungen der Schiffe?« brachte Rhodan hervor.

»Tot. Sie konnten nicht gegen mich siegen.«

Perry Rhodan schluckte ein paarmal. Im Verlauf seiner Drangwäsche hatte Kerlak sieben Schiffe angegriffen, die Besatzungen getötet oder verjagt und seine Beute in die Nähe des ehemaligen halutischen Stützpunkts gebracht. Wenn er jetzt die Hoffnung aussprach, daß sich die Anzahl seiner

Opfer bald vergrößern würde, dachte er zweifellos an den Tender und an Wabe 1000.

»Haben Sie noch mehr solcher Trophäen gesammelt?« erkundigte sich Rhodan.

»Natürlich«, versetzte Kerlak stolz. »Da ist die zweite Welt einer nahen Sonne. Besuchen Sie sie. Dort habe ich viel gesammelt.«

Rhodan wandte sich zu den anderen um.

»Der Bolzen ist zweifellos verrückt. Das macht ihn um so gefährlicher. Wahrscheinlich haben wir keine andere Wahl, als sein Schiff anzugreifen und zu vernichten. Dabei werden wir versuchen, ihn gefangenzunehmen. Wenn das nicht gelingt, müssen wir uns entweder ein neues Versteck für Wabe 1000 suchen oder Kerlak töten.«

»Wenn Sie ihn töten, beenden Sie eine lange Freundschaft«, sagte Icho Tolot ruhig.

Zum erstenmal, seit er Tolot kannte, hatte dieser so etwas wie eine Drohung ausgesprochen. Rhodan nahm die Worte des Haluters daher sehr ernst. Die Vision eines halutisch-terranischen Krieges erschien blitzschnell vor seinem geistigen Auge, aber er unterdrückte sie. Solche Gedanken waren absurd.

Wirklich? Ihn quälten neue Zweifel. Woher sollte er wissen, wie Tolot reagieren würde, wenn es tatsächlich zu einem Kampf zwischen Kerlak und den Terranern kam, bei dem der Angreifer den Tod finden würde? Kerlak wurde zu einem immer größeren Problem.

»Was, schlagen Sie vor, sollen wir tun?« fragte Rhodan den Haluter an seiner Seite.

Tolot deutete auf den Bildschirm. »Schleusen Sie eine unbemannte Space-Jet aus! Sie soll Kerlaks Schiff angreifen. Er wird sie zum Wrack schießen und seiner Sammlung einverleiben. Ich hoffe, daß ihn das für einige Zeit beruhigen wird.«

Für Rhodan war das keine befriedigende Lösung, denn Kerlak würde immer neue Opfer fordern. Schließlich würde er auch Wabe 1000 angreifen.

»Wenn wir ihn nicht aus diesem Gebiet weglocken können, müssen wir uns zurückziehen«, sagte Rhodan.

Danton stieß eine Verwünschung aus. »Du weißt, daß wir keine Zeit haben. Du mußt am ersten August auf der Erde sein, wenn du an der Wahl teilnehmen willst. Andernfalls wird ein anderer gewählt.«

»Wabe 1000 ist wichtiger!«

»Wir könnten sie mit ins Solsystem nehmen und später einen Platz suchen«, wollte Waringer vermitteln.

»Die Altmutanten müssen endlich zur Ruhe kommen«, widersprach Rhodan.

Ein neuer Funkspruch von Kerlak traf ein.

»Will kämpfen!« lautete er kurz, aber eindrucksvoll.

Im Augenblick sah Rhodan keine andere Möglichkeit, als Tolots Vorschlag zu akzeptieren.

»Schleusen Sie eine unbemannte Space-Jet aus!« befahl er Matunari.

Es war dem Obersten anzusehen, daß es ihm nicht leichtfiel, eines seiner Beiboote zu opfern. Er protestierte nicht, aber seine Blicke drückten Mißbilligung aus.

Auch Atlan war nicht einverstanden. »Wenn wir dem Bolzen immer wieder nachgeben, wird er bald noch frecher werden.«

»Das befürchte ich auch«, sagte Rhodan. »Doch jetzt müssen wir ihn hinhalten und Zeit gewinnen. Ich überlege inzwischen, was wir tun können.«

Ein Diskusschiff wurde aus einem Hangar von DINO-386 ausgeschleust. Es nahm Kurs auf das halutische Schiff. An Bord befand sich kein lebendes Wesen.

Rhodans Augen weiteten sich, als er plötzlich sah, daß Tondor Kerlak sein Schiff verließ und, nur mit einem halutischen Schutzanzug bekleidet, auf die Jet zuflog.

»Bei allen Planeten!« rief Waringer entsetzt. »Was tut er da?«

»Verstehen Sie jetzt, warum wir ihn nicht töten dürfen?« fragte Tolot gelassen. »Er ist krank. Es wäre Mord, ihn zu töten. Er betrachtet sogar dieses Schiff als persönlichen Gegner und denkt nicht daran, seine überlegenen Bordwaffen einzusetzen.«

Rhodans Phantasie reichte nicht aus, um sich vorzustellen, wie der Haluter auf diese Weise sieben Schiffe aufgebracht und die Besatzungen getötet hatte. Es war unvorstellbar.

Die Space-Jet hatte einen HÜ-Schirm aufgebaut und nahm den Angreifer unter Beschuß. Kerlak glühte auf, aber seine eigenen Defensivwaffen schützten ihn. Er feuerte ein paar Torpedos ab, die er auf dem Rücken mitgeschleppt hatte. Der Schirm der Jet flammte auf, als die Geschosse im Abfangbereich detonierten.

Kerlak wirbelte durch den Raum. Der Stahldruck, von dem er getroffen wurde, war so heftig, daß er seine Flugbahn kaum noch mit der Rückstoßpistole korrigieren konnte. Trotzdem griff er wieder an. Die Space-Jet feuerte jetzt ebenfalls zwei Torpedos ab, aber Kerlak brachte sie durch gezielte Schüsse aus seiner tragbaren Strahlenkanone zur Explosion, bevor sie in gefährliche Nähe kommen konnten.

»Die Jet besitzt eine Transformkanone!« verkündete Oberst Matunari tonlos. »Die Positronik wird jeden Augenblick mit dem Einsatz beginnen.«

Rhodan wurde blaß. Er sah Tolot an.

»Das wird wahrscheinlich zuviel für ihn«, bekannte Tolot.

Rhodan beugte sich vor. »Feuerleitzentrale!« rief er in den Interkomanschluß. »Vernichten Sie die ausgeschleuste Jet. Sofort!«

Der Tender begann, sein eigenes Beiboot unter Beschuß zu nehmen. Der HÜ-Schirm des Diskusschiffs brach zusammen. Die Jet zerbarst und verwandelte sich in eine Atomwolke. Ein paar hundert Meilen davon entfernt trieb Kerlak halb besinnungslos durch den Raum.

Rhodan beobachtete, daß der Haluter Kurs auf sein eigenes Schiff nahm.

»Er scheint genug zu haben«, atmete Atlan auf. »Wenigstens vorläufig. Hoffentlich ist er nicht so verrückt und greift den Tender an.«

»Wir müssen die Mutanten einsetzen!« schlug Danton vor.

»Das hätte wenig Sinn«, gab Tolot zurück. »Kerlak ist genauso immun gegen Parakräfte wie die meisten Haluter. Ich befürchte, daß er genau bemerkt hat, daß wir es waren, die die Space-Jet vernichtet haben. Für einen Haluter in der Drangwäsche ist eine solche Beleidigung schon schlimm genug. Was sie für einen seelisch Kranken wie Kerlak bedeutet, kann ich nicht einmal ahnen.«

Schon halb entschlossen, das eingeleitete Manöver abzubrechen und sich mit dem Tender aus der Tolot-Ballung zurückzuziehen, wandte Rhodan sich an den Obersten, um ihm neue Befehle zu geben.

Doch da sagte Tolot: »Wir müssen Kerlak helfen. Früher oder später trifft er auf einen Gegner, der stärker ist und keine Rücksicht nimmt.«

Rhodan deutete auf die sieben im Raum schwebenden Schiffe. »Er hat intelligente Wesen umgebracht. Er ist eine Gefahr für alle Raumfahrer, die mit ihren Schiffen in dieses Gebiet kommen.«

»Er ist krank«, sagte Tolot nur.

Es war Rhodan nicht möglich, seinem halutischen Freund einen Wunsch abzuschlagen. Zu oft hatte Tolot der Menschheit bereits geholfen. Jetzt bot sich endlich einmal eine Gelegenheit, einem Haluter zu helfen.

»Nun gut«, sagte Rhodan verbissen. »Wir bleiben. Das Manöver wird fortgesetzt.«

Entweder war Kerlak während seines Kampfes gegen die vollrobotisch gesteuerte Space-Jet so schwer verletzt worden, daß er keine weiteren Angriffe wagen konnte, oder er hatte sein Konzept geändert. Auf jeden Fall hatte er sich auch drei Stunden nach diesem Zwischenfall noch nicht wieder gemeldet. Tolot wich allen Fragen nach seinem Artgenossen aus.

Die Sonne Wild Man (von Tolot wegen ihrer hohen Oberflächentemperatur und heftiger Protuberanzen so getauft) war achtmal größer als Sol. Der nächste Stern, ein blauer Überriese, stand nur 3,8 Lichtmonate von Wild

Man entfernt. Die Gravitationsbahnen waren in diesem Sektor besonders dicht, es spielten sich energetische Ereignisse ab, wie sie nur in Sternenballungen vorstellbar waren.

Inzwischen hatte der Flottentender eine fast exakte Kreisbahn um die rote Sonne eingeschlagen. Alles wartete auf Rhodans Befehl, Wabe 1000 vom Tender zu lösen und Wild Man als neuen Satelliten zu übergeben.

Aber noch zögerte der Terraner.

Er witterte Gefahr. Dabei dachte er nicht allein an Kerlak. Die Umgebung erschien ihm unheimlich, obwohl er sich schon in Raumsektoren aufgehalten hatte, in denen die Sterne noch dichter standen. Rhodan konnte verstehen, daß die Haluter die Tolot-Ballung früher einmal als Flottenstützpunkt benutzt hatten. Einige Sterne in diesem Gebiet waren nur durch Zufall zu finden. Das traf auch für Wild Man zu, den der Tender ohne die genauen Koordinaten Tolots niemals erreicht hätte.

Nur wenige Besatzungsmitglieder von DINO-386 wußten genau, wo sie sich befanden. Rhodan und Oberst Matunari hatten die Linearflugcomputer persönlich mit allen Daten gefüttert, um den Kreis der Eingeweihten möglichst klein zu halten.

Wabe 1000 sollte wirklich einen vollkommen sicheren Platz in der Galaxis bekommen.

Atlan merkte, daß sein Freund sich Sorgen machte. »Du wirst dich entscheiden müssen, Terraner. Einen anderen Stützpunkt zu suchen würde mehrere Tage Zeitverlust bedeuten.«

»Ich weiß!« Rhodan stützte den Kopf in eine Hand und streckte die Beine aus. Er wollte sich entspannen, doch seine Gedanken arbeiteten angestrengt weiter.

»Es ist nicht allein wegen Kerlak«, versuchte er dem Arkoniden seine Bedenken zu erklären. »Ich werde das Gefühl nicht los, daß noch etwas passieren wird. Es ist, als könnte ich die Gefahr greifen.«

»Hm!« machte Atlan. »Was willst du dagegen tun?«

Darauf wußte auch Rhodan keine Antwort. Er beschloß, eine zusätzliche Sicherheitsmaßnahme zu ergreifen.

»Wer ist Ihr zuverlässigster Kreuzerkommandant?« wandte er sich an den Kommandanten des Tenders.

Matunari lächelte. »Zuverlässig sind sie alle, aber wenn Sie an einen Mann denken, der Feuer frißt, empfehle ich Ihnen Major Krym Matoscho.«

»Rufen Sie ihn in die Zentrale!«

Wenige Minuten später betrat der Kreuzerkommandant die Tenderzentrale. Rhodan sah den Mann aufmerksam an. Seine Blicke wurden gelassen erwidert.

Krym Matoscho war untersetzt und stämmig, hatte weißblonde kurzgeschnittene Haare und sehr helle Augen. Unwillkürlich mußte Rhodan an Kerlak denken, als er diesen Offizier vor sich stehen sah.

»Welches Schiff befehligen Sie?« fragte Rhodan.

»Die CDIN-3, Sir«, lautete die Antwort. »Hangar Sieben.«

»Sie erhalten einen Spezialauftrag«, verkündete Rhodan. »Sie schleusen sich sofort mit Ihrem Kreuzer aus und entfernen sich fünfhunderttausend Kilometer von DINO-386.«

In Matoschos Gesicht zuckte kein Muskel. »Darf ich fragen, welchen Sinn dieses Manöver haben soll?«

»Ja. Ich rechne mit Schwierigkeiten. Beobachten Sie uns! Greifen Sie nur ein, wenn Sie den Befehl dazu erhalten oder wenn Sie es für notwendig halten.«

»Ja«, sagte Matoscho. »Sie rechnen mit einem Angriff des Haluters?«

»Es wäre gefährlich, die Aufmerksamkeit ausschließlich auf ihn zu konzentrieren. Ich sagte Ihnen ja, daß Sie *uns* beobachten sollen.«

Der Major grüßte knapp und verließ die Zentrale.

Rhodan warf Matunari einen fragenden Blick zu. »Kann dieser Mann überhaupt lachen?«

»Ich habe ihn noch nicht lachen sehen«, gab Matunari zu. »Er hat seine drei Söhne verloren, als die Verdummungswelle auf dem Höhepunkt war. Das kann er nicht vergessen.«

»Wie alt ist er?«

»Einundsiebzig!«

Rhodan war überrascht. »Er sieht älter aus. Aber das ist schließlich unbedeutend. Wichtig allein ist, daß ich mich auf ihn verlassen kann.«

Sie warteten, bis das Ausschleusungsmanöver begann. Die CDIN-3 wurde auf den Bildschirmen sichtbar und entfernte sich mit zunehmender Geschwindigkeit vom Mutterschiff. In 500.000 Kilometern Entfernung nahm der einhundert Meter durchmessende Kreuzer eine feste Position ein.

Rhodan beobachtete Kerlaks Schiff. »Der Bolzen verhält sich ruhig. Hoffentlich ist das ein gutes Zeichen.«

»Ich weiß nicht«, sagte Tolot zweifelnd.

»Machen wir endlich unsere Ladung selbständig«, schlug Rhodan vor. »Es wird allmählich Zeit.«

Das Absetzungsmanöver begann. Die fünfdimensionalen Fesselfelder lösten sich von dem riesigen Gesteinsbrocken, den der Tender über fast siebentausend Lichtjahre hinweg ans Ziel geschleppt hatte. Noch lag Wabe 1000 auf der Plattform des Tenders. Es war nicht einfach gewesen, mit dieser enormen Masse zu fliegen. Gewicht ließ sich neutralisieren – die Masse blieb.

Oberst Matunari hatte seinen Platz an den Kontrollen eingenommen. Seine Befehle kamen ruhig. Man hätte annehmen können, daß Matunari noch niemals etwas anderes getan hatte, als mit seinem Schiff Himmelskörper von einem Raumsektor in einen anderen zu bringen.

Wabe 1000 war jetzt schwerelos. Es kam darauf an, den Tender so geschickt zu manövrieren, daß er ohne weitere Berührungen mit dem Trümmerbrocken nach »unten« wegtauchen konnte.

Wabe 1000 wurde auf diese Weise auf eine vorläufige Umlaufbahn gebracht, von der ein Absturz in die Sonne Wild Man unmöglich war. Natürlich mußte die Umlaufbahn noch korrigiert werden. Deshalb befanden sich das Waringer-Team und alle Mutanten an Bord auf Wabe 1000.

Der Tender entfernte sich langsam von Wabe 1000. Nachdem er zehn Kilometer zwischen sich und die Para-Bank gebracht hatte, vergrößerte sich der Abstand nicht mehr. Hintereinander schwebten Wabe 1000 und DINO-386 durch den Raum.

»Funkkontakt herstellen!« befahl Rhodan.

Atlan, der ebenfalls im Trümmerbrocken weilte, meldete sich. »Alles in Ordnung!« teilte er Rhodan mit. »Wir können mit der Stabilisierung der Flugbahn beginnen.«

Rhodan hätte erleichtert sein sollen. Alles schien in Ordnung zu sein. Sogar Kerlak verhielt sich weiterhin ruhig. Trotzdem konnte Rhodan seine Vorahnung kommenden Unheils nicht zurückdrängen. Seine Blicke ließen die Kontrollen nicht los. Wenn eine Gefahr auftauchte, mußte sie sofort erkannt werden, damit schnell genug reagiert werden konnte.

25.

Der Schock über den unerwarteten Ausgang seines Kampfes mit dem diskusförmigen Raumschiff lähmte Tondor Kerlak noch immer. Er hockte mitten in der Zentrale seines eigenen Schiffes und dachte nach. Der Robotpilot war eingeschaltet, so daß er sich nicht um die Kontrollen zu kümmern brauchte. Die Verletzungen, die Kerlak davongetragen hatte, waren nur geringfügig gewesen.

Die Tatsache aber, daß man ihn beleidigt hatte, ließ ihm keine Ruhe. Und es gab noch ein anderes Gefühl, das ihn quälte. Der Schock hatte alte Erinnerungen in ihm geweckt. Vor seinen geistigen Augen erschienen immer wieder Bilder von Halut, einer Welt, die er bereits vergessen hatte.

Er wurde sich nicht über seine Situation klar, aber er spürte, daß er mehrere entscheidende Fehler begangen hatte. Seine Kampfeslust wurde davon beeinträchtigt.

Er richtete sich auf und beobachtete die Bildschirme. Drei Flugkörper befanden sich jetzt in seiner unmittelbaren Nähe. Da war zunächst das große Transportschiff, das er bis hierher verfolgt hatte. Seine Ladung hatte sich selbständig gemacht und eine Umlaufbahn um die rote Sonne eingeschlagen.

Der dritte Flugkörper war ein Kugelschiff, nicht größer als Kerlaks eigenes Schiff. Der Haluter nahm an, daß es sich um ein Beiboot des Transporters handelte. Gelegenheit zum Kämpfen bot sich also noch immer.

Kerlak durchquerte mit wenigen Schritten die Zentrale und öffnete ein Seitenschott.

Draußen auf dem Korridor stand ein seltsam aussehendes Wesen. Es war nicht einmal halb so groß wie Kerlak und sehr dünn. Vom Körper war nicht viel zu sehen, denn er war über und über mit Hautstreifen bedeckt, die wie angeklebte Papierfetzen aussahen. Unter diesem natürlichen Kleid wurden ab und zu schmale Ärmchen und Beinchen sichtbar. Vom Kopf waren nur zwei leuchtende Augen zu sehen, die völlig frei lagen.

»Komm herein!« grollte Kerlak.

Das Wesen bewegte sich zögernd. Die Hautstreifen raschelten gegeneinander.

»Nun komm schon!« drängte Kerlak. »Du brauchst dich nicht zu fürchten.«

Das Zurückdenken fiel ihm schwer, aber er wußte noch ziemlich genau, wo er Kardmisch gefunden hatte. Kardmisch hatte zusammen mit etwa zweihunderttausend Artgenossen in einer verfallenen halutischen Stadt auf einer ehemaligen Stützpunktwelt der Haluter gelebt.

Kerlak war wie eine Naturkatastrophe über dieses Volk hereingebrochen, aber niemand hatte mit ihm gekämpft. Sie hatten sich zu Dutzenden niederschlagen lassen, erinnerte sich Tondor Kerlak. Das hatte ihn schließlich so irritiert, daß er wieder aufgebrochen war. Eines der seltsamen Wesen, Kardmisch, hatte er mitgenommen. Kardmisch verstand ein paar Worte Halutisch, denn er war ein Wissenschaftler und hatte zusammen mit seinen Kollegen die Überreste des halutischen Stützpunkts untersucht und Unterlagen gefunden, die das Erlernen der schwierigen Sprache erlaubten.

Kerlak glaubte jetzt zu wissen, warum er Kardmisch entführt hatte. Es war ein unbewußter Versuch, alles wiedergutzumachen, was er diesem harmlosen Volk angetan hatte.

Kerlak war ärgerlich über sich selbst. Alles, was er getan hatte, war, dieses Wesen aus seinem gewohnten Lebensraum herauszureißen und es in eine Umgebung voller Angst und Schrecken zu bringen. Hatte nicht Kardmisch die ganze Zeit über damit rechnen müssen, daß der Haluter über ihn herfallen und ihn umbringen würde? Und genau das schien Kardmisch auch jetzt zu befürchten.

»Schon gut!« dröhnte Kerlaks Stimme. »Es passiert dir nichts.«

Er beobachtete seinen Gefangenen. Wie konnte er erwarten, bei diesem Wesen Verständnis oder gar Hilfe zu finden? Er wollte erst gar nicht darüber nachdenken, wie viele Artgenossen Kardmischs er bei seinem wilden Angriff auf den Stützpunkt getötet hatte.

»Was hattet ihr auch in einem Stützpunkt meines Volkes zu suchen?« rief er trotzig.

Kardmisch wich beim Klang der Stimme zurück. Wahrscheinlich konnte er vor Angst keinen klaren Gedanken fassen.

»Ich habe Schwierigkeiten!« bekannte Kerlak. »Ich weiß nicht, was mit mir los ist. Wahrscheinlich habe ich zuviel gekämpft. Oder zu lange. Ein Gefühl sagt mir, daß ich mehr Schaden angerichtet habe, als es während einer Drangwäsche üblich ist. Aber die Fremden, deren Schiffe du auf den Bildschirmen sehen kannst, haben mich beleidigt. Diese Schmach muß getilgt werden, bevor ich nach Halut zurückkehre.«

Er wunderte sich über seine eigene Redeweise. Seine Ausdrucksform hatte sich geändert, und während des Sprechens fielen ihm Dinge ein, die er längst aus seiner Erinnerung gestrichen hatte.

»Warum antwortest du nicht?« herrschte er Kardmisch an.

»Ja«, sagte der Gefangene.

Seine Stimme war eine Serie seltsamer Schwingungen. Die Laute, das hatte Kerlak inzwischen festgestellt, wurden mit zahlreichen Membranhäutchen erzeugt, die sich über ein Knochengitter auf der Brust des Wesens spannten. Jedes dieser Häutchen schwang in einer anderen Tonlage. Die meisten von ihnen wiesen verschieden große Löcher auf, aus denen beim Sprechen Luft entwich oder eingesogen wurde.

»Du verstehst mich nicht, was?« fragte Kerlak betrübt. »Ich wünschte, ich könnte dir alles erklären.«

Kerlak ließ sich an den Kontrollen nieder.

»Die Fremden sind Terraner«, sagte er wie zu sich selbst. »Ich erinnere mich, daß es zwischen uns und ihnen besondere Beziehungen gibt. Deshalb hält sich wahrscheinlich auch ein Haluter bei ihnen auf. Doch darauf kann ich keine Rücksicht nehmen. Ein Haluter darf nicht zulassen, daß ihm jemand während der Drangwäsche hilft, sonst war alles umsonst.«

Kardmisch schwieg.

»Es wird mein letzter Kampf sein«, sagte Kerlak. »Vielleicht finde ich dabei zu mir selbst zurück.«

Er gestand sich ein, daß er sich vor der Wahrheit fürchtete. Deshalb würde er bei dem bevorstehenden Kampf den Tod suchen.

»Ich hätte dich gern noch zu deiner Welt zurückgebracht«, sagte er zu Kardmisch. »Aber das wird sicher nicht möglich sein.«

Er stand auf und untersuchte seinen Schutzanzug.

Kitai Ishibashis Bewußtsein fuhr die große Kaltiperschleife, die wahrscheinlich schönste Weichenstellung im Inneren von Wabe 1000. Die Schleife wurde nur an drei Stellen von Querverbindungen unterbrochen, was bedeutete, daß das Bewußtsein frei von störenden Einflüssen minutenlang wie schwerelos durch PEW-Adern strömen konnte.

Zum erstenmal fühlte Ishibashi sich frei von Gefahren und äußeren Störungen. Er wußte, daß er durch seine zukünftige Heimat wanderte, und das machte ihn ruhig und glücklich. Die Zeit der Ungewißheit und der Kämpfe war vorüber.

Betty Toufrys Bewußtsein kam ihm entgegen, es fuhr die große Schleife in entgegengesetzter Richtung.

Sie verharrten auf gleicher Höhe, beide ein wenig verlegen, denn sie wußten voneinander, was sie in diesem Augenblick fühlten und dachten. Aber das Bewußtsein des gemeinsamen Glücks ließ die Unsicherheit schnell vergehen.

»Manchmal glaube ich, daß wir in Zukunft auf Körper verzichten können«, meinte das Suggestorbewußtsein.

Betty Toufry bezweifelte das.

»Ab und zu wird uns immer wieder das Verlangen überkommen, einen Körper zu übernehmen und Wabe 1000 zu verlassen.«

»Ich habe niemals richtig an unsere endgültige Rettung glauben können«, gestand Kitai Ishibashi. »Lange Zeit befürchtete ich, daß wir absterben oder in den Hyperraum zurückfallen würden.«

Aus einer Seitenader kam Tako Kakutas Bewußtsein in die große Kaltiperschleife geglitten. Er spürte die beiden anderen und gesellte sich zu ihnen.

»Es ist wie ein Rausch«, sagte er in Gedanken. »Nach so vielen Jahren habe ich endlich wieder einmal das Gefühl, völlig frei zu sein.«

»Wabe 1000 bietet uns viel Platz«, sendete Betty Toufry. »Jeder von uns wird Jahre brauchen, bis er alle Variationsmöglichkeiten des Weichenfahrens erschöpft hat. Ich hätte nicht gedacht, daß diese Art der Bewegung ein derartiges Vergnügen bereiten könnte.«

»Für die Paramags ist es ein völlig normaler Vorgang«, erinnerte Wuriu Sengu, der jetzt ebenfalls zu der Gruppe stieß.

Sie unterhielten sich weiter auf telepathischer Basis. Nach einer Weile waren alle acht Bewußtseinsinhalte versammelt. Sie fühlten sich völlig ungefährdet und achteten deshalb kaum auf ihre Umgebung. Durch die Anwesenheit des Waringer-Teams und der anderen Mutanten besaßen sie eine zusätzliche Sicherheit.

Schließlich begannen sie gemeinsam die große Kaltiperschleife zu fahren.

»Eines Tages«, prophezeite Ralf Marten, »werden wir vielleicht sehnsüchtig darauf warten, daß jemand kommt, um uns für eine gewisse Zeit abzurufen.«

»Vorläufig können wir nur in Corellos Körper längere Zeit ungefährdet verweilen«, gab Betty Toufry zu bedenken.

»Ich bin sicher, daß die Wissenschaftler dieses Problem lösen werden«, zeigte sich Kitai Ishibashi zuversichtlich. »Ich vertraue auf Waringers Genius.«

Eine Zeitlang glitten sie schweigend nebeneinander durch die PEW-Ader, die durch Wabe 1000 führte.

»Ob wir in diesem Zustand einem Alterungsprozeß unterworfen sind?« fragte Kakuta nach einer Weile.

Das lautlose Gelächter André Noirs drang in sein Bewußtsein.

»Man muß sich darüber Gedanken machen«, fuhr Kakuta ernsthaft fort. »Meine Frage war bestimmt nicht spaßig gemeint. Nichts ist ewig.«

»Ich werde mir darüber Gedanken machen«, erklärte Tama Yokida. »In zehntausend Jahren!«

Sie ahnten nicht, daß ihre Existenz bereits jetzt bedroht war.

Waringers Scheinwerfer blitzte auf, und der Lichtstrahl fiel auf das glänzende Ende einer PEW-Ader.

»Hier«, sagte der Wissenschaftler und ließ den Lichtstrahl über den Boden wandern. »Und hier!« Eine ähnliche Stelle wurde angeleuchtet. »Wenn wir Verbindungsleitungen schaffen, können wir das Weichensystem in Wabe 1000 vergrößern.«

»Das mag sein«, gab Atlan zu. »Aber keiner von uns, wäre er noch so genial, könnte Weichen schaffen, wie es sie jetzt gibt. Ich meine, diese PEW-Adern wurden von den Paramags eingefahren, von Wesen also, die aufgrund ihrer natürlichen Veranlagung ein Gespür dafür hatten, wo sie fahren mußten! Die Bewußtseinsinhalte besitzen dieses Gespür nicht, aber sie können es vielleicht in einigen Jahrzehnten erlernen, wenn wir ihnen die Chancen nicht nehmen. Jede Veränderung der Adern würde die Weichen der Paramags jedoch unkenntlich werden lassen.«

Waringer sah ihn erstaunt an. »Daß ausgerechnet Sie so argumentieren, wundert mich. Ich habe nicht gewußt, daß Sie ein Ästhet sind.«

Der Arkonide grinste. »Sie unterschätzen mich.« Er blickte sich in dem höhlenartigen Raum um. »Wir müssen Wabe 1000 genau ausmessen und erforschen. Es muß im wahrsten Sinne des Wortes jeder Stein umgedreht werden.«

»Dazu sind wir Wissenschaftler schließlich da.« Waringer konnte seine Gereiztheit nur schwer verbergen. »Alle meine Kollegen sind unterwegs, um die Räume gründlich zu untersuchen.«

Atlan ging unruhig auf und ab. In den Seitengängen erzeugte der Klang seiner Stiefel ein vielfältiges Echo.

»Ich habe ständig das Gefühl, daß wir etwas übersehen haben«, sagte er schließlich.

»Dieser Kerlak hat uns alle ein bißchen nervös gemacht«, lächelte Fellmer Lloyd, der zusammen mit Atlan und dem Wissenschaftler in die Höhle gekommen war. »Außerdem wäre dies zum erstenmal, daß Sie in einer fremdartigen Umgebung nicht argwöhnisch sind.«

Waringer hockte sich auf einen Felsvorsprung.

»Ich fühle mich immer noch wie ein Eindringling.«

In diesem Augenblick drang ein seltsames Geräusch an ihre Ohren, es hörte sich an, als würden Tausende von Hunden gleichzeitig heulen und jaulen.

»Was, bei allen Planeten, ist das?« stieß Atlan hervor und griff nach seinem Strahler. »Spüren Sie Mentalimpulse, Fellmer?«

Der Mutant schüttelte den Kopf.

Das Geheul ebbte einen Augenblick ab, aber schwoll dann um so stärker an. Es schien gleichzeitig aus den Tiefen und von der Oberfläche des Trümmerbrockens zu kommen.

Gucky materialisierte in der Höhle. »Hört ihr das?« rief er aufgeregt. »Sämtliche Höllenhunde sind los.«

Atlan schaltete sein Funkgerät ein. »Alarm!« sagte er. »Wir sammeln uns im Hauptraum. Roi, du gibst sofort eine Funknachricht an den Tender.«

»Schon geschehen«, klang Dantons Stimme auf. Er kam aus seinem Seitengang in die Höhle gestürmt. »Tolot glaubt, daß die Paramags dafür verantwortlich sind.«

Atlan hob die Augenbrauen. »Welche Paramags? Es gibt doch nur diese acht, die von den Altmutanten als Träger benutzt werden.«

»Ich befürchte, die Bewußtseinsinhalte haben aufgehört, sich um diese acht Paramags zu kümmern. Außerdem kann es sein, daß « Er unterbrach sich und deutete mit aufgerissenen Augen auf eines der Paraaugen.

Dort materialisierten jetzt Dutzende von Paramags. Sie tropften fast wie Wasser aus der PEW-Ader hervor.

»Zurück!« schrie Danton mit sich überschlagender Stimme. »Sie werden uns angreifen.«

Plötzlich war Wabe 1000 nicht mehr der sichere Hort für die acht Bewußtseinsinhalte, sondern eine Zeitbombe, die jeden Augenblick explodieren konnte.

»In Wabe 1000 sind plötzlich ein paar hundert Paramags aufgetaucht!« Oberst Matunari verlas die Funkbotschaft, als wäre es eine Routinemeldung, aber wer ihn genau kannte, bemerkte, daß er aufgeregt war.

Wie immer in solchen Situationen reagierte Perry Rhodan auch diesmal mit einer Schnelligkeit, die alle, die ihn so noch nicht erlebt hatten, überraschen mußte.

»Vollalarm!« befahl er. »Die gesamte Besatzung muß Kampfanzüge anlegen.«

Einer der Offiziere lächelte geringschätzig. »An Bord des Tenders sind keine Paramags!«

Rhodan fuhr herum und starrte den Mann an. »Sie werden schnell merken, daß das keinen Unterschied bedeutet.«

Am Gesichtsausdruck des Raumfahrers konnte Rhodan erkennen, daß seine Worte den anderen nicht überzeugten, aber der Mann beeilte sich, seinen Kampfanzug vom Gestell neben den Kontrollen zu nehmen.

»Wir müssen mit einem Angriff rechnen!« rief Rhodan. »Alle Schutzschirme einschalten.«

»Soll ich den Tender zurückziehen?« fragte Matunari.

Rhodan zögerte. »Es wäre vernünftig, doch wir haben achtzig Menschen an Bord von Wabe 1000 geschickt, die unsere Hilfe brauchen.«

Er befestigte seinen Helm und schloß den Gürtel, dann wandte er sich wieder den Kontrollen zu.

»Die Funkverbindung mit Wabe 1000 ist abgerissen«, sagte Alaska Saedelaere.

Rhodan war sich darüber im klaren, was das bedeuten konnte. Vielleicht waren alle, die sich auf den Trümmerbrocken begeben hatten, einem Blitzangriff der Paramags erlegen. Rhodan wagte nicht, diese Gedanken zu Ende zu führen. Alle Mutanten befanden sich auf Wabe 1000, außerdem das gesamte Waringer-Team, Atlan und Roi.

»Nein!« entschied er. »Wir bleiben dicht an Wabe 1000. Ich werde versuchen, mit ein paar Freiwilligen hinüberzufliegen.«

Doch dazu kam es nicht mehr. Der Angriff der Paramags trat in seine zweite, schrecklichste Phase.

Viel später, als die Überlebenden wieder Zeit fanden, um Nachforschungen und Überlegungen anzustellen, wurde bekannt, daß es den acht Paramags, die den Bewußtseinsinhalten der Altmutanten als Trägerkörper gedient hatten, gelungen war, sich dem parapsychischen Zugriff der leichtsinnig gewordenen Mutanten zu entziehen. Gleichzeitig tauchten etwa zweihundert Paramags auf, die sich in entlegenen PEW-Adern verborgen gehalten hatten. Während des Fluges vom Paramag-Alpha-System in die Tolot-Ballung hatten die Paramags in ihren Verstecken genügend Zeit gehabt, sich über ihre Lage klarzuwerden.

Als sich die fünfdimensionalen Fesselfelder von dem Asteroiden gelöst hatten, hielten die Paramags den Zeitpunkt für einen vernichtenden Angriff für gekommen. Sie setzten ihre ultimate Waffe ein und erzeugten ein Paraabstraktes pluskonstruktives Antimaterie-Aufbaufeld, mit dem andere Terraner an anderer Stelle bereits Bekanntschaft gemacht hatten.

Innerhalb weniger Minuten ballte sich das PPAA über dem Flottentender DINO-386 zusammen.

Oberst Matunari bäumte sich in seinem Sitz auf, als hätte er einen Schlag ins Gesicht erhalten. Wie die meisten Kommandanten war er so mit seinem Schiff verbunden, daß er es als einen Teil seines eigenen Ichs ansah.

»Ortung arbeitet gestört. Funk fällt aus!« brachte er hervor.

»Schutzschirme ausschalten!« schrie Rhodan.

»Was?« schrie Matunari zurück. »Sind Sie wahnsinnig geworden?«

Rhodan warf sich in seinem Sitz herum, beugte sich zu den Kontrollen hinüber und nahm Schaltungen vor.

»Alle Energieanlagen stillegen!« befahl er.

Seine Befehle wurden nur zögernd ausgeführt. Erst jetzt nahm Rhodan sich die Zeit, diese zu erklären.

»Es ist möglich, daß uns die Paramags mit einem PPAA angreifen.«

»Was bedeutet das genau?« erkundigte sich der völlig verstörte Oberst.

Ein grimmiges Lächeln erschien für einen Augenblick in Rhodans Gesicht.

»Zunächst beginnen alle fünfdimensional gesteuerten Geräte verrückt zu spielen – also praktisch das gesamte Schiff, denn Howalgonium ist überall. Dann erstarrt die Luft zu einer gläsernen Masse, in die man eingegossen wird. Zum Schluß erfolgt die Explosion.«

Jemand stöhnte. Matunari war blaß geworden. Die Männer an den Kontrollen schalteten in aller Hast weitere Geräte ab.

»Für eine Flucht ist es jetzt zu spät«, erklärte Rhodan. »Die Paramags würden uns noch erwischen, denn ich befürchte, daß sie bereits ein Feld aufgebaut haben und es nun aktivieren. Unsere einzige Chance ist, das Schiff energetisch lahmzulegen. Dann kommt es vielleicht nicht zum Schlimmsten.«

Den Besatzungsmitgliedern des Tenders wurde erst nach diesen Worten bewußt, daß sie in äußerster Lebensgefahr schwebten.

»Wir müssen uns darauf vorbereiten, den Tender schnell zu verlassen«, fuhr Rhodan fort.

Danach trat Stille ein. Das gewohnte Summen der Speicherbänke war verstummt. Die Bildschirme über den Kontrollen sahen wie dunkle Höhleneingänge aus. Alles in allem bot die Zentrale ein gespenstisches Bild.

Die Raumfahrer sahen sich an. Sie wußten, daß sie nichts tun konnten.

»Vielleicht besitzen die Paramags an Bord von Wabe 1000 keine Möglichkeiten, um uns mit einem PPAA anzugreifen«, hoffte Matunari.

Doch Rhodan teilte diese Hoffnung nicht. Solange die Paramags sich in ihrer Verzweiflung nicht entschlossen, ihren Asteroiden zu vernichten, waren die Terraner in Wabe 1000, falls sie noch lebten, sicherer als die Besatzung von DINO-386.

»Wir können jetzt nicht feststellen, wann sie angreifen«, klagte der Ortungsoffizier in der Zentrale des Tenders. »Alle Geräte sind abgeschaltet.«

Rhodan streckte einen Arm aus und deutete auf sein Vielzweckgerät. »Das ist die Kontrolle.«

Ein paar Köpfe beugten sich hinab.

»Die Kontrollanzeige des Massetasters!« stieß ein junger Raumfahrer hervor. »Sie steht im roten Feld.«

»Ja«, sagte Rhodan nur.

»Es fängt also an«, stellte Matunari verbissen fest. Er sah sich um, als wollte er im letzten Augenblick noch ein paar Befehle geben, um sein Schiff zu retten.

»Wir können immer noch davon ausgehen, daß wir den Prozeß durch unsere Reaktionen gestoppt haben«, sagte Saedelaere.

»Er ist nicht zu stoppen«, betonte Rhodan. »Bestenfalls können wir ein paar Auswirkungen mildern.«

Dann erfolgte die erste Explosion und zerriß mit einem Schlag die Plattform des Flottentenders.

Die Funkbotschaft, daß auf Wabe 1000 plötzlich Paramags aufgetaucht waren, hatten auch die Besatzungsmitglieder an Bord des Kreuzers CDIN-3 empfangen. Doch mehr als von dieser Nachricht war Major Krym Matoscho von der Tatsache betroffen, daß nach diesem Funkimpuls die Sprechverbindung zu Wabe 1000 und DINO-386 ausfiel. Äußerlich waren an beiden Flugkörpern keine Veränderungen festzustellen.

»Was tun wir jetzt?« erkundigte sich Leutnant Taimar, der zur Besatzung des Kreuzers gehörte.

Krym Matoscho bewegte sich nicht in seinem Sitz. »Warten!«

Er wußte, daß dies eine vernünftige Entscheidung war. Wenn er sich mit seinem Schiff jetzt dem Tender näherte, verstieß er nicht nur gegen Rhodans Befehl, sondern brachte die bedrohten Raumfahrer vielleicht noch in größere Gefahr.

»Dieses Warten ist schrecklich!« sagte Taimar nervös.

Matoscho sah ihn an. »Ich weiß!«

»Sie sind ein Stein!« klagte Taimar. »Und irgend jemand hat es fertiggebracht, menschliche Züge in Ihr steinernes Gesicht zu meißeln.«

Damit war die Erörterung über Matoschos Psyche wieder abgeschlossen.

»Vielleicht sollten wir unter diesen Umständen einen neuen Verbündeten suchen«, sagte Matoscho gedehnt.

Taimar runzelte die Stirn. »An wen dachten Sie?«

Der Kommandant deutete auf den Bildschirm, auf dem das halutische Schiff zu sehen war.

»Tondor Kerlak!« stieß Taimar hervor. »Ausgerechnet den Bolzen.«

»Hm!« machte Matoscho ungerührt. Doch er kam nicht mehr dazu, seine Absicht in die Tat umzusetzen, denn in diesem Augenblick explodierte DINO-386 und strahlte einen Augenblick so hell wie eine kleine Sonne.

Leutnant Taimars Entsetzensschrei gellte durch die Zentrale des Kreuzers.

»O nein!« rief Matoscho erschüttert. Angesichts dieser schrecklichen Katastrophe löste sich die Starre aus seinem Gesicht. Der Schock, den er beim Verlust seiner Kinder erlitten hatte, wiederholte sich.

Obwohl Perry Rhodan sich auf eine Explosion vorbereitet hatte, traf ihn der Schlag, der ihn vom Sitz warf, mit ungeheurer Wucht. Er fing den Sturz mit beiden Armen ab und rollte sich zur Seite, um nicht gegen einen anderen Sitz geschleudert zu werden. Der Boden unter ihm schien auseinanderzubrechen. Dem Lichtblitz der Explosion folgte eine Sekunde völliger Dunkelheit, dann flammten die ersten Helmscheinwerfer auf. Rhodan blickte auf die völlig zertrümmerte Kontrollwand. Zwei Sitze waren noch immer besetzt. In einem saß Oberst Matunari, der offenbar noch immer nicht begreifen konnte, was mit seinem Schiff geschehen war.

Das Zentrum der Explosion lag irgendwo bei der Plattform, das hatte die zwanzig Männer in der kugelförmigen Zentrale des Tenders vorläufig gerettet. Rhodan zweifelte jedoch nicht daran, daß es zu weiteren Explosionen kommen würde. Der Flottentender war nicht mehr zu retten. Die Raumfahrer, die sich in Hangars, Beibooten und innerhalb der Plattform aufgehalten hatten, waren jetzt nicht mehr am Leben.

Rhodan kroch blitzschnell auf eine Fluchtröhre zu. »Verlaßt das Schiff!« schrie er den anderen zu.

Er wußte nicht, was ihn draußen im Weltraum erwartete, aber in der gefährdeten Zentrale konnten sie nicht bleiben.

Ein Mann, der die Fluchtröhre vor Rhodan erreichte, ließ sich hineingleiten und verschwand. Rhodan sprang ihm, ohne zu zögern, nach. Er hoffte, daß alle Überlebenden die Röhren benutzten, denn die Schleusen waren wahrscheinlich durch die Explosion so schwer beschädigt worden, daß sie sich nicht mehr öffnen ließen.

Rhodan rutschte durch die Röhren quer durch die Kommandokugel und fiel wenige Augenblicke später in den Weltraum. Er riß den Strahler heraus, um ihn als Rückstoßpistole verwenden zu können. Gleichzeitig schaltete er sein Rückenaggregat ein. Er hatte nur das Ziel, möglichst schnell von den Überresten des Tenders wegzukommen.

Als er sich orientierte, dauerte es einige Zeit, bis er die völlig zerrissene Plattform entdeckte. Trotz des Blendschutzes in seinem Helm war das Licht von Wild Man unerträglich hell. Rhodan hatte den Eindruck, auf einer glühenden Scheibe zu schwimmen. Trümmerbrocken taumelten vorbei. Der Explosionsdruck hatte sie aus der Umlaufbahn geschleudert. Früher oder später würden sie in die Sonne stürzen.

Dann entdeckte Rhodan die Kommandokugel. Sie war an mehreren Stellen aufgeplatzt. Ein paar ausgeglühte und verbogene Verbindungsstreben ragten wie Skeletteile in den Raum.

Rhodan sah ein paar Männer durch den Weltraum schweben, immer nur mit einer Hälfte ihres Körpers im Licht.

Seine Augen suchten Wabe 1000. Er war erleichtert, als er den Asteroiden sah. Nichts deutete darauf hin, daß auch er beschädigt worden war.

Aber das konnte sich ändern. Rhodan war überzeugt davon, daß im Innern von Wabe 1000 erbitterte Kämpfe tobten.

Die Paramags würden versuchen, die ungebetenen Eindringlinge zu töten oder zumindest zu vertreiben. Wenn ihnen das nicht gelang, mußte man befürchten, daß sie ihren eigenen Himmelskörper zerstörten.

Rhodan schaltete den Helmfunk ein, aber wie er erwartet hatte, kam keine Verbindung zustande. Die Störungen durch fremdartige Energie waren zu stark.

In diesem Augenblick explodierte auch die Kommandozentrale des Tenders. Beinahe teilnahmslos sah Rhodan zu. Er hatte den völligen Untergang vorausgesehen. Es war nicht anzunehmen, daß sich noch einer der zwanzig Männer an Bord aufgehalten hatte.

Der Großadministrator begriff, daß sich für die Menschheit die Gefahr einer Niederlage abzeichnete. Der Verlust aller Mutanten drohte.

Eine Gestalt trieb auf Rhodan zu. Rhodan erkannte Alaska Saedelaere.

Der Transmittergeschädigte machte ihm Handzeichen. Er deutete immer wieder in Richtung von Wabe 1000. Rhodan begriff, aber er schüttelte den Kopf.

Alaska vollführte eine kreisende Handbewegung. Rhodan verstand. Der Maskenträger wollte versuchen, alle rechtzeitig entkommenen Besatzungsmitglieder des Tenders zusammenzuholen.

Rhodan machte ein Zeichen des Einverständnisses. Er glaubte nicht, daß den Überlebenden noch Gefahr von den Paramags drohte, solange sie sich von Wabe 1000 fernhielten. Die Paramags hatten ihr Ziel erreicht. Ihr PPAA war eine fürchterliche Waffe, der kein Schiff der Solaren Flotte widerstehen konnte, es sei denn, es hätte ein Maverick-Cape getragen.

Rhodan suchte mit seinen Blicken den Weltraum ab, aber er konnte weder den Kreuzer noch Kerlaks Schiff ausmachen. Sie waren zu weit entfernt. Solange keine Funkverbindung zustande kam, konnten die Schiffbrüchigen nicht hoffen, von der CDIN-3 aufgenommen zu werden.

Sie waren mit dem Leben davongekommen, überlegte Rhodan. Aber vorläufig bedeutete das nicht mehr als eine Gnadenfrist. Wahrscheinlich hing ihr Schicksal jetzt vom Ausgang des Kampfes innerhalb von Wabe 1000 ab.

26.

Von einer Sekunde zur anderen hatten Glück und Zufriedenheit sich als trügerische Gefühle erwiesen. Panische Angst und Trauer waren an ihre Stelle getreten.

In einer ersten unbeherrschten Reaktion hatte Tako Kakuta seine Fahrt durch die große Kaltiperschleife beschleunigt und sich von den anderen Bewußtseinsinhalten gelöst. Dabei war er in für ihn bisher unbekannte Nebenadern eingedrungen und hatte sich in einem Labyrinth von PEW-Fäden verirrt.

Jetzt, da er allmählich die Panik überwand, ahnte er, daß er nicht allein so reagiert hatte. Wahrscheinlich waren seine sieben Freunde irgendwo in den Tiefen von Wabe 1000 verschwunden.

Behutsam glitt Kakutas Bewußtsein durch die unmittelbare Umgebung und suchte sie gründlich ab. Doch es fand niemand. Anscheinend hatten alle Paramags ihre Verstecke verlassen und waren materialisiert.

Alle Mitglieder des Neuen Mutantenkorps waren gefährdet.

Kakuta wagte sich weiter in Nebenadern hinein. Nach einer Weile empfing er einen schwachen Impuls von Betty Toufry. Ihre Verzweiflung und Enttäuschung waren so groß, daß Tako sich unwillkürlich sofort wieder von ihr zurückzog, um nicht von ähnlichen Gefühlen übermannt zu werden. Die körperlose Existenz hatte sie alle sehr sensibel werden lassen.

Als Kakuta ebenfalls einen Impuls abstrahlte, versuchte er Betty zu trösten, doch sie reagierte nicht. Kakuta fuhr durch ein Gewirr winziger Adern und erreichte endlich wieder einen größeren Strang.

In einem kurzen, aber breiten Seitengang entdeckte er Sengu. Der Späher war vor psychischen Schmerzen wie betäubt. Kakuta peilte ihn an, erhielt eine schwache Antwort und zog sich wieder zurück.

Plötzlich kam von irgendwoher ein durchdringender telepathischer Impuls: *Rhodan tot!*

Kakuta verharrte fassungslos auf der Stelle. Nur sehr langsam sickerte die Erkenntnis in sein Bewußtsein, daß er Guckys geistigen Aufschrei vernommen hatte. Draußen im Weltraum mußte irgend etwas Unvorstellbares geschehen sein.

DINO-386 ist explodiert! kam der zweite Impuls.

Kakuta hatte plötzlich das Gefühl, daß die PEW-Ader, in der er sich befand, zu eng für ihn wurde. Von allen Seiten drangen jetzt Trauer und Bestürzung ausdrückende telepathische Strömungen auf ihn ein.

Dazwischen ein nüchterner, wohltuender Gedanke: *Wir wissen noch nichts Endgültiges.*

Das war Atlan. Kakuta klammerte sich an die Gedanken des Arkoniden.

Ein zweiter Bewußtseinsinhalt glitt zu Tako Kakuta in die PEW-Ader. Es war Son Okura.

»Wir müssen etwas tun!« dachte Okura. »Alle unsere Freunde, die sich in Wabe 1000 aufhalten, sind in höchster Gefahr.«

»Ja«, gab Tako schwerfällig zurück. Es fiel ihm schwer, die Initiative zu ergreifen, doch er sah die Notwendigkeit für ein entschlossenes Handeln ein. »Wir müssen die anderen alarmieren.«

Sie rasten durch die Ader davon und machten sich auf die Suche nach einem Hauptstrang, durch den sie die Zentrale von Wabe 1000 erreichen konnten.

Tondor Kerlak war gerade aus seinem Schiff gekommen, als die Explosion erfolgte. Irritiert beobachtete der Haluter das Ende des Transporters. Er fragte sich, was an Bord des großen Schiffes geschehen sein mochte, daß es zu einer derartigen Katastrophe gekommen war. Auf jeden Fall konnte er den Transporter nicht mehr angreifen.

Er kehrte in sein Schiff zurück und begab sich in die Zentrale, um zunächst einmal zu überlegen, wie er jetzt vorgehen sollte. Immerhin gab es noch dieses kleine Schiff und den Asteroiden.

»Was hältst du davon?« fragte er Kardmisch. Der Gefangene gab keine Antwort, doch damit hatte Kerlak auch nicht gerechnet.

»Ich werde mich trotzdem für die Schmach rächen«, verkündete Kerlak. »Schließlich gibt es noch das kleine Schiff und den Trümmerbrocken. In beiden halten sich Terraner auf.«

Er nahm an den Kontrollen Platz und änderte ein paar Einstellungen. Mit einem Schlag war er hellwach.

»Da!« rief er. »Sieh dir das an, Kardmisch.«

In der Nähe der Explosionsstelle schwebten ein paar winzige Gestalten im Weltraum. Kerlak vermutete, daß es sich um terranische Raumfahrer handelte, die den Transporter noch rechtzeitig verlassen hatten. Wenn nicht alles täuschte, trieben ungefähr zwanzig Schiffbrüchige im Weltraum.

Kerlak verschloß seinen Schutzanzug. »Diesmal entgehen sie mir nicht!« sagte er grimmig.

Er schaltete die Automatik seines Schiffes wieder ein und warf dem Gefangenen einen letzten Blick zu. »Es kann sein, daß wir uns nicht wiedersehen.«

Kardmisch machte einen teilnahmslosen Eindruck. Wahrscheinlich war er überhaupt nicht in der Lage, sein Schicksal zu begreifen. Zum erstenmal empfand Kerlak Mitleid mit diesem Wesen.

Ich muß mich auf den bevorstehenden Kampf konzentrieren! dachte er und verließ das Schiff zum zweitenmal. Wenige Augenblicke schwebte er neben seinem Schiff im Weltraum, dann setzte er seine Rückstoßpistole ein und beschleunigte. Diesmal hatte er kein waffentechnisch überlegenes Diskusschiff zum Gegner, sondern zwanzig Raumfahrer, die nicht besser ausgerüstet waren als er. Alle Vorzeichen sprachen für einen gerechten Kampf.

Die plötzliche Stille ließ den Eindruck entstehen, daß der gesamte Asteroid noch einmal Atem holte, um danach für die entscheidende Schlacht gewappnet zu sein.

Atlan, Tolot, Danton und fast alle Mutanten hatten sich in einem Raum in der Nähe der Zentrale verschanzt. Auch Waringer und ein paar Männer seines Teams waren anwesend. Die anderen Wissenschaftler waren in entlegenen Räumen des Asteroiden eingeschlossen.

Alle Zugänge waren besetzt, doch Atlan wußte, daß das nichts zu bedeuten hatte. Die Paramags konnten jederzeit mitten in diesem Raum materialisieren.

Bisher war noch kein massierter Angriff dieser seltsamen Wesen erfolgt. Sie schienen sich auf den Tender zu konzentrieren und hatten dabei offensichtlich Erfolg gehabt.

Gucky behauptete, daß er schwache telepathische Impulse aus dem Weltraum empfangen konnte, aber Atlan befürchtete, daß diese Feststellung einem unrealistischen Wunschdenken entsprang.

Trotzdem durften sie die Hoffnung nicht aufgeben. Rhodan war über Funk rechtzeitig vor den Paramags gewarnt worden. Von Roi Danton hatte er erfahren, wie diese Wesen im Solsystem vorgegangen waren. Atlan kannte seinen terranischen Freund genau. Ganz bestimmt hatte Perry entsprechende Vorbereitungen getroffen. Es war also nicht ausgeschlossen, daß es Überlebende gab.

Im Augenblick hatten die Eingeschlossenen keine Möglichkeit, sich um die Vorgänge im Weltraum zu kümmern. Ihr eigenes Leben war gefährdet.

Jeder Funkverkehr war unmöglich geworden. Die Mutanten wagten nicht, ihre vollen parapsychischen Kräfte einzusetzen, weil sie paramechanische Reaktionen der Paramags befürchteten. Überall konnten Fallen existieren.

Eine Verbindung zu den acht Bewußtseinsinhalten war nach der Katastrophe noch nicht wieder zustande gekommen. Der Arkonide vermutete, daß die Altmutanten einen schweren Schock erlitten und sich tief in den Asteroiden zurückgezogen hatten.

»Wo sind sie?« rief Roi Danton mit rauher Stimme. »Ich spüre doch, daß sie uns belauern! Warum zeigen sie sich nicht?«

»Wir sollten die Initiative ergreifen und ausbrechen!« forderte Balton Wyt.

Atlan hob einen Arm. »Vergessen wir nicht, daß die Paramags verzweifelt sind. Sollten sie den Eindruck gewinnen, daß sie uns nicht bezwingen können, werden sie Wabe 1000 mit Hilfe ihres PPAA sprengen. Dann wird weder von uns noch von diesem Trümmerbrocken etwas übrigbleiben.«

»Aber was können wir tun?« fragte Ras Tschubai. »Sollen wir warten, bis sie alle Vorbereitungen für einen entscheidenden Angriff getroffen haben?«

Natürlich hatte der Teleporter recht. Atlan fühlte sich in der Situation eines Mannes, der die Wahl hatte, sich vom Dach eines hohen Hauses zu stürzen oder sich in einem tiefen See zu ertränken. Eine dritte Möglichkeit schien es nicht zu geben.

»Wir müssen die Paramags zurückhalten, ohne sie in eine Situation zu bringen, die einer Niederlage gleichkommt«, mischte sich Fellmer Lloyd ein. Der spöttische Unterton in der Stimme des Mutanten entging Atlan nicht. »Das wollten Sie doch sagen, Atlan?«

»Richtig!« gab der Arkonide unbeeindruckt zurück. »Vergessen wir nicht die CDIN-3 unter dem Kommando von Major Krym Matoscho. Er wird eingreifen, sobald er eine Chance dazu sieht.«

Ein Aufschrei ließ ihn herumfahren. Er sah, daß einer der breiten Eingänge sich zu verändern begann. Eine grauweiße Masse schob sich in den Raum. Atlan mußte unwillkürlich an eine riesige Tube denken, aus der der Inhalt hervorquoll.

»Sie greifen an!« stellte Gucky fest. »Wyt soll versuchen, ob er das Zeug aufhalten kann.«

»Es strahlt auf parapsychischer Ebene«, sagte Merkosh. »Wir werden es schwer haben, dagegen anzukommen.«

Atlan konnte jetzt die schmatzenden Geräusche hören, die von der seltsamen Masse ausgingen. Die Paramags beabsichtigten, die Eingeschlossenen damit zu ersticken.

Wyt setzte seine telekinetischen Kräfte ein. Gucky unterstützte ihn, doch die beiden Telekineten brachten die Masse nicht zum Stillstand.

Atlan griff nach seinem Desintegrator. »Wir versuchen, die Masse zu zerstrahlen.«

Doch bevor er schießen konnte, hatte sich Icho Tolot in Bewegung gesetzt und drang auf die Substanz ein. Er breitete die Arme aus und stemmte sich dagegen. Ein paar Minuten konnte er die eindringende Masse zum Stillstand bringen, dann quoll sie seitlich und über ihm weiter und drohte ihn einzuschließen. Tolot löste sich und kam in die Mitte des Raumes zurück.

»Desintegratoren einsetzen!« befahl Atlan.

Zusammen mit sechs anderen Männern begann er zu schießen. Die Substanz glühte auf, zerfiel aber nicht.

»Die Energie wird abgeleitet!« rief Waringer. »Hört auf zu schießen!«

Atlan blickte sich um. »Wir haben keine andere Wahl, als diesen Raum zu verlassen.«

»Das wollen die doch nur!« rief Danton. Er deutete auf alle Ausgänge. »Wahrscheinlich lauern sie überall auf uns.«

Die Hälfte des Raumes war bereits mit der grauweißen Substanz gefüllt.

»Wir können nicht länger warten!« entschied der Arkonide.

»Lassen Sie mich noch einen Versuch machen!« schlug Merkosh vor. Der Gläserne stülpte seinen rüsselförmigen Mund nach vorn und ließ seine »Böse Stimme« ertönen. Risse bildeten sich in dem eingedrungenen Material, aber es zerfiel nicht.

Merkosh schüttelte den Kopf. »Nichts zu machen! Das Zeug dringt schneller vor, als ich es vernichten kann.«

Atlan, der nicht mit einem Erfolg der Mutanten gerechnet hatte, wählte einen der Ausgänge zur Flucht. Er wußte nicht, was ihn und seine Begleiter in den anderen Räumen erwartete, aber hier konnten sie nicht bleiben. Als er an der Spitze der Gruppe in den Korridor eindrang, sah er ein paar Paramags davonhuschen.

Tolot schob sich mühelos an ihm vorbei. »Ich übernehme jetzt die Führung!«

Atlan sah ein, daß der Haluter bei überfallartigen Angriffen besser gewappnet sein würde, und machte bereitwillig Platz. Der Haluter vergrößerte seinen Abstand zu den anderen.

»Warum versuchen wir nicht, in die Zentrale zu gelangen?« fragte Danton den Arkoniden. »Damit werden die Paramags nicht rechnen. Vielleicht sind wir dort sicherer als in allen anderen Räumen. Weit kann sie nicht von hier entfernt sein.«

Nach kurzem Nachdenken stimmte Atlan zu und rief Tolot zu, was sie vorhatten.

Plötzlich spürte Atlan, wie sich in seinem Innern etwas veränderte. Es war, als würde eine fremde Kraft in seinen Körper strömen. Er sträubte sich dagegen, denn er befürchtete, daß es sich um einen Psi-Angriff der Paramags handelte. Je mehr er sich wehrte, desto heftiger wurde der Druck, bis schließlich der geistige Damm in seinem Innern zusammenbrach.

Er blieb stehen und lehnte mit dem Rücken gegen die Wand. »Paralysiere mich!« schrie er Danton an.

Rhodans Sohn warf ihm einen verständnislosen Blick zu, dann griff er zögernd nach seinem Paralysator. Die Gruppe versammelte sich um Atlan. Als Danton die Waffe hob, spürte Atlan einen Impuls.

Ich bin es – Kakuta!

»Halt, Roi!« rief Atlan. »Nicht schießen! Es ist Tako Kakuta.«

Tako, das ist Wahnsinn, was Sie tun! dachte er wütend.

Ich weiß, gab der Teleporter zu. *Aber wir mußten mit jemand in Verbindung treten, um zu erfahren, was geschehen ist.*

»Kakutas Bewußtseinsinhalt befindet sich in mir«, erklärte Atlan den anderen, denn er sah deutlich, daß sie ihn mißtrauisch beobachteten. »Tako ist das Risiko eingegangen. Ich gebe ihm jetzt einen kurzen Bericht.«

Der Arkonide versuchte Tako zu beruhigen und ihn davon zu überzeugen, daß Perry Rhodan noch am Leben war. Doch der Teleporter ließ ihn merken, daß die Bewußtseinsinhalte mit dem Schlimmsten rechneten.

Wir sind bereit, im Kampf gegen die Paramags zu helfen! dachte Kakuta entschlossen. *Jeder Bewußtseinsinhalt wird sich einen Träger auswählen, der dann die entsprechenden Fähigkeiten des Mutanten besitzen wird.*

Das würde die Paramags nur veranlassen, Wabe 1000 zu vernichten, gab Atlan zurück. *Verschwinden Sie, Tako! Berichten Sie den anderen, wie es steht, und halten Sie sich zurück.*

Das Zögern des Altmutanten war unverkennbar. Atlan hatte für das

Verhalten Kakutas sogar Verständnis. In dieser Situation wollten die Bewußtseinsinhalte nicht in den PEW-Adern bleiben, sondern gegen die Paramags kämpfen.

Wir hatten geglaubt, endlich eine Heimat gefunden zu haben! dachte Tako Kakuta traurig. Dann zog er sich wieder zurück.

»Alles in Ordnung«, sagte Atlan zu seinen Begleitern. »Tako ist wieder weg.«

Sie hörten Tolot einen Warnruf ausstoßen. Am anderen Ende des Korridors tauchten ein paar Paramags auf. Sie schoben eine gitterartige Wand vor sich her.

»Nicht schießen!« rief Atlan. »Wir wollen herauszufinden versuchen, was sie da anschleppen.«

Tolot wich langsam zurück. Da noch nichts passiert war, vermutete Atlan, daß das Gitter eine Defensivwaffe war. Vielleicht warteten die Paramags nur darauf, daß ihre Gegner die Energiewaffen einsetzten.

Als Atlan sich umdrehte, sah er am anderen Ende des Ganges die breiige Masse hereinquellen. Er packte Danton am Arm und machte ihn darauf aufmerksam. Rhodans Sohn stieß eine Verwünschung aus.

»Wir sind eingeschlossen!«

»Ja«, stimmte Waringer zu. »Das bedeutet, daß wir uns entscheiden müssen, auf welcher Seite wir durchbrechen wollen.«

»Mit diesem Brei haben wir bereits unangenehme Erfahrungen gemacht!« stellte Gucky fest. »Ich schlage deshalb vor, daß wir es auf der anderen Seite versuchen. Ras und ich werden *hinter* das Gitter teleportieren, so daß wir die Paramags von zwei Seiten angreifen können. Auf diese Weise drehen wir den Spieß um.«

»Halt!« Atlan ergriff den Ilt am Arm. »Nicht teleportieren! Ich befürchte, daß Ras und du in Antimateriefeldern hängenbleiben werdet.«

»Atlan hat recht!« stimmte Waringer zu. »Wir müssen jetzt genau überlegen, was wir tun.«

»Dann beeilen Sie sich!« meinte Tschubai ironisch und deutete auf die Paramags, die sich mit ihrem Gitter bis auf fünfzig Schritte genähert hatten.

»Das übernehme ich!« entschied Tolot. Er ließ sich auf die Laufarme sinken und stürmte voran. Er füllte fast die gesamte Breite des Ganges aus.

Atlan schloß unwillkürlich die Augen. Er hörte ein lautes Zischen, als sich mitten im Gang Energie entlud, und als er die Augen öffnete, sah er Tolot wie einen überdimensionalen Glühkörper mitten im Korridor stehen. Sekundenlang glaubte er die feinsten Verästelungen von Tolots Nervenbahnen bloßliegen zu sehen, dann ließ der Koloß sich aufbrüllend auf das Gitter fallen, und der Spuk war sofort vorüber. Es gab einen dumpfen Knall, dann begann das Gitter zu verschmoren. Die Paramags, die es geschoben hatten, ergriffen die Flucht.

Bestürzt sah Atlan, daß der Haluter taumelte und sich gegen die Wand lehnen mußte. Diesmal hatte Tolot sich offensichtlich zuviel zugemutet. Atlan rannte auf ihn zu.

»Gut gemacht!« rief er ihm zu, doch Tolot schien ihn nicht zu verstehen.

Der Haluter bewegte willkürlich die Arme. Es war deutlich zu sehen, daß er nicht richtig bei Sinnen war.

»Tolotos!« schrillte Gucky. »Du wirst doch deinen besten Freund jetzt nicht allein lassen.«

Es sah aus, als wollte Tolot darauf reagieren, doch er rutschte an der Wand entlang und kippte zu Boden. Es gab ein häßliches Geräusch, als er auf den harten Boden prallte. Atlan trat näher an ihn heran.

»Die gesamte Energie ist durch seinen Körper geströmt. Ich wundere mich, daß er es überlebt hat. Jeder Mensch wäre auf der Stelle tot gewesen.«

Sie untersuchten Tolot, ohne etwas Besonderes feststellen zu können.

»Was machen wir jetzt?« fragte Danton. »Wollen wir ihn hier liegenlassen?«

»Transportieren können wir ihn nicht«, stellte Atlan fest. »Aber ich hoffe, daß er sich bald wieder erholen wird.« Er blickte in die Richtung, aus der sie gekommen waren. »Diese gefährliche Substanz verfolgt uns noch immer, also müssen wir ihn trotz aller Schwierigkeiten wegschaffen.«

Ein paar der Wissenschaftler trugen Antigravprojektoren mit sich. Sie wurden an Tolots Körper befestigt.

»Ich bin nicht sicher, ob sie funktionieren«, sagte Waringer.

Die Geräte wurden eingeschaltet.

»Nichts!« Atlan ballte die Hände zu Fäusten. »Die Paramags blockieren die Antigravprojektoren mit ihren PPAAs.«

»Dann müssen wir ihn eben ziehen!« schlug Danton vor. »Wir befestigen ein paar Gürtel an seinem Körper. Damit können wir ihn aus dem Gang zerren.«

»Es wäre einfacher, ihn zu teleportieren!« rief der Ilt.

»Das versuchen wir nur im äußersten Notfall«, entschied Atlan. »Wenn die Antigravprojektoren nicht funktionieren, müssen wir damit rechnen, daß es auch bei einer Teleportation zu Zwischenfällen kommt.«

In aller Hast wurden zwölf Gürtel an Tolots Schutzanzug befestigt.

»Verteilt euch um ihn!« befahl Atlan. »Wir ziehen ihn weg.«

Je zwei Männer griffen nach einem Gürtel.

»Vorwärts!« rief der Arkonide.

Es war nicht einfach, den Giganten wegzuschleppen, der bei normaler Erdanziehungskraft immerhin vierzig Zentner wog. Nur dem Umstand, daß in Wabe 1000 eine wesentlich geringere Gravitation als auf der Erde herrschte, war es zu verdanken, daß die Männer Tolot überhaupt davonziehen konnten.

Atlan stellte erleichtert fest, daß sie wieder einen größeren Abstand zwischen sich und die breiige Masse brachten.

»Da liegt etwas!« rief Fellmer Lloyd plötzlich.

Sie hielten an und richteten ihre Scheinwerfer auf zwei am Boden liegende Gestalten. Atlan sah, daß es zwei Mitglieder aus dem Waringer-Team waren.

»Die Paramags haben sie erwischt«, sagte Waringer betroffen. »Allein hatten sie keine Chance.«

Es war nicht festzustellen, auf welche Weise die Paramags die beiden Wissenschaftler getötet hatten, aber irgend etwas an den Leichen fiel Atlan auf. Erst nach längerem Hinsehen bemerkte der Arkonide, daß es die merkwürdige Haltung der Gliedmaßen war, die ihn an den Toten irritierte. Er trat näher heran.

»Waringer!« rief er leise. Der Wissenschaftler trat an seine Seite. »Sehen Sie sich ihre Arme und Beine an!« forderte Atlan ihn auf.

»Seltsam!« brachte Waringer hervor. »Es sieht irgendwie unnatürlich aus. Als hätte man die Knochen aus den Körpern entfernt.«

Atlan beugte sich kopfschüttelnd zu einem der Toten hinab.

»Das ist es nicht! Im ersten Augenblick dachte ich, man hätte den Bedauernswerten auf eine geheimnisvolle Weise Beine und Arme abgenommen und seitenverkehrt wieder angesetzt. Jetzt sehe ich, daß das nicht stimmt. Aber sie müssen einen schrecklichen Todeskampf gehabt haben. Dabei haben sie offenbar versucht, Arme und Beine zu verdrehen.«

Einer inneren Eingebung folgend, knöpfte er den Brustteil vom Schutzanzug des vor ihm liegenden Mannes auf.

»Nicht nur die Gliedmaßen!« stellte er fest. »Der gesamte Körper ist verdreht. Ich frage mich, wie die Paramags das erreicht haben.«

Waringer kratzte sich am Hinterkopf und schwieg.

»Wir müssen in die Zentrale«, sagte Atlan. »Hier können wir nicht länger bleiben.«

»Tolot kommt zu sich!« informierte ihn Roi Danton.

Der Haluter richtete sich auf. Er war noch benommen, stellte aber schnell fest, auf welche Weise man ihn transportiert hatte.

»Es war ein Energieschock«, erklärte er. »Es kann sein, daß ich noch ein paarmal zusammenbreche.«

»Wir sind froh, daß Sie wieder auf den Beinen sind«, sagte Atlan. »Lassen Sie die Gürtel an Ihrem Anzug, damit wir Sie nötigenfalls wieder ziehen können.«

»Ich wußte, daß ihr mich nicht meinem Schicksal überlassen würdet, meine Kinder«, dröhnte der Haluter.

Sie brachen auf und erreichten nach kurzer Zeit einen großen Raum, in dem ein paar fremdartig aussehende Maschinen der Paramags standen. Zahlreiche Paraaugen in den Wänden bewiesen, daß die Eingeschlossenen die Zentrale fast erreicht hatten.

Atlan wunderte sich, daß keine Paramags in der Nähe waren. Warum ließen diese sonst so vorsichtigen Wesen ihre Maschinen unbewacht zurück?

Ein Verdacht stieg in dem Arkoniden auf. Vielleicht hofften die Paramags sogar, daß die Fremden versuchen würden, diese Maschinen zu zerstören. Alles konnte eine gut getarnte Falle sein.

»Wir rühren in diesem Raum nichts an!« warnte Atlan seine Begleiter.

Doch seine Warnung kam zu spät. Ein Wissenschaftler aus Waringers Team hatte sein Interesse an den fremdartigen Einrichtungen nicht unterdrücken können und an ein paar Instrumenten herumzuspielen begonnen.

Ein Klirren wurde hörbar. Atlan fühlte sich von eigenartigen Kräften gepackt und zu Boden geworfen. Seine Muskeln verspannten sich; einem inneren Zwang folgend, versuchte er, Arme und Beine zu verdrehen. Obwohl er dabei heftige Schmerzen litt, konnte er nicht aufhören. Um ihn herum wälzten sich die anderen am Boden.

Atlan dachte an die beiden Leichen im Korridor. Sie waren bei einem ähnlichen Angriff ums Leben gekommen ...

Die zwanzig Überlebenden des Flottentenders, unter ihnen Perry Rhodan, Oberst Matunari und Alaska Saedelaere, hatten sich im Weltraum versammelt und trieben in einer Entfernung von ungefähr fünfzig Kilometern hinter Wabe 1000 her. Rhodan hatte es für sicherer gehalten, den Abstand zwischen dem Asteroiden und den Schiffbrüchigen zu vergrößern, denn die Gefahr, daß Wabe 1000 ähnlich enden würde wie der Tender, konnte nicht ausgeschlossen werden.

Ein Funkverkehr war noch immer unmöglich, so daß Perry Rhodan weder mit Atlan und seiner Gruppe noch mit Major Matoscho in Verbindung treten konnte. Sogar der Helmsprechfunk der dicht nebeneinander im Raum schwebenden Männer wurde immer wieder gestört.

Oberst Matunari konnte nicht fassen, daß er so plötzlich und unverhofft sein Schiff verloren hatte. »Wir haben einen Fehler gemacht«, sagte er immer wieder. »Der Tender hätte gerettet werden können.«

»Selbstvorwürfe haben jetzt keinen Sinn«, versuchte Rhodan ihn zu trösten. »Wir haben uns schnellstens auf die Situation eingestellt, sonst gäbe es keine Überlebenden.«

»Ein Kommandant ist für die Sicherheit der Besatzung des von ihm befehligten Schiffes verantwortlich«, erwiderte der Oberst. »Aber ich habe so gut wie nichts getan.«

»Weil Sie nichts tun konnten!«

Matunari gab eine Antwort, aber sie wurde von störenden Impulsen überlagert, so daß Rhodan die Stimme nur undeutlich verstehen konnte.

»Es hat keinen Sinn, noch länger darüber zu diskutieren, was wir alles zur Vermeidung der Katastrophe hätten tun können«, sagte der Großadministrator. »Wir sind am Leben, deshalb müssen wir versuchen, unsere endgültige Rettung zu erreichen. Vor allem müssen wir Major Matoscho auf uns aufmerksam machen. Wahrscheinlich nimmt er an, daß alle Besatzungsmitglieder tot sind. Bei den energetischen Störungen in diesem Gebiet kann er uns nicht orten.«

»Wir sollten alle gleichzeitig unsere Waffen abfeuern«, schlug einer der Geretteten vor. »Vielleicht entdeckt Matoscho das.«

»Er wird es entdecken!« meinte Rhodan. »Die Frage ist nur, wie er es deuten wird.«

»Ich halte die Idee trotzdem für gut!« sagte Matunari.

»Ja«, stimmte Perry zu. »Versuchen müssen wir es auf jeden Fall. Machen Sie Ihre Waffen schußbereit.«

Er wartete, bis alle fertig waren, dann gab er den Schußbefehl. Wenn an Bord der CDIN-3 nicht gerade alles schlief, was nicht vorstellbar war, mußte der Energieausbruch an Bord des Kreuzers bemerkt werden.

»Wir wollen warten!« sagte Rhodan. »Vielleicht kommt es zu einer Reaktion.«

Tondor Kerlak hatte sich der Gruppe terranischer Schiffbrüchiger so weit genähert, daß er die einzelnen Raumfahrer mit den bloßen Augen wahrnehmen konnte. Er hoffte schon, daß er völlig unbemerkt dicht herankommen würde, als die Terraner plötzlich zu den Waffen griffen und zu schießen begannen.

Ihre Schüsse waren ungezielt. Die Überlebenden wußten offenbar noch nicht, von welcher Seite der Haluter sich näherte. Sie hatten ihn geortet, aber seine genaue Position kannten sie nicht. Ihre Reaktion ließ auf Nervosität schließen, sogar auf Panik.

Kerlak hielt an.

Er beobachtete seine Gegner, an denen er sich für die erlittene Schmach rächen wollte. Eigentlich seltsam, daß sie alle gleichzeitig geschossen und dann sofort wieder aufgehört hatten. Doch es war nicht zum erstenmal, daß Kerlak mit Intelligenzen zusammentraf, die in Augenblicken der Gefahr als

Kollektiv handelten. Kerlak bedauerte, daß er sich niemals mit der Mentalität der Terraner beschäftigt hatte, obwohl es genügend einschlägige Literatur auf Halut gab. Dieses Versäumnis konnte sich jetzt rächen.

Hier im Weltraum bedeuteten seine körperlichen Vorzüge nicht viel. Kerlak wußte, daß er die ausgewählten Opfer nur durch sein höheres Maß an Intelligenz schlagen konnte.

Die zwanzig Terraner verhielten sich jetzt ruhig, eigentlich unverständlich, nachdem sie wie ein paar Verrückte ins Nichts geschossen hatten.

Kerlak, der schon im Begriff war, weiterzufliegen, hielt wieder an. Er durfte keinen Fehler begehen. Vielleicht versuchten die Fremden, ihn zu täuschen.

Sie werden versuchen, sich in meine Lage zu versetzen! überlegte Kerlak.

Die Terraner würden zu ergründen versuchen, was er vorhatte, und auf jeden seiner mutmaßlichen Schritte reagieren. Sie kannten Icho Tolot sehr gut und wußten viel über Haluter. Deshalb nahmen sie sicher an, Kerlak durchschauen zu können.

Das bedeutete, daß Kerlak immer einen Schritt voraus denken mußte. Und er durfte auf keinen Fall das tun, was die Terraner von ihm erwarteten.

Sicher wußten sie, daß ihn ihre Schießerei aufmerksam gemacht hatte. Es war sogar anzunehmen, daß sie wußten, daß er jetzt bewegungslos im Weltraum »hing« und nachdachte.

Fast, dachte Kerlak bestürzt, hätten sie ihn gezwungen, so zu handeln, wie es ihnen zweckmäßig erschien. Aber er hatte sie rechtzeitig durchschaut.

Sie würden nicht damit rechnen, daß er den alten Kurs beibehalten und sich ihnen furchtlos nähern könnte. Viel eher mußten sie annehmen, daß er seinen Angriffsplan komplizieren würde.

Diese schlauen kleinen Burschen, dachte Kerlak mit einem Anflug von Bewunderung für seine Feinde. Er flog weiter – direkt auf die Schiffbrüchigen zu.

Es gab noch einen Grund, weshalb die Besatzung der CDIN-3 die Energieentfaltung im Weltraum vielleicht nicht geortet hätte – doch davon konnte Rhodan nichts wissen. Der Kreuzer war bis auf wenige Kilometer an das halutische Schiff herangekommen. Major Matoscho und Leutnant Taimar hatten das Schiff verlassen. Auf einer Linse näherten sie sich vorsichtig dem halutischen Schiff. Sie funkten ununterbrochen, hatten aber noch keinen Kontakt hergestellt.

»Ich weiß nicht, ob es richtig ist, ihn um Unterstützung zu bitten«, sagte Taimar skeptisch.

»Er ist schließlich kein stumpfsinniger Mörder«, versetzte Matoscho.

»Ich traue diesem hochintelligenten Wesen zu, daß es uns hilft. Kerlak hat schließlich mit angesehen, wie der Flottentender vernichtet wurde. Daraus wird er seine Rückschlüsse gezogen haben.«

Taimar antwortete nicht, denn in diesem Augenblick meldete sich Leutnant Bradmayr von Bord der CDIN-3. Bradmayr war zurückgeblieben und hatte das Kommando über das Beiboot übernommen.

Bradmayrs Stimme klang undeutlich, als wäre er Lichtjahre weit entfernt. Auch im Gebiet, das Matoscho als Standort für sein Schiff gewählt hatte, machten sich die Störungen durch die PPAAs noch bemerkbar.

»Wir orten eine Energieentfaltung in der Nähe der Explosionsstelle, Major!«

»Ja«, sagte Matoscho geistesabwesend. Er war ganz auf das halutische Schiff konzentriert. »Das wundert mich nicht. Die Paramags von Wabe 1000 sind sicher noch aktiv.«

»Sollen wir irgend etwas unternehmen?« erkundigte sich Bradmayr.

»Nein«, sagte der Major. »Wir würden nur die Paramags auf uns aufmerksam machen. Beobachten Sie das Gebiet um Wabe 1000 weiter! Wir werden weiter versuchen, Kontakt mit dem Haluter aufzunehmen.«

Die Linse war jetzt bis auf wenige hundert Meter an das schwarze Raumschiff herangekommen. Leutnant Taimar beobachtete es mit gemischten Gefühlen. Wenn der Haluter jetzt seine Bordkanonen einsetzte, waren die beiden Männer, die flach auf der Linse lagen, verloren.

»Es bleibt unheimlich still!« sagte Taimar, um seine Nervosität zu überspielen. »Entweder hat er uns noch nicht entdeckt, oder er will uns ignorieren.«

Eigentlich hätten sie jetzt umkehren müssen, überlegte Matoscho. Das Risiko war einfach zu groß.

Er wandte sich an Taimar. »Fliegen Sie zurück! Ich mache allein weiter.«

Der Leutnant verzog das Gesicht. »Ich würde lieber bei Ihnen bleiben, Kommandant.«

»Das war ein Befehl.«

Taimar verzog das Gesicht. Er ließ sich von der Linse gleiten und schaltete sein Rückenaggregat ein.

Matoscho sah einen Flammenschweif, dann flog der Leutnant davon. Matoscho wandte seine Aufmerksamkeit sofort wieder dem halutischen Schiff zu. Er wußte nicht genau, was ihn daran so fesselte. Denn der tiefere Grund, warum er den Kreuzer verlassen hatte, war Faszination. Er glaubte nicht im Ernst daran, Tondor Kerlak zum Verbündeten gewinnen zu können. Aber dieses Schiff zog ihn an. Nicht nur das Schiff, gestand sich Matoscho ein, sondern auch sein Besitzer. Ja, je länger er überlegte, desto mehr war Matoscho davon überzeugt, daß sein Interesse in erster Linie diesem einsamen Kämpfer galt.

Vielleicht deshalb, weil Tondor Kerlak etwas repräsentierte, was in Matoschos ersticktem Gefühlsleben bestimmte Reaktionen hervorrief. Eigentlich hatte der Major nach dem Tod seiner drei Kinder sich ebenfalls in die Einsamkeit zurückziehen wollen. Er hatte von einem Leben für die Rache geträumt, aber da war nichts mehr, woran er sich hätte rächen können.

Deshalb war Kerlak sein Vorbild. Der Haluter kämpfte gegen alles und jeden, er hatte keine moralischen Bedenken. Tondor Kerlak kämpfte, weil er das Verlangen dazu spürte.

Matoscho war nicht sicher, ob er sich im Kampf abreagieren konnte, aber er hoffte es zumindest. Seit sie mit Kerlak zusammengetroffen waren, hoffte er es. Kerlak präsentierte ihm die Lösung, nach der er so lange gesucht hatte. Auf geheimnisvolle Weise fühlte Matoscho sich mit dem Haluter verbunden.

Matoscho war so in Gedanken versunken, daß er kaum merkte, wie die Linse in den schwachen Gravitationsbereich des halutischen Schiffes geriet und angezogen wurde. Plötzlich sah Matoscho über sich die beleuchtete Öffnung einer offenstehenden Schleusenkammer.

Die Erkenntnis ließ den einsamen Mann auf der Flugscheibe zusammenzucken: Tondor Kerlak befand sich nicht mehr an Bord seines Schiffes! Der Haluter war ausgestiegen.

Alarmiert blickte Matoscho sich um, doch er konnte Kerlak nirgends entdecken. Wo war der Haluter?

Matoscho hatte geglaubt, daß er keine Angst mehr empfinden könnte, doch jetzt fühlte er sich unbehaglich. Die Vorstellung, daß Kerlak ihn vielleicht beobachtete, ließ ihn nicht los.

Nun gut, dachte er trotzig. Auch er konnte ein gewagtes Spiel treiben. Er warf eine Magnettrosse gegen die Außenwand des halutischen Schiffes, so daß die Linse nicht wegtreiben konnte. Dann verließ er die Scheibe und arbeitete sich mit Hilfe seines Rückstoßaggregats bis an die offene Schleusenkammer heran.

Spätestens jetzt hätte seiner Ansicht nach etwas geschehen müssen.

Doch Kerlak blieb verschwunden.

Die Gedanken des Majors waren so stark auf Kerlak projiziert, daß er nicht in der Lage war, die richtigen, logischen Zusammenhänge zu begreifen, sonst hätte er spätestens jetzt Kerlaks Verschwinden mit dem von Leutnant Bradmayr georteten Energieausbruch in Zusammenhang gebracht.

Matoscho hing untätig vor der Schleusenkammer. Obwohl keine unmittelbare Gefahr bestand, fühlte er sich in die Enge getrieben.

Taimars Stimme klang in seinem Helmlautsprecher auf, sie hörte sich seltsam verändert an. »Ich bin an Bord angekommen, Sir.«

»Gut«, krächzte Matoscho. Er hatte einen ausgetrockneten Mund. Er merkte, daß er schwitzte. Einen Augenblick war er sich seiner inneren Erregung bewußt. Er bekam seine Stimme wieder unter Kontrolle.

»Die Schleusenkammer des halutischen Schiffes ist geöffnet. Ich nehme an, daß Kerlak ausgestiegen ist. Versuchen Sie ihn zu finden.«

Taimar mußte sich offenbar erst von seinem Schreck erholen, denn es dauerte einige Zeit, bis er antwortete.

»Sie sind da draußen, Major – und er auch! Ich würde Ihnen raten, sofort zurückzu...«

»Sparen Sie sich das!« sagte Matoscho schroff.

»Wie Sie wünschen!« Matoscho glaubte, das hagere Gesicht mit dem beleidigten Ausdruck darin vor sich zu sehen. »Was werden Sie jetzt tun?«

Matoscho blickte auf die offene Schleuse und faßte einen kühnen Entschluß.

»Ich steige ein!« rief er. »Ich versuche, an Bord des Schiffes zu gelangen.«

»Verrückt!« platzte der Leutnant heraus. »Entschuldigen Sie!«

»Schon gut!« Etwas im Gesicht des Majors spannte sich. Er merkte, daß er breit lächelte. Es war unbewußt geschehen. Unwillkürlich begann er laut loszulachen.

»He!« rief Taimar. »Das darf doch nicht wahr sein! Sind Sie das, Sir?«

»Dachten Sie, es wäre Kerlak?«

Taimar sagte nichts.

»Sie beobachten den Raum. Ich steige ein. Versuchen Sie mich zu warnen, wenn der Bursche auftauchen sollte.«

»Leben Sie wohl, Sir!«

Matoscho verstand die Ironie, aber er machte sich nichts daraus. Er fühlte sich ungemein erleichtert. Endlich tat er etwas. Er hatte jahrelang förmlich in Starre verharrt und überhaupt nicht richtig gelebt. Jetzt fühlte er das Blut durch seine Adern strömen.

Er landete in der Schleusenkammer und blickte sich um. Sicher gab es manuelle Schaltvorrichtungen, mit denen sich die äußere Tür schließen und die innere Tür öffnen ließ. Er war bereit, einige Versuche zu riskieren.

27.

Kardmisch versuchte zu begreifen, was die Ankunft des Fremden, den er auf einem der eingeschalteten Bildschirme beobachten konnte, zu bedeuten hatte. Eines war sicher: Der Ankömmling war kein Haluter. Das hieß natürlich nicht, daß er ein Freund Kardmischs war, aber es hieß auch, daß er ein Gegner Kerlaks war, denn der verrückte Haluter besaß bestimmt keine Verbündeten.

Kardmisch ordnete seine Gedanken.

Der Haluter, der ihn gefangenhielt, war wieder einmal zu irgendwelchen verrückten Kämpfen aufgebrochen. Kardmisch rechnete längst nicht mehr damit, zu seiner Welt zurückkehren zu können. Er hatte mit seinem Leben abgeschlossen. Das, was er in letzter Zeit erlebt hatte, war zuviel für seinen unkomplizierten Verstand gewesen. Es war unmöglich für ihn gewesen, alles zu verarbeiten. Er konnte den Haluter nicht einmal hassen. Wie alle unterdrückten Wesen seiner Mentalität nahm Kardmisch seinen Zustand als unabänderlich hin. Nur ab und zu, wenn er längere Zeit zum Nachdenken besaß, regten sich Rachegedanken in ihm.

Der Fremde stand noch immer in der Schleusenkammer und sah sich um. Er war wesentlich kleiner als ein Haluter, aber er ähnelte Kerlak in der Körperform, obwohl er nur zwei Arme besaß. Am Verhalten dieses Wesens glaubte Kardmisch zu erkennen, daß es sich in der Schleuse nicht zurechtfand, denn es trat von einer Wand zur anderen und untersuchte die verschiedenen Mechanismen, über deren Bedeutung sich auch Kardmisch nicht im klaren war.

Warum war Kerlak nicht da, um gegen diesen Eindringling zu kämpfen? Das war ein Rätsel.

Plötzlich glitt die äußere Schleusentür zu. Kardmisch konnte es genau sehen. Gespannt wartete er, was nun geschehen würde. Er fürchtete den Ankömmling nicht, denn er hatte nichts mehr zu verlieren. Seine Lage konnte sich nicht mehr verschlechtern.

Der Fremde bewegte sich durch die geschlossene Schleusenkammer. Nachdem er die äußere Schleusentür geschlossen hatte, suchte er nach einer Möglichkeit, ins Innere des Schiffes zu gelangen. Kardmischs Interesse wuchs. Seine Vorstellungen, auf welche Weise er mit diesem Wesen in Verbindung treten könnte, waren nur vage. Als sich jedoch die innere Schleusentür öffnete, drehte Kardmisch sich um und blickte zum Eingang der Zentrale, wo er den Ankömmling in wenigen Augenblicken zu sehen erwartete.

Das Signal war nur undeutlich, aber über seine Bedeutung gab es keine Zweifel. Tondor Kerlak erstarrte mitten in seinen Bewegungen.

Sein Peilgerät hatte angesprochen! Jemand war in sein Schiff eingedrungen!

Kerlak mußte sich dazu zwingen, nicht unüberlegt davonzurasen und zu seinem Schiff zurückzukehren. Dazu war es jetzt auch zu spät. Der Unbekannte – vielleicht waren es auch mehrere – würde inzwischen längst die Zentrale erreicht und seine Vorbereitungen getroffen haben. Das Schiff war verloren!

Kerlak starrte auf die kleinen Figuren vor sich im Weltraum. Sosehr er sich auch bemüht hatte, ihre Handlungen vorauszuahnen – er war gescheitert. Sie hatten ihn überlistet. Während er sich ihnen vorsichtig genähert und sie beobachtet hatte, waren sie nicht untätig gewesen. Einer oder ein paar von ihnen hatten Kerlak umflogen und waren in das Schiff eingedrungen.

Der Haluter merkte noch immer nicht, daß er die Situation extrem komplizierte. Er verlor allmählich den Blick für die tatsächlichen Gegebenheiten.

Was sollte er jetzt tun? Eine Rückkehr war unmöglich, denn wer immer sich im Innern des Schiffes befand, konnte ihn mühelos zurückschlagen.

So entschloß er sich, seinen ursprünglichen Plan zu verwirklichen und die vor ihm im Weltraum treibenden Terraner anzugreifen. Jetzt besaß er zwei Gründe, sie zu vernichten: die Beleidigung, die sie ihm zugefügt hatten, und die Eroberung seines Schiffes.

Er flog weiter auf die Schiffbrüchigen zu und wunderte sich, daß sie nicht anders reagierten. Sie schienen jetzt völlig gelassen zu sein.

Als er sich ihnen bis auf Schußnähe genähert hatte, reagierten sie zum erstenmal so, wie er es erwartet hatte, so daß er sich überrascht fragte, ob sie ihn die ganze Zeit über nicht gesehen hatten. Wenn seine Vermutung zutraf, hatte er ein paar schwere Fehler begangen. Trotzdem wollte er das zu Ende führen, was er sich in den Kopf gesetzt hatte.

Atlan hörte ein klirrendes Geräusch, dann gab es eine dumpfe Explosion. Fast gleichzeitig wurde sein Körper schlaff, die unerträglich gewordene Verspannung der Muskulatur hörte auf. Der Arkonide wartete, bis die Schmerzen so weit abgeklungen waren, daß er sich aufrichten konnte. Er sah den Haluter vor den Maschinen stehen. Tolot hatte die Anlage mit seinen Fäusten zertrümmert und seine Begleiter damit vor dem Tod bewahrt. Überall lagen stöhnende Männer am Boden.

»Es ist vorbei!« rief Atlan. »Tolot hat die Maschinen zerstört. Uns droht keine Gefahr mehr.«

»Die Paramags werden schnell herausfinden, daß wir überlebt haben, und uns mit anderen Waffen angreifen«, befürchtete Ras Tschubai.

Atlan sah sich um. Er konnte jedoch nirgends Paramags sehen. Vielleicht hatten sich die biberähnlichen Wesen in die Zentrale oder tiefergelegene Räume zurückgezogen.

»Ich habe telepathischen Kontakt mit Betty Toufry!« berichtete Gucky. »Die Altmutanten rechneten schon mit unserem Ende. Sie sind sehr erleichtert, daß wir diesen Angriff überstanden haben.« Guckys Stimme wurde lauter. »Die Paramags befinden sich wieder im Zustand der Paratransdeformation.«

Atlan stieß eine Verwünschung aus. Damit hatte er gerechnet. Die Paramags glaubten, daß sie die Eindringlinge getötet hatten, und wollten nun die Bewußtseinsinhalte angreifen. Zu diesem Zweck waren sie entstofflicht und in die PEW-Adern von Wabe 1000 eingedrungen, um Jagd auf die Altmutanten zu machen.

Die Phantasie des Arkoniden reichte nicht aus, um sich vorstellen zu können, was sich nun mitten im Felsgestein des Asteroiden abspielte.

»Frag Betty, ob wir ihnen irgendwie helfen können!« befahl Atlan dem Ilt.

»Sie richtet dir aus, daß es der Kampf der Bewußtseinsinhalte ist«, antwortete Gucky nach einiger Zeit. »Von den Altmutanten hängt es nun selbst ab, ob ihnen Wabe 1000 als Stützpunkt gehören wird oder nicht. Betty hat keinen Zweifel daran, daß sie nur bleiben oder sterben können.«

Atlan preßte die Lippen aufeinander. Das, was er befürchtet hatte, war eingetroffen.

Der Entscheidungskampf fand im Innern des Asteroiden statt. Die Mitglieder des Neuen Mutantenkorps und das Waringer-Team waren von diesem Kampf ausgeschlossen.

Atlan wurde von einem schwachen Summen seines Vielzweckarmbandgeräts abgelenkt. Er fragte sich, ob das Major Matoscho war, der sich über Funk meldete, und schaltete auf Empfang.

Eine kaum verständliche Stimme begann zu sprechen.

»Das ... das ist Perry!« rief der Arkonide.

Er wurde von den anderen umringt. Alle schrien durcheinander.

»Ruhe!« befahl Atlan schroff. »Ich kann keinen Ton verstehen. Ich versuche, Kontakt mit ihm aufzunehmen.«

Aber die Verbindung riß wieder ab. Der Einfluß der nur langsam abklingenden PPAAs war noch zu groß.

»Immerhin wissen wir jetzt, daß Rhodan noch am Leben ist«, sagte Fellmer Lloyd erleichtert. »Wahrscheinlich gibt es außer ihm noch andere Raumfahrer, die sich rechtzeitig von DINO-386 in Sicherheit bringen konnten.«

Der Arkonide wandte sich an Gucky. »Ich halte es für gut, wenn du den Bewußtseinsinhalten von unserer Feststellung berichtest. Es wird ihnen Mut machen, wenn sie erfahren, daß Perry noch am Leben ist.«

Gucky konzentrierte sich, um einen telepathischen Kontakt mit den Bewußtseinsinhalten herstellen zu können, dann übermittelte er ihnen die Nachricht.

»Ich hoffe, daß es ihnen hilft«, sagte er. »Sie werden jetzt von den Paramags eingekreist.«

Das Kräfteverhältnis zwischen Paramags und Bewußtseinsinhalten war unausgeglichen, überlegte Atlan. Die zahlenmäßige Überlegenheit der Paramags war dafür nicht der einzige Grund. Diese Wesen kannten sich auch innerhalb der PEW-Adern besser aus. Sie wußten genau, wie sie innerhalb des Asteroiden zu fahren hatten. Aber letztlich, so nahm der Arkonide an, würde die größere parapsychische Kraft entscheidend sein.

Die Männer hatten sich vom letzten Angriff der Paramags erholt und waren bereit, dem Arkoniden in die Zentrale zu folgen.

»Früher oder später werden die Paramags merken, daß wir noch am Leben sind«, sagte Tolot. »Vielleicht wissen sie es schon. Aber sie haben sich jetzt auf die Bewußtseinsinhalte konzentriert. Ich glaube, daß vom Ausgang des bevorstehenden Kampfes auch unser Schicksal abhängt.«

Atlan und Tolot übernahmen die Führung. Die Gruppe kam jetzt unbehelligt voran.

Der Arkonide schaltete immer wieder sein Armbandfunkgerät ein, doch der Kontakt zu Rhodan ließ sich nicht wiederherstellen. Hinter jedem Zentimeter des mit PEW-Metall durchzogenen Felsgesteins konnte ein fürchterlicher Kampf auf parapsychischer Ebene toben.

Sie hatten ihn in einem Gewirr von Seitenadern eingekreist und gestellt. Obwohl er sie weder sehen noch hören konnte, spürte Tama Yokida die Anwesenheit von ein paar Dutzend Paramags. Unbewußt bewunderte er die Geschicklichkeit, mit der sich die Gegner in den feinen Verästelungen bewegten. Dazu waren die Bewußtseinsinhalte noch nicht in der Lage. Yokida unterdrückte den Wunsch, seine Freunde um Hilfe zu rufen, denn jeder der sieben anderen Bewußtseinsinhalte befand sich wahrscheinlich in einer ähnlich gefährlichen Lage wie der Telekinet.

Blitzschnell stieß Yokida in ein paar Seitenadern vor, aber auch sie waren von Paramags besetzt. Wenn er wirklich eine Lücke fand, so wurde sie geschlossen, bevor er durchstoßen konnte. Er kam sich vor wie ein in die Enge getriebenes Tier, obwohl das für energetische Existenzformen sicher ein seltsamer Vergleich war.

Yokida konzentrierte sich auf die Umgebung und nahm sie in sich auf. Er sah die einzelnen Adern und Verästelungen transparent vor sich. Von seinem Platz aus hatte er vielleicht ein paar Millionen Möglichkeiten, den Standort zu wechseln, aber nur drei oder vier Adern kamen als Fluchtwege in Betracht, denn sie allein führten in Hauptgänge, von denen aus andere Gebiete des Asteroiden zu erreichen waren.

Aber das wollte Yokida auch nicht, denn er hätte auf diese Weise die Entscheidung nur hinauszögern, nicht aber verhindern können. Die Paramags, die sich im PEW-Metall so sicher bewegten wie Fische im Wasser, würden ihn immer wieder stellen.

Ein Gedankenfetzen erreichte ihn. »Tama!« Das war Betty!

»Ja«, dachte er zurück. »Sie haben mich in der Falle und rücken langsam enger zusammen.«

Sengu meldete sich. »Wir sind alle eingekreist. Sie haben es geschickt gemacht und gewartet, bis sie jeden von uns einzeln erwischen konnten. Nur Noir und Ralf Marten sind zusammen.«

»Das ist kein Grund für uns, jetzt aufzugeben«, dachte Betty beherrscht. Nachdem sie lange Zeit die Sprecherin der Gruppe gewesen war, übernahm sie jetzt immer mehr die Rolle einer Anführerin. Trotz ihrer (bei allen Telepathen üblichen) großen Sensibilität besaß sie ausgeprägte Führungsqualitäten und zeichnete sich vor allem durch Entschlossenheit und Einfühlungsvermögen aus.

»Sie haben uns eingeschlossen und warten ab«, dachte Son Okura. »Aber ich spüre, daß sie etwas vorhaben. Sie warten auf den geeigneten Zeitpunkt zum Zuschlagen.«

»Vielleicht sollten wir ihnen zuvorkommen«, meinte Kitai Ishibashi. »Sie wollen uns nur unsicher machen. Ich befürchte auch, daß wir unseren Mut verlieren, wenn wir noch länger eingeschlossen sind und auf den Angriff warten.«

Yokida esperte die Umgebung. Er hatte den Eindruck, daß die Paramags immer enger zusammenrückten. Behutsam glitt er in eine kleinere PEW-Ader. Bei jedem Platzwechsel achtete er darauf, daß er in der Nähe einer vielarmigen Kreuzung war, damit er im Notfall Ausweichmöglichkeiten besaß.

»Wir müssen einen Testangriff wagen!« entschied Betty. »Tama, das übernimmst du!«

Der Telekinet wurde unsicher. »In meiner Nähe halten sich mindestens sechzig Gegner auf.«

»Nein!« widersprach Betty. »Die Paramags täuschen diese zahlenmäßige Überlegenheit nur vor. In Wirklichkeit haben sie sich überall im Asteroiden verteilt.«

Yokida glaubte das nicht.

»Du wirst versuchen, ein paar Adern in deiner Nähe mit deinen telekinetischen Kräften zu blockieren. Wenn dir das gelingt, kannst du dich völlig abkapseln und bist vor Angriffen sicher.«

Das hörte sich einfach an, aber Tama Yokida bezweifelte, daß die Paramags ein solches Vorgehen einfach hinnehmen würden.

»Fang an!« rief Sengu. »Wir sind gespannt, ob du Erfolg hast.«

Yokida ließ sich zur nächsten Kreuzung zurücktreiben und wählte eine kurvenreiche Ader aus. Er wußte nicht, ob das PEW-Metall in Wabe 1000 überhaupt mit Psi-Kraft zu beeinflussen war. Eines jedoch war sicher: Die Paramags verstanden es, parapsychische Impulse zu neutralisieren. Das hatten sie schon wiederholt bewiesen. Aber wie war es um diese Fähigkeit bestellt, wenn diese Wesen körperlos durch die Adern des Asteroiden glitten?

»Also gut!« dachte Yokida. »Ich will es versuchen.«

Er spürte ein paar Paramags in der Ader, die er für seinen Versuch ausgewählt hatte. Das war ihm gerade recht. Sie sollten spüren, daß er sich nicht so leicht einschüchtern ließ.

Seine Psi-Impulse tobten durch die Ader und wurden vom PEW-Metall reflektiert. Yokida spürte die Überraschung der Paramags, die mit einem solchen Verhalten offenbar nicht gerechnet hatten. Diese Verwirrung mußte er ausnutzen.

Er verstärkte den Druck. Die Paramags mußten sich zurückziehen, als die Ader sich zu verengen begann. Es gelang dem Telekineten, einen Verschluß herbeizuführen.

»Ich habe einen Strang abgeschnitten!« jubelten seine Gedanken. »Die Paramags mußten sich zurückziehen. Ich werde jetzt ...«

Er unterbrach sich, denn er spürte, wie seine Gegner jetzt in anderen Abschnitten vordrangen. Er ahnte, daß er nicht schnell genug sein würde, um die unzähligen Adern kurzzuschließen, durch die sie ihn erreichen konnten. Es war, als müßte er gegen eine vielköpfige Hydra kämpfen, der für jeden abgeschlagenen Kopf ein neuer nachwuchs. Trotzdem gab er nicht auf.

Er versiegelte einen zweiten Strang, einen dritten, einen vierten. Alles spielte sich in Sekundenschnelle ab.

Doch dann waren sie bei ihm. Er hatte es für unmöglich gehalten, daß man in dieser Zustandsform das Gefühl eines *Aufpralls* erleben könnte – doch es geschah!

Er spürte, wie sechs oder sieben Paramags von verschiedenen Seiten auf ihn zuschossen und ihn einhüllten. Ein Wirbel energetischer Kräfte erfaßte ihn. Verwirrt und unfähig zu einer Gegenwehr, mußte er erleben, wie er von seiner Position weggeschoben wurde. Die kinetische Energie der Paramags reichte aus, um Yokida durch das PEW-Metall zu schieben.

Seine Gedanken signalisierten tödliche Gefahr.

Sofort meldete sich Betty.

»Sie haben mich!« schrien die Gedanken des Mutanten. »Sie haben mich, Betty!«

»Was geschieht, Tama? Nimm dich zusammen!«

»Sie schleppen mich weg!«

»Wehr dich!«

Und er wehrte sich. Die Flut seiner Psi-Impulse ergoß sich über die Paramags, die ihn eingeschlossen hatten und einer Hauptader entgegentrieben. Die Geschwindigkeit wurde verlangsamt, aber die Paramags mit ihrem Gefangenen bewegten sich noch immer durch das System.

»Ich weiß jetzt, was sie vorhaben!« meldete sich Wuriu Sengu. »Sie werden versuchen, dich auf ein Paraauge zuzutreiben, Tama.«

»O nein!« Yokida wußte genau, was das für ihn bedeutete.

Die Paramags würden aus dem Paraauge tropfen und sofort materialisieren. Er dagegen würde verpuffen und aufhören zu existieren.

»Wehr dich!« drängte Betty. »Es darf nicht geschehen.«

Verzweifelt stemmte der Telekinet sich gegen die Widersacher, doch er konnte den Fluß der Energie nicht zum Stillstand bringen. Irgendwo am Ende der großen Ader war ein Paraauge ...

»Der Haluter!«

Saedelaeres Alarmschrei war trotz der Störungen in den Helmempfängern aller neunzehn Männer zu hören. Rhodan entdeckte Tondor Kerlak sofort. Da nur die Hälfte des riesenhaften Körpers sichtbar wurde, die andere lag im Schatten, sah Kerlak wie ein halbiertes Ungeheuer aus. Ab und zu tauchte einer seiner Arme aus dem Dunkel und wurde sichtbar.

Rhodan begriff sofort, daß sie viel zu dicht nebeneinander im Raum schwebten und ein ausgezeichnetes Ziel abgaben.

»Auseinander!« befahl er. »Er wird uns angreifen. Wir müssen versuchen, ihn zu umzingeln und in die Zange zu nehmen. Wir schießen erst, wenn er das Feuer eröffnet. Vielleicht können wir ihn zur Vernunft bringen.«

Seine nächsten Worte waren an Tondor Kerlak gerichtet. »Kerlak, wir haben Sie gesehen. Wir wollen einen Kampf vermeiden, außerdem haben wir Ärger genug. Sie haben gesehen, daß unser Schiff explodiert ist. Helfen Sie uns, statt uns anzugreifen!«

Sein Appell war vergeblich. Die Antwort des Haluters bestand aus einem gezielten Schuß aus seiner Handfeuerwaffe, von dem einer der Schiffbrüchigen getroffen wurde. Der Schutzanzug des Mannes flammte auf, aber er war klug genug, sein Rückstoßaggregat sofort zu betätigen, so daß der zweite Schuß, der sein Ende bedeutet hätte, ins Leere ging.

Oberst Matunari stieß ein Schimpfwort aus.

»Wir erwidern das Feuer!« befahl Rhodan ruhig. Hier im Weltraum, wo beide Gruppen auf ihre Anzüge und die Handfeuerwaffen angewiesen waren, wirkte sich die Überlegenheit des Haluters nicht so stark aus wie etwa auf der Oberfläche eines Planeten. Allerdings mußten sie aufpassen, daß keiner von ihnen in die Reichweite der Arme Kerlaks geriet.

Die Raumfahrer eröffneten das Feuer, doch es zeigte sich schnell, daß Kerlak trotz seiner Größe sehr beweglich war. Sein Rückstoßaggregat erlaubte ihm blitzschnelle Manöver, so daß es für die Terraner unmöglich war, den Angreifer unter Punktbeschuß zu nehmen. Das wäre aber nötig gewesen, um den Schutzschirm Kerlaks zu gefährden.

Kerlak hatte ähnliche Probleme, aber dank seiner Manövrierfähigkeit gelang es ihm immer wieder, einen Mann aus den Reihen der Verteidiger auszuwählen. Trotz erbitterter Gegenwehr der Terraner schoß Kerlak innerhalb weniger Minuten zwei von ihnen kampfunfähig, ohne selbst in Gefahr zu geraten.

»Wir ziehen uns zurück!« rief Rhodan seinen Begleitern zu.

In diesem Augenblick wurde er selbst getroffen. Die Wucht des energetischen Aufpralls brachte ihn aus dem Gleichgewicht. Er wirbelte um die eigene Achse, wobei er abwechselnd den pechschwarzen Weltraum und die flammende Scheibe von Wild Man sah.

Als er sich wieder orientieren konnte, betätigte er die Schaltelemente an seinem Gürtel. Das Aggregat an seinem Rückentornister zeigte keine Reaktion. Rhodan ahnte, daß sich in seinem IV-Schirm ein Strukturriß gebildet hatte, durch den zerstörerische Energie an den Tornister gelangt war. Das Rückstoßaggregat war defekt oder völlig zerstört.

Rhodan sah sich um. Von seinen Begleitern waren nur noch winzige Lichtpunkte zu sehen, die Ausstrahlflammen ihrer Aggregate. Auch Kerlak war verschwunden, wahrscheinlich jagte er hinter den Flüchtenden her.

Da spürte Rhodan, daß er sich noch immer bewegte. Er befand sich nicht mehr in einer Umlaufbahn um Wild Man. Der Energieaufprall des Schusses hatte ihn schwach beschleunigt. Er trieb auf Wild Man zu.

Rhodan hatte oft genug solche Situationen erlebt, deshalb kannte er weder Furcht noch Panik. Seine nüchterne Überlegung jedoch sagte ihm, daß es schlecht um ihn stand.

Er riß den Strahler aus dem Gürtel. Er feuerte ihn ein paarmal hintereinander ab, doch die Abstrahlenergie reichte nicht aus, um Rhodan wieder in eine stabile Umlaufbahn zu bringen. Immerhin verhinderte er auf diese Weise, daß er immer schneller auf die Sonne zuraste.

Inzwischen waren alle Lichtpünktchen verschwunden, seine Begleiter befanden sich außer Sichtweite. Er schaltete sein Helmsprechgerät ein und atmete auf, als es noch funktionierte. Hoffentlich konnte er trotz der Störungen Kontakt zu einem der anderen aufnehmen.

»Hier ist Rhodan! Hier ist Rhodan! Mein Rückenaggregat ist beschädigt. Ich treibe auf die Sonne zu. Kann mich jemand anpeilen?«

Er wartete gespannt, doch im Empfänger blieb es still. Da war nur das Rauschen und Knacken des PPAAs. Rhodan wiederholte seine Meldung. Dabei feuerte er ständig den Strahler ab.

Wenn ihn niemand hörte, war er verloren.

Die Sonnenoberfläche »unter« ihm glich einem wunderschönen rotgoldenen Ozean, so daß es eigentlich schwer vorstellbar war, daß Wild Man eine tödliche Bedrohung darstellte.

Rhodan hatte die Einsamkeit nie gefürchtet, aber das Ende, das ihm bevorstand, erschien ihm schrecklicher als ein Tod im Kreis seiner Freunde.

Er gab jedoch nicht auf. Solange das Energiemagazin nicht versagte, würde er den Strahler gegen die Anziehungskraft der Sonne einsetzen. In regelmäßigen Abständen würde er seinen Notruf wiederholen. Vielleicht ließ die Kraft der sich langsam abbauenden PPAAs mit der Zeit schneller nach, so daß er gehört wurde.

Er konnte sich nicht vorstellen, daß sein Leben hier zu Ende gehen sollte. Hatte nicht ES ihm größere Aufgaben prophezeit? Aber auch das Geisteswesen vom Kunstplaneten Wanderer konnte sich schließlich täuschen.

So trieb er über der Sonne dahin, die ihn langsam, aber sicher zu sich hinabzog.

Tondor Kerlak schätzte, daß er zwei oder drei seiner Gegner getötet und fünf oder sechs andere so schwer getroffen hatte, daß sie so gut wie verloren waren. Die anderen waren auf der Flucht vor ihm und stellten sich nur noch zum Schußwechsel, wenn er sie eingeholt hatte. Seine Überlegenheit war so offensichtlich, daß Kerlak keine Freude mehr an dieser Auseinandersetzung empfand. Nicht nur das – der Prozeß des Nachdenkens, der bei ihm bereits an Bord seines Schiffes eingesetzt hatte, trat in die zweite Phase. Der Haluter fragte sich, ob er sich überhaupt noch so verhielt, wie es die Regeln der Drangwäsche vorschrieben. Er hatte sich eher wie ein Mörder verhalten als wie ein abenteuerlustiger Vertreter seines Volkes.

Er stellte das Feuer ein und blieb bewegungslos im Weltraum »stehen«. Es war genug! Er wollte jetzt aufhören.

Aber was sollte er tun? Sein Schiff war von den Terranern besetzt. Vielleicht ließen sie sich auf einen Handel ein. Er schaltete sein Funkgerät ein.

»Hier spricht Tondor Kerlak!« rief er ins Helmmikrophon. »Ich sehe ein, daß dieser Kampf sinnlos geworden ist. Wir wollen verhandeln.«

»Wir trauen Ihnen nicht«, gab einer der Raumfahrer Antwort. »Trotzdem werden wir mit Ihnen sprechen.«

»Das ist gut«, sagte Kerlak. »Ich möchte mein Schiff zurückhaben. Ich garantiere Ihnen, daß ich Sie zum nächsten terranischen Stützpunkt fliegen werde, wenn Sie Ihre Freunde veranlassen können, mich wieder in mein Schiff zu lassen.«

Eine längere Pause trat ein. Kerlak hatte das Gefühl, daß seine letzten Worte nicht richtig verstanden worden waren. Aber das war natürlich Unsinn. Die Terraner wußten genau, was er von ihnen wollte.

»Hier spricht Alaska Saedelaere!« sagte eine andere Stimme. »Wie können wir sicher sein, daß Sie Ihren Teil der Abmachung halten werden?«

»Sie haben das Wort eines Haluters!«

»Icho Tolot sagte uns, daß Sie krank sind«, wandte Saedelaere ein. »Sie sind ein Psychopath. Wie können wir uns auf Sie verlassen?«

Kerlak wollte schon wieder wütend werden, doch er überlegte, daß die Reaktion der Terraner verständlich war. Schließlich hatte Kerlak sich diesen Raumfahrern gegenüber nicht wie ein vernünftiges Wesen verhalten.

»Ich kann Ihnen nicht beweisen, daß ich mein Wort halten werde. Sie müssen mir glauben.«

Die Terraner schienen nachzudenken. Schließlich sagte jener, der sich als Saedelaere vorgestellt hatte und dessen Stimme unverwechselbar war: »Wir haben den Kontakt zu Perry Rhodan verloren. Helfen Sie uns, den Großadministrator zu finden, dann verhandeln wir weiter.«

Diese Verzögerung war Kerlak nicht willkommen, doch er wußte, daß er den Wünschen seiner Gegner nachgeben mußte. Sie hatten nichts mehr zu verlieren und besaßen außerdem sein Schiff. Wenn er sich zu sehr sträubte, kamen sie vielleicht noch auf den Gedanken, es zu vernichten.

»Wir müssen das gesamte Kampfgebiet absuchen«, fuhr Saedelaere fort. »Wenn es sein muß, fliegen wir zu der Stelle zurück, wo wir den ersten Kontakt hatten.«

»Ich mache mit«, sagte der Haluter widerwillig. »Sie sollen sehen, daß ich aus meinen Fehlern gelernt habe.«

»Schade, daß Tolot nicht bei uns ist«, bedauerte Alaska. »Er könnte uns sagen, ob Ihre Reue echt ist.«

Die Raumfahrer näherten sich ihm vorsichtig. Kerlak wußte, daß er jetzt ohne große Schwierigkeiten ein paar von ihnen hätte töten können. Einen Augenblick lang reizte ihn die Vorstellung, sie wieder anzugreifen und zu vernichten. Doch Kerlak schob seine Waffe in den Gürtel zurück und wartete, bis die Terraner sich um ihn herum versammelt hatten.

Er bewunderte ihren Mut, denn sie mußten damit rechnen, daß er sie wieder angreifen würde.

Eine schlanke Gestalt schwebte an seine Seite. »Ich bin Saedelaere«, sagte sie. »Da wir schnell fliehen mußten, wird es uns schwerfallen, alle Plätze wiederzufinden, an denen wir aufeinandergeprallt sind.«

»Ich orientiere mich immer«, sagte Kerlak nicht ohne Stolz. »Das hat sich schon oft als entscheidend erwiesen.«

»Führen Sie uns!« schlug Saedelaere vor. Er schien nicht mehr mißtrauisch zu sein.

Kerlak überlegte, warum er überhaupt gegen diese Wesen gekämpft hatte. Von Anfang an waren sie ihm ausgewichen und hatten eine Auseinandersetzung vermeiden wollen. Wenn er diesen Perry Rhodan fand, waren sie sicher bereit, ihm sein Schiff zurückzugeben.

Matoscho stand im Hauptgang des Schiffes, der direkt zur Zentrale führte. Doch der Major hatte seine Pläne geändert. Da der Haluter sich nicht an Bord befand, beschloß Matoscho, das Problem Kerlak endgültig zu lösen.

Er öffnete seine Gürteltasche und nahm eine Mikrobombe heraus. Behutsam stellte er den Zünder ein. Die Bombe würde in einer halben Stunde explodieren, einen Atombrand auslösen und das Schiff des Haluters in kurzer Zeit vernichten. Kerlak würde keine andere Wahl mehr haben, als sich den Terranern zu ergeben.

Der Major suchte einen Platz, wo er die Bombe verstecken konnte. Schließlich legte er sie in einer nischenförmigen Vertiefung ab. Damit war er zufrieden. Er erinnerte sich, daß er eigentlich hierhergekommen war, um Kerlak zum Verbündeten zu gewinnen, doch sein Wunsch, diesem Haluter eine Niederlage beizubringen, war größer. Matoscho hätte wahrscheinlich anders reagiert, wenn er nicht unter so starkem psychischen Druck gestanden hätte. Unter normalen Umständen wäre Matoscho nicht Kreuzerkommandant geblieben, doch die immer noch spürbaren Auswirkungen der Verdummungswelle hatten die Verantwortlichen der Solaren Flotte gezwungen, auch Offiziere wie Krym Matoscho als Kommandanten einzusetzen. Bisher hatte der Major auch nichts getan, was Anlaß zur Kritik gegeben hätte.

Er war sogar überzeugt davon, daß man ihn wegen seines Vorgehens nicht kritisieren würde. Schließlich sorgte er nur dafür, daß Kerlak nicht mehr als Störenfried auftreten konnte.

Einen Augenblick blieb er im Gang stehen und versuchte, sich über seine eigentlichen Beweggründe klarzuwerden. Er hatte irgend etwas tun müssen, um sich von diesem Druck zu befreien, der ihn seit dem Tod seiner Kinder belastet hatte. Nun war seine Chance gekommen.

Er ging bis zum Ende des Ganges. Dort zögerte er, Bedenken kamen ihm. Besaß er überhaupt das Recht, dieses Schiff zu vernichten?

Er ging ein paar Schritte zum Versteck der Bombe zurück und blieb abermals stehen. Innerlich nannte er sich einen Narren. Wenn er sich nicht bald entschied, würde er noch an Bord sein, wenn die Bombe explodierte.

Er mußte aufhören, darüber nachzudenken. Mit müden Schritten begab er sich zur Schleuse. Es dauerte nur ein paar Minuten, bis er sich ausgeschleust hatte. Er schwebte zur Linse und löste die Magnettrosse.

In zwanzig Minuten würde die Bombe explodieren, es sei denn, Kerlak fand sie vorher und machte sie unschädlich. Von dem Haluter war nichts zu sehen.

Die Linse raste der CDIN-3 entgegen. Matoscho schaltete sein Helmfunkgerät ein und rief den Kreuzer. Leutnant Taimar meldete sich.

»Ich komme jetzt zurück!« kündigte der Major ein.

»Haben Sie den Haluter gefunden?« Taimar war die Erleichterung über die Rückkehr des Majors anzumerken.

»Nein«, erwiderte Matoscho. »Aber ich war an Bord seines Schiffes und habe eine Bombe zurückgelassen.«

Taimar antwortete nicht. Wahrscheinlich war er sich nicht darüber im klaren, wie er die Tat des Kommandanten beurteilen sollte.

Der Major konnte sein Schiff jetzt sehen. Taimar meldete sich wieder. »Wir empfangen verzerrte Funksignale, Sir.«

»Aus welchem Gebiet?«

»Aus dem Operationsgebiet von DINO-386.«

»Vielleicht gibt es Überlebende.« Matoscho steuerte die Linse auf die offene Hangarschleuse des Kreuzers zu. »Wir werden die Signale anpeilen und dann dieses Gebiet absuchen. Ich hoffe, daß wir jemand finden.«

Die Linse schwebte in den Hangar. Die Schleuse schloß sich hinter ihr. Matoscho landete und nahm seinen Helm ab. Ein paar Hangartechniker kamen herbei, um die Linse zu verankern.

Der Major warf einen Blick auf die Uhr.

Noch zwölf Minuten bis zur Explosion. Ob der Haluter inzwischen wieder an Bord seines Schiffes gegangen war?

Der Kreuzerkommandant begab sich in die Zentrale, wo er von einem sehr aufgeregten Taimar empfangen wurde.

»Wir haben ein paar dieser Signale verstehen können. Es hört sich an, als würden sich ein paar Raumfahrer mit Tondor Kerlak unterhalten.«

Matoscho war überrascht. Wenn Taimar recht hatte, befand Kerlak sich jetzt im Katastrophengebiet. Es war nicht ausgeschlossen, daß er sich dorthin begeben hatte, um ein paar Überlebenden von DINO-386 zu helfen.

Unwillkürlich schloß der Major die Augen und kämpfte gegen das immer stärker werdende Schuldbewußtsein an. Noch stand nicht fest, warum der Haluter sein Schiff verlassen hatte.

»Lassen sich die Signale anpeilen?« erkundigte er sich bei dem Leutnant.

»Die Koordinaten werden der Positronik in wenigen Augenblicken vorliegen«, versicherte Taimar.

Matoscho starrte auf die Bildschirme. Er wünschte sich plötzlich weit weg. Die Spannung wich von ihm, er fühlte sich müde und einsam. Niemand konnte vor seinen Niederlagen davonlaufen. Man mußte sich damit auseinandersetzen.

Taimar, der ihn beobachtete, bemerkte die Veränderung, die in seinem Gesicht vorging. »Ist etwas nicht in Ordnung, Sir?«

Zu Taimars Überraschung lächelte der Major.

»Übernehmen Sie, Leutnant! Fliegen Sie mit der CDIN-3 ins Zielgebiet, sobald die Koordinaten feststehen.«

In fünf Minuten, dachte er, würde die Bombe an Bord von Kerlaks Schiff explodieren.

Als er sah, daß der Fremde sich wieder zurückzog, war Kardmisch enttäuscht und erleichtert zugleich. Obwohl er angestrengt nachdachte, konnte er keinen Sinn im Verhalten des Eindringlings erkennen. War der Raumfahrer nur gekommen, um nach Kerlak zu suchen? Warum hatte er dann nicht auf die Rückkehr des Haluters gewartet? Die ganze Angelegenheit war rätselhaft.

Aber schließlich hatte Kardmisch kaum etwas von den Ereignissen verstanden, die sich zugetragen hatten, nachdem er von Kerlak entführt worden war.

Kardmisch verließ die Zentrale, um draußen im Gang nachzusehen, ob der Unbekannte vielleicht etwas zurückgelassen hatte. Aber im Gang war nichts zu entdecken.

Alle diese Wesen, die zwischen den Sternen lebten, taten unverständliche Dinge.

Auch diesmal mußte Kardmisch vor der Kompliziertheit der Geschehnisse kapitulieren. Er konnte keinen logischen Zusammenhang erkennen. Müde und voller Heimweh nach seiner Welt hockte er sich im Gang nieder.

Er wußte nicht, daß er genau neben der Bombe saß, die in wenigen Minuten explodieren und seiner unfreiwilligen Odyssee ein Ende bereiten würde.

Die Energiereserven des Strahlers waren aufgebraucht. Perry Rhodan schleuderte die nutzlos gewordene Waffe davon. Sein Versuch, doch noch eine stabile Umlaufbahn zu erreichen, war gescheitert. Seine Funksignale blieben weiterhin unbeantwortet. Er bewegte sich jetzt schneller auf die Sonne zu.

Das ist das Ende! dachte er.

Der Tod war ihm schon in vielen Gestalten begegnet, deshalb war er auf den Augenblick des Endes vorbereitet. Er fühlte weder Bitterkeit noch Verzweiflung, schließlich hatte er länger gelebt als bisher je ein Mensch vor ihm. Seine Gedanken waren bei der Menschheit.

Vielleicht war es kein Zufall, daß er und seine Freunde gleichzeitig sterben mußten. Rhodan konnte sich vorstellen, daß ihre Zeit abgelaufen war, daß eine neue Ära in der Geschichte der jetzigen Menschheit begann.

Es war Hochmut zu glauben, daß die Menschheit ihr Schicksal ohne ihn und die Mutanten nicht meistern konnte. Andere würden kommen und den Terranern den Weg ins Universum zeigen.

Dabei, gestand Rhodan sich ein, hätte er gern die weitere Entwicklung seines Volkes miterlebt. Er gehörte nicht zu denen, die glaubten, daß der Menschheit natürliche Grenzen gesetzt waren.

Die Menschheit würde sich jedoch in jeder Beziehung ändern müssen, wenn sie eines Tages bis an die Schwelle des Universums gelangen wollte. Rhodan erinnerte sich an den Homo superior. Vielleicht würde er eines Tages in veränderter Form noch einmal auferstehen, um der Menschheit den nächsten Schritt zu den Sternen zu ermöglichen.

Aus den Augenwinkeln sah er eine Bewegung. Er zuckte zusammen.

Er hatte sich bereits auf den Tod vorbereitet und wurde nun aus seinen Gedanken aufgeschreckt.

Eine große Gestalt kam auf ihn zu. Ein Haluter!

Rhodan bezweifelte, daß es sich um Icho Tolot handelte. Der Koloß konnte nur Tondor Kerlak sein, Kerlak hatte ihn also entdeckt. Rhodan lächelte spöttisch. Kerlak konnte sein Ende nur beschleunigen. Trotzdem griff er unwillkürlich zum Gürtel, doch die Waffentasche war leer. Er hatte den nutzlos gewordenen Strahler weggeschleudert.

»Hallo, Kerlak!« rief er ruhig. »Ich habe keine Waffe mehr und werde in kurzer Zeit in die Sonne stürzen. Sie haben sich den Falschen ausgesucht.«

Der Haluter antwortete nicht, sondern flog auf ihn zu. Rhodan traf keine Gegenmaßnahmen, denn er wußte, daß er Kerlak in jeder Beziehung unterlegen war.

Als der Haluter kurz vor ihm war, entdeckte Rhodan plötzlich ein paar andere Gestalten weit im Hintergrund. Das konnten nur Saedelaere und die anderen Schiffbrüchigen sein.

»Ich will Sie nicht töten!« rief Kerlak in diesem Augenblick. »Ich habe Sie gesucht, um Sie zu Ihren Freunden zurückzubringen.«

Etwas in der Stimme des Haluters überzeugte Rhodan davon, daß Tondor Kerlak die Wahrheit sprach. Die Erleichterung drohte ihn zu übermannen.

Er hatte nicht mehr an eine Rettung geglaubt. Einige Zeit war er unfähig, irgend etwas zu sagen.

Schließlich brach Kerlak das Schweigen. »Kommen Sie jetzt, sonst wird es auch für mein Aggregat zu schwer, die Gravitation zu überwinden.«

Er packte Rhodan an den Armen und zog ihn mit sich. Sie näherten sich den Gestalten, die weiter draußen im Weltraum auf sie warteten.

»Sie haben mir das Leben gerettet«, sagte Rhodan schließlich. »Ich wäre in die Sonne gestürzt.«

»Ich habe ein paar Ihrer Männer getötet«, gestand Kerlak.

Rhodan hatte es befürchtet, aber bis jetzt nicht daran glauben wollen. Der Haluter war zum Mörder geworden. Diese Tatsache ließ sich auch durch diese Rettungsaktion nicht aufwiegen.

»Ich habe zu spät erkannt, daß ich auf dem falschen Weg war«, bekannte Kerlak. »Es gibt keine Entschuldigung für das, was ich getan habe.«

»Sie waren krank«, sagte Rhodan, aber es gelang ihm nicht, einen vorwurfsvollen Unterton aus seiner Stimme zu verdrängen. »Sie befanden sich in einer übersteigerten Drangwäsche. Tolot hat uns alles erklärt.«

Der Haluter zog ihn mühelos herum, so daß sie sich ansehen konnten. Bei den eigenartigen Lichtverhältnissen, wo Licht und Schatten scharf begrenzt waren, sah Kerlaks Gesicht wie durchlöchert aus.

»Werden Sie mir trotzdem mein Schiff zurückgeben?«

»Was?« entfuhr es Rhodan verblüfft. »Ihr Schiff? Wir haben es nicht, Kerlak.«

Fast gleichzeitig öffnete sich in einigen tausend Kilometern Entfernung eine Flammenblüte im Weltraum. Sie war deutlich zu sehen.

Aus Kerlaks Mund kam ein seltsamer, klagender Ton, dann packte er Perry Rhodan fester. Seine Stimme klang völlig entstellt, als er sagte. »Das war mein Schiff! Sie haben es zerstören lassen. Damit haben Sie die Abmachung gebrochen.«

Obwohl Rhodan nicht genau verstand, was sich ereignet hatte, spürte er die Verzweiflung und Enttäuschung des Haluters. In diesem Augenblick schien der Haluter entschlossen zu sein, den Mann, den er vor wenigen Minuten vor dem sicheren Tod gerettet hatte, eigenhändig zu töten.

28.

Yokida sandte verzweifelte parapsychische Hilferufe an seine sieben Freunde, denn er wußte, daß er die Paramags, die ihn einem Paraauge entgegentrieben, nicht aufhalten konnte.

»Wir alle sind von Paramags umzingelt«, meldete Betty Toufry, die jetzt Mühe hatte, keine Furcht zu zeigen. »Du mußt es allein schaffen, Tama. Versuch es!«

Doch Yokida besaß nicht mehr die Kraft, um sich entscheidend wehren zu können. Die einmal in Bewegung geratenen Paramags ließen sich nicht bremsen. Inzwischen hatten die Paramags und ihr Gefangener die Hauptader erreicht, an deren Ende sich das Paraauge im Fels befand.

Der Traum von der neuen Heimat ist ausgeträumt! dachte Yokida voller Trauer.

Es war ihnen gelungen, aus ihrem Gefängnis im Hyperraum auszubrechen und trotz ihrer Verrücktheit Kontakt mit ihrem Volk aufzunehmen. Sie hatten alles überstanden und sich bereits in Sicherheit gewähnt. Jetzt, da sie am Ziel waren, erwies sich alle Anstrengung als vergebens. Ein Augenblick der Unaufmerksamkeit hatte genügt, alles zu zerstören.

Es würde nie eine Para-Bank geben. Die Vorstellung, in regelmäßigen Abständen andere Körper zu übernehmen, gehörte ins Reich der Phantasie. Sie waren endgültig zum Untergang verurteilt.

»Tama!« ermahnte ihn Betty.

»Ich höre dich!« dachte er zurück. »Ich gebe zu, daß ich müde bin. Ich kann und will nicht mehr kämpfen. In wenigen Augenblicken werde ich aus dem Paraauge fallen und aufhören zu existieren.«

»Es gibt noch eine Chance«, überlegte Betty.

Der Telekinet merkte genau, daß ihre Gedanken zögernd kamen, und er schloß daraus, daß sie einen verzweifelten Plan gefaßt hatte.

»Was kann ich tun?« fragte er hastig.

»Wir alle zusammen müssen etwas tun. Etwas, das wir auf jeden Fall vermeiden wollten, denn es hat uns, als wir zum erstenmal damit anfingen, ins Verhängnis gestürzt.«

»Sie denkt an die Second-Genesis-Krise!« schnitten Sengus Gedanken dazwischen. Yokida spürte die Bestürzung des Spähers, und eine dumpfe Ahnung stieg in ihm auf.

»Das . . . das dürfen wir nicht tun!« dachte er heftig. »Wenn wir es riskieren, besteht die Gefahr, daß wir wieder in den Hyperraum geschleudert werden. Jeder von uns würde aber lieber endgültig untergehen, als noch einmal dorthin zurückzukehren.«

Auch Noir und Okura protestierten.

Nur Marten dachte: »Ich bin dafür, daß wir es riskieren.«

»Ja«, bestätigte Betty Toufry. »Wir bilden einen Parablock, wie wir es schon einmal getan haben. Erinnert euch, daß es uns damals sogar gelang, ein Stück Psi-Materie zu schaffen.«

»Es war der Beginn einer schrecklichen Odyssee«, beschwor Noir seine Freunde. »Wir hatten es nur einem glücklichen Zufall zu verdanken, daß wir aus dem Hyperraum entkamen. Unsere Bewußtseinsinhalte waren längst wahnsinnig geworden. Ein zweites Mal gibt es kein Entrinnen.«

»Nur als Parablock können wir den Paramags erfolgreich Widerstand leisten«, beharrte Betty. »Ich bin in jedem Fall entschlossen, meine neue Heimat mit allen Mitteln zu verteidigen.«

Yokida spürte die Unentschlossenheit der anderen. Nur Marten stand völlig auf Bettys Seite. Nicht ohne Ironie überlegte der Telekinet, daß sich seine Freunde besser schnell zu einer Entscheidung durchrangen, denn mit jeder Sekunde, die sie zögerten, drängten die Paramags ihn dichter auf das Paraauge zu.

»Ich will leben«, schaltete sich Kitai Ishibashi ein. »Aber nicht im Hyperraum.«

»Jetzt haben sie Tama Yokida«, dachte Betty Toufry. »Sobald sie ihn ausgeschaltet haben, ist der nächste von uns an der Reihe. Sie werden uns nacheinander aus dem Adernsystem stoßen, ohne daß wir etwas dagegen tun können.«

»Betty hat recht«, meldeten sich Sengus Impulse. »Wir sollten der Todesgefahr mit allen möglichen Mitteln begegnen. Keiner von uns weiß, ob wir tatsächlich im Hyperraum verschwinden, wenn wir einen Parablock bilden. Damals waren wir krank und verrückt, diesmal können wir den Prozeß vielleicht kontrollieren.«

Yokida spürte, daß auch Noir und Ishibashi schwankend wurden. Von diesem Augenblick an zweifelte er nicht mehr daran, daß sie abermals einen Parablock bilden würden – genau wie während der Second-Genesis-Krise. Trotz der Gefahr, die ihnen allen drohte, besaß die Vorstellung einer parapsychischen Vereinigung aller acht Bewußtseinsinhalte etwas Erregendes. Yokida dachte fast mit einer gewissen Gier an den Parablock. Tief in seiner Erinnerung war etwas verborgen, der Gedanke an unbeschreibliche Macht.

Wie Yokida erwartet hatte, stimmten jetzt auch Noir und Ishibashi Bettys Plan zu. Die anderen, die noch nicht entschlossen waren, erhoben keine Einwendungen mehr.

»Wir dürfen keine Zeit verlieren«, dachte Betty, »Tama Yokida ist in größter Gefahr. Fangen wir sofort an.«

Yokida vergaß die Paramags. Er streckte seine parapsychischen Gedankenfühler nach den sieben anderen aus, um sich mit ihnen zu vereinigen. Gleichzeitig spürte er, wie sie ihm entgegenkamen. Obwohl er sich nicht mehr genau an die Vorgänge während der Second-Genesis-Krise erinnern konnte, hatte Yokida das Gefühl, daß diesmal alles viel einfacher ging. Jeder Bewußtseinsinhalt schien nur auf die Möglichkeit zur Vereinigung gewartet zu haben.

Da war Kitai Ishibashi. Yokidas Bewußtsein griff nach dem des Suggestors. Yokida wurde Ishibashi – Ishibashi wurde Yokida. Yokida wurde Noir und Sengu und Okura. Er wurde Betty Toufry und Ralf Marten. Er wurde Tako Kakuta.

Als könnten die Paramags spüren, daß irgend etwas mit ihrem Gefangenen vorging, verlangsamten sie die Gleitfahrt durch die PEW-Ader. Die acht Bewußtseinsinhalte waren jetzt eine parapsychische Einheit, sie bildeten einen Parablock.

Noch wußten sie nichts mit sich anzufangen. Sie waren wie ein Neugeborenes, das nur instinktiv handeln konnte ... Aber allein die Existenz dieser unvorstellbaren Psi-Macht wirkte sich auf die Paramags aus. Sie wurden unsicher und drängten Yokida in eine Seitenader ab. Dort warteten sie und beratschlagten.

Yokida nahm es nur unbewußt wahr. Er war in einen wilden Sinnestaumel verstrickt. Er trank das Gefühl völliger geistiger Vereinigung förmlich in sich hinein und berauschte sich daran. Den anderen erging es ebenso. Sie vergaßen die Paramags, nur noch die Verbundenheit zählte.

In diesem Augenblick waren sie völlig hilflos, doch die verwirrten Paramags ließen die günstige Gelegenheit zu einem entscheidenden Angriff ungenutzt, sie standen dem Phänomen noch fassungslos gegenüber.

Der Parablock begann sich seiner bewußt zu werden. Die Bewußtseinsinhalte existierten nach wie vor getrennt in verschiedenen PEW-Adern, doch die Psi-Kräfte hatten sich vereint.

»In diesem Zustand kann ich alles erreichen!« dachte Yokida.

ICH, das war in diesem Fall die Vereinigung aller Altmutanten, nicht etwa der Telekinet allein. Diese ungeheure Kraft verlangte nach Ausdehnung und Bestätigung.

Mit einem Schlag wurden die Bewußtseinsinhalte hellwach. Schon einmal waren sie dem Traum nach vollkommener Macht gefolgt und waren in den Hyperraum geschleudert worden. Sie mußten diesen Parablock unter Kontrolle halten, durften ihn nicht willkürlich arbeiten lassen.

Yokida erkannte den Abgrund, der sich vor ihm auftat. Da war die Gefahr, die sie so gefürchtet hatten.

Die kritische Psi-Masse, die nach der Vereinigung aller Bewußtseinsinhalte entstanden war, ließ sich nur schwer im normalen Raum-Zeit-Kontinuum halten. Der Wunsch nach Ausdehnung wurde stärker. Aber Ausdehnung gab es nur in eine Richtung: in den Hyperraum.

Sollen wir schließlich wieder dorthin zurückkehren? fragte Yokida bestürzt.

In diesem Augenblick hatten sich die Paramags wieder von ihrer Überraschung erholt und griffen an. Ohne es zu wissen, retteten sie auf diese Weise die Altmutanten, denn sie holten sie mit einem Schlag in die Wirklichkeit zurück.

Irgendwie hatte Krym Matoscho bis zum letzten Augenblick gehofft, daß die Bombe, die er an Bord des halutischen Schiffes zurückgelassen hatte, nicht explodieren würde. Als dann im Weltraum eine kleine Sonne entstand, wußte er, daß diese Hoffnung trügerisch gewesen war. Der Lichtblitz hatte ihn zusammenzucken lassen.

»Ganze Arbeit, Major!« sagte Leutnant Taimar lakonisch.

Matoscho sah ihn von der Seite her an, aber er konnte weder Zustimmung noch Ablehnung im Gesichtsausdruck des Leutnants erkennen.

Beinahe schroff rief der Kommandant: »Wir setzen die Suche nach Überlebenden von DINO-386 fort!«

Vielleicht, dachte er, trieb auch Tondor Kerlak jetzt irgendwo dort draußen im Weltraum und war auf Hilfe angewiesen.

»Die Funksignale kommen jetzt sehr deutlich!« meldete Sergeant Trontayn. »Ich werde versuchen, Kontakt herzustellen.«

Matoscho sah ihm aufmerksam zu.

»Das ist Saedelaere!« rief Trontayn. »Er kann mich verstehen.«

»Ich werde mit ihm sprechen!« sagte Matoscho. Er ließ sich vor der Funkanlage nieder. »Alaska, sind Sie der einzige Überlebende?«

Er hörte ein paar Störgeräusche, aber über das Rauschen hinweg erhob sich die Stimme des Maskenträgers.

»Zwanzig Besatzungsmitgliedern gelang die Flucht vom Tender, unter anderem Rhodan und Matunari. Vier Männer wurden von Kerlak getötet. Jetzt besteht höchste Gefahr für Perry Rhodan, denn der Haluter hat ihn in seiner Gewalt. Kerlak macht uns für das Unglück verantwortlich.«

Matoscho starrte wie gebannt auf das Funkgerät. »Für welches Unglück?« fragte er, obwohl er die Antwort bereits kannte. Er wollte es aus dem Mund Alaskas hören, daß er einen unverzeihlichen Fehler begangen hatte, der Rhodan das Leben kosten konnte.

»Kerlaks Schiff ist explodiert! Er macht uns dafür verantwortlich. Wir können ihm nicht beweisen, daß er unrecht hat.«

Matoscho sah zur Seite. Seine Blicke kreuzten sich mit denen Leutnant Taimars.

»Kerlak sagt die Wahrheit«, sagte Matoscho niedergeschlagen. »Ich habe das Schiff zerstört. Nachdem Kerlak es verlassen hatte, ging ich an Bord und legte eine Bombe ab.«

Saedelaere stieß eine Verwünschung aus. Matoscho ließ sich im Sitz zurücksinken. Seine Gedanken waren wie gelähmt. Er konnte nur noch an Rhodan denken, der sich jetzt in der Gewalt des rachedurstigen Haluters befand.

Taimar übernahm das Gespräch. »Sollen wir Sie an Bord nehmen?« fragte er Alaska.

»Noch nicht!« antwortete der Transmittergeschädigte. »Wir wollen abwarten, was passiert. Im Augenblick kann niemand von uns Rhodan helfen.«

»Lebt er noch?« fragte Matoscho zögernd.

»Ja«, sagte Saedelaere. »Doch Kerlak hat Rhodans Helmsprechanlage zerstört, so daß wir nicht mit ihm in Verbindung treten können. Sie schweben beide in gefährlicher Nähe der Sonne. Hoffentlich kommt Kerlak nicht auf die Idee, sich mit Rhodan in die Sonne zu stürzen.«

Matoscho krümmte sich im Sitz zusammen. Jedes Wort Saedelaeres traf ihn wie ein Schlag.

Aber seine Tat ließ sich jetzt nicht mehr ungeschehen machen. Hatte er sich nicht eingebildet, mit der Zerstörung des Schiffes das Problem Kerlak zu lösen?

Taimar schien zu ahnen, was in seinem Vorgesetzten vorging. »Es hat keinen Sinn, wenn Sie sich quälen«, sagte er. »Damit läßt sich nichts ändern. Es ist ein gutes Zeichen, daß Kerlak Rhodan nicht sofort getötet hat. Vielleicht will er ihn nur als Geisel verwenden und mit uns verhandeln.«

»Ich bin bereit, mich an Rhodans Stelle in die Gefangenschaft des Haluters zu begeben«, sagte Matoscho. »Teilen Sie das Saedelaere mit.«

Der Leutnant sah ihn abschätzend an. »Abgesehen davon, daß ich nicht glaube, daß Rhodan oder Kerlak auf diesen Vorschlag eingehen würden, halte ich ihn für absurd, Sir.«

Matoscho verzog das Gesicht. »Meine Mitarbeiter konfrontieren mich immer mit der Wahrheit!«

Sergeant Trontayn meldete einen neuen Funkspruch. Diesmal kam er nicht aus dem Weltraum, sondern von Wabe 1000.

»Das ist Atlan!« stellte der Sergeant fest. »Er will mit Ihnen sprechen.«

»Hier ist Matoscho!« Der Major schilderte die augenblickliche Lage. Als er auf die Zerstörung von Kerlaks Schiff zu sprechen kam, wurde er von dem Arkoniden unterbrochen.

»Wir können später feststellen, ob Sie sich in irgendeiner Weise schuldig gemacht haben. Jetzt müssen Sie sich um die Schiffbrüchigen kümmern.«

»Das tun wir. Sollen wir auch Sie und Ihre Gruppe an Bord nehmen?«

Atlan verneinte und sagte: »Bringen Sie die Leute anschließend hierher. In Wabe 1000 findet der Entscheidungskampf zwischen den Altmutanten und den Paramags statt. Die Bewußtseinsinhalte haben einen Parablock von solcher Stärke gebildet, daß es für die Mutanten des Neuen Korps unmöglich ist, sich parapsychisch zu betätigen. Ich befürchte, daß die Mutanten in diesen Parablock miteinbezogen werden könnten.«

Matoscho erfuhr, daß die Mitglieder des Waringer-Teams und die Mutanten sich in die Zentrale von Wabe 1000 durchgeschlagen hatten und dort auf das Ergebnis der Auseinandersetzung zwischen den Paramags und den Bewußtseinsinhalten warteten.

»Wir hoffen, daß die Altmutanten Sieger bleiben, obwohl wir noch nicht wissen, wie sie nach dem Kampf reagieren werden. Während der Second-Genesis-Krise bildeten sie ebenfalls einen Parablock. Damals hatte es verhängnisvolle Folgen.«

Da er damals noch nicht gelebt hatte und die Ereignisse nur aus nüchternen Berichten kannte, war der Major nicht in der Lage, die Bedeutung eines Parablocks richtig einzuschätzen. Atlan schien in der Vereinigung der Bewußtseinsinhalte eine Gefahr zu sehen.

»Sie brauchen sich nicht um uns zu kümmern«, sagte der Arkonide abschließend. »Wichtig ist jetzt allein die Bergung der Überlebenden. Sobald die PPAAs abgeklungen sind, müssen wir die MARCO POLO und die MOSTONOW herholen. Wir werden diese beiden Schiffe brauchen, um die Umlaufbahn von WABE 1000 endgültig zu stabilisieren.«

Aus den Worten Atlans sprach die Zuversicht, daß die Überlebenden des Tenders gerettet werden konnten. Auch schien der Arkonide noch immer an die Errichtung der Para-Bank zu glauben.

Auf den Bildschirmen der Raumortung konnte der Major jetzt die im Weltraum treibenden Männer sehen. Es waren dunkle Punkte vor der rotglühenden Scheibe von Wild Man. Rhodan und der Haluter schwebten dicht nebeneinander, es war deutlich zu sehen, daß Kerlak seinen Gefangenen mit einer Hand festhielt.

»Wir sind ihnen so nahe und können doch nichts tun«, sagte Matoscho verzweifelt. Vielleicht hat Kerlak Rhodan schon getötet.

Niemand antwortete ihm. Jeder Raumfahrer an Bord der CDIN-3 hätte Matoscho gern geholfen, aber niemand konnte ihn von seiner seelischen Last befreien.

»Die Sonne«, sagte Kerlak, »wird uns beide verschlingen. Sie zieht uns langsam in ihren feurigen Schlund hinab.«

Rhodan überlegte fieberhaft, wie er sich befreien konnte. Die anderen Überlebenden von DINO-386 konnten ihm nicht helfen, denn wenn sie Kerlak unter Beschuß nahmen, hätten sie auch Rhodan gefährdet.

»Wir werden Ihnen ein Schiff zur Verfügung stellen, wenn Sie mich freilassen«, versprach Rhodan dem Haluter. »Sie können dann in Ihre Heimat zurückkehren.«

Kerlak lachte bitter.

»Fragen Sie Tolot, was auf Halut geschehen würde! Man würde mich wie einen Ausgestoßenen behandeln und wieder wegschicken. Ein Haluter, der sich nicht von der Drangwäsche loslösen kann und Morde begeht, muß Selbstmord begehen. Deshalb werde ich mich in die Sonne stürzen.«

»Und dabei einen weiteren Mord begehen!«

»Ich räche mich für die Beleidigungen und für die Zerstörung meines Schiffes.«

Wie konnte er dem Haluter glaubhaft machen, daß er mit der Zerstörung des Schiffes nichts zu tun hatte? fragte sich Perry Rhodan. Bisher hatte Tondor Kerlak alle Argumente ignoriert. Perry bedauerte, daß er nicht mit seinen Freunden sprechen konnte. Der Haluter hatte die Energieverbindung zwischen Rückentornister und Helmsprechfunk gewaltsam zerstört. Ohne Antenne hatte Rhodans Gerät nur eine Reichweite von wenigen Metern.

»Glauben Sie wirklich, Tolot hätte mein Freund werden können, wenn ich ein Gegner der Haluter wäre?« fragte Rhodan. Er wußte, daß er nicht mehr viel Zeit hatte. Bald würden sie so nahe an der Sonne sein, daß auch die Rückstoßkraft von Kerlaks Aggregat nicht mehr ausreichen würde, um sie aus dem Anziehungsbereich von Wild Man zu befreien.

»Denken Sie nach!« forderte Rhodan den Haluter auf. »Wie hätten wir Ihr Schiff zerstören sollen? Wir befanden uns alle in der Nahe der Sonne.«

»Jemand hat mich umflogen und ist in mein Schiff eingedrungen!« behauptete Kerlak grimmig.

»Wir wußten nicht, daß Sie Ihr Schiff verlassen hatten. Erinnern Sie sich daran, daß wir Sie erst entdeckten, als Sie uns erreicht hatten.«

»Wenn Sie das Schiff nicht vernichtet haben, wer war es dann?«

Mit dieser Frage hatte Rhodan gerechnet.

»Vielleicht war es ein Unfall. Irgendeine Fehlschaltung.«

»Unsinn!« widersprach Kerlak. »Meine Alarmanlage hat mir angezeigt, daß jemand in mein Schiff eingedrungen ist.«

Für Rhodan gab es nur eine Erklärung: Jemand von der Besatzung der CDIN-3 hatte sich an Bord des halutischen Schiffes gewagt und dort die Katastrophe ausgelöst.

Rhodan hütete sich jedoch, diese Erkenntnis an Kerlak weiterzugeben, denn die Raumfahrer der CDIN-3 waren Terraner, und für den Haluter bedeutete es keinen Unterschied, ob er nun den eigentlichen Täter oder einen anderen Terraner mit in den Tod nahm.

»Jedes weitere Reden ist sinnlos!« erklärte Tondor Kerlak. »Wir haben einen guten Kampf gekämpft und können stolz und ruhig sterben.«

»Ich will nicht sterben«, versetzte Rhodan. »Sie ermorden mich!«

Der Haluter antwortete nicht. Sein Entschluß stand fest.

Verzweifelt versuchte Rhodan sich aus dem Griff seines Gegners zu befreien, doch er war dem Haluter kräftemäßig weit unterlegen. Mühelos hielt Kerlak ihn fest. Weitere Überredungsversuche waren sinnlos.

»Haben Sie mich wirklich nur gerettet, um mich jetzt mit in den Tod zu nehmen?« fragte Rhodan. »Wollen Sie Ihr verpfuschtes Leben mit einem Mord beenden?«

»Das ist meine Sache«, lautete die lakonische Antwort.

Sie schwebten über der Sonne. Rhodan konnte nicht feststellen, ob sie sich weiter auf Wild Man zubewegten, aber er war überzeugt davon. Bald würden sie schneller werden und immer schneller ... Rhodan führte diese Gedanken nicht zu Ende.

Plötzlich erschien in ihrer Nähe eine riesige Gestalt. Ein Haluter!

Rhodan erkannte den Ankömmling an seinem Schutzanzug. Es war Icho Tolot!

»Bruder«, sagte Tolot ruhig. »Ich begegne dir mit Trauer und Entsetzen. Du bist eine Schande für unser Volk und hast den Tod in doppelter Hinsicht verdient.«

Tolot benutzte bewußt das »Du« statt des unter Halutern üblichen »Sie«. Er hatte Wabe 1000 verlassen, nachdem man ihm berichtet hatte, was geschehen war. Vor seinem Aufbruch hatte er mit Atlan gesprochen, dem Arkoniden aber wenig Hoffnung gemacht.

»Haluter in diesem Zustand sind starrsinnig. Sie kennen nur noch ein Ziel: den Tod!«

»Versuchen Sie es trotzdem, Tolotos!« hatte Atlan erwidert. »Wir können nicht zusehen, wie Perry umgebracht wird. Ich bedaure, daß wir die Mutanten jetzt nicht einsetzen können. Die unglaublich starke Psi-Strahlung der Altmutanten und Paramags ist schlimm genug für sie.«

Danach war Tolot aufgebrochen. Nun schwebte er wenige Meter neben Kerlak im Raum. Er wußte, daß nur Kerlak ihn verstehen konnte. Eine Kontaktaufnahme mit Rhodan war nicht möglich.

»Ich weiß, daß du mich hören kannst, Bruder«, fuhr Tolot fort. »Ich bin gekommen, um diesen Mann zu holen, der einer der besten Freunde unseres Volkes ist. Du hast nicht das Recht, ihn mit in den Tod zu nehmen.«

»Wie kann er unser Freund sein, wenn er oder einer seiner Begleiter mein Schiff zerstört haben?« klang Kerlaks Stimme auf.

»Du hast es herausgefordert!« warf Tolot ihm vor. »Ich hatte dich vor den Terranern gewarnt. Sie reagieren manchmal unberechenbar, wenn sie sich in die Enge getrieben fühlen. Aber der Mann, den du gefangenhältst, hat weder das Schiff zerstört noch den Befehl zur Zerstörung gegeben.«

»Das ist mir gleichgültig.«

»Bruder!« rief Tolot traurig. »Willst du, daß man auf Halut eine Geschichte von Kerlak, dem Feigling, erzählt? Soll ich beim nächsten Besuch unserer Heimatwelt berichten, daß ich keinen Kämpfer, sondern einen mutlosen Zauderer getroffen habe, der sich vor allen Fremden fürchtete? Willst du das?«

Kerlaks Atem ging jetzt stoßweise. Tolots Worte trafen ihn schwer. »Das würdest du nicht tun!«

»Doch!« versicherte Tolot. »Man würde dich noch nach deinem Tod ächten. Dein Name würde ausgelöscht sein. Man würde dich zu den Ungeborenen zählen.«

Kerlak ließ Rhodan plötzlich los und wandte sich Tolot zu. »Ich töte dich!«

»Nur zu!« nahm Tolot die Herausforderung an. »Wenn ich den Terraner retten kann, will ich gern mit dir sterben. Aber dieser Mann kennt viele Haluter. Er wird einem von ihnen die Geschichte dieses Brudermords erzählen.«

Kerlak stieß einen Schrei aus. Tolot wußte, daß er seinen Artgenossen in die Enge getrieben hatte, aber er empfand keine Befriedigung dabei. Er konnte Kerlak verstehen und bedauerte, daß er ihn mit psychologischen Tricks unter Druck setzen mußte.

»Du bist nicht mein Bruder!« rief Tondor Kerlak verzweifelt. Er schaltete sein Aggregat ein und betätigte die Rückstoßpistole. Dabei manövrierte er so, daß er immer schneller auf die Sonne zugetrieben wurde. Tolot sah ihm nach, dann glitt er auf Rhodan zu und packte ihn an den Armen. Rhodan machte ein Zeichen des Dankes.

Sie schwebten nebeneinander im Raum, bis Kerlak nur noch ein winziger dunkler Punkt war, der schließlich auch verschwand.

»Er war verrückt und hat gemordet«, sagte Tolot. »Aber er besaß das Kämpferherz eines Haluters. Er hat ein gewaltiges Grab gefunden. Ich werde auf Halut von seiner Tapferkeit berichten.«

Er drehte sich um und zog Rhodan hinter sich her auf die CDIN-3 zu, deren Besatzung gerade damit begonnen hatte, die letzten Überlebenden des Flottentenders DINO-386 zu bergen.

Yokida spürte, wie die PEW-Adern plötzlich zu einem völlig übersichtlichen System beeinflußbarer Materie wurden. Von seinem geistigen Standort aus konnte er sie beobachten, als stünde er vor einem Schaltpult und würde auf die Kontrolleinrichtungen blicken.

Yokida und alle sieben anderen, die sich im Parablock vereinigt hatten, spürten das. Sie wußten, daß sie jetzt genügend Macht besaßen, um sogar das PEW-Metall zu beeinflussen. Sie erschraken vor ihren eigenen Fähigkeiten, vor dieser ungeheuren Entfaltung psionischer Energie, die sie alle wieder in den Hyperraum schleudern konnte, aus dem es diesmal kein Entkommen geben würde.

Die Paramags hatten sich inzwischen von ihrer Überraschung erholt und griffen an. Der Block der acht reagierte sofort und gnadenlos.

Er stellte eine Energiebrücke in den Hyperraum her und neutralisierte die gesamte Energie des PEW-Metalls, so daß die Paramags keine andere Wahl hatten, als über die entstandene Brücke in den Hyperraum zu gleiten. Es ging so schnell, daß sie wahrscheinlich überhaupt nicht begriffen, was mit ihnen geschah. Die Brücke fiel wieder in sich zusammen, das PEW-Metall gewann seine Eigenstrahlung zurück.

Der Parablock erstarrte vor Entsetzen über sich selbst und seine Macht.

»Es ist reizvoll!« dachte Yokida, und sieben andere dachten es ebenfalls.

»In dieser Zustandsform können wir alles erreichen!« dachten die acht.

»Nicht wir – ICH!« dachte der Parablock.

Doch dann zerfiel er. Der Drang der einzelnen Bewußtseinsinhalte nach individueller Betätigung war zu stark. Es war dieser Drang, der den Block sprengte.

Yokida fand sich in einer PEW-Ader wieder, kein Paramag war zu spüren. Aber seine Erleichterung über das Ende des Parablocks war fast noch stärker als die über den Sieg, den sie errungen hatten.

»Wir dürfen das niemals wieder tun!« meldeten sich Betty Toufrys Gedanken. »Es ist schrecklich, einfach unmenschlich.«

Son Okuras Gedanken überschlugen sich fast.

»Aber die Para-Bank kann jetzt Wirklichkeit werden. Wir können in Wabe 1000 leben und ab und zu einen Menschen übernehmen.«

Betty Toufry: »Es ist lange her, daß es einen Platz gab, den ich als meine Heimat ansehen konnte. Mit Wabe 1000 wurde ein solcher Platz geschaffen. Ich glaube, daß unsere Odyssee jetzt endlich vorüber ist.«

Tako Kakuta: »Ich gebe zu, daß ich niemals so richtig daran geglaubt habe, daß wir es schaffen könnten. Wir sind schließlich eine völlig neue Existenzform, die in dieser Galaxis einen Anachronismus darstellt. Ich bin jetzt müde und möchte mich ausruhen.«

Kitai Ishibashi: »Ich habe meinen Sohn gefunden. Er wird zufrieden sein, daß auch sein Vater kein normaler Mensch mehr ist. Es wird ihm das Leben mit seinem Körper erleichtern.«

André Noir: »Ich bin glücklich.«

Tama Yokida: »Es wird sicher nicht einfach sein, eine Beziehung zwischen uns und den Menschen herzustellen. Wir müssen uns darüber im klaren sein, daß wir uns entfremdet haben. Unsere Zustandsform läßt auch nicht zu, daß wir mit ihnen verkehren, wie es Menschen untereinander tun. Beide Seiten werden gezwungen sein, eine neue Form des Zusammenlebens zu entwickeln. Es klingt vielleicht utopisch, aber ich kann mir vorstellen, daß irgendwann einmal alle Menschen körperlos werden.«

Wuriu Sengu: »Wir dürfen nicht den Fehler begehen, uns für Unsterbliche oder gottähnliche Wesen zu halten.«

Ralf Marten: »Manchmal glaube ich, daß alles ein Traum ist. Vielleicht sind wir während der Second-Genesis-Krise eingeschlafen und seither nicht mehr aufgewacht. Sollte ich recht haben, dann hat dieser Traum immerhin ein gutes Ende gefunden. Jetzt besteht kein Grund zum Aufwachen mehr.«

Sie waren alle acht sehr glücklich, wie Menschen, die nach langer, langer Zeit wieder in ihre vertraute Heimat zurückkehren und von Freunden empfangen werden. Sie hatten die Qualen unendlicher Einsamkeit kennengelernt, deshalb wußten sie zu schätzen, was sie errungen hatten.

Nebeneinander glitten sie durch die große Kaltiperschleife. Niemand konnte sie jetzt stören. Sie fühlten sich befreit und schwerelos. Wabe 1000 gehörte endgültig ihnen.

Alle Überlebenden des Flottentenders DINO-386 waren inzwischen geborgen und von der CDIN-3 zum Asteroiden gebracht worden.

Rhodan, Atlan, Waringer und die meisten seiner Männer und die Mutanten hatten sich entschlossen, vorläufig in Wabe 1000 zu bleiben. Nur Roi, Icho Tolot und zwei von Waringers Spezialisten waren auf die CDIN-3 übergewechselt.

»Gucky hat telepathischen Kontakt zu den Altmutanten aufgenommen«, berichtete der Arkonide. »Das ist nach dem endgültigen Abbau der PPAAs ohne Schwierigkeiten möglich gewesen. Die Bewußtseinsinhalte geben keine Auskunft darüber, wie sie die Paramags besiegt haben. Man könnte fast annehmen, daß sie es selbst nicht genau wissen. Ich nehme an, daß sie das Risiko eingegangen sind und einen Parablock gebildet haben.«

»In welcher psychischen Verfassung sind sie?« fragte Rhodan.

»Sie sind glücklich und zufrieden.«

»Wir werden die MARCO POLO schnellstens in die Tolot-Ballung beordern«, entschied Rhodan. »Das Schiff besitzt die technischen Einrichtungen, um Wabe 1000 in eine stabile Umlaufbahn zu bringen. Die jetzige führt sie geradewegs in die Sonne.«

Er lehnte sich zurück. Wie viele Opfer waren nötig gewesen, um das zu erreichen? fragte er sich. Sie durften nicht vergessen, was auf Asporc geschehen war und auf vielen anderen Planeten – auch auf der Erde.

Rhodan hatte ein paar alte Freunde aus verzweifelter Lage gerettet. Die Para-Bank war gleichzeitig eine zusätzliche Sicherheit für die Menschheit, denn die Fähigkeiten der Bewußtseinsinhalte konnten bei Bedarf eingesetzt werden.

»Ich beneide die Bewußtseinsinhalte«, hörte er Alaska sagen. »Ich wünschte, ich könnte mit ihnen durch die PEW-Stränge von Wabe 1000 schweben.«

»Ja«, sagte Rhodan. »Das verstehe ich. Aber eines Tages werden wir Sie von Ihrem Cappin-Fragment befreien.«

»Es war dumm von mir«, gab Alaska zu. »Wir sollten jetzt an Ihre Probleme denken. Sie haben noch einen kurzen, aber sicher erbitterten Wahlkampf vor sich. Die Menschheit braucht Sie, Perry Rhodan.«

»Die Menschheit braucht Selbstvertrauen und Zuversicht. Sie darf nicht aufhören, nach der Wahrheit zu suchen. Dann kann jeder meine Rolle übernehmen.«

Die vom Hauptquartier der Solaren Flotte herausgegebenen Empfehlungen waren für Alaska Saedelaere aufgrund seiner Erfahrungen schnell zu ungeschriebenen Gesetzen geworden.

Eines davon hieß: *Einem müden Kommandanten muß Zeit gegeben werden, zu sich selbst zurückzufinden.*

Deshalb schwieg er.

29.

Krym Matoscho hatte Angst – gottserbärmliche Angst. Wer ihn angeschnallt im Sessel des Piloten sitzen sah, dem wäre es schwergefallen zu glauben, daß Krym Matoscho den Begriff Angst überhaupt kannte. Und dennoch fürchtete er sich. Er fürchtete um das eigene Leben, und er fürchtete sich vor der Aussicht, daß er seinen Auftrag nicht erfolgreich beenden können würde.

Auf einem der kleinen Bildschirme vor ihm flackerte die graphische Darstellung des Eintauchkoeffizienten. Es war ein kleiner roter Ring, der seinen Durchmesser in zuckender, pulsierender Bewegung ständig änderte. Der Eintauchkoeffizient war, laienhaft betrachtet, das Maß der »Leichtigkeit«, mit der ein Raumschiff den Übertritt in den Linearraum zu vollziehen vermochte. Graphisch dargestellt erschien er als Ring, der das Loch begrenzte, durch das das Fahrzeug in den Linearraum eintrat. Je größer das Loch, desto unbeschwerlicher der Übertritt.

Was Krym Matoscho vor sich sah, erschien ihm gefährlich klein. Sein Fahrzeug, die CDIN-3, befand sich in den Ausläufern eines Gravitationssturmes, der immer noch aus dem Milchstraßenzentrum heraus wehte und normales Manövrieren zur Unmöglichkeit machte. Unter normalen Umständen hätte Matoscho in diesem Fall höchstens ein äußerst kurzes Linearflug-Manöver gewagt oder aber auf den Eintritt in den Linearraum gänzlich verzichtet. Hier jedoch blieben ihm die Optionen versagt. Er mußte durch, koste es, was es wolle! Hinter ihm, auf einem zwölfhundert Meter durchmessenden Felsbrocken, befanden sich Perry Rhodan, Atlan, Waringer und sein Team, acht Altmutanten, die Mitglieder des Neuen Korps und die Überlebenden von DINO-386. Der Asteroid befand sich auf einer instabilen Umlaufbahn um die Riesensonne Wild Man. In der Verfolgung seines Kurses würde er der Sonnenoberfläche innerhalb der nächsten dreißig Stunden so nahe kommen, daß er zerschmelzen und schließlich verdampfen würde. Rettung konnte nur von einem der Superschlachtschiffe MARCO POLO oder MOSTONOW kommen, die siebzehnhundertundfünfzig Lichtjahre entfernt im Ortungsschatten einer Doppelsonne mit dem Namen Punkt Para auf die Rückkehr des Tenders DINO-386 warteten, von dem sie nicht wußten, daß er im Verlauf der Kämpfe mit den letzten überlebenden Paramags vernichtet worden war.

Krym Matoschos Aufgabe war, die Kommandanten beider Raumschiffe über die Ereignisse in der Umgebung von Wild Man zu informieren und die MARCO POLO auf dem schnellsten Wege dorthin in Bewegung zu setzen. Mit den gewaltigen Kraftanlagen des Riesenschiffes würde es ein leichtes sein, den gefährdeten Asteroiden wieder auf einen stabilen Umlaufkurs zu bringen.

Aber bis dahin war noch ein weiter Weg. Krym Matoscho sah sich um. Der kleine Kommandoraum seines Beiboot-Kreuzers maß nicht mehr als acht Meter im Durchmesser. Zwei seiner Offiziere, der Kopilot und der Positronik-Spezialist, saßen angeschnallt in ihren Kontursesseln.

»Vorbereitung Sprung über dreihundert Lichtjahre«, sprach Krym Matoscho in den akustischen Servo, der ihn mit dem Bordrechner verband.

Eine halbe Sekunde später war die Antwort zur Stelle. Auf einem der Bildschirme flackerte eine rote Leuchtschrift: SPRUNGWEITE UNTER GEGEBENEN BEDINGUNGEN NICHT MIT SICHERHEITSVORSCHRIFTEN VEREINBAR! MAXIMALE SPRUNGWEITE 400,18 LICHTTAGE.

»Ich pfeife auf die Sicherheitsvorschriften«, knurrte Krym Matoscho wütend. »Wir springen dreihundert Lichtjahre, verstanden?!«

VERSTANDEN, leuchtete die Schrift. Zahlenreihen huschten über die Meßschirme. Matoscho straffte sich unwillkürlich, als die Sekunde des Übertritts sich näherte. Sirenen heulten auf, um die restliche Besatzung des Kreuzers zu warnen. Einer der Lichtzeiger, die den Leistungsausstoß der Triebwerkseinheiten maßen, schnellte ans obere Skalenende, Krym Matoscho hörte ein helles, durchdringendes Summen. Von einem Atemzug zum andern verschwand das Bild des Sterngewirrs der inneren Milchstraße von dem großen Panoramaschirm.

Die CDIN-3 war in den Linearraum eingetaucht.

Auf Wabe 1000, dem Asteroiden, der sich auf einem Kollisionskurs mit der Sonne Wild Man befand, war die Lage vorläufig noch nicht kritisch. Der Zeitpunkt, zu dem sie es werden würde, ließ sich jedoch vorausberechnen. Er lag in naher Zukunft.

Auf dem Asteroiden befanden sich nach der Abreise der CDIN-3 noch die meisten Akteure des Dramas von Wild Man. Eine Zeitlang war in Erwägung gezogen worden, eines der Beiboote der CDIN-3 für die Rettungsaktion einzusetzen. Eine genauere Analyse der energetischen Verhältnisse des umgebenden Raumes hatte jedoch ergeben, daß die Beiboote wegen ihrer verhältnismäßig leistungsschwachen Triebwerke die fast achtzehnhundert Lichtjahre bis zu Punkt Para nicht rasch genug würden zurücklegen können. Die CDIN-3, obwohl ihre Triebwerkleistung die der Beiboote um ein Vielfaches übertraf, hatte nach Aussage des Bordrechners selbst nur eine Aussicht von achtzig Prozent Wahrscheinlichkeit, Punkt Para zu erreichen.

Perry Rhodan hatte sich entschlossen, auf Wabe 1000 zurückzubleiben, nachdem ihm klargeworden war, daß es für die Lebenserwartung der acht Altmutanten unbedeutend war, ob sie den Asteroiden verließen und sich damit von dem lebenspendenden PEW-Metall trennten oder ob sie auf dem Felsbrocken verblieben und mit ihm in die Sonne stürzten. Sie waren auf den Parabio-Emotionalen Wandelstoff angewiesen. Andererseits bestand, zumindest vage, die Möglichkeit, daß man die fremdartige Funktionsweise der Paramag-Maschinerie, die in den Gängen und Hallen des Asteroideninnern installiert war, rechtzeitig verstehen lernte und die Maschinen dazu veranlaßte, den Kurs der Wabe 1000 so zu ändern, daß er sich stabilisierte.

In Hinsicht auf das Verstehen der paramagschen Technologie, die in so ungewohnt hohem Maße von mentalen Steuer- und Kontrollvorgängen beherrscht wurde, war im Laufe der Zeit bedeutender Fortschritt erzielt worden. Man hatte ermittelt, daß Steuerprozesse dadurch getätigt wurden, daß einer oder mehrere Paramags mit dem PEW-Metall verschmolzen, wobei sie sich vorübergehend entstofflichten und sich innerhalb der PEW-Adern, die den ganzen Asteroiden durchzogen, nach gewissen geometrischen Vorschriften bewegten. Das Bewußtsein eines entstofflichten Paramags, das innerhalb der PEW-Adern etwa die Figur eines Dreiecks umfuhr, erteilte der Maschinerie einen bestimmten Befehl. Einen anderen Befehl erteilte der Paramag, der einen Kreis umfuhr, und wiederum einen anderen derjenige, der sich entlang der Kontur eines Quadrats bewegte.

Diese Erkenntnis hatten die acht Altmutanten, die die Körper von Paramags »übernommen« hatten, auszunutzen versucht. Durch Paraaugen, die in die Wände der unzähligen Gänge eingelassen waren, verschmolzen sie mit dem merkwürdigen Wandelstoff. Die Erfolge, die bisher erzielt worden waren, resultierten aus dem sogenannten Friß-oder-stirb-Verfahren: Die Mutanten durchfuhren eine bestimmte geometrische Figur, und andere beobachteten die Reaktion der Maschinen. Der Vorgang war notwendigerweise langwierig.

Hinzu kamen andere Schwierigkeiten, die zum Teil von den Wirren des Kampfes gegen die Paramags herrührten. Die Maschinerie war nicht eindeutig in ihrer Reaktion auf bestimmte geometrische Figuren. Entweder waren die Maschinen im Verlauf der Auseinandersetzung in Verwirrung geraten, oder die Terraner hatten die Technik der Mentalbeeinflussung noch nicht ganz erfaßt. Ein weiteres Problem ergab sich daraus, daß man nicht sicher war, ob man den Asteroiden völlig durchforscht hatte. Mehrere große Maschinenanlagen waren durch akustische Sondierungen entdeckt worden, und die Anzeigen der Sonden schienen darauf hinzudeuten, daß keine weiteren Hohlräume nennenswerten Ausmaßes existierten. Jedoch bestand die Möglichkeit, daß die Funktion der Sonden durch die Anwesenheit des PEW-Metalls gestört wurde, so daß man auch in dieser Hinsicht seiner Sache nicht völlig sicher sein konnte.

Gegen Widrigkeiten dieser Art hatte Perry Rhodan mit seinen Leuten anzukämpfen, als er jetzt den Versuch unternahm, die paramagsche Technologie dazu zu veranlassen, daß Wabe 1000 auf einen sichereren Kurs gebracht wurde.

Ganz am Rande, von der Dringlichkeit der gegenwärtigen Notlage in den Hintergrund gerückt, existierte die Erkenntnis, daß man an diesem Tage den 28. Juli 3444 allgemeiner Zeitrechnung schrieb und daß in drei Tagen im Solaren Imperium eine Wahl stattfinden würde, die den Posten des Großadministrators neu besetzte. Unter den Eindrücken, die im Paramag-Alpha-System gewonnen worden waren und in denen er eine akute Gefahr nicht nur für die irdische Menschheit, sondern darüber hinaus für die ganze

Milchstraße erblickte, hatte Perry Rhodan sich sozusagen in letzter Minute entschlossen, für das Amt des Großadministrators zu kandidieren.

Wenn er – angesichts der massiven Wahlpropaganda, die auf der Erde insbesondere durch seinen Gegner Bount Terhera gegen die Administration Rhodan betrieben wurde – auch nur den Schatten einer Aussicht auf Erfolg haben wollte, mußte er spätestens am Wahltag auf der Erde eintreffen.

Terra war aber von Wild Man über 40.000 Lichtjahre entfernt. Gab es angesichts der Katastrophe, die sich auf Wabe 1000 anbahnte, überhaupt noch einen Hoffnungsschimmer, daß Perry Rhodan rechtzeitig zur Erde zurückgelangen würde?

3000,0001 LICHTJAHRE, sagte die Leuchtschrift.

Krym Matoscho wischte sich den Schweiß von der Stirn. Zwei von insgesamt fünf Triebwerksaggregaten zeigten vorübergehende Überlastungserscheinungen, aber noch während er die Lichtzeiger beobachtete, krochen sie allmählich zum Ausgangspunkt zurück.

Im selben Augenblick erhielt die CDIN-3 einen Stoß. Die Schutzschirme flackerten auf, und von ihren Abbildern auf dem Panoramaschirm flutete durch den Kommandostand ein geisterhaftes Licht. Matoscho wartete mit gespannten Muskeln, als müsse er den nächsten Stoß körperlich abfangen. Aber das Schiff blieb ruhig. Das Flackern der Schutzschirme erlosch, als sich die absorbierten Energien des Gravitationsschocks totgelaufen hatten. Krym Matoscho überflog die Bank der Meßgeräte. Der Gravitationssturm war hier stärker als zuvor. Die Gegend war ungesund. Er wandte sich an den Kopiloten.

»Wir sehen zu, daß wir so schnell wie möglich von hier verschwinden«, sagte er.

Der Kopilot warf ihm einen bedenklichen Blick zu. »Haben Sie sich den Eintauchkoeffizienten angesehen?« fragte er.

Matoschos Blick fiel auf die graphische Verdeutlichung des Eintauchkoeffizienten. Der Ring war so gut wie verschwunden. An seiner Stelle zuckte und flackerte auf dem Bildschirm ein leuchtendroter Fleck. Der Eintritt in den Linearraum war so gut wie unmöglich geworden.

»Verdammt!« fluchte Matoscho. »Wir müssen hier raus!«

In diesem Augenblick traf der zweite Stoß das Schiff. Diesmal war er kräftiger. Matoscho fühlte sich in die Höhe gehoben. Die Gurte schnitten ihm schmerzhaft ins Fleisch. Irgendwo gellte eine Sirene.

AUTOMATISCHE SCHADENSKONTROLLE, leuchtete einer der Bildschirme. SAUERSTOFFREGENERATOR DECK 3 AUS HALTERUNG GERISSEN UND LEICHT BESCHÄDIGT. VORAUSSICHTLICHE REPARATURZEIT …

»Wir müssen hier raus!« bekräftigte Matoscho seinen Entschluß. Er schrie den akustischen Servo an: »Linearsprung über drei Lichttage!«

Das war das Höchste, was er unter diesen Umständen riskieren konnte. Der Bordrechner würde ihn ohnehin für übergeschnappt halten. Die Antwort kam prompt:

SPRUNGWEITE UNTER GEGEBENEN BEDINGUNGEN NICHT MIT SICHERHEITSVORSCHRIFTEN VEREINBAR! MAXIMALE SPRUNGWEITE 12 LICHTMINUTEN.

»Ich sage dir, ich will drei Tage weit springen!« knurrte Matoscho gereizt.

SIEHE VORHERIGE DIAGNOSE, antwortete der Rechner.

»Einen Tag«, bettelte Matoscho.

SPRUNGWEITE UNTER GEGEBENEN BEDINGUNGEN NICHT MIT SICHERHEITSVORSCHRIFTEN VEREINBAR! MAXIMALE SPRUNGWEITE 11,89 LICHTMINUTEN.

»Zwölf Stunden!« schrie Matoscho.

VERSTANDEN.

Matoscho streckte sich im Sessel. Falls er dieses Durcheinander heil überstehen sollte, gelobte er sich, würde er um Versetzung auf einen ruhigeren Posten ersuchen. Ein dritter Stoß traf das Schiff. Diesmal wurde kein Schaden gemeldet. Eine neue Meldung über den beschädigten Sauerstoffregenerator besagte, daß das Gerät in drei Stunden wiederhergestellt sein würde. Matoscho schloß die Augen und wartete auf den Übergang in den Linearraum. Er kam mit einem Ruck, als müßte die CDIN-3 sich abstemmen, um eine unsichtbare Hürde zu überspringen.

2,67228 LICHTSTUNDEN, sagte die Leuchtschrift.

Der Teufel war los. Im ganzen Schiff heulten Alarmsirenen. Krym Matoscho überflog die Anzeigen. Eines der Triebwerksaggregate war ausgefallen. Die Schadenskontrolle meldete:

AGGREGAT III DURCH ÜBERBELASTUNG UNREPARIERBAR BESCHÄDIGT. ERSATZAGGREGAT WIRD EINGEFAHREN. VORAUSSICHTLICHE REPARATURDAUER 15,89 MINUTEN.

Das war der Ruck gewesen, entschied Matoscho, den er beim Eintauchen in den Linearraum verspürt hatte. Wahrscheinlich war die CDIN-3 ausgerechnet im Augenblick des Übertritts in einen Wirbel des Gravitationssturms geraten. Der Eintauchkoeffizient war verschwindend gering geworden, das »Eintauchloch« hatte sich geschlossen. Bei dem Versuch, das Loch aufzusprengen und den Übertritt zu erzwingen, war Aggregat 3 durchgebrannt. Daher der Ruck und daher die gegenüber dem Steuerbefehl wesentlich verkürzte Sprungweite.

Für Krym Matoscho war damit der Augenblick der Entscheidung gekommen. Er sah auf die Digitaluhr, die in das Kopfende der Konsole eingebaut war. Es 6.21 Uhr am 28. Juli 3444 allgemeiner Zeitrechnung. Die bisherige relativistische Zeitverschiebung, die sich aus den Bewegungsgrößen der CDIN-3 in bezug auf Punkt Para errechnete, betrug bis jetzt knapp achtzehn Minuten. Am Treffpunkt also zeigten die Uhren jetzt 6.39.

Die CDIN-3 war seit mehr als anderthalb Stunden unterwegs und hatte in diesem Zeitraum ein gutes Sechstel der Gesamtstrecke zurückgelegt. Das war entmutigend, denn wenn die Mission Erfolg haben sollte, mußte Krym Matoscho mit seinem Kreuzer spätestens um dreizehn Uhr bei Punkt Para eintreffen. Für Befehlsübergabe und Kursberechnung waren zwei Stunden vorgesehen. Spätestens um fünfzehn Uhr mußte die MARCO POLO in Richtung Wild Man starten, wenn überhaupt noch Hoffnung bestehen sollte, den in die rote Riesensonne taumelnden Asteroiden zu erreichen, bevor die Lage dort kritisch wurde. Dieser Zeitpunkt war mit 22 Uhr angegeben.

Für Krym Matoscho ging es darum zu entscheiden, ob es überhaupt noch eine Aussicht gab, den Flug erfolgreich zu Ende zu führen. Ließ sich diese Frage eindeutig verneinen, dann hatte es keinen Zweck, sich mit Schiff und Mannschaft weiterhin in Gefahr zu begeben. Matoscho befragte die Orter- und Tastergeräte nach der Ausdehnung des Sturmwirbels, in dem die CDIN-3 sich im Augenblick befand. Gerade wegen der Auswirkungen des erneut auflebenden Gravitationssturms jedoch arbeiteten Orter und Taster unregelmäßig und erzielen Resultate, die wenig verläßlich waren. Als plausibelste Ziffer erschien Matoscho, nachdem er die Resultate durch den Bordrechner hatte sortieren und miteinander vergleichen lassen, ein Wert von knapp fünfzehn Lichttagen. Eine Befragung des Autopiloten ergab, daß er – unter Außerachtlassung aller Sicherheitsvorkehrungen und -vorschriften – zweieinhalb Lichttage für die unter den gegebenen Umständen höchstzulässige Linearsprungweite halte.

Für Matoscho bedeutete dies, daß er bis zum Ende des Gravitationswirbels wenigstens sechsmal in den Linearraum würde gehen müssen. Die Wahrscheinlichkeit des Ausfalls eines Triebwerksaggregats pro Linearmanöver errechnete sich überschlägig zu fünfundsiebzig Prozent. Die Aussicht, während der sechs Sprünge wenigstens ein Aggregat zu verlieren, wurde damit zur Gewißheit. Aber auch die Wahrscheinlichkeiten für den Verlust von zwei oder gar drei Aggregaten waren unerfreulich groß. Die CDIN-3 verfügte über insgesamt zwei Ersatzaggregate, die anstelle ausgefallener Einheiten eingesetzt werden konnten. Eines davon wurde soeben installiert. Fiel von jetzt an mehr als ein zusätzliches Aggregat aus, dann würde der Kreuzer in seiner Linearflugfähigkeit eingeschränkt sein, und die Aussichten, Punkt Para rechtzeitig zu erreichen, sanken rapide gegen Null.

Ein Risiko dieser Größe war Krym Matoscho nicht bereit einzugehen. Wenigstens nicht auf eigene Verantwortung. Er stellte eine Konferenz-Interkomverbindung her, die ihn mit Roi Danton und Icho Tolot verband. Er schilderte die Lage und und unterbreitete seinen Zuhörern die Resultate der Analyse, die der Bordrechner durchgeführt hatte.

»Ich stelle fest, wir sind ziemlich bescheiden dran«, reagierte Roi Danton mit grimmigem Humor.

Zwei Augen des Haluters fixierten Krym Matoscho mit starrem Blick.

»Wie weit ist der Gravitationswirbel in die Breite ausgedehnt?« dröhnte die Frage Tolots.

Matoscho befragte die Taster. Das Ergebnis überraschte ihn. Senkrecht zur Flugrichtung war die CDIN-3 nur einhundert Astronomische Einheiten vom Rand des Wirbelfeldes entfernt. Das waren knapp vierzehn Lichtstunden. Er übermittelte das Resultat.

»Ich sehe, worauf unser schlauer Freund hinauswill«, lächelte Danton. »Wir brechen seitwärts aus dem Wirbelfeld aus und geraten dadurch in eine wirbelfreie Zone, von der aus wir geradewegs nach Punkt Para vorstoßen können.«

Krym Matoscho strich sich mit der Hand über die weißblonde Haarbürste. »Dadurch verliere ich wenigstens fünfzig Minuten«, brummte er mißmutig.

»Und was gewinnen Sie, wenn Sie in der bisherigen Flugrichtung weiter vorwärts dringen?« fragte der Haluter.

Matoscho nickte. »Sie haben recht. Es gibt nur diese eine Möglichkeit.«

Wenige Minuten später ging die CDIN-3 zum drittenmal, seit sie Wabe 1000 hinter sich gelassen hatte, in den Linearraum.

14,5582 LICHTSTUNDEN, sagte die Leuchtschrift, und Krym Matoscho kam es vor, als hätte er noch nie im Leben eine frohere Botschaft vernommen. Die Tastergeräte wiesen darauf hin, daß der Rand des Gravitationswirbels fast eine Lichtstunde weit hinter der CDIN-3 lag. Der Kreuzer befand sich zwar immer noch im Einflußbereich des Sturms, aber die Verhältnisse waren hier nicht schlimmer, als sie es bei Antritt des Fluges gewesen waren. Matoscho setzte Icho Tolot, Roi Danton und Atlan über den Erfolg des Manövers in Kenntnis, dann wandte er sich den Aufgaben zu, die auf ihn warteten. Es war jetzt 6.40 Uhr.

Infolge des Seitensprungs, den die CDIN-3 soeben ausgeführt hatte, mußte zunächst der Kurs neu berechnet werden. Die Berechnung eines Kurses durch das fünfdimensionale Kontinuum war selbst für einen leistungsstarken Rechner eine vergleichsweise langwierige Aufgabe. Krym

Matoscho fühlte sich an das Kalupsche Theorem erinnert, das der berühmte Hyperphysiker vor langen Jahren aufgestellt hatte: Geräte, die von Wesen entwickelt werden, die gewohnt sind, in drei Dimensionen zu denken, verlieren die Hälfte ihrer Wirksamkeit, wenn sie zur Lösung vierdimensionaler Probleme angesetzt werden, und wiederum die Hälfte des verbleibenden Wirkungsgrades, wenn man von ihnen die Lösung einer fünfdimensionalen Aufgabe verlangt.

Natürlich war vor Jahrhunderten schon klargeworden, wie sich der Engpaß umgehen ließ. Anstatt Rechner von begriffsbeschränkten Menschen entwerfen zu lassen, sollte man den Entwurf jenen Maschinen überlassen, die schon daran gewöhnt waren, in übergeordneten Bereichen zu denken – also anderen Rechnern. Ein derartiges Programm war in die Wege geleitet worden, und der Erfolg war nicht nur überzeugend, er war durchschlagend und umwerfend gewesen. Die Jünger der Theorie der Maschinellen Emanzipation, wie das Konzept damals genannt wurde, jubelten. Die Menschheit schien kurz vor einem Durchbruch in das Gebiet neuer, ungeahnter Erkenntnisse zu stehen.

Da kam der Schock. Eine Gruppe von Spezialisten nahm einen der von Rechnern gebauten Rechner auseinander und versuchte, ihn zu verstehen. Das gelang ihr auch; aber über dreißig Experten brauchten anderthalb Jahre intensiver Arbeit, um die Wirkungsweise des Gerätes völlig zu begreifen. Die Schrift an der Wand war unübersehbar: »Laßt Maschinen Maschinen entwickeln, und in zwei Generationen versteht ihr eure eigene Technik nicht mehr!«

Die Theorie der Maschinellen Emanzipation, konsequent angewandt, würde binnen kürzester Zeit zu einer Technologie führen, die vom Menschen unabhängig war und, da sie von ihm nicht verstanden werden konnte, ihn beherrschte. Diese Erkenntnis setzte sich durch. Die Versuche wurden eingestellt, und die Menschheit arbeitete weiterhin mit Rechnern, die zwar manchmal langsam, aber dafür um so gefügiger waren.

Daran mußte Krym Matoscho denken, während er auf die Ergebnisse der neuen Kursberechnung wartete. Als sie schließlich auf dem Bildschirm vor ihm aufleuchteten, betrachtete er die Ziffernreihen nachdenklich. Sicher, sie besagten ihm etwas. Er konnte ihnen entnehmen, daß er nach wie vor vierzehnhundertundfünfzig Lichtjahre von seinem Ziel entfernt war und daß das Ziel ein wenig näher dem galaktischen Zentrum lag als sein augenblicklicher Standort. Aber er wußte nicht, ob sie richtig waren. Und wenn er den Rechner nochmals in Gang setzte und dieselben Resultate erhielt, wußte er immer noch nicht, ob es nicht daran lag, daß der Rechner denselben Fehler zweimal gemacht hatte.

Um wieviel besser war er also dran, als die Menschen gewesen wären, wenn sie die Vorschriften der Theorie der Maschinellen Emanzipation befolgt hätten?

Er strich sich über den Kopf. Das Kratzen, mit dem die Hand über die harten Haarborsten fuhr, brachte ihn in die Wirklichkeit zurück. Er bezog sein Majorsgehalt nicht dafür, daß er philosophische Gedanken wälzte. Er hatte andere Aufgaben zu erfüllen.

»Vorbereitung Linearsprung fünfhundert Lichtjahre!« schrie er den akustischen Servo an, als könne der etwas für den Augenblick der Schwäche, den er soeben durchgemacht hatte.

SPRUNGWEITE UNTER GEGEBENEN BEDINGUNGEN NICHT MIT SICHERHEITSVORSCHRIFTEN VEREINBAR ...

»Ach was!« donnerte Matoscho, noch bevor er den Ausdruck zu Ende gelesen hatte. »Fünfhundert Lichtjahre und keine Minute weniger!«

VERSTANDEN.

30.

Immer wieder von neuem redete Krym Matoscho es sich ein: Es würde klappen. Langsam schob sich die CDIN-3 aus den gefährlichsten Gebieten des gigantischen Gravitationssturms hinaus. Die Uhren zeigten 12.45, als der kleine Kreuzer seinem Ziel bis auf fünfhundert Lichtjahre nahe gekommen war. Zu einem Linearsprung über diese Entfernung wollte sich der Bordrechner jedoch immer noch nicht bereit erklären. Die Reststrecke mußte in zwei Sprüngen zurückgelegt werden. Es würde später als dreizehn Uhr sein, wenn die CDIN-3 bei Punkt Para eintraf. Aber vielleicht ließ sich die verlorene Zeit an anderer Stelle wieder einholen.

Der kleine Kreuzer hatte die Höllenfahrt bislang recht gut überstanden. Beim letzten Austritt aus dem Linearraum war ein weiteres Triebwerksaggregat ausgefallen. Es wurde soeben durch das zweite Reserveaggregat ersetzt. Damit waren die Reserven erschöpft, aber die CDIN-3 war weiterhin voll manövrierfähig.

Der nächste Sprung wurde auf zweihundertundfünfzig Lichtjahre angesetzt. Der Bordrechner sträubte sich erneut dagegen, indem er auf die Sicherheitsvorschriften hinwies. Als Krym Matoscho jedoch auf seinem Wunsch bestand, gab er schließlich nach. Das Eintauchmanöver ging ohne Schwierigkeiten vonstatten. Um dreizehn Uhr zwei veranlaßte der Autopilot, daß die CDIN-3 den Linearraum wieder verließ und im Einstein-Kontinuum materialisierte. Die gemessene Sprungweite betrug exakt zweihundertundfünfzig Lichtjahre. Krym Matoscho war mit sich und seinem Schiff zufrieden.

Er aktivierte die Taster und ließ die energetischen Verhältnisse des Raumes untersuchen. Das Ergebnis überraschte ihn. Er wußte, daß er das Gebiet des Sturmes noch längst nicht verlassen hatte, und dennoch war es ringsum so ruhig, als gäbe es keinen Gravitationssturm. Er beauftragte den Rechner, auf schnellstem Wege den nächsten Sprung vorzubereiten. Unterdessen kam ihm eine Idee. Er hatte keine Ahnung, wie weit die Kalmenzone reichte, in der die CDIN-3 sich gegenwärtig befand. Wenn sie noch vor dem Zielpunkt endete, war sein Bemühen umsonst. Aber ein Versuch konnte nichts schaden, und wenn er Glück hatte, konnte er das Problem seiner Verspätung schon jetzt lösen.

Er wandte sich an den Kopiloten. »Wir versuchen einen kleinen Hyperfunkspruch«, befahl er.

Der Sender wurde aktiviert, die Hyperantenne auf Punkt Para ausgerichtet. Krym Matoscho übernahm das Mikrophon. Die Übertragung war nur akustisch. Die zur Bildübertragung notwendige Bandweite auszunutzen hätte unter den vorherrschenden Umständen Energieverschwendung bedeutet.

»CDIN-drei, Major Matoscho, an MARCO POLO und MOSTONOW. Bitte bestätigen Sie!«

Er setzte das Mikrophon ab und horchte. Aus dem Empfänger quoll ein auf- und abschwellendes Rauschen, mit quiekenden und pfeifenden Geräuschen durchmischt. Irgendwo zwischen hier und Punkt Para war der Äther längst nicht so ruhig wie in der Umgebung der CDIN-3. Matoscho wartete eine Minute, dann wiederholte er den Ruf. Wieder blieb der Empfänger still bis auf das Rauschen und Quieken. Als Matoscho auch nach der zweiten Wiederholung seines Rufes keine Antwort bekam, war er bereit aufzugeben. Zudem meldete der Autopilot, daß das Schiff zum Eintauchmanöver bereit sei. Matoscho streckte seufzend die Hand aus, um den Hypersender abzuschalten.

Da geschah das Wunder. Aus dem Empfänger drangen quäkend, von Störgeräuschen verzerrt, die Worte: »Bestätige, CDIN-drei, Major Matoscho. Hier MOSTONOW, Oberst Spitzer. Bitte sprechen Sie, CDIN-drei.«

Krym Matoscho warf die Arme in die Luft und stieß einen schrillen Kriegsschrei aus. Er hatte gewonnen! Er würde nicht zu spät kommen. Er hatte es geschafft.

»MOSTONOW, hören Sie!« schrie er voller Begeisterung in das Mikrophon, als müsse er das zweihundertundfünfzig Lichtjahre entfernte Schiff kraft seiner Lautstärke allein erreichen. »Ich habe Anweisungen von Perry Rhodan. Sie beziehen sich in der Hauptsache auf die MARCO POLO. Bitte nehmen Sie auf und übermitteln Sie ...«

Um dreizehn Uhr vierzig materialisierte die CDIN-3, aus dem Linearraum kommend, wenige Astronomische Einheiten vor Punkt Para. Die beiden Superschlachtschiffe MARCO POLO und MOSTONOW standen abflugbereit. Unmittelbar nach dem Auftauchen des kleinen Kreuzers setzte sich die MOSTONOW in Bewegung. Unter Oberst Nosla Spitzers Kommando flog sie in Richtung Paramag-Alpha, um die weiteren Entwicklungen im Planetoidenreich der Paramags zu beobachten.

Die CDIN-3 wurde an Bord der MARCO POLO genommen. Roi Danton übernahm das Kommando. Die Zentrale wurde von Mannschaften und Offizieren entblößt, denn noch immer galt die Vorschrift, daß die galaktische Position von Wild Man nur Perry Rhodans engsten Vertrauten bekannt sein sollte. Über den Status von Major Krym Matoscho, der nicht eigentlich zu den Vertrauten gehörte und die Koordinaten von Wild Man notgedrungenerweise hatte erlernen müssen, würde später entschieden. Dabei bot sich die Auswahl zwischen der Möglichkeit, Matoscho einfach zu trauen, und der Anwendung eines ungefährlichen hypnotischen Löschverfahrens, das die Kenntnis der Positionsdaten aus Matoschos Bewußtsein entfernen würde.

Galaktische Positionsdaten bestanden in der Regel aus langen Reihen von Ziffern und Operatoren. Das Erinnerungsvermögen eines Menschen war für die Aufbewahrung galaktischer Koordinaten im fünfdimensionalen Raum ein denkbar ungeeigneter Ort. Roi Danton und Icho Tolot einigten sich daher, die Daten von Wild Man in verschlüsselter Form in der Positronik der MARCO POLO zu speichern und den Zugang zum Speicher obendrein noch von einer Serie von Kennwörtern abhängig zu machen, die nur Rhodans Vertrauten mitgeteilt wurden. Da einmalige Speicherung stets das Risiko des unwiederbringlichen Verlustes in sich barg, wurden dieselben Daten in derselben Form auch in die Kernspeicher der Bordrechner von zwei Beiboot-Kreuzern eingegeben. Eine vierte Speicherungsmöglichkeit, die, obwohl organischer Natur, den ersten drei an Verläßlichkeit in nichts nachstand, bot sich in der Form des Planhirns des Haluters Icho Tolot, woher die Information über die Existenz der roten Riesensonne Wild Man ja ursprünglich bezogen worden war.

Ohne weiteren Zeitverlust setzte die MARCO POLO sich um vierzehn Uhr fünfzehn allgemeiner Zeit in Richtung Wild Man in Bewegung. Die Unterlagen der CDIN-3 über die Position des Gravitationssturmwirbels waren in den Rechner des Flaggschiffes übernommen worden. Es bestand berechtigte Hoffnung, daß die MARCO POLO den gefährdeten Asteroiden erreichen würde, noch bevor für die auf Wabe 1000 Zurückgebliebenen eine ernsthafte Gefahr entstand.

31.

Nachdem die Para-Bank der Mutantenbewußtseine zumindest im Konzept verwirklicht war, wandte sich die allgemeine Aufmerksamkeit neben der akuten Gefahr einem Problem zu, das, obwohl es von Sekunde zu Sekunde brennender wurde, bislang wenig Beachtung gefunden hatte. Man schrieb den 29. Juli 3444. Die Uhren zeigten 0.32 Standardzeit. In weniger als achtzig Stunden würde im Solaren Imperium die Wahl des neuen Großadministrators beginnen. Erst vor wenigen Tagen hatte Perry Rhodan sich unter dem Eindruck der Gefahr, die dem Imperium von den Paramags drohte, bereit gefunden, überhaupt zu kandidieren. Der Menschheit war dieser Entschluß des Großadministrators bekannt. Galbraith Deighton hatte ihn über Hyperfunk verkünden lassen. In den ersten Stunden nach der Verkündigung waren die Wogen der Begeisterung hochgeschlagen. Dann jedoch war neue Skepsis eingetreten. Warum zeigte sich Perry Rhodan nicht selbst? Warum sprach er zu den Terranern von einem Datenträger? Wer gab der Menschheit die Garantie, daß Perry Rhodan noch am Leben war?

Das jahrtausendealte Postulat, daß, wer gewählt werden wollte, sich den Wählern zeigen müsse, hatte auch im fünfunddreißigsten Jahrhundert nichts von seinem Wahrheitsgehalt eingebüßt. In den Tagen unmittelbar nach dem Abspielen von Rhodans Erklärung zeigten die Ergebnisse der Meinungsumfragen ein neues Anziehen der Beliebtheit des Marschalls Bount Terhera.

Die Menschheit war bereit zu vergeben. Terhera hatte Tausende in den Tod geschickt; aber er hatte es aus Überzeugung getan, und, was mehr galt, er war bereit gewesen, dieselbe Gefahr auf sich zu nehmen. Er verdankte es nur dem Zufall, nicht der eigenen Berechnung, daß er selbst noch am Leben war.

Bount Terhera würde die Wahl gewinnen, wenn es Perry Rhodan nicht gelang, rechtzeitig zur Erde zurückzukehren. Rechtzeitig, das hieß: mehrere Stunden vor Beginn der Wahl. Er brauchte Zeit, um sich den Terranern zu zeigen. Er mußte Erklärungen abgeben. Er mußte die eigene Person den Bürgern des Imperiums in Erinnerung zurückrufen. Mit anderen Worten: Er mußte spätestens um zwei Uhr morgens am 1. August auf Terra eintreffen.

Inzwischen hatte die MARCO POLO unter Einsatz von Zug- und Fesselfeldern den Asteroiden in eine stabile Umlaufbahn um Wild Man bugsiert. Wabe 1000 bewegte sich in einem mittleren Abstand von vier Astronomischen Einheiten von der Sonnenoberfläche. Die von Rhodan erzeugte Eigenrotation des Asteroiden war beibehalten worden. Wabe 1000 und die acht Altmutanten befanden sich in Sicherheit. Die MARCO POLO war startbereit. Die Aussicht allerdings, daß Perry Rhodan auf konventionellem Wege rechtzeitig zur Erde gelangen würde, war minimal.

»Ich habe mir die Sache durch den Kopf gehen lassen«, sagte Atlan mit einer Stimme, in der die Sorge mitschwang, »und sie ist ziemlich hoffnungslos.«

Er besaß die volle Aufmerksamkeit seiner Zuhörer: Roi Danton, Perry Rhodan und Icho Tolot. Die Besprechung fand in einem Nebenraum des großen Kommandostands der MARCO POLO statt. Es war 0.40 Uhr allgemeiner Zeit, am 29. Juli 3444.

»Wir haben etwas mehr als vierzigtausend Lichtjahre zurückzulegen«, fuhr der Arkonide fort. »Dazu stehen uns weniger als achtzig Stunden zur Verfügung. Wir müßten uns im Linearraum mit einem Überlichtfaktor von rund viereinhalb Millionen bewegen, um rechtzeitig anzukommen.«

Er sah auf und überließ den anderen, die unvermeidliche Schlußfolgerung zu ziehen.

»Solche Faktoren lassen sich erzielen«, meinte Danton nachdenklich. »Allerdings nur unter den allergünstigsten Umständen, wie sie uns hier auf keinen Fall zur Verfügung stehen.«

Der Haluter meldete sich zu Wort: »Ich gebe zu bedenken, daß aufgrund meiner Berechnungen infolge des Gravitationssturms im Umkreis von wenigstens achttausend Lichtjahren ein Überlichtfaktor von mehr als zwei Millionen sich nicht erzielen läßt.

Das bedeutet, daß wir mindestens fünfunddreißig Stunden brauchen, um allein die ersten achttausend Lichtjahre zu durchqueren. Um danach dennoch rechtzeitig auf der Erde anzukommen, müßte über die verbleibenden zweiunddreißigtausend Lichtjahre ein Überlichtfaktor von über sechs Millionen erzielt werden ...«

»... und das«, fiel Perry Rhodan ihm in die Rede, »ist völlig aussichtslos.«

Er sah in die Runde. Ein etwas trauriges Lächeln spielte um seine Lippen. »Wie steht's, meine Herren? Geben wir auf?«

»Oho!« spottete der Arkonide. »So rasch wirft der terranische Barbar die Flinte ins Korn?«

»Wenn du keinen vernünftigen Plan hast, du überzüchtetes Produkt einer dekadenten Zivilisation ..., was bleibt mir anderes übrig?«

»Jetzt fährt er die dicken Geschütze auf!« lamentierte Atlan. »Dabei habe ich doch einen Plan ...«

»Vernünftig?«

Der Arkonide verzog das Gesicht. »Nein, aber realisierbar.«

»Laß hören!« forderte Rhodan ihn auf.

»Wie den Anwesenden bekannt sein dürfte«, erläuterte Atlan mit etwas süffisantem Lächeln, »bin ich Oberstkommandierender einer Organisation, die unter dem Namen USO firmiert.«

»Hört, hört«, murmelte Roi Danton.

»Besagte Organisation«, fuhr der Arkonide fort, »unterhält zu diesem Zeitpunkt knapp dreihundert Stützpunkte, Basen und Geheimstationen, die über den größten Teil der Galaxis verteilt und – hier kommt der springende Punkt! – untereinander durch ein Transmittersystem verbunden sind. Das heißt: Man gelangt von irgendeiner Station zu irgendeiner anderen, indem man sich einem oder auch mehreren Transmittersprüngen unterzieht. Das geschieht, im Vergleich zu einer Raumschiffsreise, mit minimalem Zeitverlust.«

»Das ist uns alles völlig neu!« erklärte Danton spöttisch.

»Sonst hättest du dir meinen Plan selbst zurechtlegen können, nicht wahr?« wies Atlan den Spott zurück. »Also, um die Sache kurz zu machen: Die nächste USO-Basis liegt etwas über neuntausend Lichtjahre von hier entfernt. Wenn wir Glück haben, erreichen wir sie in vierzig Stunden. Damit verbleiben knapp vierzig Stunden, um die Transmitterstrecke zur Erde zu aktivieren und uns ans Ziel befördern zu lassen.«

Die Spötter schwiegen. Erst nach einer Weile bemerkte Tolot: »Ich höre keinen Widerspruch. Auch meine eigene Berechnung besagt, daß uns keine andere Wahl bleibt.«

Terra

Um einundzwanzig Uhr am 30. Juli 3444 erhielt Galbraith Deighton über Relais-Hyperfunk die Meldung, daß Perry Rhodan gedenke, noch einige Stunden vor der Wahl auf der Erde einzutreffen. Der Spruch war vielfach zerhackt und verschlüsselt und damit gegen Abhören durch Unbefugte nach menschlichem Ermessen völlig geschützt. Perry Rhodan hatte es für notwendig gehalten, den Chef der Solaren Abwehr über seine Fortbewegungsmethode und den Reiseweg im einzelnen in Kenntnis zu setzen.

Von dem vorläufig unbekannten Ausgangsort seiner Reise hatte sich Rhodan zur USO-Station 238 begeben. 238 lag knapp zweiunddreißigtausend Lichtjahre von der Erde entfernt. Von dieser Station war auch der Spruch aufgegeben worden, der Galbraith nach zahlreichen Umwegen über diverse Hyperfunk-Relais jetzt erreichte. Rhodans nächstes Ziel war die USO-Station 47, achtundzwanzigtausend Lichtjahre von der Erde entfernt. Von da aus ging es über die Stationen 151, Abstand 21.000 Lichtjahre, 189,

Abstand 15.000 Lichtjahre, 99, Abstand 9500 Lichtjahre, nach der Freihändlerwelt Olymp.

Nach kurzem Aufenthalt in Trade City beabsichtigte Rhodan, die verbleibenden 6300 Lichtjahre mit Hilfe des großen Container-Transmitters zu bewältigen. Die Ankunft auf der Erde war für zwei Uhr am Morgen des 1. August angesetzt.

Das Ende des Relaisspruches stellte es Solarmarschall Deighton anheim, mit der soeben erhaltenen Information nach Gutdünken, jedoch stets im Sinne der persönlichen Sicherheit des Großadministrators zu verfahren.

Damit saß Galbraith Deighton, wie er sich später bei Perry Rhodan launig beschwerte, in der Klemme. Jetzt, fünfunddreißig Stunden vor Beginn der Wahl, schien das Wahlergebnis unumstößlich festzustehen. Die Menschen des Solaren Imperiums zweifelten nicht mehr daran: Der neue Großadministrator würde Bount Terhera heißen. Die Wahlbeteiligung würde vergleichsweise gering sein, denn unter den Rhodan-Anhängern gab es viele, die sich lieber der Stimme enthielten, als für Terhera zu stimmen. Viele der Rhodanisten würden ihre Stimme dem alten Großadministrator geben; aber noch mehr würden sich der Wahl fernhalten, weil sie sich getäuscht fühlten, weil sie nicht verstanden, warum Rhodan nicht aktiver am Wahlkampf teilnahm – weil sie nicht einmal sicher waren, ob er überhaupt noch lebte.

Bount Terhera würde gewinnen, das stand fest. Dort, wo Terheras Siegesfeiern abgezogen werden sollten, standen die Getränke schon bereit. Es gab nur noch eine Möglichkeit, Terheras Sieg zu verhindern: Perry Rhodan mußte rechtzeitig zur Erde zurückkehren.

Aus wahlpsychologischen Gründen war es angeraten, die Neuigkeit von Rhodans kurz bevorstehender Rückkehr schon jetzt zu verbreiten. Das würde die Leute wachrütteln. Das würde ihnen zu denken geben. So vorbereitet, würden sie um so eher bereit sein, dem alten Großadministrator ihre Stimme zu geben wenn er schließlich nach dem letzten Transmittersprung materialisierte.

Ein anderer Effekt war jedoch ebenso schwerwiegend. Bount Terhera würde sich, wenn er von Rhodans Rückkehr hörte, um den sicheren Sieg geprellt fühlen. Eben die Sicherheit, die man in den letzten Tagen im Terhera-Lager empfunden hatte, mochte dazu Anlaß geben, daß man auf die Nachricht von Rhodans Rückkehr panikartig reagierte. Terhera war ein impulsiver Mann. Es war denkbar, daß er Perry Rhodan an einem Auftreten in der Öffentlichkeit so wenige Stunden vor der Wahl zu hindern suchen würde. Was er dabei an Mitteln einsetzen würde, darüber war Deighton sich nicht ganz im klaren. Terhera hatte schon zuvor das Gesetz gebrochen, um sich im Wahlfeldzug Vorteile zu verschaffen. War es denkbar, daß er versuchen würde, Perry Rhodan zu töten?

Der Gedanke erschien Deighton schließlich doch zu abenteuerlich. Terhera würde Schwierigkeiten zu machen versuchen; aber auf einen Mordanschlag würde er es nicht ankommen lassen. Galbraith Deighton entschloß sich, den voraussichtlichen Ankunftstermin des Großadministrators zu veröffentlichen. Für sich jedoch behielt er die Kenntnis, daß Rhodan sich mit Hilfe von Transmittern vorwärts bewegte und daß er im Augenblick noch rund dreißigtausend Lichtjahre von der Erde entfernt war.

Um zweiundzwanzig Uhr am 30. Juli 3444 hörte die erstaunte Menschheit des Solaren Imperiums in einer Sondermeldung:

PERRY RHODAN KEHRT ZURÜCK!

Olymp

»Ich bitte zu bedenken, Sir«, bemerkte Anson Argyris mit besorgtem Unterton in der tiefen Stimme, »daß Ihr Vorhaben mit Gefahr verbunden ist. Durch Ihre unerwartete Rückkehr bringen Sie Marschall Terhera um den sicheren Sieg. Es ist möglich, daß er sich das nicht so einfach gefallen lassen wird.«

Der Kaiser der Freihändler und Perry Rhodan saßen sich an einem Konferenztisch im Gebäudekomplex des großen Container-Transmitters gegenüber. Argyris war eine imposante Persönlichkeit – zwei Meter groß, breitschultrig, mit einem derben, fast grobschlächtigen Gesicht und einer merkwürdigen Barttracht, bei der je eine Hälfte des Bartes zu einem Zopf geflochten war, der im Bogen herabhing und mit der Spitze an einer der riesigen Epauletten endete, die der Kaiser als Zeichen seines Ranges auf den Schultern trug. Wer die zyklopenhafte Gestalt des Kaisers sah und seine polternde, leutselige Art kennenlernte, dem war schwer glaubhaft zu machen, daß Anson Argyris in Wirklichkeit ein Roboter war – ein Maschinenwesen, das als Imperator des de jure selbständigen Freihändlerreiches die Interessen des Solaren Imperiums vertrat.

Zu Argyris' Begleitung gehörten drei Edelmänner aus dem Handelsrat des Planeten Olymp. Auf Rhodans Seite nahmen Atlan und Roi Danton an der Besprechung teil, die ihn auf der Transmitterstrecke begleiteten.

»Ich bin mir darüber im klaren, Majestät«, antwortete Perry Rhodan auf die Vorstellungen des Kaisers, »jedoch kann ich auf derartige Dinge keine Rücksicht nehmen. Schließlich will ich wiedergewählt werden. Also bleibt mir nichts anderes übrig, als auf dem schnellsten Wege zur Erde zurückzukehren.«

Argyris fuhr sich mit der großflächigen Hand an einem der Bartzöpfe entlang.

»Selbst Ihr eigener Experte, Marschall Deighton, fürchtet um Ihre Sicherheit, Sir«, stieß er von neuem vor.

»Er wird mich schon nicht im Stich lassen«, lächelte Rhodan beruhigend. »Wie ich Deighton kenne, hat er alle denkbaren Sicherheitsmaßnahmen ergriffen.«

Er warf einen Blick auf die Uhr. Der Tag der Entscheidung war gekommen. Man schrieb den 1. August 3444. Die Uhr zeigte dreißig Minuten nach Mitternacht allgemeiner Zeit, obwohl draußen über den Raumhäfen und über Trade City die Sonne schien.

»Es ist an der Zeit«, sagte Perry Rhodan und erhob sich.

Anson Argyris seufzte entsagend. »Wenn Sie sich nicht überzeugen lassen, Sir ...«

»Ich weiß Ihre wohlgemeinte Fürsorge zu schätzen, Majestät«, antwortete Perry Rhodan. »Mir aber bleibt keine andere Wahl. Die Erde wartet auf mich.«

Der Großadministrator, der Kaiser und ihr Gefolge schritten auf ein Portal zu, das sich vor ihnen öffnete. Draußen lag die riesige Transmitterhalle mit dem hohen, leuchtenden Torbogen, der Tonnen um Tonnen wertvoller Waren verschlang, um sie in nicht abreißendem Strom zur Erde zu transportieren. Auf Olymp, der Welt der Freihändler, mußte alles seine Form haben. Fanfaren erklangen, als der Kaiser mit seinen Begleitern die Halle betrat. Hunderte von Arbeitern, die mit dem Verfrachten der Ware beschäftigt waren, und noch mehr Schaulustige, die hierhergekommen waren, um sich den Transmitterbetrieb anzusehen, unterbrachen, womit auch immer sie im Augenblick beschäftigt waren, um den Herrscher von Olymp und den Großadministrator des Solaren Imperiums zu begrüßen.

Perry Rhodans Anwesenheit auf Olymp war nicht geheimgehalten worden. Daß er vorhatte, sich auf dem schnellsten Wege zur Erde zu begeben, konnte jedermann sich an fünf Fingern abzählen, und von da aus zu dem Schluß zu gelangen, daß er sich der Transmitterstrecke bedienen würde, erforderte auch keine sonderliche Klugheit. Nur der Zeitpunkt, zu dem die Reise angetreten werden sollte, war ein Geheimnis geblieben. Niemand wußte, daß Perry Rhodan auf die Sekunde genau um 0.48 Uhr durch den Torbogen treten würde – außer dem Kaiser und Rhodans engsten Vertrauten.

Es waren nur noch sieben Minuten bis dahin. Anson Argyris hob den Arm. Die Rollbandstraßen, die dem Transmitter Ware zuführten, kamen zum Stillstand. Die Arbeiter traten zur Seite, um den Zugang zum Torbogen freizugeben. Unter den Schaulustigen erhob sich Gemurmel, als der Kaiser und seine Begleitung auf die leuchtende Mündung des Trümmerfelds zuschritten.

Der Abschied war kurz und formell, wie ihn das Protokoll vorschrieb. Als Ebenbürtige verabschiedeten sich der Kaiser und der Großadministrator durch eine Umarmung. Ansonsten war der Händedruck der übliche Abschiedsgruß. Um 0.45 Uhr betrat Roi Danton als erster der Rhodanschen Delegation den Transmitter. Atlan folgte anderthalb Minuten später.

Genau um 0.48 Uhr trat Perry Rhodan selbst unter den Torbogen. Er wandte sich noch einmal um, winkte in Richtung des Kaisers und seines Gefolges – und war eine Sekunde später verschwunden.

Terra

Kurz vor Mitternacht ließ Galbraith Deighton die Medien wissen, daß der Großadministrator gegen zwei Uhr am nächsten Morgen auf der Erde eintreffen werde. Dieselbe Information war zuvor schon innerhalb der Solaren Abwehr und der Besatzung von Imperium-Alpha zirkuliert worden. Daß Perry Rhodan in Wirklichkeit eine Stunde früher erwartet wurde, wußte so gut wie niemand. Deighton ließ bei seiner Ankündigung durchblicken, daß Rhodan auf dem Raumhafen eintreffen werde.

Wenige Minuten nach Mitternacht überzeugte er sich, daß die Medien seine Hinweise ernst genommen hatten. Auf dem Raumhafen hatte sich alles versammelt, was auf dem Informationssektor Rang und Namen hatte. Die Kameras liefen. Auf allen Welten des Solaren Imperiums war das reguläre Fernbildprogramm ausgesetzt worden, so daß die Reporter ihren Zuschauern die Atmosphäre am Raumhafen Terrania kurz vor der lang erwarteten Rückkehr des Großadministrators schildern konnten.

Inzwischen hatte Deighton Befehl erteilt, die Transmitterhalle ab 0.30 Uhr für jeglichen Publikumsverkehr zu sperren und die noch anwesenden Schaulustigen zum Verlassen des Gebäudes zu bewegen. Um sich vom Erfolg dieser Maßnahme zu überzeugen, begab er sich selbst eine halbe Stunde nach Mitternacht zur Containerstation. Er war von zahlreichem Gefolge begleitet, wie es sich für den Empfang des Großadministrators gebührte, und unter seinen Leuten befanden sich zahlreiche Sicherheitsagenten, deren Aufgabe war, für einen reibungslosen Verlauf der bevorstehenden Zeremonie zu sorgen. Etwa um die gleiche Zeit trafen in der Transmitterhalle Staatsmarschall Reginald Bull und Solarmarschall Tifflor, ebenfalls mit zahlreicher Begleitung, ein.

Erst um 0.35 Uhr ließ Deighton die am Raumhafen versammelten Reporter informieren, daß Perry Rhodan in Wirklichkeit über die Transmitterstrecke nach Terra gelangen werde. Die Medienleute reagierten sofort. Die

Transmitterhalle war durch mehrere Rollbandstraßen mit den Anlagen des Raumhafens verbunden. Kaum war Deightons Verlautbarung zu Ende, da trafen die ersten Reporter schon in der Halle ein. Deightons Spezialisten vergewisserten sich, daß nur solche Leute zugelassen wurden, von denen keine Schwierigkeiten zu erwarten waren.

Dann kam der große Augenblick. Der Platz unmittelbar vor dem riesigen Torbogen wurde zu beiden Seiten von je einer Gruppe Wachroboter flankiert. Am Ende der kurzen, breiten Straße, die sich durch diese Anordnung ergab, warteten Deighton, Bull und Tifflor auf die Ankommenden, und zwar stand Staatsmarschall Bull als Stellvertreter des Großadministrators einen Schritt vor den beiden Solarmarschällen, wie es das Protokoll erforderte. Hinter den Marschällen drängte sich deren Gefolge. Die Reporter mit ihren Kameras waren auf die Tribünen verwiesen worden, von wo aus sie freies Blickfeld hatten, ohne die Zeremonie stören zu können.

0.45 Uhr. Unter dem Torbogen begann es zu flimmern. Eine Gestalt wurde sichtbar. Sie trat aus der Öffnung des Feldes hervor und schritt langsam auf das Empfangskomitee zu. Roi Danton, der Sohn Rhodans. Ein zweites Mal trat der Torbogen in Tätigkeit. Diesmal materialisierte Atlan, der Befehlshaber der United Stars Organisation.

Und dann kam Perry Rhodan. Der spontane Beifall, der bei Dantons Auftauchen begonnen hatte, steigerte sich zum Orkan. Hoch aufgerichtet, straff, wie die Welt ihn in Erinnerung hatte, trat er unter dem Torbogen hervor. Lächelnd schritt er auf die Gruppe der Marschälle zu. Für die Kameras, die sich auf den Tribünen aufgebaut hatten, hatte er einen freundlichen, armeschwenkenden Gruß.

Im selben Augenblick geschah das Unglaubliche.

Zwei der Wachroboter verließen die Formation, in der sie bisher reglos gestanden hatten, und glitten auf den Großadministrator zu. Roi Danton und Atlan, die die Gruppe der Roboter fast schon passiert hatten, wirbelten herum, als sie Geräusche hinter sich hörten. Perry Rhodan blieb stehen. Der Beifall erlosch wie abgeschnitten.

Galbraith Deighton stürzte vorwärts. Ein entsetzter Schrei gellte auf. Einer der Roboter hob den Waffenarm und richtete den Lauf des Strahlers auf Rhodan. Da fauchte Deightons Waffe auf. Der Robot wurde in die Seite getroffen. Die Wucht der Salve brachte ihn aus dem Gleichgewicht. Sein Schuß ging über den Großadministrator hinweg. Im nächsten Augenblick fraß sich der nadeldünne Strahl aus Deightons Handwaffe durch die Metallhülle des Maschinenwesens bis zu den Kontrollzentren durch. Der Roboter sank in sich zusammen.

Ebenso schnell wie Deighton hatte Reginald Bull gehandelt. Mit zwei Riesenschritten brachte er sich in Position, so daß sein Feuer keinen der

Anwesenden gefährden würde. Mit einer Zielsicherheit, die ihresgleichen suchte, erfaßte seine Salve den zweiten Robot, der soeben gleichfalls auf Rhodan anlegte. Bull hielt auf den Waffenarm und trennte ihn im Bruchteil einer Sekunde ab. Der Robot begann, sich zu drehen und gegen den Angreifer Front zu machen; aber bevor er noch den ersten Schritt tun konnte, erreichte Bulls Salve das positronische Gehirn und vernichtete es.

Perry Rhodan hatte sich nicht bewegt. Erst jetzt, nachdem die Gefahr ausgeschaltet war, schritt er weiter und kam, scheinbar ungerührt, auf seine drei Marschälle zu. Die Begrüßung war herzlich, aber kurz. Der Augenblick, in dem der Großadministrator sich seinen Freunden widmen konnte, war noch nicht gekommen. In dieser Sekunde spielte nur die Politik eine Rolle. Rhodan winkte den Reportern auf den Tribünen, mit ihren Geräten näher zu kommen. Im Nu war er von Kameras und Mikrophonen umringt. Der Tumult in der riesigen Halle war unbeschreiblich. Aber es bedurfte nur einer Handbewegung des Großadministrators, um dem Lärm Einhalt zu gebieten.

»Freunde«, sprach er in Richtung der Aufnahmegeräte, »ich bin zurückgekehrt, um mich euch zur Wahl zu stellen. Daß ich euch etwas zu bieten habe, erkennt ihr an dem Attentat, dem ich soeben entgangen bin. Sonst hätten meine Gegner sich die Mühe des Anschlags nicht gemacht. Ich muß also in ihren Augen etwas besitzen, was ihr dort draußen auch zu schätzen wißt – sonst hätte es diesen Zwischenfall nicht gegeben.«

Er machte eine Pause und gab seinen Worten Zeit, ins Bewußtsein der Zuhörer einzudringen.

Dann fuhr er fort: »Ich habe mich bis vor kurzem geweigert zu kandidieren, weil ich für die Kandidatur und die damit verbundenen Aktivitäten keine Zeit hatte. Da draußen, aus den Tiefen der inneren Galaxis, drohte eine Gefahr, die ich bekämpfen und abwenden wollte, bevor ich mir die Zeit zu Wahlreisen und schönen Reden nahm ...«

Wenige Minuten nach ein Uhr hatte Deightons Abwehrdienst in einem der Kontrollräume im Hintergrund der Transmitterhalle einen verstörten Leutnant des Technischen Dienstes gefunden, der unzusammenhängende Dinge von Aktivisten und Attentaten faselte. Die Ärzte nahmen sich seiner an und stellten fest, daß er sich bis vor kurzem unter einem von Drogen erzeugten hypnotischen Bann befunden hatte. Eine Untersuchung der Datenendstelle im Büro des Leutnants ergab, daß von hier aus die Fehlprogrammierung der beiden Wachroboter vorgenommen worden war.

Der Leutnant erinnerte sich bewußt an nichts, was innerhalb der vergangenen fünf Stunden geschehen war. Aus einer Analyse seines Unterbewußtseins fertigten Spezialisten jedoch ein Bild der vier Aktivisten, mit denen der junge Offizier unter hypnotischem Zwang zusammengearbeitet hatte. Zwischen ein und zwei Uhr wurden zwei Agenten mit den Kodenamen Stahl und Eisen in Terrania City aufgegriffen. Einen dritten namens Kupfer, der sich in Erwartung kommenden Unheils aus der Hauptstadt des Imperiums abgesetzt hatte, ergriff man kurze Zeit später in New Delhi, als er gerade ein nach dem Wega-System bestimmtes Raumschiff besteigen wollte.

Der vierte Agent, eine junge Frau von angeblich bestechender Schönheit, blieb jedoch spurlos verschwunden. Sosehr sich die Solare Abwehr bemühte – sie hatte ihr ein Schnippchen geschlagen.

Aus dem Verhör der drei Agenten ergab sich einwandfrei der Zusammenhang der Aktivistengruppe mit der Organisation des Marschalls Terhera. Bount Terhera selbst stellte zwar scharf in Abrede, daß er jemals den Auftrag erteilt habe, Perry Rhodan anzugreifen. Obwohl er damit vielleicht auch die Wahrheit sprach, glaubte ihm jedoch niemand. Die Indizien waren zu überzeugend.

Um acht Uhr an diesem historischen 1. August 3444 schritten die Bürger des Solaren Imperiums zur Wahl. Sie taten es in ihren Wohnungen, indem sie den Namen des von ihnen bevorzugten Kandidaten in ihre Datenendstellen tippten oder sprachen – je nachdem, welches Modell sie besaßen.

Es gab annähernd eine Billion Wahlberechtigter. Trotz der ungeheuren Zahl von Stimmen ging die positronische Wahlauswertung ohne nennenswerten Zeitverlust vonstatten. Schon um vierzehn Uhr allgemeiner Zeit stand fest, daß Perry Rhodan der neue Großadministrator sein würde.

Aber erst um zweiundzwanzig Uhr lag das endgültige Ergebnis fest. Bount Terhera hatte seine politische Zukunft durch das Attentat auf den Großadministrator eigenhändig vernichtet.

Mit fast achtzig Prozent aller abgegebenen Stimmen wurde Perry Rhodan wiedergewählt.

ENDE

Perry Rhodan-Buch Nr. 68

Anti-Universum

erscheint im November 1999

---

21. Schlitten mit Seismographen und atmosphärischen Meßgeräten
22. Elektrobohrer
23. Scheinwerfer
24. Greifklaue und Schaufel zum Einsammeln von Proben
25. Aufklappbare Parabol-Richtfunkantenne und Normalfunkantenne
26. Sonnenzellenausleger
27. Mechanischer Teleskoparm
28. Geländegängiges Robotfahrzeug zur Erkundung der Umgebung
29. Abwerfbare Sprenggranaten
30. Laufrad mit Auflagefüßen und Elektroantrieb
31. Ausklappbare Meßgeräte
32. Landeteller mit eingebautem Seismographen
33. Speicherbatterien
34. Energie und Steuerimpulsanschluß
35. Schubdüse des Landetriebwerks
36. Leere Hülsen der Atmosphärensonden
37. Klapptor mit Robotfahrzeug
38. Hitzeschild
39. Sonnenzellenausleger
40. Teleskopauslegerarm mit Meßapparaten

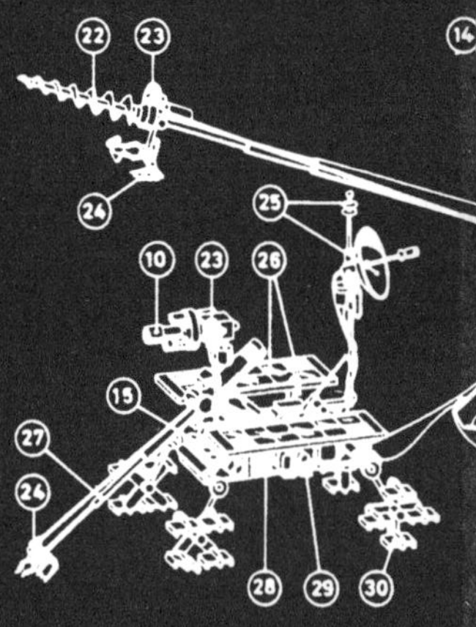

41. Motor zum Drehen der
42. Computer
43. Radarantenne in der Sc
44. Ausfahrbare Teleskopk
45. Kuppel mit Landefallsc
46. Rakete zum Wegziehe
47. Startrohr für Atmosp